말라 온다

MALA ONDA
by Alberto Fuguet

이 도서의 국립중앙도서관 출판예정도서목록(CIP)은 서지정보유통지원시스템 홈페이지(http://seoji.nl.go.kr)와
국가자료공동목록시스템(http://www.nl.go.kr/kolisnet)에서 이용하실 수 있습니다.
(CIP제어번호: CIP2017009338)

세계문학전집
152

Alberto Fuguet : Mala onda

말라 온다

알베르토 푸겟 장편소설

엄지영 옮김

문학동네

일러두기

1. 번역 대본으로는 *Mala onda*(Alberto Fuguet, Alfaguara, 2012)를 사용했다.
2. 주석은 모두 옮긴이주다.
3. 원서에서 영어와 포르투갈어로 쓰인 주요 단어와 표현은 이탤릭체로 처리했다.
4. 본문 중 고딕체는 원서에서 이탤릭체로 강조한 부분이다.

차례

가끔 내가 장님 같다는 생각이 들어
아니면 그저 무기력한 거든지
나날이 머릿속이 복잡해져서 그런가봐
내 퍼즐 조각이 점점 허물어지고 있어
하지만 난 알아, 그 아래 그림이 있다는 걸 말야
망설이다보니 생각이 흐려지나봐
아무도 내 말을 안 들어줘……
내 사랑과 괴로움 사이
어딘가에 내가 있기 때문이지
당신도 알겠지만, 그 사이 어딘가에 내가 있어
내 삶은 산산이 부서지고 있어
누군가 나를 추슬러준다면……

마이크 패튼
'페이스 노 모어'*

---

* 미국의 록 밴드. 위의 가사는 마이크 패튼이 보컬로 참여한 뒤 처음 나온 앨범인 'The Real Thing'에 실린 〈Falling To Pieces〉의 일부분이다.

1980년 9월 3일, 수요일

나는 모래 위에 쓰러져 있다. 모래 바닥의 습기가 온몸을 타고 올라온다. 마음 같아선 당장이라도 바다에 뛰어들어 물속으로 사라지고 싶지만, 손가락 하나 까딱할 힘도 없다. 모든 게 따분하고 지긋지긋하기만 하다. 더이상 생각할 여력도 없다. 나는 한 시간 전부터 강한 햇살이 어떻게 내 눈꺼풀을 파고드는지 느끼며 즐기고 있다. 전에 사귀던 어떤 계집애가 내게 앙심을 품고 아이티나 자메이카—거기가 어디든 간에—에서 부두교 의식을 행하면서 바늘로 찌르기라도 하는 것처럼 눈이 따가웠다. 이런 빌어먹을.

갑자기 불안한 생각이 든다. 호텔에 선글라스를 두고 오는 게 아닌데. 우리 반 녀석들 중 누군가가 훔쳐갈 게 분명하다. 망할 자식들은 전에 덮치려고 했던 흑인 여종업원들에게 죄다 뒤집어씌우겠지.

하여간 선글라스를 안 가져온 게 못내 아쉽다. 제대로 준비도 하지 않고 무턱대고 해변에 나오다니. 다른 건 몰라도 선글라스 정도는 쓰고 와야 했는데. 사실 선글라스는 손 뻗으면 닿을 곳, 그러니까 나이트 테이블 위에 놓여 있었다. 게다가 밖으로 나가기 전에 가져갈까 말까 잠시 망설이기도 했다. 망할 놈들이 훔쳐갈 게 뻔한데 어쩐다. 난 왜 이렇게 정신이 없는 걸까?

라이방 선글라스는 잠시 접어두고, 다른 문제를 조금 생각해봐야 할 것 같다. 오늘처럼 푹푹 찌는 날도 없으리라는 생각이 든다. 여기서 1도만 더 올라가도 온 세상이 폭발해버릴 것만 같다. 그러면 정부는 비상사태를 선포하고 시민들을 모두 대피시킬 것이다. 하지만 지금 날씨에 신경쓰는 사람은 아무도 없다. 내 눈에는 모든 게 새롭고 신기하지만, 이곳 사람들에게는 일상에 불과할 것이다. 이런 생각이 들 때마다 짜증이 치밀고 내가 불청객이라도 된 것 같다. 최악이다.

아마 서너시 정도는 됐을 것이다.

무슨 상관이람.

어차피 늦은걸.

정오쯤 호텔에 도착했을 무렵, 우리 반 아이들은 나와 가장 친한 아이들까지 모두 나가고 없었다. B반 아이들은 말할 나위도 없었다. 녀석들은 해변에서 조깅과 배구를 하러, 혹은 일출 장면을 보러 매일 꼭두새벽에 일어난다. 그러고는 미국 관광객들이 입는 촌스러운 기념품 티셔츠를 사러 리우 술에 있는 상점으로 달려가기도 한다.

갑자기 졸음이 쏟아진다. 이젠 가야 할 것 같다.

아까 일이 문득 떠오른다. 겨우 눈을 뜨고 사방을 둘러보니 생각했던 곳이 아니라 호텔방이었다. 일단 정신을 차리고 잠시 생각했다.

무엇을 해야 할지 요모조모 따져봤지만 선택의 여지가 그리 많지 않았다. 에어컨도 없는—B반 아이들이 결국 망가뜨려버렸다—호텔방에 혼자 쓸쓸히 있든지, 아니면 해변에 나가 따가운 햇살을 마지막으로 즐기든지 둘 중 하나였다. 사실 뭘 하든 나쁠 건 없었다.

나는 조용히 자리에서 일어나 희한한 인간들만 모여든다는 이곳, 이파네마 해변의 포스투 9 구역까지 걸어왔다.

천천히 걸음을 옮기는 동안 나는 이런저런 생각을 하기 시작했다.

칠레에 대해서, 그리고 내 삶에 대해서. 마치 그게 나에게 가장 중요한 문제라도 되는 듯이 말이다. 그러자 갑자기 기분이 울적해졌다. 울적함을 떨치려고 가게 쇼윈도 쪽으로 시선을 돌렸다. 덕분에 웬만한 가게에는 오브라이언 티셔츠가 있다는 걸 알게 됐다.

그러고 나니 기분이 훨씬 편안해졌다.

온몸에 땀이 비 오듯 흘렀지만 최대한 천천히 걸음을 옮겼다. 몇 블록을 더 걸어간 끝에 나는 마침내 어느 광장에 다다랐다. 이파네마로 들어가는 초입으로, 리우의 보헤미안들이 모여드는 곳이기도 했다. 그곳에는 서점과 부티크와 아담하지만 상당히 비싼 바들이 옹기종기 모여 있었다.

카시아는 이파네마를 아주 좋아한다. 광장 모퉁이에서는 히피들이 각종 공예품과 기념품, 마리화나용 파이프, 귀고리 등을 팔고 있다. 양모 스웨터나 왠지 음산한 느낌을 주는 비올레타 파라*의 포스터가 없는

* 칠레의 유명한 민속음악 가수.

것만 빼면 비냐*의 킨타 베르가라 공원 입구에서 노점상들이 파는 물건들과 다를 바가 없다. 이곳에 온 후로 나는 많은 사람들을 만났다. 대부분 대학생, 휴머니스트, 좌파 나부랭이인데, 모두 카시아의 친구들이다. 이들은 모이기만 하면 마라쿠야**즙을 넣은 당밀주를 마시면서 메르세데스 소사***나 더 별로인 존 바에즈****의 노래를 듣곤 한다. 처음 만났을 때 카시아가 내가 칠레에서 왔다고 소개하자, 그들은 갑자기 눈이 초롱초롱해지면서 저마다 한마디씩 떠들어대기 시작했다. 예상대로 피노체트와 군부독재에 관한 이야기가 제일 먼저 튀어나왔다. 콘셉시온 출신의 칠레 망명자들을 안다는 녀석이 있는가 하면, 또 어떤 녀석은 파블로 네루다의 시 한두 편을 포르투갈어로 읊기도 했다. 그리고 피게이레두를 위시해서 남아메리카 대륙을 말아먹은 망할 놈의 군바리들을 욕하기도 했다……

나는 아무 대꾸도 하지 않았지만, 팔자 좋은 놈들을 속으로 비웃고 있었다. 물론이지. 암, 그렇고말고. *좋아, 다 좋다고.*

정말이지 그런 대화를 듣고 있으면 구역질이 난다.

생긴 건 캘리포니아 녀석들하고 비슷한데, 생각하는 걸 보면 영락없는 러시아 놈들이었다. 그래서 어딘지 모르게 미덥지가 않았다. 그들 중에서 체 게바라 티셔츠(나는 의뭉을 떨며 셔츠에 그려진 사람이 누구냐고 물었다)를 입고 있던 녀석이 파나마 출신의 가수가 실비오 로

---

* 비냐 델마르. 칠레 중부에 위치한 휴양도시.

** 열대 과일의 일종.

*** 아르헨티나의 민중 가수.

**** 인권 운동과 반전 평화 운동을 펼친 미국 가수.

드리게스*의 노래를 부르는 데가 있다면서 당장 니테로이로 가자고 했다. 우리집에서 일하는 하녀는—그녀는 곧 있을 투표**에서 '반대표'를 던지려고 한다—늘 〈바라건대〉*** 같은 스페인어 노래를 듣는다. 앞으로 내게 어떤 일이 닥칠지 그 순간 직감했다. 그건 그렇고, 아무리 봐도 카시아는 매력적인 여자다. 조만간 시쿠 부아르키****가 올 거라는 소문이 돌았다. 아마 피게이레두, 스트로에스네르, 피노체트, 비델라***** 같은 독재자들에 대한 투쟁을 촉구하는 공연을 비밀리에 열 모양이었다. 그 소식을 전해준 이는 왼쪽 주먹을 치켜들면서 말했다. 하지만 나는 카시아에게 절대 그럴 리 없다고 잘라 말했다. 그리고 공산주의자들을 만나려면 차라리 산티아고에 있는 울름 카페에 가는 게 나을 거라고 했다. 아냐. 난 그들과 달라. 아, 물론 그들을 반대하는 건 아냐. 그런데 한번 생각해봐. 만약 경찰이 들이닥쳐 날 추방이라도 하는 날엔 어떡할 거야? 빌어먹을! 내가 다시 칠레로 돌아가면 집에서 쫓겨나기밖에 더하겠어? *바이 바이, 내 인생이여 영원히 굿바이겠지.* 그녀는 내 말에 고개를 끄덕였다. 함께 모래사장으로 간 우리는 지는 해를 바라보며 진한 애무를 나누었다. 그런데 나중에 그녀를 호텔까지 데려다주려다

---

* 쿠바 출신의 뮤지션으로 라틴아메리카 좌파의 상징적 존재.

** 칠레에서는 1973년 군사 쿠데타로 파괴된 헌정 질서를 바로잡기 위해, 군사위원회의 주도로 1978년부터 1980년까지 새로운 헌법 초안을 마련한 뒤 1980년 9월 11일 국민투표에 부쳐 이를 통과시켰다. 본문에 나오는 선거는 개헌안에 대한 찬반 투표를 말한다.

*** 실비오 로드리게스의 노래.

**** 브라질 태생의 작곡가이자 가수, 시인. 그가 사회비판적 활동에 적극적으로 참여했다는 이유로, 당시 군사정권은 그의 노래와 시, 연극작품 등을 모두 금지시켰다.

***** 각각 브라질, 파라과이, 칠레, 아르헨티나의 군사독재자.

가, 그만 선생한테 걸리고 말았다. 그 망할 여자가 우리 앞을 막아서는 바람에 그녀를 호텔 안으로 데리고 들어갈 수가 없었다. 그런데도 카시아는 괜찮다는 말만 되풀이했다. 그리고 시간이 너무 늦어서 가야 한다고 했다. 미안한 마음에 내가 데려다주겠다고 하자, 그녀는 한사코 손사래를 쳤다. "*오브리가다*, 혼자서 갈 수 있으니까 걱정 마." 말을 마친 그녀는 총총걸음으로 떠났다.

그녀가 버스에 올라타는 모습을 지켜본 후, 나는 무작정 아틀란티카 대로에 늘어서 있는 피자 가게 중 한 군데로 들어갔다. 그러고는 트로피컬 피자와 맥주를 주문했다. 나는 거리를 지나다니는 관광객들을 구경하면서 시간을 보냈다. 얼마 지나지 않아, 밀짚모자를 쓰고 허연 이를 드러낸 흑인이 신나게 봉고를 두드리기 시작했다.

해변에 홀로 앉아 그녀를 기다리고 있는 지금 생각해보니 내가 혼자 식당에 간 건 그날이 처음이었던 것 같다. 그다지 나쁘진 않았지만, 어색하긴 했다.

잠시 후, 나는 호텔로 돌아갔다. 녀석들이 이미 요란스럽게 코를 골며 자고 있었다. 닭똥보다 더 고약한 냄새가 방안에 진동했다. 내가 들어온 소리에 깼는지 콕스가 눈을 비비며 일어났다. 정신을 차리기도 전에 그는 어젯밤에 갔던 나이트클럽 이야기를 떠들어대기 시작했다. 얘기인즉, 거기에 가면 기막히게 예쁜 물라토 계집애들을 구경할 수 있다는 것이었다. 잘은 몰라도 걔들을 데리고 놀려면 최소한 몇천 크루제이루*는 줘야 되나봐. 미국 돈으로 하면 삼십구 달러 정도 되니까

* 브라질의 화폐단위.

굉장히 비싼 계집애들이지. 나는 아무 대꾸도 하지 않은 채 옷을 벗고 침대 속으로 들어가버렸다. 그러고는 잠이 들 때까지 리우에서 내가 알고 있는 거리가 몇 개인지 머릿속으로 헤아리기 시작했다. 그사이 콕스는 방 한구석에서 수음을 하고 있었다. 그의 침대에서 삐거덕거리는 소리가 났지만 다른 녀석들을 깨울 정도로 크지는 않았다. 하긴 다들 알면서도 내색을 하지 않은 게 분명하다. 자기들도 그 짓을 하는지라 녀석만 나무랄 수도 없었을 테니까. 호텔의 침대 시트는 너무 뻣뻣했다. 일곱시나 됐을까, 파탄이 토하는 소리에 그만 잠이 깨고 말았다. 등이라도 두드려줄까 생각했지만 막상 일어나려니 귀찮았다. 나는 카시아를 생각하면서, 그리고 나 자신에 대해 생각하면서 계속 잠을 청했다.

그게 벌써 닷새 전의 일이다.

젠장, 시간은 참 빨리도 간다.

나는 손가락으로 모래 장난을 치고 있다. 그런데 별 재미가 없다. 그건 나도 잘 알고 있지만 나름 도움이 된다. 지금 내 머릿속은 그녀가 직접 내게 말했듯이 카시아를 다시 만나야 한다는 생각으로 가득차 있다. 그런데 그녀의 전화번호를 잃어버렸으니 속수무책이다. 분명히 거의 비어 있는 지갑 속에 넣어두었는데, 아무래도 그 파티—다시는 가고 싶지 않은 끔찍한 파티였다—에 갔다가 잃어버린 것 같다. 레블롱 거리의 건물 꼭대기층에 살던 여자 말고는 아무것도 기억나지 않는다. 나이가 꽤 들어 보이던 그녀는 불그스레한 머리칼에 텔레비전 드라마 〈죄악〉에 나온 악녀와 비슷하게 생겼던 것 같다. 그리고 그날 그녀가 이부와 섹스를 했던 것도 생각난다. 당시만 해도 워낙 충격적인 사건이었던데다, 어릴 적 우리 엄마 아빠가 열었던 파티와 분위기가 엇비슷해서 지금도 생생하게 기억난다. 카시아의 친구인 이부는 브라질리아의 어떤 대사관에서 열린 파티에서 그 붉은 머리 여자를 만났다고 했다. 그런데 정작 문제는 그다음이었다. 그 미친놈이 일을 치른 다음 다시 광란의 도가니 속으로 뛰어들었을 때, 나는 일을 보다가 지갑을 변기에 빠뜨리고 말았다. 그 바람에 코카인 몇 그램이 든 오리가미*만 제외하고 지갑 안에 있던 게 모두 변기 속으로 사라져버렸다. 다행히 아버지가 귀 따가울 정도로 잔소리한 덕분에 내 수중에 있던 달러와 신분증 등을 모두 호텔 보관함에 놓아두었던 터라 더 큰 불상사는 없었다.

그녀를 만나야 한다.

이제 시간이 얼마 남지 않았다. 그동안 소중하게 간직해온 기대와 희망도 눈앞에서 물거품처럼 사라져가고 있다. 이제 내가 할 일은 비행기를 타고 칠레로 돌아가는 것밖에 없다. 아무래도 그녀는 오지 않을 것 같다. 더구나 날씨마저 푹푹 찐다. 그녀는 이런 날씨에 이미 길들어 있는지도 모르지만 말이다—생각해보니 브라질리아가 얼마나 더운지 그녀에게 물어본 적이 없다. 만약에 그녀가 오지 않으면, 그건 기온이나 습도 때문이 아니라 아무도 모를뿐더러 관심조차 없는 나라에서 온 불쌍한 관광객, 그러니까 멍청한 나 때문일 것이다. 내가 이곳을 좋아하는 것과 마찬가지로 사람들이 가장 살기 좋다고 믿는 나라. 그리고 내 딴에는 훤히 꿰고 있다고 믿지만, 따지고 보면 아는 게 거의 없거나 아예 없는 나라, 칠레. 그런데 한 가지 분명한 점은, 칠레의 안개 속으로 다시 돌아간다는 생각만 해도 온몸에 소름이 돋는다는 것,

* 일본어로 종이접기를 뜻하는데, 이 소설에서는 코카인 가루를 약첩처럼 싼 종이를 말한다.

그리고 앞으로 영원히 리우와 카시아를 잊지 못하리라는 것이다.

그녀도 어디론가 떠날 것이다.

머지않아.

우리가 처음 만난 날, 그녀가 그랬다. 하지만 언젠가 그녀는 다시 어느 정부, 모든 이들이 증오하는 피게이레두 정부 관료의 딸로서 생활을 이어갈 것이다. 카시아는 피게이레두를 독재자라고 한다. 피노체트와 마찬가지야, 그녀가 내게 말했다. 생각해보면 둘이 공통점이 많은 것 같아. 언제나 자기들 마음대로 하잖아. 솔직히 말해 공산주의자인 척하는 그녀의 태도가 처음엔 조금 거북했다. 아무리 봐도 허세를 부리는 것 같았기 때문이다. 그러나 얼마 안 가 그 어색한 느낌도 스르르 사라지기 시작했다. 내 마음의 벽을 무너뜨린 건 다름 아닌 그녀의 독특한 말투였다. 그녀의 목소리를 듣고 난 넋을 잃고 말았다. 그녀가 아슬아슬한 비키니 위에, 지금은 브라질리아에 살고 있는 영국인 애인의 헐렁한 더 클래시 셔츠를 걸치고 있는 모습을 보기도 전에 말이다.

아마 지금쯤이면 아직 찾아가보지 못한 할머니를 만나기 위해 짐을 꾸리고 있을지도 모른다. 아니면 그토록 갖고 싶어하던 배기팬츠를 사고 있을지도 모른다. 나는 그녀가 뭘 하고 있을지 계속 머릿속에 그려본다. 그녀는 누군가와 전화를 하면서 텔레비전을 보고 있을 것이다. 간간이 과라나 브라마* 음료수를 마시면서 말이다. 나와 함께 해변에 가서 수영을 하기도 이젠 지겹겠지. 그래서 내친김에 프라이아 두 아르포아도르**로 가서 미치광이한테 *멜류르 마코냐 두 문두****를 두 대

---

* 브라질의 음료 상표. '과라나'라는 과일을 재료로 사용한다.

** 리우데자네이루의 이파네마에 있는 해안 지역.

살지도 모른다. 바위 뒤에 숨어서 나와 같이 피우려고 말이다. 그럴 때면 우리가 평생 동안 알고 지낸 사이 같기도 한데, 마치 우리만의 은밀한 의식을 치르는 듯한 느낌마저 든다. 하기는 우리가 늘 붙어다니는 것도 그 때문이다. 세상물정 모르는 애송이 연인처럼 보일지언정 우린 여기에서 행복하게 지내고 있다. 햇볕에 그을린 건강한 피부, 반바지나 아슬아슬한 비키니에 구멍이 송송 난 낡은 티셔츠, 그리고 바다가 내려다보이는 작은 방에 나뒹구는 고급 라디오와 레게 음악이 나오는 카세트, 돈, 또 우리의 땀내를 물씬 풍기는 침대 시트.

지금 나는 해변에 엎드려 있다. 일사병에 걸리려는지 어지럽다. 살갗 타는 냄새가 콧속으로 스며든다. 겨드랑이에서 땀이 흘러내리지만, 그래도 저 먼 수평선을 바라보며 잠을 청한다. 그러나 기운이 없어서 잠도 오지 않는다. 아침에 카샤자****를 마시면서 마리화나를 피운데다, 호텔에서 샤워를 하다가 안토니아, 아니 정확히 말하면 안토니아와 카시아를 떠올리며 자위를 했기 때문이다. 화가인 주앙의 친구들이 사는 아파트 바닥에 홀로 내팽개쳐두고 온 카시아를 생각하면서 말이다. 그때의 모습을 떠올리자 다시 마음이 언짢아진다. 기분이 우울해지자 온몸이 나른해지면서 목이 탄다. 흑인들이 돌아다니면서 파는 *파인애플*이라도 사먹고 싶다.

어젯밤 우리 반 녀석들과 우르르 몰려가서 먹은 음식이 모두 눈앞에 떠오르자 갑자기 속에 있는 걸 모조리 게워내고 싶어진다. 다시 어제

*** 포르투갈어로 '세계 최고급 마리화나'라는 뜻. 마코냐는 마리화나를 의미한다.

**** 브라질 사람들이 즐겨 마시는 알코올성 증류주. 보통 발효된 사탕수수즙을 증류시켜 만든다.

일이 떠오른다. 저녁을 먹자마자 나는 카시아와 주앙, 그리고 두 미치광이 지뉴와 이부를 만나러 달려갔다. 아, 아니다. 이부는 없었고, 대신 존 레넌 스타일의 안경을 쓴 아우프레두와 시드 비셔스 티셔츠를 입고 핥고 싶을 정도로 내 마음을 사로잡은 미키마우스 그림 카드를 가지고 있던 파트릭이 와 있었다. 그랜드 펑크, 산타나, 그리고 재니스 조플린의 음악이 흐르는 가운데, 역겨운 마코냐 냄새가 코를 찔렀다. 그리고 몇몇 친구들은 여러 가지 색으로 그림을 그리고 있었다. 여러 색깔의 물감들이 서로 뒤섞이면서 전혀 다른 모양으로 변해갔다. 마치 두꺼운 얼룩이 넓게 펼쳐진 것처럼 보였다. 카시아는 여기저기 텔레비전이 놓여 있는 아파트에서 소니아 브라가가 나오는 비디오를 틀어놓고는 벌거벗은 채 춤을 추고 있었다. 내 눈에는 모든 것이 다 느릿느릿 움직이는 것처럼 보였다. 마치 슬로비디오를 보는 듯이 말이다. 모두들 바닥에 축 널브러져 있었다. 음악도 색깔도 활기를 잃은 채 허공에서 흐느적거렸다. 그러나 카시아는 실오라기 하나 걸치지 않은 채 테라스에서 웃으며 춤을 추고 있었다. 불빛에 비친 그녀의 실루엣은 너무도 탐스러웠다. 그리고 하얀 비키니 자국을 보자 갑자기 깨물고 싶은 마음이 들었다. 나는 속울음을 삼키려고 했지만 거의 흐느끼면서 포르투갈어로 노래를 부르기 시작했다. 그러자 눈앞이 핑그르르 돌면서 마음속에 있던 모든 것이 터져나오는 것 같았다. 고요하면서도 빠르게, 갈수록 더 빠르고 격렬하게 말이다. 그 순간 모리송의 목소리가 들렸다. 뚱뚱한데다 수염을 덥수룩하게 길러 데미스 루소스 같은 분위기를 풍기던 친구였다. 그는 친구들과 철학을 논하다가, 깡통을 열어 유리 테이블 위에 하얀 가루를 쏟아부었다. 마치 고운 설탕 가루 같았다. 헨드릭스의 현란한 기타 연주, 그리고 죽 늘어놓은 신용카드. "한 번 마셔봐. *정말 끝내줘*. 야 인마, 쪼다처럼 왜 그래." 치밀어오르는 슬픔을 더이상 견딜 수가 없었다. 마치 둑이 터지듯 눈물이 뺨을 타고 주르륵 흘러내리기 시작했다. 게다가 목이 메는 바람에 더이상 노래를 부를 수도 없었다. 빨대 중에서는 맥도날드 게 색깔이 제일 많을 거야. 아우프레두가 말했다. 그러더니 커다란 빨대를 코에 꽂은 채 브라질어인지 아프리카 말인지, 하여간 희한하게 코맹맹이 소리를 냈다. 그는 정말 괜찮은 놈이었다. 카시아가 빨아먹으라고, 아니면 코로 들이마시라고 자기 젖꼭지에 발라놓던 하얀 가루만큼이나 괜찮은 놈이었다. 전축에서는 지미 페이지인지, 클랩턴인지 잘 모르겠지만 하여간 누군가의 기타 연주가 계속 흘러나오고 있었다. 그런데 레코드 바늘이 홈에 걸리기라도 했는지 계속 헛돌아가는 소리가 들렸다. 마치 늪에 빠져 허우적거리는 느낌이랄까. 판 여기저기가 심하게 긁혀 지직거리는 소리가 심한데다, 폭발해버릴 정도로 스피커를 크게 틀어놓은 바람에 깜짝 놀라고 말았다. 정말 간이 떨어지는 줄 알았지만 그 음악에 완전히 사로잡혔다.

나는 자리에서 일어서면서 눈을 뜬다.

냄새가 코를 찌른다.

살이 벌겋게 익어가는 냄새가 땀, 그리고 데오도런트 냄새와 한데 뒤섞인다. 그런데 의외로 그 냄새가 자극적이다. 온몸이 이미 땀에 젖어 있는데, 그것도 모자라 머리에서도 땀방울이 뚝뚝 흘러내린다. 심지어 손가락 끝에서도 땀이 난다.

숨을 크게 들이마시자 카시아의 향기가 다시 코끝으로 스며드는 듯하다. 여러 가지 것들이 뒤섞인 가운데서 새어나오는 냄새, 그리고 몇 시간째 모래 바닥에 엎드린 채 거의 의식을 잃을 때까지 남의 모습을 훔쳐보던 중, 문득 내가 그녀 곁에 있다는 것, 그리고 오로지 그녀와 나에 대해서만 생각하고 있다는 사실에 스스로 놀라면서—흡족할 뿐만 아니라, 마음이 든든해지기까지 했다—느끼던 냄새다.

내가 그녀와 두번째로 섹스를 나누던 장면이 기억난다. 따가운 햇볕이 쨍쨍 내리쬐던 어느 오후였다. 그날 아파트에는 그림을 그리던 아우프레두가 외출한 덕에 더블베드가 텅 비어 있었다. 안테나도 없는 흑백 텔레비전에서는 옛날에 봤던 〈전투〉*가 지직거리는 소리와 함께 방영되고 있었다. 지독한 무더위 탓이었을까? 그녀와 뜨거운 시간을 나눈 뒤, 나는 곧바로 쓰러져 잠들어버렸다. 눈을 떴을 때 나는 불안했다. 잘 알지도 못하는 여자와 이래도 되는 건가…… 그녀는 내 옆에 누워 꽤나 두껍고 어려워 보이는 소설을 읽고 있었다. 그녀는 바닥에 있던 미지근한 와인 병을 들어 한 모금 마셨다. 그러고는 별안간 몸을 돌리더니 내게 입을 맞추었다. 미지근한 와인이 내 입안으로 흘러들어왔다. 그녀는 내게 한쪽 눈을 찡긋하더니 계속 책을 읽기 시작했다. 얼마 후, 그녀는 읽던 페이지를 접으며 책을 덮었다. 그러고는 다시 와인을 한 모금 마셨다.

건조한 바람이 내 위로 지나간다. 그러나 아무것도 변한 건 없다. 벌써 9월로 접어들었지만.

이파네마는 여전히 한여름이다. 발을 내려다본다. 갑자기 사지가 후

---

* 미국 ABC 방송국에서 제작한 연속극.

들거리고 눈앞이 뱅그르르 돌기 시작한다. 나는 다시 스르르 녹아내리듯 힘없이 쓰러진다. 타월도 깔지 않은 모래 바닥 위로. 마치 내가 고장난 시곗바늘이나, 시계의 하얀 숫자판이라도 된 듯이 뱅글뱅글 돈다. 아니면 〈콘도리토〉*에 나오던 미치광이들의 눈이나, 결코 끝나지 않는 나선처럼, 혹은 내 입안에서 쉼 없이 돌아가던 카시아의 혀처럼. 그러나 그녀는 지금 내 곁에 없다. 나타나지도 않는다. 다시 물속으로 들어가야겠다.

열기가 느껴진다. 내 마음처럼. 아까 먹은 아스파라거스처럼 초록빛이 도는 풀과 이끼가 물위를 둥둥 떠다닌다.

물속에서 오줌을 약간 지린다.

그리고 헤엄친다.

아직도 그녀의 모습은 보이지 않는다.

나는 물속으로 깊이 들어간 뒤, 눈을 뜬다.

거기에도 그녀의 모습은 보이지 않는다.

---

* 칠레의 만화가 레네 리오스 보에티헤르, 일명 '페포'가 그린 연재만화로, 라틴아메리카 전역에서 큰 인기를 끌었다. 주인공인 콘도리토는 라틴아메리카 민중을 대변하는 인물이다.

1980년 9월 4일, 목요일

우리는 리우 공항의 바닥에 누워 두 시간가량 눈을 붙였다. 다행히 공항에는 에어컨이 있어서 그런대로 견딜 만했다. 조금 전에는 마지막 남은 아마존산 마리화나를 피우기 위해 레르네르와 함께 화장실에 갔다. 꼭 피우고 싶었던 건 아니다. 다만 그걸 그의 구두 속에 숨겨서 푸다우엘*로 들어간다는 건 꿈도 꿀 수 없었다. 나는 다른 것, 즉 카시아와의 추억이 담긴 고운 가루를 짐 속에 넣어갈까 생각중이다. 그러나 그건 내 개인적인 일일 뿐이다.

새벽 세시가 다 되어간다. 스페인에서 오는 건지, 아프리카에서 오는 건지 알 수 없지만 비행기가 계속 연착되고 있다. 그건 아무래도 상

* 칠레 산티아고 주에 위치한 지역. 여기서는 산티아고의 코모도로 아르투로 메리노 베니테스 국제공항을 의미한다.

관없다. 칠레로 돌아가야 한다는 생각에 마음이 무겁고 어수선해서 지난주 내내 아무것도 할 수가 없었다.

나는 행운을 불러온다는 팔찌를 손목에 주렁주렁 걸고 모자로 얼굴을 가린 채 자고 있는 녀석들 곁을 떠난다. 우리를 인솔하는 여선생, 오늘밤에는 대략 오십대 정도로 평소보다 더 나이들어 보이는 선생이 가게에서 뭔가를 사고 있다. 겉으로 보기엔 그냥 막대기 같은데 물에 넣으면 자라는 식물이란다. 우리 일행 중에는 나이든 여자가 또 있다. 흔히 '뚱보' 트롱코소라고 불리는 루벤 트롱코소의 엄마인데, 다 큰 아들을 돌봐주기 위해 우리와 함께 왔다. 그녀는 카샤자 한 병을 사고 있다. 나는 뚱보 엄마에게 다가가 얼마냐고 물어본다.

"가게에서 파는 것보다 훨씬 비싸네요. 호텔 밖에 있던 구멍가게도 이렇게 안 비싼데 말이에요." 그녀의 말을 듣고 내가 말한다.

"글쎄, 잘 모르겠는데. 난 한 번도 가본 적이 없어서 말이다."

"거기라면 제가 잘 알아요. 거긴 좋은 오포르토 와인도 있어요. 포르투갈에서 수입한 거래요."

그녀는 내 목에 걸린 목걸이에서 시선을 떼지 못하고 있다. 이건 이파네마 광장에 돌아다니던 볼리비아인들에게서 산 것이다. 사실 그런 곳에 가면 이처럼 쓰잘머리 없는 물건도 보석이라도 되는 양 비싸게 부른다. 그런데 여행을 하다보면 멍청해지는 건지, 팔찌나 목걸이처럼 쓸모없는 물건도 달라는 대로 다 주고 사게 된다. 아니면 머리라도 서퍼 스타일로 잘라야 직성이 풀리는 모양이다. 이 두 가지 모두 카시아의 머리에서 나왔지만, 특별한 불만은 없다.

"저도 카샤자를 사고 싶은데 딱 십 크루제이루가 모자라네요. 지금 수중에 한푼도 없고, 더구나 은행 문은 열려면 아직 멀었으니 어쩌면 좋죠? 방법이 있긴 한데…… 어떠실지 모르겠어요. 남은 돈을 다 드릴 테니까 제게 한 병 사주실 수 있나요? 학교에 돌아가면 루벤에게 꼭 갚을게요."

일찍이 나는 세상 물정에 밝은 엄마에게 배운 게 하나 있다. 상대를 누르고 싶을 땐, 우선 그를 '죽일 듯이 노려보라'는 것이다. 다시 말해, 상대에게서 눈을 떼지 말고, 깜박거리지도 말고, 이왕이면 게이처럼 끈적한 시선을 던지면서 뚫어지게 노려보면 얼마 지나지 않아 반드시 효과가 나타나기 마련이라는 것이다. 그러면 상대는 심리적으로 위축되기 시작하고, 점점 초조해지다가 결국엔 쉬운 먹잇감이 된다고 한다. 엄마의 말대로 금세 효과가 나타났다. 그 망할 할멈은 말없이 한 병을 사서는 내게 건넨다. 외모로만 따진다면 뚱보의 엄마는 영락없이 칠레 여자다. 칠레 여인네들은 결혼하면 저 여자처럼 금세 할머니처럼 변해버리니까 말이다.

"아버지한테 갖다드리려고?"

"아마도요. 하여간 감사드립니다. 이 은혜는 잊지 않을게요."

나는 적당한 자리를 찾아 무릎 아픈 이들이 신는 구두를 질질 끌면서 걸어가는 그녀의 뒷모습을 바라본다. 최악은, 점원들이나 쓰는 싸구려 향수를 뿌렸는지 그녀가 걸음을 옮길 때마다 역겨운 냄새가 코를 찌른다는 점이다. 이상하기는 아들인 뚱보도 마찬가지다. 늘 전자계산기를 들고 최신식 전자시계를 차고 다니지만, 어딘지 시대에 뒤떨어진 것 같은 느낌을 준다. 나와는 다른 시대에 사는 녀석 같다. 아무리 돈이 많아도 녀석한테는 우리 반 다른 아이들에게서 전혀 찾아볼 수 없는 칠레인 특유의 분위기가 짙게 배어 있다.

전에 숙제를 하러 트롱코소네 집에 갔던 게 기억난다. 그때 받은 충격이 얼마나 컸던지 한동안 멍해서 잠도 못 잘 정도였다. 걸음을 옮길 때마다 삐거덕거리는 소리가 날 만큼 낡은 집이었다. 그리고 집안 곳곳에 배어 있던 난로 냄새, 우유로 만든 후식, 수도꼭지에서 녹물이 쏟아지던 욕실, 그런 식이었다. 뉴뇨아* 사람들이 대체로 그렇듯 그의 가족 또한 세상 돌아가는 일 따위엔 무관심할 뿐 아니라 고루하고 케케묵은 인습에 젖어 살고 있었다. 심지어 정원에 물을 줄 때도 여전히 호스를 쓰고 있었다. 1980년대에도 저렇게 사는 사람들이 있다니 싶을 정도였다. 그런 이상한 부모 밑에서 자라난 뚱보가 학교에 다니는 게 신기해 보이기도 한다. 그것도 모자라 집에서는 식구들끼리 '존칭'을 사용한다. 이상한, 정말로 괴상하기 짝이 없는 집구석이다.

뚱보는 나치다. 그가 나에게 한 말이다. 그래서 나는 녀석을 지독히도 싫어한다. 놈은 고양이를 죽이는 건 물론이고 쥐를 태워죽이거나 개구리를 산 채로 끓는 물에 집어넣기도 한다. 녀석의 노트는 갈고리 십자로 가득채워져 있다. 언젠가 녀석이 포로수용소 사진을 잔뜩 붙여놓은 노트를 우리집에 가져온 적이 있다. 우리는 피골이 상접한 벌거벗은 여자들과 뼈가 훤히 보일 정도로 비쩍 마른 남자들의 사진을 함께 보았다. 그러나 나는 아무 말도 하지 않았다. 내가 미처 모르고 있던 사실이 너무 많아 함부로 말하기가 꺼려졌기 때문이다. 그런데 뚱보는 갑자기 자신감에 넘치는 표정을 지으며, 자기는 이런 사진—그에

---

* 칠레 산티아고의 한 지역으로 주로 중산층이 산다.

따르면 이런 사진이 『펜트하우스』나 『허슬러』보다 훨씬 더 자극적이란다—을 보면서 자위를 한다고 털어놓았다. 그리고 나중에 마멀레이드를 만들려고 자기의 정액을 병에 모아두기까지 한다는 것이다. 그 순간 왈칵 구역질이 치밀었다. 나로선 도무지 상상이 가지 않았다. 어떻게 저런 돼지 같은 놈이 옷은 꼭 라 폴라르*에서 사고, 겨드랑이 부분이 꼴사납게 늘 땀에 젖어 있는 카키색 셔츠에, 엄마가 손으로 뜬 조끼와 플란넬 바지를 입고 다니는지 말이다. 더 납득하기 어려운 건 그렇게 차림새에 신경을 쓰는 놈이 머리는 생전 감지도 않을뿐더러, 알몸으로 침대에 누워 뻔질나게 자위를 한 다음 정액을 유리병에 담아둔다는 사실이다. 득의만만하던 뚱보가 어느 날 갑자기 비장한 표정을 지으며 히틀러와 프로이센식으로 편성된 우리 군에 대해 열변을 토하더니, 나중엔 국가정보국**에 근무했던 자기 삼촌 얘기를 꺼내기 시작했다. 그리고 자기는 여동생을 끔찍이도 미워한다고 털어놓았다. 그래서 여동생이 가지고 놀던 인형들의 목을 모조리 따서 마당에 있던 포도나무 아래 묻어버린 적도 있다고 대수롭지 않게 말했다.

라스 콘데스의 세로 산 루이스*** 출신인 레르네르가 내게 다가오더니 도저히 뿌리칠 수 없는 제안을 했다. 자기한테 브라마와 잘 섞어놓은 카사자와 마리화나 한 대가 남아 있으니 같이 하겠느냐는 것이었다.

그러나 내 머릿속은 온통 뚱보 트롱코소, 여행 기간 내내 자기처럼

---

* 칠레 전국 각지에 지점을 거느린 대형 매장.

** 피노체트가 권력 유지를 위해 창설한 비밀 경찰 조직.

*** 라스 콘데스는 상류층이 모여 사는 칠레 산티아고 주의 자치구이고, 세로 산 루이스는 고급 주택이 밀집한 라스 콘데스의 한 구역이다.

나치주의자인 엄마 곁에 붙어서 자던 이상한 녀석 생각으로 가득차 있었다.

나는 레르네르를 따라 넓은 벽면이 브라질 지도로 꽉 찬 복도로 간다. 우리는 또다시 화장실로 들어간다. 마치 설사병에 걸린 어린애들 꼴이다.

우리는 빈칸에 들어가 문을 걸어 잠근다.

"아늑한 게 아주 좋은데." 내가 말한다. "하긴 이런 데는 다 비슷비슷하지."

"그런데 낙서가 없어서 심심하네, 거시기도 그려져 있고 그래야 재밌는데."

"네가 가지고 있는 것까지 하면 족히 반 그램은 될 거야."

"멍청아, 여기가 할리우드 디스코텍인 줄 알아?" 내가 쏘아붙인다.

솔직히 말해 더이상 마약에 손대고 싶은 마음은 없다. 그런데도 내 걸 이 녀석에게 주기는 싫다. 물론 레르네르하고 있으면 마약하기 딱 좋다는 건 나도 잘 안다. 녀석은 어디서 마리화나 가루를 조금이라도 구한 날에는 내게 득달같이 달려와 나눠주곤 했다. 하지만 나는 단 한 번도 응한 적이 없었다. 만약 형광빛이 도는 진홍색의 내 새 지갑 속에 몇 그램의 가루가 있는 작은 봉투, 카시아의 말대로 오리가미가 있다는 걸 알면, 녀석은 날 죽이려고 들지도 모른다. 그렇다고 사실대로 털어놓기도 싫다. 일단은 산티아고에 가져가고 싶다. 거기 가면 왠지 아쉬울 것 같아서다.

"어서 불이나 붙여." 그가 말한다. "만약 이러다 걸리면, 우릴 꽁꽁 묶어서 활주로로 끌고 갈 거야. 그럼 똥 되는 거지 뭐."

우리는 마리화나를 종이에 말아 불을 붙인 다음, 한 모금 깊게 들이마신다. 그러자 세 번, 아니 네 번이나 온몸이 부르르 떨린다. 젠장! 이게 뭐하는 짓이람. 비행기가 도착했을지도 모르는데. 계속 이렇게 살 수도 없고, 칠레로 돌아가고 싶지도 않다.

화장실에서 나와 대합실로 갔다. 사람들이 늘어난 탓인지 분위기가 어수선하다. 아니면 내 기분이 아까보다 안 좋아 그렇게 느끼는 건지도 모른다. 아마 그럴지도 모른다. 그 순간 곱디곱고 육감적인 여자 목소리가 스피커를 타고 흘러나온다. 듣고 보면 무미건조한 내용에 불과하지만, 끊임없이 흘러나오는 그 목소리는 마치 보사노바처럼 내 마음을 휘감는다. 헤시피행 바스프, 뉴욕행 팬 암, 리스본행 바리그, 산티아고행 이베리아.

어디를 가더라도 주위의 이목을 끄는 레르네르가 내 옆에서 나란히 걸어가고 있다. 어찌 보면 우린 당당하게 마을로 들어가는 두 명의 카우보이 같다. 아니, 마치 행진하는 두 명의 군인 같기도 하다. 다른 반 녀석들은 여행 안내 팸플릿을 서로 바꿔보거나, 흥미진진한 표정으로 포르투갈어판 『플레이보이』를 읽고 있다.

반대편 창문으로 파랗고 노란 루프트한자 여객기가 어둠을 뚫고 이륙하는 모습이 보인다. 그 순간 루이사 벨라스케스와 마주쳤다. 기분이 언짢은지 표정이 그리 밝지 않다. 어쨌건 나는 이 아이가 마음에 든다. 더군다나 시험 시간에 모르는 문제가 나와 쩔쩔매고 있으면 자기 답안지를 슬쩍 보여주기도 했다. 넌지시 말을 건네본다.

"비행긴 몇시에 떠난대?"

"두 시간 뒤." 그녀는 마치 스페인어 선생 같은 말투로 대답한다.

"에이, 빌어먹을!"

"차라리 잘된 건지도 모르지. 그만큼 늦게 갈 테니까."

"무슨 소리야! 이곳 생활도 이젠 다 끝났어. 이왕 가기로 마음먹었으면, 한시라도 빨리 떠나는 게 상책이지. 꾸물대봐야 마음만 더 괴롭다고. 안 그래?"

"마티아스, 넌 그럭저럭 재미있게 보낸 모양이네."

"그걸 말이라고 해? 내 인생에서 가장 멋진 열흘이었어. 그렇다고 여기서 이렇게 세월만 보낼 순 없잖아. 이젠 정신 차리고 살아야지."

"애들 말이 맞나보네. 넌 여길 참 좋아하는 것 같다더니……"

그녀는 마치 의미심장한 말이라도 꺼낼 듯한 표정이다. 그런데 말을 마친 그 아이의 표정이 갈수록 어두워진다. 그 바람에 내 기분도 울적해진다. 그녀가 워낙 똑똑해서, 물론 숫처녀이기도 하지만, 친구들과 어울리지도 못한 채 혼자 돌아다니는 것도, 여태까지 그녀에게 접근한 녀석이 하나도 없는 것도, 또 남들과 달라지고 싶다는 집착에서 벗어나지 못하는 것도, 모두 다 나 때문인 것 같다. 안타깝지만 아무리 애를 써도 자기 뜻대로 되지 않으리라는 걸 그녀도 알고 있다. 사정이 이렇다보니 그녀가 이상한 아이라는 소문이 돌고 있었다. 언제나 의기소침한 모습으로 혼자 다니면서, 우리의 일거수일투족을 경멸스럽게 쳐다보니 그런 소문이 도는 것도 무리는 아니다. 더군다나 다른 애들이 비치라켓볼을 즐기는 동안에도 혼자서 조용히 책만 읽고 있으니 이상한 눈으로 볼 수밖에.

루이사는 희한한 아이다. 하지만 그녀는 자기가 그렇다는 사실을 절대 인정하지 않는다. 물론, 이건 내 생각이지만, 그 아이에게 안토니아 같다고 하면 펄펄 뛸 것이 분명하다. 아마 그녀가 그 정도로 이상한 아이는 아니니까 나도 말을 거는 건지 모른다. 게다가 그녀는 내가 자기의 약점을 알고 있기 때문에, 나를 남과 다르게 대해주는 면도 있다. 그래서인지 루이사는 내가 친구 녀석들과 어울리거나 자기와 상극인 계집애들과 나돌아다니는 걸 무척이나 싫어한다. 어쨌든 그 아이는 나를 친구로 받아들였다. 그 이유에 대해선 알 길이 없지만 단둘이 있을 때 나를 경멸스러운 눈초리로 노려보는 일은 전혀 없다. 오히려 재미있어한다. 그 이유는 분명하다. 나라도 없으면 루이사 벨라스케스는 세상에 대해 아는 게 전무해질 것이다. 읽으려고만 하지 말고 제대로 경험을 해보라고 만날 때마다 입버릇처럼 말해줘도 그 아이는 무슨 말인지 도통 이해가 안 되는 모양이다. 아니면 쓸데없는 충고라고 생각하는 건지. 그녀의 그런 골치 아픈 면모 때문에 만나서도 내 진심을 완전히 털어놓기가 어렵다. 그런데 지금은 칠레로 돌아가야 한다는 생각 때문에 얼마나 괴로운지 이 아이를 붙잡고 하소연이라도 하고 싶은 심정이다. 그러나 입이 떨어지지 않는다. 이 답답한 심정을 누가 알까? 아니, 차라리 아무도 모르는 편이 낫다.

우리가 왜 서로 마음의 문을 열지 못하는지, 그 이유를 나는 알고 있다. 그건 루이사 벨라스케스가 나를 대단치 않게 여기기 때문이다. 이런 상황에서 그녀가 내 약점을 죄다 알게 된다면, 즉시 나에 대한 관심을 끊을 게 분명하다. 그녀가 무조건 나를 따라주면 좋겠지만 그건 내 희망 사항일 뿐이다. 오히려 평소 하는 짓으로 봐서는 내게 끌린다는 사실만으로도 못 견뎌할 아이다. 절대 그럴 리가 없다고 하루에도 여러 번씩 머리를 뒤흔들 게 뻔하다. 그녀는 나 같은 놈에게 마음을 빼앗긴 자신을 절대로 용납하지 않을 것이다. 혹시 자기와 닮은 녀석, 예를 들면 곤살로 막클루레처럼 나보다 부드러우면서 범생이 같은 놈이라면 또 모를까. 어쩌면 그 아이에게는 마조히즘적인 성향이 있는지도 모른다. 그래서 나를 귀찮게 따라다니는 것이다. 그럴수록 나는 엉뚱한 짓을 해서라도 이 아이의 마음을 살살 긁어놓고 싶어진다. 나는 괜히 그녀의 질투심을 부추겨보려고 내 숨결이 느껴질 정도로 가깝게 다가가서 속삭인다.

"그래 맞아. 정말 재미있게 지냈어, 루이사. 그런데 나만 그런 게 아니라 다들 잘 지낸 것 같던데. 하기야 친구들하고 어울리지 못하고 방구석에만 처박혀 있던 놈들도 있지. 그런데 그 멍청이들은 자기들이 지금 여행 왔다는 사실조차 모르고 있을 거라고. 지나고 나면 땅을 치고 후회하겠지만, 뭐 어쩌겠어? 루이사, 인생에서 열일곱 살은 단 한 번밖에 없어. 무슨 말인지 알겠니?"

"솔직히 말해서 난 그리 즐겁게 보내진 못했어." 그녀가 말한다.

"이봐, 둘이 정답게 얘기 나누는 것도 좋은데, 어디 좀 앉자. 다리 아파 죽겠어." 벨라스케스와 내가 여행에 대해 이러쿵저러쿵 얘기하는 동안 활주로에 켜진 불빛을 멍하게 바라보던 레르네르가 끼어든다. 기가 막힌 타이밍이다.

"우리 저리로 가자." 내가 그녀에게 말한다. 왜 갑자기 불쑥 그런 말을 했는지 나도 잘 모르겠다. 사실 조금 전까지만 해도 빨리 이 아이를 보내고 혼자 있고 싶었다. 그런데 무슨 까닭인지 갑자기 마음이 변했다. 이상하게도 오히려 지금은 이 아이와 계속 이야기를 나누고 싶다. 반면 안토니아는 여자아이들과 함께 있다. 수다를 떠느라 저 아이는 내가 여기에 있는지도 모른다. "그러니까 별로 재미가 없었다는 거구나. 거참 안됐네." 내가 루이사에게 말한다.

"내가 커피 한 잔 살게." 그녀가 내게 말한다.

"아냐, 괜찮아."

"그럼 어디 좀 앉자."

"좋지."

"너 마리화나 피웠지, 그렇지?"

"응. 마-리-화-나. 마코냐. 듣기만 해도 섬뜩하지 않니? 요즘 칠레 젊은이들은 죄다 타락의 구렁텅이에 빠져 있어. 딱히 할 게 없으니 뭐 어쩌겠어."

"혹시 남은 거 있니?"

"이봐, 왜 이래? 이제 배우려고? 참아라, 너무 늦었어. 물론 네가 다른 아이들처럼 재미있게 못 보낸 건 나도 잘 알아. 하지만 너무 오버하지 말라고. 더구나 아까 다 피워버려서 이제 하나도 없어."

"왜 그렇게 정색을 하고 그래, 마티아스? 너 일부러 그러는 거지?"

"자기한테 어울리는 일은 다 따로 있는 법이야."

"만약에 말인데, 조금이라도 생기면 나한테 줄 수 있어?"

"세상에 공짜가 어디 있어. 물론 돈만 낸다면야 안 줄 이유가 없겠지만. 정 학교생활을 망치고 싶으면 그렇게 해. 네가 알아서 네 무덤을 파겠다는데 난들 어쩌겠어."

"이제 됐으니까, 그만하자."

"지금 새벽 세시야. 그러니까 현지 시각으로 말이야."

"그런데 이런 의미 없는 한심한 여행에 날 보내려고 엄마 아빠가 터무니없이 많은 돈을 썼다는 게 이해가 안 가. 잘 생각해봐. 여기 물라토 여자들이나 어린 여자애들하고 어떻게든 한번 붙어볼 생각으로 온 골 빈 애들이 태반이잖아. 하긴 그 여자애들이라고 다를 것도 없지. 아르헨티나 애들한테 달라붙어서 블라우스나 셔츠, 아니면 비키니라도 얻어내려고 눈이 벌거니까."

"이봐, 나도 여기 왔지만 그 정도는 아니라고. 사실 학교는 쓰레기야. 그걸 모르는 사람은 없을걸. 여행도 쓸모없기는 마찬가지야. 쓰레기지. 호텔도 엉망진창이고. 그렇지만 적어도 우리가 평소 원하던 걸 실컷 할 수 있는 기회는 있었잖아. 가령 칠레에서 멀리 떠나도 보고, 할 일 없이 비타쿠라 쇼핑센터나 돌아다니는 골 빈 애들보다 훨씬 인간미 넘치는 사람들도 많이 만날 수도 있었고 말이야. 그게 중요한 거야. 여자하고 들러붙든 혼자서 자위를 하든, 그건 각자가 알아서 할 일이고. 그런데 넌 대체 뭘 바랐던 거니? 매일 밤 춤이라도 추려고 했어?"

그녀는 눈을 동그랗게 뜨고 나를 쳐다본다. 잠깐이기는 하지만 그녀가 멋지게 보이기까지 한다. 믿을 수 없지만 그녀의 눈에서 눈부신 광채가 인다. 뭔가 분명하게 말해야 할 것 같다. 그녀도 그걸 기다리는 눈치다. 지금처럼 그녀는 언제나 내 입에서 무슨 말이라도 나오기를 기다린다. 이럴 때마다 정말 난감하다. 저 아이는 내가 어떤 말이라도 해주기를, 자기를 내버려두지 않기를, 그리고 자기를 깜짝 놀라게 해주기를 늘 바라니 말이다. 하여간 난 사람들이 뭔가를 잔뜩 기대하는 눈초리로 날 바라보면 짜증부터 난다. 그래도 그녀에게 얽혀든 이상 무슨 말이라도 내뱉어야 한다. 그녀는 여전히 나를 뚫어지게 바라보고 있다. 우선 무슨 말을 할지 곰곰이 따져보고, 깊은 한숨을 내쉰 다음 입을 연다.

"이봐, 루이사, 지금 널 탓하는 게 아냐. 여행 한 번 다녀온다고 사람이 통째로 바뀌는 건 아니야. 그래도 여행을 통해서 너 자신을 더 잘 이해할 수 있고, 또 칠레에서 어떤 아이들과 어울렸는지도 살펴볼 수 있잖아. 전에 카시아가 이런 말을 하더라고. 여러 나라를 여행하면 할수록 그만큼 더 올바른 선택을 하게 된다고 말이야. 갠 전 세계를 돌아다닌 아이니까, 틀린 말은 아닐 거야. 낯선 곳에서 새로운 사람들과 사물들을 경험함으로써 자신을 더 객관적으로 바라볼 수 있게 될 테니까. 그런데 그렇게 할 수 있고 없고는 모두 자기 마음에 달려 있어. 칠레에서와는 달리 여기선 네가 원하는 대로 다 할 수 있다고. 마음만 먹으면 넌 지금과는 전혀 다른 사람이 될 수도 있어. 그래서 나는 집에 돌아가면 어떻게든 엄마 아빠를 꼬드겨서 다음 여름에도 여기 올 생각이야. 후진 레냐카* 따위는 이제 성에 차지도 않아."

"여기 있으면 정말 딴사람이 될 수 있다는 얘기구나."

"물론이지. 난 여기 있으면서 어른이 다 된 것 같아. 평소 하고 싶었던 건 다 해봤으니까. 후회는 없어."

"하여간 축하해."

"고마워."

"마티아스, 그런데 알고 보니까 너 참 대단한 아이로구나. 하기야 이렇게 비꼬아 말해봐야 네가 알아들을 턱도 없지만 말이야. 내가 어쩌

* 칠레의 발파라이소에 있는 휴양지.

다 너 같은 놈한테 걸려들었는지 모르겠어. '여기 있으면서 어른이 다 된 것 같다'고? 야, 웃기는 소리 좀 작작해라. 그런 얘길랑 나 말고 저기 있는 안토니아한테나 가서 해보지그래. 나하고 가까운 사이도 아니면서 어디서 그따위 수작이야."

"이봐, 갑자기 왜 그러는 거야? 참 이상한 아이네. 어디서 무슨 말을 들었는지 모르겠지만, 당장 가서 정신검사나 받아봐. 원래 정신이 말짱한 사람들끼리 어울리는 법이니까. 그리고 그렇게 내가 싫으면 당장 가면 될 거 아냐."

"원래 진실은 받아들이기가 괴로운 법이야, 안 그래?"

나는 그녀를 멍하니 바라보면서 부드러운 미소를 지어 보인다. 따지고 보면 저 아이의 말도 나름대로 일리가 있다. 예전 같으면 폭발하고도 남을 상황이지만 지금으로선 참는 수밖에 없다. 지금 저 아이는 몸을 돌린 채 머리를 매만지면서 손톱을 물어뜯고 있다. 그러고는 창으로 공항의 불빛을 바라본다. 갑자기 저 아이가 멀게만 느껴진다. 저 아이는 자기 자신을 혐오하고 있는 게 틀림없다. 루이사 벨라스케스는 자기도 모르게 사소한 일에도 금세 우울해지고 핑크 플로이드 스타일의 실존주의적 충동에 쉽게 빠지는 아이다. 그러나 어찌할 방법이 없다. 모든 게 다 끝장난 것 같아 기분이 씁쓸하다. 그렇다고 딱히 기가 죽을 이유도 없다. 어차피 나하고는 안 어울리는 아이니까. 그건 누구보다 그녀가 더 잘 알고 있다.

졸다가 화들짝 놀라 잠에서 깬다. 주변을 둘러보니 여전히 공항이다. 눈이 따끔거린다. 바이진 안약이라도 있으면 좋을 텐데. 레르네르에게 하소연이라도 하고 싶은 심정이었지만, 내 기분을 알 리 없는 녀석은 제 얘기를 하는 데만 급급했다. 코파카바나에 있는 나이트클럽에 갔을 때, 자기 성기를 빨아준 흑인 여자가 남자인지 아닌지 잘 모르겠다면서 넉살을 떨었다. 옷을 다 벗으려고 하지도 않고, 젖꼭지가 지나칠 정도로 크고 단단한 게 아무래도 수상쩍은 생각이 들더라는 것이다. 한참을 떠들어대던 녀석은 지금 바로 내 옆에서 잔뜩 웅크린 채 곯아떨어져 있다. 자는 모습을 보면 영락없이 자신이 키우는 독일산 셰퍼드인 보리스를 닮았다. 여자인지 남자인지 알 수 없는 그 흑인 꿈을 꾸는 모양이다. 그의 윗옷 주머니에 항공권, 즉 칠레행 비행기표 끄트머리가 삐져나와 있다.

순간 이상한 느낌이 들어 내 티켓을 찾아보았지만 아무데도 없다. 패닉. 처음엔 잃어버린 줄로만 알았다. 호텔에 두고 왔거나, 아니면 레블롱 어딘가에 흘리고 온 게 분명하다. 아뿔싸! 이 일을 어쩐다. 어쨌든 당장 영사관에 연락을 해야 할 것 같다. 이 사실을 알면 선생이 나를 죽이려고 들 텐데. 나는 마지막으로 내 아디다스 가방을 뒤져보았다. 다행히도 비행기표는 그 안에 있었다. 잠깐 사이에 천국과 지옥을 오간 느낌이었다. '젠장! 나만 여기 남겠구나.' 그러나 그 순간 마음 한구석에서 야릇한 흥분이 일면서 상상의 나래가 펼쳐졌다. 우선 고속도로로 나가서 히치하이킹을 해보는 거야. 아무 차라도 얻어 타면 되니까. 아마 서핑하러 가는 놈들이 득실거리는 사이키델릭한 트럭이 날 태워서는 리우 팔라세나 코파카바나쯤에서 내려줄 테지. 그런 다음 내 헤링 셔츠와 리바이스 청바지를 가방에 쑤셔넣고 곧장 바닷물로 뛰어들 거야. 혹시 알아? 카시아가 별안간 등뒤에서 나타나, 내 젖은 머리를 잡아당길지. 그 아이는 꽁지머리를 만들어주려고 할 거야. 그러곤 이렇게 말하겠지. "넌 긴 머리가 참 잘 어울려." 그럼 난 뒤를 돌아보면서 말할 거야. "아, 그래? 정말이니?" 그녀의 코, 아름다운 코가 햇볕에 빨갛게 타 있을 거야. 우리가 물속에서 달콤한 키스를 나눌 때, 파도는 우리 사이로 흘러가겠지. 내 품에 안긴 그녀가 몸을 꼬며 말할 거야. "자, 가봐. 이젠 네가 헤엄칠 차례니까."

일어나 몇 발짝 걸어보지만, 기분이 영 개운치 않다.

마음속에 품고 있던 내 공상이 마치 시원찮은 폭탄처럼 보인다. 몸도 무거운데다 졸음이 쏟아진다. 뭔가가 끝날 것 같은데 끝나지 않는다. 그리고 비행기는 여전히 감감무소식이다. 무엇 하나 제대로 돌아가는 게 없다. 이래선 안 되는데. 이젠 머리까지 지끈거린다. 고장난 스피커처럼 머릿속에서 이상한 소리가 울리는 것 같다. 우리가 탈 비행기의 랜딩 기어가 고장나는 바람에 다카르에서 한동안 발이 묶여 있었다는 얘기가 들린다. 나는 공중전화가 있는 곳으로 걸어간다. 수화기를 들었지만, 전화번호를 알 리가 없다. 그녀와 통화할 방법이 없다는 걸 잠시 잊은 모양이다. 나는 멍하니 서서 수화기에서 흘러나오는 신호음을 듣는다. 칠레에서와는 다른 소리가 난다. 나는 대합실 모서리에 있는 공중전화 부스에 몸을 숨긴 채 잡지를 읽고 있는 안토니아를 멍하니 바라본다. 평화로워 보인다. 믿을 수 없을 만큼 차분한 모습이다. 그녀의 저런 태도가 부럽기도 하지만, 선뜻 받아들일 수가 없다. 아무리 애써도 이해할 수 없을 것 같다.

나는 안토니아를 유심히 관찰한다. 완벽해 보인다. 적어도 내 눈에는. 그래서인지 오히려 저 아이가 멀게만 느껴진다. 나로서는 차라리 그게 좋다. 쭉 뻗은 갈색 머리가 돋보인다. 그리고 저 모자는 내가 선물한 것이다. 아니면 저 아이가 내게서 뺏은 것이든지. 사실 저 모자는 우리 외할아버지 타타 이반이 쓰던 건데, 팔순 잔칫날 내가 억지로 뺏다시피 했다. 저 모자—정말 멋진 모자다—는 이십 년대에 유행한 솜브레로 칼라녜스*다. 헝가리 출신. 그 칼라녜스는 내 예상대로 모든 이들에게 선망의 대상이 되었다. 라스 콘데스에서 저 모자를 유행시킨 장본인도 바로 나였으니까 말이다. DC-10기를 타고 리우로 올 때도, 저 모자를 써보려고 모두들 난리법석을 피웠다. 그러나 나는 모자를 안토니아에게 주었다. 여기 오던 날 이 공항에 도착하자마자 갑자기 비가 쏟아지기 시작했다. 안토니아는 행여나 머리가 젖을까봐 걱정하는 눈치였고 나는 그녀에게 모자를 건넸다. 평소 같으면 그런 식으로 호의를 베풀어도 거절할 아이인데, 그땐 급했는지 넙죽 받으면서 말했다. "고마워, 네가 아니었으면 비에 흠뻑 젖을 뻔했어."

나는 여전히 수화기를 귀에 댄 채로 이상한 신호음을 듣고 있다. 어느 틈에 루이사 벨라스케스가 내 곁에 와 있다. 내가 무슨 말을 하는지 들으려고 귀를 쫑긋 세운다.

"꼭 돌아올게. *너* 잘 알고 있잖아…… 그래?…… 나도 마찬가지지…… 일어나지 말고 계속 자…… 내가 보고 싶을 거라고? 그럼 칠레로 와. 내가 스키 타는 법을 가르쳐줄 테니까…… 그래, 카시아, *나도 널 사랑해*."

나는 전화를 끊는다. 왜 그런 거짓말을 했는지 나도 잘 모르겠다.

---

* 스페인 안달루시아 우엘바 지방에 있는 칼라냐에서 만드는 모자로, 주로 비버 가죽을 이용하며 동그랗게 말아올린 챙이 특징적이다.

"방해하고 싶지는 않은데……" 그녀가 내게로 천천히 다가오면서 말한다.

"아냐, 괜찮아. 떠나기 전에 마지막으로 그애 목소리를 듣고 싶어서, 그게 다야."

"그애가 그렇게도 좋니?"

"괜히 질투하지 마, 루이사."

"천만에. 그저 궁금했을 뿐 그 이상은 아니야. 그리고 안토니아한테 준 모자 말인데, 정말 고맙게 생각해."

"루이사, 넌 도대체 누구 편이야?"

"더이상 네 편은 아니야, 그건 너도 잘 알 텐데."

그녀는 게슴츠레 실눈을 하고서 나를 바라본다. 그러곤 어울리지도 않게 짓궂은 미소를 짓는다.

"이놈의 비행기 땜에 이제 더는 못 참겠네." 그녀가 갑자기 화제를 돌린다. "마르가리타는 비행기가 많이 늦을 거라고 칠레에 전화했더라고."

"걔네 엄마 아빠라면 분명 질질 짰을 거야."

"좀 걸을까?"

"그러자."

우리는 안토니아의 뒤를 돌아 바리그 항공사 사무실 쪽으로 걸어간다. 안토니아는 읽던 잡지를 내려놓은 채 로시타 바로스와 비르히니아 인판테와 얘기를 나눈다. 그녀는 치마 위에 올려놓은 모자를 부드럽게 어루만지고 있다. 아마 마음속으로는 나를 애무하고 있을지도 모른다.

루이사는 뉴욕행 바리그 항공기 탑승 대기실 쪽으로 나를 데려간다.

그 옆에 있는 의자에 나란히 앉았는데, 분위기가 어쩐지 좀 서먹하다. 떠나려고 손에 가방을 잔뜩 든 브라질 사람들이 보인다. 일행으로 보이는 두 여자애가 탑승을 기다리고 있다.

"왜 얘기 안 해?" 그 아이가 먼저 입을 연다.

"됐어. 가만히 내버려둬."

내 시선은 대기실 안에서 눈에 띄는 몇몇 사람들—심각한 표정으로 프랑스 책을 읽고 있는 남자와 멍한 표정으로 뜨개질을 하고 있는 멋쟁이 할머니—을 지나 한 무리의 사람들에 이르러 멈춘다. 그들은 한 가족이다.

"저길 좀 봐." 내가 손가락으로 가리키며 말한다.

"알아, 나도 방금 봤어. 그래서 널 이리로 데려온 거야."

그 가족들 사이에는 팽팽한 긴장감이 흐르고 있다. 한눈에 봐도 브라질 사람이다. 그런데 워낙 조용조용히 얘기하고 있어서 대체 무슨 일인지 가늠하기가 어렵다. 저들 중 떠날 사람은 아버지다. 그건 분명하다. 그는 손에 엄청나게 큰 가방 하나와 우비를 들고 있다. 옆에는 어머니가 서 있는데, 꽤 젊어 보인다. 우리 엄마가 기분좋을 때와 비슷한 인상이다. 엄마와 세 아이는 여기 남아 있을 모양이다. 남자애가 둘인데 한 애는 나이가 나랑 엇비슷할 것 같고, 다른 애는 열네 살 정도 되어 보인다. 운동선수처럼 보이는 그 아이는 특히 해변에서 하는 운동을 좋아할 것처럼 생겼다. 아마 비치발리볼을 잘하겠지. 오브라이언 셔츠를 입고 있는 게 눈에 띈다. 그 옆에 여자아이가 하나 있는데, 눈에 띄는 점이 전혀 없다. 초록색 치마를 입은 그 아이는 내내 울었는지 눈에 눈물이 그렁그렁하다. 표정으로 봐서는 앞으로도 계속 울 기세다.

"아버지는 미국에 살고 있어. 모르긴 해도 거기서 터를 잡은 것 같아. 아마 은퇴할 때까지는 돌아오지 않을 거야. 여기 있어봐야 딱히 할 일이 없으니 차라리 거기 있는 게 낫겠지. 보아하니 고생깨나 한 얼굴이야. 하긴 이 세상에 쉬운 일이 어디 있겠어. 일을 꾸미는 건 사람이지만 성공은 하늘에 달렸으니까."

"네가 그걸 어떻게 알아?"

"저 여자애가 다 말해줬어. 아까 담배 좀 빌리러 재한테 갔었는데, 피차 지루하던 차에 잘됐다 싶어 얘기를 좀 나눠봤거든. 이름은 가브리엘라야. 보타포구*에 사는데도 해변을 되게 싫어하더라고. 대학에 가서는 생물학을 공부하고 싶대."

"그런데 아버지는 왜 떠나는 거야?"

"거기가 자기 생활 터전이니까 그렇지. 또 부인도 거기 있고."

"뭐라고?"

"말 그대로야. 이곳을 떠난 지 오래됐으니 그럴 수밖에. 몸이 떠나니까 마음도 떠난 거지. 본부인과 계속 살 생각이 없었나봐."

"그런데 저 아이가 제 입으로 그런 얘길 다 했단 말이야?"

"사람들은 나를 잘 믿더라고."

"쓸데없는 소리 좀 작작해, 루이사."

"진담이야."

나는 여전히 그들에게서 눈을 떼지 못하고 있다. 아버지는 자꾸 시계를 쳐다본다. 빨리 떠나고 싶지만, 그렇다고 지금의 분위기를 깨고

---

* 리우데자네이루에 있는 해변지역.

싶지도 않은 모양이다. 조금 전에 신경안정제를 복용한 그의 얼굴에 후회하는 빛이 역력하다. 이곳이 바로 자신의 나라, 자기가 있어야 할 자리라는 걸, 그리고 자기 곁에는 아내가 꼭 필요하다는 사실을 이제야 절실히 깨달은 듯하다.

"이봐." 나는 루이사에게 슬쩍 물어본다. "그럼 그곳에 있는 부인은 미국 여자야?"

"아니, 브라질 여자래. 그 여자가 보스턴까지 따라갔다고 하더라고. 그애 아버지 말로는 그 여자를 별로 사랑하지도 않지만 청승맞게 혼자 있는 게 싫어서 같이 사는 거라더군. 그런데 자기가 마음속 깊이 아내를 사랑하고 있다는 걸, 또 미국을 지독히도 싫어한다는 걸 이제야 깨달은 거야. 그것도 떠나기 직전에 말이지. 거기 가봐야 정을 붙일 만한 사람이 있을 리가 없지. 가진 거라고는 일자리 달랑 하나야. 그것도 그저 근근이 먹고살 정도니까 만족스러울 리도 없고. 더구나 그사이 훌쩍 커버린 아이들을 남겨놓고 가려니 얼마나 마음이 아프겠어. 가브리엘라는 빨리 결혼이나 하고 싶다더라고."

"그럼 아들은?"

"큰아들 말이야?"

"그래."

"걔가 뭐?"

"아니, 걘 어떠냐고."

"셋 중에서 성격이 가장 많이 삐뚤어진 것 같아. 하긴 저 나이에 현실을 있는 그대로 받아들이긴 어렵겠지. 처음으로 아버지에게 대든 것도 걔였다고 하니까."

"자, 가자." 나는 루이사에게 조르듯이 말한다.

"어떻게 될지 마저 보고 가면 안 될까? 가브리엘라에게 자꾸 신경이 쓰여서…… 걔나 걔네 식구들의 입장을 내가 제대로 이해할 수 있을지는 모르겠지만, 그래도 내게는 큰 도움이 될 것 같아. 너도 알다시피 우리집도 식구들이 모두 모일 때가 드물잖아. 늘 어디론가 떠났다가, 다시 돌아오고. 그렇다고 우는 사람은 아무도 없어. 그런 데 신경쓰는 사람조차 없지. 비행기 타고 떠나면 그만이니까."

나는 아까부터 맏아들 녀석을 지켜보고 있다. 어딘가 나와 닮은 구석이 있는 것 같다. 내가 옷만 좀 다르게 입는다면 말이다. 녀석은 아예 몸을 돌려 창밖을 내다보면서 남동생과 이야기를 나눈다. 자기와 똑 닮은 아버지를, 하지만 곧 떠날 아버지를 애써 외면하려는 심산인 듯하다.

"곧 돌아올게." 루이사에게 말한다.

나는 다시 화장실 칸막이 속으로 들어가 새 지갑 속에 있는 오리가미를 꺼낸다. 녀석, 꽤나 불안해 보이던데. 나는 생각한다. 보기보다 마음이 여린 것 같아. 하는 짓도 어리고. 녀석의 얼굴에는 울음을 참으려고 애쓰는 흔적이 역력했다. 하지만 오래 참지는 못할 것 같다. 자기 아버지를 증오하면서도, 한편으로는 사랑하고 있으니까 말이다. 다행히 오리가미는 지갑 속에 그대로 있다. 손으로 무게를 재어보고는 봉투를 연다. 가루가 아주 곱고 희다. 나는 가루를 손바닥에 모두 쏟아붓는다. 어쨌든 상관없어. 난 지금 이게 필요하니까. 그런데 빨대도, 스푼도 없다. 하는 수 없이 손가락 끝에 가루를 묻혀서 콧구멍 속에 집어넣는다. 최대한 깊이. 숨을 들이마시자 온몸이 나른해진다. 천국이 따로 없다. 약기운이 전신으로 퍼져나간다. 카시아의 향기 역시 코끝에 감돈다. 반대쪽 콧구멍에도 집어넣는다. 그런데 갑자기 목구멍이 심하게 쓰라리기 시작한다. 대기실에 엉거주춤하게 서 있던 그 남자의 마음보다 더 쓰리다. 나는 오리가미를 접고 지갑 속에 넣는다. 물을 마셔도 마치 벌에 쏘인 것처럼 목구멍이 아려온다. 그래도 아까보다는 낫다.

화장실을 나선다. 반 아이들이 있는 곳으로 가려다 루이사를 찾는다. 그리고 울음을 참으려고 애쓰던 녀석을 찾느라 두리번거린다.

"이제 곧 떠날 건가봐. 정말 대단한 장면이었어. 아버지가 결국엔 어린아이처럼 펑펑 울더라고. 후회하는 기색이 역력해."

우연히 큰아들의 구두에 시선이 간다. 내가 산티아고에 남겨두고 온 허시파피와 똑같은 거다. 녀석은 자기 자리를 찾지 못한 채, 계속 주변만 맴돌고 있다. 갑자기 목이 잠긴다.

"너 혹시 껌 있니?"

"계피맛 덴타인밖에 없는데."

초조한 기색을 감추고 싶은지 애들 엄마가 선글라스를 꺼내 쓴다. 남편이 어서 갔으면 하는 표정이다. 그녀는 남편과 작별의 포옹을 나누지만 진심에서 우러나온 것 같지는 않다. 마음속으로는 딴생각을 하는 모양이다. 아버지와 포옹을 나눈 딸아이는 끝내 참았던 울음을 터뜨린다. 가슴이 미어지는지 그의 표정이 순간적으로 참담히 일그러진다. 아버지는 막내아들을 껴안으며 말을 건넨다. 분명 심각한 말은 아닐 테고 누구나 다 아는 우스갯소리겠지. 두 사람은 금세 환하게 웃는다. 이젠 장남과 작별 인사를 나눌 차례다. 우린 숨죽인 채 그들의 행동을 지켜본다. 다리가 후들후들 떨린다. 온몸에 맥이 풀리는 것 같다. 눈에 눈물이 그렁그렁한 아버지는 아들이 있는 곳으로 천천히 다가가 그를 덥석 껴안는다. 하지만 아들 녀석은 여전히 심드렁한 모습이다. 그런 면에서 녀석은 제 엄마하고 비슷하다. 이어 녀석이 말한다. 잘 가세요. 걱정하지 마세요. 뭐 그런 말인 것 같다. 그러나 아버지는 그에게서 눈을 떼지 못한다. 그의 눈빛을 보는 순간 쇠망치로 뒤통수라도 얻어맞은 것처럼 정신이 멍해진다. 그의 눈빛이 말한다. '그동안 너무 많은 시간을 잃어버렸구나.' '네가 이렇게 큰 것도 몰랐으니 난 천벌을 받아도 마땅해.' '얘야, 나도 지금 너같이 굳셀 수만 있다면 얼마나 좋겠니.' 가슴이 천 갈래 만 갈래로 찢어지는 듯 슬프고 괴로운 표정이다. 그는 반쯤 몸을 돌려 다시 한번 아내를 껴안는다. 마치 아내에게 매달려 용서해달라고 애걸이라도 하듯이. 그러고는 문 뒤로 쓸쓸히 사라진다. 그때까지만 해도 어색해하기는 했지만 내내 담담하던 큰아들이 갑자기 서럽게 울면서 자리에 털퍼덕 주저앉는다. 손으로는 얼굴을 가린다. 놀란 동생들이 그를 쳐다보자 그는 포르투갈어로 냅다 고함을 지른다. "뭘 봐! 멍청이들아." 조금 전과는 달리 잔뜩 풀이 죽은 모습이다. 나는 그를 뚫어지게 쳐다본다. 마치 그의 마음속을 훤히 들여다보기라도 하는 것처럼. 그는 고개를 들다 나와 시선이 마주친다. 루이사가 내 손을 꼭 움켜쥔다. 난 원래 이런 상황에서 감정을 주체하지 못하는 편이다. 눈물이 왈칵 쏟아진다. 안 그러려고 안간힘을 써보지만 아무 소용이 없다. 눈을 감아봐도 하염없이 눈물이 흘러내린다. 정체를 알 수 없는 좌절감이 밀려든다.

나도 모르는 뭔가를 이미 잃어버렸든지, 아니면 곧 잃어버릴 것같이 마음이 불안해진다.

녀석은 조용히 자리에서 일어나 어디론가 자취를 감춘다.

저멀리서 바리그 여객기가 이륙하는 소리가 희미하게 들려온다.

움직이고 싶지 않다. 이런 생각이 든다. 나는 그렇게 나약한 인간이 아냐. 난 절대로 울지 않아.

이게 뭔 일이람. 그때 나는 루이사에게서 슬쩍 손을 빼면서 말한다.

"딴 애한테 얘기하면 죽여버릴 거야."

나는 눈물을 훔치고 어색한 웃음을 짓는다. 조금 전까지만 해도 코카인 때문이라는 생각은 전혀 하지 않았다.

"이제 괜찮니?" 루이사가 조심스럽게 묻는다.

"그런 것 같아. 마약 때문이야. 일종의 부작용인 셈이지."

"그렇겠지." 그녀는 다 안다는 듯이 미소를 지으며 말한다.

물에 젖은 솜처럼 전신이 나른하고 피곤해진다. 나는 그녀의 치마 위에 머리를 얹고 눈을 감는다.

"빨리 갔으면 좋겠다." 내가 말한다.

루이사는 아무 말도 하지 않는다. 그러나 나를 빤히 보고 있을 것이다. 자기가 영화라도 찍고 있는 줄 알 거야. 나는 속으로 생각한다. 그러든 말든 내가 상관할 바 아니지. 온몸의 긴장이 풀리면서 갑자기 졸음이 몰려오기 시작한다. 어두컴컴한 늪 속으로 빠져드는 듯한 기분이다. 그녀는 내 머리를 부드럽게 쓰다듬으면서, 바보 같은 내 눈물을 닦아준다.

1980년 9월 5일, 금요일

비행기를 타고 가는 내내 심히 흔들렸다. 아니, 비행기가 흔들렸다는 얘기는 아니다. 사실 비행기는 아무 문제도 없었다. 오히려 내가 탄 비행기는 아주 부드럽고 조용하게 날아가고 있었다. 반면에 이번 여행은 정말 우여곡절이 많았다. 결국엔 제정신을 차릴 수도 없는 지경이 되고 말았다. 내가 그런 꼬락서니가 되고 만 건 단지 시간이 지체되어서가 아니라 언제 올지도 모르는 비행기를 기다리다 지쳐 맛이 갔기 때문이다. 솔직히 말해 내 딴에는 얼마나 애간장을 태웠는지 지금 생각해도 몸서리가 나고 치가 떨릴 지경이다. 따지고 보면 아무 일도 아니지만 그날 공항에서 산전수전을 다 겪은 것 같다. 그 덕분에 브라질에서 떠들썩하게 보냈던 나날들—친구들과 어울려 미친듯이 거리를 쏘다니거나 하루가 멀다 하고 술판을 벌이던 일, 리우에서 카시아와 보낸 나날들, 그리고 아름다운 해변과 마약—도 삽시간에 날아가버린 듯했다. 아니, 실수로 *플레이* 대신에 *리코드*를 누르는 바람에 내가 제일 좋아하는 곡들이 깡그리 지워져버린 듯한 느낌이라고 하는 게 더 나을 것 같다. 물론 그 선율과 가사는 선명하게 기억하지만, 이제 그 노래는 영원히 들을 수 없을 것이다. 빌어먹을. 그새 돌아오고야 말았다, 여긴 칠레다.

지금도 그때의 기억이 생생하다. 그리고 그동안 나의 뇌리에서 잊혀가던 것들도 이제는 다시 선명하게 떠오른다. 어렴풋하게 남아 있는 추억들도 하나둘 이어 맞추다보면, 오히려 그 당시보다 더 생생하게 되살아나기 마련이다. 리우를 찾은 사람이라면 누구든 떠나자마자 그리워하게 된다. 어쨌든 가까스로 비행기에 올랐지만 기분은 엉망이었다. 가족과 헤어지던 아버지를 보자 감정이 격해진데다 코카인의 영향도 무시할 수가 없었다. 루이사는 정신이 나간 사람처럼 멍하게 서 있던 나를 이끌고는 잠시 함께 앉아 있었다. 옆에 달린 엔진에서는 귀가 멍멍해질 정도로 시끄러운 소리가 났다. 잠시 후, 비행기는 활주로 위를 달리다가 공중으로 사뿐히 솟아올랐다. 창문으로 레블롱과 상 콘하두의 불빛이 보였다. 저 아래 어디엔가 있을, 심지어 나와 같이 있는 꿈을 꾸고 있을지도 모르는 카시아를 생각했다.

산티아고. 나는 주방으로 간다. 나이든 가정부 카르멘이 두껍고 더러운 돋보기를 쓰고 혐오스러운 남색 앞치마를 두른 채 만사가 귀찮다는 표정으로 구시렁거린다. 지금은 냄비를 씻고 있지만 어딘가 곧 나갈 태세다. 오늘은 그녀가 외출하는 날이다. 오늘밤 집에는 아무도 없으니까, 그 틈을 타 나갈 테지. 참, 그러고 보니 오늘 로미가 눈에 띄지 않는다. 로미는 빨간 머리 여자앤데, 자기 말에 따르면 아일랜드 혈통이라고 한다. "조국의 아버지 오이긴스*와 같은 혈통이죠." 언젠가 그녀가 엄마한테 하는 말을 들은 적이 있다. 어쨌든 그 아이는 치얀** 출신이니까, 틀린 얘기는 아니다.

"카르멘, 로미가 안 보이네요."

"그 망할 년은 이제 안 올 거다. 네가 여행 간 사이에 엄마가 쫓아냈어. 글쎄 그 뻔뻔한 것이 도둑질했지 뭐냐? 내 살다 살다 그런 몹쓸 년은 처음이야…… 망할 년이 그런 짓을 했지 뭐냐. 앞으론 내가 아는 여자가 날 도와주러 올 거야. 일이 너무 많아서 도저히 나 혼자 감당할 수가 없으니 어쩌겠니. 이놈의 집에 계속 있다간 제 명에 못 죽을 거야."

"그만 좀 투덜대고 토마토주스나 만들어줘요."

사실 로미는 우리집에 온 지 얼마 되지도 않았다. 스무 살도 안 된 아이의 몸매가 믿을 수 없을 정도로 풍만했다. 그런데 같은 집에 살던 나도 못 건드려본 아이를 엉뚱한 놈이 차지해버렸다. 레르네르가 바로 그 장본인이다. 언젠가 둘이 같이 나가더니 센트랄 역 부근에 있는 여관에서 끝내 잠자리를 같이한 모양이었다. 며칠 후, 레르네르한테서 전화가 왔다. 전화를 받자마자 녀석은 로미가 색골이라며 너스레를 떨

* 베르나르도 오이긴스. '조국의 아버지'라고 불리는 칠레 군인이자 정치인으로, 스페인에 대항한 독립전쟁을 주도했다.

** '조국의 요람' 혹은 '예술가들의 고향'으로 불리는 칠레 중남부의 도시. 베르나르도 오이긴스도 치얀 출신이다.

었다. 그때 우리의 대화 내용을 몰래 엿듣고 있던 로미가 갑자기 발끈하고 나섰다. 레르네르가 입만 살았지 뭐 하나 제대로 하는 게 없더라는 얘기였다. 더군다나 발기도 안 돼 애를 먹었다는 사실까지 털어놓았다.

"옜다, 주스. 빨리 마셔. 그래야 나도 빨리 나갈 거 아냐. 버스를 두 번이나 갈아타야 한다니까."

"어서 나가요, 쓸데없이 나한테 신경쓰지 말고요."

나는 곧장 바로 가서 토마토주스에 스톨리치나야를 따른 다음 내 방으로 간다. 이제 집에는 아무도 없다. 문을 닫고, 카세트를 튼다. 어스 윈드 앤드 파이어의 〈September〉. 온몸에 전율이 흐른다. 나는 탠저린 드림의 카세트를 넣는다. 딱히 새로울 게 없는 곡이지만, 이런저런 생각을 할 땐 많은 도움이 된다. 보드카를 탄 토마토주스를 조금 마신다. 금세 취기가 오른다. 잠시 눈을 붙여본다. 잠이 밀려온다. 아직 여독이 풀리지 않았는지 눈뜰 힘조차 없다.

아직도 비행기를 타고 있는 것 같다. 몸이 공중에 떠 있는 것 같기도 하고, 침대가 빙글빙글 도는 느낌이다. 물리 시간에 배운 무슨 법칙, 그러니까 움직이는 물체는 계속 움직이려는 경향이 있다던가 하는 거와 비슷한 현상이다. 항공기 연착에 대한 사과의 표시로, 이베리아 항공사는 비행중에 기내의 바를 모두 개방했다. 나는 그 소식을 듣자마자 바로 달려가 조니워커 레드라벨을 여러 병 달라고 했다. 그러고는 그것을 코카콜라 캔에 부어서 섞어 마셨다. 어느 순간 김이 서린 창문을 닦고 밖을 내다보니 파란색, 빨간색, 그리고 자주색 선들이 X축 Y축으로 좌표를 이루고 있었다. 그것은 어느 공항 활주로에 켜져 있던 착륙유도등이었다. 옆에서 이제 그만 마시라고 내게 잔소리를 늘어놓던 루이사는 지쳤는지 스르르 잠이 들어버렸고, 나는 DC-10기 안을 한 번 쭉 둘러보았다. 나는 깨어 있던 막클루레와 내가 산 음반에 관해 잠시 이야기를 나누었다. 얼마 지나지 않아 식사가 나오는 바람에 나는 안토니아가 있는 뒷자리로 옮겨야 했다. 그녀는 창가에 혼자 앉아 있었다.

"잠깐 앉아도 될까?"

"내 입에서 무슨 말이 나올지 잘 알고 있을 텐데."

"잘났군."

그때 스튜어디스가 우리 쪽으로 다가와 식사가 담긴 쟁반을 하나씩 나눠주었다. 나는 맥주를, 그녀는 환타를 주문했다.

"너 뭐 이상한 것 먹었지?"

"무슨 소리야? 절대 아냐, 정말이야."

"발뺌해봐야 소용없어, 비쿠냐."

그녀는 입맛이 전혀 없는 모양이었다. 하긴 나도 마찬가지였다. 나는 칵테일새우에 케첩을 뿌려서 억지로 몇 번 떠먹었다.

"내 것도 먹을래?" 안토니아가 물었다.

"그러지 뭐. 별로인가보네."

우린 거의 말을 하지 않았다. 안토니아는 졸려했고 내가 옆에 있든 없든 별로 개의치 않았다. 다시 우리 쪽으로 다가온 스튜어디스는 쟁반을 가져간 뒤, 입국 신고서를 한 장씩 나눠주었다.

"저 여자는 우리가 연인인 줄 아는 눈치야." 내가 안토니아에게 말했다.

"착각은 자유니까."

"오해하진 마."

"마티아스, 성가시게 굴지 좀 마. 그리고 할 일 없으면 내 것까지 써줘. 귀찮으니까 네가 아는 대로 대충 써."

그 순간 비행기가 선회했던 것으로 기억한다. 그런데 나 말고는 아무도 그 사실을 눈치채지 못했던 것 같다. 잠시 후, 기내 전등이 모두 꺼졌다. 형광빛을 내던 구름이 서서히 사라지면서 날개에 밝은 보름달이 비쳤다. 나도 금세 잠들어버렸던 것 같다. 꿈에 안토니아가 나타났다. 어느 날 오후, 그 아이의 집에서 내가 그녀의 어린 남동생과 딜레마 게임을 하던 장면이 떠올랐다. 나는 안토니아의 마음을 빼앗기 위해 달콤한 말을 슬쩍 흘리면서 상황이 어떻게 돌아가는지 예의 주시하고 있었다. 그녀가 단 한 번만이라도 자신의 생각과 감정을 솔직하게 드러내주기를 바랐다.

비행기가 가볍게 떨리는 바람에 잠에서 깼다. 안토니아는 내 어깨에 머리를 기댄 채 정신없이 자고 있었다. 자는 모습이 마치 어린애 같았다. 나는 그녀의 손을 살짝 잡고, 다른 손으로 그녀의 머리카락을 부드럽게 쓰다듬기 시작했다. 그러자 곧 그녀의 입가에 미소가 피어올랐다. 만약 웃은 게 아니라면 가슴이 콩닥콩닥 뛰고 있었을 것이다. 잠에서 깨어난 그녀는 옆에 있던 나를 보자마자 곧장 손을 빼고 자세를 고쳐 앉았다. 더구나 얼굴에 후회하는 빛이 가득했던 걸 보면 잠결이나마 기분이 좋았던 게 분명하다.

우리는 아무 말도 하지 않았다. 비행기 엔진 소리와 저 안쪽에서 스튜어디스들이 도란도란 얘기를 나누는 소리만 희미하게 들려왔다. 그녀는 말을 걸기는커녕 나를 쳐다보지도 않았다. 그런 상태로 몇 분, 아니 몇 시간이 흘러간 것 같다. 잠시 후, 비행기가 점차 고도를 낮추기 시작하자 귀가 멍멍해졌다. 무슨 말을 해야 할지 알 수가 없었다. 답답한 마음에 무작정 화장실로 갔다. 거울을 보니, 몰골이 가관이었다. 나는 곧장 수도꼭지에서 나오는 찝찝한 물로 얼굴을 씻었다. 그러고 나서 지갑에서 오리가미를 꺼내려던 찰나 신기하게도 손이 멈췄다.

다시 내 자리로 돌아가는데 뭔가 좀 이상했다. 알고 보니 통로를 잘못 들어선 것이었다. 안토니아가 앉은 곳은 다섯 자리나 떨어져 있었다. 다시 화장실 쪽으로 돌아가 원래 자리로 가기 위해 몸을 돌리는 순간, 가운데 자리에 앉아 있던 아이들의 머리 너머로 그녀의 모습이 희미하게 보였다. 창문으로 스며든 희미한 오렌지색 불빛이 그녀의 머리카락을 노랗게 물들이고는 몸의 곡선을 따라 부드럽게 흘러내렸다. 모두가 곤히 잠든 어두운 비행기 안에서 그녀 혼자 빛을 내고 있는 것처럼 보였다. 나는 넋이 나간 사람처럼 그 자리에 서서 그녀를 멍하니 바라보았다. 내가 자기를 쭉 지켜보고 있다는 것을 그녀도 알아차린 모양이다. 창밖을 내다보던 그녀가 갑자기 몸을 돌렸고 우리의 시선이 딱 마주친 걸 보면 말이다. 한동안 우리는 그렇게 서로를 바라보았다. 나는 알고 있다. 그때 그 장면을 완벽하게 기억한다. 그녀는 미소는커녕 시종일관 무표정한 얼굴로 나를 바라보았다. 그저 그렇게 바라볼 뿐이었다. 마치 내가 생면부지의 낯선 사람이거나, 아니면 나에 대해서 전혀 알고 싶지도 않다는 표정이었다. 그러더니 그녀는 돌연 내게 겨누고 있던 차가운 시선을 거두었다. 그러고는 노란색과 자주색이 뒤엉킨 틈으로 피어오르던 검은 하늘을 망연히 바라보기 시작했다. 내 기억으로는 그랬다. 마음에 상처를 입은 나는 어떻게 해야 할지 몰라 남의 자리에 털썩 주저앉고 말았다. 그녀가 있는 쪽을 힐끔힐끔 쳐다봤지만, 그녀는 아무 반응도 없었다. 나는 그녀를 잃고 만 것이다. 그 순간 기장의 목소리가 흘러나왔다. 모두 안전벨트를 착용하라는 지시였다. 기장의 말이 끝나기가 무섭게 기내 모든 전등이 꺼지더니, 비행기가 천천히 고도를 낮추기 시작했다. 나는 창밖을 내다보았다. 안개가 자욱하고, 군데군데 불빛이 어른거리는 걸 보면 부에노스아이레스 상공임이 분명했다.

텔레비전은 켜져 있지만 *음소거* 상태라 아무 소리도 들리지 않는다. 지금은 비지스가 나와서 노래를 부르고 있는데, 꼴을 봐서는 〈Jive Talkin'〉이 분명하다. 카날 5*의 〈미드나이트 스페셜〉에서는 저런 종류의 공연을 흔히 볼 수 있다.

지금 내 손에는 요즘엔 칠레에서도 파는 캐나다제 프레션업 껌이 한 개 있다. 일단 가운데에 들어 있는 시럽을 모두 빨아먹는다. *탁 터지는 맛을 즐기세요!* 단물이 다 빠지자 뱉어버린다.

카르멘 할머니는 없다.

엄마도 오려면 아직 멀었다. 그사이에 화면이 바뀌어 있다. 지금은 로드 스튜어트가 〈Hot Legs〉를 부르고 있다. 저 장면은 수천 번도 더 봤다. 한마디로 카날 5는 쓰레기다. 피린초 카르카모**는 저런 시궁창에 처박혀서 대체 뭘 하고 있는 걸까? 창밖을 내다본다. 저 위쪽에서

---

* 칠레 최초의 방송사로 정식 명칭은 UCV 텔레비전이다. 산티아고에서는 5번 채널에서 볼 수 있기 때문에 흔히 카날 5라고 부른다.

사고가 났는지 분위기가 어수선하다. 아무래도 사람이 치인 모양이다. 확실하지는 않지만 말 한 마리가 도로에 벌렁 나자빠져 있고 그 옆으로 벌건 핏자국이 보인다. 거리가 아수라장이다. 말이 끌던 마차는 볼썽사납게 뒤집혔고, 그 안에 있던 과일들이 쏟아져 사방으로 뒹군다. 그리고 피아트 한 대가 박살이 난 채 서 있다.

나는 리모컨으로 채널을 돌린다. 오후 영화 시간이다. 〈패밀리〉에 나오던 크리스티 맥니콜이 주연을 맡은 영화가 방영되고 있다. 전처럼 부자 역할도 아닌데다 병색이 완연한 인물로 나온다. 제목은 〈리틀 달링〉으로 21세 이상만 관람할 수 있는 영화다. 여기서 크리스티 맥니콜은 테이텀 오닐과 누가 빨리 처녀성을 잃는지 내기하는데, 맷 딜런과 잠자리를 갖고도 얌전한 오닐에게 지고 만다. 하여간 대충 그런 내용이다.

그 순간 전화벨이 울린다.

"멍청아, 내가 누구게?"

"망할 자식, 너 나초지. 어떻게 지내냐?"

"어떻게 지내긴. 지금 이 시간에 집에 처박혀 있는 것 보면 모르겠냐? 완전히 맛이 갔어."

"그런데 있잖아……"

"그런데라니? 무슨 일이야? 얼른 말해봐."

"글쎄, 뭐라고 말해야 좋을지 모르겠는데, 하여간 문제가 좀 있어. 거기서 너무 멋진 시간을 보냈나봐. 돌아오지 말걸."

** 칠레 대중음악계의 유명인사로 1977년부터 〈미드나이트 스페셜〉을 진행했다.

"자식, 심각하구나. 난 그것도 모르고……"

"아냐, 괜찮아. 그냥 속이 답답하고 뒤틀려서 그런 것뿐이야. 그런데 넌 안 그러니?"

"난 잘 모르겠어, 그냥 똑같지 뭐…… 이봐! 그러지 말고 우리 만나서 얘기하자. 나한테 마리화나 남은 게 있거든. 안데스산이라고."

"안 될 것 같은데. 아냐, 오늘은 안 돼, 나초. 사실 우리 친척들끼리 하는 파티가 있거든. 그 파티라면 이제 진절머리가 나고, 솔직히 내키진 않지만 가보긴 해야 할 것 같아. 에라, 나도 모르겠다. 내 사촌, 참 너도 걔 알지? 아주 짜증나는 놈이야. 하여간 녀석이 여는 파티라서 안 가기도 좀 그래."

"몇시에 끝나는데?"

"야, 인마. 그걸 내가 어떻게 알아."

"그럼 나중에 후안초 클럽에서 만나는 게 어때?"

"그러든지."

"안 돼, 꼭 와야 돼. 참 마티아스, 너 나한테 줄 돈도 있잖아. 그리고 널 만나고 싶단 말이야."

"그러든지. 그럼 끊는다."

"마티아스, 너 취했니?"

"응, 조금."

"잘하는 짓이다. 그럼 나중에 보자."

나는 수화기를 내려놓고 채널을 돌린다.

제프 쿠타시*가 엄청나게 큰 뉴욕의 디스코텍에서 디스코를 가르치고 있다. 〈핫 시티〉라는 프로그램이다. 그거라면 전에 리우에서도 방영

했었어, 카시아가 내게 알려주었다. 그 프로그램이 마음에 안 들었는지 그녀가 욕을 퍼부어대던 기억이 난다. 라이크라 셔츠를 입은 뚱뚱한 라틴 댄서들이 무더기로 나와서 셔플 혹은 허슬 동작을 가르쳐주고 있다. 뭐가 뭔지 나는 모르겠다. 그러고 나자 얼리샤 브리지스가 무대에 등장한다. 머리를 온통 은색으로 물들여서 그런지 싸구려 창녀처럼 천박해 보인다. 라울 마타스가 진행하던 토크쇼에 나왔을 때보다 훨씬 더 못하다. 리모컨의 볼륨을 줄이려는 순간 흘러나오는, '나는 밤이 좋아, 미친듯이 춤을 춰야 해I love the night life, I've got to boogie……'로 시작되는 가사가 내 마음을 사로잡는다. 눈 감고 외울 정도다. 사실 다른 디스코 곡들처럼 이 노래도 역겹기는 마찬가지다. 하지만 이 노래는 듣고 있으면 짜릿한 쾌감과 함께 죄책감이 느껴진다는 점이 다르다. 어쨌든 나는 이 노래를 계속 듣는다. 이런 터무니없는 가사를 내가 어떻게 외우고 있는지, 알다가도 모를 일이다. 왠지 마음이 불안해진다. 브리지스가 갑자기 노래를 멈추자 타바레스 형제들이 자기들 차례가 된 줄 알고 나오려 한다.

나는 음소거 버튼을 누른 뒤 전화를 건다.

"나초."

"마티아스구나. 웬일이야?"

"너 후안초 클럽에 누구랑 갈 거니?"

"이놈 저놈 되는대로 부르려고."

"계집애들은?"

---

* 미국의 전설적인 안무가.

"몇 명은 불러내야지. 펠루사, 아니면 마이테라도 말이야."

"마이테? 아, 그애 말이구나. 걔 아직 살아 있냐?"

"물론이지."

"그래? 하기야 나하고는 별 상관도 없는 일이지…… 참 나초. 너 주려고 브라질에서 가지고 온 게 있는데."

"네가?"

"당연하지. 날 뭘로 보는 거야? 이래 봬도 난 한다면 하는 사람이라고. 마음에 들 테니까 한번 기대해보라고. 그럼 나중에 보자."

나초, 참 좋은 녀석이다. 어쨌든 내 마음에 쏙 든다. 나하곤 가장 가까운 친구니까. 레르네르보다 훨씬 더 친하다. 하지만 실제로는 별반 차이도 없다. 그렇게 친구들을 하나씩 다 따져보고 갈라본들 다들 고만고만한 사이지, 결국 남는 건 나 자신밖에는 없을 테니까 말이다. 그러니 더 친하고, 덜 친하고 나눠봐야 아무 쓸모도 없다. 하여간 녀석 정도는 내 마음대로 주무를 자신이 있다. 나초는 작은 일만 생겨도 혼자 해결하지 못해 쩔쩔매는 녀석이다. 그럴 때면 놈은 어김없이 도와달라고 나한테 달려온다. 가끔은 녀석을 도와준다. 아무래도 내가 녀석을 좋아하는 것 같다. 하지만 그걸 녀석에게 말하지는 않을 것이다. 무슨 떼려야 뗄 수 없는 관계도 아니고, 더군다나 연애하는 사이도 아닌데 굳이 말할 필요가 있겠는가.

서핑 실력이나 삼바에서만큼은 누구에게도 뒤지지 않는 나초지만 리우엔 가본 적이 없다. 코흘리개 시절부터 동경의 대상이던 도시, 리우. 언제부터인가 녀석은 남의 눈치나 보는 게 습관이 되었다. 솔직히 말하면 다 그의 아버지 때문이다. 녀석이 사정을 했지만 아버지가 벌로 못 가게 한 것이다. 단순히 돈 문제 때문에 그런 건 아니다. 사실 걔네 집은 우리집보다 돈이 더 많다. 걔네 아버지는 해군 함장이다. 그런데 배를 타지 않고 산티아고에서 근무하는 걸 보면 정부와 관련된 일을 하는 모양이다. 내 추측으로는 아무래도 수상쩍은 일에 관련되어 있는 것 같은데 모두가 쉬쉬하는 분위기다. 그의 배후에 거대한 커넥션이 있는 게 분명하다. 그는 짙은 올리브색 메르세데스를 모는데, 나초가 열여덟 살이 되면 마즈다를 사주기로 약속했단다. 지금 꼬락서니로 봐서는 마즈다는커녕 자전거도 사주지 않을 게 분명하다. 더구나 그는 녀석을 평생 용서하지 못할 것이다. 그 점에 대해서라면 내가 장담할 수 있다. 내 눈을 속이진 못한다. 따지고 보면 그건 녀석에 대한 기대가 너무 컸던 탓인지도 모른다. 녀석의 아버지는 라 모네다 궁* 부근에 있는 어마어마하게 큰 건물에서 일한다. 사무실 창문으로 내려다보면 사람들이 무슨 일을 하는지 세세히 다 알 수 있다. 한때 돈이라도 타내려고 나초를 따라 숱하게 드나들었던 덕분에 그곳에 관해서라면 누구보다 잘 알고 있다. 기관단총으로 중무장한 군인들이 정문을 지키고 있었기 때문에 그의 아버지를 만나려면 우선 삼엄한 경비를 무사히 뚫고 지나가야 했다. 그런데 지금은 사정이 좀 다르다. 이 바보 녀석이 아버지의 강요에 못 이겨 어쩔 수 없이 해군사관학교**에 들어가기는 했는데, 얼마 버티지 못하고 나와버린 것이다. 그 일로 녀석은 아버지한테 단단히 찍히고 말았다. 내가 늘 말했듯이, 이 세상에서 정신이 제

* 칠레의 대통령 관저.

** 과거 칠레 해군사관학교는 가장 대표적인 엘리트 코스로 각광받았다. 사관생도의 대부분이 부유층 자녀들이었다.

대로 박힌 놈치고 제 발로 그런 데 기어들 놈이 누가 있을까? 들어가봐야 매일 기합이나 받고, 상관들 틈바구니 속에서 숨도 제대로 못 쉴 텐데 말이다. 나초는 거기서 간신히 여섯 달을 버텼다. 녀석은 자신이 심리적 충격을 받으면서 겪어야만 했던 일들을 나에게 직접 얘기해주었다. 아버지의 입장은 완강했다. 군대는 '사도마조히즘적인 경험'을 하는 곳이 아니라는 주장을 절대 굽히지 않았다. 나초는 떠밀리다시피 다니던 학교를 중퇴하고 해군사관학교에 등록한 터였다. 그걸로도 성에 안 차는지, 아버지는 나초가 장차 에스메랄다호 세계 일주 항해*에도 참가할 수 있도록 해주겠다고 약속했다. 그리고 바로 그해에는 에스메랄다호가 칠레 해군의 위용을 과시하기 위해 캘리포니아와 하와이를 지나갈 것이라고까지 장담했다. 나초는 당장이라도 도망쳐버리고 싶었지만, 따지고 보면 거기 들어가서 못 견딜 이유도 딱히 없는데다 빛나는 제복이 은근히 탐이 나더라고 했다.

그때 전화벨이 울린다.

"여보세요? 프란시스카 있나요?"

"지금 없는데요."

"아, 예. 안녕히 계세요."

지난번 수업이 모두 끝난 후, 우린 발파라이소에서 종강 파티를 했다. 레냐카에 있는 우리 아파트에서 파티를 했는데 나초만 빼고 모두 왔다. 이 세상에서 군인—특히 해군—기질이 전혀 없는 인간을 꼽으라면, 그건 두말할 것도 없이 나초다. 아니면 나든지. 나초는 놀기 좋

---

* 에스메랄다호는 세계에서 가장 긴 칠레 해군 소속의 범선이다. 칠레 해군사관학교의 생도들은 전통적으로 이 배를 타고 세계 일주 항해를 한다.

아하고, 하는 짓이 우악스럽고 지저분하지만, 그래도 천성만큼은 착한 놈이다. 발파라이소에 있는 사관학교에 들어가자 제일 먼저 머리를 빡빡 밀어버리더란다. 그리고 다음날 새벽이 되자 운동 시간이라며 모두 깨우더니 군사위원회* 위원들을 향해 경례를 시켰다고 한다. 정말이지 녀석으로서는 하루하루가 악몽 같았을 것이다.

"야 인마." 전에 녀석이 내게 이런 말을 한 적이 있다. "너 『도시와 개들』** 생각나니? 있잖아, 플로라 몬테네그로 선생이 읽으라고 숙제로 내준 책 말이야. 그런데 말이야, 그 책에 나오는 내용은 해군사관학교에 비하면 새발의 피더라고. 아주 개 같은 곳이야. 매일 욕하고, 기합 주고, 하여간 숨 돌릴 틈도 없어. 이젠 더이상 못 참겠어. 아침마다 눈을 뜨기가 무섭다니까. 하여튼 뭔가 좀 이상해."

그는 마침내 용기를 내서 자퇴했다. 예상했던 대로, 아버지는 돌아온 아들을 끝내 집안으로 받아들여주지 않았다. 그후로는 어머니가 등록금과 용돈을 대주고 있다. 하지만 용돈이 그리 넉넉지 않아 녀석은 리우에 갈 절호의 기회를 놓치고 말았다. 설사 어디서 돈이 났다 해도, 그 호랑이 같은 아버지가 그를 보내줄 리 만무했다. 아마 변호사를 시켜 출국을 막았을 것이다. 그는 녀석을 정말 미워한다. 어쩌다 녀석과 마주치기라도 하면 겁쟁이니, 배신자니, 빨갱이니 하면서 면전에 대고 온갖 욕설을 퍼부어대기 일쑤였다. 부모에게 나초는 정말 처리하기 난

---

* 1973년 피노체트의 주도로 군사 쿠데타가 일어난 후 군부 권력을 유지하기 위해 설치한 최고 의사 결정 기관.

** 페루 소설가 마리오 바르가스 요사의 장편소설로, 군사학교에서 벌어지는 폭력을 다룬다.

감한 짐이나 마찬가지였다. 지금 나초는 누나 집에 얹혀살고 있다. 이 눈치 저 눈치 보면서 사는 처지가 됐지만 어쨌든 하루하루 잘 버텨내고 있다. 그리고 머리도 많이 길었다.

엄마는 거울도 보지 않고 화장을 한다. 보면 볼수록 신기하다. 그것도 모자라 한 손에는 전화를, 다른 한 손에는 와인색 립스틱을 들고 겨자색 카프탄을 걸친 채 집안을 이리저리 서성거린다. 엄마는 그렇게 엄마의 여동생이자, 내 대모이자, 사촌들의 엄마이기도 한 로레나 이모와 수다를 떤다. 그러다가도 이따금 내 방에 불쑥 들어와 방을 위아래로 훑어보거나, 이모가 가정부에게 일을 시키는 틈을 이용해 내게 말을 걸기도 한다.

"휴, 마티아스, 이제 좀 서둘러라."

"엄마, 좀 귀찮게 하지 마세요. 그냥 내버려두라고요."

"모르는 척하지 마. 넌 지금 당장 가야 돼."

"무슨 소리예요?"

"마티아스, 그렇게 빈둥거릴 시간이 없다니까. 나도 늦었단 말이다. 화장을 안해 꼴이 엉망이잖니. 더구나 네 아빠도 늦을 게 뻔한데. 부탁인데 좀 서둘러."

나는 멍하니 천장을 쳐다보지만, 세상만사가 다 귀찮다. 나는 베개로 얼굴을 덮어버린다.

가족, 그리고 친척이 다 모인다는 생각만 해도 가슴이 답답하고 맥이 풀린다. 친척이라는 말만 들어도 신물이 난다. 도저히 견딜 수가 없다.

지금 같아선 엄마가 쓰는 오렌지색 전화번호 수첩을 다 뒤져서라도 심리치료사들을 찾아내고 싶을 정도로 절박한 심정이다. 내 누이들을 상담했던 치료사들 말이다.

하지만 그렇게 하지는 않는다.

모든 게 두렵다. 이럴 바에는 브라질에서 돌아오지 말았어야 했다.

이게 내 최종 결론이다. 여기서 하루가 지났을 뿐인데 더 못 견딜 것 같다. 거기 있을 때 사진이라도 왕창 찍어두는 건데. 그렇게 하지 않은 것이 지금 와서 너무 후회스럽다. 이럴 줄도 모르고 카메라를 가방 깊숙이 처박아두었다니. '기억에 남아 있지 않은 것이라면 억지로 담아둘 필요는 없다.' 내가 브라질에 있을 때 금언처럼 가슴에 새기고 있던 말이다. 로시타 바로스라도 자신이 찍은 수많은 사진을 뽑았기를. 그애에게 부탁해서 호텔 입구에서 카시아와 함께 찍은 사진이 있기는 하다. 그리고 브라질로 갈 때, 부에노스아이레스 공항에서 안토니아와 찍은 사진도 있다.

안토니아는 어떻게 지낼까? 아, 걔하고 왜 그렇게 됐을까? 지금쯤이면 분명 집에 혼자 있을 거야. 오늘밤에 나가지 않으리란 건 확실하다. 곤살로 막클루레, 그 멍청한 놈이 앞으로도 계속 쪼다 짓만 하길 바라야지. 안토니아가 안 된다고 한마디만 해도 녀석은 깽깽거리며 도망가버릴 테니까. 생각해보면 나도 마찬가지다. 에라, 모르겠다. 다 귀찮다. 후회하고 자시고 할 것도 없다. 새로 산 옷이나 자랑하고, 또 내가 없는 데서 내 욕이나 해댈 테지. 그리고 앞으로도 집에 처박혀 텔레비전이나 볼 거야. 생각난 김에 전화라도 해볼까? 아니면 눈 딱 감고 하비에르한테나 가볼까? 이왕 이렇게 된 바에야 저 밑바닥까지 내려가보기나 하자.

"알았어요, 알았어. 얼마나 유명한 파티인지 구경하러 갈 테니 이제 좀 그만하세요. 엄마 잔소리에 미쳐버릴 것 같으니까."

"그럼 옷 갈아입고, 면도라도 하려무나. 한번 가보면 마음이 바뀔 거야. 거긴 내 진가를 알아주는 사람들만 오니까."

"어련하시겠어요."

드디어 엄마가 나갔다. 치장한답시고 욕실에 들어갔으니 한동안은 잠잠하겠지.

중앙난방 때문에 공기가 건조해서 숨이 막힐 지경이었는데, 엄마가 나가고 나니 가슴이 확 뚫리는 것 같다.

나는 라디오 스위치를 켠다. 라디오 카롤리나로 채널을 돌리자 재미없는 빌리지 피플 특집 쇼가 나온다. 하필이면 이미 한물간 그룹이 나오다니. 그래도 팔십 년대를 위해 넣은 노래는 마음에 든다. 그런데 그 노래를 흥얼거릴 때마다 다시 쾌감과 죄책감이 교차한다. 특히 '네 삶이 펼쳐지는 시대, 팔십 년대를 준비하라get ready for the eighties, ready for the time of your life'로 시작되는 가사는 구구절절 가슴에 와 닿는다. 잘은 모르겠지만 아마도 앞으로 다가올 시대에 대한 막연한 기대와 설렘 때문이리라. 그리고 의도치 않게 가끔 옳은 소리를 하는 레르네르가 지나가는 투로 했던 말 때문이기도 할 것이다. "이봐, 팔십 년대는 우리의 시대라고." 녀석의 말이 한동안 내 머리에서 떠나지 않았다.

"우리 먼저 간다. 나중에 거기서 보자."

문이 닫힌다. 지켜보는 사람이 없으니까 마음이 훨씬 가벼워진다. 엄마는 누이들 중 둘과 함께 먼저 떠났다. 누이들은 아마 내가 잠든 사이에 집에 왔던 모양이다. 우리는 사남매다. 그중 유일한 아들이자 셋

째가 바로 나다. 큰누나인 필라르는 역겨운 놈이랑 결혼했다. 그런데 그 남자는 할 줄 아는 게 럭비하고 섹스밖에 없어서 그런지 결혼한 지 이 년도 안 돼서 애를 연달아 셋이나 낳았다. 첫아들은 결혼식을 올린 지 다섯 달 만에 태어났다.

뻔한 사실인데도 엄마는 미숙아로 태어난 것이라고 우겼다. 그러나 이 정도는 약과다. 매형은 가문에 먹칠하는 데는 단연 으뜸이다. 나를 보면 슬슬 피하는 것도 따지고 보면 스스로 찔리는 데가 있어서다.

그리고 그 밑의 누이 둘은 모두 공주병에 걸렸는지, 잘난 데도 없으면서 콧대만 높다. 문제는 그들을 눈여겨보는 이가 아무도 없다는 점이다. 온종일 전화기를 붙들고 사는 건 물론이고, 틈만 나면 시르쿠스 음반 가게에 가서 LP 레코드를 열심히 사 모은다. 아무 생각도 없이 사는 듯하지만, 그래도 감정은 있는지 하찮은 일에도 눈물을 흘린다. 하지만 인생에서 가장 아름다운 시절을 자신들도 모르는 사이에 저렇게 허송세월하는 걸 보면 안타깝기만 하다. 누이들 중에서 가장 예쁘게 생긴 프란시스카 누나는 방년 18세다. 프란시스카는 엄마가 아는 어느 노처녀가 운영하는 큰 사립학교에서 광고학을 공부하는데, 그곳의 등록금은 어마어마하게 비싸다. 전에는 말도 못할 정도로 겁이 많았는데, 그 모든 일들이 일어난 뒤로 많이 좋아졌다. 막내 베아는 열네 살인데, 지금으로선 뭐라 할 말이 없는 아이다. 하루가 다르게 쑥쑥 크는데도 나만 보면 여전히 혀를 날름 내민다. 게다가 날 지독히도 싫어해서, 자기 친구들 중에 내게 호감이 있는 아이가 있으면 내 험담을 퍼부어댄다. 그러면서도 틈만 나면 몰래 내 방에 들어와 팬티를 뒤적거린다. 하여간 그런 식이다.

신문을 펼쳐보지만 내용이 하나도 눈에 들어오지 않는다.

어째 심각한 문제들뿐일까? 라 모네다 궁을 폭격했던 구스타보 레이그*가 돌연 입장을 바꿔 이번 투표에서 반대표를 던질 것을 호소하고 있는 반면, 평소 좀 재수없게 무게를 잡는 작자인 하이멘 구스만**이 찬성표를 던져야 하는 이유를 조목조목 설명하고 있다. 또한 이 두 사람은 지난 화요일 카우폴리칸 극장에서 프레이***가 내놓은 타협안을 조목조목 따졌다. 이처럼 상황이 급박하게 돌아가는데도 정작 당사자인 피노체트는 남부 지방에서 한가롭게 유권자들이나 만나면서 돌아다니고 있다. 돌아가는 꼴로 봐서는 이번 국민투표에서도 그가 이길 것 같다. 밉기도 하지만, 따지고 보면 불쌍한 노인네에 불과하다. 그러나 구스만 같은 작자들이 그를 둘러싸고 있다. '우리는 잘하고 있다. 내일은 더 좋아질 것이다.' 그들이 내세운 이번 달의 슬로건이다.

태어나서 처음 투표를 하게 된 프란시스카 누나는 찬성표를 던질 게 분명하다. 누나뿐 아니라 그 학교에 다니는 가식 덩어리들은 모두 새로운 자유 헌법을 절대적으로 지지하고 있으니까 말이다. 누나의 말에 따르면, 요즘 칠레는 라틴아메리카에서 선전을 가장 중시하는 나라라고 한다. 그럴 수도 있겠지만 나와는 별 상관이 없는 일이다. 사실 난 정치에 대해 아는 게 없다. 내가 아는 거라곤 인민연합과 아옌데 정부를 폄하할 목적으로 카날 7에서 제작한 다큐멘터리에서 본 게 전부다.

---

* 칠레 공군사령관으로, 아옌데 정권을 무너뜨린 1973년 군사 쿠데타의 주축 세력이었다. 쿠데타 후 군사위원회에 참여했지만 피노체트와의 갈등으로 사임했다.

** 칠레 정치인이자 대학 교수로, 피노체트 정권의 법률고문을 지냈으며 1980년 헌법 수정 작업에도 관여했다.

*** 칠레 언론인이자 변호사, 그리고 보수 정당인 기민당을 이끌던 정치인이다.

그런데 그 프로그램에 나오는 칠레의 모습이 다른 세상 일 같을 정도로 어찌나 오래돼 보이던지 굉장히 흥미로웠다. 수염을 기른 남자들과 미니스커트 차림의 여자들, 대규모 군중이 운집한 시위 현장과 피켓을 들고 구호를 외치는 모습, 또 불을 뿜어대던 기관총들. 마치 다른 나라를 보는 듯했다. 엄마 말로는 그때가 칠레 역사상 최악의 순간이었다지만 내가 보기엔 그런 것 같지 않다. 엄마는 과장이 좀 심한 편이니까. 물론 맞는 부분도 있긴 하지만 지금보다 신나고 활기찬 세상이었던 건 분명하다.

갑자기 향을 피우고 싶은 마음이 든다. 여행 떠나기 전에 버스에서 머리를 빡빡 민 하레 크리슈나 수도승들에게서 산 건데, 그동안 깜박 잊고 있었다. 하얀 연기가 피어오르면서 역겨운 냄새가 났지만 지난 추억이 아스라이 떠오르기 시작한다. 계집애들을 꼬셔서 롱쿠라 해변에서 섹스를 나눌 수 있는지, 아니면 소문처럼 리토케 계집애들이 정말 대담해서 우리가 하자는 대로 다 해주는지 확인하기 위해 킨테로로 밤마실을 나갔던 어느 여름밤이 눈앞에 선명하게 떠오른다.* 향에서 백단이 아니라, 파촐리 향이 나는 것 같다. 내가 맛이 간 모양이다. 냄새 때문에 속이 거북하다. 향을 집어 어제 마시다 그대로 두는 바람에 김이 빠진 코카콜라 병 속에 던져버린다. 하얀 연기가 실같이 피어오른다. 방을 나온다.

문을 닫는다.

그러고는 하릴없이 테라스를 이리저리 서성인다. 쌀쌀하지만 못 견

* 롱쿠라와 리토케는 칠레 중부 킨테로 시에 속한 지역이다.

딜 정도는 아니다. 화창한 날씨인데다 스모그도 그리 심하지 않은 편이라 엔텔 타워 뒤로 오렌지 빛깔을 띤 해가 다시 선명하게 보인다. 코스타네라 대로는 하얀 빛줄기를 내뿜는 호스처럼 이쪽으로 길게 이어져 있다. 우리집은 아파트 건물 꼭대기층을 통째로 차지하고 있어서 꽤나 너른 편이다. 집안으로 해가 잘 드는데다 기분에 따라 여러 각도에서 도시의 모습을 내려다볼 수 있어서 참 좋다. 내 방에서는 산크리스토발 언덕이 훤히 보인다. 가끔 시간이 나면 나는 베노토 자전거를 타고 언덕에 올라갔다가, 내려오는 길에 수영장과 라 콘셉시온 영웅들 기념비에 들르곤 한다. 그곳은 피노체트가 매년 밥맛없는 놈들만 골라 상을 주는 장소이기도 하다. 내 사촌 하비에르도 다음 학기에 그놈의 메달 한번 타먹으려고 분명 피눈물나게 노력하고 있을 것이다.

아빠, 보면 볼수록 대단한 아빠는 틈만 나면 회사를 땡땡이치고 라파르바*로 놀러가는 바람에 살갗이 완전히 구릿빛이다. 아빠는 와이셔츠 단추를 풀어헤치고, 머리를 엉망으로 헝클어뜨린 채 득의만만한 표정을 지으며 아파트로 들어선다. 이제 곧 〈여덟 살 차보〉**가 방영될 시간이다. 나는 유리창을 통해 아빠가 들어오는 모습을 본다. 아빠는 나를 향해 손짓한다. 나는 다시 거실로 들어온다. 뭐가 그리도 즐거운지 아빠는 언제나처럼 희희낙락하다. 그러고는 내게 다가와 뺨을 비벼댄다. 아빠의 밝은 표정을 보는 순간 죄책감이 들었다. 나는 왜 아빠처럼 즐겁게 살지 못하는 걸까. 아빠는 전축에 올리비아 뉴턴존의 최신 앨

---

* 안데스산맥에 위치한 칠레의 유명한 스키장.

** 멕시코에서 제작된 코미디 연속극으로 라틴아메리카의 여러 국가에서 큰 인기를 끌었다.

범인 '재너두'를 올려놓는다. 내가 듣기엔 영 별로인데 아빠는 저 노래들을 굉장히 좋아한다. 추측하건대, 아빠는 자기가 아직 팔팔한 청춘이라고 생각하는 것 같다. 한창나이의 청춘들 말고 누가 저런 노래를 좋아할까.

아빠는 칵테일을 만들기 시작한다.

"너도 한 잔 마셔."

"안 돼요. 전 공부해야 돼요." 거짓말을 한다.

"야, 인마. 인생에서 공부가 전부는 아니야. 그렇게 빼지 말고, 아빠하고 한잔하자꾸나."

강요에 못 이겨 스크루드라이버를 들이켠다. 솔직히 말하면 마실 만하다.

아빠는 어딜 가나 인기 만점에다 멋쟁이로 소문이 자자하다. 그래서 엄마의 마음을 그토록 쉽게 사로잡았는지도 모른다. 아빠는 학교에서 쫓겨난 탓에 또래들보다 먼저 생활 전선에 뛰어들었다. 결혼도 남들보다 훨씬 빨랐고 실제 나이보다 훨씬 젊어 보인다.

"마티아스, 서둘러라. 시간이 별로 없단다. 하비에르네 파티에 늦고 싶진 않으니까."

아무렴, 그렇게 중요한 사교 행사에 아빠가 늦고 싶어할 리는 없다. 내 사촌 하비에르로 말하자면 뭐 하나 흠잡을 데가 없다. 국가대표 스키 선수인데다, 페발 셔츠 위로 드러나는 우람한 팔뚝 근육, 그리고 윈드서핑 챔피언까지 정말 어마어마하다. 이제 스물한 살밖에 안 됐는데도 뭐든 가리지 않고 척척 해낸다. 지금은 대학, 물론 국립 전문직 양성 대학 호텔관광학과 졸업반이다. 그애가 졸업하고 나면 외삼촌은 푸

콘 주변에 호텔을 지어줄 작정이다. 그것도 평범한 호텔이 아니라 세계적인 수준의 휴양 시설로 만들겠다는 야무진 포부를 갖고 있다. 그런데 외삼촌 생각대로 될지는 모르겠다. 내가 보기엔 푸콘이나 비야리카, 아니면 리칸*이 이 세상에서 가장 따분한 곳인데 말이다. 나는 그런 데서 산책을 하거나 보트나 타는 사람들이 제일 가증스럽다.

우리 집안사람들은 모두 하비에르시토**가 졸업하기만을 간절히 기다리고 있다. 녀석을 애지중지하는 수녀 같은 외할머니가 특히 그렇다. 물론 녀석이 모든 면에서 출중한 건 사실이다. 연애질하는 것 외에도 뭔가를 할 녀석이다. 외삼촌은 녀석을 남쪽에 내려보내기 전에 애틀랜틱시티로 보내 카지노가 있는 대형 호텔에서 연수를 받게 할 예정이다. 그뿐 아니라 소스나 파테 그리고 프티 부셰*** 같은 것을 전문으로 하는 프랑스에 있는 학교에도 보낼 계획이다.

나는 샤워 부스에 들어가 머리를 감고 가볍게 면도를 한다. 사실 깎을 수염도 별로 없다.

그러고 있는데 아빠가 욕실에 불쑥 들어온다.

아까 문 잠그는 걸 깜빡했다.

젠장.

들어오자마자 아빠는 자쿠지 욕조를 작동시킨 다음 술잔을 변기 뚜껑 위에 놓는다. 그러고는 내 몸을 탁 치더니만, 허리에 두르고 있던

---

* 모두 칠레 남부의 유명한 휴양지.

** 하비에르의 애칭.

*** 파테는 프랑스식 고기 파이이고, 프티 부셰는 후식이나 간단한 안주로 먹는 음식으로, 빵 위에 여러 재료를 썰어 얹은 일종의 샌드위치다.

타월을 낚아챘다. 가릴 것만 겨우 가렸을 뿐 거의 알몸이 되고 말았다. 뭐로든 가리려고 했지만 경황이 없었다.

“야 인마, 같은 남자끼린데 뭘 가리고 그러냐? 누가 보면 대단한 물건이나 가진 줄 알겠다.”

아빠는 오래전부터 내 알몸을 보고 싶어했던 게 분명하다. 아빠가 그런 생각을 내비친 건 지금까지 한두 번이 아니다. 심지어 며칠 전에는 나를 사우나 문드*에 데려가려고 했다. 물론 나는 한마디로 거절했다. 하지만 아빠는 남자끼리 벌거벗은 몸을 보여주면 서로의 마음을 제대로 이해할 수 있다고 강변했다. 그렇게만 하면 부자간의 관계가 돈독해진다는 논리다. 제법 그럴싸한 말이기는 하지만 나로선 선뜻 받아들이기가 어렵다. 사실 크게 문제될 건 없다. 공중 사우나같이 남이 있는 곳에서 샤워를 하는 사람들이 많지만 누구 하나 문제삼거나 트집을 잡는 경우가 없으니까. 그러나 아빠의 경우엔 문제가 다르다. 왜 그런지 잘 모르겠지만 아빠가 그럴 때마다 억지로 조르는 것 같아서 영 부담스럽다. 아빠가 그런 말을 할 때마다 견딜 수가 없다. 마치 내 마지막 비밀마저 아빠에게 털어놓아야 할 것 같은 기분이 들어서다. 누구에게든 가슴속에 끝까지 간직하고픈, 아무에게도 알려주고 싶지 않은 비밀이 있기 마련이다. 그런데 아빠는 나를 발가벗겨 거기에 자기 모습을 비춰보고 싶은 모양이다. 하지만 난 아빠에게 그런 기쁨을 선사할 의향이 눈곱만치도 없다.

나는 김이 서린 거울을 손으로 닦는다. 면도날에 어딘가가 베인 모

---

* 산티아고에 있는 고급 사우나 온천 시설.

양이다. 거품 섞인 피가 목을 타고 흘러내린다. 곧 굵고 끈적끈적한 핏방울이 물이 가득찬 세면대로 뚝 떨어진다.

"왜 그래? 어디 베였니?"

나는 당황해서 어쩔 줄 몰라 아빠만 쳐다본다. 나는 수건으로 피가 나는 곳을 꽉 누른다. 창피해서 얼굴이 홍당무처럼 빨개졌을 것이다. 일단 수건으로 피를 닦아낸 다음 반창고를 붙인다. 아빠는 가라테 도복처럼 생긴 파란 목욕 가운을 벗고, 곧장 휴스턴에서 직접 공수해 온 자쿠지 안으로 들어간다.

언제 봐도 아빠의 몸은 일품이다. 그것 하나만큼은 분명하다. 구릿빛 피부에, 군살이라고는 전혀 없다. 그래서인지 아빠는 노출증에 걸렸다 싶을 정도로 아무데서나 잘 벗는다.

나야 당연히 잠옷을 입고 자지만 아빠는 실오라기 하나 걸치지 않은 채 집안을 돌아다니기 일쑤다. 심지어 누이들이 있는 데서도 그러고 다닌다. 그럴 때 누이들은 아빠의 엉덩이를 꼬집어대면서 까르르 웃거나, 아빠를 안주 삼아 시시껄렁한 음담을 늘어놓는다.

나는 욕실을 나와 조용히 문을 닫는다. 뿌연 수증기를 뒤로한 채 조용히 빠져나와 내 방에 들어간다.

비로소 마음이 놓이지만 그렇다고 아직 안심할 단계는 아니다. 둘만 있으면 아빠는 언제나 섹스 얘기를 하려고 든다. 그것도 모자라 콘돔이나 포르노 잡지를 건네거나 창녀촌에 가라고 돈을 주기도 한다. 물론 그런 곳에 가라고 노골적으로 말하지는 않았지만. 한번은 시내에 있는 아이티 카페에서 함께 커피를 마시고 있는데, 미니스커트를 입은 여자 종업원들을 보고는 갑자기 자기가 잘 아는 마사지실이 있다면서 같이 가자고 했다. 물론 나는 가지 않겠다고 했다. 아빤 절대 그 일을 두고 나를 용서하지 않았다. 그것은 확실하다. 결국 아빠는 혼자 갔다. 차라리 눈 딱 감고 따라가는 게 좋을 뻔했다. 그날 밤 아빠는 날 복도로 불러내더니 내 행동을 호되게 꾸짖었다. "사내 녀석이 의리도 없이 말이야." 아빠가 그날 내게 한 말이다. 아빠는 나를 숫총각이거나 호모라고 생각하고 있을 게 분명하다. 아빠는 항상 자유분방하게 보이려고 애쓰면서 놀 궁리만 하는데 도대체 왜 그러는지 알 도리가 없다. 내 주변의 아버지들은 전혀 안 그런데 말이다. 대부분의 아버지들은 자기 아들을 쳐다보지도 않는데 우리 아빠는 쉴새없이 내게 말을 건다. 그냥 타고난 복으로 생각하는 수밖에.

나는 줄무늬 셔츠와 엄마가 사백번째 마이애미 여행에서 돌아올 때 사온 푸스 바지를 입고 기다린다. 그 옷은 그동안 거의 입지 않아 새옷이나 마찬가지다. 마침내 아빠가 아자로 향수 냄새를 풍기며 나타난다. 가는 줄무늬가 있는 밀라노산 회색 정장에 건포도 색깔의 넥타이 차림이다. 아주 멋져 보인다.

우리는 집을 나선다.

엘리베이터에 타자 아빠가 내 어깨를 툭 친다. 영화에 나오는 권투 선수 로키처럼 말이다. 아빠는 내가 폴짝폴짝 뛰면서 자기에게 펀치라도 날리기를 바라고 있지만 나는 전혀 그럴 마음이 없다. 이럴 땐 신경 끄는 게 상책이다. 아니면 레프트 훅이라도 날려 대자로 뻗게 한 다음, 벌로 이틀 정도 엘리베이터 안에 가둬두는 게 좋을지도 모른다. 그러나 그런다고 해서 아빠가 변할지는 미지수다.

아빠가 애지중지하는 볼보에 탄다. 차에 타자마자 아빠는 K. C. 앤드 더 선샤인 밴드—아빠의 음악적 취향은 참으로 가관이다—의 카세트를 넣는다. 그러고는 특이한 스팽글리시 발음으로 목청껏 노래를 따라 부른다. 쏜살같이 주차장을 벗어난 아빠는 수시로 페달을 밟아대면서 웬만한 차들을 모두 따돌린다. 교차로에서 신호등이 바뀌길 기다리고 있는데, 갑자기 오렌지색 닷선이 우리 옆에 멈춰 섰다. 차에 타고 있던 금발의 여자 둘이 눈웃음을 살살 치면서 아빠에게 계속 추파를 던진다. 그러자 아빠는 섹시한 표정을 지으며 옆 차의 아가씨들을 곁눈질로 살핀다. 그러고는 자기가 무슨 바이스로이 담배 광고 모델이라도 되는 양 폼을 잡고 담배를 문다. 신호가 바뀌자, 아빠는 또다시 전속력으로 차를 몰기 시작한다. 굉음을 내면서 앞서가던 차를 모조리 따돌린다. 이에 질세라 닷선도 우리 차 옆으로 바짝 달라붙는다. 운전하는 아가씨는 잔뜩 겁에 질렸다. 아무래도 비냐에서 여름휴가를 보내는 아르헨티나 여자인 듯하다. 어떤 여자들인지 대충 짐작은 가지만, 그렇다고 막돼먹은 것 같지는 않다. 낡은 셔츠 차림인데, 스타일로 봐서는 반바지를 입고 있을 게 분명하다.

"욘석아, 어때? 저 옆쪽에 앉은 계집애는 네가 한번 꼬셔봐. 운전하는 애는 내가 어떻게 해볼 테니까. 먼저 수작을 거는 사람이 이기는 거야. 다음번 신호등에 걸리면, 쟤들한테 담배나 건네보라고."

아빠는 항상 나를 '욘석아'라고 부른다. 그런데 나는 '욘석아'라는 소리만 들으면 정말 뿔따구가 난다. 어쨌든 아빠는 길거리에서 여자만 보면 어떻게 한번 해보려고 난리다. 일단 마음이 동하면 이 여자 저 여자 가리지 않고 달려든다. 눈빛만 부딪쳐도 때와 장소를 가리지 않고 대시한다. 그리고 틈만 나면 나도 끌어들이려고 난리를 친다. 사실 난 그런 일에 관심도 없는데 말이다.

"어때? 일만 잘되면 우리 넷이서 발디비아에 있는 동굴 스위트룸을 빌릴 수도 있을 텐데 말이다. 누가 더 빨리 꼬시는지 한번 보자."

"괜히 헛물켜지 말아요. 우린 지금 파티에 가야……"

다시 차가 신호등 앞에 멈춰 섰다. 아빠가 시킨 대로 나는 유리창을 내리고 여자들에게 담배를 건넨다. 여자들은 갑째로 다 가져간다.

"둘이 형제간인가요?" 운전대를 잡고 있는 여자가 묻더니 잽싸게 페달을 밟고 내뺀다.

아빠는 뭐가 그리도 좋은지 싱글벙글이다. 이런 일이라면 이 세상에서 아빠를 당할 자는 아마 없을 거다.

아빠는 루이스 파스테우르 대로 위쪽으로 방향을 바꾸면서 전속력을 내기 시작한다.

"언젠가 또 만나겠지. 욘석아, 조만간 이 아빠가 말이다, 평생 잊지 못할 섹스를 경험하게 해줄 테니까 두고 봐." 아빠는 내 머리를 거칠게 쓰다듬으면서 말한다.

우리 차는 전속력으로 거리를 질주한다. 한편 나는 가급적 아빠 생각을 하지 않으려고 속으로 무진 애를 쓴다. 그 순간, 아빠가 지나가는 투로 말한다.

"욘석아, 내가 널 얼마나 사랑하는지 아니?"

아빠는 날 쳐다보지도 않는다. 운전대를 잡은 채 여전히 앞만 응시한다. 이럴 땐 어떻게 해야 하는 건지 정말 난감해진다.

갑자기 온몸이 긴장되면서 구역질이 난다. 나는 이처럼 거북한 상황에 적응이 안 된다. 아빠가 가만히만 있어도 좀 나을 텐데. 나는 아무 말도 하지 않는다. 사실 무슨 말을 해야 할지 아무 생각도 떠오르지 않는다. 거두절미하고 '고마워요'라고 말하기도 뭔가 어색하다. 바로 그 때 높은 벽에 둘러싸인 저택이 눈앞에 나타난다. 각종 반정부 구호와 피노체트를 비난하는 글, 그리고 커다랗게 '반대'라고 쓴 글씨가 벽면을 가득 메우고 있다. 솜씨 좋은 페인트공이 석회로 지워보려고 애쓴 것 같기는 한데 아무 소용이 없다.

아빠는 카세트를 끄고 라디오를 켠다. 아빠에 대해 생각해본다. 아빠 주변엔 언제나 여자가 득실거린다. 이건 절대로 꾸며낸 말이 아니다. 그것도 탐스러운 엉덩이와 젖꼭지를 가진 여자들만 득실거린다. 하여간 여자들이랑 많이 해봐야 돼. 아빠가 입만 열면 하는 말이다. 나는 죽었다 깨나도 아빠를 넘어설 수 없을 것 같다. 우선 나는 낭만적인 스타일이다. 더구나 소심하고 게으르기까지 하다. 하지만 아빠는 나와 정반대다. 여자를 유혹하는 일이 아빠에게는 텔레비전을 켜는 것처럼 정말 쉬운 일이다. 아빤 내게 속마음을 모두 털어놓는다. 애들처럼 사소한 일이라도 미주알고주알 다 말해준다. 나초가 그러듯이. 아마 그게 아빠의 큰 장점일지도 모른다. 만일 아빠가 아무 말도 없으면, 그건 여자들과 아무 일도 없었다는 얘기다. 아빠가 평소답지 않게 조용하면 재미가 없다. 아빠는 남들과 수다를 떨어야 오르가슴에 도달하는 게 분명하다. 하지만 친구가 그리 많지 않기 때문에 친구가 아니라 아들인 나에게 그런 이야기를 모두 털어놓는다. 어쨌든 아빠가 말할 땐 나는 조용히 듣기만 한다. 그래서 가끔 죄책감이 들 때도 있다. 아빠에게 아무 말도 안 하는 이상 듣기라도 해야 한다. 아빠가 털어놓는 얘기는 언제나 똑같다. 변함없이 여자들과 나눈 섹스 경험담이다. 그렇다고 스스로 바람둥이임을 자처하던 사람이 진정한 사랑에 빠지고 나서야 자신이 서툴다는 것을 깨달았다는 식의 이야기는 아니다. 그런 건 여자관계가 서투르고 마음이 여린 이들이나 하는 얘기다. 만약 아빠가 하는 이야기를 액면 그대로 믿는다면 그건 샛길로 빠지는 거나 마찬가지다. 뭔가를 배운다는 건 언제나 어렵다. 그래서 아빠는 일부러 쉬운 방법을 택하기로, 즉 내게 모든 걸 속시원하게 털어놓기로 한 것 같다. 심지어 아빠는 내게 괴상망측한 사진을 보여줄 때도 있다. 동료의 집에서 벌인 난교 파티 사진인데, 여자들이 가랑이를 벌리고 난잡하게 노는 장면이 고스란히 찍혀 있다.

그런 아빠가 내게 일절 털어놓지 않는 것이 하나 있다. 바로 엄마와의 관계다. 그건 애당초 두 사람 사이에 특별한 관계가 없기 때문인 것 같다. 사실 엄마 아빠는 서로에게 간섭하지 않는다. 간혹 시시덕거리거나 기분이 내키면 함께 춤추러 나가거나 뜨거운 사랑을 나누기도 하지만. 엄마 아빠가 티격태격 싸울 때도 있는데, 그러면 나와 누이들은 배꼽을 잡고 웃는다. 나는 엄마 아빠가 속도위반으로 서둘러 결혼했다는 사실을 알고 있다. 다 필라르 누나 탓이다. 하지만 우리집에서는 필라르 누나가 태어난 때를 계산해본 나 말고 아무도 그 사실을 모른다. 하여간 비쿠냐 가문의 가세가 날로 기울고 있었기 때문에 아빠로서는 무슨 수를 써서라도 신분 상승을 이루고 싶어했다. 이건 전에 아빠가 자기 입으로 털어놓은 이야기다. 레냐카에서 돌아오는 길이었는데 차엔 우리 둘뿐이었다. 아빠는 술에 잔뜩 취해 있었고 나는 차르키*를 우

* 남아메리카에서 먹는 일종의 육포.

적우적 씹어 먹고 있었다. 우리 바로 앞으로 초록색 59년 형 쉐보레가 달리고 있었다.

"욘석아, 우리가 널 만든 곳이 어딘지 아니? 바로 차의 뒷좌석이었어. 내가 태어나서 처음 산 차였지. 그날 우린 카혼 델 마이포*에 놀러 갔어. 네 누나들은 너무 어려서 할머니한테 맡기고 말이다. 그날 피스코**만 몇 병을 비웠는지 몰라. 하여간 라디오에서 나오던 음악에 맞춰 트위스트를 추느라 늦게까지 거기 있었지. 다른 사람들 눈에는 아마 사이좋은 연인처럼 보였을 거야. 그때만 해도 난 매력이 철철 넘쳤지. 농담 아니다. 그때 내가 제임스 딘 스타일의 코트를 입고 나타나면 친구 놈들이 모두 기가 죽을 정도였으니까. 정말이야. 어쨌건 한참 놀고 난 다음 네 엄마하고 난 차 뒷좌석에서 뜨거운 섹스를 나눴지. 사실 그땐 또 아이를 가질 생각은 전혀 없었어. 왜냐고? 가난뱅이였거든. 무슨 말인지 알겠어? 당시만 해도 우리 나라는 사는 게 형편없었지. 지금과는 달랐어. 네가 태어나자 더이상 쓸데없는 짓을 해서는 안 되겠다는 생각이 들더구나. 그래서 친구 놈들한테 자랑하려고 여기저기로 널 데리고 다녔단다. 당시만 해도 친구들 중에서 결혼한 놈이 나밖에 없었거든. 졸지에 넌 우리 친구들 사이에서 마스코트가 되어버렸단다. 그때 내 기분이 얼마나 뿌듯했는지 넌 모를 거다. 하긴 네 엄마를 만나기 전부터 아들을 갖고 싶어했지. 나 닮은 녀석으로 말이다."

자, 마티아스. 밤은 바야흐로 청춘이 꽃피는 시간이야. 지금 네가 리

* 칠레 중부의 계곡 지대.

** 포도를 증류시켜 만든 일종의 브랜디로 주로 페루와 칠레에서 마신다.

우나 로스앤젤레스에서 자유를 만끽하고 있다고 상상해봐. 야자나무들이 길 양편으로 길게 늘어서 있고, 해변으로 밀려오는 파도는 달빛을 받아 은빛으로 반짝거리겠지.

산티아고에도 그런 고속도로가 있으면 얼마나 좋을까. 답답한 속이 뻥 뚫릴 정도로 달릴 만한 도로가 있다면 좋을 텐데. 물론 네 엄마가 타는 어코드를 빌려 시속 100, 아니면 110킬로미터 정도로 달려보는 거야. 하지만 산티아고는 칠레에 있잖아. 기껏해야 복잡한 교차로들만 득실거리지. 쓸데없는 것들은 왜 그리도 많은지. 그래서 도로를 가득 메운 차들은 돌고 돌고 돌아서 가야 하지.

아무리 좋은 차를 탄다고 한들 포르타다 데 비타쿠라 로터리로 들어서면 어쩔 수 없이 뱅그르르 돌아가야 하잖아.

이미 그런 식으로 그곳을 네 번이나 돈 셈이니까 속이 새카맣게 타들어가는 것도 어쩌면 당연한 일일 거야. 여기서 빨리 벗어나야 해.

자동차 안에 있는 전자시계는 22:18을 가리키고 있어.

그리 늦지는 않았네.

통금은 세시부터니까. 아까 나초가 '늦게라도' 만나자고 했으니까 아직 여유 있는 편이야.

로터리를 한번 더 돌기로 하네.

수은등 불빛으로 하얗게 빛나는 널찍한 케네디 대로가 나타나. 넌 계속해서 라디오 주파수를 이리저리 돌려보지만 디스코 음악만 나오면 짜증부터 나지. 그 좋은 로큰롤 음악은 다 어디로 간 걸까? 하는 수 없이 엄마 카세트 하나를 꺼내는군. 앤 머리. 엄밀히 따지면 이것도 네 취향은 아닌데. 컨트리 러브 송. 막클루레 녀석이라면 그렇게 말했을 거야. 음반도 많이 가지고 있을 뿐 아니라, 음악에 대해 아는 것도 많은 녀석이지. 지금쯤 안토니아와 오붓한 시간을 보내고 있을 거야. 능히 그러고도 남을 녀석이야.

네가 창문을 열자 시원하고 기분좋은 밤공기가 차 안으로 밀려와. 이제 좀 살 것 같네. 시원한 바람이 얼굴을 스쳐지나가고 머리칼이 뒤로 휘날려.

너에게 이 길이라면 눈 감고도 갈 정도지. 그사이 달라진 게 아무것도 없군.

너는 기어를 5단으로 바꿔.

차는 굉음과 함께 빠르게 질주하지. 앤 머리가 부르는 노래는 하나같이 발라드곡이야. 네게는 내가 필요했어, 누군가는 늘 이런 말을 하면서 이별을 고하지You Needed Me, Someone Always Saying Goodbye. 지금 네 기분과는 전혀 맞지 않는 노래들뿐이잖아.

넌 지금 흥분한 상태야. 마티아스, 인정할 건 인정해. 조금 취했을 뿐이지 별것 아냐.

대수롭지도 않은 걸 가지고 뭘 그래.

쓸데없는 소리 좀 작작해. 지긋지긋하니까 말이야.

마치 인생 다 산 사람처럼 말하는데, 넌 아직 멀었어.

그렇게 생각하지 않아?

지금 넌 피스코 사워*를 한 병 사서 마실 생각이야. 한 잔 더 하고 싶군. 치즈스틱도 몇 개 살 테고. 그사이 차는 이미 헤로니모 데 알데레

---

* 칠레와 페루에서 마시는 전통 칵테일로 피스코에 레몬즙을 넣어 만든다.

테 거리에 이르렀어. 깜빡이를 켜고 에스포스 거리를 거쳐 우회전해서 비타쿠라로 들어가고 있어.

지금 안토니아가 사는 동네에 와 있는 거야.

어차피 피할 수 없는 일이었어. 네가 바라던 바잖아?

이젠 좀 솔직해지자.

이왕 여기까지 왔는데 그냥 물러설 순 없잖아. 한번 부딪쳐봐.

그 집 앞에 차를 세우는군. 네가 너무도 잘 아는 집이지. 하지만 별로 아는 게 없는 집이기도 해. 그래, 네 말이 맞아. 집 주변에는 아무도 보이지 않아. 부모의 차가 안 보이는 걸로 봐서는 안토니아가 없을지도 몰라.

기어를 다시 1단에 넣고 천천히 근처에 있는 가게로 가는군. 가게로 들어간 너는 전화를 빌려. 당연히 돈을 내라고 하지.

번호를 누르고 안토니아를 바꿔달라고 하네.

너의 숨이 점점 가빠져. 그러나 전화를 받은 가정부는 "지금 없는데요…… 누구시죠?"라고 묻지. "아, 아니에요. 그냥 친구예요. 리카르도라고." 넌 거짓말로 둘러대.

말문이 막힌 넌 마치 뭔가로 뒤통수를 맞은 것처럼 멍한 표정이군.

크게 상심한 너는 술 두 병을 시키지.

"차가운 걸로 주세요." 하지만 이 가게에는 치즈스틱이 없군.

자칫하면 담배까지 달라고 할 뻔했어. 담배도 안 피우면서.

저기 빨대가 있네.

넌 계산대에 앉아 있는 뚱보 여자에게 빨대를 달라고 해.

여자는 그냥 가져가라고 하지.

넌 계피맛 프레션업 껌을 하나 사지.

여자에게 돈을 내고 가게를 나가는군.

넌 다시 어디론가 떠나.

밤은 바야흐로 청춘이 꽃피는 시간이야. 지금 네 상황에는 어울리지 않지만 언제 들어도 그럴싸한 말이지.

오디오를 켜니 여전히 앤 머리의 노래가 흘러나와.

넌 카세트를 빼내 창밖으로 던져버려. 그러고는 후회하지.

너는 브레이크를 밟아.

뒤를 돌아보니 피아트 125가 옆을 지나쳐 가. 그리고 박살나는 소리. 도로 위에 떨어진 카세트는 산산조각이 나고 말아. 그리고 거리에 나뒹굴던 테이프는 바람에 날아가버리네. 어쩌나.

이 사실을 알면 엄마가 널 죽이려 들 텐데.

넌 계속 채널을 이리저리 돌려.

결국 라 콘시에르토에 맞추지. 가장 믿을 만한 방송국이야. 한마디로 최고지. 훌리안 가르시아 레예스가 평화와 사랑에 대해서, 그리고 희망으로 가득찬 이들과 절망에 빠진 이들에 관한 명언을 낭송하고 있어. 잠시 후, 롤링 스톤스의 〈이모셔널 레스큐〉가 흘러나오지. 지금 네 심정과 딱 맞아떨어지는 곡이군.

차는 망케우에 대로를 따라가다가 아포킨도 대로를 거쳐 콜론 대로에 이르러.

너의 영원한 라이벌, 막클루레 집에 들를 생각이지.

넌 차를 세워.

라디오에서 흘러나오던 노래가 끝나.

너는 술병을 따.

한 모금 들이켜지.

갑자기 온몸을 부르르 떠네.

차에서 내려 초인종을 누르는군.

“안녕하세요, 아주머니. 곤살로 있나요? 늦은 시간에 찾아와서 죄송해요.” “아니다, 얘야. 별말을 다 하는구나. 그런데 곤살로는 아까 나갔는데 어쩌지. 내가 차를 빌려주었거든. 하여간 이제 면허증을 딸 나이가 다 됐으니까 연습 삼아 몰아보는 게 최고지. 그러다보면 시험에 쉽게 붙을 것 아니니. 내가 아는 이의 딸이 있는데, 프로비덴시아에서 면허 시험을 봤다 떨어져서 창피해 죽으려고 하더라고. 웬 망신이니, 안 그래?”

물론이죠, 망신이고말고요. 하지만 아줌마도 언젠가 녀석 때문에 개망신 당할 거예요. 넌 생각에 잠긴 채 이사벨 라 카톨리카 대로를 따라가. 거리에는 무거운 정적이 흐르고 있어. 요란한 사이렌 소리만 제외하고 말이야. 메르세데스를 호위하는 경찰 패트롤카에서 내는 소리야. 차 안에는 군사위원회 요인이 타고 있는 게 분명해. 메리노가 이 근처에 산다는 말을 들었었지.

지금쯤 막클루레는 안토니아와 어딘가 싸돌아다니고 있을 거야. 의심하고 있군. 녀석이 몸이 달아 안토니아를 졸졸 쫓아다니기 시작한 지도 꽤 됐을걸. 리우에 있을 때도 그 아이 뒤만 졸졸 따라다녔잖아. 그런데 넌 카시아한테 그래보기나 했니? 아마 생각조차 안 해봤을 거야. 물론 넌 다 마찬가지일 거라고 생각하겠지. 다 똑같다고 말이야. 사실 안토니아가 다른 여자애들처럼 말만 많고, 겉과 속이 다른 녀석들을 좋아하리라는 것쯤은 예상하고 있었잖아. 그런데, 마티아스. 어느 모로 보나 네가 훨씬 더 나아. 물론 안토니아는 절대로 인정하지 않겠지만. 솔직히 말해 너도 인정하지 않잖아. 안토니아는 너하고 안 어울려. 주변에서도 모두 널 말렸잖아. 걔하곤 끝난 거나 마찬가지야.

그러니 이젠 다 잊어버려, 멍청아.

안토니아는 딴 놈하고 어울리고 있다니까. 귀찮게 굴지도 않고, 듣기 싫은 소리도 하지 않는 녀석이랑 말이야. 물론 넌 그 아이를 네 입맛에 맞게 길들이고 싶었던 거지. 네가 마음만 먹으면 걔 정도는 쉽게 바꿀 수 있을 줄 알았을 거야. 안 그래? 그런데 친구여, 바로 그게 결정적인 패인이었다네. 재주는 곰이 넘고 돈은 사람이 받는다더니만, 지금 네가 영락없이 그 꼴이야.

시계는 22:43을 가리키고 있어.

넌 가로수가 울창한, 어두운 길가에 차를 세우지. 이파리가 무성하고 꽃향기가 그윽하게 풍기는 걸 보면 봄이 오긴 한 모양이야. 개 한 마리가 커다란 철창 안에서 사납게 짖어대는군. 넌 철창 밖에 있으니까 신경쓸 것 없어.

글러브 박스를 열고는 아우토모빌 클럽 자동차 보험증서를 꺼내지. 그러고는 그 속에 숨겨놓은 오리가미를 꺼내. 거기서 하얀 가루를 약간 털어낸 다음 손가락으로 넓게 흩뜨려. 그리고 학생증을 이용해서 가루를 몇 줄로 나누지. 준비를 모두 끝낸 너는 아까 가게에서 얻은 빨대로 그것을 흡입해. 그 순간 아빠의 모습이 눈앞을 스치고 지나가. 하필이면 왜 아빠 생각이 난 걸까? 도무지 영문을 알 수가 없어.

넌 라디오를 켜지. 단번에 디스코 음악 채널로 돌려. 어니터 워드,

시스터 슬레지, 그리고 셰릴 린, 우린 살려고 태어났지born, born to be alive…… 음악에 맞춰 넌 계속 술을 들이켜지. 결국에는 두번째 병마저 다 비워버려. 빈병을 창밖으로 내던지자 와장창 깨지는 소리가 들리지. 곧이어 베스푸시오 대로로 접어들기 직전 창녀 둘이 몸을 반쯤 숨긴 채 손짓해. 아포킨도 대로로 들어가야 하는데 지하철역 출입구 때문에 헷갈려 네베리아 대로 쪽으로 빠지는군. 간신히 차를 돌려 다시 리에스코 대로로 진입해. 그리고 기관총을 들고 군사학교 정문을 지키고 있는 군인들 앞을 천천히 통과하지.

마침내 엘 보스케 호텔에 도착한 너는 후안초 클럽 앞에 차를 세워.

현란하게 명멸하는 네온사인 불빛이 얼굴을 초록빛과 오렌지빛으로 물들여.

넌 거울을 쳐다봐. 모양새가 그리 나쁘진 않군.

자동차의 시동을 끄고는 망설이네.

이 시간에 저기서 놀아봐야 무슨 낙이 있을까? 하긴 그걸 지금 어찌 알겠는가. 네 머리는 이렇게 말하지. '빨리 집에 가서 잠이나 자도록 해. 여행하느라 힘들었잖아. 그러니 쉬는 게 좋을 거야.' 그러더니 이번엔 어디선가 유혹의 목소리가 들려와. 당장 내려서 마음껏 즐기라고.

넌 곧장 차에서 내려 길을 건너가지. 그리고 거지가 내미는 장미 한 송이를 뿌리치면서 후안초 클럽 안으로 들어서. 정신없이 놀다보면 기분이 좋아질 거라는 막연한 기대를 품고서 말이야. 하지만 그건 네 생각, 아니 희망사항일 뿐이야. 만약 네가 원하는 대로만 된다면야 더할 나위 없이 좋겠지. 만약 네 기대에 어긋난다고 해도, 뭐, 그렇게 실망할 건 없어. 산티아고의 밤이 어떤지 처음 겪어보는 것도 아닌데. 혹시 그렇게 되면 어쩌지?

에라, 모르겠다.

그건 그때 가서 생각해보지 뭐. 안 그래?

후안초 클럽은 선택받은 사람들만 드나들 수 있는 곳이다. 이곳에 한 번도 와본 적이 없는 루이사 말처럼 잘나가는 젊은이들만 들어갈 수 있는 곳이다. 절대로 아무나 들어갈 수 없다. 그건 사실이다. 정문에는 경비원이 떡하니 버티고 서서 들어오는 손님마다 G.C.U.,* 즉 여기에 올 만한 사람인지 아닌지 일일이 확인한다. 전에는 후안초 클럽에 들어가는 것만으로도 크나큰 행운으로 여겼다. 나이도 나이지만 학생 신분이기 때문에 당연히 그렇게 생각할 수밖에 없었다. 하지만 주인인 토로가 우리 같은 '풋내기들'을 잘 믿어주는 편이라 별문제 없이 들어갈 수 있었다. 다들 클럽에서 점잖게 놀지 않고 쓸데없이 설치다간 큰코다친다는 것도 잘 알고 있다. 그건 사실이다. 여기 오는 미성년자들—아직 대학 예비과정에 다니고 운전면허증도 없는 열여덟 살짜리들—중에는 내가 잘 아는 애들도 있고, 촌구석이나 레나카 같은 곳에서 왔거나 한눈에 봐도 학생인 게 분명한 녀석들도 있다. 하지만 여기 오는 녀석들에게는 몇 가지 장점이 있다. 우선 그렇게 어려 보이지 않으려고 신경을 쓰는데다, 분위기에 걸맞은 옷을 차려입을 줄도 알고, 돈을 물쓰듯 한다는 것이다. 우리 같은 아이들이 들어갈 수 있는 건 순전히 그런 이유 때문이다.

* gente como uno의 약자로 직역하면 '보통 사람' 혹은 '정상인'이지만 여기서는 '여기에 올 만한 사람'이라는 뜻이다.

후안초 클럽이 좋은 이유 중 하나는 토로—진짜 이름은 후안이다—가 우리에게 외상을 잘 준다는 점이다. 실제로 그는 외상 장부를 여러 권 가지고 있는데, 그날 받을 돈을 거기에 적어놓는다. 한 달이 지나서도 돈을 갚지 않으면, 토로와 부하들이 곧바로 부모들을 찾아가 밀린 외상값을 회수한다. 놀라운 건, 부모들이 선뜻 돈을 내놓는다는 점이다. 토로가 마피아 두목뿐 아니라 피노체트의 조카와 깊은 관계를 맺고 있기 때문이다. 그러다보니 토로는 다양한 종류의 바나 주점, 카바레, 마약 거래상, 마사지실, 사우나 등을 포함한 산티아고의 밤 문화와 불가분의 관계에 있는 셈이다. 나초의 경우만 보아도 아버지가 자기의 술값과 나초의 외상을 한꺼번에 갚아버린다. 나초 아빠는 언제나 크레이지 캣이나 프라이빗 빕스 같은 고급 술집에서 즐겁게 놀다가도 나올 땐 언제나 불안한 표정으로 주변을 두리번거린다. 혹시라도 빌어먹을 노인네가 금발로 물들인 에콰도르 아가씨한테 치근대거나 몽블랑 만년필을 꺼내 계산서에 사인을 할까봐 나초네 엄마가 종종 그의 뒤를 밟기 때문이다. 나초도 그리 멍청하지만은 않다. 녀석은 과거 아버지에게 당한 설움을 앙갚음이라도 하려는 듯, 마시고 노는 데 돈을 흥청망청 써댄다. 반면 우리 엄마 아빠는 회원들만 출입하는 레진 나이트클럽이나 고작해야 레드 펍 같은 곳에만 가기 때문에, 후안초 클럽에서 내 마음대로 놀기가 어렵다. 그래서 수중에 땡전 한푼 없을 때, 내게 돈을 대주는 사람은 언제나 나초네 아빠다. 내가 여기 온 이유도 믿는 구석이 있기 때문이다. 어떻게 되든 내가 손해볼 일은 없으니까.

드디어 후안초 클럽 안이다. 추접스러운 퀸의 마지막 앨범에 실린 노래가 귓전을 때린다. 귀가 멍멍해진다. 하마터면 균형을 잃고 쓰러질 뻔했다. 아무리 봐도 안이 너무 좁다. 그래서인지 전에 왔을 때보다 좀더 칠레다운 분위기가 나는 것 같다. 여전히 이곳에 있는 대형 스크린에는 짐 모리슨이 꽃에다 토하는 장면이 나오고 있다. 화질도 나쁜 데다 소리와 화면이 서로 맞지도 않는다. 노래보다는 암페타민에 더 관심이 많은 디제이 찰로가 흥에 겨운 표정으로 〈Another One Bites the Dust〉를 튼다. 나는 그를 바라본다. 안 그래도 짙은 눈썹을 잔뜩 치켜세우는 바람에 두 눈썹이 달라붙어 있는 듯하다. 잠시 후, 그는 내게 엿이라도 먹일 셈인지 〈보헤미안 랩소디〉를 튼다.

여기서 알게 된 알레한드로 파스가 나를 보자 인사를 건넨다. 구릿빛 피부가 보기 좋다는 둥 한참 너스레를 떨더니만 난데없이 안토니아의 안부를 묻는다. 안토니아와 잘 지내느냐는 얘기였다.

"나 카이피리냐* 한 잔만 줘. 그거라도 마시면 기분이 좀 나아질 것 같아."

"자식, 브라질 놈 다 됐구나."

"당연하지. 그런데 나초는? 혹시 못 봤어?"

"응, 아직 안 온 모양인데."

나는 여기서 스탠드가 제일 마음에 든다. 산티아고는 물론이고, 칠레 전체를 통틀어도 이만한 곳을 찾기는 힘들 것이다. 스탠드 전체를 검은색 크롬으로 입혀서 세련된 분위기를 풍긴다. 마치 〈아메리칸 지골로〉에 나오는 리처드 기어의 아파트 같은 느낌을 준다. 〈토요일 밤의 열기〉에 나오는 할리우드 디스코텍 스타일 대신에 토로와 동업자들은

* 카샤자에 설탕과 라임 등을 넣어 만드는 브라질의 대표적인 칵테일.

시대를 앞서가는 미국인 인테리어 업자에게 일을 맡겼다.

파스가 일하는 후안초 클럽의 스탠드에는 네온등이 곳곳에 감춰져 있다. 현란한 네온 불빛이 깜박일 때마다 거울이나 술잔에 반사돼서 형형색색의 무늬를 만들어낸다. 그럴 때면 영화의 한 장면이 눈앞에 펼쳐지는 듯하다.

"파스, 아무리 봐도 스탠드는 참 잘 고친 것 같아. 다른 데도 이런 식으로 바꾸면 좋을 텐데. 지나치게 남미 스타일이잖아."

"녀석, 걱정도 팔자네, 때가 되면 하겠지."

"그렇긴 하지. 그런데 테이블에 켜져 있는 촛불하고 여기 크롬 색조하고는 전혀 안 어울린다고."

파스는 내게 술잔을 건넨다.

"맛이 뭐 이래?" 나는 투덜댄다.

"맛이 뭐가 어때서? 좋기만 한데. 카샤자도 넣었어."

"레몬 맛이 너무 강해. 이 맛이 아닌데. 뭐랄까, 너무 쓴맛이 나는 것 같아. 레몬은 이왕이면 피카산産을 쓰는 게 좋을 거야. 아니면 레몬에 라임을 섞든지. 모르겠다. 칼자루를 쥔 사람은 형이니까."

"멍청하기는. 여기 와서 카이피리냐 달라는 사람이 누가 있냐? 정 마시고 싶으면 저기 도냐 플로르 주점으로 가겠지."

"하긴."

칠레의 위대하신 알레한드로 파스는 칵테일을 만들 뿐 아니라, 손님들과 대화도 잘 나눈다. 하여간 영화에서 바텐더들이 하는 일은 하나도 빠지지 않고 다 한다. 성격이 유쾌한 그는 나를 가장 좋아하는 것 같다. 왜 그런지 대충 짐작이 간다. 사실 그는 상류층에서 떨어져나온 사람이다. 그래서인지 그는 후안초 클럽에 오는 손님을 골탕 먹일 궁리만 한다. 언제나 가혹할 정도로 그들을 까댄다. 그래서 혹시 반체제 단체 소속의 비밀 요원이 아니냐고, 그에게 넌지시 떠본 적이 있다. 그 말을 듣자마자 그는 배꼽을 잡고 웃어댔다.

"현사회를 붕괴시키려면 먼저 그 내부부터 무너뜨리기 시작해야 돼." 언젠가 그가 내게 해준 말이다. "너도 대학에 들어가면 내 말이 무슨 뜻인지 알게 될 거야. 내 말을 명심하도록 해."

파스는 교육대학교 문학 및 철학 전공 과정의 3학년인가 4학년에 재학 중이다. 그의 말에 따르면, 그 학교는 당과 칠레 공산주의 청년동맹, 그리고 좌익혁명운동*에 소속된 사람들과, 토킹 헤즈는 누군지 몰라도 실비오 로드리게스와 〈산타마리아 칸타타〉**만 나오면 열광하는 인간들의 소굴이란다. 파스가 지금껏 버틸 수 있었던 것도 따지고 보면 이러한 자기모순적인 측면 덕분이다. 대학에서 그는 '제국주의 사상에 물든' 기회주의자로 완전히 낙인찍혀 있다(그 바람에 파스는 양키 추종자라는 오명을 벗지 못하고 있다). 반면 여기 후안초 클럽에만 오면 그는 '부르주아 지배계급의 자식들을 취하게 만드는 체제에 의해 착취당하는 프롤레타리아' 역할을 훌륭하게 해낸다.

물론 알레한드로 파스는 부르주아다. 나보다 네 살밖에 많지 않지만 사는 형편은 나보다 훨씬 좋은 것 같다. 본인의 말에 따르면 그는 혼자

---

* 1965년 학생운동 세력과 노동조합, 그리고 산티아고의 빈민이 주축이 되어 결성된 좌익 게릴라단체로, 피노체트 정권에 대한 무장투쟁을 펼치기도 했다.

** 1969년 칠레 음악가인 루이스 아드비스가 작곡한 칸타타로 1907년 정부와 군부에 의해 자행된 산타마리아 학교 학살 사건을 다룬다. 흔히 '민중의 노래'라고 불린다.

살고 있고, 후안초 클럽에서 번 돈(월급뿐 아니라 마약과 약물을 거래한 대가로 얻은 돈도 포함된다)은 모두 음반과 영어 원서를 사거나, 『롤링 스톤』(이 잡지는 나도 보고 있다)이나 『인터뷰』 같은 잡지를 구독하는 데 쓴다고 한다. 미국으로 건너가는 게 그의 최대 소원이다. 미국에 대한 그의 집착은 거의 병적인 수준이다. 그에게 미국은 단순한 동경을 넘어 숭배의 대상이다. 그래서인지 '미국'에 대해서라면 웬만한 양키들보다 훨씬 더 많이 알고 있다.

나는 몇 년 전 엄마 아빠, 누이들과 함께 마이애미에 다녀온 적이 있을 뿐이다. 그리고 디즈니월드와 케이프케네디로 유명한 올랜도에도 갔다. 물론 좋았지만 빠져들 정도는 아니었다. 상상할 수 있는 모든 일이 일어나고, 마음먹고 숨으면 찾을 수도, 재판을 할 수도 없는 나라. 사람들이 아무 생각도 없이 사는 것 같아도 지루해할 틈이 없는 나라. 내 눈에 비친 미국은 엄청난 나라이긴 했다. 그러나 파스에게 미국은 그 이상이다. 다시 말해 그에게 미국은 이 세계에서 유일한 지상천국이다. 그런데 그가 그토록 동경하는 미국에 가지 않은 것도 바로 그 때문이 아닐까 싶다. 내 생각이 맞다면 그는 절대로 가지 않을 것이다. 만약 미국에 갔는데 기대에 못 미치거나 행여 좋지 않은 일이라도 겪는다면, 그는 망가지고 정신이 나가서 결국 폐인이 되고 말 것이다.

어쨌든 칠레의 위대하신 알레한드로 파스와 내가 어울릴 수 있는 건 양키 문화에 대해 묘하게 공감하고 있기 때문이다. 우린 만나면 언제나 영어로 얘기한다. 영어에 관해서라면 나는 발음부터 시작해서 다 괜찮은 편이다. 그는 내가 '구닥다리 방식으로 배우지 않아서' 영어를 잘하는 것 같단다. 다시 말해, 북미의 대학이나 단기 과정에 들어가면 모두 라디오나 영화, 레코드, 잡지를 통해서, 아니면 상호이해를 위한 청년 프로그램을 통해 교환학생으로 온 미국 계집애들과 섹스를 나누면서 미국식 영어를 배운다고 한다.

파스는—그는 언젠가 이곳에 교환학생으로 온 조이스라던가 하는 텍사스 출신의 여자애를 내게 소개시켜준 적이 있다—이국적인 스타일의 칵테일을 만드는 걸 무척이나 좋아한다. 만들어봐야 주문하는 사람도 없지만 말이다. 하여간 그는 자기가 만든 술에다 '드링크 온 더 와일드 사이드'라든가, '애틀랜틱시티 블루스' 같은 영어 이름을 일일이 붙인다. 그리고 대화를 하거나 누군가에게 조언을 할 때 그를 당할 사람은 없다. 내가 리우로 떠나기 전, 그는 내게 이렇게 말했다.

"이왕 여행 가기로 했으면 제대로 한번 해봐. 물론 고통스러울 때도 있겠지만 세상을 제대로 볼 수 있는 아주 좋은 기회가 될 거야. 그리고 선생이나 단짝 녀석들하고 붙어다녀봐야 아무 소용도 없어. 그러니까 여행을 가려면 혼자 떠나는 게 좋아. 가령 그레이하운드 고속버스를 타고 미국을 일주해보는 거지. 그러다가 캔자스 위치토에서 차가 고장 나서 오도 가도 못하는 수도 있고, 앨러모 국립공원 앞에서 타코를 먹거나 오클라호마 주 털사에 가서는 떠돌이들로 꽉 찬 싸구려 여인숙에서 잠을 잘 수도 있을 거야. 그게 싫으면 뉴욕에 가봐. CBGB 클럽에 가서 패티 스미스가 노래 부르는 것도 보란 말이야. 그게 삶이야, 바보야, 정말이지 이건 사는 게 아니라고. 단 하루라도 맨해튼에서 지내는 것이 산티아고에서 여섯 달 보내는 것보다 더 낫다고. 그러고 나서 칠레로 돌아와봐. 이 거지 같은 나라로 말이다. 아마 제정신 가지고는 못 버틸 거야. 군바리들은 사방에 쫙 깔려 있지, 세상 분위기는 또 질식할 것처럼 답답하지, 그러다보니 사람들은 잔뜩 기죽어 눈치만 보고 살지. 한마디로 우리가 살기에는 너무 헤비해. 너무 하드코어하다고. 마티아스, 우리 나라가 얼마나 개판인지는 라디오만 들어봐도 금방 알 수 있어. 언제쯤이나 더 레이먼스나 피스톨스 같은 밴드가 여기로 올까? 내 말 단단히 들어, 녀석아, *당장 여길 떠나. 서부로 가라, 얘야, 서부로 가.*"

찰로가 플리트우드 맥의 노래를 틀자 갑자기 라 메조네트* 학생 같은 계집애가 얌전하게 생긴 녀석을 플로어로 끌고 나가 춤을 추기 시작한다. 그런데 왠지 녀석은 저 여자애가 아무리 원해도 몸에 손끝 하나 못 댈 것 같다. 계집애는 춤을 추면서 풍만하고 싱싱한 몸매를 녀석에게 과감히 드러내 보인다. 가슴골은 물론이고 젖꼭지까지 훤히 드러날 정도로 깊게 파인 블라우스에 엄청나게 높은 하이힐을 신고 목에는 목걸이—엄마의 오푸스데이** 목걸이가 분명하다—까지 걸고 있다.

"이놈의 세상, 이젠 정말이지 진절머리가 나." 나는 잔을 씻고 있는 파스에게 불평을 늘어놓는다. "뭐 하나라도 나아지는 게 있어야 될 거 아냐. 늘 이 모양 이 꼴이니."

"내 말이 그 말이야, 아무리 생각해도 한심해."

"세상 돌아가는 꼬락서니가 너무 유치하고 너무 뻔해. 앞으로 무슨 일이 일어날지 내 눈에도 훤히 보일 정도니 말이야."

---

* 산티아고에 있는 여학생 기숙학교로, 부유층의 자녀들이 주로 다니는 전통적인 명문 학교다.

** 로마가톨릭교회의 한 단체로 일상에서 경건하고 충실하게 신앙생활을 하는 것을 추구한다.

"그래서 하는 말인데, 당장 여길 뜨는 게 상책이야. 너무 늦기 전에 말이야. 한번 봐. 세상이 눈곱만큼이라도 바뀔 조짐이 있는지. 지금은 더 말할 것도 없고 말이야. 투표고 헌법이고 나발이고 간에 적어도 앞으로 팔 년 동안은 이렇게 납작 엎드려서 살아야 할 거야. 물론 숨막히는 시대가 더 길게 이어질 가능성도 무시할 수 없지. 앞으로 팔 년에다 또 팔 년을 더하면 무려 십육 년이나 되네? 물론 전의 것까지 다 더하면 모두 이십사 년이 되는 거지. 그러니 보통 심각한 문제가 아니야. *장난이 아니라* 자칫하면 박살이 나는 거지. 이게 무슨 말인지 넌 알 거야. 만약 이번 투표에서 너 같은 어린애들이 모두 찬성표를 던지면 그야말로 최악의 상황으로 치닫게 돼."

"난 투표 못해. 아직 열여덟 살도 안 됐는데……"

"하지만 투표권이 있다면 넌 찬성표를 던질 거야. 발뺌해봐야 소용없어."

"그건 한번 생각해봐야지."

"생각은 무슨 생각. 우리가 요 모양 요 꼴이 된 것도 따지고 보면 다 너 같은 놈들 때문인데. 그리고 너 같은 놈들 때문에 난 이런 데서 온종일 썩고 있는 거라고. 언젠가는 이곳을 벗어날 수 있을 거라는 상상이나 하면서 말이야. 그런데, 마티아스. 넌 차라리 나라가 없었으면 좋겠다고 생각하지 않니? 어차피 앞날도 캄캄한데 날라리들처럼 사는 게……?"

"이제 됐으니까 그만 좀 해. 오늘따라 웬 잔소리가 그렇게 많아. 안 그래도 조금 전에 *약 먹어서* 그런 시시껄렁한 연설 해봐야 내 귀에 들어오지도 않는다고. 그리고 *앞날이 캄캄하다니*, 그건 또 무슨 말이야?

그래도 넌 이렇게 재미난 직장에서 돈도 벌고, 듣고 싶은 음반도 마음대로 듣고, 입버릇처럼 하는 말대로 인간들의 취향을 한 단계 높여주기도 하잖아? 어디 그뿐이야? 대학에서 공부도 하면서 뭘 그래. 물론 해봐야 돈도 안 되는 공부지만 말이야. 하지만 그건 네 사정이지. 정 마음에 안 들면 돈 되는 기술 공학 쪽으로 옮기라고. 여긴 모든 사람들에게 고루 기회를 주는 나라니까 말이야."

"*이 개자식이 감히 누굴 갖고 노는 거야?*"

"*엿이나 먹어*. 넌 기껏 미국이나 동경하는 사이비 공산주의자에 불과해. 『롤링 스톤』에 글을 쓰고, 또 입이 닳도록 말하던 펄레이디엄 나이트클럽에서 바텐더 노릇만 할 수 있다면 엄마까지 팔아먹을 사람이라고. 테킬라 스트레이트로 한 잔만 줘. 그거라도 마시면 기분이 좀 나아지겠지. 레몬하고 소금도 좀 줘. 술값은 나초 장부에 달아놔, 조금 있으면 올 테니까."

삼십 분, 아니 한 이십 분쯤 지났다. 찰로는 여전히 땀을 뻘뻘 흘리며 음반을 갈고 있다. 그런데 이제 체력이 바닥났는지 음반을 제대로 찾지도 못한다. 내가 도와주려 하자 그가 한마디 던진다.

"함부로 건들지 마. 여기선 내가 좋아하는 곡만 트니까."

"그럼 더 클래시 노래 좀 틀어봐. 요즘 브라질에선 걔네 때문에 난리라고."

하지만 찰로는 〈I Was Made for Lovin' You〉를 튼다. 내가 키스를 지독히도 싫어한다는 것을 그도 잘 알고 있다. 그나마 이 노래는 내가 그리 싫어하지 않는 편이다. 특히 안토니아가 아주 좋아하는 노래이기도 하다. 사실 그녀의 마음을 뒤흔든 몇 안 되는 노래 중 하나다. 지금 내 앞에는 하와이식 바로스 하르파 샌드위치 한 개가 놓여 있다. 후안초 클럽에서 가장 맛있는 메뉴다. 하몬과 치즈, 그리고 파인애플을 겹쳐놓은 기름진 음식인데, 왠지 오늘따라 전혀 먹고 싶지가 않다. 구역질이 난다. 왜 내가 이걸 주문했는지 모르겠다.

아직 나초가 나타나지 않는다. 감히 날 바람맞히다니 한번 본때를 보여줘야겠다. 그만 가보는 게 좋겠어, 속으로 중얼거린다. 자리에서 일어나 나가려다 분위기가 어떤지 보려고 몸을 돌린다. 플로어에서는 현란한 네온과 자외선 조명 아래 모두들 열심히 춤을 추고 있다. 조명 때문에 사람들의 이와 눈은 물론이고 흰색을 띤 것은 모조리 이지러진 채 빛난다. 심지어 피부의 기름기마저도 형광빛으로 번들거린다. 춤추는 사람들을 유심히 살펴보면, 그들의 코와 이마, 뺨이 번들거리는 모습을 볼 수 있다. 정말이지 보고 있기가 역겨울 정도다. 나는 피부에 뾰루지나 여드름이 하나만 나도 가만히 두지 못하는 성격이다. 다행히 그런 것들이 거의 나지 않으니까 망정이지, 안 그랬으면 난리를 부렸을 게 뻔하다. 엄마의 미용사가 집에 올 때면 코끝에 있는 블랙헤드를 모조리 없애달라고 졸라대니 말이다.

내 얼굴이 어떤지 보려고 화장실로 간다. 혹시 그사이에 여드름이라도 나지 않았는지 확인하기 위해서다. 화장실 문을 열자마자 재수없는 키케 사아베드라의 모습이 보인다. 녀석은 칠레에서 가장 유명한 럭비 선수다. 우람한 알통과 근육질 몸매 덕분에 유명세를 탄 그는 요즘 렉소나 광고의 전속 모델로 나온다. 그 바람에 텔레비전을 켜면 십오 분마다 한 번씩 등장한다.

녀석은 거울을 보고 있다. 가까이서 보니 체격이 정말 우람하다. 그런데 그의 눈이 벌겋게 충혈되어 있다.

“운동도 잘하고, 공부도 잘하고, 또 텔레비전에도 나오는 사람이 거울 앞에서 그러고 있어서야 되겠어? 보기가 아주 안 좋아.”

그런데 그는 내 말을 들은 체도 않고 자기의 알통만 살핀다. 녀석은 한여름인 양 반소매 셔츠를 입고 있다. 망할 자식, 내 말을 무시하다니. 그는 아예 거울에서 눈을 떼지 못한다. 이젠 머리를 매만지기 시작한다.

“나 어떠냐?”

“왠지 나이들어 보여. 혹시 그새 살찐 거 아니야?” 나는 오줌을 누면서 녀석에게 말한다.

“아냐, 인마. 이건 모두 근육이야. 순전히 근육이라고.” 그는 자신의 복부를 세게 두드리며 말한다.

“그러네, 모두 근육이구나. 당연히 믿어야지.”

“이 자식이, 어디다 대고 꼬박꼬박 말대꾸야. 아는 놈이니까 이번 한 번만 봐준다, 알겠지? 참, 네 누나는 잘 지내냐?”

전에 녀석은 기회만 생기면 필라르 누나와 놀러나갔다. 사실 어느 여름에는 내내 붙어살다시피 했을 정도다. 그러다 같은 팀 동료인 기예르모 이리아르테가 결국 필라르를 낚아채 결혼하긴 했지만 말이다.

“잘 지내지. 네 친구 이리아르테와 함께 말이야. 이번 일요일엔 펠리페 영세식이 있어. 둘이 만든 최고의 작품이지.”

“아, 그래?”

“응…… 어쩌면 우리가 처남 매부 사이가 될 수도 있었을 텐데 말이야."

"글쎄, 그렇게 되긴 힘들었을 거야. 난 매사에 조심하는 편이거든. 항상 콘돔을 준비해둘 정도로 말이야. 성격이 깔끔한 사람들은 원래 다 그래. 난 여자한테 '콘돔을 빼고 그냥 하자'고 징징거리지도 않아. 다른 녀석들이 뻔한 허풍을 떨어도 난 신경도 안 써. 나랑 한 여자애들 중에 임신한 애는 단 한 명도 없었어. 그러니 사고치고 서둘러 결혼할 일도 없었던 거지."

"알았어. 갈 거야?"

"그래."

"그럼 잘 가."

녀석이 나간 뒤, 나는 조용히 화장실 칸막이 안으로 들어가 문을 잠근다. 주머니에서 오리가미와 빨대를 꺼낸다. 조금만 하자, 조금만. 아무리 생각해도 필라르 누나는 헤퍼서 탈이다. 둘째 누나도 피차일반이다. 우리 식구들은 누구 할 것 없이 정신 좀 차려야 돼. 가족이라고 해도 하나같이 그 모양이니. 콧구멍과 목이 따끔거린다. 이놈은 들어가자마자 곧바로 효과를 보인다.

"파스, 나 마르가리타 한 잔만 줘."

"마시자마자 올라오게 이것저것 다 섞어줄게."

"테킬라에 오렌지주스만 섞어줘."

"선라이즈로 줄까?"

"그건 마음대로 하고. 빨리 주기나 해."

플로어에서는 여전히 많은 이들이 춤을 춘다. 나는 구석에 혼자 처박혀 있다. 파스는 술에다 그레나딘 시럽을 듬뿍 넣는다. 사아베드라는 어디선가 본 듯한 피부가 까무잡잡한 계집애와 춤을 추고 있다. 몸에 딱 달라붙는—팬티 라인이 훤히 드러날 정도다—흰색 미니스커트 차림이다. 그런데 녀석은 춤을 추는 동안에도 그녀의 몸을 쉴새없이 더듬는다. 저놈은 자기가 완벽하다고 생각하는 모양이다. 찰로는 남은 힘마저 바닥났는지 눈에 잘 안 띈다. 지금은 스트라이샌드와 도나 서머가 함께 부른 〈No More Tears〉의 리믹스 곡을 틀어놓았다. 실크 셔츠 차림에 터키인처럼 생긴 남자—사실 분위기에 어울리지 않는 스타일이다—가 〈자유로운 음악〉*에 나오는 진행자 토르투가와 함께 나긋나긋하게 춤을 춘다. 토르투가는 여태껏 후안초 클럽에 한 번도 온 적이 없었다. 내가 제일 좋아하는 연예인 중 하나여서 나는 그녀를 유심히 본다. 텔레비전에 나오는 모습이 더 나은 것 같다. 그런데 잘 보니 〈자유로운 음악〉에 나오는 예닐곱 놈들이 그녀를 둘러싸고 있다. 보기만 해도 구역질이 나는 녀석들이다. 텔레비전에 나와 춤을 추기 때문에 녀석들은 허파에 바람 들어간 계집애들, 저 녀석들과 자보는 것이 유일한 꿈인 계집애들한테서 팬레터를 많이 받는 편이다. 그러다보니 녀석들은 어떤 여자든 한 번 찍으면 그냥 놓아주지 않는다.

"너 마티아스 비쿠냐 맞지?"

"그렇긴 한데, 넌 누구지?"

"미리암이야. 그냥 바세타라고 불러. 다들 날 그렇게 부르거든. 그렇게 불러줄래?"

"알았어." 일단 대답은 하지만 아무래도 얘가 장난을 치는 것 같다.

---

* 당시 유행하던 노래와 춤을 소개하던 텔레비전 프로그램.

그런데 아닌 것 같기도 하다. 헛소리 같지는 않다. 맛이 간 애 같기도 하고, 어찌 보면 진지한 것도 같고. 도무지 속을 알 수 없다.

"너 안토니아 프리에토 남자친구 맞지?"

"아니. 글쎄 뭐랄까, 그저 그런 사이야."

"맞아, 아니야?"

"일단 아니라고 해두자. 그런데 왜 자꾸 묻는 거야?"

"그냥. 다른 뜻은 없어. 난 걔를 알거든. 굉장히 예쁘잖아. 더구나 걔 남동생도 잘 알아. 걔 동생은 전에 내가 사귀던 애와 둘도 없는 단짝이었어."

아무래도 헛소리나 하는 것 같다. 저 혼자 떠들든 말든 빨리 자리를 피하는 게 상책이다.

"바세타라고 했니?" 나는 아주 점잖게 묻는다.

"우리집에서 그렇게 불러. 넌 절대 이해하지 못할걸. 가족 율법 때문이야. 바세타는 이디시어라고. 무슨 말인지 알겠니?"

"네가 생각하는 것보단 더 잘 이해하고 있어. 키부츠, 에스타디오 이스라엘리타*, 또 할례식……"

"맞아. 그런데 마티아스, 혹시 넌 포경수술 받았니? 아니면 아직 안 했니?"

"아직 안 했어." 나는 가볍게 웃으며 말하지만 속으로는 실없는 생각을 해본다. '그럼 수술이나 한번 받아볼까나.'

"잘됐네. 난 이상하게 고래 잡은 애들한테는 정이 안 가더라고."

---

* 산티아고에 거주하는 유대인들이 자신들의 전통적인 문화와 가치관을 보존하고 계승할 목적으로 설립한 기관.

이거 정말 웃기는 계집애네, 나는 생각한다.

"어때, 마티아스. 한잔할래? 내가 낼게."

"글쎄. 친구들이 오기로 해서 말이야." 나는 최대한 심드렁한 표정을 지으며 대답한다.

"이봐, 내가 널 물기라도 했니? 설령 문다 해도 아무렇지도 않을걸. 진정해, 마티아스. 그리고 아직 이르잖아. 자, 한잔하면서 같이 기다리자. 사실 예전부터 너하고 얘기하고 싶었거든. 애들이 네 얘길 많이 하더라고."

나는 아무 말 없이 스탠드 쪽으로 간다. 그런데 여자애가 스탠드까지 따라온다. 파스가 나를 바라보는데, 속으로 꼭 이러는 것 같다. '네가 당황해하는 꼴 다 봤어. 완전히 딱 걸렸군.'

"어서 오세요. 뭘 드릴까요?" 파스가 모른 체하고 말한다.

"마티아스, 넌 뭐할래?" 여자애가 애교 섞인 목소리로 묻는다. 희한한 계집애다. 머리는 곱슬이고, 땅딸막한데다 약간 오동통한 편이다. 그리고 알몸인 바브라 스트라이샌드가 역시 알몸인 크리스 크리스토퍼슨과 짙은 포옹을 나누는 사진이 프린트된 검은색 셔츠를 입고 있다. 그런데 셔츠 속의 작은 가슴이 살짝 튀어나와 보인다. 이런 셔츠를 입고 다니는 걸 보면 사진 속의 저 녀석도 포경수술을 안 한 모양이다. 벌거벗고 있다 해도 아무것도 보이진 않지만.

"〈스타 탄생〉*."

"맞아. 너 이 영화 봤니?"

---

* 1976년 제작된 프랭크 피어슨 감독의 뮤지컬 영화로, 바브라 스트라이샌드와 크리스 크리스토퍼슨이 주연을 맡았다.

"안토니아하고 봤어."

여자애의 작고 파란 눈동자가 갑자기 휘둥그레지더니 나를 뚫어져라 쳐다본다. 질투하는군, 나는 생각한다.

"끼어들어 죄송합니다만," 칠레의 위대하신 알레한드로 파스가 소리지른다. "손님들, 뭘 드시겠어요?"

우리는 마르가리타 두 잔을 주문한다. 나는 이것저것 섞지 말아달라고 한다.

"난 바브라 스트라이샌드가 너무 좋아." 바세타가 불쑥 얘기한다. 내가 물어보기라도 한 것처럼 말이다. 얼마나 많이 들었는지 그녀의 〈Enough is Enough(is Enough)〉가 아직도 내 귓가에서 맴돈다. 과대평가된 코 큰 여자와 자기를 동일시하는 걸 보면 영락없는 에브레오 학교* 출신이야.

"바브라는 내 우상이야." 계집애의 말이 이어진다. "정말 믿기 어려울 정도로 멋진 사람이야. 연기면 연기, 노래면 노래, 못하는 게 없어. 너 'Wet'이라는 앨범 들어봤니?"

"기가 막힌 제목이지. 웻Wet. 제목이 참 마음에 들어. 네 몸은 촉촉이 젖어가고You're kind of wet……"

"아니, 내 말은 그런 게 아니고……"

이 계집애는 널 원하고 있어. 끈질기게 네게 달라붙으려고 하잖아.

"내 말이 맞지?" 나는 최대한 비아냥거리며 웃는다.

여자애는 교태를 떨며 술을 휘젓는다. 이미 잘 섞여 있는데도 말이

---

* 산티아고에 있는 유대인 학교. 바브라 스트라이샌드도 유대인이다.

다. 나는 이 아이의 옆모습을 찬찬히 뜯어본다. 아무리 봐도 코는 성형을 한 것 같다. 지나치리만큼 완벽한 모양새라서, 나머지 부분과 전혀 어울리지 않는다. 완전히 안티 스트라이샌드가 된 꼴이군.

"코가 참 예쁘구나." 나는 마음에도 없는 말을 불쑥 내뱉는다.

"고마워. 괜찮다니 다행이네. 사실은 수술한 거야. 작년에 사리 박사한테 가서 했어. 이거 한다고 돈깨나 깨졌지만 아빤 그 정도면 할 만하대. 내 생각도 그렇고."

"난 얼굴에 칼 댄 적이 없어."

"넌 굳이 할 필요가 없잖아."

나는 싱긋 웃지만 내심 불안하다. 대체 어디서 굴러온 계집애지? 감히 내게 수작을 걸다니. 나는 술을 약간 들이켠 다음 잔에 묻은 소금을 모두 핥아먹는다. 계집애도 내가 한 대로 따라한다. 번들거리는 혀로 잔 둘레를 핥는 모습이 귀엽기는커녕 탐욕스러워 보인다. 그녀의 눈이 내 눈동자에 머문다. 누구도 눈을 깜박이지 않는다. 사람 잡아먹을 듯이 보는군. 나초 이놈은 왜 안 오는 거야, 도대체 어디에 처박혀 있는 거지?

"미리암, 그런데 너 여기서 뭐하는 거니?"

"글쎄, 네가 원하는 거라면 다하지, 얘."

잰 너한테 몸이 달아 있어. 식은 죽 먹기보다 쉬울 것 같은데. 그래, 어디까지 가나 한번 해보자고……

"……그런데 제발 미리암이라고 부르지 마……" 계집애는 어울리지 않게 눈을 찡긋하며 애원조로 말한다.

"알았어. 정말 안 그럴게. 그건 그렇고 넌 뭐하는 애니?"

넌 지금 본론에서 벗어나고 있어, 조심해.

"난 대학 예비과정에 다니고 있어. 그 빌어먹을 대입 시험에서 완전히 죽 쑤었지 뭐니. 그 바람에 대학에도 못 들어가고. 뻔하지 뭐. 이제 직업훈련소에나 가볼 거야. 그런 데라면 당연히 오전에 가야지, 오후에 가기는 뭐하잖아."

"나도 거길 가볼까 생각중이야, 내년에 말이야."

"듣던 대로 아직 어리구나."

이 계집애는 대체 누구하고 어울리는 거지? 누구한테 내 얘길 들은 걸까? 이 계집애가 원하는 건 뭐지?

"레비니아 만프레디니라는 미용사가 운영하는 센터에도 가보려고 해. 너만 좋다면 나중에 너의 코에 박혀 있는 블랙헤드를 모두 없애줄 수도 있을 거야."

"고맙지만 이젠 하나도 없어. 리우의 햇살을 쬐고 나니 깨끗해지더라고."

"잘됐네. 그런데 피부가 상하지 않게 조심해야 해."

"매일 밤 아스트린젠트를 바르고, 자주 세수하고, 버터는 가급적 피하고……"

"어떻게 그런 걸 다 알고 있니?"

"우리집에 오는 미용사가 있거든. 엄마하고 누나들, 또 아빠 피부 관리를 해주러 오는데, 그 여자한테 들었어. 가끔 내 얼굴도 봐줘. 얼굴에 난 것들도 빼주고 수증기를 쐬어주기도 해."

"어떤 아스트린젠트를 바르라고 하던?"

세상에 뭐 이런 대화가 다 있어? 다 네가 자초한 일이야. 겨우 이런 유치한 얘기나 하려고 여기 죽치고 있는 거야? 어서 결판을 내든지, 아니면 빨리 튀든지. 그리고 저 입 좀 다물게 해. 무슨 여자애 목소리가 저래. 꼭 뽀빠이에 나오는 올리브 목소리 같잖아. 아니, 그것보다 훨씬 더 듣기 싫어.

"몰라, 그런 덴 별로 관심이 없어서."

"혹시 등에 피지 덩어리 같은 건 없니?"

"그걸 내가 어떻게 알아? 아직까지는 없는 것 같아."

"나중에 한번 보자. 천천히 살펴봐야 하니까. 한잔 더 할래?"

아냐, 이제 그만 마실래. 이미 취했단 말이야. 어떤 놈이 너 같은 애를 보고 몸이 달아오르겠니? 아무리 급해도 그렇지. 그런데 왜 안 가고 여기 버티고 있는 거지? 난 고집 센 계집애라면 딱 질색이란 말이야. 당장 딴 놈들한테로 꺼지라고.

"이제 네 얘기 좀 해봐. 듣자하니 넌 참 신기한 아이라고 하던데. 아니면 뭔가 숨기는 거라도 있는 거니?"

"숨기긴 뭘 숨겨? 대체 왜 이러는 거지? 내 얘길 해보라니, 대체 나한테서 뭘 원하는 거야? 보아하니 시간이 남아도는 모양인데, 도대체 뭘 알고 싶은 거지? 내 이상형이 어떤 여자인지 궁금하니? 밤마다 외로워서 질질 짜는지, 아니면 아무도 날 좋아하지 않아서 마약을 하는지, 그런 게 알고 싶어?"

"화내지 마, 그냥 궁금해서 물어본 것뿐이야. 나에 대해서 알고 싶은 게 있으면 물어봐, 원한다면."

"파스, 나 한 잔만 더 줘." 나는 몸을 돌리며 단호한 투로 말한다. 마치 그녀에 대해 알고 싶은 게 있기라도 한 것처럼. 파스는 잔에 술을 가득 채워준다.

전화벨 소리에 정신이 든다.

"네 전화야. 나초야."

"자식, 이제야 연락하는군. 바꿔줘."

미리암은 불안한 눈빛으로 나를 바라본다. 다소 걱정스러워하는 기색이다. 잔뜩 겁을 먹은 것 같기도 하다.

"야, 이 망할 놈아. 대체 어디 처박혀 있는 거야?" 나는 찰로가 틀어놓은 음악 소리보다 더 크게 소리를 지른다.

"진정해, 마티아스. 갑자기 계획이 바뀌었어. 아까 마리화나나 좀 살까 해서 파펠루초와 에밀리아 테예스 거리를 걷고 있었는데 우연히 훌리안 롱히와 파탄 녀석을 만났지 뭐야. 그래서 같이 마리화나 여섯 다발을 사서 콕스한테 가고 있어. 오늘이 걔 생일이거든. 하필이면 오늘 걔네 아빠가 아프리카 남부로 출장 갔대. 그 바람에 일이 꼬였지 뭐냐. 너도 올래?"

"그러지 뭐. 너 지금 어디냐?"

미리암은 계속 날 뚫어져라 쳐다보면서 새로 시킨 마르가리타의 레몬 조각을 씹고 있다. 불빛 때문에 술이 푸른색으로 빛난다. 그녀는 냅킨을 접는다.

"여기 포요 스탑*이야."

"마이테도 온대?"

"아마 올 거야. 오늘 깜짝 파티를 하기로 했거든. 콕스도 알고 있어.

* 칠레의 패스트푸드 체인점.

개가 다 준비한 거니까. 그래도 깜짝 파티야. 사실 녀석은 말이지, 난 장판을 벌일 생각은 전혀 없었어. 근데 생각이 바뀐 거지. 하여간 거기서 만나자. 어딘지 알지? 로스 도미니코스 거리와 라스 플로레스 거리가 만나는 곳이야. 너도 여러 번 가봤잖아."

나는 미리암을 힐끗 쳐다본다. 그녀의 빨간 곱슬머리와 달라붙는 까만색 청바지를 입어서 꽉 조여진 허벅지를 본다.

"그럼 이따 보자." 나는 나초에게 말한다.

"좋아."

나는 전화를 끊는다. 수화기를 내려놓기도 전에 미리암이 묻는다. 그녀의 푸른 눈동자가 빛을 잃었다.

"어디 갈 거니?"

"그래야 할 것 같아."

"나도 가도 되니? 나 차 갖고 왔어."

"나도 갖고 왔어. 오늘은 친한 친구들끼리 모이는 파티라서 좀 그런데. 더군다나 미리 초대장을 돌렸으니까 그 외에는 아마 못 들어갈 거야, 미안해."

"나랑 가기 싫은 거구나."

"그런 게 아냐, 정말이야."

"그럼 가지 마, 마티아스. 대신 우리 어디 춤추러 가자. 아니면 맛있는 거 먹으러 가든지."

파스는 그릇을 닦으면서 누군지 모를 계집애랑 시시덕거리고 있다. 이름은 모르지만 내가 리우에 가기 전부터 이곳에 자주 얼쩡대던 아이다. 갑자기 등이 쑤신다. 마치 견갑골—사람들이 그렇게 부르는 것 같던데—이 바스러지기라도 한 것처럼 아프다. 타일 바닥에라도 벌러덩 드러눕고 싶다. 졸리긴 한데 그렇다고 잠이 올 것 같지도 않다. 얼굴을 만져봐도 아무런 느낌이 없다. 테킬라가 털구멍까지 차오른 듯하다. 미리암은 내 대답만 기다리고 있다. 하지만 난 더는 말하고 싶지 않다.

"안 돼, 아무래도 그건 안 될 것 같아." 조금 미안한 마음이 들기는 해도 잘라 말하고 나니까 속이 시원하다.

"나한테 뭐 숨기는 거 있지?"

"이봐, 이제 좀 그만해. 왜 자꾸 귀찮게 구는 거야? 심리치료 놀이나 하고 싶은 모양인데, 난 그런 데 눈곱만치도 관심 없어. 내게서 뭘 찾아내려는지는 모르지만 그래봐야 아무 소용 없을 거야. 알겠어?"

"마티아스, 그래도 넌 딴 애들이랑 다를 거라고 생각했어."

"네 멋대로 상상하지 말라고. 너하고 상관도 없는 일에 자꾸 끼어들지 말고 나 좀 봐주라, 응? 더구나 넌 날 잘 알지도 못하잖아."

"미안해…… 너무 화내지 마, 별다른 의도가 있어서 그랬던 건 아니니까. 혹시라도 생각이 바뀌면 언제든지 전화줘. 전화번호 적어줄게."

"마음대로 해."

미리암은 냅킨을 집더니 가방에서 꺼낸 만년필로 자기 전화번호를 적는다. 숫자를 적을 때마다 파란 잉크가 종이에 번진다. 결국엔 커다란 얼룩으로 변해버린다.

"잠깐." 나는 그 아이를 붙잡는다. "파스, 성냥갑 하나만 줘."

그 위에 전화번호를 옮기고는 옆에다 '미리암'이라고 적어둔다.

"바세타라니까, 마티아스. 바세타라고 써."

나는 '미리암'에 줄을 긋고 '바세타'라고 적는다. 이처럼 사소한 데 신경쓰는 사람들이 생각보다 많다.

"그럼 나중에 전화할게." 나는 등을 돌리기 전에 말한다.

"네 전화번호도 줘."

어쩔 수 없이 또 파스에게 성냥갑을 부탁한다. 미리암에게 내 번호를 불러주다가 중간쯤에서 숫자를 바꿔버린다.

"고마워." 그녀가 말한다. "그럼 즐거운 시간 보내."

"너도. 그나저나 파티에 못 데려가서 마음이 좀 그러네."

"아마 그렇겠지."

나는 그녀 곁을 떠나 파스에게 다가간다.

"차마 눈뜨고는 못 봐주겠던걸. *치고 빠지기 작전*이라……"

"이거 왜 이래, 파스. 나하고 아무 상관도 없는 계집애야. 정말이라니까 그러네."

"그래도 너한테라면 모든 걸 바치고도 남을 앤데. 다가오는 즉시 낚아채는 거지. 완전히 공짜야."

"아니라니까 왜 그래."

"가엾은 것. 결국 오늘밤은 혼자 지내야겠구나. 하긴 널 떠올리면서 베개하고 손가락으로 위안을 얻겠지만 말이다."

"*알고 보니 완전 변태군.*"

"*너도 마찬가지야.*"

"잘났어. 괜히 기분 찝찝해지기 전에 빨리 가야겠어. 참 혹시라도 내게 연락할 일이 생기면, 음…… 어쩐다, 하여간 난 콕스네 집에 있을 테니까 알아서 해. 개네 집주소나 전화번호는 토로의 장부에 있을 거야."

"잘 가게나, 배신자여. 넌 입이 백 개라도 할말이 없어. 그 계집앨 차버렸으니 더이상 치근대지 말라고. 나라도 나서서 외로움을 달래줄 테니까. 부르주아 계집애의 뜨거운 욕정일랑은 내가 알아서 채워줄 테니까 넌 보기만 해……"

"완전히 맛이 갔군."

"너도 마찬가지야."

"쓸데없는 소리 좀 작작 해. 나 갈 테니까 잘 있어."

"참, 내가 준 책 다 읽었어?"

"뭐? 『펜트하우스』?"

"책 좀 읽어. 괜히 쓸데없는 짓 하느라 힘 빼지 말고."

"아, 그 책 말이야?"

"샐린저. 정말 대단한 작가잖아."

"그동안 너무 바빠서 책 읽을 시간도 없었어."

"*좀 읽어라*."

"나중에 읽어볼게. 그럼 다음에 봐."

"그래, 잘 가. 그 책은 꼭 읽어봐."

다른 데로 생각을 돌릴 겸 심호흡을 한다. 높은 산에서 불어오는 시원하고 상쾌한 공기가 몸속으로 퍼져나간다. 마치 동틀녘 포르티요*에 있는 듯한 기분이다. 그리 멀지는 않은 저 아래로 지중해풍 집들이 다닥다닥 붙어 있고, 그 너머에 산티아고 시내가 있다. 마치 번쩍거리는

* 칠레에 있는 유명 스키 리조트.

수많은 레고들이 드문드문 흩어져 있는 듯한 모양새다. 지진으로 와르르 무너진 레고 더미 같다.

높은 데 있으니까 잘 보인다.

영원한 도시.

무수히 많은 노란색과 오렌지색 불빛들. 꺼지지 않는 그 불빛들은 완벽하다. 놀라우리만큼 인상적인 풍경이다—너도 알겠지만 인상, 인상, 이런 인상은 너한테 해로워—발밑의 분지, 반쯤 꺼져버린 고원은 이 세상에서 가장 아름다워 보인다. 그런데 그 순간 부스럭거리는 소리 때문에 달콤한 상상에서 깨어난다. 소란스러운 걸 보니 나초 일행이 도착한 모양이다. 저 아래, 화려한 불빛이 반짝이는 아름다운 땅 어딘가에 우리집이 있다. 모두들 경쟁이라도 하듯 환한 불빛을 뿜어내고 있지만 우리집만 짙은 어둠 속에 잠겨 있을 게 분명하다. 어쩌면 누군가 일찍 들어왔을지도 모르지만 그건 내가 알 바 아니다.

땀이 비 오듯 흐른다. 머리까지 땀으로 흠뻑 젖어 몰골이 말이 아니다. 정신 나간 듯이 춤을 췄더니 이 모양이다. 매번 보던 얼굴만 보여서인지 기대했던 것보다 분위기가 별로다. 참, 새로 온 애가 있긴 하다. 얼마 전 라 세레나에서 온 펠루사 에체고옌. 그녀는 거기 있는 라 에라두라 해변에서 하는 일 없이 일광욕이나 하면서 한 해를 보냈다. 지금은 몽하스 프란세사스 학교를 다니는데, 거기서도 특별히 하는 일 없이 빈둥대면서 지낸다. 시종일관 그렇게 사는 애다.

나는 피아 발마세다와 한 시간 정도 춤을 췄다. 주근깨 콤플렉스에서 벗어난 그녀는 이젠 심지어 작은 얼굴에 깨알같이 난 주근깨를 자랑스러워한다. 하여간 개와 즐겁게 놀았다. 폴 매카트니의 〈Coming Up〉(당시 인기가요 톱 텐 중에서도 카시아가 제일 좋아하던 노래였다)에 춤을 추기까지 했다. 우리는 그동안 한마디도 하지 않았다. 오로지 춤을 추면서 스텝 밟는 데만 몰두했다. 대체 왜 그렇게 정신 나간 놈처럼 춤을 춰댔는지 나도 잘 모르겠다. 더구나 비지스의 〈Spirits Having Flown〉이 나오자 우린 음악이 끝날 때까지 한 번도 쉬지 않고 춤을 췄다. 〈Love You Inside Out〉이 흘러나올 땐 격렬하게 서로의 몸을 더듬다가 결국엔 껴안은 채 바닥으로 쓰러졌다. 여차하면 거기, 콕스네 집 거실에서 진한 섹스를 나누기라도 할 것처럼. 그러나 그 순간 노래가 끝났고, 아무 일도 없었다.

호흡을 가다듬으려고 숨을 깊이 들이마신다. 머리는 여전히 땀으로 범벅이 되어 있다. 셔츠도 땀에 흠뻑 젖어 있다.

나초가 내 옆에 앉아 있다. 그는 술을 마시는 중이다.

"빨리 〈매드 맥스〉나 보러 갔으면 좋겠어. 투표가 끝나야 개봉한대. 끝내줄 것 같아. 참, 파스가 그러던데 『롤링 스톤』에서 이 영화를 엄청나게 깠대. 너무 폭력적이고, 또 사실성이 너무 떨어진다면서 말이야."

"그래도 요즘 여기서 나오는 영화보다야 낫겠지. 최근에 유일하게 건진 게 있다면 지난번에 같이 본 그 지골로 영화일 거야. 참, 브라질 가서 재미있는 건 많이 봤어?"

"거의 포르노 수준이었지 뭐. 호텔 부근에 영화관이 하나 있었거든. 거의 매일 가다시피 했지. 다 레르네르, 그 녀석 머리에서 나온 아이디어였는데 막상 가보니까 모조리 에로물이더라고. 여기 알레산드리 거리나 모나코 거리에서 하는 거랑 비슷하긴 한데 더 지저분하다고 할까. 수박과 사랑에 빠진 어떤 미친놈 얘기가 단연 압권일 거야. 마지막 장면에서는 놈이 수박에다 그 짓을 하더라니까. 그 대목에서는 정말이지 말문이 막히더라고. 놀라운 건, 놈이 하는 짓을 적나라하게 다 보여주는 거야. 가령 미친놈이 그 짓을 할 땐, 카메라 렌즈가 수박 안으로 들어갔다 나왔다 하는 식이지. 말 못하는 수박이 무슨 죄가 있다고."

"별짓을 다 하는군."

"브라질은 다 그런 식이야. 파탄하고 레르네르, 두 녀석은 그것보다 더 형편없는 영화도 봤다던데 뭘. 난 안 갔어. 그 무렵 어떤 계집애를 꼬셨거든. 정말이지 끝내주는 애였어. 말로 다 표현할 수 없을 정도로 완벽한 여자애였으니까. 카시아라는 애였어."

"브라질 애니?"

"물론 그렇지. 브라질리아 출신이야. 너도 봤으면 좋았을 텐데. 아마 홀딱 빠졌을 거야."

"그래? 하마터면 우리 사이에 골치 아픈 일이 생길 뻔했구나."

녀석은 약간 비꼬는 투로 말하면서 스탠드가 있는 쪽으로 간다. 녀석은 자기가 카시아를 단번에 차지할 수 있을 거라고 생각하는 모양이다. 정반대일지도 모르는데 말이다. 하지만 괜한 일로 말다툼하고 싶지는 않다.

그래서 말없이 녀석을 따라 바로 간다.

파티는 이미 파장 분위기다. 훌리안 롱히는 구석에 처박혀 오디오에서 카세트를 꺼내고 있고, 펠루사 에체고옌은 마치 자기가 칠레의 그 유명한 알레한드로 파스라도 된 것처럼 열심히 술을 만들고 있다. 그런데 스탠드에 있는 나초의 분위기가 왠지 수상쩍다. 마음속에 뭔가를 감추고 있는 게 분명하다. 아까 녀석을 만났을 때부터 평소와는 다른 분위기가 느껴졌다. 질투심이 녀석의 마음을 사로잡고 있다. 따지고 보면 녀석을 탓할 일은 아니다. 내가 녀석이었다면 부러워서 미쳐버렸을 테니까. 저만 빼고 모두 여행을 갔다 왔으니 얼마나 마음이 상했겠는가. 그 한 가지 사실만으로도 녀석의 마음속에 지울 수 없는 상처가 남은 셈이다. 산티아고에서 열리는 파티가 다 그렇듯이 물론 오늘도 우리 반과 다른 반의 많은 아이들이 와 있다. 파케타, 레블롱, 상 콘하두, 우르르 몰려가서 피오루치나 아디다스 로마 운동화를 샀던—오늘 녀석들은 모두 그때 산 것들을 하고 왔다—쇼핑몰 리우 술 등등, 브라질 여행 얘기가 끊이지 않는다. 하지만 잔뜩 심통이 난 나초는 우리가 거기서 겪었던 신기하면서도 멋지고 더할 나위 없이 재미난 일들에 대해 들을 기분이 아니다. 녀석의 처지가 딱하기만 하다. 망할.

"한 잔 더 줄까?" 녀석이 내게 묻는다.

"좋지."

"이 술들은 모두 콕스네 아빠가 선물로 받은 거래. 사실은 다 뇌물이지 뭐. 콕스가 그러더라고."

"그렇겠지."

한동안 그는 아무 말도 하지 않았다. 녀석의 표정이 심상치 않다. 하지만 나로서는 지금 녀석이 무슨 생각을 하고 있는지 알 도리가 없다. 갑자기 머리가 지끈거린다. 졸리지는 않은데 온몸이 나른하다. 그런데 녀석은 속으로 꽁해 있다. 차마 표현은 못하지만 내게 언짢은 마음을 품고 있는 것 같다.

"칠레에 오니까 답답해 미칠 것 같아." 내가 속내를 털어놓는다.

"그럼 떠나든지. 너더러 여기 있어달라고 사정하는 사람은 아무도 없잖아. 네가 여길 떠난다고 해서 이번 선거에서 반대파가 승리할 것도 아니고, 또 비글* 때문에 아르헨티나 놈들이 쳐들어올 일도 없을 테니까 말이야."

"내 생각이 그렇다는 얘기니까 오해하지는 마. 서로에게 마음의 문을 열었으면 하는 거지 공연히 심술부리는 게 아냐. 너도 브라질에 같이 갔더라면 날 이해할 텐데."

"그래, 난 안 갔으니까 널 이해할 수가 없는 거라고, 알겠어? 여행은 많이 못 가봤지만 다들 그렇듯 여기서 잘 견디면서 살고 있으니까."

"그 얘긴 그만하자."

"그러든지."

더이상 이곳에 있기가 싫다. 그건 나초 녀석도 마찬가지다. 막클루레의 모습이 보이지 않는 걸 보면 아직도 안토니아와 싸돌아다니는 게 분명하다. 돌아오지 않는 게 더 나을 뻔했다. 이럴 바엔 차라리 리우에 눌어붙어 있을걸. 정신이 나갈 때까지 코카인이나 들이마시는 건데.

"너 주려고 갖고 온 게 있는데 볼래?" 무슨 말이라도 해야 될 것 같아서 나는 녀석의 마음을 떠보듯이 슬쩍 말을 건다. 녀석의 마음을 달래기 위해서, 또 내 마음도 녀석과 크게 다르지 않다는 점을 보여주기 위해서 말이다.

"물론."

---

* 남아메리카 대륙 최남단에 위치한 해협으로 아르헨티나와 칠레의 국경 지대다. 양국 간의 영토 분쟁이 끊이지 않았으나, 1984년 교황 요한 바오로 2세의 중재로 평화 및 우호 조약을 체결함으로써 분쟁이 종식되었다.

우린 함께 거실을 가로지른다.

나는 탁자의 빨대를 집어든다.

모두들 춤추느라 여념이 없다. 폭시의 〈Get Off〉와 〈Hot Number〉가 흘러나온다. 최악이다. 콕스가 고른 게 분명하다. 생각해보니 녀석이 저 음반을 살 때 따라갔었다. 비타쿠라 쇼핑센터에서 산 것 같다. 그때 안토니아는 거기서 롤러스케이트를 타고 있었다. 비르히니아 인판테의 생일이었고 걔네 아빠가 스케이트장을 통째로 빌렸었지. 우리는 구경이라도 하려고 우르르 몰려갔었다. 햄버거와 음료는 공짜였다.

"비르히니아 인판테 생일 파티 기억나?" 내가 묻는다.

"쇼핑센터에서 한 거 말이지? 거기 스케이트장 말이야."

"그래, 맞아."

"물론 기억나지. 그날을 어떻게 잊을 수 있겠어. 너하고 마이테가 날 엿 먹인 날인데. 지금도 눈에 선해. 네가 생각하는 것보다 훨씬 더 자세히 말이야."

녀석은 상대의 어디를 공격해야 하는지 잘 알고 있다. 내 아픈 곳이 어딘지, 그리고 어떻게 하면 내 잘못을 따질 수 있는지. 그러나 녀석은 스토리의 전모를 전혀 모른다. 만약 내가 멀티 상영관 뒤에 있는 지하주차장에 주차되어 있던 로시타 바로스의 브라질리아 안에서 마이테와 섹스를 나눈 사실을 알게 되면, 녀석은 분명 길길이 날뛸 것이다. 아마 날 죽이려 들지도 모른다. 쇼핑센터에서 벌어진 일을 녀석은 자기한테 엿 먹인 정도로만 여기는 모양인데, 그건 착각이다. 사실…… 그날 어떤 일이 있었는지 나도 잘 모른다. 그거야 어쨌든 상관없다. 하지만 그 아이를 차지하려고 갖은 방법을 다 썼다는 점만큼은 인정해야겠다. 경쟁에서 이기는 것이 나 자신보다 훨씬 더 중요했기 때문이다. 과녁을 맞히거나 내기에서 이기는 것처럼 짜릿하고 유혹적이라고나 할까. 그 경쟁을 먼저 부추긴 쪽은 내가 아니라 나초였다. 모르긴 해도 녀석은 쉽게 날 이길 수 있을 거라고, 그게 아니면 내게서 질투심을 유발하거나 내가 엉뚱한 짓을 하게 만들 수 있으리라고 생각했던 것 같다. 그건 녀석의 오판이다. 자기가 이길 거라고 전적으로 확신할 수 있을 때만 경쟁을 해야 한다. 그런데 그 사건을 겪으면서 가장 찝찝한 대목—지금 돌이켜봐도 기분이 영 착잡하다—은 사실 마이테가 나초를 더 좋아했다는 사실이다. 그전부터 떠돌던 소문만 들어봐도 마이테가 처녀일 리는 없었다. 따지고 보면 처음부터 모든 게 엉망이었다. 끓어오르는 욕망을 참지 못한 게 화근이었던 셈이다. 당시 마이테는 마약에 취해 극도로 흥분한 상태였기 때문에 쉽게 낚아챌 수 있었다. 그렇지만 그 아이는 내심 나초를 더 좋아하고 있었다. 내가 볼 때 녀석은 앞뒤가 좀 막힌 데가 있다. 아직도 너무 순진하다. 일을 치르고 나자 그 계집애는 절대로 나초한테 말하지 말아달라고 내게 신신당부했다. 나초가 낙담할까봐 두려웠던 것이다. 너랑은 섹스를 하고, 그애랑은 연애를 하고 싶어. 그 아이는 나를 빤히 쳐다보며 아무 거리낌 없이 말했다.

그런데 요즘 마이테는 예전과 전혀 다르다. 리우에 있을 때는 파탄과 카시아의 친구들인 브라질 남자애들과 어울려 다녔다. 심지어 여드름 대장인 훌리안 롱히까지 그 아이를 건드렸을 정도다. 그 일이 알려지자 나초는 길길이 날뛰며 소란을 피웠다. 아마 자기만 빼고 다들 마이테한테 찝쩍거린 걸로 생각한 모양이다. 내가 보기에 녀석은 아직도 마이테에게 마음이 동하는 듯하다. 그러나 나초는 마이테의 가벼운 행실을 견디지 못한다. 그 아이를 몹시 싫어한다. 그런 녀석이 어떻게 나는 그냥 참고 보아주는지 알다가도 모를 일이다. 믿고 의지할 곳을 찾는 건, 없애기 힘든 나쁜 버릇이다. 어떤 것들이 아무리 마음에 안 들고 종종 짜증을 불러일으키더라도, 우린 언제나 기댈 곳을 찾는다. 이 세상에 홀로 남는다는 것, 고립무원의 신세가 된다는 것은 될 대로 되라는 심정으로 모든 걸 다 때려치우고 좋은 것을 하나 선택하는 것만큼이나 견디기 어렵다. 나초가 계속 나랑 다니는 것도 그 때문일 것이다. 아니면 그 반대든지.

"넌 항상 안 좋은 기억에 집착해. 어디에 적어놓고 다니는 것처럼."
다소 진저리가 난 나는 화장실 문을 잠그면서 그에게 말한다.

"그렇다고 그게 잘못된 건 아니잖아?"

"아냐, 내가 볼 땐 그래."

"그럴 수도 있겠지. 그런데 말이야, 씁쓸한 일이나 엿 같은 일, 그리고 누구한테 배신당한 경험 같은 건 기억에서 쉽게 지워지지가 않는다는 게 문제야. 더구나 좋은 추억마저 다 갉아먹어버리니까, 이래저래 괴로워. 네 눈에 내가 그렇게 보인 것도 다 그 때문이야. 좋은 기억은 금방 지워져버리고 그 기분을 되살리기가 너무 힘들어. 하지만 괴로운 일이 있으면 그 아픔은 쉽게 기억되지. 그래서 그런 거야. 그런데 넌 그냥 즐겁게 사니까 날 이해하지 못하는 거라고. 그건 네 문제지."

나초, 녀석은 뭔가에 짓눌려 있다. 심각할 정도다. 녀석은 평소와 마찬가지로 팔타 셔츠 차림으로 욕조에 걸터앉아 있다. 늘 같은 셔츠를 입고 다녀도 뭐라고 하는 사람은 아무도 없다. 으레 그러려니 여긴다. 파세오 라스 팔마스에 있는 쇼핑센터에 들락날락하는 녀석들과 비슷한 차림새다. 가뜩이나 이런저런 문제들로 속이 꼬여 있는 녀석인데 이젠 겉으로도 다 드러나 보인다. 그런데도 녀석은 자기의 속내를 들키지 않으려 들고 그럴 때마다 녀석이 한없이 멀게만 느껴진다. 내가 브라질로 떠나기 전에도 그러긴 했지만 그사이 더 심해진 것 같다. 지금만 저러는 거라면 얼마나 다행이겠는가. 녀석의 상태는 심각하다. 아무렇지 않다는 듯이 애써 의연한 척해도 다 숨길 수는 없다. 녀석은 자기 혼자만의 세계에 갇혀버린 셈이다.

"그렇지 않아." 내가 말한다. "정말이야. 네가 왜 그러는지 모르는 건 아니지만 그렇게 생각할수록 늪에서 헤어나오기는 더 힘들어질 거야. 망가지는 건 너 자신일 테지."

나는 나초와 가장 친하다.

그런데도 지금은 멀게만 느껴진다. 녀석의 꼬인 마음 때문에 모든 게 뒤틀리고 복잡하게 얽혀가고 있다.

그런데도 녀석은 끝까지 속마음을 털어놓지 않는다. 가장 친하다는 나한테조차 말이다. 모든 걸 속으로 삼키고 내겐 한마디도 하지 않으려는 녀석의 태도가 무척이나 거슬린다. 자꾸 마음에 걸린다.

"그건 나도 알아. 하지만 일시적으로 그런 것뿐이야. 그저 기분이 좀 거지같은 거지 그 이상은 아냐. 절대로 심각한 건 아니라고, 마티아스. 곧 나아질 거야. 그건 그렇고 어서 선물이나 꺼내봐."

나는 변기 뚜껑을 덮고, 그 위에 앉는다. 그리고 옷소매로 변기 물탱크를 깨끗하게 닦아낸다.

그때 벽에 걸린 작은 거울이 시선에 들어온다. 거울을 떼어낸 다음 물탱크 뚜껑 위에 올려놓는다.

"코카인이지?"

"맞아."

나는 오리가미를 편 뒤 하얀 가루를 거울 위에 흩뿌린다. 그리고 종이는 물탱크 뚜껑 위에 놓는다. 나초가 일어서더니, 약상자에서 새 질레트 면도날을 꺼낸다.

"학생증 말고 이걸로 잘 갈라봐."

"이젠 뭘 좀 아는군. 영화에서 많이 봤구나."

"아냐, 파펠루초가 가르쳐줬어. 너희들이 리우에서 놀 때 우리 둘이서 좀 했지. 푼타 데 로보스에서 말이야. 그때 배운 거지. 자, 빨리 해봐. 이제 더는 못 참겠어. 난 이게 계집애들만큼이나 좋더라."

"이번이 처음이 아니란 얘기구나."

"그런 셈이지. 왜? 실망했냐?"

"난 그것도 모르고…… 네가 아직 못해본 줄 알고 가져온 거야."

"이봐, 그게 무슨 상관이야. 네가 이걸 가져왔다는 게 중요하지."

"좋았어. 그럼 우선 네 몫의 줄부터 마셔."

"알았어, 그런데 너처럼 잘하진 못할 거야."

"그럼 파펠루초하고 피칠레무에 간 거냐? 푼타 데 로보스로?"

"응, 서핑하러 갔었어. 녀석이 되게 하고 싶어했거든. 실제로 보니까 못하진 않더라고. 캘리포니아에서 배웠대."

"아, 그래? 그건 몰랐네."

"전에 말했잖아."

"아무튼 어서 마셔봐. 이쪽 줄을 마시면 죽여줄 거야."

녀석은 빨대를 들고 모두 들이마신다.

"죽이는군. 파펠루초가 있었다면 좋아서 난리를 쳤을 거야. 개더러 오라고 할까?"

"그건 안 돼."

코카인 줄이 다소 흐트러져 곡선이 되었다. 가루를 들이마시는 순간—양이 좀 많긴 했지만 그래도 괜찮은 편이다—거울에 비친 내 눈이며 코, 모든 것을 본다. 마치 저 아래 내가 있어서, 간절한 표정으로 위를 올려다보는 것 같다. 내 어깨 뒤에서 감시하듯이 날 바라보는 나초의 모습도 보인다.

누군가가 화장실 문을 두드린다. 아주 세게. 잠잠하더니 다시 두드린다.

"나 조금만 더 주라. 이제 약기운이 온몸으로 퍼지기 시작해."

"해변에서 많이들 안 했니?"

"조금밖에. 그땐 이렇게 좋은지 모르겠더라고. 러스티라고, 파펠루초의 친군데 그 녀석이 가지고 온 거였어. 니도 데 아길라스*에 다니는 양키인데 구제불능에다 또라이야. 파펠루초하고는 비행기에서 만나서 알게 된 사이라더군."

"결국 너희 둘만 있었던 건 아니라는 얘기네."

"응, 그건 아냐."

누군가 계속 문을 두드린다.

"나갈까?"

"치약 줄까?" 나는 그에게 묻는다.

* 산티아고에 있는 사립 국제 학교.

"그러든지."

내가 오돈티네 치약 뚜껑을 여는 동안, 나초는 손가락에 묻은 마지막 가루까지 놓치지 않으려고 손가락을 빤다. 그러고는 거울을 원래 있던 곳에 걸어놓는다. 내가 다가가자 녀석은 입을 벌린다. 나는 치약을 녀석의 입으로 가져가 살짝 누른다. 녀석의 혀 위에 짜낸 치약이 말려 있다. 나는 수도꼭지를 틀고 세수를 한다. 그런데 콧구멍에도 콧구멍 사이에도 감각이 없다. 나초는 소변을 본다. 그러는 동안 물탱크 뚜껑 위에 있던 오리가미를 집어들어 속을 살펴본다.

"문 열라니까. 대체 안에 누구야?" 문밖에서 어떤 계집애가 소리를 질러댄다.

나는 수도꼭지를 잠그고 녀석을 본다. 오리가미가 변기의 누런 물 위에 둥둥 떠다닌다.

"젠장, 실수로 떨어뜨렸어. 미안해. 깜짝 놀라는 통에 말이야. 그런데 이거 정말 대단한데, 정말 세. 혹시 그 안에 많이 남아 있었니?"

갑자기 온몸에 한기가 들면서 정신이 아득해진다. 한동안 멍한 상태가 계속된다.

나는 변기에 가까이 다가가 물을 내린다. 그러고는 녀석의 코끝에 묻은 하얀 가루를 떨어낸다. 잠시 후 내 검지에 혀를 대본다. 코카인 특유의 씁쓰름한 맛이 난다.

나초가 옆에서 내가 하는 짓을 물끄러미 바라본다.

1980년 9월 6일, 토요일

새벽 다섯시쯤 된 것 같다. 빌스* 한 병을 다 마셨지만 목이 계속 마르다. 게다가 아파트의 공기가 얼마나 건조한지 도통 잠을 이룰 수가 없다.

밤새 뒤척인 탓에 땀에 젖은 시트가 돌돌 말린 채 바닥에 떨어져 있다.

좀처럼 술이 안 깬다.

짜증이 솟구친다.

여러 가지를 섞어 마셨더니 뒤끝이 안 좋다.

눈에 헛것이 보이고 머리가 빙빙 돈다. 몸 상태가 최악이다.

여기 오지 말고 차라리 리우에 있을걸.

---

* 칠레의 탄산음료 상표.

누군가가 내 곁에 있어주면 좋으련만.

이런저런 대화도 나눌 수 있을 텐데.

아니면 통화라도 하면 좋겠다.

해가 뜨면 좀 나아질 거라고 생각한다.

난 이미 알고 있다. 네가 집으로 돌아갈 수 없으리라는 것을. *도망쳐봐야 숨을 곳은 없다*. 뭐 이런 식일 테지. 하지만 이건 공정하지 않다. 나는 계속 생각한다. 나는 혼자다. 내 주변엔 아무도 없다. 조금 더 사랑하고 싶지만 두렵다. 내 리바이스 청바지 무릎에 구멍이 났다. 화장실에 가서 토해내는 게 좋을 것 같다. 속에 든 걸 모조리 게워내고 싶다. 아냐, 지금 그게 문제가 아니야. 문제는 다른 데 있어.

코피가 나는 듯하다. 콧구멍에서 뇌까지 뻥 뚫려 있는 듯한 느낌이다. 약이 너무 셌던 모양이다. 더구나 화장실이 습해서 약기운이 더 강하게 느껴진 건지도 모른다. 하지만 다 괜찮았다. 오히려 약이 좀 모자라서 그런 건지도 모른다. 나초가 오리가미를 일부러 변기에 빠뜨린 게 아니라면 좋을 텐데. 하지만 그걸 누가 알 수 있으리.

원래 사람의 속마음은 아무도 알 수 없는 법이다.

나는 어둠 속에 혼자 우두커니 앉아 있다. 라디오 겸용 시계의 붉은 숫자만 보인다. 05:03. 한동안 그 숫자는 바뀌지 않고 그대로 있다.

창가로 가서 산으로 둘러싸인 도시의 불빛이나 구경할까? 아니면 달이 떠 있는지 한번 볼까? 만약 달이 있다면 리우와 브라질리아에서도 보일 텐데. 하지만 자리에서 일어나 작은 블라인드를 올리는 것조차 귀찮다. 같다고 볼 수는 없지만 차라리 베개를 옛날에 가지고 놀던 곰돌이 푸처럼 여기면서 안고 있는 편이 나을 듯하다.

만사가 우울하다.

침대 위는 그야말로 난장판이다. 어제오늘 일은 아니지만.

이것도 파티의 일부다.

늘 그렇듯이.

잠깐 동안만이라도 눈을 붙여야 될 텐데.

어제 나는 또 하루를 잃고 말았다.

정리하자면 다음과 같다.

어제 나는 파탄, 훌리안 롱히, 그리고 파펠루초 녀석과 함께 라스 콘데스 영화관 근처에 있는 당구장에서 포켓볼을 쳤다. 이미 늦은 시간이었고 파티는 끝나지 않았지만 지겨워진 우리는 다른 놀거리를 찾아 나섰다. 나초 녀석은 약기운이 과했는지, 이상할 정도로 신이 나 있었다. 하와이 북쪽 해안의 파도가 거대한 동굴을 이루었다는 둥, 섹스 왁스* 없이도 서핑을 했다는 둥 쉴새없이 떠들어댔다. 그뿐만 아니라, 『서퍼』라는 잡지에 칠레가 마지막으로 남은 서핑의 천국이라는 기사가 나왔다고 목소리를 높였다. 비록 물이 너무 차갑고, 푼타 데 로보스는 좁은 만이라 낚시에나 알맞은 곳이라고 깎아내리긴 했지만.

파펠루초는 더이상 망가질 데가 없을 정도로 구제불능인 녀석이다. 다니던 학교에서 퇴학당하고 마셜 학교로 전학을 가게 만든 유명한 사건 이후 녀석은 지나칠 정도로 자신감에 차 있다. 제가 하고 싶은 것 외에는 거들떠보지도 않고 자신이 잘못했다는 생각은 눈곱만큼도 하지 않는 놈이다. 더구나 녀석은 주변 사람들에게 그럴싸한 말만 골라

---

* 서핑할 때 미끄러지지 않도록 보드 바닥에 바르는 서프 왁스의 상표명.

서 해야 한다는 의무감을 가지고 있다. 그래야 다들 자기를 우러러볼 거라나. 최악인 놈일 수도 있다.

평소 나초가 그토록 흠모하던 파펠루초가 어젯밤에는 미움의 대상이 되고 말았다. 나초에게 코카인을 가르쳐준 데 죄책감이라도 느낀다는 듯 파펠루초가 내 옆에만 붙어 있었기 때문이다. 그게 아니라면 그저 내가 마음에 들었을 수도 있다. 나도 그가 옆에 있으니 마음이 편했다. 그가 더 가깝게 느껴지고 반발심이나 꼬여 있던 마음이 많이 사그라들었다. 하지만 크게 달라진 건 없다. 파펠루초 녀석이 여전히 참기 어렵다는 게 문제인 것이다. 어제 *약에 취한* 나초가 그를 부를 생각도 못했다는 둥, 자신을 타락의 구렁텅이로 이끈 그가 정말 나쁜 놈이라는 둥 횡설수설하자, 파펠루초는 결국 녀석의 멱살을 잡기까지 했다. 하지만 나초는 곧 칠레에 대한 험담을 쏟아내기 시작했다. 우리 모두 편견으로만 가득차서 남에게 마음의 문을 열지 않는 촌뜨기에 불과하다는 것이었다. 그러니 아무도 세상의 변화를 따라갈 엄두를 내지 못한다는 주장이었다. 이에 그치지 않고 녀석은 칠레가 남아메리카의 캘리포니아라도 되는 것처럼 생각하고 있는 이들에게 독설을 퍼부었다. 그 문제라면 자기가 누구보다 더 잘 아는데, 두 곳은 너무 달라서 비슷하다 아니다 언급할 가치도 없다는 것이다. 난 녀석의 의견에 완전히 동의했다. 하지만 녀석의 손을 들어주자니 줏대 없이 느껴져 아무 말 않고 가만히 있었다.

그러자 파펠루초는 마닐라에서 배웠다는 서핑 기술 두어 가지를 우리에게 보여주었다. 나초와 나는 잘난 체하는 녀석을 심드렁한 표정으로 바라보았다. 이제 여기를 떠나 다른 곳으로 가야겠다는 생각이 들었다.

우리는 일단 아포킨도 대로와 프로비덴시아 대로 쪽을 차로 돌다가, 이탈리아인 학교 부근에 있는 24시간 주류 판매점 앞에 차를 세우고 피스코를 작은 병으로 두 병 샀다. 우린 편안한 분위기 속에서 술을 홀짝거리며 이야기를 나누기 시작했다. 리우나 카시아, 푼타 데 로보스, 그리고 파펠루초처럼 서로에게 거북한 주제는 가급적 피하고, 주로 영화에 관해 대화를 나누었다. 그러던 중, 우연히 콕스와 마주쳤다. 깜짝 파티를 끝낸 녀석은 나일 그린색의 갤런트에 산 이그나시오 학교에 다니는 몇몇 친구들을 태우고 있었다. 차 앞유리에는 이번 국민투표에서 찬성표를 독려하는 스티커들이 덕지덕지 붙어 있었는데, 여기저기 긁힌 자국이 남아 있었다. 우리는 브라질에 대해 실없는 농담을 몇 마디 주고받았다. 특히나 콕스는 내가 만약 브라질에서 카시아를 꽉 붙잡았더라면 아마 질투가 났을 거라고 나초에게 말했다. 이 세상에 그런 계집애는 또 없을 거라는 말까지 덧붙였다. 그러고 나서 콕스는 지금 케네디 대로에 볼거리가 생겼으니 별일 없으면 같이 가보자고 했다. 다름 아니라 치코 소바르소가 자신보다 더 망나니인 산 가브리엘 학교에 다니는 녀석들과 한판 붙을 거란 얘기였다.

우린 거기에 잠시 머물러야 했다.

망케우에 대로 조금 위쪽의 육교가 있는 곳에서 출발하기로 했단다. 사람들이 전혀 이용하지 않는 그 육교에는 AC/DC 밴드의 심벌인 화살표가 그려져 있다.

그런데 너무 늦었다. 조금만 있으면 통금 시간이었다. 돌아가야 할 시간이다. 그 순간 나초를 힐끗 쳐다봤다. 녀석의 얼굴에는 가고 싶어하는 표정이 역력했다. 녀석과 루이사 벨라스케스가 그토록 좋아하는 치코 소바르소가 달린다니 마음이 끌리는 게 당연하다. 그런데 애들이 치코 소바르소를 좋아하는 건 괜찮은 녀석이어서가 아니라 오히려 정반대의 이유 때문이었다. 루이사 벨라스케스는 우리를 가지고 소설을 쓰겠다고 늘 위협해왔다. 그러면서 치코 소바르소를 주인공 중 하나로 삼을 것이라고 하기도 했다. "아무 생각 없이 살아가는 청소년들의 퇴폐적인 모습을 잘 드러내기" 때문이란다. 게다가 학교와 수업이라는 제한된 공간 속이지만 녀석에게는 데미안이 싱클레어의 마음을 사로잡았던 것과 같은 매력이 있다는 말도 덧붙였다. 내가 보기엔 말도 안 되는 헛소리다. 그녀는 부정하겠지만 소설 인물로는 치코 소바르소보다야 내가 훨씬 더 낫다. 하지만 정작 펜대를 쥔 건 루이사인데, 내가 이러쿵저러쿵 떠들어봐야 무슨 소용이 있겠나.

나는 치코 녀석에게 그다지 관심이 가지 않는다. 하지만 집요하게 뜯어보면 그는 병적인 요소를 어느 정도 가지고 있다. 사실 치코는 덩치도 작고 외모도 볼품이 없는, 그야말로 평범한 녀석일 뿐이다. 그것도 모자라 남이 보기에 민망할 정도로 이상한 옷차림을 하고 다닌다. 녀석은 돈이 무지 많다(걔네 아빠는 자동차 대리점을 운영하면서 떼돈을 번 신흥 갑부다. 그러나 사실은 마피아 대부의 아들 밑에서 일한다는 소문이 파다하다). 더군다나 동생인 오스카르가 죽은 뒤부터는 자신감에 가득차 있다.

치코와 마찬가지로 오스카르도 내 동급생이었다. 사실 치코는 우리보다 두 살이 많은데 두 번이나 유급되는 바람에 우리와 같은 학년에 다니고 있다. 바보나 마찬가지여서 수업을 전혀 못 따라간다. 오스카르도 엉망이긴 매한가지였다. 머리는 좋았지만 공부는 뒷전이고 축구와 계집애들에게만 빠져 있었다. 게다가 사소한 일에도 주먹질을 했다. 사정이 이렇다보니 녀석에게는 언제나 반항아, 혹은 간덩이가 부은 놈이라는 딱지가 붙어다녔고, 덕분에 학생들 사이에서는 주요 인물로 부각되었다. 어찌됐든 근처에 가기도 싫은 놈이었다. 그래서인지 어느 날 녀석이 검정색과 오렌지색이 섞인 피아트 147 안에서 죽은 채로 발견되었을 때도 나는 그다지 충격을 받지 않았다. 그런데 녀석뿐 아니라 따분해서 푸조 404를 타고 외출을 나왔던 두 명의 여자아이도 함께 목숨을 끊었다는 사실이 나중에 밝혀졌다. 그 사건은 연일 신문의 헤드라인을 장식할 정도로 사회적 파장이 컸다. 심지어 유력 일간지 〈엘 메르쿠리오〉도 그해의 최대 화젯거리로 황금만능주의와 술에 찌든 요즘 청소년의 한심한 세태를 꼬집는 사설을 내보낼 정도였으니까.

오스카르가 죽고 나자 치코는 서서히 자신감을 회복하기 시작했다. 거북하게 들리겠지만 그것은 나도 마찬가지다. 오스카르는 아무 짓을 하지 않아도 주변의 관심을 끄는 독특한 능력을 가지고 있었다. 녀석은 자기가 선택받은 자들의 왕이라고 큰소리쳤는데 그건 어느 정도 사실이었다. 그가 사라지고 나자 멋진 사나이라고 자처하던 녀석들은 왕초를 잃었고 우두머리의 자리는 저희들끼리 나눠가졌다. 결국 남은 녀석들은 과거의 권위주의적 풍토를 과감히 청산하고 보다 민주적이면서도 세련된 방법을 택한 셈이다. 변화의 낌새를 즉시 알아차린 치코는 자신의 이미지를 개선하기 위해 그 기회를 적극적으로 이용했다. 요즘 녀석은 아버지가 뇌물로 받은 검정색과 오렌지색이 섞인 피아트 147(가족 모두가 이 차에 집착한다)을 몰고 다니면서 온갖 애먼 짓을 다 한다. 지금도 영화 〈그리스〉에 나오는 갱처럼 그 차를 몰고 녀석과 케네디 대로에서 광란의 질주를 벌이려는 것이다. 그러나 모든 게 엉망진창이 되고 말았다.

우리는 콕스 일행을 따라 망케우에 대로의 육교 쪽으로 갔다. 거기엔 피아트 147을 탄 치코와 한 수 배우려고 따라나온 녀석들이 대기하고 있다고 했다. 우리가 케네디 대로에 들어섰을 때 작은 공원 주변에 모여 있는 한 무리의 녀석들이 눈에 띄었다. 거기가 녀석들의 집결 장소였던 셈이다. 치코는 야구 선수 마리오 라미레스의 사진이 인쇄된 셔츠에 색이 바랜 올리브색 청바지를 입고 있었다. 사파리 스타일의 차림새였다. 나초는 치코가 입은 셔츠가 오스카르의 것이라고 나에게 말했다. 오스카르는 죽기 전에 항상 저 옷을 입고 다녔다는 것이다. 나초는 기억력도 대단하지만, 특히 남의 말을 하는 데 둘째가라면 서러워할 정도로 빠삭하다. 나초의 말에 따르면 치코는 언제나 자기 동생을 똑같이 따라하는 게 버릇이 돼서 저런 희한하고 우상숭배적인 차림을 하고 다닌단다. 그걸로도 모자라 요즘엔 아예 동생의 옷을 입고 다닌다는 것이었다.

그곳에는 팽팽한 긴장감이 감돌고 있었다.

치코는 산 가브리엘 학교 녀석들에게 단단히 화가 나 있었다. 그러나 녀석들은(빵빵하게 부풀어오른 짝퉁 네바다 파카를 입고 있었다) 어찌나 몸이 유연한지 자기 성기도 빨 수 있는 놈의 얘기를 하느라 치코는 거들떠보지도 않았다. 그런데 치코가 왜 녀석들과 한판 붙겠다는 건지 아무도 그 이유를 제대로 알지 못했다. 하긴 지금 이 상황에서 그런 걸 굳이 따질 필요는 없었다. 이유야 어쨌든 중요한 건 시합이니까 말이다. 치코는 엉겁결에 우리 학교의 대표 선수가 되어 있었고 잘 싸워야 했다. 자기의 존재를 마음껏 과시할 수 있을 뿐만 아니라 재수없는 저 자식들의 코를 납작하게 해줄 수도 있는 절호의 기회이기 때문이었다.

케네디 대로에는 콕스 일행을 기다리는 다른 차들도 있었다. 소문이 삽시간에 퍼졌던 모양인지 레르네르와 같은 반 녀석들이 몰려나와 있었다. 막클루레와 안토니아는 죽었는지 살았는지 코빼기도 보이지 않았다. 드디어 콕스가 나서서 시합 규칙을 정했다. 여기서 출발해서 베스푸시오 대로의 회전 교차로를 돌아 육교까지 먼저 도착하는 사람이 이기는 시합이었다. 다른 사람들은 육교 위에서 지켜보기로 했다. 그런데 거기 모인 녀석들 사이에 어디에서 왔는지 모를 계집애가 눈에 띄었다. 몸에 딱 달라붙는 가죽 바지를 입고 있었는데, 출발 신호로 피스코 병을 떨어뜨리는 일은 그 계집애에게 맡기기로 의견을 모았다.

일이 잘되고 못되고는 하늘의 뜻이라 했거늘, 안타깝게도 피노체트는 청년들이 밤늦게 거리를 돌아다니는 것을 절대 용납하지 않는다. 그러나 리우에서 여러 날 실컷 놀다 온 우리는 기본적인 법들을 잊고 있었다. 통행금지가 대표적이었다.

치코가 차에 올라 시동을 걸려고 하는 순간 총을 멘 경찰관 두 명이 순찰차를 타고 현장에 들이닥쳤다. 우리가 그곳에 도착한 지 얼마 지나지도 않았을 때였다. 순찰차에서 내리자마자 그들은 다짜고짜 "신분증! 신분증!" 고함을 질렀다. 우리가 테러리스트나 그보다 더한 악당이라도 되는 줄 알았던 모양이다. 경찰의 출현에 화들짝 놀란 치코는 차를 몰고 급히 내빼기 시작했다. 급출발하는 바람에 주변이 매캐한 연기로 가득찼다. 녀석을 눈앞에서 놓쳐버리는 바람에 화가 머리끝까지 치민 경찰은 험악한 표정으로 우리에게 다가왔다. 화풀이라도 할 참인지, 그들은 사나운 표정으로 우리가 누구이고, 뭘 하는지, 그리고 방금 달아난 놈이 누군지 등을 미친듯이 캐묻기 시작했다. 그러더니 검문 불응죄라는 둥, 지금이 몇신 줄 아느냐는 둥, 적들이 사방에 널려 있다는 둥 엄포를 늘어놓았다. 하지만 아무리 떠들어봐야 쇠귀에 경 읽기라는 사실을 깨달았는지 그중 한 명이 무선으로 경찰서에 연락해 추가 인원을 요청했다. 우리 모두를 끌고 갈 모양이었다. 연락을 마치자 그들은 우리(모두 열네 명이었다)를 한 줄로 세운 다음 신분증을 제시하라고 했다. 한 명이 신분증을 확인하는 동안 다른 한 명은 우리에게 우지 기관단총을 겨누었다.

나초는 나보다 여섯번째 앞에 서 있었는데, 경찰이 오자 학생증 대신 칠레 국군 신분증명서를 내밀었다. 그건 그의 가족 중 누군가가 정부 요직에 몸담고 있음을 증명하는 서류일 뿐만 아니라 녀석이 아버지와 어쩔 수 없이 혈연으로 맺어진 관계임을 증명하는 서류이기도 했다. 녀석이 아버지 덕을 본 건 이번이 처음이었다. 사실상 우리 모두를 구해준 셈이다. 경찰이 신분증을 내놓으라고 재촉했지만 녀석은 눈도 깜짝하지 않았다. 녀석은 단호하면서도 듣기 거북할 정도로 타이르는 듯한 목소리로 경찰과 맞섰다. 발파라이소 해군 학교에서 배운 군바리 용어를 또박또박 써가면서 아버지가 어떤 사람인지 과시하려는 듯했다. 심지어 통금이 되려면 아직 십오 분이나 남았는데 왜 이러느냐며 대들기도 했다. 더구나 차에 '찬성' 포스터를 붙이고 다니는 기특한 청년들을 괴롭힐 시간이 있으면 동네나 더 열심히 지키라고 훈수까지 두었다. 나초가 어쩌면 저렇게 당당할 수 있는지 눈으로 보고도 도무지 믿기지가 않았다. 좋든 싫든 간에 녀석의 몸에는 군인의 피가 흐르고 있는 모양이었다.

놀랍게도 경찰은 곧바로 꼬리를 내렸다. 그들은 우리 모두를 풀어주었고 요즘엔 자기들도 지나친 검문검색은 하지 않는다면서 나초에게 사과했다.

모든 게 이상했다. 어쨌든 경찰은 우리 모두를 즉시 풀어주었다. 통금 시간이 곧 다가오고 있었기 때문에 그곳에 모여 있던 녀석들은 지체 없이 자리를 떠났다. 둘 중에서 더 고분고분하던 경찰이 나초에게 다가와 집까지 바래다주겠다고 했다. 그에 따르면, 시내에는 군 순찰대가 자주 돌아다니는데, 녀석들은 워낙 겁도 많고 민감해서 '통금' 시간이 지나서 돌아다니는 자들이 눈에 띄기만 하면 놀라서 자기도 모르게 총을 쏘아대는 경우가 적지 않다는 것이었다.

명색이 경찰인데 우리한테 굽실거리는 모습을 보니 뒷맛이 개운치 않았다. 잠깐 동안이라 하더라도 말이다. 하지만 그들의 말에 따르는 것 외엔 달리 방법이 없었다. 우리는 출발했고 순찰차를 바짝 쫓아갔다. 순찰차는 완전히 텅 빈 대로와 거리에서 사이렌을 울리면서 우리 차를 호위했다. 우리는 일단 나초네 누나 집 쪽으로 갔다. 이제 라디오에서는 아무 방송도 나오지 않았지만 왠지 모르게 나는 라디오를 끄고 싶지 않았다. 누나네 집까지 가는 내내 지직거리는 소리가 흘러나왔다. 나초는 코카인에 반쯤은 *취해 있는* 상태였다. 심지어 실제로 권력을 누려보니까 정말 황홀하다는 말까지 했다. 녀석의 말은 도무지 앞뒤가 맞지 않았다. 녀석은 분명 자기 아버지를 증오하면서도 그의 아들이라는 사실에 뿌듯해했다. 녀석이 권력을 물리칠 수 있었던 것도, 따지고 보면 자신이 권력층의 일부이기 때문이었다. 불 보듯 뻔한 사실이다. 바로 그 때문에 녀석은 자기가 사회 엘리트층에, 그러니까 내 눈에는 그저 과대포장된 똥덩어리들로 보일 뿐인 신흥 귀족계층에 속한다는 사실에 저토록 뿌듯해하고 있는 것이다. 순간적으로 녀석에게 한바탕 퍼부어주고 싶은 충동이 일었다. 그러나 그날 밤 내내 녀석과 이런저런 문제로 다툰데다, 약에 취한 놈들은 그냥 내버려두는 게 상책이라는 생각이 들어 일단은 참기로 했다.

마침내 나초네 누나 집에 도착했다. 나는 다 왔음을 경찰들에게 알리기 위해 상향등을 몇 차례 켰다 껐다 했다. 불현듯 집으로 가는 게 좋겠다는 생각이 들었다. "넌 집으로 갈 거니?" 나초가 차에서 내리면서 물었다. "경찰들한테 따라가라고 말해줄 테니까 걱정 마. 그거야 원래 저 사람들이 해야 되는 일이니까." 나는 아무 말도 하지 않았다. 녀석은 경찰에게 다가가 작별 인사를 건네면서 내 얘기를 하는 것 같았다. "다 됐어. 저들이 너희 집까지 바래다주기로 했어. 팁 같은 건 주지 마, 알았지? 그럼 잘 가. 또 연락하고."

나초 녀석은 이처럼 원치도 않는 일에 날 잘도 끌어들인다. 연이어 나타나는 빨간 신호등과 숨죽인 채 움직이지 않는 가로수를 따라 나는 정신병자 호송차 같은 순찰차의 호위를 받으며 깊어가는 산티아고의 밤거리를 지나갔다. 한 번도 이렇게 텅 비어 있는 모습을 본 적이 없는 거리, 아니 마치 공습경보가 내려진 것처럼 황량한 거리—불빛이 새나오는 창은 불온한 느낌마저 주었다—를 홀로 지나가면서, 나는 마치 쓸모없는 인간이 되어버린 것 같은 낭패감에 휩싸였다.

뭔가가 잘못 돌아가고 있었다.

이제 집으로 돌아가야 한다. 이렇게 될 것이라고 예상해왔지만 막상 집으로 가려니 생각했던 것보다 착잡했다. 마음이 내키지 않았다.

원래 여행의 매력은 경험한 것을 기억으로 되살리기 위해 돌아오는 데 있다. 그런데 지금은 달랐다. 여기선 더이상 못 버틸 것 같았다. 무거운 정적에 휩싸인 이 세상이 두렵기만 했다. 마치 저 군인들 중 하나가 소리가 나지 않는 총으로 나를 쏘는 듯한 느낌이랄까. 나를 가만히 내버려두지 않고 괴롭히던 역겨움, 피로, 그리고 불신. 세상뿐만이 아니다. 가족도 마찬가지다. 만나는 친구들이 몇 명 있긴 하지만 내 곁엔 여자애는 없다. 마음이 맞는 이들이 있는 반면 그렇지 않은 이들도 있다. 질식할 듯 답답한 분위기가 눈에 띄지 않게 이 세상을 지배하고 있다. 그런데 그 방식이 어찌나 교묘한지 이 세상은 절대 바뀌지 않을 거라는 확신을 갖게 만든다. 자신도, 그리고 우리도 모르는 사이에.

왠지 마음이 불안하고 슬슬 겁이 나기 시작했다.

차라리 빨리 집에 도착했으면 싶었다.

내가 어디 사는지 경찰들이 결국 알게 될 거라는 사실도 꺼림칙했다.

어쩌면 저들은 이미 나에 관해 모든 걸 다 알고 있을지도 모른다는 생각이 들었다.

전에 이런 일이 있었다. 내가 탄 비행기가 푸다우엘 공항에 착륙했을 때, 탑승객이 얼마나 많았는지 인터폴의 검문을 통과하기 위해 기다리는 사람들이 장사진을 이루고 있을 정도였다. 시간이 흘러도 줄은 좀처럼 줄어들지 않았다. 내 바로 앞에는 트위드 재킷을 입고 안경을 쓴 남자가 있었는데 겉으로는 지식인처럼 보였다. 마침내 차례가 오자 그 남자는 여권을 제시했다. 컴퓨터 앞에 있던 사람이 여권을 받고 자판을 두드리자 여러 자료들이 화면에 가득 뜨기 시작했다. 나는 가방을 열면서 그 남자를 슬쩍 쳐다보았다. 그 역시 고개를 돌려 나를 바라보았다. 마치 내가 이 세상에 마지막 남은 인간이라도 되는 듯한, 아니면 내가 자기 아들이나 동생이라도 되는 듯한 눈빛이었다. 그를 보면서 왠지 무섭고 불안한 느낌이 들었는데, 그건 두려워하면서도 행복해하는 그의 표정 때문이었다. 어쨌든 그는 무사히 검문을 통과했다. 그런데 바로 그 순간 경보장치가 울리더니 기관총을 들고 헬멧을 쓴 군인들이 순식간에 그를 에워쌌다. 그 와중에 군인 한 명이 나를 뒤로 밀쳐냈다. 공항 요원 여럿이 그 남자의 가방을 압수해서, 여권을 꺼내 살펴보았다. 나는 눈앞에서 벌어지는 장면을 멍하니 바라보았다. 전혀 예상하지 못했던 일을 하나도 놓치지 않고 모두 지켜보았다. 수난을 당하는 남자가 그저 안쓰러울 따름이었다. 사실 나는 그가 나와 같은 비행기를 타고 온 사실조차 몰랐다. 그런데 그 순간 남자가 고함을 지르기 시작했다. "들여보내주세요, 날 들여보내달라니까요, 여긴 우리나라예요, 내겐 여길 들어갈 권리가 있단 말입니다." 하지만 누군가가 그의 뺨을 후려치면서 입을 막았다. 그는 입가로 피를 흘리면서도 중얼거렸다. "지금 그녀가 몹시 아프다고요, 아프단 말입니다." 하지만 요원들은 그를 끌고 가 문 뒤로 자취를 감추었다. 나는 아무 말 없이 멍하니 서 있었다. 남자를 요원들에게 신고한 놈이 내게 앞으로 나오라고 고함을 질러댈 때까지 나는 한참을 그렇게 있었다. 나는 부들부들 떨리는 손으로 여권을 내놓았다. 그는 컴퓨터에 내 이름을 입력했다. 화면에는 비쿠냐라는 성을 가진 사람들의 명부가 쭉 나타났다. 화면을 들여다봤지만 다행히도 거기엔 나는 물론이고 내 친척의 이름도 없었다. 하지만 여전히 제대로 숨쉬기가 어려울 정도로 떨렸다. 그자는 여권 어딘가에 쾅 소리 나게 도장을 찍었다. 나는 그가 건네준 여권을 군말 없이 받을 수밖에 없었다. 그때 날 쳐다보던 그자의 눈은 이렇게 말하는 것 같았다. '이제 다 됐어. 그러니 어서 꺼지라고. 그리고 여기서 본 건 아무한테도 얘기하지 않는 게 신상에 좋을 거다.'

오늘 아침엔 늦잠을 잤다. 늦잠을 자는 건 쉬운 일이다. 어려운 건, 늦게 일어났다는 사실을 받아들이지 못한 채 온갖 핑곗거리를 꾸며내느라 끙끙대거나, 계속 침대에 누워 있는 게 좋을지 아니면 저기 마가린 가게 녀석처럼 벌떡 일어나 창문에 달린 블라인드를 올리는 게 좋을지 따져보는 일이다.

시계를 쳐다본다. 괜히 긴장했네. 아직 그렇게 늦지 않았다. 이제 겨우 열신데. 하지만 해가 중천에 떠 있다. 리우에서 봤던 것과 똑같은 태양. 잠시 침대에 누워 있기로 한다.

잠시 후 침대에서 일어나(벌떡 일어나진 않았다) 작은 블라인드를 올린다. 창밖으로 보이는 산티아고가 왠지 낯설어 보인다. 얼마 전까지 도시를 뒤덮고 있던 어둠과 정적이 말끔히 사라지고 환하게 빛나고 있다. 환한 거리엔 무성하게 잎이 새로 돋은 가로수들이 신록을 뽐내고 꽃들이 여기저기에 만발해 있다. 스모그도 전혀 없어서 산맥이 바로 눈앞에 있는 듯이 선명하게 보인다. 심지어 저멀리 있는 콜로라도 스키장의 눈도 훤히 보일 정도다.

그런데 좀 수상쩍다. 집안에 아무도 없다.

카르멘조차 보이지 않는다.

오늘은 토요일이다. 보통 때 같으면 집안이 시끌벅적할 텐데 쥐죽은 듯 고요하다.

냉장고 안도 텅 비어 있다. 모두들 점보 마트에 간 것 같다. 아니면 남미판 샘의 아들*에게 모두 살해당한 뒤 법의학자 손에 맡겨졌는지도 모른다. 그러나 사실은 내가 하도 곤히 자고 있어서 아무도 깨우지 않았을 뿐이다.

머리가 몹시 지끈거린다.

진통제 메호랄 두 알을 소프롤레 자몽주스와 함께 삼킨다. 누런 빛깔이 도는 시큼한 치즈 조각도 먹는다. 그러고는 샤워를 한다. 양쪽에 달린 둥근 거울을 보면서 수염을 깎는다. 그런데 한쪽 거울에 비친 내 모습은 여태껏 생각했던 것보다 훨씬 못생겨 보인다. 반면에 다른 거울에는 모든 게 실제보다 더 크게 보인다. 코끝에 있는 블랙헤드가 가장 먼저 눈에 띈다. 그걸 보자 갑자기 미리암이 떠오른다. 몸 구석구석 열심히 비누칠을 해보지만 여전히 으슬으슬 춥다. 샤워를 마치고 옷을 입은 다음 존 트라볼타처럼 머리를 뒤로 넘겨본다. 요즘 들어 만사가 귀찮고 지겨워 견딜 수가 없을 지경이다.

프란시스카 방에 들어가니 『19』 최신호가 눈에 띈다. 서서 잠깐 훑어보는데, 비록 길지 않은 시간이지만 여태껏 살아오는 동안 이런 쓰레기 같은 소식을 얼마나 많이 접했던가를 생각하니 구역질이 치민다.

---

* 1970년대 후반 미국을 공포에 떨게 했던 연쇄살인범 데이비드 버코위츠를 가리킨다. 그는 '샘의 아들'이라는 이름으로 경찰과 언론에 자신의 범죄 행각을 자랑하는 편지를 썼다.

아바 두 부부의 이혼, 도나 서머가 종교를 갖게 된 배경, 피터 프램프턴의 마약중독, 데이비드 캐시디가 나오는 드라마 〈파트리지 패밀리〉가 앞으로 어떻게 전개될지, 온통 허섭스레기 같은 내용 일색이다. 그런데 가장 서글픈 건, 이런 글들을 혐오하는 나조차도 마르가라 우르수아가 쓰는 '마르가라와 상담하세요'에 중독되어 있다는 사실이다. 누가 봐도 이 섹션은 『19』에서 가장 형편없다. 내가 마르가라 우르수아에게 그토록 집착하는 것도 따지고 보면 오이디푸스콤플렉스에서 비롯된 게 분명하다. 그녀가 우리 엄마뻘쯤 되는 여자니 그렇게밖에 해석이 안 된다. 프란시스카에 따르면 그녀는 단단히 미친 여자란다. 벌써 몇 번이나 이혼했는지 알 수도 없다고 한다. 하나 있는 딸도 홍청망청 돈이나 뿌리고 다니면서 만날 사고만 치는데 마르가라가 뭐라고 해도 이젠 씨알도 안 먹힌단다. 글에서는 언제나 옳은 말만 하는 마르가라지만 실제로는 정반대로 사니 딸인들 엄마 말이 말같이 들리겠는가.

나는 아예 잡지를 내 방으로 가지고 와서 침대에 벌러덩 눕는다. 라디오를 켜자 앨버트 해먼드의 〈그대의 키스로 나를 물들여주오〉가 흘러나온다. 〈자유로운 음악〉에서 가장 잘난 체하는 디제이가 이틀에 한 번꼴로 틀어주는 노래다. 사실상 이런 쓰레기 잡지하고는 가장 잘 어울린다. 나라고 더 나을 건 없지만. 그래서 될 대로 되라는 식으로 라디오를 켜둔다. 지금 상태라면 에어 서플라이나 앤디 깁의 노래도 마음의 준비를 하고 들어야 할 판이다.

나는 잡지를 펼쳐들고는 우선 인기가요 순위를 보고 페티시 섹션을 찾아본다. 내가 보기엔 뭐니뭐니해도 '마르가라와 상담하세요'가 최고다. 이 여자에게는 우리가 실제로 경험하는 일을 기가 막히게 잘 집어내는 재주가 있다. 그래서 그녀의 글을 읽다보면 나만 이런 게 아니라는 사실을 깨닫곤 한다. 그저 내 생각일 뿐이지만, 마르가라의 사진이 없었다면 '마르가라와 상담하세요'가 이토록 큰 히트를 칠 수는 없었을 것이다. 레르네르와 내 사촌인 카밀라를 포함해 나와 같은 생각을 가진 이들이 적지 않다. 전에 어떤 여자아이가 겉만 화려할 뿐 지루하기 짝이 없는 15세 맞이 파티*에 갔다가 순결을 잃었지만 아무 죄책감도 들지 않더라는 내용의 편지를 마르가라에게 보낸 적이 있는데, 내가 볼 때 편지를 쓴 장본인은 카밀라가 틀림없다. 가진 않았지만 나도 그 파티에 초대받았었다.

'마르가라와 상담하세요'에서 사진이 하는 역할은 크게 두 가지다. 첫번째는 독자들에게 신뢰감을 준다. 대모 같은 존재가 정말 있다는 걸 확인시켜주는 것이다. 심지어 우리 엄마도 그녀를 안다고 말할 정도다. 그녀는 엄마 친구가 운영하던 학원에서 요가를 배우고, 또 산드로 아저씨의 누이와 같이 수업을 듣기도 했다는 것이다. 그래서 그녀는 사람들에게 신뢰를 받고 있다. 트로피컬 스타일의 얇은 잡지인 『코케타』나 『인티미다데스』와는 질적으로 다르다. 말이 나왔으니 얘긴데, 요즘 계집애들은 수업 시간에 몰래 이런 잡지들을 읽고 나서는 친구들 앞에서 질 분비물이 어쩌고저쩌고 떠들어대면서 마치 자기들이 성숙한 척한다. 하지만 근본적으로 이 잡지들은 정말 최악이라고 할 수 있는 〈라 테르세라〉의 '남성을 위한 섹션'만큼이나 보수적이다.**

두번째로 사진 속의 그녀는 남성적이면서도 성적인 매력을 풍기는

---

* 15세가 된 여자아이를 축하하기 위해 여는 파티로 라틴아메리카에서는 중요한 행사에 속한다.

것 같다. 요즘 마르가라라는 이름은 색기가 넘치는 여자의 대명사가 되다시피 했다. 사진에서 그녀는 몸에 딱 달라붙는 망사 드레스를 입은 채 쿠션을 받치고 바닥에 앉아 있다. 사진만 보면 딱히 두드러진 데 없이 평범한 스타일이다. 그런 그녀가 젊은 남자를 무지 밝힐 뿐 아니라 (요즘엔 좀 뜸하지만) 경력 또한 화려하다는 사실은 글에서 드러난다. 그리고 사진 속에서 그녀는 툭 불거진 눈으로 카메라를 응시하는 닥스훈트 강아지를 품에 안고 있는데, 녀석의 표정으로 봐서는 뭐라고 콕 집어 말하긴 어렵지만 발정이 난 듯하다. 하여간 '마르가라와 상담하세요'를 읽다보면 그녀가 얼마나 젊은 남자들에게 집착하는지 쉽게 알아차릴 수 있다. 그래서 나는 그녀의 글을 읽는다. 내 또래 녀석들이 그녀에게 편지를 쓰는 이유도 크게 다르지 않을 것이다.

문제는 늘 그녀가 사람들을 유혹한다는 것이다. 사진 속의 그녀는 마치 나를 향해 '날 유혹해봐'라고 달콤하게 속삭이는 것만 같다. 그리고 그녀가 쓴 글에는 언제나 혹할 만한 내용이 나온다. 전에 나는 나초와 함께 내 사촌 카밀라(열세 살밖에 안 됐지만 꽤 성숙한 편이다)가 쓴 것이라고 추정되는 편지를 읽은 적이 있다. 지금도 카밀라는 극구 부인하지만 갖가지 증거가 속속 드러나고 있다. 우선 나초의 사촌동생이 피르케*** 부근의 한 농장에서 열린 문제의 파티에 갔는데, 그 자리에 카밀라도 있었다고 했다. 그애의 말에 따르면, 카밀라는 파티에서 아르헨티나 폴로 선수를 보고 첫눈에 반해 정신을 차리지 못하더란다.

** 〈라 테르세라〉는 칠레에서 최대 발행 규모를 자랑하는 일간지로, '남성을 위한 섹션'은 일주일에 한 번씩 나오는 〈라 테르세라〉의 부록이다.

*** 산티아고 근방에 있는 시골 마을.

카밀라는 편지에서 그 남자가 "우루과이 럭비 선수"였다고 했지만, 말(내 사촌은 승마 선수이고 몸에 딱 달라붙는 하얀 바지를 입고 다닌다)과 풍경("그곳엔 야자나무들이 늘어서 있어서 마치 우리만 어느 섬에 온 것 같은 느낌이 들었어요……"라고 그 앙큼한 계집애가 썼다)에 관한 내용을 너무 많이 언급하는 바람에 되레 사실이 탄로나고 말았다. 그래서 나초와 나는 각자 없는 얘기를 꾸며내서 마르가리타에게 보내보기로 했다. 그녀가 정말로 우리 편지('인생 상담' 코너로 보냈다)를 보고 성심껏 답변해주는 건지, 아니면 기자들이 대충 쓰는 건지 알고 싶었기 때문이다. 우린 우선 마리화나를 피운 다음 연필과 공책을 가져와 글을 써내려가기 시작했다.

나초가 쓴 편지는 내가 봐도 이상했다. 마치 영화의 한 장면을 베낀 듯했다. 두 친구가 한 여자를 차지하기 위해 경쟁을 벌였는데, 그 여자는 둘 중 한 명의 아이를 갖게 되었다. 여자는 결국 낙태를 하게 되고, 자기를 임신시킨 녀석의 형과 눈이 맞는다. 그 형은 그녀가 낙태 수술을 받을 때 도움을 주었던 의사이기도 하다. 이 소식을 듣고 격분한 동생은 형과 형의 여자친구 사이에 끼어들게 된다. 그는 형의 여자친구가 레즈비언인데, 낙태한 자신의 여자친구를 유혹하려 한다는 것을 알고는 마약에 빠지고 연적이었던 친구와 잠자리를 하고 만다. 한동안 정신이 나간 사람처럼 멍해 있던 친구는 결국 그를 가슴 깊이 사랑하게 된다. 하지만 그(레즈비언 여자친구를 용서하고 놓아준 의사의 동생)는 여자친구에게 돌아가 모든 걸 털어놓고 서둘러 결혼한다. 지금은 통통한 쌍둥이 형제의 어엿한 아빠다. 반면, 자신이 원하던 사랑을 차례대로 빼앗긴 다른 친구는 절망감에 시달리다 결국 호모(어느 가게

점원이 된 그는 자신의 친구이자 연인이던 그와 여자를 여전히 잊지 못한다)가 되고 말았다. 그는 돈 많은 호모 군바리들과 놀아주는 대가로 코카인이나 비싼 옷을 선물로 받는다. 하지만 만사에 혐오감을 느끼게 되고, 결국 레드 펍 화장실에서 빈 주사기를 몸속에 찔러넣는다.

나초는 자기가 쌍둥이 아빠인 것처럼 가장하고 편지를 썼다. 사실 내용은 무척이나 흥미진진했지만 꾸며낸 티가 났다. 하지만 녀석은 편지의 내용이 모두 사실이라고 했다. 크레이그하우스 학교에 다닐 때 자기 친구가 겪은 사건을 토대로 해서 썼다는 것이다. 물론 그럴 수도 있겠지. 하지만 사실은 왜곡되는 경우가 워낙 많기 때문에 무슨 말을 하고 있는지, 무엇이 진실인지조차 모를 때가 종종 있다.

녀석의 것과 비교하면 내 편지는 그야말로 양반이었다. 물론 내용은 사실이 아니지만, 꽤나 로맨틱하기까지 했다. 남자친구(이 친구에게 마티아스라는 이름을 붙여주었다)의 모든 것을 사랑하지만, 순결을 지키기 위해 아직까지 단 한 번도 잠자리를 한 적이 없는 어떤 여자아이에 관한 이야기다(내가 그 아이인 것처럼 하고 썼다). 그런데 문제는 그 아이의 가장 친한 친구(아주 '자유분방'한 여자아이다. 물론 그 아이의 기준으로 볼 때 그렇단 얘기다)가 마티아스를 짝사랑한다는 것이다. 그 친구에게 마티아스는 일생의 사랑이다. 이 녀석 저 녀석 가리지 않고 자유분방하게 사는 것도 따지고 보면 마티아스를 잊기 위한 몸부림이나 마찬가지다. 그 친구는 단 한 순간도 마티아스를 잊은 적이 없다(그러나 아무리 그래도 그의 마음을 돌리진 못했다). 편지를 쓰는 여자아이—그 아이의 이름을 안토니아라고 했다—는 지금 심각한 고민에 빠져 있다. 왜냐하면 얼마 전에 사라(그녀의 친구인데 플리트우드 맥의 노래 〈Sara〉를 생각하면서 붙인 이름이다)의 엄마가 그녀를 찾아와 울면서 충격적인 사실을 털어놓았기 때문이다. 사라가 암에 걸려 오래 살지 못한다는 것이다. 사라의 엄마는 마지막 순간까지 딸이 최대한 행복하게 살 수 있도록 해주고 싶은 마음이라, 그녀에게 아무 말도 하지 않을 거라고 했다. 안토니아(독실한 가톨릭 신자일 뿐 아니라 워낙 심성이 착한 아이인)는 세상에서 가장 친한 친구의 앞길을 축복해주고 또 그 아이가 진정한 사랑을 만날 수 있도록 너무 늦기 전에 마티아스를 포기할 것(그러면 마티아스도 언젠가 사라에게 마음의 문을 열 테니까)인지가 가장 큰 고민이다. 이상의 내용은 마르가라만이 해결해줄 수 있는 어느 여자아이의 고민, 아니 심각한 딜레마다.

물론 답장은 오지 않았다. 나초도 마찬가지였다. 편지는 결코 잡지에 실리지 않았다. 그래도 나는 여전히 그 섹션을 읽는다. 일단 재미있고, 언제 봐도 여기저기서 놀랄 만한 내용의 편지를 보내오는데다, 편지를 누가 썼는지 티가 나는 경우가 종종 있기 때문이다(마르가라가 부자 동네에서 보낸 편지만 골라 답장한다는 사실은 최근에야 알게 되었다). 최신호에 실려 있는, 교환학생으로 갈지 말지 고민중인 어떤 계집애의 편지처럼. "주변에서 그러는데, 미국 사람들은 굉장히 리버럴해서 만약 내가 교환학생으로 가서 그쪽 아이들과 어울리려면 칠레에서 배운 도덕 따윈 어쩔 수 없이 내팽개쳐야 할 거래요. 어쩌죠? 생각만 해도 겁이 나요……" 이런 고민이라면 파펠루초가 대답해줄 수 있을 텐데. 세상에 겁날 게 하나도 없는 녀석이니까 말이다. 안토니아라면 절대 가지 말라고, 그냥 여기서 계속 공부나 하라고 타이를 게 분명하다. 안토니아는 『19』와 '마르가라와 상담하세요' 같은 건 절대로 안 읽는 척하지만, 내가 볼 땐 다른 아이들처럼 다 읽고 있다. 내가 '안토니아'라는 이름으로 마르가라에게 편지를 보낸 걸 알고는 펄펄 뛰었던 걸 기억한다. 그 아이의 눈엔 그 잡지가 이 세상에서 가장 불결하고도 혐오스러운 걸로 보였을 테니까. 그후로 안토니아는 마르가라의 섹션을 빼놓지 않고 읽는 것이 틀림없다. 갑자기 생각이 바뀌어서가 아니라, 혹시라도 내가 쓴 편지가 실렸을까봐, 솔직히 말하면 자기 이름이 (성까지는 아니더라도) 거기에 보란듯이 나와 있을까봐 겁이 나서 읽을 것이다.

"안녕하세요? 혹시 안토니아 있어요?" 나는 노란색 부츠를 신으면서 물어본다.

"지금 외출했는데요." 그 집 가정부의 목소리가 수화기를 통해 흘러나온다. 전화의 감이 영 좋지 않다.

"아, 예…… 그럼 혹시 어제 나가서 아직 안 들어……"

"안 들어오긴요. 방금 전에 나간걸요. 아마 쇼핑 나간 것 같아요. 그런데 누구시라고 전할까요?"

"아뇨, 됐어요…… 그냥, 리카르도라고만 전해주세요." 나는 또 거짓말을 한다.

"어제도 전화했었죠? 그래서 안토니아에게 전해주었는데."

"고맙습니다. 그럼 프로비덴시아 쪽으로 갔겠군요."

"그런 것 같아요. 친구들과 함께 간다고 하던데요. 하지만 점심 먹으러 집에 올 거예요. 오후 늦게요. 그때쯤 다시 걸어보세요."

시계는 11:14를 가리키고 있다. 『19』를 덮고는 원래 있던 곳에 갖다 놓는다. 스탠드바에서 스톨리치나야 병을 꺼내 한 모금 들이켠다. 갑자기 온몸이 부르르 떨린다.

“아이고, 얘가 알코올중독자가 다 돼서 돌아왔네? 브라질은 참 빌어먹을 나라야. 그래서 내가 거긴 절대로 보내지 말라고 네 어머니에게 몇 번이나 당부드렸는데. 내 사촌 중에 인민연합 열성당원이던 여자애가 하나 있는데, 난리통에 브라질로 달아났지. 결국 그애는 지금 술집에서 스트립댄서로 일하고 있단다. 거기 빌어먹을 깜둥이 녀석들에게 자기 젖꼭지나 보여주고 있단 말이야.”

카르멘 할머니다. 못생긴데다 정신분열증 환자 같고 언제나 제멋대로다.

“그래도 사촌은 할머니하곤 전혀 안 닮았겠죠?”

“나 이제 일해야 되니까 방해하지 마. 점심때 손님들 오신대. 그 로레토인가 뭔가 하는 사람이 또 온다더군. 여기가 무슨 레스토랑인 줄 아는 모양이야. 그러니 내가 열 안 받을 수 있겠어? 참, 점심은 집에서 먹을 거니, 아니면 나갈 거니?”

“곧 나갈 거예요. 그렇게 늦지는 않을 것 같아요. 그런데 다들 어디 간 거예요?”

“난 해산물을 사러 옆 동네 가게에 갔다 온 거야. 네 엄마하고 누이들은 점보 마트에 갔다가 미용실에 들른다고 했어. 제모하러 간다고 하더군. 돈이 많으니 별짓을 다 해…… 그리고 에스테반 씨는 컨트리클럽에서 모임이 있다고 나가셨고. 점심 드시러는 못 오실 거야.”

“골프 치러 가신 거군요?”

“그걸 내가 어떻게 알아? 내가 무슨 코작*이라도 되는 줄 알아? 난 몰라. 골프채를 들고 나가시긴 했어.”

"알았어요, 할머니. 저 나가니까, 혹시 제 전화 오면 메모 좀 부탁해요. 이제 웬만하면 글 좀 배우세요."

"당장 꺼지는 게 좋을걸."

리옹 거리와 파세오 라스 팔마스 대로가 지나가는 프로비덴시아는 시내 중심지답게 늘 인파로 북적댄다. 여긴 우리 나라에서 가장 활기가 넘치는 곳들 중 하나다. 새로 지은 화려한 건물들이 즐비할 뿐 아니라 옷을 사거나 산책을 즐기는 유명인들을 쉽게 볼 수 있는 곳이기도 하다.

언제나처럼 해가 지고 있다. 시내의 분위기는 더할 나위 없이 고즈넉하다. 나는 초현대식 안경점 안으로 들어간다. 선글라스를 끼고 해변에서 일광욕을 하고 있는 훌리오 이글레시아스의 포스터가 매장 안 곳곳에 붙어 있다. 히나 수아니크가 유행시킨 스타일의 볼썽사나운 양모 스웨터를 입은 여점원이 내게 다가온다. 나는 그녀에게 라이방 선글라스를 구경하고 싶다고 한다. 그녀가 보여준 선글라스들이 참 마음에 든다. 그녀도 내게 잘 어울린다고 한다. 지갑에 남은 돈으로 그 선글라스를 산다. 생각보다 비싸다. 나중에 집에 가서 아빠한테 용돈을 좀더 타내야겠다. 그럼 되겠지. 별문제 없을 거야.

나는 아이스링크장으로 걸음을 옮긴다. 그러나 거기엔 얼간이들이 우글거리고 있을 뿐이다. 연상의 남자나 꼬여볼까 하고 미니스커트를 입고 온 계집애들은 하나같이 카밀라처럼 생겼다.

---

* 1970년대 미국 CBS에서 방영한 드라마 〈형사 코작〉의 주인공.

차라리 다른 데 가는 게 나을 것 같다. 나는 이내 도스 카라콜레스 백화점으로 간다. 아무도 없는 엘리베이터를 타고 이층 끝 쪽으로 올라간다. 이층에 늘어선 부티크를 하나씩 둘러보던 중 다시 내려가기로 한다.

그녀가 내 주변에 있을지도 모른다는 생각을 해본다. 수학적으로 따져볼 때 어떤 가능성도 배제할 수는 없으니까. 하지만 그녀는 지금 내 주변에 없다.

나는 두 블록을 계속 걸어간다.

토요일에는 늘 그렇듯 패스트푸드점 품페르 니크는 만원이다. 고소한 프렌치프라이와 기름 냄새가 콧속을 파고든다. 나는 이 냄새가 참 좋다. 미국의 냄새다. 발전과 진보의 냄새. 갑자기 머릿속으로 파스가 떠오른다. 그리고 올랜도와 디즈니월드, 마이애미, 그리고 맥도널드와 버거킹, 켄터키 프라이드치킨, 또 칼스 주니어와 잭 인 더 박스도 생각난다. 사실 품페르 니크—이 이름에서는 왠지 후진국 느낌이 난다—는 그다지 나쁘지는 않지만, 미국 문화를 어설프게 베낀 티가 너무 난다, 정말 그렇다. 가짜일 뿐이다.

이곳에서 진짜는 안토니아뿐이다. 그녀는 약국 앞에 서 있다. 그것도 혼자서.

"안토니아…… 여태껏 널 찾아다녔어." 나는 그녀에게 말을 건다.

"플라비아 몬테소리를 기다리고 있어. 만나기로 한 지 벌써 삼십 분이 지난 것 같은데. 뭐한다고 사람을 이렇게 기다리게 하는 거지. 아마 늦잠을 잔 모양이야."

"걔 어제 콕스네 파티에 갔었어. 펠루사 에체고옌하고 있는 걸 봤는데 곧 나왔어. 치코 소바르소가 케네디 대로에서 자동차 시합을 한다고 했거든."

"꽤나 건설적으로 노는구나……"

"그럼 넌 어젯밤에 뭐했니?"

"영화 보러 갔었어. 곤살로랑."

"아, 그래…… 뭘 봤는데?"

"〈아이스 캐슬〉, 근데 별로더라. 시력을 잃은 여자 피겨스케이팅 선수 얘기인데," 그녀가 말한다. "주인공이 피겨스케이팅 챔피언이었어…… 그런데, 나도 중간에 나와버려서 잘 모르겠다. 그저 그런 스토리지 뭐…… 그건 그렇고 마음에 드는 바지가 있나 보려고 했는데. 더구나 늦어도 점심때까지는 들어간다고 엄마하고 약속했어……"

한동안 망설이던 안토니아는 갑자기 눈동자를 반짝거리며 내게 묻는다.

"마티아스, 너 나랑 같이 가줄래?"

사실 놀랄 일도 아니었지만, 그 말을 듣는 순간 나도 모르게 깜짝 놀랐다.

"물론이지. 어디든지 어서 가보자."

"가긴 어딜 가, 바보야. 여긴데. 괜히 오버하지 마."

"뭐 어때서. 걱정 마. 오버하는 데는 이골이 났으니까."

안토니아와 함께 걷는 게 좋다. 사실 같이 다녀본 적이 별로 없기는 하지만 곧 익숙해질 수 있을 것 같다. 안토니아와 함께 나란히, 발걸음을 맞추며 걷는다는 것은 끝내주는 일이다. 예전에 경찰들이 학교에 불쑥 찾아와 우리에게 열병식을 시킨 뒤, 차려 자세에서 국가 〈질서와 조국〉을 외우도록 했을 때가 떠오른다. 그때 경찰들은 키도 크고 완벽한 외모를 지닌 안토니아를 불러내 하얀 장갑을 주었다. 하얀 장갑을 낀 안토니아는 마치 옛날 영화에 나오는 배우처럼 보였다. 당시 그녀는 축구장 주변에 모인 학생 군사훈련단을 지휘하는 일을 맡았다. 그땐 오후 시간이었다. 해가 저물고 있었는데 노을빛이 마치 내 마음 같았다. 바로 그 순간, 어디선가 산들바람이 불어오자 그녀의 길지 않은 머리칼이 춤추듯 찰랑거렸고, 그 사이로 그녀의 반짝이는 눈동자가 보였다. 나는 안토니아야말로 내가 원하던 아이라는 사실을 직감했다. 하지만 결코 그녀에게 다가설 수 없다는 것도 잘 알고 있었다. 안토니아 같은 여자애가 나 같은 애에게 관심을 가질 리가 없기 때문이다. 분명히.

분명히는 아니더라도, 아마 그럴 것이다. 그 속을 어찌 알겠는가.

남의 속마음을 훤히 들여다보는 것은 힘들고, 자신의 감정을 솔직하게 표현하는 것은 더 어려운 법이다. 가령 '내가 널 얼마나 좋아하는지 너도 잘 알지?'라고 남자가 물었는데, 여자가 '응, 나도 널 무척 좋아해, 친구로서 말이야'라고 대답한다면, 이보다 더 맥빠지는 경우가 어디 있겠는가.

생각만 해도 끔찍하다.

이것 하나만큼은 분명하다. 예전에는 내가 이렇지 않았다는 것.

"뭘 살 건데?" 내가 물어본다.

"바지나 사려고. 우리 푸스에 가보자."

내게는 안토니아의 마음을 끌 만한 매력이 있는 게 분명하다.

그러나 그 아이가 싫어할 만한 구석이 있는 것도 사실이다.

아니면 그 반대든지.

그래서 우리는 서로 어울리는 사이이기도 하지만 아무런 사이가 아니기도 하다. 나는 저 아이가 뭘 하든 썩 내키지 않는다. 사고방식은 또 얼마나 고리타분한지 모른다. 저 아이의 품행이나 가족 얘기만 나오면 난 주눅이 든다. 얌전을 빼는 모습을 보고 있으면 공연히 짜증이 치민다. 그러나 어떤 옷을 입어도 어울리는 몸매와 똑똑한 머리에는 마음이 끌린다. 또 어떤 일이 있어도 자기 생각을 바꾸지 않으려는 고집과, 내 말이 옳을 수도 있다는 걸 전혀 인정하지 않으려는 태도도 과히 싫지는 않다. 안토니아의 목소리를 듣고 있으면 내 마음도 고분고분해진다. 그건 나도 잘 알고 있다. 그리고 그녀의 미소, 특히 그녀가 토라졌을 때 샐쭉 짓는 미소를 보면 좋았던 기억이 절로 되살아난다. 그녀는 보기보다 어른스럽다. 그래서 우리가 만약 결혼한다면, 저애가 나를 버리고 떠난다거나 부정을 저지르는 일은 결코 없을 것이다. 그렇지만 그 순간부터 나에게 일절 말을 걸지도 않고, 내가 엉뚱한 짓을 해도 못 본 체하고 넘어갈 것 같다. 한마디로 나라는 존재를 자기 머릿속에서 완전히 지워버릴 게 분명하다. 안토니아는 절대로 소심하거나 내성적인 아이가 아니다. 오히려 항상 자신감에 넘쳐 어떤 상황에서도 자기 의사를 분명하게 표현하는 편이다. 또한 자존심과 자아가 유난히 강해서 어떤 일에도 감정을 드러내거나 아쉬워하지 않을 뿐만 아니라 제풀에 지치지도 않는다.

"어때, 나한테 잘 어울리니?"

"네가 보기엔 어떤데?" 내가 말한다. "내 눈은 정확하지 않잖아."

"웃기는 소리 좀 그만해. 어때, 괜찮니? 너무 달라붙는 것 같진 않아?"

"아주 좋아. 진심이야."

"좋아. 믿어볼게."

그녀가 탈의실 커튼을 치자, 나는 창밖으로 헤네랄 올레이 거리를 내려다본다. 거리엔 쇼핑백을 든 금발의 여자들이 요즘 다들 먹는, 기계에서 나오는 아이스크림을 핥으며 걷고 있다. 그런데 탈의실 커튼이 완전히 쳐져 있지 않아서, 그녀의 하얀 허벅지 속살이 조금 보인다. 내가 자기의 몸을 엿보고 있는 걸 알지만 개의치 않는 것 같다. 오히려 내심 좋아하는 눈치다. 하여간 매사가 이런 식이다. 눈치가 그런 것 같기는 한데, 나중에 보면 전혀 아니다. 또 받는 건 좋아하지만 주는 데는 인색하다. 모든 것—키스나 시선, 그리고 선물이나 고백, 혹은 가벼운 스킨십—을 그저 우연한 사고, 혹은 하찮은 해프닝 정도로 만들어버리는 데 탁월한 재주를 가진 아이다.

"너, 아무한테도 말하면 안 돼." 전에 그녀의 집 부엌에서 함께 차를 준비하고 아보카도를 으깨다가 갑자기 눈이 마주친 적이 있다. 최고의 키스를 나눈 뒤, 그녀는 내 귀에 대고 이렇게 속삭였다.

"너무 칠레적인 사고방식인데." 만약 카시아가 그녀의 말을 들었다면 이렇게 말했을 것이다. 어느 날, 함께 리우의 해변에 나갔을 때 나는 카시아에게 안토니아와의 관계에 대해 털어놓은 적이 있다. 내 말이 끝나자 그녀는 정말 어이없다는 표정을 지으며 말했다. 우선 그건 제대로 된 남녀 관계라고 볼 수가 없다는 것이다. 둘째로, 여자애가 너무 칠레적인 사고방식에 젖어 있는 것 같다고 했다. 그러면서 여기, 브라질에서는 어떻게들 하는지 생각해보라고 했다. 카시아는 모른다. 이해할 수도 알아들을 수도 없다. 이 세상 모든 사람들이 브라질에서처럼 자유분방하고 편안하게 사는 건 아니라는 점을, 만나자마자 "안녕, 이름이 뭐지?" 묻고는 아무 문제 없이 곧바로 같이 자거나 자기가 원한다고 모두 다 할 수 있는 게 아니라는 점을 말이다. 여기, 칠레에서는 어림도 없는 얘기다. 헤네랄 올레이 거리와 비타쿠라, 그리고 메트로폴리타나 지구에서 그런 짓은 꿈도 꾸지 못한다. 여기에서 아무 일도 일어나지 않기 때문은 아니다. 오히려 지나치게 많은 일들이 일어난다. 하지만 겉으로 표가 나지 않는다. 어떤 것도 소용이 없다. 숨막혀 죽을 것만 같다.

"이제 곧 개학인데 어떠니? 또 학교 가려니까 짜증나지?" 로스 레오네스 대로에 있는 모퉁이에서 함께 버스를 기다리는 동안 안토니아가 내게 묻는다.

"좀 그렇긴 한데, 이번에는 크게 부담이 없어. 왜냐하면 수요일부터 사흘 동안 또 방학이니까 말이야. 내 생각인데, 시국이 어수선해서 화요일도 정상적으로 수업하기는 어려울 거야. 이번 투표에서 예상대로 헌법안이 통과되면 반대표를 던진 사람들이 거리로 우르르 쏟아져나올 게 뻔할 테니까."

"세상을 혼란스럽게 하면 누구 할 것 없이 모조리 총으로 쏴버려야 해. 솔직히 말해서 난 투표가 빨리 끝났으면 좋겠어. 선거가 끝나면 곧바로 가족끼리 비추켄으로 놀러가기로 했거든."

"그럼 디에시오초* 때도 거기 있겠구나."

"응."

"넌 꼭 재미난 일이 있을 때마다 빠지더라."

"디에시오초 축제를 산티아고에서 보내는 게 재미있니?"

"글쎄다. 넌 내가 왜 이런 말을 하는지 모를 거야. 내 나름대로 계획을 세워놓았거든. 아, 저기 버스 온다."

"오늘 오후엔 뭐할 거니?"

"그냥 조용히 지내야지, 뭐."

"그럼 우리 같이 뭐라도 할까? 자전거 타고 한 바퀴 돈다든지 말이야. 어때?"

"좋지."

"나중에 자전거 타고 우리집으로 와."

"그래야 하니?"

"그럼?"

아직 집에 가기는 이른 시간이다. 음반도 구경하고, 또 점점 흥미진진해지는 빌보드차트도 확인할 겸 시르쿠스에 들어간다. 내 뒤쪽으로 막클루레 녀석의 모습이 보인다. 모른 척하기도 그렇고 피할 수도 없는 상황이다. 될 대로 되라지.

"어이, 너도 여기 왔구나. 엄마가 그러던데, 너 어젯밤에 우리집에 왔었다며?"

가게 안 스피커에서는 엘턴 존의 〈Little Jeannie〉가 흘러나오고 있

* 매년 9월 18일과 19일 이틀간 칠레 전국에서 벌어지는 축제로, 원래 명칭은 '조국의 날'이지만 흔히 '디에시오초(18일)'라고 부른다. 스페인의 식민 지배에 맞서 칠레의 독립을 위해 싸우던 독립운동가들이 최초의 임시정부를 수립한 날을 기념하는 축제다.

다. 가사가 유치하기 이를 데 없다. 주인이 왜 이런 노래를 트는지 이해가 안 간다. 하지만 이 노래는 현재 차트에서 5위를 차지하고 있다. 마음에 안 들어도 닥치고 듣는 수밖에. 막클루레를 바라본다. 공대생 차림인데 그럭저럭 잘 어울린다.

"응. 지나가는 길에 잠깐 들렀어. 약에 취해 맛이 좀 갔었지. 그나저나 네 엄마가 눈치채지 않았어야 할 텐데."

"걱정 마. 엄만 아무것도 모르니까. 더군다나 우리 엄마가 널 얼마나 아끼는데."

"현명한 선택이야." 생각지도 않은 말이 나도 모르게 불쑥 튀어나왔다.

가게 주인(키스의 얼굴이 있는 검은색 티셔츠를 입고 있다)은 턴테이블에서 레코드를 꺼내 재킷에 집어넣는다. 나는 그를 바라본다. 그리고 얄궂은 미소를 짓는다. 그는 약간 당황한 듯하다. 그런 티셔츠를 입은 사람은—설사 장난이라도—엘턴 존의 노래를 틀어서는 안 된다는 걸 이제야 깨달은 듯하다. 그는 조금 허둥대면서 빌리 조엘의 새 음반을 턴테이블 위에 올려놓는다. 그리 나쁘진 않지만 이런 곳과 썩 어울리는 노래도 아니다.

"뭘 고르는 거야?" 막클루레에게 묻는다.

"그냥 이것저것 보다가 마음에 끌리는 게 있으면 확 사버리는 거지. 남은 크루제이루를 몽땅 바꿔서 돈이 좀 생겼거든."

우리는 괜찮은 레코드가 있는지 함께 살펴본다. 피트 타운센드의 'Empty Glass'가 단번에 내 마음을 사로잡는다(내 나이에 맞지도 않는 『롤링 스톤』을 읽다보니 음악에 대한 수준이 너무 높아진 게 아닌가 하는 생각이 든다). 제너시스의 'Duke'도 눈에 띄지만, 한번 들어봐야 할 것 같다. 피터 가브리엘이 없다면 그들의 음악성도 전과 같지 않을 게 분명하기 때문이다. 음악에 대해서만큼은 보수적인 막클루레가 오늘은 웬일인지 최신 유행곡들을 유심히 살펴본다. 블론디의 'Eat to the Beat'부터 팻 베나타의 'In the Heat of the Night'에 이르기까지(보는 눈이 생긴 듯하다. 왜냐하면 적어도 이 둘은 썩 괜찮은 여성 로커일 뿐만 아니라 무엇보다 섹시하기 때문이다. 특히 데버러 해리가 그렇다).

그러나 무엇보다도 우리의 눈길을 사로잡은 것은 바로 존 벨루시가 노래를 부르는 블루스 브러더스의 앨범이다. 칠레에서 〈블루스 브러더스〉*를 본 사람은 어쩌면 막클루레와 나, 그리고 레르네르, 나초, 파펠루초밖에 없을지도 모른다. 왜냐하면 그 영화는 개봉한 지 사흘 만에 내렸기 때문이다. 하지만 우린 그 영화를 보고 신이 나서 어쩔 줄 몰랐다. 존 벨루시는 정말 뛰어난 배우이자 가수다. 그러니 우리에게 이 음반은 상징적인 존재일 수밖에 없다. 알레한드로 파스가 말했듯이, 물론 〈애니멀 하우스의 악동들〉**이 단연 최고이긴 하다. 그러나 내가 볼 때, 이 영화는 우리가 좋아하는 삶의 모습을 보여주어 웃기기는 했지만 그뿐이다.

벨루시와 일렉트릭 라이트 오케스트라의 앨범을 살펴보던 중, 나는 갑자기 막클루레와 진정으로 마음이 통하는 걸 느낀다. 평소에 내가 바라던 만큼 괜찮은 녀석인 것 같다. 오히려 그 이상이다. 누군가 우리

---

* 존 랜디스 감독이 제작한 뮤지컬 코미디 영화로, 존 벨루시와 댄 애크로이드가 주연을 맡았다.

** 존 랜디스 감독이 제작한 영화.

모습을 봤다면 아마 단짝으로 여겼을 것이다. 그렇다면 그리 잘못 본 건 아닐 것이다. 녀석은 붙임성이 좋아서 함께 있으면 편하다(나초와 있을 때랑은 비교가 안 될 정도로 좋다. 그것은 확실하다). 녀석은 아무도 성가시게 굴지 않는다. 물론 나만 제외하고 말이다. 토요일 새벽에 내가 허탕을 친 것도 바로 녀석 때문이다. 사실 예전에 녀석과 나는 절친한 사이였다. 함께 영화도 보러 가고, 사회나 화학 정리 노트를 서로 보여주었을 뿐 아니라, 물좋은 파티가 열리면 상대가 초대받지 않았어도 몰래 끼워주기도 하는 사이였다. 최소한 안토니아로 인해 신경전을 펼치기 전까지는 그랬다. 안 그래도 곤살로 막클루레가—물론 다른 녀석들도 그랬지만—잔뜩 눈독을 들이고 있던 차에 안토니아가 녀석에게 관심을 가지기 시작하면서 문제가 불거지고 말았던 것이다. 하긴 녀석도 남자니까 뭐라고 탓할 수는 없다. 그렇다고 녀석의 행동을 그냥 보아 넘길 수만도 없는 일이다. 녀석이 미워 죽겠다. 그는 언젠가 단단히 대가를 치르고야 말 것이다. 그런데 아직 둘이서 잔 것 같지는 않다. 그랬을 가능성은 극히 적고 그것만 해도 나로선 크게 안도할 일이다. 그리고 둘이 레코드에 정신이 팔린 것 같지도 않다. 결론적으로, 안토니아는 내 질투심을 일으키려고 녀석과 어울리는 게 분명하다.

"이거 살까 말까?" 녀석이 불쑥 물어본다.

"돈 있으면 사는 게 좋겠지."

내 말을 듣자 녀석은 'The Blues Brothers'와 〈아메리칸 지골로〉의 사운드트랙(여기엔 〈Call Me〉가 들어 있다), 그리고 'In Through the Out Door'를 덥석 집어든다. 안 그래도 막클루레는 레드 제플린의 음반이라면 하나도 빼놓지 않고 사모을 생각이다. 내가 봐도 아주 잘 고른 듯하다. 투명한 비닐 안에서 반짝거리는 레코드를 보자 갑자기 불안감이 엄습한다—아니면 분노일까?—녀석에게 밀리지 않기 위해 나도 뭔가 사기로 결심한다. 나는 곧장 안토니아에게 줄 크리스토퍼 크로스의 앨범(막클루레에겐 내 누이에게 줄 거라고 말했다)과 '브렉퍼스트 인 아메리카'를 집어든다. 전에 나초는 이 앨범을 가리켜 세상에서 가장 멋진 제목일 뿐 아니라 슈퍼트램프 최고의 걸작이라고 했던 적이 있다. 내친김에 블루스 브러더스의 남은 앨범도 집어든다. 만약 막클루레 녀석이 앞으로도 계속 안토니아와 만난다면(지금 상태로 봐서는 그리 될 가능성이 높다) 집에서 같이 음악이나 듣자고 나를 부를 리가 없으니 미리 대비해두는 것이 좋을 듯하다.

우린 시르쿠스를 나선다. 갈수록 날씨가 따뜻해지자 봄 축제 분위기가 무르익어간다. 매번 계란이나 밀가루를 넣은 물풍선을 거리에 던지는 통에 정부에서 아예 축제를 금지할까봐 사람들이 그전에 즐기려는 것 같다.

"나 머리 자르러 갈 건데," 막클루레가 내게 말한다. "너도 같이 갈래?"

이왕 나온 김에 나도 머리를 자르기로 한다. 서퍼 스타일을 해가지고 학교에 가서 학생부장 여선생에게 벌점을 먹기는 싫다. 우린 야밀 이용원 쪽으로 발걸음을 옮긴다. 그나 나나 서두르는 기색이 전혀 없다. 약국과 품페르 니크 앞에 줄지어 있는 수백 명의 계집애들을 가로질러간다. 그런데 오늘따라 다른 여자애들한테 전혀 관심이 가지 않는다.

"어젯밤에 뭐했니?" 나는 아무것도 모르는 것처럼 시치미를 떼며 묻는다.

"영화 보러 갔어. 근데 아주 형편없더라고. 뻔한 이야기를 가지고 괜히 심각한 척하는 그런 거 말이야. 피겨스케이팅 챔피언이 주인공인데, 사고로 눈이 멀지만 주변의 사랑으로 시련을 이겨낸다는 스토리야. 〈저 하늘에 태양이〉를 그대로 베껴놓은 것 같아."

"혼자 보러 갔어?"

"아니, 어떤 여자애랑. 갠 재미있게 봤을 거야. 마지막엔 눈물까지 흘리더라고."

녀석을 계속 추궁하는 게 좋을지 판단이 서지 않는다. 지금까진 순수한 사실만을 말했다. 다만 그 여자애가 누군지 밝히지 않았을 뿐이다. 내 입장에서는 당연히 "그 여자애가 누군데?"라든지 "내가 아는 애야?"라고 물어볼 수 있는 상황이다.

"난 말이야, 눈물 짜는 영화 보면서 질질 우는 애들은 별로던데." 넌지시 녀석의 속을 떠본다.

나는 고개를 숙이고 녀석의 아디다스 운동화를 내려다본다. 괜히 녀석이 거짓말을 하도록 만드는 건 위험하고 거북할지도 몰라. 녀석이 이때다 하고 다 털어놓으면 어쩐다. 가령 "응, 안토니아랑 갔었어. 어제 하루종일 걔랑 딱 붙어다녔지. 그런데 안토니아 말이야, 아주 괜찮더라. 정말 끝내주는 하루였어. 차에서 내릴 때 자기 젖꼭지까지 만지게 해주더라니까"라고 말이다.

차라리 모르는 편이 더 낫다.

하지만 가만히 있자니—호기심이—나를 미치게 한다.

녀석이 자기 얘기를 꺼낸다.

"전에 어떤 계집애랑 영화 봤던 게 생각나네. 경찰이 나오는 영화인데 별로였어. 배우도 전혀 모르는 사람이고. 근데 걔는 그 배우를 보더니 오스트레일리아로 이민 간 전 남친이 자꾸 떠오른다는 거야. 그 배우가 나올 때마다 질질 짜더라고. 옆에서 보고 있자니 정말 미치겠더군. 영화가 끝나고 나올 땐 코까지 막혀 있더라니까. 그후론 연락을 끊어버렸어."

"운다는 건 참 이상한 일이야." 내가 그에게 말한다. "언젠가, 안토니아네 집에서 함께 영화를 본 적이 있어. 〈작은 연인들〉이란 영화인데, 짐 크로스가 부른 노래가 나오더군. 정말 난감해서 죽는 줄 알았어. 지금 생각해도 정말 식은땀이 날 정도니까. 영화가 채 끝나기도 전에 눈물이 주르륵 흘러내리는 거야. 안토니아가 내 옆에 바싹 붙어 있었기 때문에 참느라 안간힘을 썼지. 사실 그애도 울고 있었어. 잘은 모르겠지만 그날만큼은 분위기도 좋고 감동도 느꼈던 것 같아. 그 영화 덕분에 우린 한마음이 된 거지. 더군다나 걘 그후로 〈Time in a Bottle〉을 들을 때마다 내 생각이 난다고 고백까지 하더라고. 어쨌든 말이야."

이 이야기는 물론 내가 지어낸 것이다.

하지만 녀석에게 먹혀든 듯하다.

순간 녀석은 안색이 창백해지더니 당혹스러운 표정을 지었다. 질투심과 분노 사이를 오가는 표정이다. 뭔가를 숨기고 있는 것이 분명하다. 녀석은 독실한 가톨릭 집안에서 자라서 그런지 자신의 속내를 잘 드러내지 못한다. 아마 지금쯤 녀석은 분명 사람들이 속으로 '바로 너 같은 놈들을 거짓말쟁이라고 하는 거야'라면서 자기한테 손가락질을 한다고 생각할 것이다. 그런데 그게 다가 아니다. 지금 녀석의 가슴속에서는 강한 질투심이 타오르고 있다. 만약 안토니아와 나 사이에 수상한 낌새만 보여도 막클루레는 충격에서 헤어나지 못할 것이다. 도저히 감당할 수 없을 만큼 심각한 문제로 받아들일 게 분명하다. 하마터면 안토니아와 자전거 타러 가기로 했다는 말을 할 뻔했다. 하지만 지금 이 상황에서 그런 말까지 하는 건 좋지 않다는 판단이 든다.

우린 계속해서 걸음을 옮긴다. 주상복합단지 토레스 데 타하마르에 다 와간다.

아무도 입을 열지 않는다.

어쨌든 〈작은 연인들〉을 보고 눈물을 흘린 건 사실이니까 생판 거짓말은 아니다.

예상했던 대로 야밀은 이발하러 온 손님들로 만원이다. 직원이라기보다는 창녀처럼 보이는 여자가 오더니 이십 분 정도 기다려야 한단다. 자리에 앉자 에스프레소를 내준다. 그러고는 기다리는 동안 읽으라고 막클루레에게는 『펜트하우스』를, 내겐 『허슬러』를 갖다준다. 잡지를 넘겨보던 중, 갑자기 어떤 기사에 시선이 멈춘다. 자기 딸과 69 체위로 쾌락을 즐기고 있는 어떤 엄마를 다룬 기사였다. 둘 다 금발인데, 몸은 기름칠을 해서 번들거리고 성기는 발그스레하게 상기되어 있다. 얼마 후, 아까 그 직원이 나를 부른다. 내가 자리에 앉자 그녀는 갖은 아양을 떨면서 머리를 감겨준다. 그러고는 여기가 무슨 사우나라도 되는 것처럼 마사지를 한다. 마사지라면 그동안 많이 받아봐서 그런지 별로 흥분되지도 않는다. 막클루레는 얼굴이 온통 거품투성이가 된 채 내 옆자리에 앉아 있다. 그런데도 여전히 말이 없다. 갑자기 녀석에게서 거리감이 느껴진다.

그 여자가 내 머리를 말리자 갑자기 감탄사가 절로 튀어나왔다.

"안녕하세요?" 이발사가 내게 묻는다. "어떻게 잘라드릴까요?"

딴생각을 하다가 이발사가 묻자 정신이 퍼뜩 들었다. 하마터면 '빡빡 깎아주세요'라고 말할 뻔했다. 심란한 일이 생기면 누구든 머리를 잘라버리고 싶은 충동이 생기기 마련이니까. 그러면 자아가 되살아난다. 거울에 비친 자기 모습마저 마음에 들지 않으면 망가지는 거고.

막클루레는 여전히 퉁퉁 부어 있다. 내가 무슨 말을 해도 듣지 않을 기색이다.

"글쎄요, 어떻게 깎으면 좋을지 잘 모르겠는데. 그럼 〈블루스 브러더스〉에 나오는 존 벨루시처럼 잘라주세요."

그러자 막클루레가 날 빤히 쳐다본다.

그제야 씽긋 웃는다.

로레토 아줌마가 참새우의 껍질을 까고 있다. 영락없이 남자들에게서 콘돔을 벗겨내는 꼴이다. 물론 이건 내 상상일 뿐이지만 딱 그런 모습이다. 정말이다. 가엾은 아줌마는 반은 창녀 같은 행색이지만, 아줌마의 매력은 바로 그런 데 있는 것 같다.

"난 말이다, 새우하고 가재도 구분 못하는 사람들이 제일 싫더라." 아줌마가 말을 꺼낸다. "가재랑 왕새우도 구별하지 못하는 사람들도 마찬가지고. 이 세 가지는 전혀 다른 거란다. 새우는 미국 놈들이 흔히 *프런*이라고 부르는 거야."

"맞아, 로레토." 해산물에 관해서라면 일가견이 있는 엄마가 맞장구를 친다. "*프라이드 프런*을 달곰씁쓸한 소스에 찍어 먹으면 죽이지.

너, 세상에서 가장 맛있는 중국요리를 먹으려면 베이징이 아니라 런던에 가야 한다는 거 아니?"

"난 샌프란시스코인 줄 알았는데, 아닌가?"

로레토 아줌마는 여행을 많이 했다. 비행기를 타고 여기저기 돌아다녔다. 외국에서도 살아본 적이 있다. 아옌데 정권이 싫어서 이 나라를 떠났다. 아줌마는 무용담처럼 당시 이야기를 하지만 사실 듣기 거북하다. 하여간 아줌마와 산드로 아저씨, 그리고 엄마를 무척 싫어해서 집을 떠나 이키케에서 해양생물학을 공부하는 딸 주디스는 1973년 8월 11일에 칠레를 떠났다. 그들이 탄 배가 로스앤젤레스에 미처 도착하기도 전에 라 모네다 궁은 처참하게 폭격을 당하고 말았다. 아줌마의 표현대로라면 그들의 디아스포라는 한 달간 계속되었다. 그러나 아줌마네 식구는 그러고도 이 년을 더 거기에 머물러야만 했다. 그새 주디스는 자기가 무슨 *밸리 걸**이라도 되는 듯 말하기 시작했다. 그들은 BMW와 문이 두 개나 달리고 얼음이 쏟아져나오는 냉장고, 여러 대의 컬러텔레비전 등을 가지고 돌아왔다. 세금 한푼 안 내고 그 많은 물건들을 다 들여올 수 있었는데, 빨갱이들이 무서워 나라를 떠났던 사람들을 돌아오게 만들려고 피노체트가 만든 법 덕분이었다. 아빠는 그 법을 늘 못마땅해했다. "분명히 말하지만 아니, 무서워서 제 발로 이 나라를 뜬 겁쟁이들한테는 상을 주면서, 우리처럼 남아서 빨갱이들과 싸운 사람들은 이렇게 모른 척해도 되는 거야?" 하지만 아빠가 불만을 터뜨리는 건, 이데올로기의 문제 때문이 아니라 샘이 나서인 것 같다.

---

* 1980년대 미국의 신세대 소녀들을 지칭하는 표현으로, 자기들만의 독특한 유행어와 말투를 사용했다.

산드로 아저씨가 가져온 푸른 코발트 빛깔의 BMW를 보자 그만 질투가 난 것이다.

"아줌마, 주디스는 어떻게 지내요?" 카르멘이 만든 골프 소스*에 새우를 찍던 아줌마에게 프란시스카가 묻는다.

"지독한 계집애야. 그동안 산티아고에는 단 한 번도 안 왔으니까. 머리는 여기까지 길러가지고 돌아다닌대. 요즘엔 서핑에도 푹 빠져 있다더구나. 공부를 마치면 캘리포니아로 다시 돌아갈 거라나 뭐라나."

파펠루초 생각이 난다. 녀석이라면 주디스를 만나도 괜찮을 텐데. 아마 천생연분일 거야. 하여간 로레토 아줌마가 늘어놓는 쓸데없는 소리와 남의 험담을 듣고 있으면 은근히 재미있다. 창문을 통해 들어오는 강하고 뜨거운 햇살이 샐러드 그릇과 은식기에 반사되어 아줌마의 얼굴에 비친다. 아줌마가 더 늙어 보인다. 더구나 지쳐 보이기까지 한다. 화장을 제대로 하지 않아서 그런지 안데스 지방 출신 특유의 구릿빛 피부에 윤기가 없다. 그렇다고 섹시해 보이는 것도 아니다. 가슴이 파인 옷을 입지도 않고, 치마 아래로 뱃살이 축 처져 있고, 팔뚝은 점투성이에다 물컹물컹하다. 일 년 전만 하더라도 아줌마는 뚱뚱해서 옆에 앉기만 해도 더웠다. 거짓말 같겠지만 정말 그랬다. 그러나 지금은 아니다. 무슨 문제가 있는지 살이 쏙 빠졌다. 이혼 때문은 아니다. 그건 오래전의 일이니 다른 문제가 있는 게 분명하다.

엄마나 아빠는 산드로 줄리아니와 로레토 콘의 문제를 입 밖에 내기조차 거북해하신다. 산드로 아저씨는 아빠의 동료이고, 로레토 아줌마

* 아르헨티나에서 즐겨 먹는 걸쭉하고 차가운 소스.

는 엄마의 단짝 친구니까 그럴 만하다. 서로 얼굴만 마주쳐도 잡아먹을 듯 으르렁대는 탓에 같이 오는 경우는 거의 없다. 한 사람이 오면 다른 사람이 가는 식이다. 전에 우연히 우리집에서 서로 마주친 적이 있는데, 그땐 정말 난리가 났었다. 다행스럽게도 그런 일은 다시 일어나지 않았지만. 로레토 아줌마는 몇 달 동안 엄마와 한마디도 하지 않았다. 아주머니로서는 그럴 만한 이유가 있었다. 자기가 혐오하는 작자와 친구인 사람하고는 말도 하기 싫다는 논리였다. 아줌마의 주장에 따르면, 그건 위선일 뿐만 아니라 친구 간의 예의도 아니라는 것이다. "난 말이야, 산드로 같은 작자랑 시시덕거리면서 노는 사람이랑은 잠시도 함께 있고 싶지 않아." 아빠의 생일 파티를 하던 날, 화가 머리끝까지 난 로레타 아줌마는 집을 뛰쳐나갔고 엘리베이터 앞에서 엄마에게 그렇게 쏘아붙였다. 아줌마가 아빠의 생일 파티에 왔는데 산드로 아저씨도 표독스럽게 생긴 금발 여자를 데리고 오는 바람에 그렇게 됐다.

"로사리오, 이 샐러드 정말 맛있는데." 로레토 아줌마가 다시 말문을 연다. "어떻게 만드는지 알려줄래? 나 요즘 살 빼려고 야채랑 살 안 찌는 것들만 먹거든. 전에 스카스데일 다이어트도 해봤는데, 금방 싫증나더라고. 그건 그렇고 오늘 메인 코스의 칼로리가 높지 않으면 좋겠는데. 요즘은 말이야, 내가 받아들일 수 있는 유일한 칼로리는 보드카밖에 없어. 진이랑."

로레토 아줌마는 좀처럼 속내를 드러내지 않는다. 과거의 유머 감각도 이젠 완전히 사라져버렸다. 지금 마음속 깊은 곳에 뭔가를 숨기고 있는 것 같다. 예전에는 말을 하는 게 아니라 입에서 나오는 대로 지껄이는 수준이었다. 그러지 않으면 안 된다는 강박관념에 사로잡혀 있는 것 같았다. 어쨌든 방으로 새어들어오는 아줌마의 말을 듣는 것은 그리 나쁘지 않았다. 언젠가부터 엄마와 로레토 아줌마의 관계가 서먹서먹해진 게 분명하다. 그 바람에 나도 좀 거북하다. 엄마는 같이 있으면 즐거우니까 아줌마 편이라고 말하면서도 아줌마에 대한 험담을 퍼부어댄다. 아줌마가 이 남자 저 남자 만나고 다니고, 또 눈이 맞으면 누구하고든 잠자리를 같이하면서 사는 모습이 마음에 들지 않는 것이다. 그건 사실이다. 로레토 아줌마는 레드 펍이나 로사 네그라 같은 데서 놈팡이들이 술 한 잔만 사줘도 그냥 넘어갈 정도로 헤프다. 더구나 요즘엔 레진 나이트클럽에서 살다시피 한다. 아줌마 곁에 가장 오래 붙어 있던 남자는 아르헨티나 멘도사 출신으로 열다섯 살 연하다. 허우대는 멀쩡하지만 알거지나 다름없는 남자다. 티셔츠도 입지 않은 채 청재킷만 걸치고 다니면서도 큰소리치는 데는 당할 자가 없을 정도다. 그는 여름 내내 아줌마를 뜯어먹고 살았다. 보통은 눈이 맞아도 하루를 넘기는 경우가 거의 없었는데 말이다.

"마티아스, 그냥 궁금해서 그러는데, 그거 혹시 키스 마크 아니니? 네 팔뚝에 난 자국 말이다."

한동안 넋 놓고 있다가 그 말을 듣자 화들짝 놀랐다. 소심하기는. 나는 황급히 손으로 그 자국을 가린 다음 곧바로 셔츠의 소매를 내렸다.

"어디 부딪혀서 그런 거예요." 나는 둘러댄다.

내 말을 믿는 사람은 아무도 없다. 아마 얼굴이 홍당무처럼 빨개졌을 것이다. 마음이 초조해지고, 눈앞으로 카시아의 모습이 떠오른다. 하지만 더이상 아무 말도 하지 않았다.

"마티아스, 정말이니?" 로레토 아줌마가 캐묻는다. 아줌마는 이제

새우 따위엔 별 관심이 없는 듯하다. "이리 가까이 와보거라. 어디 한 번 보자꾸나. 나도 옛날에 이런 게 생긴 적이 있었거든."

프란시스카가 베아에게 무슨 말을 속삭이자 베아가 웃는다.

"아니에요, 그냥 멍이라고요. 자동차 문에 부딪혔거든요. 정말이에요, 아줌마."

"이런 건 조심해야 해." 로레토 아줌마는 여전히 걱정스러운 눈빛으로 날 쳐다보며 말한다. "열정적인 건 참 좋은데 너무 지나치면 안 되는 법이야. 특히 여자한테는 말이다. 무슨 말인지 알겠니? 이런 건 쉽게 사라지지도 않는다고. 깨문 자국이나 손톱에 눌린 자국 같은 거 말이다."

엄마는 아무 말도 하지 않지만 거북한 기색이 역력하다.

"마티아스가 아니라면 아니겠지. 이제 그만해, 로레토. 더 들볶지 말고. 더군다나 걘 속에 있는 말을 잘 안 해. 뭐든지 숨기기 바쁘지. 정말로 여자애랑 있다가 그런 게 아니라면, 글쎄다? 어디서 그랬는지 누군들 알겠어? 사실 난 저 녀석이 어딜 헤매고 돌아다니는지 알고 싶지도 않아. 로레토, 재가 날 얼마나 무시하는지 알기나 하니? 내가 꼬부랑 할멈이 돼도 녀석 속마음은 모를 거야."

엄마는 우리를 몰래 지켜보던 카르멘에게 손짓한다. 요리를 가져오라는 신호다. 엄마는 마치 내가 그 자리에 없기라도 한 것처럼 천연덕스럽게 내 얘기를 한다. 학교 체육복 차림의 프란시스카는 빵조각으로 장난을 치며 놀고 있다. 베아는 여전히 웃음을 참지 못한다.

"애들은 다 그래, 로사리오. 한창 그럴 나이잖아. 주디스도 마찬가지야. 고삐 풀린 망아지처럼 제멋대로야. 제 아비 쪽이 이탈리아 핏줄인데 피는 못 속여. 정확히 말하면, 나폴리 사람들의 피지."

자리에 없는 사람들을 흉보기 시작하자 아줌마의 목소리에 다시 생기가 돈다. 아줌마는 대화하는 동안 머리카락을 뒤로 모아 잡더니 끈으로 질끈 묶는다. 아줌마의 손가락은 길고 주근깨투성이다. 그런데 손톱은 성격이랑 하나도 안 닮았다. 마치 간호사의 손톱 같다. 반들거리기는 하지만 핏기라고는 하나도 없이 창백하다. 아줌마는 냅킨으로 입술을 훔친다. 그래, 아줌마 입술은 유난히 튀어나온 편이다.

"지금까지 그 계집애랑 싸운 거 생각하면 몸서리가 난다고." 아줌마의 말이 계속된다. "내가 정말 열받는 건 말이야, 내가 무슨 말만 하면 마구 대드는 거야. 전에 내가 피임약 먹으라고 한 적이 있거든. 그런데 그걸로 대화는 끝이었어. 내 말을 듣자마자 말도 안 되는 소리를 해대는 거야. 뭐라더라, 그래, 피임약 먹는 것도 낙태나 마찬가지라는 둥, 똑같이 썩어빠진 생각이라는 둥, 나한테 그렇게 퍼부어대더라고. 나도 속에 있는 말은 못 참는 성격이잖아. 그래서 나도 한마디했지. '이봐, 주디스. 나 같으면 아는 의사한테 가서 가랑이 벌리느니 차라리 세포일 때 약 먹고 떼겠다. 네 말대로라면 병원에 가는 게 훨씬 더 나쁜 짓이지. 그게 얼마나 여자한테 충격을 주는지 알기나 해? 나도 다 해봐서 하는 말이야. 그러니까 사냥을 가려거든 엽총은 꼭 가져가라 이 얘기야.' 하지만 그 계집애는 지금까지도 내 말은 통 듣질 않아."

나는 프란시스카를 쳐다본다. 낯빛이 창백하다.

잠시 침묵이 감돈다. 카르멘 할머니가 시금치와 당근을 곁들인 스테이크 접시가 가득한 넓은 쟁반을 들고 들어오는 소리만이 침묵을 깬다.

"그나마 마티아스가 사내 녀석이니 다행이지 뭐니. 밖에서 뭔 짓을 저질러도 그건 제 일이지, 나하곤 상관도 없으니까 말이야."

"맞아, 로사리오…… 그러면 딸애들은?"

로레토 아줌마는 자기가 괜찮다는 걸 우리에게 보여주기 위한 것 이상으로 활기에 넘친다. 그녀는 필요 이상으로 많이 알고 있다. 아니면 그저 직감했는지도 모른다. 아니면 모든 게 드러나버렸는지도. 도덕에 관해서라면 아줌마를 이길 사람은 없다. 로레토 아줌마의 남성편력은 소문이라고 할 수도 없을 정도로 사방에 알려져 있다. 이제는 더이상 아줌마를 비난하는 사람도 없고 아줌마는 더 의기양양하다. 이젠 보란 듯이 남자들이랑 놀아나니 말이다. 아줌마가 살면서 해야 할 일이 한 가지 있다면, 그건 진실을 숨김없이 드러내는 것이리라.

"그거야 가정교육에 따라 다르지." 엄마가 발끈하며 맞받아친다.

"그래?"

프란시스카의 얼굴에는 긴장한 빛이 역력했다.

사실은 나도 마찬가지다.

반면 베아는 죽을상을 한 채 대화를 듣고 있다.

나는 엄마를 바라본다. 그러다 엄마의 귀고리에 시선이 멎는다. 그러나 엄마는 애써 내 시선을 외면한다.

나는 깊이 숨을 들이마시고 엄마가 대답하기만을 기다린다.

엄마가 무슨 말을 해도 그리 놀랄 일은 없을 것이다.

"물론이지. 그건 믿음의 문제일 뿐이야. 우리 아이들한테 그런 일은 절대 일어나지 않을 거라고."

나도 모르는 사이에 프란시스카를 뚫어지게 쳐다보고 있다는 걸 깨닫는다. 나는 베아에게로 시선을 돌린다.

"제 얼굴에 침을 뱉어선 안 돼."

나는 시금치를 바라본다. 아직 아무도 손대지 않았다. 이 자리를 떠나고 싶다. 입맛이 없다는 핑계를 대고 내 방에 처박혀 있고 싶다. 사실 배가 고프지도 않다. 그냥 여기서 빨리 나가고 싶을 뿐이다.

"맞아요, 아줌마." 갑자기 프란시스카가 끼어든다. "믿음의 문제일 뿐이에요."

나는 다시 프란시스카를 뚫어져라 쳐다본다. 프란시스카가 저런 말을 하다니 믿을 수가 없다.

"물론이지." 나도 한마디 한다. "믿음의 문제지. 믿음의 문제일 뿐이야."

언덕 끄트머리에 서서 아래를 내려다본다.

산티아고 전경이 보인다. 가로수가 늘어서 있고 발코니와 커다란 창문이 달린 하얀 건물이 빼곡히 들어차 있는 우리 동네, 주변 곳곳에 모래 벙커가 파여 있는 로스 레오네스 골프 클럽, 마치 기다란 상처 같은 케네디 대로와 점보 대형 마트, 칼란 언덕과 은빛 관측소, 그리고 갑자기 끊어진 산맥—저쯤에 콕스네 집이 있다—이 하나씩 눈에 들어온다.

"그럼 가볼까?"

"그러자." 내가 대답한다. 그 일이 있은 다음부터는 내가 아무 말을 하지 않아도 모든 게 내 손에 달려 있는 것 같은 기분이다.

안토니아와 나는 지금 산크리스토발 언덕 꼭대기에 있다.

그러나 실제로 우린 함께 있는 게 아니다. 그녀는 이 자리에 있지만 나는 없다.

아니면 그 반대, 그러니까 나는 여기에 있지만 그녀는 다른 쪽에 있는 건지도 모른다.

어쨌거나 상관없다.

적어도 나한테는 아무 상관도 없다.

우린 자전거를 타고 언덕길을 따라 내려가기 시작한다. 그러나 서두르지 않고 천천히 달린다. 지금은 자존심 싸움이나 할 때가 아니다. 그녀는 빨간색 토로트를, 나는 내가 아끼는 베노토를 타고 달린다. 그녀는 체인의 기름이 묻지 않게 목이 긴 양말을 하늘색 청바지 위로 올려 신고 비스킷을 안장에 올려놓았다. 나는 반바지 차림이다. 날씨가 더울 줄 알고 반바지를 입었는데, 햇살에도 불구하고 조금 춥다. 추위로 온몸이 오그라든다는 말이 더 맞을 것이다. 기분까지 우울하다. 이곳, 언덕 꼭대기만 올라오면 언제나 습하고 차고 향기로운 남풍이 부는 것 같다. 여기는 진짜 숲이다. 나는 나무가 시야를 다 가리는 이곳이 정말 좋다. 정신을 집중하면 카부르가 호숫가나 엔세나다 혹은 에스메랄다 호숫가에 있는 것이나 마찬가지일 정도다. 하지만 그러기 위해서는 오로지 숲에만 정신을 집중해야 한다. 그런데 지금은 도저히 그럴 수가 없다.

아니면 지나치게 집중한 건지도 모르겠다. 다른 데, 즉 그녀에게 말이다.

내 머릿속은 온통 그녀 생각뿐이다.

괴로울 정도로 내 머리를 어지럽힌다.

그래서인지 나는 그녀가 몹시 싫어질 때가 있다.

그녀 생각이 나지 않으면 좋으련만. 하지만 어쩔 수가 없다.

한 시간 전쯤—아니면 사십 분 정도 됐을까?—우린 투파우에 수영장에 도착했다. 땀이 비 오듯 했지만 그래도 기분은 좋았다. 그녀와 함께 자전거를 탄 시간만큼은 신나고 즐거웠다. 그녀의 집에서 출발해서, 강을 가로질러 라 피라미데 운하를 따라 위로 올라갔다. 수영장에 도착한 우리는 자전거가 넘어지지 않도록 핸들과 안장을 서로 맞대어 놓았다. 그리고 에노테카* 옆에 있는, 박물관이나 그와 비슷한 용도로 쓰이는 것 같은 스페인식 탑 부근의 둥성이에서 잠시 쉬었다 가기로 했다. 우린 칠레의 풀밭이 늘 그렇듯 약간 물기가 있는 풀밭에 누워 일광욕을 했다. 내가 햇볕을 쬐는 동안(이파네마에 비하면 볕이 너무 약했다) 안토니아는 자기 자전거 앞바퀴를 굴렸다. 그녀는 한 손으로 바퀴를 돌리면서, 다른 손으로는 누런 빛깔이 도는 커다란 잡초를 꽉 쥐어 햇살로 고문을 시켰다. 햇살이 기요틴처럼 풀 위로 떨어져내렸다. 나는 그녀의 옆에서 여러 번 기지개를 켜면서 졸린 표정을 지었다. 섹시한 남자로 보이고 싶어서였다. 그러고는 배꼽에서 시작해서 아래로 이어진 털을 만지작거리려고 티셔츠를 걷어올렸지만 그녀는 아무런 반응이 없었다. 이탈리아 영화의 한 장면 같다는 생각이 들었다. 동정을 떼고 싶어 안달이지만 여자애의 몸을 달아오르게 하지 못하는 녀석들이 나오는 영화 말이다.

안토니아의 몸을 달아오르게 만드는 게 나의 가장 큰 목표였다. 그녀가 내게 조금만이라도 관심을 가져주길 원했다. 혹은 로맨틱한 감

---

* 관광객들에게 칠레산 포도주를 맛보이고 홍보하기 위해 마련한 장소.

정, 아니면 친밀감이라고들 부르는 감정을. 하지만 그녀는 자전거 바퀴와 잡초를 가지고 장난칠 뿐이다. 얼굴에 따분한 기색이 묻어나왔다. 그저 심심해서 그런 것이다. 어쩌면 그게 아니었을지도 모른다. 아마 내가 옆에 있다는 사실조차 잊어버렸거나, 내 장밋빛 형광색 바지 때문에 산만해졌던 건지도 모른다. 맞아, 막클루레 녀석을 생각하고 있는 거야, 나는 결론지었다. 아니면 다른 누군가일지도 모르지. 그것도 아니면 자기 자신을 곰곰이 돌이켜보고 있었던 건지.

생각해보니까 안토니아는 집에서 출발할 때부터 거의 말을 하지 않았다. 말을 해도 굳이 설명이 필요 없는 말만 골라 했다. 가령 "이쪽으로 갈까? 아니면 저쪽으로 갈까?"라든지 "더운 걸 보면 여름이 다 됐나봐" "혹시 잊어먹을지 몰라서 그러는데, 나중에 돌아올 때 체인에 기름칠하라고 말해줄래?"와 같은 말이었다.

나도 자리에 누운 채 이런 생각을 했다. 그리고 다른 생각도 했다. 그녀의 옆(바로 내가 원했던 곳이다)에 있어도 사실은 혼자 있는 것이나 마찬가지다. 우리가 대화를 나누면 십중팔구는 싸움으로 끝나곤 한다. 누군가와 같이 있지만 아무 말도 하지 않을 바에는 입다물고 혼자 있는 편이 훨씬 더 편하다. 안토니아와 같이 있으면 나 자신에 대해 생각하게 된다. 부족한 점, 모든 나쁜 점에 대해 생각하게 되고 결국 나는 우울해진다. 그러고 나면 엄청난 공허감이 밀려와 어쩔 수 없이 나 혼자만 덩그러니 남겨진 것 같다. 그리고 고립감. 그럴 때마다 온몸이 마비되는 것 같다. 다른 것에 대해선 거의 느낄 수 없게 되기 때문에 불쾌한 감정이다. 그녀는 나랑 있으면 언제나 지루해하는 것 같다. 나와 있으면 결핍감, 채워지지 않는다는 느낌이 밀려오는 모양이다. 그래서 안토니아의 마음은 나에게서 멀어져 이미 딴 데로 가 있다. 사정이 지금과 정반대라면 얼마나 좋을까. 그러니까 관심도 제대로 받지 못한 채 주변만 맴도는 게 내가 아니라 그녀라면 말이다. 그리고 내가 정말로 원하는 사람이 자기가 아니라는 걸 안 그녀가 질투심에 눈이 멀어버린다면 얼마나 좋겠는가. 하지만 그런 일은 결코 일어나지 않을 것이다. (루이사의 말마따나) 그건 사랑에 빠지지 않은 사람만이 누릴 수 있는 특권이다. 이미 사랑에 빠진—혹은 마음을 온통 빼앗겨버린—이들은 그런 허황된 생각을 하지 않는다. 단지 손가락을 꼬며 행운을 고대할 뿐이다. 예를 들어 안토니아 같은 여자애가 자기를 남자로 생각해주고, 그녀에 대한 사랑이 변치 않을 정도의 최소한의 관심만이라도 가져주길 바랄 것이다. 설령 함께 자전거를 타기로 해놓고, 만나서는 한마디도 하지 않더라도 말이다.

"한 모금만 피웠으면 좋겠다." 어느 순간 나도 모르게 불쑥 내뱉고 말았다.

그건 내가 간절히 바라던 바였다. 늘 마음속에 품고 있지만 겉으로 드러내지 않았던 생각이 머리에서 전혀 걸러지지 않은 채 입 밖으로 튀어나온 게 문제였다. 거기서 우린 한동안 아무 말 없이 해바라기를 했다. 언짢은 생각에 사로잡혀 허우적대고 있던 와중에도 나는 그 틈을 이용해 그녀의 팔을 만지고, 귀고리를 하지 않은 귓불을 살짝 깨물고 싶은 어렴풋하지만 사실적인 욕망이 일었다. 갑자기 마리화나를 피우고 싶은 마음이 든 것도 바로 그 때문이었나보다. 대마나 산펠리페에서 난 것 말고, 이왕이면 *아마존산 마리화나*처럼 그럴싸한 걸로 말이다. 한 모금만 빨면 온몸의 긴장이 쫙 풀려 새로운 모습으로 조금도 주저하지 않고 그녀에게 접근할 수 있을 것 같은데.

"한 모금만 피웠으면 좋겠는데." 나는 같은 말을 되풀이했다. "이왕이면 리우에서 난 걸로 말이야. 맛이 기가 막히잖아, 안 그래?"

돌아가던 자전거 바퀴가 갑자기 멈췄다. 그리고 잡초도 햇살에 꼼짝없이 잡혀 있었다. 약간 아래쪽에서는 어떤 녀석이 텅 빈 수영장의 제일 깊은 곳을 쓸고 다니고 있었다. 안토니아는 좀 놀란 표정으로 나를 멀뚱히 쳐다봤다. 그 순간 내가 실수했음을 직감했다. 하지만 얼마나 큰 실수였는지는 몰랐다.

"너처럼 자기 생각만 하는 사람은 처음이야."

그걸로 모든 게 끝이었다. 내 꿈이 한순간 허무하게 무너져내렸다.

충격과 당혹감을 조용히 진정시키려고 나는 잠시 눈을 감았다. 하지만 아무 소용도 없었다. 내가 감추려던 것은 분노가 아니라 고통이었다. 고통을 감추는 건 훨씬 힘든 일이었다.

"자기중심적으로 살아야 한다고 입버릇처럼 말하던 게 누구지? 바로 너였을 텐데."

"그랬었나? 하긴 마티아스, 너 같은 인간처럼 되는 게 평생소원인 사람도 있긴 하니까."

"이런 식의 대화라면 차라리 입을 다무는 게 낫겠어."

"지금 누가 대화를 한다는 거지? 내 생각을 말한 것뿐이야."

"그러시겠지."

말을 마치자 이상한 현상이 일어났다. 갑자기 눈앞에 있는 모든 게 뿌옇게 보였다. 비가 오는 줄로만 알았다. 이런 게 죄다 부질없다는 생각이 들었다. 애당초 저애랑은 성격이 맞지 않았어. 내 쪽에서 먼저 관계를 청산했다고 생각하면 그만이니까. 그녀가 무슨 말을 한다 해도 나는 전혀 거리낄 것이 없었다. 내가 정말로 자기중심적이라면 그것이야말로 내겐 영광이다. 자기중심적이고 독선적으로 모든 사람과 일정한 거리를 두고 살고 싶다. 아무렴. 그래도 괜찮을 것이다. 어쨌든 간에 내가 안토니아처럼 될 리는 없을 테니까.

결론적으로 나를 이해해주는 사람은 이 세상에 아무도 없다.

아무리 안토니아라고 해도 자기와 상관도 없는 일을 가지고 왈가왈부할 권리는 없다.

"그리고 마티아스. 넌 지나치게 자기중심적이어서 도무지 남을 배려할 줄 몰라. 오로지 너 자신과 마약만을 생각할 뿐이야. 사람들의 관심을 끌려 하고, 뭘 하든 일등이어야 하고 요즘 유행하는 거라면 그게 뭐든 가리지 않고 좇아가지. 하여간 네 허영심에 이젠 완전히 질렸어. 넌 말이야, 내가 너에 대해 아무것도 모르는 줄 알았을 거야. 아니면 내가 네 말을 고분고분 들을 줄 알았든지. 널 기쁘게 해줄 수만 있다면 마리화나를 피울 거라 믿었던 거고. 내가 정말로 그랬다면 넌 당장 날 타락시켰다고 동네방네 떠들고 다닐 테지. 네가 정말로 원한 건 바로 그걸 테니까. 하지만 마티아스, 단단히 잘못 짚었어. 세상이 열 번 바뀌어도 네 생각대로 되지는 않을 거야."

"그건 오해야, 안토니아. 마리화나 같은 건 가지고 있지도 않아. 더구나 그걸 네게 권할 생각은 눈곱만큼도 없었고."

"넌 항상 그런 식이야, 알아? 물론 네가 인정할지는 모르겠지만 말이야."

"이봐, 안토니아. 기분 나쁘게 듣지는 마. 이런 식으로 으르렁거리며 싸우는 것도 이젠 지겨워. 우리가 연인 사이라면 이해했을 거야. 우리 엄마 아빠처럼 우리가 부부 사이라면 더 큰 문제로 번지기 전에 뭐든 조치를 취해야겠지. 하지만 이건 도가 너무 지나치잖아. 솔직히 말해서 우린 사랑하는 사이도 아니잖아……"

"모르지……"

나는 그녀의 말을 듣고 깜짝 놀랐다. 하지만 나는 그 말을 액면 그대로 믿지 않았다.

"그럴 리가 있나." 내가 말했다.

"이제 그만해…… 그러니까 네가 나를 좋아하고 있다는 것도 모른단 얘긴데, 그러면 누가 너를 위해서 그런 얘기를 해줄 것 같니? 너의 자기중심주의는 끝이 없구나."

"이봐, 안토니아. 그렇게 화낼 일이 아니잖아?"

"이것 봐! 넌 지금 내 기분이 어떤지 물어보기는커녕 내 말을 들을 생각도 안 하잖아?"

"뻔한데 물어볼 필요가 있니?" 내가 대꾸했다.

"넌 도무지 남을 배려할 줄 몰라."

또다시 무거운 침묵이 흘렀다. 안토니아는 더이상 바퀴를 돌릴 엄두도 내지 못했다. 그녀는 여전히 아름다웠지만 그마저도 지긋지긋했다. 내가 저 아이를 좋아한다는 게 사실일 수도 있었다. 아니면 저 아이가 나를 사랑하는 건지도 몰랐다. 하지만 그녀는 자기중심적인 성향이 너무 강해서 그녀 앞에만 서면 나는 갓난아이로 변해버렸다. 게다가 절대 나에게 지려고 하지 않았다. 우리 사이에 커다란 차이가 있다면 난 그녀의 기분을 상하게 한 적이 없다는 것이다. 적어도 고의적으로는.

막말을 해대지도, 그녀를 *펀칭볼*처럼 여기지도 않았다.

그 순간 오스카르 소바르소의 장례식이 떠올랐다. 마침 엄마가 차를 빌려준 덕분에 안토니아를 태우러 그녀의 집까지 갔었다. 그런데 그녀는 남자들이 입는 파란색 긴 코트를 입고 나왔다. 그리고 평소와는 달리 거의 말을 하지 않았다. 오스카르가 레콜레타*처럼 으스스한 동네에, 그것도 손바닥만한 땅속에 묻힌다는 생각을 하니 무섭다는 말만 했을 뿐이다. "생각만 해도 소름이 끼쳐." 그녀가 말했다.

장례식을 마치고 돌아오는 길에는 어두컴컴하고 차가운 안개가 짙게 끼어 있었다. 그런데 그 순간 내 개인적인 생각을 털어놓고 싶은 충동이 일었다.

"그런데 오스카르는 생전에 이름을 날려보지도 못하고 죽었어."

"인생 다 산 사람처럼 말하는구나." 바로 앞에 가던 레르네르의 차에서 시선을 떼지 않은 채, 무표정한 얼굴로 대답하던 그녀의 모습이 지금도 선명하게 기억난다.

나는 아무 말 없이 생각에 잠긴 채 그녀를 집까지 바래다주었다. 그러고는 몇 주 동안 그녀에게 한마디도 하지 않았다. 그녀가 차에서 내린 후 나는 길모퉁이에 차를 대고 울기 시작했다. 조금이지만 울긴 울었다. 그곳에서 곧장 우리의 아지트였던 훌리안 롱히네 집으로 갔다. 그런데 거기서 우연히 나초를 만났다. 녀석은 내 눈을 빤히 쳐다보더니 무슨 일이 있었느냐고 물었다. "아니." 나는 거짓말을 했다. "그냥 괴로워서 그래. 오스카르 때문이 아니고 나 때문에. 오스카르가 어두

* 공동묘지가 있는 산티아고 북부의 한 지역.

운 땅속에 묻히는 동안 이런 생각이 들더군. 만약 내가 죽었더라면 장례식에 아무도 오지 않았을 거라는 생각 말이야. 바보 같은 말이라는 건 나도 알아. 하지만 막상 그런 생각이 드니까 못 견디겠더라고." 나초는 무슨 말인지 알겠다는 표정으로 싱긋 웃었다. 그러더니 사실은 자기도 그때 나와 똑같은 생각을 했다고 털어놓았다. 얼마 뒤, 우린 모두 훌리안네 집 거실의 벽난로 주변에 둘러앉았다. 훌리안의 엄마가 빵하고 독일식 케이크, 커피를 갖다주었다. 그리고 누군가가 사이먼 앤 가펑클의 카세트를 틀었다. 그날 오후 우린 편안한 시간을 보냈던 걸로 기억한다. 슬프지만 따뜻한 분위기였다. 모두가 함께 모여 있어서인지 안토니아의 빈자리도 크게 느껴지지 않았다. 안토니아를 보고 싶어하는 녀석은 아무도 없었고, 그녀가 있든 없든 우리에겐 전혀 중요하지 않았다. 그때 나는 자리에서 일어나 슬며시 욕실로 향했다. 아직 가슴속에 남아 있던 설움이 복받쳐올랐기 때문이다. 사내 녀석이 남들 앞에서 눈물을 질질 짜는 꼴만큼 볼썽사나운 것도 없을 테니까.

"안토니아, 네 말이 맞을지도 몰라. 누구도 믿어선 안 될 것 같아."

"이제 알겠어, 멍청아?"

"자꾸 날 바보 취급하지 마."

나는 평소 하던 대로 자전거를 세웠다. 나를 유심히 쳐다보던 그녀가 웃을 듯한 표정을 지었다. 하지만 그녀가 웃지 않아 다행이었다.

"자, 그만 가볼까?" 나는 말했다. "자꾸 몸에 한기가 들어서."

지금으로부터 한 시간, 아니면 사십 분 전쯤의 일이다.

사실 몇 분 전이냐는 중요하지 않다.

정말이지 그런 건 전혀 상관없다. 진심으로 하는 말이다.

이런 느낌이 어떤 건지 넌 잘 알고 있어. 지난 세월 동안 그림자처럼 널 따라다녔으니까, 안 그래? 늘 너와 함께 있었지. 잠시 사라졌다가도 때가 되면 어김없이 나타나선 네가 딴 애들과는 전혀 다르다는 걸 깨닫게 해주었지.

넌 남들보다 형편없는 인간이야.

너에 관해 남들에게 물어보면, 결과는 정반대로 나오겠지만 말이야.

넌 물론 네가 평균 이상일 거라고 생각하겠지. 플로라 몬테네그로하고 루이사가 네게 늘 말하는 것처럼 말이야. 그런데 말이야, 내 생각엔 바로 그게 문제인 것 같아.

분명 넌 남들보다 못한데 아무도 그 사실을 몰라. 그건 너만의 비밀이기도 해.

한쪽으로 치우치는 경향이 있는데다, 현실에 제대로 적응도 못하고 너무 튄다는 거지.

하긴 모르지. 하지만 어찌됐든 마찬가지야. 네가 괴로워하고 불안해하고 다른 사람들이 점점 너한테서 멀어지고 너도 그들과 자꾸 거리를 두게 되는 것은 마찬가지일 테니까.

자, 마티아스. 이제 더이상 그 문제에 매달리지 말고 관심을 딴 데로 돌려봐. 물론 쉽지만은 않을 거야. 그렇게 한다고 꼭 바라던 결과를 얻는 것도 아닐 테고, 시간도 오래 걸릴 거야. 계속 그렇게 살고 싶니?

하여간 네 마음속엔 분노나 증오심, 아니면 결핍감 같은 것이 도사리고 있다고. 그것 때문에 넌 자주 놀라기도 하지. 이유가 무엇이든 간에, 넌 그것 때문에 네 본모습을 드러내지도 못할뿐더러, 마음 내키는 대로 뭘 하지도, 눈 딱 감고 즐기지도 못해.

그게 다 지나치게 자기중심적인 네 태도 때문이니까 명심하도록 해.

네가 그러지만 않았어도, 아마 지금쯤 안토니아와 즐거운 시간을 보내고 있을 텐데.

하지만 지금으로선 가능성이 없어.

그녀 때문이 아니라 바로 너 때문이야.

아까 그 아이가 한 말이 옳은지도 몰라.

넌 너 자신만 알지, 조금이라도 남에게 베풀 줄을 몰라. 더구나 좀처럼 속내를 드러내려고 하지도 않잖아. 만날 허튼짓이나 하고 돌아다니지. 넌 이제 외톨이 신세나 마찬가지야. 넌 항상 외톨이에 뭐든지 지루해하고, 또 너무 자기중심적이야……

이제 그만해.

그래봐야 소용없으니까.

적어도 변하는 건 없어.

넌 늪에 빠지고 거기서 빠져나올 때마다 언제나 더 형편없어지지, 안 그래?

이제 이만하면 됐어. 분위기와 생활의 리듬을 과감하게 바꿔봐, 이제까지 집착했던 생각에서 벗어나 다른 걸 생각해보라고……

벌써 밤이 된 모양이군. 토요일의 열기가 가득한 걸 보니 말이야. 라스 콘데스 좀 봐. 벌써 차들이 밀리네. 신호를 기다리는 틈을 이용해 차 안의 연인들은 정답게 입을 맞추고 있어.

너만 혼자군. 그렇다고 비관할 필요는 없어.

저들이 차 안에서 널 보고 있는 것 같지? 한심한 녀석. 토요일 밤에도 혼자 있다니. 하지만 단지 자격지심일 뿐이야. 사실 저들은 널 보고 있지 않으니까. 전혀 관심이 없어.

네 오른쪽엔 칸타 가요 쇼핑몰이 있고, 맞은편엔 마포초 강을 지나 맘파토 놀이공원으로 이어지는 다리가 있어. 거기서 라 데에사로 이어지는 길은 짙은 어둠에 잠겨 있고 그곳에도 역시 개미 한 마리 얼씬거리지 않지. 지금 너는 엘 아라얀 자연보호구역 쪽으로 계속 차를 몰고 있어. 거기에 뭐가 있든 없든 일단 가고 보는군.

하루가 왜 이리 긴가 싶을 거야.

생각대로 되는 건 하나도 없고, 온종일 쓸데없는 생각만 하고 있으니 하루가 몇 년같이 느껴지겠지.

하지만 마티아스. 지금 리우에 있다고 생각해봐. 레블롱으로, 상 콘하두로, 그리고 치주카로 가고 있는데, 뜨거운 바람이 네 온몸을 부드럽게 휘감아온다고 상상해보란 말이야……

이제 됐어……

그만 환상에서 깨어나.

네가 라디오를 켜자 선거에서 찬성표를 던지라는 홍보송이 흘러나와. 지겨우니까 그만해, 이제 그만 좀 하라고……

넌 반대표를 던질 거야. 하지만 투표권이 나오려면 아직도 사 개월이나 기다려야 돼…… 그러니까 사 개월만 지나면 넌 어엿한 성인이 되는 셈이지. 아니면 거의 성인에 가까워지거나. 하긴 그게 무슨 상관이람. 너한텐 아무런 의미도 없는 일인데.

넌 채널을 돌려.

라디오 카롤리나에서는 닐 다이아몬드의 〈September Morn〉이 흘러나와.

채널을 다시 돌리지는 않는군.

넌 이제 차를 돌리려는 생각이 없어. 그냥 계속 앞으로 갈 뿐이지. 하지만 아쉽게도 길은 거기서 끝나 있군. 거대한 바위들과 나무들, 그리고 굽이진 길과 깎아지른 절벽만 있을 뿐이니까 말이야. 바위들 아래로 빠르게 흐르는 강물 소리가 들리는군.

그 소리에 흠칫 놀라다니.

지금이라도 돌아가는 게 좋을 텐데.

어서 돌아가.

당장 시내 한복판으로 돌아가란 말이야. 가끔씩은 모르는 곳 같고 또 가봐야 딱히 재미난 일도 없겠지만 지금은 거기로 가는 편이 나을 것 같아.

차 안의 시계가 21:44를 가리키고 있어.

돌아가기엔 너무 이른 시간이야.

아니면 너무 늦었든지. 당장 특별히 할 일도 없네. 넌 현실과 너무 동떨어져 있어. 지금 저 세상에서 무슨 일이 일어나고 있는지, 어떤 꿍꿍이속들인지, 선택받은 자들이 오늘밤 무슨 짓을 꾸미고 있는지 넌 전혀 모르고 있어.

요란한 파티와 각종 모임들, 핫도그 파티, 난잡하기 이를 데 없는 술판, 큰돈이 오가는 포커판.

짜증, 짜증, 정말 짜증나.

너는 집 앞을 지나가고 있어. 하지만 집안에 아무도 없으리라는 것쯤은 너도 잘 알 거야. 통로 쪽만 빼고 모든 불이 다 꺼져 있군. 당장이라도 차를 세우고 집에 들어가고 싶은 마음이 굴뚝같을 거야. 우선 욕조에 물을 받고, 따뜻한 물속에 몸을 담그고 싶겠지. 어둠 속으로 완전히 사라져버릴 때까지 말이야. 하지만 이건 너희 집이 아니야. 이제 알았군. 너는 계속 달리다 갑자기 누에바 코스타네라 대로에 차를 대고 술 취한 사람처럼 비틀거리며 내리지. 거기 있는 집이 왠지 낯이 익은 탓일 거야. 언젠가 저 집에서 파티가 열린 적이 있었어. 무슨 파티였는지 기억도 안 나겠지만.

너는 주파수를 라 콘시에르토에 맞추는군. 어쨌든 지금 이 시간에는 유일하게 거기에서만 방송이 나오니까.

셀마 루이즈가 〈Don't Leave Me This Way〉*를 열창하고 있어.

이 동네에 오니까 다시 안토니아 생각을 하는군. 그런데 가사가 그리 나쁘진 않아. 특히나 '난 살 수 없어요, 당신의 사랑 없이는 살 수 없어요, 이렇게 날 떠나진 말아요I can't survive, I can't stay alive without your love, don't leave me this way'라는 부분은 네 사연과 닮은 점이 있어.

빨간불.

그런데 노래가 영 시원치 않네. 하긴 저따위 노래가 쓰라린 네 마음을 어떻게 알겠어?

지금 이 시간쯤이면 11학년 애들도 너보단 즐겁게 놀고 있을 텐데.

지금 너는 라스 콘데스 영화관 앞이야. 그런데 여기까지 어떻게 왔는지 기억이 나지 않아. 오늘은 약을 하지도 않았는데 멍하네. 나초가 변기에 떨어뜨린 오리가미는 지금쯤 콕스네 집 하수관 어딘가에 걸려

* 〈돈 리브 미 디스 웨이〉를 부른 가수는 셀마 루이즈가 아니라 셀마 휴스턴이다. 작가의 착각으로 보인다.

있겠지. 영화는 이미 시작했어. 너는 영화의 내용을 최대한 슬프게 보여주려고 애쓰는 커다란 포스터를 올려다보지. 〈아이스 캐슬〉. 안토니아가 봤다던 바로 그 영화네. 눈먼 피겨스케이팅 선수가 나오는 그 영화 말이야. 입가로 살며시 미소가 피어오르는군.

그 순간 너는 기어를 4단에 놓고 액셀을 있는 힘껏 밟지. 아포킨도 대로에서 베스푸시오 대로를 지나 새로 생긴 지하철역을 넘어가는 새 고가도로를 달릴 땐 마치 산티아고 상공을 날아가는 것 같아. 그러나 이 시간엔 아포킨도도 프로비덴시아도 흥겹지 않기는 마찬가지야. 넌 후안초 클럽 앞을 지나가는군. 예상한 대로 네온사인이 번쩍이고 있어. 하지만 저기에 들어가기엔 너무 일러. 아직 텅 비어 있을 게 분명하니까. 물론 칠레의 위대하신 알레한드로 파스와 그가 만드는 술, 그리고 양키들에 대한 그의 집착만 빼면. 참, 미리암, 그 계집애가 있을지도 모르지. 그뿐이야.

라 콘시에르토에서 〈Highway to Hell〉이 흘러나오고 있어. 저 노래를 트는 놈이라면 마약중독자일 게 뻔하지. 그날 밤, 레블롱에 있는 붉은 머리 여자애 집에서 녀석들이 틀었던 바로 그 노래가—그렇다고 너는 생각하지—스피커에서 흘러나오자 넌 힘을 내서 달리는군.

하지만 이시도라 고예네체아 대로를 돌자마자 어쩔 수 없이 차를 세워야 하지. 촬영이라도 하는지, 아니면 무슨 구경거리라도 생겼는지 사람들이 우글거려. 경찰들의 모습도 보이고, 길에는 메르세데스와 BMW, 볼보가 나란히 서 있지. 오스카르가 죽은 날 밤의 분위기 같기도 하고, 어찌 보면 할리우드 영화의 한 장면 같기도 해.

가로수 사이로 레진 나이트클럽의 네온사인이 빛나는 게 네 눈에 들어와. 이제야 무엇 때문인지 알 듯하군. 바로 그거였어.

클랙슨 소리가 네 귀에 들려오는군. 깜짝 놀란 네가 뒤를 돌아보니 회색 사브가 상향등을 켜대지. 백미러를 보니 뒤차에는 해군 제복을 입은 남자가 타고 있어. 나초의 아버지일지도 모르지. 하지만 자세히 보니 아니야. 걔네 아빠는 아니야. 그 차가 네 옆으로 지나갈 때 보니, 나이든 여자가 숄을 걸친 채 옆 좌석에 파묻혀 있어. 너는 차를 세우고 밖으로 나가보기로 하지.

물론 나가봐도 딱히 할 일은 없지만 왠지 재미있을 것 같았기 때문이야.

더군다나 네 엄마 아빠도 지금 이 주변에 있을 게 분명해. 세상의 재미난 것들을 놓칠 분들이 아니니까.

레진 나이트클럽에서 한 블록 떨어진 곳에는 특별한 점이 없는 주류 판매점이 하나 있지. 워낙 오래된 가게라 그 일대를 누비고 다니는 제트족들과는 어울리지 않지만 말이야. 안으로 들어가자 귀털이 수북한 노인이 네 눈에 보여. 노인네는 선반에 수북이 쌓인 마일로 통과 네슬레 연유 사이에 놓인 흑백텔레비전에서 나오는 프로그램 〈거인의 밤〉을 보느라 정신이 팔려 있군. 이곳은 위험스러울 정도로 뉴뇨아 분위기와 비슷해. 넌 반유대주의-나치주의를 떠받드는 뚱보 트롱코소와 역겨운 그의 가족들을 떠올리는군. 노인네는 네가 들어온지도 모르고 열심히 텔레비전만 보고 있어. 만약 권총만 있었어도 넌 노인네의 목덜미를 쏴버렸을 거야. 뇌수와 피가 진열대 위로 튀어서 수입한 초콜릿이며 껌이 모두 벌겋게 번들거리게 말이야. 텔레비전에서는 돈 프란시스코가 텔레톤*을 알리면서 스페인어도 잘 못하는 움베르토 토치**

에게 계속 말을 시키고 있군. 실제로 그와 상관없는 일인데 말이야.

너는 냉육 코너를 둘러보지. 하나같이 신선해 보이지 않지만 튀긴 훈제 등심이 당기는군. 텔레비전에서는 움베르토 토치가 요즘 스페인어권에서 가장 히트한 곡인 〈밝은 빛〉을 부르기 시작해. 그제야 노인네가 황송하게도 몸소 널 쳐다보네. 그런데도 넌 마치 종놈 대하듯이 노인네를 꼬나보면서 그 가운데 마음에 드는 등심 백 그램과 피스코 사워 카펠 두 병을 달라고 하는군.

너는 가게를 나와 길을 건너서 고예네체아 대로가 보이는 소공원 벤치에 자리를 잡아. 튀긴 훈제 등심을 하나 먹을 때마다 피스코를 벌컥 들이켜지. 뜨뜻미지근하네.

오이긴스 공원 주변으로 승용차들이 사관생도들처럼 줄지어 있어.

하긴 이번주 내내 네 엄마도 이 파티 얘길 했었지. 이제야 기억하네. 네 엄마가 빨간색 드레스를 산다고 난리를 친 것도 바로 이것 때문이었어. 너무 비싸다고 아빠가 투덜대는 걸 엄마가 조르고 또 졸라서 산 거잖아. 네 아빠도 이내 잠잠해졌지. 자기도 이 기회에 파티에 입고 갈 연미복을 살 수 있으니까. 오늘이 바로 그 유명한 로호 이 네그로 파티*** 가 열리는 날이야. 『코사스』 같은 잡지는 벌써 몇 달 전부터 이번 파티 관련 기사만 내보내고 있을 정도로 대단한 파티야.

네가 아는 대로라면 네 엄마 아빠는 레진 나이트클럽이 칠레에 들어

---

* 주로 자선 모금을 목적으로 장시간 방송되는 프로그램을 말한다. 라틴아메리카에서 1978년 칠레가 가장 먼저 텔레톤을 방영했다. 돈 프란시스코는 프로그램의 진행을 맡았다.

** 이탈리아 출신의 싱어송라이터.

*** 초대 손님들이 빨간색(rojo) 드레스와 검은색(negro) 연미복을 입고 참석하는 파티.

오기 전부터 이미 그 클럽 멤버였어. 컨트리클럽의 경우와 마찬가지로 거기 들어가려고 회원권을 샀던 거지. 그러니 오늘 파티는 그냥 공짜로 들어갈 수 있었어. 참석하고 싶어 안달난 수많은 멤버들 중에서도 네 엄마 아빠 거의 파티 호스트 수준이니까 대단하지. 더구나 진짜 레진*이, 그러니까 사진에서만 보던 그 레진이 특별히 이번 파티에 참석하기 위해 파리에서 여기까지 왔다고 하잖아. 너는 엄마 덕분에 그런 사실을 다 알게 되었지. 전에 엄마가 로레토 아줌마에게 "사람들이 싹 다 올거야"라고 했으니까. 당연히 파티에 참석할 수 있는 조건은 꽤나 까다로운 편이지. 우선 멤버이거나 정식으로 초대받은 사람이어야 하고, 빨간색 검은색 복장을 엄격하게 지켜야 해.

너는 노란색 부츠와 하늘색 랭글러 코르덴 바지를 물끄러미 내려다보지.

꿈도 꾸지 마. 그런 차림으로는 어림도 없어.

그러니 잠자코 지켜보기나 하라고. 화려한 쉐보레 카마로 한 대가 클럽 앞에 멈춰 서더니 어느 모로 보나 게이처럼 생긴 역겨운 녀석이 내려. 그러곤 텔레비전에 자주 나올 뿐만 아니라, 라울 마타스의 프로그램에도 출연한 적이 있는 유명한 여자가 차에서 내리도록 도와주지. 아망다 리르야. 넌 바로 어제 나온 〈라 테르세라〉의 '남성을 위한 섹션'에서 그녀에 관한 기사를 읽었어. 실제로 보니까 키도 큰데다 덩치도 보통이 넘네. 그녀가 남자라는 소문도 있어. 다시 말하면, 지금은 아니

---

* 레진이라는 이름으로 널리 알려진 레진 질베르베르그는 원래 프랑스 가수였으나, 이후 셰 레진이라는 이름의 디스코텍-나이트클럽을 운영해 큰 성공을 거두었다. 지금은 전 세계에 지점을 거느리고 있다.

지만 전엔 남자였다는 얘기지. 물론 그녀는 터무니없는 헛소문일 뿐이라며 펄쩍 뛰지만 말이야. 지금도 마찬가지지만 전에도 남자였던 적은 없다는 거지. 그녀는 벗는 것에 대해 두려움이 전혀 없어. 누구든 만 달러만 주면 언제든지 벗을 용의가 있다고 했거든. 그런데 전에 레진이 그녀에게 오천 달러밖에 건네지 않았다는 기사를 읽었어. 그러니 오늘 이 파티에서 그녀가 벗는 장면을 구경하기는 어려울 듯하네. 네 아빠가 무척이나 섭섭해할 텐데.

넌 튀긴 훈제 등심을 거의 다 먹었군.

그러나 아직 피스코 사워 한 병이 남았어.

레진 앞으로 계속 차가 들어오고 있어.

그런데 네 엄마 아빠의 모습은 보이지 않는군.

이미 안으로 들어갔겠지. 아마 지금쯤 먹고 마셔대면서 미국 배우 조지 마하리스가 하는 말을 듣고 있을 거라고. 이왕 말이 나왔으니 말인데, 그런 노인네가 이제 와서 무슨 일을 하겠어. 과거 연속극—〈루트 66〉—에서 얻은 인기로 여태껏 연명하는 산송장일 뿐이지. 네가 꼬맹이일 때 그 프로만 시작하면 네 아빠는 이렇게 말했지. "자, 마티아스, 이제 자거라, 내일 학교에 가야 하잖니."

그리고 네 엄마는 지금쯤 수다쟁이 친구들과 로레나 이모와 어울려 스페인 배우 팔로마 산 바실리오가 입은 빨간 드레스를 헐뜯느라 정신이 없을 거야. 그 여자는 단지 파티에 참석하려고 카라카스에서 왔대. 더구나 내일 그곳으로 돌아간다네. 참, 내일 아침이면 너와 가족들은 모두 가여운 네 조카 펠리페의 영세식에 가 있겠구나. 녀석, 장차 뭐가 될지 걱정이군. 하필이면 필라르하고 이리아르테의 자식으로 태어나

다니 무슨 죄야. 네 아빠는 이미 시바스 리갈에 취해서 해롱해롱거리고 있겠지. 화려한 연미복과 빨간색 나비넥타이를 뽐내고 있을 거야. 그리고 프랑스 담배 지탄을 근사하게 물고는 옆에 있는 코스타리카 배우 자니나 파시오를 곁눈질로 살피고 있을 게 뻔해. 그녀는 텔레비전에 나올 때처럼 탱탱한 구릿빛 피부에 노브라 차림의 죽이는 모습일 거야. 그리고 그녀는 조지 해밀턴과 쓸데없는—물론 자기한테는 유익하겠지만—대화를 나누고 있을 거고. 조지 해밀턴도 그녀와 마찬가지로 건강한 구릿빛 피부일 거야. 아마 〈드라큘라, 도시로 가다〉를 찍고 나서 해변에서 달콤한 시간을 보낸 덕분이겠지. 드라큘라와 뉴욕 출신의 모델이 디스코 음악에 맞춰 춤을 추는 그 어이없는 영화 말이야. 넌 그 영화를 레르네르랑 나초랑 칼리포르니아 영화관—그러고 보니 뉴뇨아 중심에 있는 극장이네—에서 봤지. 기억나? 그날 넌 파티에 가서 발레리아 레예스 그 계집애를 껴안고 난리를 쳤잖아. 그 계집애는 이미 인사불성이었던데다, 바보같이 네가 로마식 펀치에다 최음제를 넣었다고 생각하더군.

두번째 피스코 병마저 다 비운 다음, 너는 옆에 있는 기둥을 향해 빈 병을 힘껏 던져. 병은 곧 박살이 나면서 사방으로 흩어지지.

넌 엄마 아빠가 바보 얼간이라고 생각하고 단지 그렇게 생각했다는 이유로 죄책감을 느끼지. 하지만 그건 엄연한 사실이야. 숨기지 말고 사실대로 말해야 한다고 네 엄마 아빠가 가르쳤잖아.

참 묘한 일이야. 반쯤 술에 취한 상태에서 넌 이렇게 결론짓지. 그런데 정작 문제가 있는 건 네 가족들인데, 왜 네가 모든 짐을 다 지려고 하는 거지?

네 모습을 지켜보고 있으면 꼭 형편없는 축구 경기를 보는 것 같아. 모두들 신나게 뛰고 공을 차고 패스도 하는데, 너만 혼자 멍청히 골문을 지키고 있는 꼴이야. 넌 매일 열심히 연습하고, 훈련에 한 번도 빠진 적이 없어. 그 덕분에 최고의 수문장이 된 거지. 더구나 상대가 날린 슛은 모두 척척 막아내서 지금껏 한 골도 먹은 적이 없어. 심지어 공이 골대 근처로 오지도 못하게 하잖아. 그야말로 철벽 수문장인 셈이야. 네가 몸을 날려 슛을 막아낼 때마다 다른 이들은 경기장 한복판에 서서 박수를 쳐주지. 그렇지만 언제 그랬느냐는 듯이 금방 돌아서서 잊어버리잖아. 그래도 넌 최고의 수문장이야. 정말이라니까. 그런데 넌 또 이 세상에서 가장 멍청한 자식이기도 해. 친구, 지금 네게 필요한 건, 공을 놓칠까봐 노심초사하는 게 아니라 과감하게 골을 먹는 거야.

그리고 때로는 경기를 포기할 줄도 알아야 해.

갈 것인가, 말 것인가? 이것이 문제다.

어쨌든 지금 당장 판단해야 한다. 사는 게 재미도 없고 따분해서 이런 걸까, 아니면 주변 사람들의 피를 말릴 정도지만 정작 나만 모르고 있는 어떤 열정에 사로잡혀서 이런 걸까?

정말로 이것이 행복이라면, 왜 나는 늘 다른 곳만 기웃거리는 거지? 왜 나 자신이 아무짝에도 쓸모없는 무능력한 인간이라고 자조하는 거지?

대체 무엇 때문에 밑도 끝도 없는 질문만 던지면서 나 자신을 이렇게 들볶는 걸까? 왜 돌이킬 수도 없는 지난 일에 이토록 집착하는 걸까?

예를 들면 이런 식이다. 내가 마시는 프람부에사 안디나 음료수에는 얼음이 왜 그렇게 많을까? 또 치즈버거엔 치즈가 왜 그렇게 조금밖에 안 들었을까?

하여간 볼링 센터에서 밥을 먹기는 좀 그렇다. 그렇다고 볼링, 타타이반 외할아버지의 말마따나 '구주희'를 치고 싶지도 않다. 그러니까 여기서 죽치고 있을 이유가 전혀 없다. 그런데도 왜 나가지 않고 버티고 있는지 나도 모르겠다. 이곳이 문을 연 이래로 난 줄창 왔는데, 아직도 왜 자꾸 오게 되는지 모르겠다. 여기서 볼링을 친 적도 없는데 말이다. 물론 앞으로도 그럴 일은 없을 것 같지만. 여기서 볼링을 쳐봤다는 녀석은 내 주변에 단 한 명도 없다. 여긴 그냥 만남의 장소일 뿐이다. 일단 여기서 만난 다음 갈 곳을 정해 딴 데로 가는 식이다. (나처럼) 특별한 일 없이 어슬렁거리다 (나처럼) 우연히 누군가를 만나고 싶다면, 보통 이 시간에 와서 음료수를 시킨 다음, 볼링을 치는 청춘남녀들을 너무 표가 나지 않도록 바라보며 멍하니 있기 마련이다.

이젠 내게 전화 한 통 주는 녀석도 없군. 하지만 생각해보니 꼭 그런 건 아니다. 내가 산크리스토발에 갔을 때 나초가 전화했었으니까. 특별한 일이 없으면 같이 놀러갈 수 있는지 물어보려고 전화했다지. 프란시스카도 메시지를 남겨놓았고. 그런데 나초 이 녀석은 매가리가 없어서 저 혼자서는 아무것도 못하는 게 탈이다. 그래서 웬만하면 내 쪽에서 녀석에게 다시 전화를 거는 일은 없다. 정말로 발등에 불이 떨어졌다면 내가 어디 있든 찾아올 테니까. 그런 급한 일이 아니면 녀석은 언제나 후안초 클럽에 죽치고 있다. 어쨌든 이리저리 돌아다니다보면 언젠가 녀석과 마주치게 되어 있다. 그게 내 운명인데 어찌하리.

생각해보니까 콕스한테도 전화가 왔었다. 녀석과는 직접 통화를 했다. 내게 긴히 할 말이 있는 것 같았다. 녀석의 목소리를 듣자 갑자기 안토니아의 험담을 늘어놓고 싶었다. 하지만 콕스한테 그런 말을 하는 건 아니다 싶어서 잠자코 녀석이 하는 말을 듣기만 했다. 엄마 아빠에게 쉐보레 블레이저를 빌렸는데, 기름도 가득 들어 있다고 했다. 그러니 내가 레냐카에 있는 우리 아파트 열쇠만 가져오면 거기서 하루종일, 편안하게 약을 할 수 있지 않겠느냐고 날 살살 꼬드겼다. 월요일이 개학이니까 그전에 해변에 가서 실컷 놀다 오자는 얘기였다.

"먼저 아빠한테 얘길 해봐야지." 내가 녀석에게 말했다.

"그럼 얘기해보고 나중에 꼭 전화해."

"근데 내일 아침 조카 펠리페 영세식에 가야 하는데 어쩌지? 내가 대부를 서기로 했거든. 식이 끝나면 거나하게 점심을 먹어야 할 테고."

"더 잘됐네. 그럼 네 엄마 아빤 차를 안 쓸 것 아냐."

"그거야 모르지. 문제는 아침 일찍 가기는 어렵다는 거야. 영세식이 오전 열한시에 시작하니까."

"밟으면 한 시간 이십 분이면 도착할 수 있어. 게다가 블레이저에는 레이더가 달려 있어서 짭새들을 따돌리기도 쉽다니까. 그러면 점심시간 전에 엘 세멘테리오에 도착하고도 남을 거야."

"누구하고 갈 거야?"

"당연히 우리 멤버들이지. 너하고 나, 레르네르 이렇게 셋. 나초한테도 말해볼까 하는데, 넌 어떠니?"

"괜찮겠지."

"좋아, 또 할 얘기 있어?"

"일단 엄마 아빠한테 얘기해보고 나서 전화줄게."

"당장 물어봐."

아빠는 거울을 보면서 빨간색 나비넥타이를 매고 있었다. 검정색 연미복 차림이어서 그런지 넥타이가 방금 튄 핏자국처럼 선명해 보였다. 포마드를 잔뜩 발라 빗어 넘긴 머리는 유난히 번들거렸다. 아르헨티나 사람처럼 말이다. 아빠는 거울을 보면서 콧노래를 흥얼거리고 있었는데, 비지스의 〈How Deep Is Your Love〉인 게 분명했다.

"아버지." 나는 입을 열었다. "레냐카의 아파트 하루만 빌려주실 수 있어요?"

난 가끔 '아버지'라는 호칭으로 부른다. 아빠가 날 '욘석아'라고 부르는 데 대한 일종의 앙갚음인 셈이다.

"왜? 예쁜 계집애라도 하나 건진 거냐?"

"아뇨, 친구들이랑 놀러갈까 해서요."

"여자애들은 없다는 얘기냐?"

"네, 자러 가는 것도 아닌데요, 뭘. 오전에 출발해서 바람도 쐬고 기분 전환도 할 겸 해서요. 밥도 먹고요. 당일치기로 갔다 올 거예요. 간김에 화초에 물도 좀 줄 거고요."

"그럼 펠리페 영세식은 어쩌고?"

"거긴 가야죠."

"점심은?"

"이젠 그만 좀 물어보세요. 펠리페 영세식 마치고 곧장 떠날 거예요. 설마 내가 고해성사도 하고 이것저것 하면서 하루종일 성당에 있기를 바라는 건 아니죠? 그런 데서 점심 먹기는 싫어요. 친구들하고 레냐카에 가서 재미있게 노는 것하고, 노인네들이랑 친척들이랑 점심이나 먹는 것하고, 아버지라면 뭘 택하겠어요?"

"알았다. 욘석이 이젠 컸다고 말도 제법 잘하는군."

"고맙습니다, 아버지."

몇 걸음 다가서자 아빠 특유의 향이 풍겼다. 바바솔 면도 크림 냄새와 몸에 짙게 뿌린 아자로 향수가 섞이면서 나는 향이었다.

"가만히 계세요…… 제가 매드릴게요."

내가 나비넥타이를 매는 동안 아빠는 얌전히 고개를 든 채 가만히 있었다. 부모가 방금 일어난 아이에게 학교 갈 준비를 해주는 모습이었다. 내 경우엔 엄마가 넥타이를 매주었다.

"자니나 파시오가 파티에 오면 좋으련만." 아빠가 불쑥 말했다.

나는 한 걸음 뒤로 물러서서 아빠를 바라보았다.

"아버진 사업이 망하면 모델로 나가도 되겠는데요."

"정말이니?"

"물론이죠."

5번 레인에서는 사십대로 보이는 남녀가 볼링을 치고 있다. 차례로 무거운 볼링공을 굴려 핀을, 아니면 누구 말마따나 '주柱'를 쓰러뜨릴 때마다 두 사람은 서로 껴안고 열렬히 입을 맞춘다. 저러는 걸 보면 부부 사이가 아닌 게 분명하다.

나는 플라스틱으로 된 카운터에 간다. 메뉴판에는 햄버거 사진이 있는데, 조명발도 받은데다 수정도 해서 바삭바삭하고 맛있게 보인다.

새빨간 토마토 조각과 방금 밭에서 딴 듯한 양상추. 하지만 저기서 볼링을 치고 있는 남녀만큼이나 뭔가 가짜티가 난다.

얼굴에 여드름이 더덕더덕 난, 보기만 해도 역겨운 녀석이 뭘 먹겠느냐고 묻는다. 나는 녀석과 여드름을 멍하니 바라보고 있다. 당장이라도 녀석에게 달려들어 저 여드름을 모조리 짜버리고 싶은 충동을 느낀다. 잘 익은 여드름을 하나하나 짜내고 누런 기름 덩어리가 거울에 튈 때, 누렇고 벌겋게 얼룩진 거울을 보는 순간에는 삶의 가장 큰 쾌감이 느껴진다.

"커피 한 잔 주세요. 코카콜라도요."

"더 필요하신 건 없고요?"

"네."

젠장. 다른 가게보다 훨씬 비싸다. 주문을 하고 돌아와보니 자리는 이미 어느 두 녀석이 차지하고 있다. 둘 다 어수룩하면서 순진해 보이는 구석이 있는 것 같다. 하는 수 없이 그들의 뒷자리로 가서 앉는다. 눈은 주차장 쪽으로 가 있지만, 바보 연기로 이름을 떨치던 무렵의 제리 루이스 판박이인 두 녀석의 얘기에 귀를 기울이고 있다.

코카콜라를 좀 마신 뒤 플라스틱 컵에 커피를 모두 부어버린다. 커피가 뜨거웠는지 컵의 일부가 녹아 우그러든다. 콜라 위로 커피 거품이 부글거린다. 그 모양새가 얼마나 근사한지 감탄이 절로 나올 정도다. 루이사네 집에서 루이사와 안토니아, 나까지 셋이 모여 사회 과목 기말시험을 준비하던 때도 기억난다. 그날 우린 졸음을 쫓으려고 코카콜라에 커피를 섞어 마셨다. 늦은 밤까지 깨어 있기는 했지만, 결국 마음에 안 드는 친구들을 흉보느라 대부분의 시간을 보내고 말았다.

사람들이 많이 드나드는 곳에 혼자 있으면 괜히 어색하고 불편하다.

나는 이런 느낌이 너무 싫다.

일종의 망상에 점점 깊이 빠져들고 있는 것 같다.

다들 속으로 날 비웃는 것 같기도 하고.

고독, 비록 잠깐 동안 고독하게 있는다고 해도, 우리 나라에서는 비웃음만 살 뿐이다. 심지어 정치적으로 오해받을 소지도 있다.

하지만 리우에서라면 바닷가 근처 야외 테이블에서 혼자 고독을 씹든 뭘 하든 전혀 문제될 게 없다. 참 후안초 클럽에서도 그렇긴 하다. 거길 가면 일단 어두컴컴해서 남의 눈에 잘 안 띄는데다, 시시껄렁한 대화라도 나눌 수 있는 칠레의 위대하신 알레한드로 파스가 있으니 말이다. 아포킨도의 볼링장에서 가장 별로인 것은 바로 형광등이다. 나는 형광등 불빛을 지독히도 싫어한다. 모든 사물을 번쩍거리게 만들뿐더러, 실제로는 별것도 아닌데 근사하게 보이도록 만들기 때문이다. 마치 내 앞에 앉아 있는 두 멍청이처럼 말이다.

"네 누나는?"

"지금 남쪽 지방에 내려갔어. 대통령과 함께 말이야. 유세 지원차 내려간 거야."

"우리 아빠도 선거 자문 위원으로 뛸 건가봐. 얼마 전까지 중고등학교 담당 교육위원으로 일했으니까."

"참 잘됐네. 너희 아빠가 나서면 찬성표가 적어도 구십 퍼센트는 나올 거 아냐."

"이번 선거에서 우리가 이길까?"

"두말하면 잔소리지."

"내 생각도 그렇긴 해."

"사람들 표정만 봐도 알 수 있잖아. 굉장히 만족해하고 있어. 더구나 요즘 세상에 그 긴 헌법 조항을 다 읽어볼 사람이 누가 있겠니? 따지고 보면 헌법 같은 것 때문에 투표하는 건 아니잖아. 피노체트 장군님을 위해서 하는 거지."

"그럼 선거가 끝나면 사람들이 쏟아져나와 승리의 환호성을 지르겠지? 네 누나가 말한 것처럼 말이야."

"시간이 그리 많지는 않지만 걱정할 건 없어. 우리를 공개적으로 지지하는 연예인들이 날로 늘어가는 추세니까. 오늘 신문에 또 나왔잖아. 스코티에 스코트, 포요 푸엔테스, 또 윌리 바스쿠냔과 프란시스코 플로레스 델 캄포도 지지선언을 했다고. 또 누가 더 있을까나."

"모두 유명 인사들이네. 대단한 가수들까지 끼어 있고."

도무지 내 귀를 믿을 수가 없다.

당장이라도 녀석들의 낯짝에 침을 뱉고, 소리가 나도록 녀석들의 멱살을 잡고 싶은 마음뿐이다. 젊은 놈들이 이러니 나라가 요 꼴이지. 다수가 저렇게 생각한다. 포요 푸엔테스를 대단한 가수로 여기고, 피노체트를 '장군님'이라고 부르다니, 도무지 이해가 안 간다. 기껏 스무 살도 안 된 놈들이 저 모양이니, 마흔 살이 넘으면 어떻게 변하려나. 내가 어떤 생각을 해도 아무 소용이 없다는 것이 갈수록 더 분명해지고 있다.

그래서 이 땅에서는 버티지도 못할 거라는 생각이 종종 든다.

이놈의 현실은 삼류 영화보다 못한데, 나는 엑스트라 축에도 못 끼다니.

나와 맞지 않는 뭔가가 있다. 더 심각한 문제는, 그게 뭔지 알고 싶은 생각이 점점 들지 않는다는 점이다.

나는 물끄러미 컵을 내려다본다. 바닥에 거품이 말라붙어 있다.

두 녀석 중 더 어벙해 보이는 놈의 면상이라도 볼 생각으로 고개를 든다. 하지만 그 순간 곧살로 막클루레와 눈이 마주친다. 야밀에서 단정하게 자른 머리를 하고, 야카레의 전형적인 스타일의 단추 달린 조끼를 입고 있다. 그 옆으로 낯익은 얼굴이 몇몇 눈에 띈다. 물론 안토니아의 모습도 보인다.

"어, 이게 누구야? 마티아스구나. 여기서 뭐하고 있는 거야?"

"나초 데트메르스를 기다리고 있어. 그런데 이 자식, 늦어도 너무 늦네." 나는 거짓말로 둘러댄다.

"우리도 여기서 시간이나 때우려고. 펠루사 에체고옌하고 걔 여자친구들이랑 만나기로 했거든. 참, 걔가 그러던데, 망케우에와 빌바오 대로가 만나는 곳에서 파티가 열린대."

막클루레의 말투가 아까부터 신경쓰인다. 녀석은 계속 '우리'라는 표현을 쓴다. 여기 온 아이들 모두가 아니라, 자기들 둘만 가리키는 것 같다.

"서 있지 말고 좀 앉자."

"그래."

막클루레가 손짓을 하자 다른 아이들이 따라온다. 안토니아는 나와 같이 산 푸스 청바지에 초록색 숄을 걸치고 있다. 그렇게 입으니 성숙해 보일 뿐만 아니라 아주 세련되어 보이기까지 한다. 그 뒤로 훌리안 롱히의 모습도 보인다. 녀석은 옅은 자색의 바람막이를 걸치고 있는데 굉장히 비싸 보인다. 그리고 여자아이 둘이 참한 하녀처럼 안토니아 곁에 딱 붙어 있다. 플라비아 몬테소리와 밸리언트 왕자 헤어스타일* 을 한 로시타 바로스다.

"안녕?" 안토니아가 인사를 건넨다. 잘못을 털어놓기라도 하는 듯한 목소리다. 아니면 나를 무시하는 것일 수도 있다. 그런데 그 순간 안토니아와 막클루레가 손을 잡고 있는 모습이 내 눈에 들어온다.

애들은 내 옆에 앉지 않는다. 앉으려고 해도 자리가 모자라다. 그들은 두 멍청이 저편으로 자리잡는다.

"오늘 나초하고 만나서 얘길 해봤어." 롱히가 먼저 말을 꺼낸다. "그런데 자기는 안 가겠다고 하더라고. 아직도 파티 후유증에 시달리고 있어서 힘들대. 그날 너무 많이 들이마신 것 같다는 거야. 너도 많이 했다면서? 왜 얘기 안 했어?"

"데트메르스 녀석은 과장이 좀 심한 편이야. 사실 그렇게 많지도 않았어. 게다가 다 지난 일을 가지고 웬 난리야?"

"그럼 시시했겠구나."

"그래, 별로였어." 나는 심드렁하게 대답한다.

"마티아스, 너도 파티에 갈래?"

"아니, 곤살로. 난 안 갈 거야. 어디 갈 데가 있어서."

막클루레 녀석, 알고 보면 정말 멍청한 데가 있어. 이건 객관적인 판단이다. 물론 성격도 좋고, 레코드도 탐날 정도로 많이 갖고 있지만,

* 중세 시대 남자들이 하고 다니던 단발머리 스타일을 말한다. 밸리언트 왕자는 미국의 만화 작가 해럴드 포스터가 그린 신문 연재만화 〈아서 왕 시절의 밸리언트 왕자〉의 주인공이다.

참 답답한 녀석이다. 그런데 녀석은 자기가 그렇다는 것조차 모른다. 세상에 저런 놈은 어디에도 없을 거다. 무슨 일이 일어나도 별것 아니라고 우길 녀석이다. 생각할수록 서글프다. 남이야 어떻든 신경쓰고 싶지 않은 건지도 모른다. 하지만 그건 중요한 문제가 아니다. 따지고 보면 모든 게 다 저놈 때문이니까. 사정이야 어찌됐든 간에, 놈은 내 적이다. 그런데도 천연덕스럽게 파티에 같이 가자는 소리나 하다니. 누구나 자존심이라는 게 있는 법이다. 자기애. 복수. 그래, 증오심은 사랑에서 비롯되는 거야. 어떤 일이 있어도 그 점을 명심해야 해. 그러지 않으면, 우린 이유도 모른 채 서로 미워하는 꼴이 되니. 하지만 막 클루레 저 녀석은 어떤 일이든 유야무야 넘어가려고만 한다. 밤일할 때도 저런 식일 게 뻔하다. 땀 한 방울도 흘리지 않을 거야.

"잠깐 일어날게." 나는 잠깐이라도 자리를 피하고 싶었다. "맥주 좀 사려고. 뭐 필요한 사람 있어?"

"프렌치프라이 하나만 사주라." 롱히 녀석이다.

"사주긴 뭘 사줘? 네가 원하면 내가 대신 갖다주겠다는 거야."

"왜 그러는 거야?"

"아무 일도 아니니까 신경쓰지 마."

나는 다시 오렌지색 카운터로 간다. 레이 코니프의 노래가 스피커에서 흘러나오고 있다. 노래가 몹시 귀에 거슬린다. 여드름투성이 점원은 펀이 그려진 기름 묻은 봉투에 튀긴 치즈 엠파나다*를 넣고 있다.

"맥주 한 잔 주세요."

---

* 밀가루 반죽 속에 고기나 야채, 치즈 등을 넣고 굽거나 튀긴 남미 전통 음식.

곧 안토니아가 내 곁으로 다가왔다. 그녀는 내가 뭘 하려는지 이미 눈치채고 있었다. 내가 이런 좋은 기회를 놓치지 않으리란 걸 말이다. 그녀는 카운터에 두 손을 기대고 선다. 잔뜩 화가 난 표정이다.

"마티아스, 내 말을 오해하진 말았으면 좋겠어. 정말이지 이렇게 자주 마주치는 일이 없으면 좋겠어. 사실 수업 시간에 보는 것만으로도 난 너무 부담스러워. 너 때문에 후안초 클럽에도 안 가는 거야. 가고 싶어도 엄두가 나지 않아. 그런데 넌 왜 계속 여기 오는 거니? 여긴 내 구역이라는 걸 너도 잘 알잖아. 친구들 만날 때 난 늘 여기 오니까. 게다가 난 곤살로가 좋아."

"여기가 네 구역이라고? 미안하지만 무슨 소린지 잘 모르겠어. 하지만 네 애인을 왜 여기로 데려왔는지는 알 것 같아."

"잰 내 애인이 아니야."

"그렇게 되겠지. 결국엔 말이야. 내 말을 잘 기억해둬."

여드름투성이 점원은 내게 맥주잔을 건넨다. 안토니아는 곧 튀긴 엠파나다를 주문한다.

"안토니아, 간섭하려는 생각은 없지만, 네가 하필이면 왜 저런 머저리랑 다니는지 이해가 안 가."

"그래도 네 친구 아니니?"

"그렇긴 한데, 친구니까 어떤 녀석인지 훤히 알고 있지. 무지 단순한 데다 갑갑하기까지 해. 눈치코치도 모르는 놈이라고. 너에게 무슨 말을 해야 할지 잘 모르겠지만, 한마디로 멍청한 놈이야. 딴말할 필요 없이 지금 녀석의 표정이나 한번 봐. 우리가 자기 얘기를 하는 줄은 꿈에도 모를걸."

“그러니까 네가 잘났다는 이야기구나. 그렇게도 똑똑하신 분이 왜 평균점수가 오 점도 안 되는 거지? 그런 머리로 딴 사람들을 판단해도 되는 걸까?”

“왜 없는 말을 지어내고 그래? 그건 너도 잘 알잖아. 정말로 그랬다면, 너하고 만나지도 않았을 거야.”

“웃기는 소리 작작해.”

“젠장. 나 간다.”

“지금 기분이 엉망이야, 파스. 기분이 개 같다고.”

“그래 보여.”

“혼자만 아니라면 술 한잔 하고 싶은데.”

“술 또 줄까?”

“같이 마셔준다면.”

“토로 사장한테 말하면 안 돼. 여기서 술 마시다가 들키면 그 자리에서 잘릴 게 뻔하니까.”

“지금 몇시나 됐어?”

“다섯시 반이야.”

“통금이 해제되려면 삼십 분 남았군. 눈이라도 좀 붙여야 되는데. 조금 있다가 영세식에 가야 하거든.”

후안초 클럽에 있던 사람들이 많이 빠졌다. 찰로는 더 카스의 음반을 튼다. 토로가 계속 영업을 할 정도로 손님들이 어지간히 남아 있긴 하다. 토로는 군용 통행허가증을 가지고 있다. 그래서 통금이 시작될 때부터 끝날 때까지, 그러니까 밤새 클럽 문을 열 수 있다. 남아 있는 이들도 이제 지루해하기 시작한다. 여기서 밤새 있다보면 밀실공포증 같은 것이 생기기 마련이다. 저들이 계속 술을 마셔대는 이유도 따지고 보면 바로 그 때문이다. 나와 마찬가지로 말이다.

저들은 계속 돈을 써댄다.

"넌 보드카 토닉을 마셔. 난 푸에르토리코산 화이트 럼으로 만든 쿠바 리브레*를 마실 테니까."

"이왕이면 칠레 리브레로……"

"그건 아직 없는데……"

"한번 만들어봐. 피스코도 넣어서 말이야. 그런 다음 특허를 받고 증서는 금고에 고이 간직해두라고. 혹시 알아? 노인네가 권좌에서 물러나거나 죽으면, 그러니까 대략 이삼십 년 후쯤 되겠지만, 라 모네다 궁 같은 데서 성대한 파티를 열고, 그 술을 폼나게 선보이는 거야. 어때?"

"마티아스, 넌 참 위험한 생각을 하는구나. 이거 실망스러운데."

"난 요즘 그 재미로 살아. 남 실망시키는 거."

"어떤 기분인지 알 것 같다."

"파스, 나 좀 도와줘야겠어. 난 단골이잖아. 부탁인데 헤로인 조금만 구해줘. 토로에게든, 아니면 찰로에게든 말이야."

"너한테 알약은 줄 수 있어. 그것도 공짜로 말이야. 원래는 다이어트하는 사람들이 먹는 약인데, 먹으면 힘이 솟구쳐. 졸음도 싹 가시고 배고픔도 간단히 해결되지."

"어디 줘봐."

---

* 럼과 콜라, 라임 등을 섞어 만든 하이볼. 리브레는 스페인어로 '자유'라는 뜻이다.

그런데 받고 보니 알약이 아니라, 캡슐이다. 반은 초록색이고 나머지 반은 하얀색인 캡슐. 사제私製라는 게 티가 난다.

"노란색과 파란색인 줄 알았는데."

"이건 다른 거야."

나는 토닉을 섞은 보드카와 함께 캡슐을 삼킨다.

"형처럼 내 집이 생기면 지금 당장 짐을 싸서 그리로 갈 거야. 그리고 죽을 때까지 거기 파묻혀 살 것 같아. 아주 편안하게. 아무 문제도 없을 거야. 좋아하는 사람이라면 당연히 만나야지. 하지만 마음에 안 드는 놈들이 오면 죽어도 안 나갈 거야. 집안에 처박혀서 기도나 할 거니까. 아니면 향이나 피우든지. 아직은 잘 모르겠지만, 채식을 하면서 신비주의에 몰입하고 싶어."

"너 오늘따라 참 이상하다."

"나? 아냐. 그냥 외로워서 그래. 이해하겠어? 그런데 뭐랄까…… 만사가 귀찮고, 지겨워. 다 외로워서 그런 거야. 따로 심각한 문제가 있어서 그런 건 아니니까 걱정하지 마. 정말이야. 그냥 기분이 울적해서 그렇다니까. 이유 없이 짜증도 나고."

"이 세상에 홀로 남겨진 듯한 기분?"

"대충 그런 셈이지."

"얼마 전에 『롤링 스톤』에서 어떤 록 가수에 관한 기사를 읽었는데 여기선 그 가수를 아는 사람이 단 한 명도 없다는 거야. 어떻게 그런 일이 있을 수 있는지 입이 다물어지지 않더군. 넌 사람들에게서 잊힌다는 게 어떤 건지 아니?"

"어떨 거라고 생각해? 그냥 내 생각인데, 왠지 핑크 플로이드의 음반 'The Wall' 분위기일 것 같아."

"아마 그럴 거야. 사실 계집애들이라면 그 친구 주변에 널려 있겠지만 다 귀찮은 거지. 유명해진다는 건 골치 아픈 일만 물고 오니까. 더구나 그 친군 주로 인간 소외에 대한 노래를 부르는데 누가 그걸 이해하겠어? 그 인터뷰 기사에서 그가 고독에 대해 이야기하는데, 정말 감동적이더라고. 홀로 있을 때 우리는 절대로 외로움을 느끼지 않지만 사람들에게 둘러싸여 있을 때 외로움을 느낀다고 말했지. 단단히 미쳐 있어, 안 그래?"

"미친 소리지만 그럴듯한데. 그 음반 구해줄래? 한번 들어보고 싶어. 자신이 경험한 얘기를 하는 것 같거든. 나도 사람들한테 둘러싸여 있을 때 더 외로워지던데."

"샐린저랑 비슷해."

"누구?"

"내가 전에 빌려준 책 있잖아? 그 책의 작가야. 네가 반드시 읽어봐야 할 책이지. 소외된 삶, 세상에 뿌리내리지 못하는 삶에 관한 소설이니까."

"어렵지 않을까?"

"아마 네 마음에 쏙 들 거야."

토닉을 섞은 보드카도 거의 바닥났다.

창문이 하나도 없어서 새벽이 가까워지고 있음을 잘 느끼지 못한다.

손을 코에 갖다 대고 냄새를 맡아본다. 계집애 냄새가 난다.

몸이 뜨겁게 달아오른 계집애의 냄새. 담배와 넥타르 와츠 음료 냄새, 땀냄새도 난다.

나는 스탠드 의자에서 내려와 찰로를 물끄러미 바라본다. 그리고 기둥 뒤의 가죽 소파에 몸을 파묻는다.

플로어에는 지루한 표정의 두 남자가 잘 알아들을 수 없는 어떤 흑인 가수의 노랫소리에 맞춰 스텝을 옮기고 있다.

눈을 감아도 잠이 오지 않는다.

볼링 센터에서 뛰쳐나오다시피 한 뒤, 곧장 이곳 후안초 클럽으로 왔다. 그땐 여기도 손님들로 북적거리고 있었다. 들어가자마자 칠레의 위대하신 알레한드로 파스가 내게 메모를 건넸다. 얼마 전까지 여기에 있던 나초가 남긴 것으로, 난 전혀 모르는 러스티라는 친구네 집에 오라는 내용이었다. 나는 토닉을 섞은 보드카를 연거푸 들이켜기 시작했다. 세 잔째 비우자 갑자기 취기가 올라왔다. 뭐든 못할 게 없을 것 같았다. 안토니아 따윈 안중에도 없었다. 알코올중독에 걸린 지미 카터 대통령의 동생과 마고 헤밍웨이의 로맨스에 대해 알레한드로 파스와 이야기를 나누다가 플로어로 시선을 돌렸다. 어둠 때문에 춤추는 사람들의 얼굴이 제대로 보이지 않았는데 그중에서 유독 한 얼굴이 내 시선을 사로잡았다. 미리암이었다. 바세타. 나는 곧바로 몸을 돌렸지만 그녀는 안경 낀 녀석과 추던 춤이 끝나자 천천히 내 쪽으로 다가왔다.

우린 대략 열 가지 정도의 춤을 췄다. 내 셔츠가 땀에 흠뻑 젖었다. 춤을 다 추고 우린 자리에 가서 앉았다. 땀을 너무 많이 흘린 탓인지 갑자기 몸이 으슬으슬 추웠다. 게다가 진이 빠져서 아무 말도 하고 싶지 않았다. 우린 각자 자기 차를 타고 그녀의 집으로 향했다. 그녀와 너무 붙어 가던 나는 그녀를 놓치지 않으려고 프로비덴시아 대로 한복판에서 빨간불이 켜졌는데도 교차로를 그냥 지나가다가 하마터면 그녀의 차를 들이받을 뻔하기도 했다.

그녀의 집은 울창한 가로수에 반은 가려져 있었다. 리카르도 리옹 대로에 면한 거리에 있는 집이었다. 오래되긴 했지만, 어마어마하게 컸다. 무슨 대사관이나 컴퓨터 학원처럼 보일 정도였다.

"네 부모님은 몇시에 오시니?"

"텔아비브에 가셔서 집엔 나 혼자밖에 없어."

"텔아비브에 왜 가셨는데?"

"할아버지 할머니, 그리고 친척들하고 같이 가셨어. 매년 가는 성지 순례 가신 거야."

"나도 이스라엘에 가봤으면 좋겠다."

"가봐야 지루해. 거기 가서 뭘 하려고?"

파티를 위한 공간으로 보이는 방에 들어가자 여러 가지 기하학적 문양이 그려진 그림들이 벽에 걸려 있었다. 미리암이 바의 문을 열었다. 나는 계속 보드카를 마시기로 했다. 운좋게도 바 안에는 스톨리치나야와 신기한 빛깔의 자두주가 있었는데, 하마터면 병째로 마실 뻔했다. 토닉은 없었지만, 넥타르 와츠는 여러 병 있었다. 우린 바에서 이것저것 꺼내 새로운 칵테일을 만들었다.

미리암은 카세트를 켜더니, 도나 서머의 베스트 곡이 든 카세트테이프를 넣었다.

그리고 왜 그랬는지는 모르겠지만 중앙난방 스위치를 올렸다.

그랬던 것으로 기억된다.

춤을 추기 시작했지만 오래가지는 못했다. 독한 술을 연이어 마신 탓이었다. 더구나 시간이 흐를수록 왠지 모를 낭패감에 휩싸였다. 미리암은 춤을 추면서 〈Bad Girls〉의 가사를 따라 불렀다. 그러더니 가운데 놓인 테이블에 누워 손으로 전등을 만지작거렸다. 완전히 맛이 갔군. 어이없는 표정으로 그녀를 지켜보던 나는 커다란 벨벳 소파에 벌렁 드러눕자마자 곧바로 깊은 잠에 빠져들었다.

"이봐, 뭐하는 거야?" 나는 눈을 뜨기도 전에 축축한 온기를, 혀가 가볍게 내 몸을 애무하는 것을 느꼈다.

눈을 떴다.

그러나 꿈은 아니었다.

여전히 도나 서머의 노래—〈Love to Love You Baby〉—가 흘러나오고 있었고, 주변은 어둑어둑했다. 모아이 석상처럼 생긴 검은색 세라믹으로 된 페루산 피스코 술병으로 만든 램프에서 어슴푸레한 빛이 새어나오고 있었다. 실내는 숨이 막힐 듯이 더웠다. 내 바지와 팬티가 모두 무릎께로 내려가 있었고 미리암이 열심히 내 것을 빨고 있었다.

나는 여전히 잠에 취한 상태였다.

다행히 아직 상황은 심각하지 않았다.

"깼니?"

그녀는 잔뜩 취한 상태였다. 게다가 알몸이었다. 내 목덜미는 땀으로 흥건히 젖어 있었다.

무슨 말이라도 하려고 했지만 아무 생각도 떠오르지 않았다.

"나머지도 다 벗어." 그녀가 말했다.

나는 벨벳 소파에 누운 채 그녀를 쳐다봤지만 하얀 등이 내 시야를 가리고 있었다.

"무지 덥구나." 내가 나직이 말했다.

"그러네."

나는 자리에서 일어나 노란색 부츠와 나머지 옷을 차례대로 벗었다. 그녀가 보든 말든 조금도 개의치 않았다. 나는 스톨리치나야를 꺼내 마시려고 바로 갔다. 끈적끈적한 그녀의 침이 내 사타구니 쪽으로 천천히 흘러내렸다. 병뚜껑이 열려 있었다. 나는 술을 병째로 들이켰고 페루산 피스코 병에 그려진 인디오의 얼굴을 뚫어지게 바라보았다.

벽시계는 한시 반을 가리키고 있었다.

"아직 그건 안 했지?"

"응, 마티아스. 아직은."

"다행이군. 다 꿈이었던 모양이야. 술에 취해 비몽사몽이었거든."

"나도."

"그래 보여."

나는 바로 이어지는 계단에 걸터앉았다.

그녀는 자신의 몸을 부드럽게 애무하면서 등을 돌린 채 내 맞은편 소파에 앉아 있었다.

"이리 와."

"알았어."

나는 그녀가 있는 곳으로 천천히 다가갔다. 나야 어떻게 하든 크게 손해볼 게 없었으니까.

하지만 그녀와 입을 맞추고 싶지는 않았기에 대신 그녀의 목을 애무했다. 땀에 젖은 목에서 알 수 없는 향수 냄새가 났다.

나는 천천히 아래로 내려갔다.

"몸을 돌려봐."

우린 다시 마주보고 앉았다. 그녀는 날 보며 미소를 흘렸다. 조금 전 그녀가 혀로 내 몸을 핥을 땐 정말 웃겨 죽는 줄 알았다. 그런데 바로 그 순간 그녀가 갑자기 두 다리를 올려 내 목 뒤로 교차시키는 바람에 숨쉬는 것조차 힘들었다. 애액이 묻어 내 코가 온통 미끈거렸다. 그리고 그녀의 털 한 오라기가 입안으로 들어와 결국 삼킬 수밖에 없었다.

"너랑 이렇게 될 줄은 몰랐네." 나는 말했다.

"넌 몰랐겠지. 하지만 난 알고 있었어."

"그렇군."

"우리 저 방으로 가자."

우리는 그녀의 부모님 방으로 갔다.

그녀는 어디론가 사라졌고 나는 침대 위로 몸을 던졌다. 창문 앞에 놓인 침대는 어마어마하게 컸다. 창밖으로 바닥에 있는 노란 조명빛을 받은 밤나무 한 그루가 보였다. 침대 머리맡에는 전화기가 한 대 놓여 있었다. 그걸 보자 갑자기 아무한테나 전화를 걸고 싶었지만 단 한 녀석의 이름도 떠오르지 않았다. 밤나무 잎사귀에서 반사된 노란 빛만 흘러들어올 뿐, 방안은 어두컴컴했다.

다시 방으로 들어온 그녀는 길고 가는 마리화나와 존 플레이어 스페셜*이라고 쓰인 라이터를 내게 건넸다.

그녀는 키가 작은 편이고 날씬하지도 않았다.

더구나 배꼽 부위에 뱃살까지 붙어 있었다. 저걸 문다면 싫어할 거야.

* 영국의 존 플레이어 & 선스 사가 만든 담배 브랜드.

"몸매가 풍만하구나."

"헛소리 작작해."

그녀는 텔레비전을 켜고는 비디오를 집어넣었다. 화질과 소리가 엉망이었다. 샤워를 하는 미식축구 선수들이 화면에 나왔다. 녀석들은 맞은편 탈의실에서 옷을 갈아입고 있는 치어리더들을 몰래 훔쳐보고 있다. 그러던 중 금발 여자애가 그쪽으로 몸을 돌리자, 화들짝 놀란 녀석들은 김이 나는 샤워기 밑으로 숨어버린다. 한편 여주인공은 어떤 흑인에게 오일로 근육 마사지를 해주고 있다. 녀석의 온몸이 번들거린다.

나는 천천히 마리화나를 피우면서 다른 손으로 그녀의 나팔관이 있는 쪽을 쓰다듬었다.

그러자 슬그머니 흥분되기 시작했다.

나는 꽁초를 비벼 끄고, 공기 중에 퍼져나가던 마리화나 연기를 가슴 깊숙이 들이마셨다. 그러고는 곧바로 작업에 들어갔다.

일단은 키스를 하기로 했다. 내 경우엔 키스를 하지 않으면 다음 단계로 넘어가기가 힘들기 때문이다. 여전히 술이 깨지 않았다. 화면에서는 오일을 바른 흑인 녀석이 나무의자 위에서 젖꼭지가 붉은 금발 여자의 몸속으로 성기를 집어넣고 있었다. 미리암이 혀로 내 등을 핥는 동안 나는 계속 화면을 응시했다. 기분이 좋았다. 온몸이 사르르 녹아내리는 듯했다.

"마사지해줄게."

"좋지."

"저 흑인 남자처럼 해줄까?"

"그럼 더 좋고."

"잠깐 기다려. 가서 하와이언 트로픽을 가져올 테니까. 코코넛 향이 나는 기름이야."

"코코넛이라고?"

"열대 코코넛 향이야, 바보야."

이젠 몸이 뜨겁게 달아올랐다. 마리화나와 보드카, 그리고 창문으로 스며들어오는 밤나무의 노란 빛 덕분에 몸이 공중에 둥둥 떠 있는 듯한 기분이었다.

"그건 다 써버렸네. 대신 이걸 가져왔어."

그녀는 칼로룹 크림*을 들고 있었다.

"우리 아빤 이것 없이는 못 살아." 그녀가 말했다. "집에만 오면 나더러 이걸 발라달라고 하거든."

그녀가 튜브를 열자 강한 유칼립투스 향이 코를 찔렀다. 그녀는 그걸 손에 듬뿍 짠 다음 내 등에 골고루 바르기 시작했다. 향이 정말 강했다. 치약, 혹은 박하 껌이나 홀스처럼. 크림을 바를 땐 뼛속 깊이 한기가 스며들었다. 욕조 바닥에 누워 있는 것 같은 기분이었다. 하지만 크림이 모공에 스며들면서 차츰 온몸이 뜨거워지기 시작했다. 시간이 흐르자 온몸이 후끈거렸다. 마치 몸속에 불구덩이라도 있는 듯한 느낌이었다.

"나 좀 줘봐. 너도 발라주고 싶어서 그래."

얼마 지나지 않아 침대시트가 기름으로 얼룩졌다. 그리고 우리 몸도 멘톨 크림으로 번들거렸다. 병원 냄새가 방안을 가득 메웠다. 그녀와

---

* 칠레 호프만 사에서 만든 소염 진통 크림.

나는 한몸이 된 채 서로 엉켜 있었다. 나는 그녀의 부풀어오른 가슴을 크림으로 부드럽게 애무해주었다. 그때 우린 모두 몸이 바짝 달아올라 있었다.

"온몸이 미끌미끌해. 정말 죽이는데. 넌 어때?"

그녀는 눈을 지그시 감았다. 그러고는 몸을 약간 들어올리더니 다시 부드럽지만 정확하게 내렸다.

"골인!" 내가 말했다.

"오프사이드 같은데."

나도 눈을 감았다. 그런데 아무리 애를 써도 그런 자세에서는 안토니아의 모습을 떠올릴 수가 없었다.

"빼지 말고 그대로 있어줘. 아직 흥분이 안 돼서 그래."

"이러고 있으니 지루한걸."

그녀가 침대 위로 스르르 쓰러졌다. 나는 그녀의 허벅지를 손으로 꽉 쥔 채, 멘톨 크림을 바른 배꼽에 입을 맞추었다.

그녀는 다시 일어나 앉더니 손가락에 크림을 짰다. 그리고 나를 만졌다.

"네 몸이 너무 끈적해졌어."

"너도 마찬가진걸. 네가 나보다 더 심해."

"웃기지 마."

그녀는 곧 나를 위해 차가운 크림을 잔뜩 묻힌 손으로 성기를 애무해주기 시작했다. 또다시 공중에 붕 뜬 듯 기분이 황홀해졌다. 내 성기 위로 그녀의 손이 미끄러지듯이 움직였다. 한두 번 해본 솜씨가 아닌 듯했다. 마침내 정액이 뿜어져 나왔다. 나는 흥분을 가누지 못하고, 그녀의 다리에 얼굴을 묻은 채 울먹거리며 고함을 질렀다. 어찌나 크게 소리를 질렀던지 이웃 사람들이 놀라 잠에서 깼을 게 분명하다. 그대로 죽을 것만 같았다. 멘톨 크림 때문에 불에 덴 것처럼 온몸이 화끈거렸다. 여태껏 이런 적은 단 한 번도 없었다. 몸에 전기라도 흐르는 것처럼 따끔거리고 화끈댔다. 잠시 동안이기는 했지만 마치 눈에 레몬즙을 넣은 것처럼 괴로웠다.

끔찍했다.

"너한테도 기어이 그런 일이 일어나고 말았구나." 파스가 내게 말을 건넨다. "하지만 그런 경험이라면 한번 해볼 만하지."

새벽 여섯시다. 토로가 엘 보스케 거리로 난 문을 열자 엷은 새벽빛이 스며들어온다. 나는 다시 후안초 클럽 한복판에 있는 가죽 소파에 벌렁 드러눕는다.

"어디 아프니?"

"이제 괜찮아. 샤워하고 났더니 좀 살 것 같아. 그런데 아직도 그 냄새가 나는 것 같아. 미열도 나고."

"근데 걔가 뭐라고 하디?"

"아무 말도 안 하던데. 고맙다는 말조차 없었어."

후안초 클럽에는 아무도 없다. 찰로가 마지막 음반—다이애나 로스의 〈Upside Down〉—을 턴테이블 위에 올려놓고, 오렌지주스를 탄 보드카를 마시러 스탠드 쪽으로 온다. 파스도 카운터로 가서 금전등록기를 연다. 토로가 불을 켜자 후안초 클럽이 민낯을 드러낸다. 가게 안은 좁은데다 지저분하고 초라하기 짝이 없다.

나는 자리에서 일어나, 나도 모르는 사이 플로어로 걸어간다.

찰로가 일하는 디제이 박스 유리에 내 모습이 비친다.

몰골이 말이 아니다.

나는 플로어에서 춤을 추기 시작한다.

처음엔 부드러우면서도 차분하게, 다소곳이 췄지만, 생각해보니 굳이 그럴 필요가 없어 곧 빠르고 격렬하게 춤추기 시작한다.

"마티아스, 다 끝났어." 토로가 내게 소리친다.

"맞아요." 내가 대답한다. "다 끝난 거죠."

1980년 9월 7일, 일요일

꿈은 늘 이런 식으로 이어지기 마련이다. 내가 잠들어 있는 꿈을 꾼다. 꿈속에서 또 잠들어 있는 어떤 이가 나타난다. 그는 베개를 꼭 끌어안은 채 깊은 잠에 빠져 있다. 그는 잠에서 깨어나고 싶지 않다. 왜냐하면 꿈속에서 그는 지금껏 살아온 삶과는 비교도 할 수 없을 정도로 멋진 세계를 경험하고 있기 때문이다. 그 순간 그의 매니저가 호텔 방으로 들어왔다. 시트에 깊이 스며드는 시가 냄새만으로도 그인지 알 수 있다. 매니저는 당장 일어나라고 한다. 오전에 기자회견이 있으니까 빨리 준비하라는 얘기다.

꿈속의 남자는 록 가수다. 머리를 길게 길렀는데 이상하게도 얼굴은 날 닮았다.

그는 영어로 꿈을 꾼다. 그리고 자기가 자고 있는 꿈을 꾼다. 꿈속에서 그는 다른 곳에 있는데, 혼자가 아니다. 그는 지금의 삶은 어차피 한 번은 거쳐야 할 관문에 불과하다는 것, 그리고 언젠가 구원받게 될 거라는 확신을 갖게 된다. 하지만 매니저는 여전히 비몽사몽인 그에게 쉴새없이 말을 한다. 더이상 자는 체하고 있을 수만은 없다. 창문으로 사막의 강렬한 햇살이 쏟아져 눈을 뜰 수가 없다. 마치 한낮인데도 깊은 어둠에 잠겨 있는 성당의 스테인드글라스를 누군가 돌을 던져 깨버린 것 같은 느낌이다. 잠시 후 나를 닮은 가수는 삼인용 침대에서 천천히 몸을 일으켜 거울을 본다. 거울에 비친 제 모습이 마음에 들지 않는다. 대리석으로 만든 것으로 보이는 서랍장 위에 작은 램프가 켜져 있고, 그 아래에 분홍빛 지갑이 놓여 있는 곳으로 눈을 돌린다. 바로 옆에는 스톨리치나야 한 병과 반쯤 비어 있는 일회용 플라스틱 컵, 여러 줄의 코카인 가루가 어지럽게 흩어져 있는 거울이 있다. 하얀 가루는 마치 퓨즈가 녹아버린 일렉트릭 기타 줄처럼 거울 위에 구불구불 이어져 있다. 창문은 벽 전체를 차지할 정도로 크다. 창밖으로 내려다본 도시의 모습은 흉하기 이를 데 없다. 햇볕이 쨍쨍 내리쬐고 있어도 도시는 여전히 잿빛으로 찌들어 있다. 아래를 내려다보던 가수는 불현듯 자살 충동을 느낀다. 여기서 뛰어내리면 트로피카나 호텔 정문을 바라보고 있는 모아이 석상(우편엽서에 나오는 석상) 앞에 떨어지겠지. 그의 부모도 모두 그렇게 생을 마감했다.

꿈은 여기서 중단된다. 모든 게 한순간에 물거품처럼 사라졌다.

모두.

더이상 이어지지 않는다.

계속해, 계속하라고. 계속하란 말이야.

눈부신 태양 아래 끝없이 펼쳐진 라스베이거스를 내려다보면서, 창문으로 뛰어내려 콘크리트로 만든 가짜 모아이 석상 앞에 떨어질까 고민하던 록 가수, 아니 나 자신의 모습. 하지만 그걸로 끝이다. 꿈속의 한 장면일뿐이다.

마지막 모습이 내 뇌리에서 사라지지 않는다. 하지만 계속 이어지지도 않는다.

"마티아스, 이제 일어나. 아침 차려놨다. 조금 있다가 영세식에 가야 하잖니."

엄마의 목소리다. 하지만 나는 침대에서 꼼짝도 하지 않는다. 나는 뇌리에 박힌 채 꼼짝도 하지 않는 그 장면을 계속 꿈꾸고 있다.

"마티아스, 콕스한테 전화왔다."

이번엔 프란시스카의 목소리다.

눈을 뜬다. 눈부신 햇살이 방안을 가득 메우고 있다. 마치 라스베이거스에 있는 것 같군.

프란시스카는 파스텔 색조의 옷을 차려입었다. 잘 어울린다.

여긴 분명 산티아고다.

"안색이 안 좋네. 그러니까 좀 일찍 자."

"알았어." 내가 대답한다.

"티는 잘 안 나니까 걱정 마."

"전화 좀 갖다줄래?"

"베아가 바닥에 떨어뜨리는 바람에 상태가 영 안 좋아서 전화선을 멀리 가져오지는 못해. 내일 고치러 온대."

나는 침대에서 몸을 일으켜 전화가 있는 곳으로 간다. 전화는 베아의 분홍빛 방에 있다. 가보니 침대는 깨끗하게 정리되어 있고 운좋게도 베아는 보이지 않는다. 나는 베아의 침대 위에 벌렁 드러누운 뒤 노란색 우주복을 입은 포로틴 인형*을 배 위에 올려놓았다.

"아침부터 웬 전화야. 졸려 죽겠는데. 잠도 제대로 못 잤단 말이야."

"어제 계속 널 찾아다녔어. 대체 어디 있었던 거야?"

"나중에 차근차근 설명해줄게."

"혹시 섹스?"

"네가 상상하는 것 이상이지……"

"며칠 있으면 병에 걸려 쩔쩔매겠구나. 아무도 못 고치는 병일 거야."

혹시나 하는 생각에 나는 포로틴 인형을 옆에 내려놓고 하늘색 면 잠옷을 들춰보았다. 하지만 살갗에는 전혀 이상이 없었다. 타들어가는 듯한 느낌도, 울긋불긋한 반점도 없었다.

"그런데 오늘 가긴 가는 거야?" 콕스가 재촉하듯 말한다.

"당연히 가야지. 아빠한테 말해서 열쇠 받아놨으니까 아무 문제 없어. 그러니까 나중에 내가 있는 곳으로 오면 돼. 엘 골프에 있는 성당 앞으로 말이야. 어딘지 알지?"

"내 사촌누나가 거기서 결혼했어."

"그래, 바로 거기야. 열한시 반까지 오라고. 영세식이 열시 반에 시작되니까."

"왜 하필이면 일요일에 영세식을 하는 거지?"

---

* 1970년대 칠레에서 어린이들의 사랑을 받던 봉제 인형. 주로 갓난아이의 모습을 하고 있다.

"괜히 누나가 억지 부려서 그런 거야. 보통 아이들이 태어난 지 사십사 일이 지나고 나서 영세를 하긴 하는데 굳이 일요일에 할 필요는 없지. 우리가 잘 아는 분이라 어쩔 수 없이 받아들이시더라고. 하긴 돈 받고 하는 거니까. 하여간 이제 밤이 지났으니까 아이가 태어난 시간으로부터 정확히 사십사 일이 지난 셈이긴 해."

"참 희한한 사람들이네."

"그러게 말이야."

"하여간 열한시 반에 만나자."

"오케이."

내 방으로 돌아오자 다시 침대에 쓰러져 자고 싶다.

셔츠 주머니를 뒤지니, 어제 칠레의 위대하신 알레한드로 파스가 내게 준 초록색과 흰색으로 된 캡슐이 또하나 눈에 띈다.

부엌으로 가다가 엄마와 마주친다. 엄마는 마치 결혼식에 가는 사람처럼 화려한 차림이다. 엄마는 베아의 머리를 만져주고 있다. 베아의 끔찍한 곱슬머리에 리본같이 생긴 것을 달아준다.

"서둘러라, 마티아스, 오늘은 절대 늦으면 안 돼. 명색이 대부인데 늦으면 되겠니?"

"그래서 내 보디가드들한테 미리 일러두었어요, 엄마. 총질을 해도 영세식이 끝난 다음에 하라고요."

하지만 엄마는 〈대부〉를 보지 않았다. 설령 봤더라도, 내가 한 말이 그 영화의 한 장면에 나오는 대사라는 걸 기억조차 못할 것이다. 엄마는 자기가 본 영화나 지금까지 읽은 몇 권 되지도 않는 책의 내용을 전혀 기억하지 못한다. 항상 딴생각만 하니까 그럴 수밖에.

부엌에서는 카르멘이 열심히 팬케이크를 만들고 있다. 모두들 여기가 미국이라도 되는 줄 아는 모양이다. 마이애미에 다녀온 후로, 엄마는 일요일마다 푸짐한 브런치를 꼭 찾는다. 그리고 아빠는 샴페인에다 과일 마멀레이드와 오렌지주스를 섞기도 한다. 일요일마다 우리집에서 벌어지는 진풍경이다.

나는 혹시라도 잠이 확 깰 만한 게 있는지 보려고 냉장고를 열어본다. 내가 좋아하는 네슬레 연유가 뚜껑이 열린 채로 있다. 나는 그것을 병째로 들이켠 다음 파스가 준 캡슐을 삼킨다. 아무리 그래도 이 시간에 마약을 먹다니 찝찝하고 거북한 느낌을 지울 수 없다.

기운을 차리기 위해서지만.

나는 빈 연유병을 탁자 위에 올려놓았다. 노란색 커튼 사이로 환한 아침 햇살이 쏟아진다. 빈 연유병이 빛을 받아 반짝거린다. 내가 몹쓸 짓들을 하기 전에, 그러니까 초록색과 흰색의 캡슐을 먹고, 보드카에 취해 온몸에 칼로룹을 바르고, 레진 나이트클럽과 후안초 클럽을 제집처럼 드나들기 전에 엄마는 부엌에서 연유로 디저트를 만들곤 했다. 아옌데 대통령 시절, 엄마가 만든 디저트는 내게 최고의 선물이었다. 붉은빛이거나 오렌지·빛깔이었는데, 초록빛도 섞여 있었다. 거품 같았지만 아래는 진했다. 엄마가 만든 바바루아는 완벽했다. 그 당시만 해도 꿀보다 연유가 훨씬 더 귀했으니까 그럴 만도 했다. 집 근처에 있던 알마크 시장에서 장을 볼 일이 있으면, 언제나 엄마는 하녀로 일하던 마푸체 인디오 프레시 할머니에게 나를 딸려 보내면서 이렇게 말하곤 했다. "괜한 일 가지고 빨갱이들하고 입씨름하진 마세요." 물론 그게 말처럼 쉽지는 않았다. 한번은 누군가가 어디 가면 연유가 가득 쌓여 있다고 엄마에게 귀띔해주었다. 그 소식을 듣자마자 엄마는 나와 프란시스카를 차—파란색 피아트 125였다—에 태우고 곧장 구시가지로 향했다. 아마 마타 대로였던 것 같다. 거기서 엄마는 터무니없이 비싼 가격으로 연유 두 통을 샀다. 암시장이라 부르는 게 값이었다. 하지만 엄마는 그 정도면 살 만하다고 강변했다. 돈 아낀답시고 거지같은 중국 요리를 먹느니 차라리 그 값에 연유를 사는 편이 훨씬 낫다는 얘기였다. 그러더니 공산주의자들이 들어선 다음부터 생필품마저 살 수 없을 정도로 세상이 엉망진창이 되었다고 불평을 늘어놓았다. 하지만 저들이 아무리 난리를 쳐도 아이들에게 바바루아를 만들어주는 즐거움마저 앗아가지는 못할 거라는 말을 덧붙였다.

식당으로 이어지는 문틈으로 아빠의 모습이 보인다. 아빠는 소파에 앉아 〈엘 메르쿠리오〉의 B면을 읽고 있다. 신문에 나온 이런저런 광고를 훑어보고 있는 것 같다. 카르멘은 여전히 부엌에서 음식을 만들고 있다. 엄마는 이제 부엌에 거의 들어오지 않는다.

"달걀 프라이 먹을래, 아니면 팬케이크 줄까?"

"아무것도 안 먹을래요. 속이 안 좋아서요. 차나 한 잔 주세요. 레몬 넣고요."

"팬케이크를 만들라고 아침부터 사람을 들들 볶아대도 정작 만들어 놓으면 손도 안 대네. 더구나 네 아빠는 다이어트중이라고 하더구나."

"일요일인데 조용히 좀 해요. 바라는 게 많으실 테니까 기도나 하시든지요."

"내가 바라는 걸 하느님께 말씀드릴 순 없잖니."

"하느님껜 뭐든 빌어도 돼요. 물론 아무 대답도 없으시겠지만."

"너 같은 녀석은 반드시 지옥에 떨어질 게다."

"아니에요, 카르멘 할머니, 우린 천국에 갈 거예요. 지옥에 간 다음, 잘 견디기만 하면 천국으로 올라간대요. 그것도 곧바로요."

이젠 빈 연유병도 더이상 반짝거리지 않는다.

그게 뭔지도 모르는 카르멘은 병을 쓰레기통에다 던져버린다.

하긴 저 병도 결국 가야 할 곳으로 가는 것뿐이지.

밖에 나와보니 날씨가 정말 좋다. 구름 한 점 없는 새맑은 하늘을 보면서 필라르 누나는 이로써 하느님의 존재를 충분히 증명할 수 있다는 둥, 밝고 축복된 삶이 펠리페의 앞날에 기다리고 있을 거라는 둥 온갖 헛소리를 늘어놓는다.

그녀의 말마따나 날씨는 기가 막히게 좋다. 하지만 어쩌다 날씨가 좋다고 생각까지 바꿀 사람은 없을 것이다. 어젯밤 미리암네 집에서 나와 후안초 클럽으로 가는 길에는 비가 짧은 시간 동안 엄청나게 퍼부었는데 이게 무슨 조화인지 모르겠다. 텔레비전 일기예보에도 나오지 않은 기상 현상이었다. 하긴 이런 날씨를 정확히 알아맞히는 것은 불가능할 테니까. 하늘은 마치 파란 물감으로 짙게 칠해놓은 것 같다. 항공사 광고에 나오는 하늘처럼 보일 정도다.

구름도 감히 얼씬거릴 엄두가 나지 않는 모양이다.

저멀리 있는 산맥도 오늘따라 코앞에 있는 듯 가까워 보인다. 눈으로 뒤덮인 산꼭대기는 마치 방금 구워낸 머랭처럼 보인다.

햇살이 강해서 선글라스 없이는 다닐 수 없을 지경이다.

우리 가족은 모두 성당 앞에 모여 있다. 성당 정원에는 이파리마다

물방울이 송골송골 맺혀 있는 나무들이 빽빽하다. 모두들 선글라스를 쓴 채 웅성거리고 있어 분위기가 어수선하다. 어찌 보면 영화의 한 장면을 촬영하는 것 같기도 하다. 영세식이라기보다는 무슨 마피아 보스의 장례식 같은 분위기지만, 멋있는 배경을 뒤로한 채 파스텔 톤의 옷을 차려입고 서 있어서 그런지 다들 그럴싸하고 매력적이다.

지나가다 우연히 우리를 본 사람이 있다면, 속으로 부러워하면서 역시 산티아고는 세계에서 가장 아름다운 도시 중 하나라고 생각할 법도 하다.

하지만 이젠 눈부신 태양도, 산 정상을 덮고 있는 하얀 눈도 볼 수 없다. 어두컴컴한 성당 안에 들어와 있기 때문이다. 나는 성당의 한쪽 귀퉁이, 흔히들 성구실聖具室이라고 하는 곳 바로 옆에 앉아 있다. 내 팔에는 스킨헤드 펠리페가 안겨 있다. 녀석은 하늘색 강보에 싸인 채 내 셔츠를 만지작거리면서 놀고 있다. 나는 아이가 가벼운 것에 다소 놀랐는데, 귀여운 아이를 품안에 안고 있으니 기분이 좋다. 아이의 몸은 따뜻하다. 낯선 곳이라 그런지 녀석은 눈이 휘둥그레져서 주변을 두리번거린다. 가끔 날 쳐다보는 녀석의 눈빛을 보면 나와 같은 생각을 하고 있는 듯하다. 심지어 나는 녀석이 날 자기 아빠라고 여기고 있는 건 아닐까 하는 상상도 해본다. 아빠라는 사람은 얼간이 같고 누나들도 이애를 자꾸 괴롭히니까. 사실 이런 영세식이 무슨 의미가 있을까? 단순한 겉치레일 뿐 누구에게도 중요하지 않다. 그러나 여기서 행하는 약속만큼은 중요하고 숭고하다는 생각이 든다. 이 예식을 통해 나는 (사실 아직 나는 이 아이를 잘 모르지만 난생처음 이애를 내 품에 안고 있다) 이 아이와 약속을 맺게 된다. 앞으로 어떤 일이 있어도 나는 약속을 지킬 것이다. 지금 이 시간 이후로 펠리페와 나는 하나의 끈으로 연결된다. 나는 펠리페를 위해 책임을 다할 것이고, 그를 지키기 위해서라면 어떤 일도 마다하지 않을 것이다.

이런 생각이 들자 약간 불안해지기 시작한다. 나도 모르게 팔이 떨린다. 그러자 작고 연약하기 이를 데 없는 펠리페가 몸을 꼼지락거린다. 하지만 아무도 눈치채지 못한다. 이건 우리 둘만의 일이니까. 이런 걸 보면 내가 그렇게 이기적인 것 같지는 않다. 안토니아가 뭐라고 하든 말이다. 내게 기회만 준다면, 아니 내게 기회만 생기면 나도 얼마든지 좋은 일을 할 자신이 있다.

나는 팔에 안겨 있는 아이를 물끄러미 내려다본다. 그러자 이도 안 난 녀석이 날 보고 미소를 짓는다. 그 미소를 보자 황홀한 느낌마저 든다. 나도 이 세상에서 꽤 쓸모가 있구나, 아니 나도 누군가에게는 꼭 필요한 존재구나 하는 느낌. 그 순간 온 세상이 멈춘 것 같다. 그리고 사위가 별안간 고요해진다. 이 세상 모든 것이 완벽해 보인다.

바로 그때 신부의 강론이 시작된다. 특유의 단조로운 목소리로 그리스도에 대해 이야기를 꺼낸다. 마치 옆집에 사는 세바스티안이나 디에고 얘기를 하는 것 같다. 나는 고개를 들어 그를 보다가 그만 깜짝 놀라고 말았다. 평소에 보던 신부가 아니라 다른 사람이었기 때문이다. 그런데 아주 매력적이고도 온화해 보인다. 어찌 보면 펠리페와 비슷한 모습이다. 순수하면서도, 어딘가 좀 낯선 면이 있고, 그러면서도 왠지 구세주 같은 느낌을 주는 용모다. 나이도 기껏해야 스물다섯 정도로 보인다. 갑자기 내가 저 자리에 서 있으면 어떨까 하는 생각이 든다. 근엄한 복장을 하고 가끔씩 고운 손을 들어올리면서 말이다. 상상해보면 그럴듯하긴 한데 겁이 나기도 한다. 신부의 짧은 밤색 머리는 퍼석하고 약간 곱슬이다. 그리고 어딘가 모델 같은 분위기를 풍긴다. 아니면 유럽에서 활동하는 폴로 선수 같기도 하고, 건물이 담쟁이로 뒤덮인 뉴잉글랜드의 대학에서 공부했을 것 같기도 하다. 강론과 전례典禮를 하는 동안 신부는 자신에게 쏟아지는 관심과 시선을 은근히 즐기는 듯하다. 미사에 집중하기보다는 오히려 사람들의 관심을 끌고 싶어하는 모습이 언뜻언뜻 비친다. 사람들과 일정한 거리를 둠으로써, 즉 감히 범접할 수 없는 위엄을 내비침으로써 오히려 사람들을 끌어당기는 것 같다. 물론 그런 모습은 다름 아닌 예수그리스도에게서 비롯된 신화다. 저 신부는 아마 어떤 파티에 갔다가 불현듯 그런 생각을 떠올렸는지도 모른다. 그에게 그리스도는 완벽한 도피처이자 진정한 친구처럼 여겨졌을 것이다. 그리스도처럼 보이면 그 누구도 자기를 못살게 굴지도, 고통스럽게 하지도 않을 테니까. 따라서 저 신부에게 그리스도는 자신을 받아들여주었을 뿐만 아니라, 모든 고뇌에서 벗어나 자기만의 자유로운 삶, 새로운 삶을 살게 해준 분신과도 같은 존재다.

내 누이들은 신부의 강론을 듣느라 여념이 없다. 그런데 내 옆에 앉아 있는 여자애—매형의 사촌여동생이다—는 펠리페의 대모인데도 아이의 손 한 번 잡아주지 않는다. 그저 창백하고 근엄한 표정의 신부만 멍하게 바라보고 있을 뿐이다. 지금 신부의 귓불은 막혀 있지만 자세히 보면 뚫었던 흔적이 남아 있다. 그를 가까우면서도 멀게 느껴지게 하는 커다란 십자가 아래에서 뭘 하고 있는지 알 수 없는 저 신부의 얼굴을 빤히 쳐다본다.

그 순간 내 팔에 안겨 있던 펠리페가 갑자기 몸을 뒤틀더니 울음을 터뜨린다. 녀석의 울음소리 덕분에 꿈길을 헤매는 듯 몽롱하면서도 이상야릇한 상태에서 빠져나온다. 나도 모르는 사이에 영세식은 이미 다 끝났다. 나는 마치 정신이 나간 사람처럼 멍하게 자리에 앉아 있다. 필라르 누나가 내게서 펠리페를 데려가자 순식간에 아무것도 없이 빈손으로 남는다.

그때 이상한 느낌이 들어 고개를 드니 신부가 날 빤히 바라보고 있다. 왜 그러는 걸까? 그는 나를 향해 성호를 그으며 축복을 내린다.

아직 이른 시간이다. 콕스 일행이 오려면 시간이 한참 남았다. 우린 지금 성당 중앙 통로에 있는데, 그다지 아름답다는 느낌이 들지 않는다. 성당에는 흔한 그리스도상조차 없이, 성모마리아상과 을씨년스러운 그림 몇 점이 걸려 있을 뿐이다. 그런데 그 수준으로 봐서는, 이 성당을 지은 건축가의 친척뻘 되는 학생이 그린 게 분명하다.

열한시 미사가 한창 진행중이다. 사람들은 기도를 하고 열심히 기도문을 왼다. 또 성호를 긋고 찬송가를 부른다. 갑자기 바깥의 눈부신 태양이 보고 싶어진다. 하지만 아직은 내 마음대로 나갈 수가 없다. 조금 전까지만 해도 여기 있던, 전에 귀고리를 하고 다녔던 신부가 보이지 않는다. 그가 보고 싶어진다. 지금 저 앞에 있는 신부의 강론은 별로 설득력이 없어 보인다. 더구나 뚱뚱한데다 무표정하기까지 해서 신부가 아니라 깐깐한 장학사 같은 인상이다. 신부는 강론을 하던 중 어떤 대목에 이르자 갑자기 목소리에 힘을 준다. 지금 우리 나라는 매우 중요한 갈림길에 놓여 있다고, 하느님께서는 우리 모두에게 가장 좋은 결과가 있기만을 바란다고, 그러니 부디 다음주에는 기존의 질서가 무너졌다고 애통해하는 사람이 없기를 바란다고 말한다.

나는 아디다스 가방을 나무 받침대—사람들이 죄를 지었을 때 무릎을 꿇는 받침인데 정확히 뭐라고 하는지는 모르겠다—위에 얹어놓은 채, 문 가까이에 있는 맨 뒷자리에 앉아 있다. 그 자리에 있으면 모든 게 훤히 보인다. 보는 것만으로도 심심치는 않다.

성당을 가득 메운 사람들은 모두 엄마 말마따나 "아까 우리 영세 미사를 봤던 견습생"이 아닌 진짜 신부의 말에 귀를 기울이고 있다. 우리 엄마의 신앙심은 시시각각으로 변하는데 가끔은 독실한 가톨릭 신자처럼 보이다가도 어떨 때 보면 전혀 아닌 것 같고 도무지 종잡을 수가 없다. 엄마가 "죄인들이 청하오니, 주님 저희의 기도를 들어주소서" 하고 기도문을 외는 모습을 보면 정말 낯설기도 하고, 이해가 되지 않는다. 엄마는 로마가톨릭 신자도, 라틴가톨릭 신자도 아니기 때문이다. 사실 엄마는 순혈 유대인이다. 하긴 나도 마찬가지다. 유대인의 핏줄은 지금도 이렇게 면면히 이어지고 있다. 나는 비쿠냐 집안에서 유일한 유대인 남자인 셈이다.* 그런데 내가 만약 안토니아와 결혼해서 아들을 낳으면 그 아이는 유대인이 아니다. 물론 미리암하고 결혼할 경우엔 당연히 유대인의 혈통을 잇게 된다. 생각하고 싶지도 않을 만큼 역겨운 일이다. 반면에 펠리페는 나와 마찬가지로 유대인이다. 필라르 누나가 유대인이기 때문이다. 이렇게 된 원인은 엄마가 레히나 외할머니의 딸이라는 데 있다. 외할머니는 복자가 될 수 있을 만큼 독실한 가톨릭 신자이지만 사실은 통곡의 벽보다 더한 유대인이다. 외할

---

* 유대인들은 모계중심사회를 이루고 있기 때문에, 혼혈일 경우 모친의 혈통을 따른다.

아버지 타타 이반도 유대인인 게 틀림없다. 간단히 말해 이 모든 것이 절대 우연의 일치는 아니다. 유대 혈통과 유전의 문제일 뿐, 전통이라든가 믿음 혹은 성씨와는 전혀 관련이 없다. 결국 순수한 혈통을 잇기 위한 방편인 셈이다. 그런데 이와 같은 '유대 국가의 비밀'에 대해 아는 사람은 의외로 많지 않다. 필라르 누나조차 이 사실을 모르고 있다. 매형 기예르모 이리아르테는 유대인을 워낙 혐오하는 인간이라 그 사실을 알면 무슨 짓을 할지 모른다. 매형이 내 앞에서 유대인에 대한 반감을 표현한 적이 있기 때문에 나는 안다. 언젠가 눈치도 없이 타타 할아버지 앞에서도 그런 말을 꺼낸 적이 있다. 그런데도 할아버지는 얼굴 한 번 찌푸리지 않고 차분하게 대답했다. "글쎄. 내 생각엔 그렇게 쉽게 말할 문제는 아닌 것 같네. 사실 요즘 사람들은 인종주의 문제를 마음대로 다루니까 말일세. 자네하고 있으니까 솔직히 말하지. 유대인들은 그리 믿을 만한 사람들이 못 돼. 자기들이 사는 곳에 완전히 뿌리 내리려고 하지 않거든."

타타 할아버지는 지금 저 앞, 신부와 가장 가까운 자리에 앉아 있다. 할아버지는 주변에 있는 사람들—이 시간에 여기 온 이들은 대부분 돈 많은 한량이다—의 눈에 띄지 않도록 열심히 기도하는 척한다. 그 옆에는 할머니가 묵주를 들고 앉아 있다. 그 묵주는 할머니가 제일 아끼는 물건이다. 엄마 이름을 루트나 에디트 같은 유대 이름으로 하지 않고 굳이 로사리오라고 지은 걸 보면, 저 묵주에 어떤 의미가 담겨 있는 것 같다. 외할아버지 외할머니는 구제불능인 분들이다. 하지만 친할아버지 친할머니는 내가 어렸을 때 아르헨티나 남쪽에서 일어난 비행기 사고로 모두 돌아가셨기 때문에 집안 어른이라고는 저 두 분뿐이다.

외할아버지 외할머니는 지금 내가 자신들을 쳐다보고 있는지도 모른다. 참 딱한 분들이다. 내가 집안의 비밀을 다 알고 있는 줄은 꿈에도 모를 테니 안타까울 수밖에. 저분들은 지금도 내가 매사에 의욕을 잃고 비실거리거나, 아니면 저분들 말마따나 '사춘기'라는 늪에 빠져 허우적거리는 걸로 알고 있는 모양이다. 나 자신조차 이해하기 어려운 점은 내가 두 분을 모두 싫어하지 않는다는 사실이다. 솔직히 말해 레히나 할머니에게는 정이 가지 않는다. 더구나 묵주를 신줏단지 모시듯 하는 걸 보면 정말이지 속이 뒤집어진다. 늘 몸에 뿌리고 다니는, 그리 진하지 않지만 달짝지근한 향수 냄새를 맡으면 할머니가 어떤 분인지 대충 짐작할 수 있을 것이다. 하지만 내가 할머니를 가장 싫어하는 이유는 못생겨도 너무 못생겼기 때문이다. 우선 땅딸막한데 가슴은 엄청나게 크다. 또 얼굴은 온통 기미투성이에다 머리카락은 살짝 검붉은 빛이 돈다. 꿈에 보일까 두려울 정도다. 더군다나 말을 하는 게 아니라 고함을 지르다시피 해서 모두가 무조건 입다물고 있는 수밖에 없다. 오랜 시간 동안 할머니가 하는 말을 계속 들어왔지만 할머니의 억센 중부 유럽 말투는 여전히 견디기 어렵다.

반면 타타 할아버지는 워낙 정이 많고 붙임성이 있다. 특히 아줌마들과 은행 사람들은 할아버지만 나타나면 좋아서 어쩔 줄 모른다. 할아버지에게서는 망명한 왕자 같은 기품이 느껴진다. 눈동자는 또 얼마나 파란지 가끔 할아버지의 유전자가 내 초록색 눈동자를 코발트빛에 가까운 푸른빛으로 바꾸지 못한 사실에 화가 치민다. 외할아버지는 완벽한 표준어를 쓰는데다, 풍채 또한 어디 하나 흠잡을 데 없다. 그에 비하면 우리 아빠는 난쟁이 똥자루나 마찬가지다. 할아버지의 또다른 매력은 누구도 따라갈 수 없을 정도로 고상하다는 점이다. 할아버지의 준수한 용모와 고상한 취향에 나는 감탄을 금할 수 없다. 할아버지와 같이 있을 땐 왠지 자랑스럽다. 친가 쪽으로 한직이기는 해도 대사大使인 작은할아버지가 있지만 타타 할아버지에 비할 바가 못 된다. 그러나 할아버지의 외모가 내 마음을 사로잡기 시작한 건, 그에 대해 모든 걸 안 뒤부터였다. 사실 예전에는 할아버지가 이 세상에서 가장 비열하고 교활한 사람으로 보였다. 멀리서 보면 그랬다. 그만큼 속마음을 헤아리기 어려운 사람도 없을 테니까. 사람들이 뭐라고 하든, 타타 이반이 일류 배우라는 점만큼은 인정해야 한다. 그를 우상시하면서도 두려워했던 엄마의 말마따나, 할아버지는 〈마이 페어 레이디〉에 나오는 렉스 해리슨하고 닮은 점이 많다. 그는 다른 사람이 되고 싶어했고, 결국 소원을 이뤘다. 할아버지는 칠레 사교계에 혜성처럼 등장했는데, 그를 출세에 눈이 먼 사람으로 취급한 사람은 아무도 없었고 모두들 귀족 출신으로 여겼다. 할아버지가 이렇게 성당에 나와 기도를 하고, 영성체도 받아 모시고, 이웃들에게 축복의 말을 전하면서 헌금을 내는 것도 다 그런 시선 때문이다. 조금 있다 미사가 끝나면 할아버지는 성당 앞에서 온화한 미소를 지으며 사람들과 인사를 나눌 것이다. 특히 노령 탓에 특별한 활동을 하지 않지만 그를 여전히 존경하는 부인들에게는 각별히 신경을 써서 인사를 할 것이다.

지금까지 사람들이 외할아버지에 대해 알고 있는 내력은 대략 이렇다. 타타 이반은 20세기 초 헝가리의 부다페스트에서 태어났는데, 부친은 의사였고 모친은 영국 출신의 배우였다. 그녀는 공연이 끝난 뒤 자기에게 꽃을 보낸 의과 대학생과 사랑에 빠져 결혼했다고 한다. 이

두 사람 사이에서 할아버지가 태어났고, 그는 자기 아버지와 마찬가지로 대학에서 의학을 공부했다. 할아버지는 일반 외과의사가 되는 대신에 스승의 권유에 따라 성형외과의 길을 택했다. 물론 일차대전 직후 성형수술이 전 세계적으로 널리 퍼지기 시작한 것도 그의 결정에 큰 영향을 미쳤다.

이상이 공식적으로 알려진 이야기다. 그리고 이를 액면 그대로 믿는 이들도 적지 않다. 이반 예거 밀스와 레히나 소트 사보 데 예거. 무엇 하나 나무랄 데 없이 멋진 분들이다. 두 분 다 교양 있는 부르주아 집안 출신일 뿐만 아니라, 심지어 우리가 역사 시간에 배우던 오스트리아-헝가리 제국의 권력층과도 밀접한 관련이 있는 훌륭한 가문의 후손이다.

하지만 진실은 다르다.

나는 우연한 기회에 진실을 알게 되었다.

그건 정말 우연이었다. 평소 여기저기 기웃거리고 돌아다닌 덕분이다. 예컨대 반유대주의라면 나는 일 킬로미터 떨어진 곳에서도 그 냄새를 맡을 수 있을 정도다. 그리고 칠레에 살다보면 이런 문제에 대해 민감해지기 마련이다. 나는 유대주의에 관해서는 필요 이상으로 많이 알고 있다. 언젠가부터 유독 그 문제에 관심을 많이 가진 덕분이다. 물론 유대주의는 기본적으로 유전자와 혈통에 관련된 것이지만, 내 경우엔 유대의 모든 것에 끌린다.

요즘 나는 그 문제에 완전히 사로잡혀 있다. 내가 미리암처럼 이상한 애한테 잡혀 헤어나지 못하는 것도 다 그 때문이다. 그녀가 순순히 내게 몸을 허락했다는 점이(비록 잠시 동안이긴 했지만), 나로서는 그 어떤 것보다 충격이었다. 왜냐하면 그건 이교도를 배척하라는 지엄한 유대의 율법을 어긴 셈이기 때문이다. 이 점에 대해선 내가 직접 경험한 적이 있으므로 너무나 잘 알고 있다. 한번은 로레토 아줌마의 딸 주디스가 미할이라는 이름을 가진 '유대인' 여자애를 내게 소개해준 적이 있다. 엄청나게 예뻤을 뿐만 아니라 집도 굉장히 부자였다. 나는 그 애를 처음 보는 순간 마음을 빼기고 말았다. 만난 지 얼마 되지도 않아서 키스를 나누는 등 거침없이 진도를 나갔다. 그러던 어느 날, 그애의 부모가 이제 더이상 집으로 찾아오지 말라는 엄명을 내렸다. 결국 그날 이후 미할에게서는 아무런 소식도 없다. 그런데 얼마 후, 그 아이가 로비 실베르만이라는 녀석과 사귄다는 소문이 들려오기 시작했다.

모든 진실을 알게 된 지금은 그저 헛웃음만 나올 뿐이다. 그러다 어떨 땐 화가 치밀어오르기도 한다. 인종주의로 피해를 입은 건 저들이 아니라 바로 나이기 때문이다.

진실을 알게 된 이후로 지금까지 내 삶은 이렇다. 여기에 있는 것도 저쪽에 있는 것도 아니고, 가운데 있는 것도 주변을 맴도는 것도 아니다. 또한 안에 있는 것도 아니면서 밖에 있지도 않다.

지금까지 그 비밀을 알고 있는 사람은 나밖에 없다. 다른 이들은 부끄럽게 생각하지만 나는 오히려 긍지에 차 있다. 그리고 생각할수록 힘이 솟는 것 같다.

나는 우연한 계기를 통해 이런 충격적인—내겐 정말 그렇다—사실을 알게 되었다.

다 나의 집요함 덕분이다.

우리는 할아버지 댁에서 점심을 먹고 있었다. 그날은 5월 21일,* 공휴일이었다. 우리 가족이 그날을 기념하기 위해 모인다는 것 자체가 놀라운 일이다. 사실 우리 집안에는 해군 출신이 없는데다, 아무도 그들이 지키려고 한 뜻에 관심이 없다. 지금 와서 생각해보면, 우리 집안에 이런 이상한 전통이 생긴 것은 헝가리가 지중해 연안 국가이기 때문일 것이다. 그뿐 아니라 해양의 달과 이키케 해전을 기리면서 모두 모여 점심을 먹는 것이 매우 이국적이고 색다르다고 여겼기 때문인 것 같다. 할머니 집에서 일하는 하녀는 칠로에 출신이라서 쿠란토**와 비슷한 파에야를 만드는 데 일가견이 있다. 그날 우리 집안 식구들이 다 모이는 이유는 결국 해산물을 섞은 밥을 먹기 위해서다.

그날 점심을 다 먹은 뒤, 나는 타타 이반 할아버지의 책상 위에 있던 『내셔널 지오그래픽』을 뒤적거리고 있었다. 그런데 바로 그 순간 전화벨이 울렸다. 전화를 받았더니 수화기에서는 난데없이 영어가 흘러나왔다. 런던에서 걸려 온 전화였다. 내용을 들어보니 레이철 로스먼이라는 부인이 이스트반 로트만 박사와 통화하고 싶다는 용건이었다. 내가 잘못 건 것 같다고 얘기하자, 그 부인은 갑자기 '이스트반 예거'라는 이름을 댔다. 순간 이상한 느낌이 들어, 대체 누구냐고 물었다. 그랬더니 자기는 재니스 애시모어이며, 어떤 여자 변호사를 대신해서 전화를 한 것이라고 했다. 전화를 건 여자는 변호사의 비서였다. 나는 곧

* 칠레에서 5월 21일은 '영광스러운 해군의 날'로, 법정 공휴일이다. 1879년 5월 21일, 초석 소유권을 둘러싸고 칠레와 볼리비아-페루 연합군 사이에 이키케 해전이 벌어졌는데, 칠레의 에스메랄다호가 격침되면서 모든 해군 병사들이 장렬한 최후를 맞이했다. 5월 21일은 그들의 용기와 애국심을 기리는 날이다.

** 구덩이 속에 돌판을 놓고, 그 위에 각종 해물과 고기, 야채를 얹어 볶아서 먹는 음식. 칠레 남부에 위치한 칠로에의 전통 요리다.

장 거실로 달려가 타타 할아버지에게 그 사실을 알렸다. 어떤 변호사가 런던에서 국제전화를 했는데 할아버지와 통화하고 싶어한다고 말이다. 내 말을 듣는 순간 할아버지는 잠시 멈칫하더니 서재로 가버렸다. 할머니는 아무 말도 없었지만 불안해하는 기색이 역력했다. 나는 불쑥 말을 내뱉고 말았다.

"로트만 박사님을 찾던데요."

내 말을 듣는 순간 할머니와 엄마의 얼굴이 창백해졌다. 사정을 모르는 나머지 사람들은 태평스럽게 커피를 마시면서 바르소비에네 초콜릿*을 먹고 있었다.

"할아버지의 친구분이란다. 매우 친한 분이지. 그나저나 나쁜 소식이 아니면 좋으련만." 할머니가 입을 열었다. 평소보다 훨씬 더 강한 말투였다.

그날 오후, 나는 집에 돌아오자마자 로레토 콘 아줌마에게 전화를 걸었다. 무슨 일이 있었는지 아줌마는 기운이 하나도 없었다. 아줌마는 딱히 할 일이 없는 처지라 이런 공휴일이 제일로 싫단다. 나는 아줌마에게 어떤 여자아이를 알게 되었는데, 걔가 유대인인지 아닌지 알고 싶다고 얘기를 꺼냈다.

"왜 그러니?" 아줌마가 물었다.

"왜냐하면요…… 만일 그렇다면 나는 '이교도'가 되는 셈이니까요. 그래서 여쭤본 거예요."

"성씨가 어떻게 되니?"

* 칠레의 유명 초콜릿 제품. 1954년 칠레에 이주해 온 폴란드 부부가 만들어 판매하기 시작한 것으로, 바르소비에네는 바르샤바산이라는 뜻이다.

"로트만이에요. 라켈 로트만*."

"골다 메이어**보다 더 코셔kosher하구나. 내 주변엔 그런 성을 가진 사람이 없는데 혹시 뉘 집 딸이니?"

"아르헨티나 애예요. 부에노스아이레스 온세 지구에 살고 있고요." 나는 거짓말을 둘러댔다.

"왜, 개랑 결혼하게?"

"아니에요, 아줌마. 그냥 궁금해서요. 하여간 고맙습니다."

"별말을 다하는구나."

전화를 끊고는 엄마를 기다렸다. 엄마가 돌아오자 나는 술 한 잔을 권하면서 바로 앞에 앉았다.

"날 왜 그렇게 쳐다보는 거니?"

"엄마가 헝가리 사람처럼 생겼나 그냥 한번 본 거예요."

"내 얼굴이야 전형적인 칠레 사람이지."

무슨 말을 해야 할지 순간 당황스러웠다. 한 가지 문제에 너무 골몰하다보니 머릿속이 뒤엉키고 혀가 꼬인 듯했다. 이럴 땐 정면 돌파가 최선의 방법이다.

"우리가 유대인이라는 걸 왜 여태껏 숨기신 거죠?"

엄마의 얼굴이 파랗게 질렸다. 그러고는 술을 단숨에 들이켰다.

"무슨 소리지?"

"간단히 말씀드리죠. 내가 유대인이라는 사실을 왜 아무도 말해주지

---

* 라켈 로트만은 레이철 로스먼의 스페인어식 이름이다.

** 이스라엘의 4대 총리를 지낸 여성 정치인. '철의 여인'이라고 불릴 정도로 강경한 정책을 폈다.

않았죠? 며칠 전 할아버지한테 온 전화 있잖아요. 영국에서 온 전화. 그때 좀 이상한 생각이 들더군요. 이스트반 로트만. 할아버지에게 여쭤봤더니 다 털어놓으시더라고요. 하지만 전 모든 사실을 엄마한테 직접 듣고 싶어요."

"다 말씀하셨니?"

"네." 나는 거짓말을 했다.

"아니 이럴 수가. 이제 와서 어쩌겠니, 네가 다 알아버렸는데. 뭘 더 알고 싶니?"

"세세한 것들이요."

"할아버지가 다 말해주셨다면서?"

"거짓말이었어요. 할아버지께 여쭤보지도 않았으니까요. 그냥 한번 해본 소리였어요. 사실을 알아야 했거든요. 이젠 됐어요."

예상치도 못했는데 갑자기 귀싸대기에 손바닥이 날아들었다. 뺨이 얼얼했다.

"또 그런 거짓말 하기만 해봐라." 엄마는 화를 냈다.

"엄마도 마찬가지잖아요. 안 그래요, 로트만 부인?"

분을 이기지 못한 엄마는 자리를 박차고 나가버렸다. 그날 하루종일 엄마의 모습을 볼 수가 없었다. 다음날 아침, 엄마가 내 방으로 들어왔다. 밤새 한숨도 못 잤는지 초췌한 모습이었다.

"잘 들어라." 엄마가 무겁게 입을 열었다. "이것만큼은 비밀로 해주었으면 좋겠구나. 그렇다고 내가 딱히 유대인을 미워하는 건 아니란다. 네 할아버지 할머니도 마찬가지야. 그런데 이건 우리의 생사가 달린 문제라서 말이다. 지금까지는 별 탈 없이 잘 살아왔지. 혹시 네가 모를까봐 하는 얘긴데 종교는 우리가 스스로 선택하는 거야. 믿음의 문제니까. 너희 할아버지 할머니가 전에 유대 교회당에 나간 게 무슨 죽을죄는 아니잖니. 그러니 제발 동네방네 떠들고 다니지만 말거라. 요즘 세상 돌아가는 꼴이 어떤지 너도 잘 알잖니. 네 아빠나 누이들은 아무것도 몰라. 로레나 이모도 마찬가지고. 사실 할머니는 내가 아무것도 모르는 줄 알아. 네게 해줄 수 있는 얘기는 이게 전부야. 마티아스, 부탁인데 내가 살아 있는 동안만이라도 다시는 이 문제를 입 밖에 내지 말아줘."

"레이철 로스먼은 누구예요?"

"할아버지의 누이란다. 그러니까 내 고모지. 몇 년 전에 돌아가시면서 유산을 남겨놓으셨어. 그래서 할아버지를 수소문해 찾은 거란다."

"그럼 할아버지는 뭐라고 하세요?"

"그거야 모르지. 여쭤볼 엄두도 나지 않는구나." 엄마는 이렇게 말하고는 방에서 나갔다.

그날 오후, 난 팸플릿을 얻으러 이스라엘 대사관으로 갔다.

하지만 들여보내주지 않았다.

"삼두근이 쑤시네." 레르네르는 아주 당연한 일인 것처럼 내게 말을 던진다.

나는 짜증스러운 표정으로 녀석을 바라본다. 그러고는 그가 가리키는 곳을 힐끗 쳐다본다.

"정말이야. 팔이 돌덩어리처럼 굳어버렸어. 어쩌다 팔이 뒤틀린 모양이야."

"거긴 뒤틀리려야 뒤틀릴 수도 없는 데야. 이두근이라면 또 모를까. 우리가 운동할 때 주로 쓰는 부분이 거기니까."

"모르겠어. 하여간 트레이너한테 어떻게 해달라 그래야겠어. 며칠 전부터 헬스장에 나가기 시작했거든. 참 내가 이 얘기 했나?"

"아니, 하지만 별로 알고 싶지 않아."

"마티아스, 넌 정말 세상 무지 편하게 산다."

"그럼, 엄청 느긋하게 살지."

레르네르는 내 옆자리에 앉아 있다. 우린 지금 콕스 아빠의 블레이저를 타고 비냐 쪽으로, 최종적으로는 레냐카로 가는 중이다. 운전은 콕스가 하고 있다. 차창 밖으로 시골 풍경이 펼쳐진다. 나직한 야산과 구릉, 길가에 늘어선 포플러, 푸르른 들판을 어슬렁거리는 소들, 그리고 소박한 시골집들. 우리가 탄 차는 카사블랑카 계곡으로 접어들었다. 날씨는 여전히 화창하다. 우린 조금 전 노점에서 산, 파인애플이 든 엠파나다를 먹었다. 진흙 화덕이 있는 그 노점 구석에는 피노체트에 찬성표를 던지라는 벽보가 붙어 있었다. 블레이저는 양파밭과 쿠민밭을 지나치고 있다.

나는 깊게 숨을 들이마신다.

놀랍게도 여기까지 오는 동안 음악이 한 번도 나오지 않았다. 시골이라 라디오 주파수도 잘 안 잡히는데다 카세트 상태가 엉망이었기 때문이다. 나초는 앞자리에 앉아 있다. 녀석은 자동차 지붕에 묶어놓은 서프보드가 떨어지지 않았는지 보려고 수시로 백미러를 힐끗거린다. 모두들 굳게 입을 다문 채 엔진에서 새어나오는 희미한 소리만 듣고 있다. 어떤 말이든 꺼내서 어색한 침묵을 깨고 싶지만 아무 생각도 떠오르지 않는다.

레르네르는 아직도 아픈지 팔을 주물럭거린다. 만날 놀다가 갑자기 무리를 하니 그럴 수밖에.

"헬스장의 트레이너가 그러는데 일종의 부작용이라네. 평소에 전혀 안 쓰던 근육을 갑자기 움직이면 이렇게 된대. 운동선수들도 가끔 이런다고 하더라고. 우리 몸에 전혀 사용하지 않는 근육도 있다니. 엄마한테 칼로룹까지 발라달라고 했어."

"칼로룹? 그거 함부로 바르면 안 돼. 건강에 해로울 수도 있으니까 말이야." 내가 말했지만 아무도 웃지 않았다.

내가 부르지도 않았는데 불쑥 나타난 파탄은 레르네르 옆에 아무 말 없이 앉아 있다. 영세식 때 입은 옷을 넣어둔 내 아디다스 가방을 무르팍에 올려놓고는 마리화나를 만다.

"마리화나는 좀 싱거워." 나는 녀석에게 말을 건다.

"지금 마약 반대 운동 하는 거냐?"

"아니, 내 말은 그거 피워봐야 별 볼 일 없다는 거야. 이름만 마약일 뿐이지 별 효과도 없다고. 흔히 사람들은 그걸 피우면서 마약을 한다고 착각하지만 실제로는 연기만 들이마시는 거나 마찬가지야. 다른 건 몰라도 칠레산 대마는 그래. 그리고 마리화나는 셋이나 넷이서 나눠 피워야 제맛이지."

"이제 그만해." 레르네르가 끼어든다. "우리가 마약중독자가 되려는 건 아니잖아."

"요즘 헬스장에선 그런 것도 가르치니?"

"아냐. 하지만 마약에 절어 해롱거리다 결국 좀비처럼 되는 것보다는 멀쩡한 정신으로 사는 게 훨씬 더 나을 테니까. 마리화나나 피우고, 술을 마셔대고, 마약이나 수음 따위 해봐야 폐인밖에 더 되겠어?"

"자위하는 게 뭐 어때서?" 콕스는 여전히 도로에서 눈을 떼지 않은 채 불쑥 한마디 던진다. "그건 섹스랑 다를 바가 없어. 혼자서 한다는 것만 빼면 말이야."

"그럴지도 모르지." 레르네르가 대답한다. "하지만 뭐든 지나쳐서 좋을 건 없잖아. 사실 내가 그런 것들을 다 혐오하거나 반대하는 건 아냐. 다만 평소 밀알이 든 요구르트를 먹고, 헬스장에 열심히 다니고, 또 자전거를 타는 게 훨씬 더 좋다는 얘기니까 괜히 흥분하지 마."

"근데 자전거 타는 건 생각보다 별로야." 갑자기 안토니아 생각이 떠올라 나도 모르게 불쑥 내뱉고 말았다.

그때 파탄 녀석이 마리화나에 불을 붙인다. '너희들이 아무리 애원해도 안 줄 거야' 하는 표정이다.

"마티아스, 네 생각에 반대할 뜻은 없어. 그런데 이 맛을 아는 사람들만이 느낄 수 있는 짜릿한 기분이라는 게 있는데, 넌 그게 마음에 안 드는 모양이구나."

레르네르는 파탄을 바라보며 씩 웃는다.

"나한테도 안 줄 거니?"

"물론 안 돼."

"그럴 줄 알았어."

길가에 서 있는 저장탑이 눈에 들어온다. 메호랄* 약상자처럼 파란색

---

* 과거에 존재했던 칠레의 약 상표.

으로 칠해놓았다. 갑자기 머리가 지끈거린다. 창문을 열자 뜨뜻한 바람이 차 안으로 세차게 밀려든다. 알팔파와 귀리 냄새가 코끝을 찌른다. 아니면 그 비슷한 것이겠지.

"마티아스, 마리화나가 그렇게 형편없지는 않아." 나초가 끼어든다. 평소 나초는 말을 많이 하는 편이 아니다. 나는 녀석의 그런 모습이 마음에 든다. 하지만 그래서 기분이 상할 때도 종종 있다. "너도 한번 피워봐."

"그냥 내 생각을 말한 것뿐이야." 내 입장을 설명했지만 순간 짜증이 치민다. "내가 왜 마리화나를 무시하겠어? 나도 그 냄새를 아주 좋아해. 다만 사람들이 그걸 피우면서 마치 마약을 하는 듯 착각하는 게 문제라는 거지. 그 순간 법을 위반하고 있다는 스릴까지 느끼면서 말이야. 다 멍청한 짓이지. 정말 현실을 벗어나고 싶으면 좀더 센 걸로 해야 돼. 물론 현실을 떠나고 싶을 만큼 힘든 일이 있을 때 얘기지만."

"비쿠냐, 너 완전히 맛이 갔구나."

"아냐, 마티아스 말에도 일리는 있어." 뜻밖에 나초가 나를 두둔하고 나섰다. 녀석, 뭘 좀 알긴 아는군.

"맞아, *친구*. 이왕 하려면 제대로 된 걸로 해야지. 까짓것 큰맘먹고 한번 해보는 게 좋아. 순한 건 별로더라고. 아무 효과도 없고 말이야."

"그러니까 마리화나하고 페요테 같은 건 한마디로 꽝이지."

"난 말이야, 산 페드로 같은 데까지 가서 마약하는 놈들을 보면 정말 욕이 나오려고 해. 미친놈들. 페루나 볼리비아산 판초를 걸친 양키들이나 네덜란드 놈들과 어울려 기껏 페요테나 피우면서 해롱해롱대려고 사막을 가로질러 그 먼 산 페드로 데 아타카마까지 가다니, 그게 어디 제정신이야?"

"비쿠냐, 근데 넌 거기 가본 적도 없는 것 같은데?"

"그런 덴 가라고 떼밀어도 안 갈 거야."

아무래도 화제를 바꿔야 할 것 같다. 마약 얘기만 아니라면 신부든 신비주의든 유대주의든 뭐든 괜찮을 텐데. 하지만 피할 수 없을 것 같다. 여느 때와 마찬가지로 모두들 나만 쳐다보고 있다. 어쩌다 얘기가 이쪽으로 빠졌는지 알다가도 모를 일이다. 더구나 내 입장이 정확히 어떤지도 잘 모르겠다. 하지만 모두들 입을 다문 채, 내가 대답하기만을 기다리고 있다. 일단은 말해보기로 한다.

깊이 숨을 들이마신다.

양파, 쿠민, 마리화나, 귀리, 알팔파, 아자로 향.

"사실 환각제는," 그 순간 나도 모르게 말이 튀어나왔다. "진짜 마약이라고 할 수가 없어. 마약과는 다른 목적을 위한 일종의 매개물일 뿐 실제로는 아무 도움도 안 돼. 뭔가 색다른 경험을 하기 위한 실험 정도라고 할 수 있을 거야. 아니면 일종의 장난이라고도 할 수 있겠지. 사실 모리슨이나 재니스 조플린도 환각 버섯이나 페요테, 그런 비슷한 것 때문에 죽은 건 아니야. 오히려 환각 상태에 너무 깊게 빠져들었던 탓이지. 그건 여행과도 같은 거야. 떠날 순 있지만 원래 있던 곳으로 꼭 돌아와야 하니까. 하여간 내 생각은 그래."

"그럼 LSD는 해봤어?" 콕스가 묻는다. "그거 죽인다고 하던데."

"당연하지. 리우에 있을 때 우표에 묻혀서 한번 핥아봤어. 카시아와 함께 말이야. 텔레비전 연속극에 나오던 붉은 머리 여자 있잖아? 완전히 맛이 간 애 말이야. 걔네 집에서 파티를 한 적이 있는데 그때 해봤어."

마지막 말은 거짓이었지만, 내가 생각해도 그럴싸하게 들렸다.

지금쯤 나초 녀석은 질투심에 사로잡혀 있을 것이다. 벌써 표정에서 드러난다. 하긴 자기만 빼고 다들 파티에 초대받은 거나 마찬가지니까 그럴 만도 하다.

"요즘 칠레에서 LSD 구하기가 훨씬 쉬워졌다던데." 녀석이 말한다. "러스티가 LSD를 묻힌 미국 우표를 한 무더기 가져왔더라고."

"텔레비전에 나오는 엘 프레군톤도 LSD를 한다던데." 이번엔 레르네르가 끼어든다.

"뭐라고? 그럴 리가." 나도 한마디 한다.

"정말이야. 우리 형이 그러더라고. 우리 형이 그 사람을 잘 알거든."

"엘 프레군톤이라고? 카날 7에서 빨간 우체통으로 나오는 게이 같이 생긴 남자 말이야?"

"응, 〈우린 친구예요〉에서 파트리시아 아줌마와 같이 나오는 남자 말이야."

"너희 형은 별별 사람을 다 아네." 내가 말한다.

"빨간 우체통으로 나오던 사람은 플로르시타 모투다 아니었나? 가수 말이야." 콕스가 말한다.

"전에 나왔지. 지금은 다른 사람이야. 그 사람이 누군지 아무도 몰라." 파탄이 끼어든다. 저렇게 자신 있게 말하는 걸 보면 어린이 프로그램을 어지간히 많이 보는 모양이다.

"너희들이 내 말을 믿든 안 믿든 상관없어." 레르네르가 급히 나선다. "하지만 정말이야. 파트리시아 아줌마가 편지를 넣으면 우체통이 춤을 추잖아. 근데 그때 그치는 완전히 맛이 간 상태라는 거야. 아줌마가 넣는 편지에 보통 우표가 아니라 약이 묻은 우표가 붙은 것도 있다는 거지. 우리 형의 여자친구가 그 프로그램의 피디인데, 몰래 구해준다고 하더라고. 촬영하는 동안 그 친군 열심히 우표를 핥지. 근데 그것도 모르고 사람들은 우스워 죽겠다고 난리를 치잖아."

"그럴 리가 있나." 내가 끼어든다.

"너 좋을 대로 생각해. 어쨌든 상관없으니까. 이건 사실이야."

"어째 이 나라엔 제정신 박힌 놈이 하나도 없냐? 하나같이 다 썩어빠졌어." 내가 다시 말한다.

"그런 말 하는 넌?"

잠시 입을 다무는 게 좋을 것 같다. 창밖 풍경을 물끄러미 내다본다. 소나무가 우거진 걸 보니 비냐와 발파라이소에 가까이 온 모양이다. 나초는 손톱을 물어뜯고 있다. 콕스는 눈치를 살핀다.

"아냐, 난 그렇지 않아."

"뭐가 안 그렇다는 거야?"

내 마음을 이해하는 녀석이 하나도 없다.

"하여간 난 안 그래." 내가 맞받아친다.

"그나마 다행이지 뭐." 파탄이 비꼬듯 말한다. "장차 우리 비쿠냐 군이 신부나 그보다 더 최악인 사람이 될 일만 남았으니 말이야."

파탄 녀석이 한 말이 계속 머릿속에 맴돈다. 물론 내가 가지는 않을 길이지만 왠지 아련한 그리움 같은 것이 느껴진다. 그러나 일단 머릿속에서 그 생각을 지워버린다.

"이봐, 파탄, 마리화나 좀 남았어? 그새 마음이 바뀌었어." 내가 불쑥 내뱉는다.

내 말에 모두들 웃음을 터뜨린다.

난 진지하게 한 말인데 왜들 저럴까.

어쩔 수 없이 나도 따라 웃는다.

나는 봄날의 햇살을 즐기며 해변에 누워 있다. 따뜻한 햇살이 몸속 깊이 파고든다. 하지만 바다로 뛰어들고 싶을 정도는 아니다.

모든 게 시들하고 지루하다. 이젠 생각하는 것조차 힘겹다.

내가 봐도 심각한 수준이다. 걱정스럽다. 문득문득 떠오르는 상념들, 무의미한 대화, 들려오는 말들, 무심히 읽는 글 등 이 모든 것은 나와 아무 상관도 없지만 내 마음을 무겁게 짓누른다.

모든 게 다 힘들고 지겹기만 하다. 이젠 생각할 엄두도 나지 않는다. 하지만 돌파구를 찾으려면 생각을 해야 한다.

나는 눈을 감고 따가운 햇살을 받아들인다. 하와이언 트로픽 다크 태닝 오일의 코코넛 향이 걸러지지 않은 채, 눈 깜짝할 사이에 코로 스며든다. 얼굴에 오일을 바르면 언제나 기분이 좋아진다. 번쩍거리기도 하지만, 미끈미끈하면서도 끈적거리는 느낌이 아주 좋다. 더구나 오일을 바르면 햇볕이 부드럽게 살 속으로 스며들어 피부가 건강한 구릿빛으로 변한다. 내 유일한 관심사는 이것뿐이다. 어쩌면 그게 내 본연의 모습일지도 모른다.

차라리 서핑이라도 배워둘 걸 그랬나.

나초처럼 말이다. 녀석은 지금 연두색 줄무늬가 그려진 검은 서핑복장에 분홍색 서프보드를 들고 바다 한복판으로 뛰어든다. 엄청나게 큰 파도가 쉴새없이 몰려오는데도 아랑곳하지 않는다. 나초 옆으로 두 녀석의 모습이 보인다. 한 녀석은 검은색에 오렌지빛이 섞인 옷—저 옷을 보니 갑자기 죽은 오스카르가 타고 다니던 피아트 147이 떠오른다—을 입은 파펠루초, 그리고 다른 녀석은 정확히 누군지 모를 미국 애로 금발을 길게 기른 러스티다. 애들은 모두 이 녀석을 좋아하는데 심지어 우상으로 여기기도 한다. 우리 아파트에서 가져온 셰러턴 브리켈 포인트라고 쓰인 타월 위에 누운 나는 바다에서 즐겁게 놀고 있는 세 녀석을 바라본다. 다른 아이들은 흔히 엘 세멘테리오라고 불리는 레냐카의 후미진 해변에 누운 채 세 녀석을 즐거운 표정으로 바라보고 있다.

아직 한낮도 아닌데 햇살이 엄청나게 강하다. 놀랄 정도다. 아마 나는 보기 좋게 탔을 것이다. 적어도 원래의 트로피컬 톤이 그대로는 있겠지. 모두가 다 선탠을 하고 있는 건 아니다. 물속에 들어가 있는 저 세 녀석은 생전 처음 서핑을 하는 것처럼 시끌벅적하게 떠들어댄다. 주변에 있는 테라스와 산책로는 사람들로 붐빈다. 아직 휴가 시즌은 아니지만 휴일인데다 날씨가 워낙 좋은 탓이다.

이제 화제를 돌려야 할 것 같다.

콕스는 조니워커 블랙라벨에 코카콜라를 타서 마시고 있다. 레르네르와 파탄도 마찬가지다. 내게도 권했지만 나는 이미 충분히 마신 상태라 사양했다. 녀석들은 우리 아파트에서 갖고 온 커다란 보냉병에 술을 담아 마시고 있다. 보고 있으려니 슬슬 짜증이 난다. 그 보냉병은 할머니 거고 조니워커는 아빠가 사다놓은 것이다. 그리고 코카콜라는 오던 길에 우리가 롱비치에서 사온 것이다. 노는 꼴이 꼭 아르헨티나 녀석들 같다. 아니, 그보다 더할지도 모른다. 사실 나는 휴가 때마다 레냐카와 비냐를 비롯한 우리 해안으로 몰려드는 멘도사와 산후안 사람들이 지독히도 싫다. 그들이 해변에 찻주전자—걔네들 말대로라면 파바—까지 갖고 와서 마테 차를 끓이는 광경은 정말 꼴불견이다. 보통 그런 모습을 목격한 칠레 사람들은 눈이 휘둥그레져 어쩔 줄 모른다. 보통 칠레 사람들이라면 남들 앞에서 뻔뻔스럽게 그런 짓을 하느니 차라리 죽는 게 낫다고 생각할 테니까. 그런 점에서 레냐카에 오는 사람들에게 입장료를 받아야 한다는 아빠 말에 일리가 있다. 레냐카는 이곳에 살려고 적지 않은 돈을 쏟아부은 사람들의 사유재산이니까 말이다. 케이블카를 타고 해변으로 내려와보면 언제나 아르헨티나 놈들 천지다. 여기가 자기들 안마당인 줄 아는지 끔찍한 발음으로 왁왁 고함을 질러대는 꼴은 정말이지 볼썽사납다. 더구나 녀석들은 여자애들만 보면 그냥 지나치지 못하고 수작을 건다. 보고 있기가 역겨울 정도다. 그런데도 여자애들은 그런 수작에 금세 넘어간다. 한 번 튕겨보지도 않는다.

여자애 셋이 내 옆에 잠들어 있다. 검은색 수영복을 입은 마이테 다니엘스. 평소에는 보 데릭 스타일로 땋고 다니던 머리가 지금은 풀려 있다. 그리고 햇볕에 주근깨를 태우고 있는 피아 발마세다. 또 각선미는 그런대로 봐줄 만하지만 가슴이 너무 빈약한 플라비아 몬테소리. 마이테가 그중 제일 낫다. 그애는 점심 먹을 때 좀 많이 마셨다. 엄마가 아파트 테라스에 갖다놓은 근사한 테이블에서 우리가 성게와 조개를 먹으려는 순간, 마이테가 친구들을 데리고 그곳에 나타났다. 콕스가 그애들에게 오라고 손짓했다. 여자아이들은 플라야 네그라 바로 위에 있는 발마세다의 할아버지 댁에 짐을 풀고 나오는 길이었다.

"나초 저 녀석, 서핑 하나는 기가 막히게 잘하네, 안 그래?" 콕스가 말을 건넨다. 녀석은 트레이닝복 바지에 리우라고 쓰인 민소매 셔츠를 입고 있다.

"정말 그러네." 나는 거만하게 말했다. 어디서 그런 태도가 나왔는지 모르겠지만 나초 녀석의 일거수일투족이 눈에 거슬려 나도 모르게 그랬던 것 같다. 마음 같아서는 녀석과 말도 섞고 싶지 않다. 하여간 지긋지긋한 녀석이다. 나초는 지금 자기가 꽤나 행세하는 아이들과 어울린다고 생각하지만 사실은 아무도 녀석에게 관심이 없다.

"러스티 녀석은 코믹한 데가 있어." 파탄이 단키 21 아이스크림을 핥아먹으며 말한다.

그러나 내 생각은 다르다. 파펠루초가 아무런 예고도 없이 러스티 래틀리프란 놈과 아파트—우리집—에 나타난 그 순간부터, 오늘만큼은 그냥 넘어가지 않으리라 단단히 마음먹었다.

파펠루초, 저놈만 나타나면 언제나 분위기가 얄궂게 변한다. 그러니 나로서는 전혀 달가운 존재가 아니다. 함께 있을 때마다 녀석이 나를 은근히 얕잡아보는 듯한 느낌을 지울 수 없다. 녀석은 나를 지독히도 싫어하기 때문에 나초를 만나면 나에 대해 험담을 늘어놓을 게 뻔하다. 반면 마음이 여린데다 귀까지 얇은 나초는 십중팔구 녀석의 말에 넘어가서, 파펠루초야말로 자기의 진정한 친구라고 굳게 믿고 있을 것이다. 더욱이 나초는 금발에다 양키인 러스티와 붙어 있으면 자신의 존재감이 그만큼 높아지고, 남들도 자기를 우러러볼 거라고 생각하는 것 같다. 물론 내가 곁에 없을 때 한해서 말이다. 그 녀석을 볼 때마다 찝찝하고 기분이 나쁘다. 녀석이 홀로서기를 하려고—물론 가능성이 거의 없어 보이지만—안간힘을 쓸수록 자신의 세계를 점점 더 분열시키고 있기 때문이다. 하나가 자신의 과거와 가족, 그리고 제 동생만큼이나 나쁜 놈 축에 속하는 나로 이루어진 세계라면, 다른 하나는 저 녀석들과 어울리면서 새로 발견한 세계다. 더 허망하고 무모할 뿐만 아니라 소란스러운 세계. 그리고 더 쉬우면서도 견디기 어려운 세계.

나초 저 녀석이 가장 큰 문제다. 배신자. 녀석은 아무 말도 없이 잔뜩 주눅이 든 표정으로 블레이저에 오른다. 녀석의 모습을 보자 괜히 신경이 쓰인다. 이젠 안토니아나 유대인, 미리암, 그리고 내 미래 따윈 생각할 여유도 없다. 나초 생각만으로도 머리가 복잡하다. 녀석을 그냥 내버려둬야 할 것 같다. 나중에 기회가 되면 녀석과 아파트 테라스에 있는 비치 의자에 앉아 맥주를 마시면서, 레냐카와 발파라이소 여기저기에 솟은 언덕, 그리고 요트와 전함—아마도—에스메랄다호가 떠 있는 바다를 바라보고, 따뜻한 햇살을 받으며 음악이나 실컷 들어야겠다.

나한테 배워서 그런 건지는 잘 모르겠지만, 하여간 나초 저 녀석은 도통 속을 알 수 없는 놈이다.

녀석과 안토니아는 완벽한 커플이라고 해도 될 만큼 하는 짓이 비슷하다. 다시 말해 그 둘은 말과 행동이 다르다. 내 앞에선 이런저런 말을 하다가도 돌아서면 딴짓을 한다.

사실 나초와 안토니아에게 나는 가까이하기 싫지만 버리기는 아까운 존재다.

그래서 그 둘이 나를 원할수록 나는 도리어 마음을 닫아버린다.

눈을 뜬다. 비치라켓볼을 즐기고 있는 사람들 너머로 파도가 부서지면서 하얀 거품이 일어난다. 그 뒤에서는 세 녀석이 여전히 재주를 부리고 있다. 바다와 우정, 그리고 친구. 또 한 사람을 다른 이와 영원히 이어주는 인연. 갑자기 플로라 몬테네그로 선생님이 국어 시간에 우리더러 읽으라고 했던 책이 떠오른다. 선생님은 두 명을 한 조로 묶은 다음 각 조마다 서로 다른 책을 지정해주었고, 당연히 나는 나초와 한 조가 되었다. 우리는 마리오 바르가스 요사의 『두목들과 강아지들』을 읽고 보고서—정확히 말하면 작품 분석—를 제출해야만 했다. 다들 알다시피 『도시와 개들』은 나초가 가장 좋아하는 책이다. 바다에서 즐겁게 놀고 있는 녀석을 보니 나도 물속에 있을 수 없다는 사실이 안타깝다. 물속에서는 언제나 중요한 일이 일어나지.

물속에서 경쟁이 벌어지기 때문에. 나초가 좋아하는 「일요일」*에서처럼 말이다.

나는 자리에서 일어나 바다를 향해 걸어간다. 물속으로 들어가자 추위가 뼛속으로 파고든다. 여긴 이파네마가 아닌데. 그제야 정신이 든다. 물이 얼음장같이 차다. 처음엔 전류에 감전된 듯 온몸이 찌릿찌릿하더니만 이내 마비된 듯 아무런 감각도 없어진다. 파도를 향해 몸을 던진다. 온몸의 피가 다 빠져나간 느낌이다. 파도에 몸을 맡긴다. 잠시 후 파도가 잦아들자 몸이 다시 수면 위로 떠오른다. 물 밖으로 얼굴을 내밀고 가쁜 숨을 내쉰다. 바닷물을 먹은 탓에 입안이 짭짜름하다. 나는 다시 힘을 내 헤엄을 치기 위해 함성을 지른다. 나초와 러스티, 파

* 『두목들과 강아지들』에 나오는 단편소설.

펠루초의 모습이 가까이 보이기 시작한다. 나는 헤엄친다. 물속에서 파도를 헤치고 앞으로 나아간다. 눈을 떠봐도 어두컴컴한 태평양 바닷물밖에 보이지 않는다.

계속 헤엄쳐나간다. 시간이 갈수록 자신감이 붙고 추위도 덜 느껴진다. 바닥에 발이 닿지 않을 정도로 멀리 온 것 같다. 그런데 녀석들의 모습이 보이지 않는다. 주변을 두리번거린다. 해변, 언덕, 건물, 모두 저멀리 보인다. 너무 멀리 온 모양이다. 더구나 서프보드를 든 나초는 해변에 있다. 다른 두 녀석도 마찬가지다. 조금 전까지 내가 있던 곳에 있다.

다시 해변으로 돌아가기로 마음먹고는 발을 뻗어 바닥의 모래를 짚어본다. 그러고는 물결에 휩쓸려 떠내려가지 않기 위해 헤엄을 친다. 몸에 바른 코코넛 오일은 모두 물에 씻기고 피부는 파랗게 질렸다. 다시 해변을 힐끗 쳐다본다. 마이테와 피아, 플라비아 몬테소리가 녀석들의 서프보드를 정성스레 닦고 있다. 아이돌 팝스타라도 되는 것처럼 러스티를 선망의 눈빛으로 바라본다. 나초는 보냉병에 담긴 술을 마시고, 파펠루초는 내 타월로 몸을 닦고 있다. 저들에게 난 있으나마나 한 존재에 불과하다. 쓸모없는 인간. 내가 여기서 빠져 죽어도 아무도 모를 거야. 그 생각만으로도 자괴감에 빠져든다. 너무 싫어. 짜증나네. 다 필요 없어. 저 녀석들 틈 속에 끼어 어색하게 있느니 차라리 이렇게 떨어져 있는 편이 훨씬 낫다. 나는 누운 채 물결이 흐르는 방향으로 헤엄치기로 한다. 그런데 하필이면 물결이 잠잠하다.

하는 수 없이 물위에 가만히 누워 하늘을 쳐다본다. 마치 그것이 하나의 임무인 것처럼. 사람들 틈 속에 끼어 있을 때조차 이 세상에 혼자 내버려진 듯한 느낌이 들곤 한다. 반대로 혼자 있어도 사람들과 함께인 것 같은 기분이 들 때도 있다.

버스에서 내 옆에 앉은 여자는 곯아떨어졌다. 다행히 코는 골지 않는다. 불은 모두 꺼져 차 안은 짙은 어둠과 정적 속에 잠겨 있다. 하지만 간간이 맞은편에서 오는 버스나 트럭, 승용차의 불빛이 어둠을 뚫고 들어온다. 페뉴엘라 부근에서 경찰 검문이 있고 나서 나도 곧 잠이 들었다. 추운 듯이 아디다스 가방을 꼭 끌어안고 있다. 꽤 많은 시간을 깨어 있었다. 왠지 심란하다. 더워서 잠이 깨고 말았다. 유리창에 하얗게 성에가 낀 걸 보면 밖은 굉장히 추운 모양이다. 어두워서 확인할 수는 없지만 대충 쿠라카비 부근인 듯하다. 목이 타들어가는 것 같다. 나는 차장에게 손짓해서 카찬툰* 생수 하나만 갖다달라고 부탁했다. 그러자 땅딸막한 차장은 곧장 생수와 빨대를 가져온다. 하지만 물이 미지근하다.

어쩌면 내가 잘못한 것인지도 모른다.

아무한테도 알리지 않고 몰래 그곳을 빠져나온 것 말이다. 하지만 달리 방법이 없었다. 더는 견딜 수가 없는데 어떻게 하란 말인가. 그렇게 어정쩡하게 있느니 차라리 내 마음 내키는 대로 뛰쳐나가는 편이 더 솔직한 행동이 아닐까 싶었다. 그런데 '뛰쳐나가다'라는 표현은 적절치 않아 보인다. 그냥 '떠나다'라는 말이 더 어울릴 것 같다.

하여간 나는 서둘러 그곳을 떠났다. 혼자 있고 싶어서였다.

---

* 칠레의 생수 브랜드.

그런 녀석들과 함께 있느니 혼자 있는 게 훨씬 나을 것 같았기 때문이다.

간단히 말하면 녀석들과 더이상 같이 있고 싶지 않아서 나 혼자 조용히 떠난 것뿐이다.

그런데 그 순간부터 녀석들 생각이 머리를 떠나지 않았다. 우선 아파트에 들어가 어질러진 것들을 대충 정리한 다음 화초에 물을 줬다. 그러자 갑자기 마음이 텅 비어버린 듯한 느낌이 밀려왔다. 나는 서둘러 문을 잠근 뒤 비냐로 가는 버스에 올라탔다.

버스에서 내린 뒤에는 텅 빈 비냐의 거리를 하염없이 걸었다. 평소 같으면 상상도 못할 정도로 거리가 더없이 쓸쓸하고 촌구석같이 느껴졌다.

지루한 오후였다. 딱히 할 일도 없었다.

나는 노르테 4번 아니면 5번거리에 있는 상점에 들어가 피스코 사워 한 병을 사서는 걸어가면서 마셨다. 마침내 버스터미널에 도착했다. 겉에서 봐도 비냐에서 가장 지저분하면서도 위험한 곳인 듯했다. 다행히 단 한 대뿐이었지만 운행하는 버스가 있었다. 버스가 출발하기까지 십 분을 밖에 서서 기다려야 했다. 마침내 버스가 출발했다.

알고 보니 산티아고행 막차였다.

조금만 늦었어도 오도 가도 못하는 신세가 될 뻔했다.

늘 매사가 이렇듯 아슬아슬하게 이루어진다. 물론 뭐든 이루어지는 경우에 한해서 하는 말이지만. 하지만 가끔은 자기에게 독화살이 날아오는 걸 알면서도 피하지 못할 때가 있다. 혹은 나날이 압박이 커져 폭발 직전에 이르렀는데, 어떻게든 감정을 조절해야 한다는 걸 뻔히 알면서도 어쩌지 못할 때가 있다. 중요한 것은 품위를 잃지 말아야 한다는 것이다. 물론 말처럼 쉬운 일은 아니지만.

예컨대 나초의 일만 해도 그렇다. 믿기 어려운 일이지만 녀석은 나를 눈곱만큼도 생각해주지 않는다. 이젠 오히려 나를 눈엣가시처럼 여긴다. 하긴 내가 서핑을 즐기는 녀석들과 한패가 되기에는 부족한 점이 많으니 그럴 수밖에. 물론 녀석의 입장에서 생각해보면 충분히 이해가 간다. 그런데 난 파펠루초나 러스티 같은 놈들은 꼴도 보기 싫으니 어쩌랴. 커피색과 노란색의 중간쯤 되는 금발 곱슬머리를 길게 기른 러스티란 놈은 아이들 사이에서 그야말로 우상 같은 존재다. 심지어 알레한드로 파스마저도 녀석 앞에선 무릎을 꿇는다. 러스티 얘기만 나오면 입에 침이 마르도록 칭찬한다. 언제나 거의 투명한 빛이 나는 턱수염을 나흘 정도 기르고 다니는 덕분에 폼도 나고, 무엇보다 녀석이 로스앤젤레스의 샌퍼낸도 밸리 출신이라는 점이 파스를 사로잡았기 때문인 듯하다. 하긴 거기서도 부자들만 모여 산다는 엔시노에서 왔다니 더 말할 필요도 없다. 미국에 살 때 녀석은 주로 말리부와 주마 해변에서 서핑을 했다고 한다. 지금은 칠레에 와서 *양키 파워*를 한껏 과시하고 있다. 사람들은 녀석이 어떤 말을 해도 그대로 믿는다. 또 정신 나간 계집애들은 녀석만 보면 침을 질질 흘린다. 콕스의 말에 따르면 놈이 건드린 계집애만 해도 여럿이란다. 파펠루초도 녀석 앞에서는 조무래기에 불과하다. 이젠 아예 녀석의 오른팔이 되어버렸다.

내가 볼 땐 나초도 곧 놈의 손아귀에 들어갈 것 같다. 아까 함께 둘러앉아 점심을 먹던 자리에서 러스티는 마리화나를 연달아 피우면서 여기 와서 꽤 재미를 본 그 이상한 말투로 연신 지껄였다. 그리고 중간

중간 있는 대로 폼을 재면서 금발을 뒤로 넘겼다. 마치 이 세상에서 저 혼자 금발을 가진 것처럼 말이다. 너무나 아니꼬웠던 나머지 나는 나초에게 눈빛으로 이렇게 말했다. '이 자식, 대체 어디서 굴러온 놈이야?' 하지만 나초는 내 시선을 애써 피하면서 딴청을 부렸다. 그런 걸 보면 나초는 이미 양키 놈과 한패가 된 게 분명하다. 적어도 내가 볼 땐 그렇다.

점심을 먹은 다음 우린 모두 해변으로 몰려나갔다. 해변에는 코카콜라와 섞은 위스키가 담긴 보냉병과 하와이언 트로픽 냄새, 그리고 모래에서 반사되는 햇볕이 있었다. 하지만 그게 다였다. 참, 마이테 다니엘스는 그 자리에 없었다. 걘 워낙 특이한 애라서 말이다. 남의 일에 참견도 잘하지만, 욕심도 대단하다. 어떤 남자와의 관계가 일방적일 때, 다시 말해 남자가 자기에게 대시를 하지 않거나 관심조차 보이지 않으면 눈에 새파랗게 불을 켜고 난리를 치는 그런 스타일의 여자애다. 그런 계집애와 섹스를 하고 싶은 놈이 어디 있을까?

이제 내 인내심도 한계에 도달한 것 같다.

버스에 탄 사람들 대부분이 잠들어 있다.

조금만 더 가면 산티아고에 도착한다. 그리고 내일 아침이면 나는 교복 차림에 가방을 메고 학교에 갈 것이다. 이제 11학년이다.

주제를 바꿔야겠다.

다시 해변 이야기다.

아까 나는 온몸이 얼어붙은 채 바닷물에서 빠져나왔다. 더구나 하늘에 검은 구름이 몰려들기 시작하더니 금세 태양을 완전히 가렸다. 너무 추워서 온몸이 부들부들 떨렸다. 해변에 이르자 나는 '밥 말리: 서

바이벌 아프리칸 투어 1978'이라고 쓰인 고급 셔츠를 입은 러스티를 비롯해 녀석들이 모여 있는 곳으로 뛰어가 타월을 몸에 두르고 눈을 감았다. 빈말이라도 괜찮냐고 물어보는 녀석조차 없었다.

나는 눈을 살며시 떴다. 그런데 바로 그때 나를 기분 나쁘게 쳐다보던 마이테와 눈이 마주치고 말았다. 나는 당황한 나머지 서둘러 '더 클래시'라고 쓰인 셔츠를 입었다. 그러자 러스티가 내 셔츠를 힐끗 보면서 물었다.

"너 걔들 좋아하니?"

"그럼." 내가 대답했다. "특히 〈I'm so bored with the USA〉 가사가 마음에 들어."

내 말을 듣고도 녀석은 별 반응이 없었다. 마이테가 나를 보면서 씩 웃었다.

그 순간 마이테가 내 옆으로 다가오더니 담배를 피워 물었다. 자기가 곧 유명 인사라도 될 것처럼 당당한 모습으로.

그러더니 같이 롱비치에 가서 아이스크림을 사먹자고 했다.

"거기 가면 피스코 사워 아이스크림을 팔아, 정말이야."

잠시 후 나는 마이테와 함께 테라스를 통해 롱비치로 갔다.

그녀는 피스코 사워 아이스크림콘을, 나는 몸을 녹이기 위해 프렌치프라이를 주문했다. 그러고는 부근에 있던 벤치에 앉아 지나가는 사람들을 구경했다.

어느새 해가 뉘엿뉘엿 지고 있었다.

"우리 둘뿐이니까 어서 말해봐. 안토니아하고는 대체 어떻게 된 거야? 완전히 끝난 거니? 이번 주말에 만났어? 지난 금요일에 곤살로랑 영화 보러 갔다던데."

"네가 그걸 어떻게 알아?"

"걔랑 통화했거든. 콕스네 파티에 가기 전에 말이야."

"그런데 왜 나한테 말해주지 않았지?"

"네가 물어봐야 대답하든 말든 할 거 아냐? 나한테 한마디도 안 했으면서. 하여간 그날 너 좀 이상하더라. 하긴 오늘도 좀 그래."

그 얘긴 이쯤에서 끊는 게 좋을 듯했다. 저 계집애는 가만히 내버려두면 남의 일을 제멋대로 판단한다. 또 겉으로는 진지한 척하면서 사실을 제 입맛에 맞게 꾸며낸다. 좀 늦은 감이 있긴 하지만 이럴 땐 아무 대꾸도 하지 않는 게 최선이다.

'이상한 것으로 치면 네가 한 수 위지'라고 말하고 싶었지만 차마 입이 떨어지지 않았다.

그런데 여전히 궁금한 게 있었다.

아무나 붙잡고 이야기라도 나누고 싶은 심정이었다. 비록 우리 나라에서 가장 못 믿을 여자인 마이테 다니엘스라 할지라도. 그래서 그 계집애가 계속 떠들도록 내버려두었다.

"근데 넌 곤살로를 어떻게 생각하니? 내가 보기엔 요즘 막클루레가 안토니아랑 사귀는 것 같던데." 그녀가 말했다.

"별로야."

"혹시 질투하는 거니?"

"이봐." 심각한 표정으로 그녀에게 말했다. "나한테서 뭘 캐내고 싶은 모양인데 속시원하게 다 말해주지. 너한테 말하면 어차피 안토니아의 귀에 다 들어가겠지. 걔라면 진저리가 난다고 전해줘. 이젠 아무 상관 없어. 앞으로도 그럴 거고. 걔가 막클루레랑 사귀든지 말든지 나하곤 아무 상관도 없는 일이지. 딴 놈도 아니고 하필이면 막클루레 같은 녀석이랑 논다는데 내가 무슨 말을 하겠어? 하여간 난 걔가 딴 놈이랑 만나든 막클루레랑 사귀든 아무 관심도 없어. 어차피 나랑은 안 맞는 애들이니까. 그건 그렇고 넌 누구랑 사귀니? 어서 말해봐. 내가 판단해 줄 테니까."

"말도 안 돼."

"뭐가 안 된다는 거야?"

"꼭 자기랑 어울리는 남자애랑 사귀어야 하는 건 아니잖아?"

"그건 그래. 우리 같은 경우도 있을 수 있지. 그걸 까먹고 있었네."

"우리 같은 경우라고? 웃기지 마라, 얘."

"웃기지 말라니, 그게 무슨 소리야? 마이테, 이건 분명한 사실이야."

"난 잘 모르겠어."

"너야 항상 그렇지, 뭐."

이상하게도 섹스는 항상 남녀를 하나로 묶어준다. 단 한 번의 관계만으로도 묘한 연을 이어주니까.

"어쩌다 너하고 그 짓을 했는지 모르겠어." 그녀가 한숨을 지으며 말했다.

마이테가 그런 말을 할 줄 진즉 알고 있었다. 하여간 계집애들은 항상 저렇다니까.

"난 기억도 안 나는데." 난 일부러 쿨한 표정을 지으며 말했다.

"거짓말."

"그건 그렇고." 나는 급하게 화제를 돌렸다. "전에 네가 나초를 차버렸던 일이 갑자기 생각나네. 물론 우리 둘이서 녀석을 엿 먹인 거긴 하지만."

"그럼 걔한테 다 말한 거야?"

"내가 일부러 말하지 않아도 녀석도 다 알 수 있지. 결국은 마찬가지겠지만 말이야. 시간이 지나면 다 알려지기 마련이니까. 근데 아직 아무도 몰라."

"그나마 다행이네. 마티아스, 너 혹시라도 걔한테 얘기하면 죽여버릴 거야."

"그럼 너 아직도 걜 좋아한다는 거야?"

"그럴 리가. 하지만 걔와 멀어지고 싶지는 않아."

"그러니까 나초가 널 완전히 잊는 건 싫다는 얘기군."

"그럴 수도 있겠지."

나는 마이테를 슬쩍 바라본다. 셔츠 아래 입은 수영복이 언뜻 눈에 띈다. 그녀의 속살을 떠올려보지만 기억이 잘 나지 않는다. 하긴 그때도 그녀의 알몸을 다 본 건 아니었으니까. 만지긴 했어도 제대로 보진 못했다.

"내가 원하면 지금도 나랑 잘 거니?"

그녀는 나를 빤히 쳐다본다. 갑자기 그녀의 얼굴이 일그러진다.

"아니, 그러진 않을 거야. 아마. 지금 그러면 굉장히 화가 날 것 같아. 물론 너하고 난 서로 통하는 데가 있다는 것까지 부정하는 건 아니지만."

"통하긴 뭐가 통한다고 그래. 그럴 리 없어. 절대로."

"그래도 너하고 안토니아 사이보다는 훨씬 더 나을 거야."

"그럼 걔가 내 얘기를 했단 말이야?"

"너한테 이제 질렸다고 하던데. 지겹대. 넌 어떨 때 보면 정말 부드럽고 매력적인데 자기를 위해 모든 걸 바칠 마음이 없다는 거야. 오로지 너 자신밖에 모른다고 하더라고. 너무 이기적이라는 거지."

그 순간 망치로 뒤통수라도 얻어맞은 것처럼 정신이 멍해졌다. 그러나 이젠 어느 정도 익숙해졌는지 예전보다는 덜 충격적이었다.

"그런 말을 할 줄 알았어." 내가 말했다. "모두 예상했던 말이야."

"내가 봐도 좀 그렇긴 해. 사실 넌 꽤 이기적인 편이야. 그래서 더 매력적이기도 하지만. 그게 네 스타일이잖아."

"'내 스타일'이라니, 그게 무슨 소리야?"

"마티아스, 너 화났니?"

"아냐."

"내가 널 잘 아는데 왜 거짓말하고 그러니?"

"마이테, 이것 하나는 분명히 짚고 넘어가자. 넌 날 잘 몰라. 네가 아무리 애를 써도 안 될 거라고. 왜 그런 줄 알아? 네가 날 아는 게 싫기 때문이야."

"그러니까 아무도 널 알지 못하도록 하겠다, 이거구나."

그녀가 뭐라고 떠들든 아무 대꾸도 하지 않았다. 나는 그녀를 내팽개치고 혼자 해변으로 내려갔다. 그러고는 파도에 젖은 모래사장을 따라 엘 세멘테리오까지 걸어갔다. 그곳에 도착하니 녀석들은 아직도 게임을 하고 있었다. 이번엔 플라비아 몬테소리 차례였다. 그녀는 오노 요코*와 비슷한 스타일이다.

"초나, 리토케로 갈까?" 러스티가 나초에게 물었다. 러스티 저 녀석은 남의 이름을 바꿔 부르는 게 재미있나보다. 평소에도 파펠루초는 출루, 파탄은 탄파라고 부르곤 한다. 다행인지는 몰라도, 난 그냥 마티아스라고 부른다. 나를 그다지 믿지 않는다는 증거다.

"저 자식은 스페인어를 대체 어디서 배운 거야?" 녀석의 말투가 귀에 거슬려 레르네르에게 물어봤다.

"쟤 아버지가 파이어스톤 사에서 일한대. 그래서 스페인, 멕시코, 또 베네수엘라에도 있었나보더라고. 니도 데 아길라스 학교에 다니는 걸 보면 집에 돈이 좀 있나봐."

"그렇겠지."

우리는 즉시 콕스의 블레이저와 뒤에 파이어스톤 타이어가 달린 러스티의 검은색 지프에 올라탔다.

"어두워지기 전에 빨랑 가자. 콕스, 누가 먼저 도착하나 내기하자."

블레이저에는 피아 발마세다가 탔다. 지프에는 조금 전 서핑을 하던 삼총사와 마이테 다니엘스, 그리고 플라비아 몬테소리가 탔다. 아콩카과강을 건너기 전에 차를 세우고 피스코와 음료수, 그리고 간식으로 먹을 빵을 샀다. 모래가 아직 옷 안에 남아 있는지 까끌까끌했다. 난 특별히 할 일이 없었다.

피스코만 들이켰다.

나는 차 안에서도 아이들과 어울리지 않았다.

자동차 레이스는 결국 러스티가 이겼다. 결승점에 도착했는데도 녀석은 레이스를 계속할 참인지 인적이 없는 해변을 신나게 질주했다.

---

* 일본의 전위예술가이자 음악가. 비틀스의 멤버였던 존 레넌의 아내다.

온통 노랗게 물든 해변으로 바람이 세차게 불어오고 있었다. 코가 얼얼할 정도로 싸늘했다.

"아까 홀딱 벗고 수영할 수도 있었는데." 러스티가 말했다.

그 말을 듣자 마이테가 슬그머니 미소를 지었다. 그러나 플라비아는 심드렁한 표정이었다.

"팔로미타 블랑카는 이제 한물갔는데." 녀석의 말에 내가 응수했다.

나초는 놀란 눈으로 나를 쳐다봤다. '너 따위가 감히 러스티에게 도전장을 내밀다니' 하는 표정이었다.

"그건 책이야." 나초가 러스티에게 설명했다. "*책 말이야*. 그 책에 이런 장면이 나오거든. 히피들이 해변으로 몰려가서 수영하는 장면이지. 뭐랄까, 칠레판 우드스톡이라고나 할까."

그때 콕스가 블레이저를 몰고 바다 쪽으로 달리겠다고 했다. 러스티도 이에 합세했다. 그러자 파펠루초는 지프에, 사람들의 관심을 끄는 일이라면 못하는 게 없는 레르네르는 블레이저에 올라탔다.

나머지는 모래언덕 옆에 남았다.

그 옆으로 트럭 한 대가 세워져 있었는데 주인의 모습은 보이지 않았다.

"저 트럭에는 분명히 커플이 타고 있었을 거야. 아마 지금쯤 저 어디에선가 떡을 치고 있겠지." 파탄이 말했다.

"내 생각도 그래. 근데 둘 중 하나는 분명히 군바리야." 피아가 파탄의 말에 맞장구를 쳤다.

"그걸 네가 어떻게 알아?" 내가 물었다.

나초가 끼어들며 말했다.

"차에 스티커가 붙어 있잖아. 킨테로 부대 소속의 해군이야. 잘 봐, 차 안에 워키토키까지 있잖아. 서류 뭉치도 있고."

그때 모두들 돌아왔다. 파펠루초와 레르네르는 온몸이 흠뻑 젖은 채 바들바들 떨고 있었다. 러스티는 지프 창문으로 뛰어내려 모래 위로—완벽하게—내려앉았다.

"저 자식은 자기가 카우보이라도 되는 줄 아는 모양이야." 내가 파탄에게 비아냥거리듯 말했다. 하지만 녀석은 나를 거들떠보지도 않았다.

"러스티, 여기 해군들이 왔나봐." 나초가 말했다.

"그럼 뭔가 해봐야겠지?" 파펠루초가 거들었다.

"당연하지, 촐루."

무언가 심상치 않은 일이 일어날 것 같은 예감이 들었다.

"러스티 저 자식 아주 위험한 놈이야." 파탄이 말했다. "스페인에 있을 때도 선생 차에 불을 질러서 추방당했거든."

다행히 해군 트럭에 불을 지르는 불상사가 일어나지는 않았다. 대신 트럭에 있던 휘발유를 죄다 빼냈다. 그렇다고 자기들 차에 집어넣은 것도 아니었다. 그러는 동안 트럭 주인이 나타나지 않은 게 다행이었다. 갑자기 러스티가 지프에서 굵은 호스를 꺼내더니 트럭 주유구에 꽂고는 입으로 힘껏 빨기 시작했다. 녀석의 입안으로 휘발유가 조금 밀려들어왔다. 그러자 휘발유가 호스 끝으로 흘러나와 모조리 모래에 스며들었다.

"저번에 라 레이나에서 했던 것보다 훨씬 멋있지, 안 그래, 탄파?"

"물론이지."

"그럼 이제 돌아가자." 나도 모르게 짜증이 섞인 목소리로 말했다.

녀석들은 우리 아파트에 있는 것을 모조리 거덜낼 작정이었다. 안 된다고 하긴 했지만 혹시라도 녀석들이 화를 낼까봐 겁이 났다. 그때 피아 발마세다가 자리에서 벌떡 일어나면서 말했다.

"다들 우리집으로 가자. 거기 가면 샤워도 할 수 있고, 먹을 것도 아주 많으니까. 어차피 집에 있는 건 모두 먹어치우고 정리해야 하거든."

다들 그렇게 하기로 했다. 하지만 나는 거기 가고 싶은 마음이 전혀 없었다.

나는 콕스에게 말했다.

"난 우리 아파트로 갈래. 집 정리하고 문도 잠가야 하니까 말이야."

"그럼 가는 길에 거기 들를까?"

"아냐, 그럴 필요 없어. 나 혼자 알아서 갈 테니까."

"괜찮겠어?"

"그럼."

그렇게 해서 나는 혼자 집으로 떠났다. 버스를 타고 플라야 네그라에서 내린 다음, 이게리아까지 걸어갔다. 거기서 다시 버스를 타고 우리집에서 반 블록 정도 떨어진 라 멜라 앞에서 내렸다.

"여보세요?"

아빠다. 다행히 아직 잠들지는 않은 모양이다.

"저예요." 내가 말한다.

"어디니?"

"알라메다 대로에 있는 공중전화예요. 라스 레하스 길모퉁이, 지하철역 바로 위 말이에요."

"그럼 레냐카에서 온 거야? 잘 놀고 왔어?"

"네. 그런데요, 지금 돈이 한푼도 없어요. 버스를 타고 오느라고요. 여기 오니까 차가 다 끊겼어요."

"일단 택시를 타거라. 집에 도착할 때쯤 택시 운전사한테 아빠가 요금을 준다고 얘기해. 그러니까 항상 비상금을 가지고 다니랬잖아. 내일 용돈 줄게."

"고마워요."

"그렇게 하면 되겠지?"

"네."

나는 전화를 끊고 한 블록 걸어가서 택시를 탔다.

"아빠가 날 데리러 올 줄 알았어요." 나는 택시 운전사에게 말했다.

"뭐라고?"

"아, 아뇨. 아무것도 아니에요. 신경쓰지 마세요. 이제 못 견딜 일도 없으니까요."

1980년 9월 8일, 월요일

두 가지 딜레마, 심각한 트라우마, 양자택일.

어떻게 하지?

떠나야 할까?

다 때려치우고 도망가버릴까?

그럼 어떻게 될까?

무슨 일이 일어날까?

차근차근 따져보라고. 좀더 생각해보고 신중하게 판단하란 말이야.

어떻게 되는 거지? 대체 어떻게 될까?

네가 떠났는데, 앞으로 닥칠 외로움마저 다 껴안고 가겠다는 각오로, 그리고 지금의 이 행동이 실수, 아주 큰 실수일 수도 있다는 걸 다 알면서 뒤도 안 돌아보고 떠났는데 아무렇지도 않으면 어떻게 하지?

네 삶은 불안해질 텐데. 안정된 삶이라는 게 대체 뭐란 말인가?

안정된 삶을 살아가는 사람이 몇이나 될까?

네가 정말로 안정된 삶을 살아가고 있는지, 솔직히 진실을 인정할 수 있을까?

이런 질문에는 대답하려고 애쓰느니 차라리 아무 생각도 하지 않는 게 최선이다.

어제처럼 화창한 날씨다. 너는 일부러 학교 앞 두 정거장 전에 내린다. 교실에 들어가기 전에 조금이라도 혼자 있고 싶어서다. 안토니아와 마주치기 전에, 모두와 마주치기 전에. 천천히 길을 걷던 너는 갑자기, 아무런 이유도 없이 약국에 들어간다. 살 데 프루타 에노* 상표가 찍힌 거울을 보니 머리도 젖은데다 교복 차림이 그야말로 엉망이다. 맨 위 단추는 풀고 넥타이는 꽉 졸라맨 모양새가 후줄근하면서도 답답해 보인다. 아니, 꽤나 삐딱해 보인다. 잠 못 이루던 밤 텔레비전에서 본 영화 주인공 같다.

"대체 네가 바라는 게 뭐니?" 평범해 보이는 선생이 가죽 재킷 차림에 오토바이를 타고 다니는 주인공 녀석에게 조용히 묻는다.

젊음의 뜨거운 피가 흐르는 녀석이 선생을 빤히 보면서 대꾸한다.

"굉장히 많죠!"

그리고 영화는 막을 내린다.

아주 훌륭한 결말이다.

녀석, 대체 네가 바라는 게 뭐지? 난 더 많은 걸 원해. 지금보다 훨씬

* 위장약 상표.

더 많은 걸 말이야. 그게 뭐 잘못됐어?

"아빠?"

"왜 그러니, 아들아."

"난 아빠를 죽이고 싶어요."

"엄마?"

"왜 그러니, 아들아."

"나 엄마랑 자고 싶어……"

짐 모리슨은 절대 한물간 가수가 아니다.

약사가 라디오를 끄며 널 의심의 눈초리로 바라본다. 지금처럼 이른 아침에 왜 '더 도어스'의 노래를 튼담. 약사 눈에는 네가 가게를 털려고 들어온 *마약중독자*로 보이는 모양이다. 아니면 네가 암페타민이나 *다우너*, 혹은 비타민 C와 리브리움을 섞어달라고 할 거라 예상한 눈치다.

넌 머리를 매만진다. 조금이라도 자연스럽게 보이려고 머리를 헝클었다 매만지고, 또다시 헝클어뜨린다.

아침에 보드카에 오렌지주스를 섞어 마셨더니 취기가 오른다.

근사한 아침식사였다.

앞으로는 약국에서도 코카인을 팔도록 해야 돼.

"안녕하세요. 괜찮으시면 천사의 가루 반 그램만 주실 수 있나요?"

"메데인산으로 줄까? 아니면 산타크루스산으로 줄까?"

"볼리비아산이 더 싸지 않아요?"

"경제적인 걸로 따지자면 페루산이 제일이지. 근데 그건 이미 다 팔렸단다."

"알았어요. 그럼 메데인산으로 주세요. 오늘은 중요한 날이거든요."

"현명한 선택이야. 싼 게 비지떡이니까."

"옳으신 말씀이에요."

다시 라디오 소리가 들린다. 아침 뉴스 시간이다.

수업 시작종이 울리려면 삼 분 남았다.

넌 새로 산 선글라스를 쓴다.

아주 근사하다. 너한테 제법 잘 어울리는걸.

소프롤레 오렌지주스에 섞은 보드카 한 잔, 맛이 기가 막힌 매케이 소다 비스킷 반쪽, 그리고 바닐라 요구르트 조금과 엄마가 욕실에서 화장하는 동안 몰래 훔친 발륨 반 알.

"찾는 거 또 없나, 젊은이?"

"젊은이라고 불러주셔서 감사합니다." 나는 공연히 너스레를 떤다.

라디오에서 〈엘 코레오 데 미네리아〉 방송이 흘러나온다. 저 약사는 이번 투표에서 찬성표를 던질 게 뻔하다. 저런 사람들은 보통 라디오 미네리아나 라디오 포르탈레스를 듣는다. 그리고 파시스트들은 아예 라디오 나시오날에 채널을 고정시켜둔다. 호르헤 알레산드리*—귀신은 뭐하나 몰라, 저런 늙은이 안 잡아가고—가 나와 이번 선거에서 반대표를 던지는 것은 조국 칠레에 대한 중대한 범죄라고 떠들어댄다. 그 뒤를 이어 욜란다 술타나는 이번 선거에서 75퍼센트의 국민이 찬성표를 던질 것으로 예언했다. 그러더니 이번에는 섭외하는 데 돈깨나 들었을 사라**가 나와 헛소리를 해댄다. 별자리를 보건대 선거에서 80퍼센트의 국민이 찬성할 테니까 대통령은 안심해도 된다나 뭐라나.

---

* 호르헤 알레산드리 로드리게스. 칠레의 31대 대통령이다.

** 욜란다 술타나와 사라는 모두 칠레의 유명한 점성술사다.

"비타민 C 한 줄만 주세요." 네가 조용히 말한다. "콘돔 한 통도요. 이왕이면 윤활제가 발린 게 좋겠죠. 끝부분에 정액 주머니가 달린 걸로요. 살정 처리까지 되어 있으면 더할 나위 없겠죠."

내 말을 듣자 약사 아저씨의 얼굴이 창백해진다. 라디오에서는 하이메 구스만에 대해 이러쿵저러쿵한다. 그러고는 선거에서 반대표를 던질 것을 호소하는 구스타보 레이그에 대해 뭐라고 떠들어댄다. 넌 하이메 구스만을 무척이나 증오하고 스스로도 그걸 인정해. 가끔 저 작자가 네 꿈에 나타날 정도니까 말이야. 꿈속에서 넌 저자의 분신으로 둔갑하기도 하잖아. 하얗다못해 속이 비칠 정도로 창백한 얼굴에, 어린애처럼 순진한 눈매로 심각한 표정을 짓고 있지. 그리고 대머리에 후줄근한 차림새, 그것도 모자라 끔찍한 안경까지 쓴 채로 말이야. 하여간 칠레에서 가장 머저리 같은 놈이지.

약사는 네가 주문한 걸 모두 가져온다. 넌 지갑을 열어본다. 다행히 돈이 들어 있다. 아침에 샤워하는 동안 아빠가 침대 머리맡에 용돈을 놓고 간 덕분이다. 야밤에 아들이 라스 레하스에서 오도 가도 못하는 신세가 됐는데, 명색이 아버지라는 사람이 찾으러 올 생각도 않다니. 네 아빠는 몇 푼 안 되는 돈으로 자기의 잘못을 씻으려고 하는 거야. 하지만 그게 과연 아빠 잘못일까? 만약 그렇다면 아빠는 그걸 알기나 할까?

"고맙습니다." 너는 잔돈을 받으면서 인사를 건넨다.

약국 문을 나서 달리기 시작한다.

마지막 종이 울리기 직전에 교실에 도착한다.

천만다행이지, 안 그래?

안 그러냐고?

이제 조금만 있으면 수업이 끝난다. 나는 내 자리에서 교실을 쭉 훑어본다.

모두를 자세히 살펴본다.

영어 시간이다. 영어라면 디스코 음악을 들어본 적도, 『롤링 스톤』을 읽어본 적도 없는 저 여선생보다 내가 훨씬 더 많이 안다. 다음은 생물 시간이다.

다른 교실로 가야겠군. 하지만 아직은 수업이 끝나지 않았다.

"Vicuña, would you please take off your dark glasses(비쿠냐, 선글라스 좀 벗을래)?"

"Sorry, Miss, but I have an eye problem(선생님, 죄송한데 눈병이 나서요)."

I have a problem(내게 문제가 좀 있다고요). 하지만 나는 더이상 아무 말도 하지 않았다. 선글라스를 벗고 싶지도 않았고 선생과 맞서고 싶지도 않았기 때문이다.

그냥 가만히 입다물고 있기로 했다.

이럴 땐 아무 말도 하지 않는 게 좋아.

그리고 딱히 하고 싶은 말도 없다. 난 선생들과 이야기하고 싶지 않다. 플로라 몬테네그로 선생님만 빼고. 하지만 그 선생님 수업은 6교시에 있다.

그때까지 기다려야 한다.

조금만 참자.

교실 안을 쭉 둘러본다. 이내 사라져버린다. 보이지 않게 된다……

마티아스는 교실 맨 뒤 창가에 앉아 있어.

거기서는 수업을 듣는 아이들의 뒤통수만 보이지.

창밖으로는 산크리스토발 언덕이 훤히 내다보여.

정면에는 옛날 초록색 칠판이 아니라 화이트보드가 붙어 있어. 선생님은 분필 대신에 흔히 플루몬이라고 불리는 매직 마커로 칠판에 뭔가를 쓰고 있고. 하지만 이것들은 어떤 이들—특히 여자들—이 자기 침대에 깔고 싶어하는 오리털 이불과는 아무런 상관이 없어.* 저 화이트보드는 올해 초에 새로 설치한 거야. 예전 칠판처럼 쉽게 더러워지지도 않을뿐더러 검정, 파랑, 빨강, 초록 등 어떤 색깔 마커로 써도 천지우개로 깨끗하게 지워지지. 물론 단점도 있어. 애들이 흔히 쓰는 유성매직펜으로 장난을 치면 아무리 지워도 흔적이 남지. 그럴 경우엔 독일에서 수입한 특수 용액을 사용해서 얼룩을 지워야 해. 그래서 11학년 B반의 화이트보드에는 '선거에서 반대표를! 피노체트를 타도하자!'라는 파란색 글씨가 지금도 남아 있지.

마티아스는 여전히 선글라스를 끼고 있어.

꽤나 멋있어 보이네.

고독한 반항아 이미지를 풍겨.

노트에 뭔가를 끼적거리지만 지금 영어 선생이 말하는 것과는 아무 관련도 없는 내용이야. 그런데 저 선생은 'ch' 발음이 자꾸 새네. '칠드런'을 '실드런'이라고 하는군.

---

* 플루몬은 스페인어로 오리나 거위의 깃털 또는 깃털 이불을 의미한다.

교실 두번째 줄, 두번째 자리, 그러니까 화이트보드와 나무 교탁과 가까운 곳에는 안토니아 프리에토가 수업에 귀를 기울이며 앉아 있어. 영어 선생이 뭔가에 대해 말하고 있어. 듣고 보면 다 *쓸데없는 소리*지. 그런데도 안토니아는 그것마저 다 노트에 받아적어. 선생님은 안 그래도 지난 방학과 리우 수학여행 때문에 수업 일수가 너무 줄었는데, 선거 때문에 이번 수요일, 어쩌면 목요일까지도 수업을 못할 것 같다고 푸념을 늘어놓아. 그러고는 선거 직후에는 나라 전체가 축제 분위기에 휩싸이겠지만, 무슨 일이 있어도 이번 금요일 수업만큼은 빠지지 말라고 신신당부하지. 그날 중요한 동사변화를 배워야 하기도 하지만, 다음주엔 디에시오초 축제 때문에 수업을 사흘밖에 못하기 때문이란다.

여전히 안토니아는 열심히 뭔가를 적고 있어.

저쪽, 세번째 줄 다섯번째 자리에는 이그나시오* 데트메르스가 앉아 있군.

영 마음에 안 드는 녀석이야.

어찌 보면 불쌍하기도 해.

물론 정작 자신은 그걸 모르지. 녀석은 자기가 엘리트라도 되는 것처럼 생각하고 있지만 그건 착각에 불과해. 반면 안토니아는 분명 뛰어난 아이야. 스스로는 그 사실을 부인하는데 넌 걔의 그런 태도가 마음에 들지 않지. 이그나시오 데트메르스도 수업은 듣지 않고 딴청을 피우고 있군. 녀석은 선생님 몰래 『서퍼』를 보고 있어. 이름을 보면 금방 알 수 있듯이 서핑에 관한 잡지야. 아슬아슬하게 파도를 피하면서

* '나초'는 애칭이며, 원래 이름은 '이그나시오'다.

서프보드 위에서 균형을 잡는 방법이 그 내용의 전부지. 최고 수준에 달하는 기량을 선보이려면 뼈를 깎는 노력을 하지 않으면 안 된다……

나는 언뜻 고개를 든다.

"Vicuña, can you repeat what I just said?(비쿠냐, 방금 내가 한 말을 다시 해볼래?)"

"No, I guess I can't(죄송한데요, 못 들었어요)."

"Please pay attention, then(그러니까 이제 집중 좀 해)."

하지만 도저히 집중이 안 된다. 나는 자리에서 일어나 선생에게 간다. 그리고 안토니아를 바라보면서 그에게 말한다.

"선생님. 기분이 안 좋아서 그런데 나가면 안 될까요?"

"In English(영어로 해)."

"I feel like fuckin' shit, Miss(선생님, 기분이 엿 같단 말이에요)."

"조용히 나가."

"제가 원하던 바입니다."

"도저히 안 되겠네. 당장 교감실로 가."

"그래야 해요?"

"Please, I'm in the middle of a class(얼른, 지금 수업중이니까)."

"I know……(알고 있어요……)"

"당장 나가."

나는 지그시 눈을 감는다. 믿을 수가 없다.

눈을 뜬다. 교감 선생이 아무 말 없이 나를 머리에서 발끝까지 찬찬히 훑어보고 있다. 앞치마를 두른 모습이 교감이라기보다는 꼭 가정부 같다. 나는 교감실의 의자에 앉아 『코케타』를 넘겨본다. 어떤 여학생에게서 압수한 것이 틀림없다. 교감실은 생각보다 작다. 그런데 벽에 걸린 파이어스톤 달력이 눈길을 끈다. 앞면에는 파이어스톤의 고속 주행용 타이어의 도면이, 그 뒤에는 봄꽃이 만발한 칠레의 들판이 나와 있다.

"비쿠냐, 이제 더이상 봐줄 수가 없어, 네 생각은 어때?"

"전 잘 모르겠습니다. 근데 꼭 이래야 할 것 같진 않아요."

"이래야 할 것 같진 않다니?"

"제가 여기에 불려와야 할 이유가 없다는 겁니다. 제가 징계나 받고 학적부에 기록을 남길 나이는 지난 것 같은데요. 조금 잘못한 것 가지고 학적부에 남는다는 것도 참 바보 같죠. 너무 놀라지는 마세요. 그 정도 가지고 제가 갑자기 딴사람이 될 리 없다는 얘기니까요."

"비쿠냐, 이건 웃을 일이 아니야. 보호자를 불러야겠네. 이번 것까지 더하면 벌써 일곱번째 징계인데, 알고 있어? 개학한 지 채 두 시간도 지나지 않았는데 벌써 문제를 일으키다니, 원."

"문제야 그전부터……"

"이러니 학생들이 수학여행을 갔다 오면 차분해진다느니, 활력을 되찾고 공부에 전념하게 된다느니 떠들어봐야 누가 믿겠니."

나는 아무 대꾸도 하지 않는다. 내게 수학여행은 신성불가침의 영역이나 다름없다. 그런 중요한 문제를 학적부 기록 따위나 중시하는 한심한 아줌마와 얘기하고 싶지는 않다.

"당장 네 부모님께 전화해야겠다. 너 하는 꼴 보니까 달리 방법이 없구나."

"그래봐야 별 소용 없을 거예요. 나를 이렇게 키운 분들이니까."

"글쎄 그럴까?"

"정말이에요. 그런 문제로 전화하시면 당연히 화내시겠죠. 그건 가정교육이 어떤지 알 만하다는 얘기나 마찬가지니까요. 선생님도 제가 버르장머리 없는 녀석이라고 늘 말씀하셨잖아요. 결국 절 이렇게 찌질하게…… 아, 죄송합니다, 절 문제아로 만든 건…… 학교가 아니라 바로 저희 부모님이란 말씀이죠. 사실 두 분이 알코올중독자 모임에 나가기 시작한 뒤로 굉장히 신경질적으로 변했어요. 끔찍할 정도예요. 그래도 한식구인데 어떡하겠어요? 가족이란 게 다 그런 거죠. 피붙이 하나도 없이 고생만 하는 것보다야 지지고 볶으면서 사는 편이 훨씬 더 나으니까요."

피붙이 하나도 없이 고생만 하는 것. 참 마음에 드는 말이다.

생각할수록 괜찮다.

교감은 나를 측은한 눈길로 쳐다본다. '너도 참 불쌍한 놈이구나' 하는 표정이다. 그러나 학적부에 기록을 남긴다.

"영어 시간이 끝날 때까지 여기 남아 있어. 그동안 네가 뭘 잘못했는지 곰곰이 반성해봐. 비쿠냐, 넌 그렇게 한심한 아이가 아냐. 더구나 꼭 똑똑한 애들만 성공하는 것도 아니잖니. 계속 그렇게 하다가 네가 어떤 길로 빠질지 걱정되는구나. 일단 그 흉측한 선글라스부터 벗어. 무슨 마피아처럼 보이잖니."

"국가정보국 요원 같진 않나요?"

교감은 아무 말도 하지 않는다. 그녀는 문을 닫고 나간다. 그러고는 열쇠로 문을 잠근다. 만약 지진이나 화재가 일어난다면 죽는 수밖에 없다. 교감의 책상을 뒤져보려고 했지만 죄다 잠겨 있다. 그녀의 다른 앞치마 주머니를 뒤져보니 난소의 통증—그녀의 난소—에 먹는 약 타팔 한 줄과 담배 한 개비가 들어 있다. 하지만 난 담배도 피우지 않는데다 자궁도 없다. 나는 자리에 앉아 구석에 있는 전기난로의 스위치를 켠다. 그리고 『코케타』를 넘겨본다.

텅 빈 학교 운동장을 이리저리 서성인다. 조금 전 징계도 받았으니 도서관에 가서 쉴 수 있게 해달라고 교감에게 사정했다. 하지만 책은 전혀 읽고 싶지 않다. 나는 도서관을 정말 싫어한다. 정말로 좋은 책은 찾기 어렵다. 플로라 몬테네그로 선생님의 최대 적인 소위 품위위원회인가 뭔가 하는 데서 검열을 강화한 후로 볼만한 책은 씨가 말라버렸다. 나는 운동장 한구석에 있는 매점으로 간다. 하지만 문이 닫혀 있다. 네그리타 초콜릿이라도 사려고 했는데. 하는 수 없이 학교 오기 전 약국에서 산 비타민 C를 씹어먹는다. 윤이 나는 검은색 구두를 물끄러미 내려다본다. 아직도 교복을 입어야 한다는 사실이 믿어지지 않는다. 회색 바지와 남색 상의, 그리고 공립학교 애들과 구별하기 위해 매는 실크 넥타이. 요즘은 공립학교 애들도 색깔 있는 넥타이를 매고 다닌다.

라이방이 있어서 그나마 다행이다.

화장실로 들어간다. 일을 보는 동안 아이들이 벽에 그려놓은 낙서를 본다. 주로 여선생들(그중에서도 코르덴 바지만 입고 다니는 학년주임의 모습이 압권이다)에 관한 낙서다. 그리고 카를리토스 미예르는 호모처럼, 히메나 산탄데르는 싸구려 창녀처럼 그려놓았다.

낙서나 소문이 다 그렇듯 어떤 놈이 그렸는지는 모르겠지만, 히메나의 그림을 보자 화가 치밀어오른다. 내 기억에 그녀는 파라 포셋과 비슷한 헤어스타일을 하고 다녔다. 머리가 검은색이었던 것만 빼면 전체적으로 파라 포셋과 비슷했다. 안타깝지만 지금은 학교에 없다. 어쨌건 히메나는 정말 좋은 사람이(었)다. 어디에 구속되는 것을 싫어해서 언제나 자기가 내키는 대로 살았다. 나보다 나이는 많았지만 틈날 때마다 나와 얘기를 나누곤 했다. 여학생의 경우 하급생과 어떤 종류의 관계도 맺지 못하도록 하는 규정을 어기면서 말이다. 내가 9학년이었을 때, 언제나 몸에 딱 달라붙는 짧은 점퍼를 입고 다니던 그녀는 11학년을 두번째 다니고 있었다.

히메나는 정말 완벽했다. 내가 그녀의 친구라는 게 자랑스러웠다. 어떨 땐 그녀의 제자라는 생각도 들었다. 물론 그녀와 어떤 일을 같이 해보거나 자주 전화를 하던 사이는 아니다. 우린 그야말로 진정한 우정으로 다져진 사이였다. 그녀는 수업을 땡땡이치는 데 선수였다. 그래서 우린 언제나 교실 뒷문에서 만나 우리를 믿어주는 글라디스 아줌마의 매점 쪽으로 가곤 했다. 거기서 담배를 피우면서—물론 난 안 피웠지만—삶에 대해 이야기를 나누곤 했다. 그녀와 만날 때면 언제나 새로운 것을 깨달을 수 있었다.

이 세상 어느 누구도 히메나 산탄데르를 막지는 못했다. 그녀가 특별하게 보인 이유도 바로 그것 때문이다. 열네 살 때, 그녀의 인생을 송두리째 바꾸어버린 사건이 일어났다. 칠레를 떠들썩하게 만든 사건의 주인공이 되고 만 것이다. 사건 당일 그녀는 남자친구—그녀보다 여섯 살 위였다—가 모는 차를 타고 있었다. 그런데 예상치 못한 사고로 그녀와 함께 탔던 세 명과 다른 차에 있던 네 명, 모두 일곱 명이 목숨을 잃는 참사가 일어나고 말았다. 그런 대형사고에서 그녀는 구사일

생으로 목숨을 건졌다. 다친 데도 거의 없었다. 다음날 그녀의 사진이 〈라스 울티마스 노티시아스〉에 대문짝만하게 실렸다. 그 사건은 산탄데르의 인생관을 완전히 바꾸어놓았다. 삶의 소중함을 깨달은 그녀는 모든 속박에서 벗어나 자기가 원하는 대로 살기로 결심했다. 하지만 이를 용납할 리 없던 학교는 그녀에게 정학 처분을 내렸다. 결국 그녀는 학교에서 미움받는 존재가 되고 말았다.

한번은 그녀와 내가 함께 정학을 당한 적도 있다. 내 경우는 교장한테 대들었다는 이유였다. 나는 교장의 말이 틀리다고 했을 뿐인데 말이다. 그런데 학생들이 지켜보는 앞에서 그랬다는 게 문제였다. 학생들 앞에서 무안을 당한 교장 할망구는 그 일을 그냥 넘어가려고 하지 않았다. 교장은 평소에도 자신이 영국 출신의 귀족이라면서 뻐기고 다닌다. 영국 출신이라는 건 그럴 수 있다 치더라도, 귀족? 그건 말도 안 된다. 한번은 모든 학생에게 "교장실을 개방하겠다"고 큰소리를 친 적이 있다. 다시 말해, 학생들이 원하는 경우엔 언제든지 자기와 '대화'할 수 있다는 말이었다. 교장의 말이 끝나기가 무섭게 나는 거짓말하지 말라고—큰 소리로—대꾸했다. 그렇게 개방적인 분이 왜 교문 앞에서 애정 행위를 했다는 이유로 우리 프란시스카 누나에게 정학 조치를 내렸는지 따져 물었다. 그저 사람들 보는 데서 키스를 했다고 정학 처분을 내리는 게 과연 온당한 처사인지 따지려고 했을 뿐이다. 더구나 이처럼 낙태율이 높은 학교에서 그런 조치를 내리니 정말 꼴 같지 않았다. 그러자 이번에는 교감이 나섰다. "걔 남친도 아니면서 왜 그래?" 교감은 '남친'이라는 말이 부부 사이를 일컫기라도 하는 듯 말했다.

그 사건으로 나도 정학을 당하고 말았다.

반면 산탄데르는 화학 시간에 환타에 피스코를 섞어 마시다가 걸려 교감실에 불려갔다. 내가 그녀를 처음 만난 곳이 바로 거기였다. 수업도 듣지 못한 채 쫓겨난 우리 둘은 집으로 가는 대신 프렌치프라이를 먹으러 함께 품페르 니크로 갔다. 거기서 가르멘디아 쌍둥이 자매를 만났던 기억이 난다. 비야 마리아 학교에 다니던 걔네들은 늘 그렇듯 수업을 땡땡이치고 싸돌아다니던 중이었다. 우리 넷은 저녁 시간이 지날 때까지 함께 있었다. 그러고도 헤어지기가 아쉬웠다.

"우리한테는 반항아 기질이 있나봐." 쌍둥이 중 하나가 말했다.

"이러다 언젠가 망할 거야." 히메나가 말을 받았다. "우리 같은 애들은 절대로 성공할 수가 없어. 우리의 적이 항상 세상을 지배하니까. 그들은 우리의 적이지."

그 순간 나는 놀란 눈으로 그녀를 바라보았다. 그때 그녀에 대해 느낀 감정이 사랑일지도 모른다고 생각했다.

"마티아스, 우린 모두 같은 족속이야." 그녀가 내게 이렇게 말했던 기억이 난다. "그러니까 할 수 있을 때 맘껏 즐기면서 살아야 해."

성적은 늘 바닥이었지만 히메나는 정말 천재였다. 그녀는 자신의 미래를 어렴풋하게나마 알고 있었다.

"언젠가 지금 내가 하는 행동의 대가를 톡톡히 치르게 될 거야." 그녀가 내게 말했다.

히메나의 예언은 현실이 되었다. 그녀가 아이를 낳기로 결심한 사건이 일어나고 말았다. 그녀가 열일곱 살 때였는데 그때가 가장 적기라고 판단한 듯했다. 아이 아빠는 산티아고 국제박람회 참가차 이곳에 온 독일 남자였다. 그는 박람회에서 자동 스프링클러를 판매했다. 히메나가 그를 만난 곳도 바로 거기였다. 예쁘고 키도 큰데다 영어도 곧잘 했던지라 그녀는 어렵지 않게 프랑스 부스의 홍보 요원 자리를 얻을 수 있었다. 독일 부스에서는 금발이 아니란 이유로 퇴짜를 맞았다. 그녀는 점심식사 시간에 하인츠를 알게 되었다. 그리고 박람회가 열린 이 주 동안 그와 함께 있었다. 나도 그를 만난 적이 있다. 수입산 초콜릿도 사고 전시된 신형 차도 구경할 겸 나초와 함께 중앙역에서 기차를 타고 박람회에 갔는데 거기서 우연히 히메나를 만난 것이다. 그녀는 우리에게 하인츠를 소개했다. 당시 그의 나이는 스물여덟 정도였다.

"결국 아이를 갖게 됐어. 생각지도 않게 말이야." 어느 날 오후, 그녀는 글라디스 아줌마의 매점 벽에 몸을 기댄 채 말했다. "하인츠는 잘생겼을 뿐만 아니라 굉장히 똑똑한 남자야. 더구나 난 옛날부터 키 큰 아이를 낳고 싶었거든. 어찌 보면 하느님이 내게 주신 기회가 아닐까 하는 생각이 들기도 해. 전에도 임신을 한 적이 있었는데, 그땐 아이를 지웠어. 이번엔 그러지 않을 거야. 우선 아이를 낳고, 나중에 다시 학교를 다닐까 생각중이야."

하지만 히메나는 적들이 사방에 깔려 있다는 사실을 까맣게 잊고 있었다. 그녀의 부모뿐 아니라 학교와 망할 교장, 그리고 교육부와 파렴치한 몇몇 의사들이 합심해서 공동전선을 펴고 있었다.

물론 그녀가 이 모든 것을 자초했는지도 모른다. 그녀는 누군가가 자신의 일거수일투족을 모두 촬영하고 있다고 생각하곤 했다. 진저리가 날 만큼 갑갑한 학교생활에 대한 두려움 때문이었는지 그녀는 자신의 행동에 대해 지나칠 정도로 많은 신경을 썼다. 그래서 나와 함께 사네누스 초코바를 나눠 먹은 다음날, 그녀는 교장에게 면담 신청을 하고 말았다. 교장을 찾아간 그녀는 아주 조심스럽게 말을 꺼냈다. 지금 임신 삼 개월째인데, 학업을 계속할 수 있도록 해달라고 부탁했다. 자신의 무분별한 행동을 뉘우치고 있지만, 어쨌든 출산 때까진 학교에 다니고 싶다고 말이다. 또 허락만 해준다면 수업에 절대 빠지지 않겠다는 다짐도 했다.

물론 교장은 그녀의 요청을 단번에 거절했다. 일대 소란이 벌어졌다.

학교측은 그녀가 자퇴를 해야 한다고 아우성을 쳤다. 교칙에도 학생이 아이를 가진 경우에는 수업을 듣지 못하도록 명시되어 있었다. 설상가상으로 학교측은 그녀에게 한 병원을 소개하면서 원만하게 문제를 해결하도록 설득했다. 만약 고집을 꺾지 않겠다면 라스타리아 공립학교로 전학을 가라고까지 했다. 그곳은 교육부가 정한 야간학교로, 아이를 가져도 학업을 계속할 수 있었다.

다음날, 히메나는 학교에 왔다. 그러나 학교측은 시험 시간에 그녀를 교실에서 내쫓았고, 히메나는 고함을 치면서 이에 맞섰다. 그뿐 아니다. 갑자기 교장이 쓰는 마이크를 잡고는 자신의 사정을 전교생에게 알렸다. 그로부터 이틀 후, 그녀는 담을 넘어 학교로 들어왔고 자신의 입장을 상세히 밝히면서 사태의 정당한 해결을 요구하는 대자보를 곳곳에 붙이기도 했다. 게다가 학교측이 자기에게 낙태를 권유한 사실도 폭로했다. 불법적일 뿐만 아니라 비도덕적인 행위를 말이다.

그런데 내 도움을 받아 힘들게 붙인 대자보를 생물 선생이 떼려고 하자 히메나가 그 여선생에게 발길질을 해대고 말았다. 이 광경을 목격한 교장은 급히 정신병원에 연락했다.

직접 보진 못했지만 결국 그녀는 병원 직원들에게 끌려가고 말았다.

내가 전에 알고 지낸 터키 여자가 치료받던 병원에 입원했다고 한다. 매주 내가 아는 사람들 중 많은 이들이 그곳에 입원한다. 들은 바에 따르면, 그녀는 병원에서 투여한 약물과 진정제, 그리고 전기 충격 때문에 자연유산을 했다고 한다. 그후로는 그녀에 대해 아무 소식도 듣지 못했다.

그 병원 독실에서 여섯 달 동안 갇혀 지냈다는 것만 빼놓고.

그리고 그후 마이애미로 갔다는 것도. 나로선 그녀가 그곳에서 벗어나 늘 바라던 대로 자유롭게 살고 있기를 바랄 뿐이다.

학교는 그녀를 창녀 취급한 걸로도 모자라 아예 정신병자로 만들어 버렸다.

내 생각에 그녀는 성녀, 아니 순교자다. 하지만 학교에서 그녀에 관한 이야기를 꺼내는 건 금기다. 연말에 한 번씩 나오는 교지에도 히메나에 관한 이야기는 전혀 실리지 않는다. 모두들 그녀가 우리 학교의 수치라고 입을 모은다. 그녀가 이 학교에 다녔다는 사실조차 애써 잊으려고 하는 분위기다.

우리를 노리는 적들이 사방에 깔려 있어. 그녀가 내게 자주 하던 말이다.

물론 나는 그녀의 말을 곧이곧대로 믿지 않았다.

직접 보지 않으면 모르는 법이다.

종소리가 울린다.

쉬는 시간이다.

아이들이 계단으로 내려오기 시작한다. 나는 벤치 역할을 하는 벽의

돌출부에 책상다리를 하고 앉아 있다. 아침 햇살을 쬐기엔 더할 나위 없이 좋은 장소다. 하긴 지금 내 처지에 그게 무슨 소용이 있을까. 그 이름도 유명한 DAISY 플랜*을 철저히 익히고 연습한 덕분에 학생들은 한꺼번에 몰려나와도 언제나 차분하고 질서정연하게 계단을 내려온다.

몬테소리와 인판테, 피아 발마세다 등 먼저 망나니 같은 계집애들이 몰려 내려온다. 그다음으로 뚱보 트롱코소, 그 나치 녀석이 조심스럽게 한 계단 한 계단씩 내려온다. 녀석은 햇빛을 받아 반짝거리는 회색 파카를 입은 치코 소바르소와 얘기를 나누고 있다. 마이테 다니엘스는 책을 든 채 파탄과 훌리안 롱히 옆에 딱 달라붙어서 내려온다.

태양 아래 새로운 것은 없다.

루이사 벨라스케스는 뜻밖에도 안토니아와 함께 계단을 내려오고 있다.

둘이 같이 있는 모습을 보니 헛웃음이 나온다.

반면에 나초는 콕스와 막클루레와 무리 지어 내려온다. 막클루레 녀석은 무관심한 척하지만 곁눈질로 안토니아 쪽을 계속 살피고 있다.

눈앞에서 펼쳐지고 있는 이 파노라마는 정말 완벽하다. 모두가 한눈에 보인다. 나는 저기 내려오는 애들에 대해 조금씩은 다 알고 있다. 그리고 저 아이들 하나하나는 나와 이렇게 저렇게 엮여 있다(혹은 멀어졌다). 그런데 교복 때문에 아이들의 모습이 평소와는 약간 달라 보인다. 보통 때보다 더 어리게, 아니면 더 순해 보인다고나 할까. 모두

---

* DEYSE 플랜의 오기로 보인다. 학생 대피 및 안전 계획(Plan De Evacuación y Seguridad Escolar)은 재난 발생시 학생들의 대피 방법을 설명한 것으로 1970년 칠레 정부에서 만들었다.

들 숙맥 같다.

이 세상에서 교복이 잘 어울리는 사람은 없는 것 같다.

나초가 갑자기 일행에서 벗어나 매점으로 달려간다. 거기서 알파호르*를 사가지고 나한테 오고 있다.

나는 눈앞이 깜깜해질 때까지 하늘 한복판에서 이글거리는 해를 바라본다.

"어이, 왜 그래? 무슨 일 있어?" 녀석이 내게 말을 건다.

내가 혼자 있는 걸 보고 비아냥거리는 것 같다. 그게 아니면 정말로 내가 걱정이 돼서 한 말일지도 모른다.

그런데 아무래도 전자인 것 같다.

"아니, 무슨 문제가 있겠어. 여긴 왜 온 거야?"

"글쎄다."

"그럼 잘 가. 지금 생각할 게 좀 있어서. 뭐 특별한 건 아니고."

"알았어. 좋을 대로 해."

그는 다시 일행에게로 돌아간다. 내 말을 듣고 좀 움찔했을 것이다.

"어째 햇볕 쬐러 나온 도마뱀 꼴을 하고 있니?"

"도마뱀이란 말 참 마음에 드는데."

루이사다. 양말의 올 하나가 풀려 있다.

"그럼 너 정학받게 되는 거니?"

"아니, 그냥 징계로 끝날 거야. 별일도 아닌데 뭘. 여기 있는 아이들보다 영어도 더 잘하는데."

---

* 얇고 동그란 모양의 비스킷 두 개 사이에 초콜릿이나 캐러멜을 넣어 먹는 음식.

"영어 선생님 말로는 네가 심리적으로 불안하다던데."

"자기보다야 아니지, 누가 할 소릴."

"그야 그렇지, 그나저나 정학을 면했으니 정말 다행이다. 하마터면 마셜이나 온세 학교로 전학 갈 뻔했잖아."

"그랬다면 분위기라도 바꿀 수 있었겠지."

우린 한동안 아무 말도 하지 않았다. 나는 여전히 따뜻한 봄 햇살을 즐기고 있다. 안토니아를 물끄러미 바라본다. 그녀는 막클루레와 함께 저 앞 벤치에 앉아 있다. 그런데 둘 사이에서 아무런 열정이 느껴지지 않는다. 마치 결혼한 지 오래된 부부처럼.

"조금 전에 안토니아랑 얘기하다 왔어."

"내 얘기 했니?"

"아니, 네 얘긴 안 했어."

"그럼 무슨 얘기 한 거야?"

"로시타 바로스 얘기. 오늘이 걔 생일이거든. 이따 학교 끝나고 모이기로 했어."

"혹시 안토니아한테 좋은 일이 생긴 건 아니고?"

"넌 왜 그렇게 사람 말을 못 믿니?"

"아냐, 네 말을 못 믿다니 그럴 리가 있나."

바로 그 순간 수업 시작을 알리는 종소리가 울렸다.

"올라갈까?"

"그러자."

플로라 몬테네그로 선생님이 교실로 들어온다. 다행이다. 선생님을 만나고 싶었다.

선생님이 들어왔는데도 모두들 떠드느라 여념이 없다.

선생님 따윈 안중에도 없다는 식이다. 사실 아이들은 플로라 몬테네그로 선생님을 그다지 좋아하지 않는다. 그렇다고 싫어하는 편도 아니다. 다만 선생님에게 별로 신경을 쓰지 않고 선생님을 이해하려고 하지 않는 것뿐이다. 몬테네그로 선생님이 아이들에게 사랑을 받지 못하는 이유는 너무 깐깐하기 때문이다. 점수도 짜게 줄 뿐 아니라 교과서에 나오지도 않은 내용을 물어보니 아이들이 좋아할 리가 없다.

"모두들 방학 잘 보냈나요?" 선생님이 말문을 연다. "얼굴이 다들 구릿빛인 걸 보니까 건강하게 잘 보낸 것 같군요."

축 늘어진 푸석한 검은 머리를 남자처럼 짧게 자른 선생님은 초록색 코르덴 바지를 입고 평소처럼 하늘색 에이프런을 두르고 있다.

"저 배지 좀 봐." 루이사가 내게 속삭인다.

"이미 봤어."

플로라 선생님에게는 용감한 면이 있다. 마팔다*가 '반대'라고 쓰인 피켓을 들고 있는 배지가 상의 왼쪽 깃에 달려 있다. 다들 아는 얘기지만 플로라 선생님은 좌파다. 좌파 지식인이다. 이제 갓 삼십대가 된 사람치고는 지나칠 정도로 똑똑하다. 선생님은 파리에서 공부했고 몰타에서도 살았고 안 읽은 책이 없을 정도로 독서량이 풍부하다.

비록 세련되지 못하고 다소 투박한 면이 있기는 해도 플로라 선생님에겐 사람의 마음을 끄는 묘한 매력이 있다.

그저 놀라울 따름이다.

---

* 아르헨티나 만화가 호아킨 살바도르 라바도의 만화 주인공. 마팔다는 여섯 살짜리 여자아이로 라틴아메리카의 중산계급과 진보적인 청년을 상징하는 존재다.

"온갖 기만과 위선이 난무하는 한 주가 시작되었네요. 하지만 우리는 진실로 시작해봅시다. 여러분에게 보여줄 증거를 몇 가지 가져왔어요."

플로라 선생님은 점수를 짜게 주기로 유명할 뿐만 아니라 교육부의 정책을 따르지 않는 걸로도 유명하다. 저번 학기에는 『돈키호테』를 분석했는데 몇 군데만 골라 읽었을 뿐이다. 오히려 그 작품이 오늘날 어떻게 해석되는지 배우는 데 집중했다. 그리고 기사문학이 〈칩스〉나 〈스타스키와 허치〉 같은 오늘날의 수사물과 유사하다는 것, 세르반테스의 가장 탁월한 점은 당시 기사문학의 성격을 근본적으로 바꾼 데 있다는 것 등을 이야기했다.

그러나 플로라 선생님이 "라만차 지방에……"로 시작되는 이 작품보다 더 큰 애착을 가지고 있는 것은 우리가 내년에 배울 라틴아메리카 문학이다. 아마 바라던 대로 플로라 선생님이 그 수업을 맡을 것 같다. 내년에 우리에게 스페인 문학을 가르칠 사람은 독실한 가톨릭 신자이자 시대에 뒤떨어진 할머니 선생이기 때문이다. 그 선생은 『마리아넬라』나 『안개』처럼 개똥 같은 작품만 가르친다. 플로라 선생님은 『선량한 의식』과 『조그만 입술』과 『영웅과 무덤에 관하여』같이 좋은 소설을 읽게 하는데 말이다.

"여러분은 이 나라 사람들이 아닌 것 같아요. 아니면 글을 읽을 줄 몰라서 그런가. 성적이 엉망이에요. 안토니아, 학생들에게 이것 좀 나눠줄래요?"

선생님이 보여주겠다던 진실의 증거는 바로 『시골집』이다. 지나치게 두껍고 책값도 비싼데다 이해하기도 쉽지 않은 소설이다. 작가는 호세 도노소. 칠레 사람이지만 현재는 스페인에 살고 있다. 플로라 선생님의 말에 따르면, 그가 스페인으로 간 이유는 이 나라가 너무 작고 억압적인데다 말도 많고 탈도 많아서 도저히 글을 쓸 수 없었기 때문이라고 한다. 좀 이상한 건, 그의 작품이 전부 칠레를 소재로 하고 있다는 점이다. 참 모순적이다. 그런데 플로라 선생님은 전혀 이상할 게 없다고 한다. 누구든 대상으로부터 어느 정도 거리를 둬야 더 정확히 볼 수 있다는 논리다.

하긴 내가 리우에 있을 때 그랬다. 팡 지 아주카르 산을 바라보면서 산 크리스토발 언덕을 떠올리곤 했으니까.

안토니아가 무표정한 얼굴로 내게 다가오더니 나를 뚫어지게 바라본다. 그녀의 눈에는 비웃음과 경멸이 복잡하게 뒤섞여 있다. 그녀는 내게 시험지를 건네준다. 4.9다. 통과했다. 파란 숫자가 선명하다. 성공이다. 플로라 선생님의 수업에서 4.9를 받았다는 건 다른 과목에서 6.5를 받은 것보다 더 가치가 있다.

대부분의 아이들이 낙제를 한 것 같다. 여기저기 빨간 숫자가 눈에 띈다.

"이럴 바에야 차라리 『대관식』을 읽으라고 했어야지. 도노소의 다른 소설 말이야. 그게 훨씬 더 쉽다던데." 루이사가 투덜거린다. 그녀는 4.7을 받았다.

"읽기는 쉬운데, 좀 지루해." 내가 그녀에게 말한다. "플로라 선생님이 그러는데, 『대관식』은 과대평가되었대. 선생님은 도노소의 대표작이라고들 하는 『밤에 날아다니는 음란한 새』를 읽었으면 하시더라고. 근데 제목이 좀 그래서 학부모들이 항의할 수도 있대."

나는 다시 시험지를 살펴본다. 선생님 입장에서는 내가 쓴 답안이 그리 마음에 들지 않았던 모양이다. 시험 문제는 다음과 같다. '소설이 전개되고 있는 시대가 불분명하기는 하지만, 분명 도노소는 특정 시대를 암시하고 있다. 그는 어떤 시대를 말하고자 한 것일까?'

플로라 선생님은 내 답안 옆에 다음과 같은 글을 남겨놓았다.

'수업중에도 얘기를 나눈 바 있지만 책을 읽어보면 도노소가 1973년 쿠데타에 대해 말하고 있다는 걸 분명히 알 수 있지. 그런데 무고한 사람을 납치해서 고문하고, 하녀들이 부모의 허락을 받고 아이들을 때리는 것이 과연 정상적인 걸까?'

맞다, 이건 리우에 가기 직전에 봤던 시험이다.

따라서 지금 내겐 큰 의미가 없다.

만약에 지금 읽고 시험을 본다면 정말 잘 쓸 수 있을 텐데, 정말 아쉽다.

플로라 선생님이 수업을 시작한다. 도노소의 소설을 분석하는 시간이다. 사촌들 간에 얽힌 사건이 무엇이며 아이들이 왜 그렇게 이상하게 말을 하는지, 왜 섹스가 외설적이지 않은지에 대해 하나하나 설명한다. 권위주의 체제와 억압, 그리고 기존 체제의 몰락에 관해, 또 환상적인 요소와 알레고리, 세계를 비유적으로 보는 방식에 대해 설명한다.

"무슨 소린지 하나도 못 알아듣겠어." 레르네르가 내게 투덜댄다.

레르네르는 2.9를 받았다. 반면 나초는 4.1, 안토니아는 4.2다.

나는 레르네르를 힐끗 쳐다봤다.

선생님이 무슨 말씀을 했는지 다 이해할 것 같다. 더구나 선생님이 내 이야기를 하는 것 같다는 생각도 든다.

바로 그 순간 종이 울린다. 하지만 나는 자리에 그대로 남는다.

이제 다음 시간이다.

생물 차례다.

그다음엔 또 쉬는 시간.

그러고는 두 시간 동안 수학 공부를 해야 한다. 절대 죽지 않을, 도박에 빠진 할머니 선생님의 시간이다.

플로라 선생님이 자리에서 일어난다. 교탁 위에 있던 종이를 정리한 다음, 잡지 『오늘』을 가방에 넣고는 나갈 채비를 한다. 나는 복도에 있는 선생님에게 다가가 나직한 목소리로 말한다.

"선생님을 따로 뵙고 싶어요. 급한 일이에요. 한잔하면서 말씀을 드리고 싶은데 어떠세요?"

"오늘은 안 되는데."

"굉장히 중요한 일이에요, 정말이에요."

"그럼 내일 점심때 만나면 안 될까?" 선생님이 말한다.

"오늘 저녁엔 안 되세요?"

"응, 오늘은 안 돼."

"좋아요. 어디로 가면 되죠?"

"매일 점심 먹는 곳에서 보자."

"한시 반에 뵈면 되겠죠?" 확인차 다시 묻는다.

"그래."

시계는 열시 오십분을 가리키고 있다. 하루를 더 기다려야 한다.

나는 계단을 따라 운동장으로 내려간다. 물론 선글라스를 낀 채.

약병에 '발륨 5'라고 쓰여 있다. 의사의 처방이 있을 경우에만 판매 가능. 복용량: 의사의 처방에 따를 것. 등록상표.

병 뚜껑에는 이런 글귀가 적혀 있다. 코카콜라. 제조원: 안디나 주식회사. 산티아고 카를로스 발도비노스 560번지.

신문에 이런 기사가 있다. "피노체트 대통령, 새로운 헌법만이 '공산주의의 위협에서 우리 나라를 지켜낼 수 있을 것'이라고 탈카에서 밝혀."

더 마마스 앤드 더 파파스의 전 멤버였던 미셸 필립스가 미국 로스앤젤레스를 떠나 어제 산티아고에 도착했다는 기사도 있다. 그녀는 세사르 안토니오 산티스가 진행하는 〈박수갈채〉에 출연할 예정이라고 한다. 금발의 가수이자 배우인 그녀는 몇 년 전 제작하는 영화마다 사람들의 주목을 집중시킨 영국 감독 켄 러셀의 영화 〈발렌티노〉에서 러시아 발레리노 루돌프 누레예프와 뜨거운 정사 신을 펼쳐 화제가 되기도 했다.

그리고 텔레비시온 나시오날 데 칠레*의 인기 사회자였던 페페 아바드가 죽었다는 소식도 실려 있다.

또 지난 금요일, 로만 디아스 거리의 경찰 부대를 습격한 극단주의자들이 일망타진됐다는 소식……

텔레비전에서는 리카르도 칼데론이 욜란다 몬테시노스에게 질문을 던진다. "쇼에 얼마의 가격을 매기시겠습니까?"** 이번주는 라 핀타나

---

* 칠레의 국영 방송국.

에 사는 세 명의 가정부를 다룬다. 그 여자들은 매일 금빛 라메 천으로 된 튜닉을 걸치고 프레쿠엔시아 모드*** 흉내를 낸다. 그러곤 몇 년 전에 유행했던—그때만 해도 프레쿠엔시아 모드 자매들은 모두 칠레에 살고 있었다—〈가슴 아프게, 가슴 아프게〉를 부른다. 몬테시노스는 평소의 무뚝뚝한 표정으로 예술과 에로티시즘의 문제에 대해 말하기 시작하더니, 급기야 바타유까지 들먹거린다. 그러다 마침내 결론을 내린다. "그런 쇼라면 백 페소를 주기도 아깝죠."

카날 7에서는 엔리케 말루엔다가 〈한시의 페스티벌〉에서 쏟아지는 야유에 아랑곳하지 않고 못생긴 방청객들에게 테 수프레모****를 나눠준다.

"마티아스, 점심 먹을 거니?"

"아마도요."

"그럼 이리 와라. 벌써 두시란다."

텔레비전에서는 말루엔다가 통풍으로 고생하는 마예코 출신의 할아버지에게 테 수프레모 한 상자를 선물로 준다. 그러자 가수 글로리아 시모네티가 나와 노래를 부르기 시작한다.

나는 텔레비전을 끈다.

카르멘이 아보카도에 셀러리를 곁들인 샐러드 한 접시와, 하몬에 리코타 치즈와 골파를 넣어서 만 요리를 갖다준다. 식탁에는 화이트 와인과 프람부에사 안디나 음료수가 놓여 있다.

** 칠레의 유명 퀴즈 프로그램 제목이기도 하다. 리카르도 칼데론이 진행을 맡았고, 작가이자 언론인인 욜란다 몬테시노스가 고정 패널로 나왔다.

*** 세 자매로 구성된 칠레의 여성 보컬 그룹. 이들은 튜닉을 입고 노래를 부른 것으로 유명하다.

**** 칠레의 차(茶) 브랜드.

"우유 있어요?" 내가 묻는다.

"그럼. 금방 갖다줄게."

"고마워요."

카르멘이 우유를 가져온다. 차갑다. 우유는 크고 두꺼운 유리잔에 담겨 있다.

"오늘 학교는 어땠니?" 엄마가 묻는다.

"그냥 그럭저럭요. 지겹긴 했지만 그런대로 괜찮았어요."

"다행이구나."

"그건 그렇고 어제 영세식은 어땠어?"

"멋진 하루였어요. 정말 즐거웠어요. 그런데 펠리페 말이에요, 어린 게 어쩌면 그렇게 점잖죠? 한 번도 안 울고요. 얼굴에 성수를 뿌리는데도 가만히 있었잖아요."

"생각해보니 그러네."

"레냐카에서는 재미있었고?"

"날씨가 좋아서 사람들이 많더라고요. 잘 보냈어요."

"화초에 물 좀 줬니?"

"그럼요."

"잘했다. 화초는 어때? 잘 자라고 있던?"

"그런 것 같았어요. 그렇게 말라 있지는 않던데요."

"다행이구나. 너도 알겠지만 아파트 관리인에게 도무지 믿음이 안 가지 뭐냐? 너무 게을러터졌어. 하긴 그런 사람들이 다 그 모양이지. 우리집 관리해달라고 맡겨놨더니 매일 밤마다 술이나 퍼마시고 다니니. 사층에 사는 마리아 엘레나 스케야 있잖니? 베아하고 친하게 지내는 애들 엄마 말이다. 저번에 거기 갔을 때 우연히 만났는데, 내게 그러지 뭐냐. 어느 날 해변을 걷고 있는데 그 남자가 천연덕스럽게 일광욕을 하고 있더란다. 그것도 대낮에 말이다. 간땡이가 부어도 단단히 부었지."

엄마가 말을 마치자 카르멘이 속에 시금치를 잔뜩 넣고 하얀색 치즈 소스를 끼얹은 팬케이크를 가져온다.

"네 아빠는?"

"모르겠는데요."

"넌 알 줄 알았는데."

"사무실에 계시겠죠."

"전화해봤는데 거긴 없단다."

"와인 더 드려요?"

"아니, 됐다."

후식으로 통조림 복숭아와 보기만 해도 니글니글한 머랭이 나온다.

"저 이건 안 먹을래요." 내가 말한다.

"나도 생각이 없어."

"커피도 안 마실래요."

"나도 안 마시련다."

잠깐 침묵이 흐른다. 갑자기 학교와 『시골집』, 그리고 플로라 몬테네그로 선생님이 생각난다.

"엄마 혹시 『시골집』이라는 작품 읽어보셨어요?"

"아니."

"독재 정권에 관한 소설이거든요."

"무슨 독재 말이냐?"

"현 정권 말이죠."

"그럼 좌파 소설가가 쓴 작품이구나. 더구나 난 시골이라면 질색이다. 커피 좀 줄까?"

"안 마신다고 했잖아요."

"참, 그렇지. 내가 요즘 자꾸 깜박깜박하는구나. 낮잠이나 자야겠다. 〈죄악〉이나 보면서 말이다."

"저번에 브라질에 갔을 때 거기 나오는 여배우를 만난 적이 있어요."

나는 거짓말을 한다.

"무슨 역으로 나오는 앤데?"

"그건 몰라요. 그냥 붉은 머리예요."

"그럼 네우자 상투스일 게다."

"아마 그런 것 같아요."

"그런 거 보면 세상 참 좁지 않니?"

카르멘이 아무도 손을 대지 않은 디저트를 가져간다.

"누나하고 베아는요?"

"모르겠다."

"그럴 줄 알았어요."

"마티아스, 난 잠깐 눈 좀 붙이고 외출할 거니까 그리 알고 있어. 일곱시쯤 돌아올 거야."

"네."

"너도 알고 있는 게 좋을 거야. 오늘 급히 해야 할 일이 있어. 친구를 좀 도와줘야 하거든. 그래서 지긋지긋한 동네로 가야 된단다, 알겠니?"

"네."

"일곱시에 돌아올 테니 그리 알아."

나는 방으로 간다.

방금 도착한 『롤링 스톤』을 대충 훑어본다.

'오랫동안 은둔의 길을 택했던 존 레넌이 마침내 뉴욕에서 새로운 음반을 녹음하고 있다. 음반은 연말에 출시……'

내 방은 북향이다.

북쪽으로 쭉 가면 아리카, 이키케, 그리고 안토파가스타에 이른다.

가까이에는 산 크리스토발 언덕이 있다.

태양을 보면 잘 알 수 있다. 태양은 북쪽으로 올라가 산맥의 모양대로 반원을 그리다가 결국 해변에 떨어진다.

햇살이 내 방을 기웃거리다 작은 블라인드 틈으로 들어온다. 눈이 부시다. 화창한 봄날 오후. 그런데 이상하게도 여름엔 햇빛이 방안 가득 들어오지 않는다. 해가 너무 높이 떠서 그런 모양이다. 반면 겨울과 봄에는 햇빛이 방안을 가득 채운다.

오늘처럼.

블라인드를 올리자 눈부신 햇살이 쏟아져 들어와 왁스칠을 한 나무 바닥과 코발트빛 이불에 사납게 부딪힌다.

카세트데크에 러시의 〈Permanent Waves〉를 집어넣는다.

벽에는 딱 달라붙는 빨간 티셔츠를 입어 가슴이 돋보이는 파라 포셋의 포스터가 붙어 있다. 그리고 그 아래, 나이트 테이블 위에 놓인 잔에는 레몬주스를 섞은 보드카가 조금 남아 있다.

나는 회색 양말만 신고 알몸으로 침대에 뻗어 있다. 온몸이 땀과 하와이언 트로픽으로 범벅이 되었다. 가슴팍에 말라붙은 허연 얼룩을 닦아낼 힘조차 없다. 손도 까딱하기 싫다. 그러는 사이 잠이 쏟아지기 시작한다. 자고 나면 기분이 좋아지겠지. 지금보단 훨씬 더.

살며시 눈을 감는다.

짙은 향기가 느껴진다. 호르몬을 자극하는 듯하다.

따스한 햇살을 받으니 온몸이 나른해진다. 몸속으로 파고든 햇빛은 신경을 마비시키고 다시 허공으로 날아간다.

나는 지금 리우의 이파네마 해변의 포스투 9 구역에 있다. 그리고 마우이 북쪽 해변에, 레냐카 세멘테리오에, 또 말리부 혹은 주마 해변에, 자갈이 깔린 몰타 섬의 해변에 있다.

나는 산티아고에 있다.

아직 지워지지 않고 남아 있는 하와이언 트로픽과 땀으로 온몸이 범벅이 된 채 나는 침대에 뻗어 있다.

살이 타는 냄새, 카시아의 체취, 나의 체취.

나는 산티아고에 있다.

혼자.

하지만 여전히 살아 있다.

여섯시 무렵, 레르네르가 찾아와 너를 깨웠어.

네 동생 베아가 문을 열어준 모양이야.

너는 황급히 옷을 주워 입었지. 무슨 이유로 햇볕 속에서 땀을 뻘뻘 흘리며 잤는지 적당한 변명이 떠오르지 않았으니까.

넌 녀석에게 『롤링 스톤』을 건네주고는 턴테이블에 블루스 브러더스의 판을 올려놓았어. 그러고는 잽싸게 샤워하러 달려갔지. 넌 네 아빠가 산 탈모 방지용 샴푸로 머리를 두 번이나 감았어.

"러스티네 집에 가자. 파펠루초가 꽤 좋은 마리화나를 구했대. 다들 그리로 갈 거야."

"난 로시타 바로스 생일 파티에 갈까 생각중인데."

넌 녀석에게 크리스토퍼 크로스의 레코드를 보여주었어.

"뭔 소리야? 너 걔하고 친하냐?"

'파펠루초나 러스티 같은 놈들보다야 더 친하지. 물론 나초보다도 말이야.' 넌 당장이라도 이렇게 내뱉고 싶었지.

하지만 넌 이렇게 말했어.

"아냐, 친하긴 뭐가 친해. 그게 아니라 일이 좀 있어서."

이런 말도 덧붙였지.

"안토니아도 거기 갈 거거든."

"이제 그만 잊어버려. 네가 아무리 그래 봐야 아무 소용 없다니까. 걔하곤 이제 끝난 거나 마찬가지야. 너하곤 안 어울리는 애라니까. 너만 그런 게 아니라 어떤 놈을 붙여놔도 안 된다고. 그 계집애, 난 밥맛이던데. 걔가 무슨 말을 해도 난 안 믿어."

"네 말이 맞을지도 몰라. 그래도 난 거기 가고 싶어."

"거긴 나중에 가. 몇 번 빨고 나면 기분이 좋아질 텐데 왜 그래? 그 소식 듣자마자 네 생각이 나서 여기까지 달려온 거야. 나초 녀석도 온댔어. 지금쯤 목 빠지게 우릴 기다리고 있을 거라고…… 참, 마티아스,

너 설마 지금도 나초한테 화나 있는 건 아니겠지?"

"아냐. 내가 거기 꼭 가야 할 이유라도 있어?"

"혹시 러스티 그 녀석 때문이야? 너 걔 되게 싫어하잖아."

"그건 다들 걜 영웅처럼 떠받드니까 눈꼴시어서 그런 거지 뭐. 걔 때문에 안 가겠다는 건 아니야."

"그럼 대체 이유가 뭐야?"

"나도 모르겠어."

"마음이 안 내켜?"

"응, 그런 것 같아. 기분이 더러워서 그래. 다른 이유는 없으니까 너무 심각하게 생각하지 마."

그 순간 베아가 방으로 들어왔어. 넌 동생에게 레코드를 포장해달라고 했지. 그러자 베아는 대신 보라색 스웨터를 빌려달라고 했어. 넌 동생에게 그 스웨터를 선물했지. 하지만 베아는 받지 않으려고 했어. 그걸 빌미로 나중에 또 무슨 억지를 부릴지 모른다면서 말이야.

"네 동생도 성격이 만만치 않은데."

"레르네르, 비쿠냐 집안 사람들은 다 그래."

베아가 레코드를 들고 다시 방으로 들어왔어.

분홍빛 포장지에 싸가지고 왔더군. 너는 스웨터를 베아에게 건네주었지.

"그럼 갈까?"

"가자."

서둘러 나가려고 하는데 갑자기 거실 문이 열렸지. 네 엄마였어.

"별일 없었어?"

"네."

"봤지? 일곱시 전에 도착했잖니. 내가 말했던 것처럼."

"전 엄마를 감시하지 않았어요."

"그거야 그렇지, 마티아스. 차 필요해?"

그 순간 넌 '아니에요, 차를 쓰기 전에 죽을지도 모르니까요'라고 내뱉고 싶었지만, 꾹 참고 말했어.

"아뇨, 레르네르가 차 갖고 왔어요."

"걱정 마세요, 어머니, 나중에 집까지 데려다줄 거니까요."

녀석의 말을 듣고 넌 속으로 짜증이 났지. 아무 대가 없이 호의를 베푸는 것처럼 보였을 테니까.

"그럼 잘 가거라."

"안녕히 계세요."

"다녀올게요."

엄마에게 다른 말을 더 했으면 좋았을 텐데.

하지만 넌 하고 싶은 말을 가슴속에 묻고 말았어.

러스티네 집에는 부모님이 없다. 지금 오하이오에 있다고 레르네르가 귀띔해준다. 일이 있어서 파이어스톤 본사로 갔다고 한다.

"어느 집이든 부모님은 항상 바쁘더라고. 맨날 출장이다 뭐다 하면서 말이야." 나는 레르네르의 말을 맞받아친다.

"너희 부모님만 빼고." 녀석이 대꾸한다.

러스티네 집은 로 쿠로 지역의 높은 곳에 있다. 문이 유리로 된 것으로 봐서는 시멘트를 거의 쓰지 않고 유리와 가로대로만 지은 것 같다.

유리창을 통해 산티아고의 화려한 야경이 펼쳐진다.

콕스가 문을 연다. 날씨가 꽤 쌀쌀한데 녀석은 온몸이 물에 흠뻑 젖어 있다. 꼭 물에 빠진 생쥐 꼴이다. 허리에는 큰 타월을 두르고 있다.

"대체 뭘 했기에 그 꼴이야?" 내가 묻는다.

"수영장에서 놀아서 그래."

우리는 안으로 들어간다. 집안이 온통 어두컴컴하다. 주방하고 콕스가 향하는 방에만 불이 켜져 있다. 콕스 녀석이 발을 디디는 곳마다 물이 고인다.

집안 곳곳에서 신기하게 생긴 재떨이가 눈에 띈다. 테두리가 미니어처 고무타이어로 되어 있는 재떨이다.

계단을 따라 내려가자 커다란 방이 나타난다. 방안에는 여러 개의 소파와 포켓볼 당구대가 있고, 파이어스톤 스티커가 벽 여기저기에 붙어 있다. 벽에는 '미켈롭 비어'라는 글자가 번쩍이는 네온등과 『내셔널 지오그래픽』에 있던 미국의 대형 지도가 붙어 있다. 양탄자가 깔린 바닥 곳곳에는 커다란 쿠션이 놓여 있다. 나지막한 유리 탁자 위는 맥주와 코카콜라, 피스코와 마셔본 적 없는 술—위스키 같은데 '잭 대니얼스'라는 상표가 붙어 있다—로 가득하다. 팝콘이 가득 담긴 볼도 있다. 씨앗이 달린 마리화나 줄기가 신문지에 싸여 있다. 테크닉스 턴테이블에서는 핑크 플로이드의 'The Dark Side of the Moon'이 돌아간다.

"러스티가 어떤 놈인지 이제야 좀 알 것 같아." 나는 레르네르에게 말한다.

"너무 그러지 마." 녀석이 쌀쌀맞게 대꾸한다.

방은 안마당과 불이 환하게 켜진 수영장으로 이어져 있다. 밖으로 나가는 유리문이 활짝 열려 있다. 방안으로 한기가 스며든다. 난 으슬으슬 추운데, 콕스 저 녀석은 허리에 묶고 있던 타월마저 풀어버린 채 달랑 하늘색 수영복 하나만 입고 있다.

"다들 이리 와. 물이 따뜻하니까."

우린 녀석이 물속으로 사라지는 모습을 물끄러미 보고 있다.

수영장에는 콕스 말고도 파탄과 훌리안 롱히, 그리고 중국인—정말 중국인이다—도 있다.

그 중국인은 빨간 수영복을 입고 있다.

"마티아스, 너도 들어가."

"싫어." 내가 대답한다.

"그럼 뭐 좀 마시자."

"그러지 뭐."

우린 잭 대니얼스에 코카콜라를 섞어 마신다.

나는 팝콘을 한 움큼 입안으로 집어넣다가 너무 짜서 냅다 뱉어버린다.

"러스티는?"

"자기 방에 있나봐." 파탄이 대답하고는 다시 물속으로 사라진다. 레르네르가 자리에서 일어나 복도로 걸어간다. 나도 녀석을 따라간다. 어디선가 〈Money〉가 흘러나온다. 어느 방에서 틀어놓은 듯하다. 러스티의 방인 게 분명하다.

"맙소사, 방마다 스피커가 있잖아."

"그래서 '갓 블레스 아메리카'라고 하는 거 아니겠어?"

"그러네." 내가 대답한다.

러스티의 방은 텅 비어 있는데, 그의 욕실은 뭔가로 가득하다. 욕실에도 스피커가 있는데 핑크 플로이드의 약에 취한 듯 음울한 목소리가 희뿌연 수증기와 마리화나 냄새와 한데 섞여 있다.

물거품이 보글보글 이는 욕조에 러스티가 앉아 있다. 자기가 무슨 갱스터라도 되는 듯이 젖은 머리를 뒤로 넘긴 채 마리화나를 피우고 있다. 욕실 안은 어둑어둑하다.

구석에 켜둔 빨간 양초에서 계피향이 난다.

"완전히 히피 분위기네." 레르네르가 내게 말을 건넨다.

"말이 안 나오는군."

나머지 녀석들은 욕조 주변에 둘러앉아 있다. 어울리지도 않는 바지를 입은 나초가 우선 눈에 띈다. 녀석은 자그마한 타월로 머리를 말린다. 그리고 수영복에 검은색 셔츠를 입고 보라색 줄무늬가 있는 흰 양말을 신은 파펠루초는 변기 뚜껑 위에 앉아 있다. 세 녀석은 멍한 표정으로 노래를 흥얼거린다. 마약에 완전히 취해 있다.

"……아, 당신이 여기 있다면 얼마나 좋을까 Oh, how I wish you were here……"

저녁 7시 38분이다.

"미친놈들, 지금 뭣들 하는 거야?"

"오, 네를레르, *내 친구*. 들어와. 어서 들어오라고."

우리는 안으로 들어간다.

나초는 나를 보자 움찔하며 경계의 눈빛을 띤다. 하지만 곧 어색한 웃음을 지으며 능청을 떤다.

"마티아스, 너구나. 난 누군가 했네."

"이제 알았냐." 내가 쏘아붙인다.

"마리화나 줄까?" 파펠루초는 굵게 만 마리화나를 우리에게 건넨다. 목욕탕에 가득한 수증기 때문이기도 하지만 녀석들의 손을 탄 바람에 마리화나는 눅눅하다.

두 모금 빨고 나니까 더이상 피우고 싶지 않다.

스피커에서는 〈Animals〉가 흘러나온다.

"이거 완전히 핑크 플로이드의 독무대로군." 레르네르가 한마디 던진다.

"전에 핑크 플로이드의 라이브 공연에 간 적이 있어." 러스티가 말한다. "근데 공연이 한창일 때 갑자기 돼지 모양의 풍선이, 너희들도 알겠지만 분홍빛 *돼지*가 수많은 사람들 머리 *위*로 떠다녔지."

"난 말이야, 시드 배럿을 꼭 만나고 싶어." 나초가 하늘색 교복 셔츠의 단추를 잠그며 말한다.

"지금 파라과이에 있다던데."

"멩겔레처럼 말이야." 내가 끼어들었다.

"멩겔레가 누구야? 난 모르는 사람인데." 레르네르가 말한다.

나는 비데 위에 걸터앉았다. 하지만 아무 말도 하지 않았다.

그 순간 러스티가 갑자기 물속으로 들어가버린다.

1초, 2초, 3초, 4초, 5초, 6초, 7초, 8초……

"재, 뭐하는 거야?" 내가 묻는다.

"몸의 균형을 찾고 있는 거야." 나초가 대답한다. 생각지도 못했던 나를 만나 거북해서 그러는지, 아니면 약기운에 취해서 그러는지 알 수는 없지만, 평소보다 녀석의 말수가 눈에 띄게 늘었다. 하지만 그것이 녀석의 진짜 모습은 아니다.

물속에 있던 러스티가 마침내 물위로 솟구쳐오른다. 그 바람에 비눗물이 타일 바닥 위로 후드득 떨어지면서 신발이며 검은색 매트가 다 물에 젖는다. 녀석은 한동안 그 자세로 서 있는다. 어둠 속에서 녀석의 단단한 몸매가 돋보인다.

"*나 완전히 갔어*." 러스티가 말한다.

그때 나초가 마리화나에 불을 붙이고는 쓰레기통 뒤에 있는 잭 대니얼스를 손으로 더듬거리며 찾는다. 또 어디선가 코카콜라도 꺼낸다.

"쿠바 없는 쿠바 리브레 같을 거야." 나초가 혼잣말하듯이 중얼거린다.

"너 그러니까 꼭 알레한드로 파스 같아." 나는 놀란 체하면서 녀석의 말에 맞장구를 친다.

"그 사람 못 본 지도 한참 됐네. 잘 지내?"

"반대표 독려 운동 하느라 바빠."

"참, 선거를 까먹고 있었네. 어쨌든 우리 편이 이길 게 확실해. 보나마나 저쪽의 참패로 끝날 텐데."

"*야, 이 개자식아*, 그건 내 *팬티*잖아! 빨리 내놔!" 갑자기 러스티가 파펠루초에게 욕설을 퍼붓는다.

"*제기랄, 알았으니까 그만해*. 내가 착각했나봐."

"*멍청한 칠레 자식*……"

파펠루초는 황급히 대마초 이파리 같은 무늬가 있는 팬티를 벗어 러스티에게 돌려준다. 러스티는 알파벳이 쓰인 팬티를 파펠루초에게 건넨다.

"미안."

"*괜찮아*."

나는 지그시 눈을 감는다. 이젠 더이상 견딜 수가 없다.

"좀더 피울래?" 나초가 묻는다.

"아냐, 됐어. 이제 그만할래."

나초가 마리화나에 불을 붙인다. 러스티의 말투가 한결 누그러진 듯하다.

"우리, 여기서 이러지 말고 *다른* 녀석들이 있는 데로 가자."

"그래, 가자."

우린 모두 미켈롭 비어 네온등이 있는 방으로 간다. 미닫이창은 닫혀 있다. 아무도 없는 조용한 수영장 불빛만이 어둠 속에서 반짝인다.

물에서 가물가물 피어오르는 아지랑이를 보니 갑자기 포르티요 호텔의 노천 수영장이 생각난다.

"눈만 오면 멋지겠는데." 나는 나초에게 말을 건넨다.

"산티아고에 눈 오는 것 봤냐?" 녀석의 말투에 짜증이 섞여 있다.

"왜? 산에는 많이 오잖아."

"*그럴지도 모르지*…… 모르겠다. 어차피 나랑은 상관없으니까."

더이상 말을 꺼내지 않는 편이 좋을 듯하다. 정말이지 생각할수록 재수없는 자식이다. *그럴지도 모르지*…… 이젠 영어로 지껄이기까지 하네. 우울하다.

"비쿠냐, 잭 대니얼스 더 줄까?"

"글쎄, 레르네르."

"이거 수입산인데."

"그래? 그럼 한 잔 줘." 나는 쿠션 위로 감자 자루처럼 풀썩 쓰러진다. 쿠션에는 *스타워즈: 포스가 너와 함께하기를*이라고 쓰여 있다.

조금 전까지 물속에 있던 녀석들도 이젠 모두 옷을 입고 있다.

지금 와서 안 사실이지만, 그 중국 녀석은 미국인이란다. 중국계 미국인이라. 어쩌면 일본계인지도 모르지. 에라 모르겠다.

"찰리, 너도 한 모금 빨아봐."

"*아무렴,* 좋고말고."

펑크 헤어스타일을 한 찰리, 록 음악을 열광적으로 좋아하는 중국애는 자리에서 일어나 유리 액자에 든 재클린 스미스*의 포스터를 꺼내서 테이블 한가운데 살며시 내려놓는다. 그러고는 주머니에서 악어가죽 지갑을 꺼내 은박지를 하나 집어든다.

갑자기 오리가미와 카시아, 그리고 레블롱의 붉은 머리 여자가 떠오른다.

누군가가 핑크 플로이드의 'The Wall'을 튼다. 밤새 핑크 플로이드 노래만 나올 것 같다.

중국애는 줄을 나누기 시작한다.

"우린 '미녀 삼총사'라고." 옆에서 지켜보던 콕스가 익살을 떤다.

나는 말없이 코카콜라를 섞은 역겨운 잭 대니얼스를 홀짝거린다.

"와인 없어? 어쨌든 여긴 칠레잖아."

"갖다줄 테니까 기다려." 러스티가 말한다. 웬일인지 녀석이 살갑게 대해준다.

---

* 미국 여배우. 1976년부터 1981년까지 미국의 인기 드라마 〈미녀 삼총사〉에 출연해 스타덤에 올랐다. 드라마의 원제는 '찰리의 천사들(Charlie's Angels)'이다.

"여기엔 와인도 아주 많은 거 같더라." 레르네르가 귀띔해준다. 무슨 중요한 일이라도 되는 것처럼 사뭇 진지한 표정으로.

찰리는 첫번째 줄의 가루를 흡입하더니 탄성을 지른다. 중국인인지 영국인인지 도무지 가늠이 되지 않는다.

"저 중국 놈 눈이 완전히 풀렸네." 지저분해 보이는 울 스웨터를 입은 훌리안 롱히가 비아냥거리듯 말한다.

"눈이 아예 노래졌어." 파탄이 한마디 거든다.

모두들 시끌벅적하게 웃는다. 중국애는 빅 볼펜을 레르네르에게 건넨다. 레르네르는 좋아라 받는다.

갑자기 내 코가 뜨거워지는 느낌이 든다. 하지만 이번만큼은 어떤 일이 있어도 저기에 끼지 않기로 마음먹는다.

이건 원칙의 문제니까.

"여기 와인 갖고 왔어." 러스티가 마개를 딴 타라파카 엑스 사발라 산産 와인 몇 병을 내게 건네며 말한다.

나는 잔에 와인을 따른 뒤, 파펠루초에게도 따라준다. 러스티는 가져온 와인 병을 모두 테이블 가운데 놓자마자 소매를 걷어붙이고 가루를 마신다.

"추운 사람 없어? 방이 좀 추운 거 같지 않아?" 녀석이 코맹맹이 소리를 내며 말한다.

하지만 아무도 대답하지 않는다. 가루를 마시려고 줄을 서서 기다리고 있기 때문이다. 제일 먼저 나초, 콕스, 그리고 훌리안 롱히.

러스티는 벽에 있는 버튼을 누른다. 중앙난방 스위치다.

"완전히 현대식이네." 파탄이 한마디 한다.

"현대식은 무슨……" 나는 쏘아붙이듯 말한다. 그러고는 손이 시릴 정도로 차가운 와인을 한 모금 마신다.

그사이 러스티는 전축의 볼륨을 줄이고 음을 조절하고 있다. 갑자기 실내가 고요해진다. 짧은 시간 동안, 파펠루초가 가루를 흡입하는 소리만이 들린다. 잠시 후 'The Wall'에서 가장 잘 알려진 소절이 나오기 시작한다. 우리에게 교육 따위는 필요 없어, 우리의 생각마저 통제받고 싶지는 않으니까We don't need no education, we don't need no thought control……

"이젠 네 차례야, 비쿠냐." 콕스가 내게 고개를 돌리며 말한다.

중국애가 나를 물끄러미 바라본다. 나는 물론 거절한다.

……어차피 그건 벽 속에 끼어 있는 또하나의 벽돌이나 마찬가지니까요All in all it's just another brick in the wall……

중국애가 내 몫의 가루를 들이마신다. 그리고 바닥에 앉은 채 찢어진 눈을 지그시 감으며 중얼거린다.

"*와, 이거 정말 죽여주는데.*"

모두들 입을 굳게 다문 채 녀석만 바라본다. 벽난로와 캠프파이어, 그리고 가지 치는 칼만 없을 뿐이지 꼭 어디 놀러온 것 같다. 참, 잠옷 차림도 아니군. 맘껏-우울해지자고-우리에겐-핑크 플로이드가-있으니까, 뭐 그런 분위기다. 모두들 그렇게 약에 취해가고 있다.

엄마, 저들이 폭탄을 떨어뜨릴까? 엄마, 저들이 그 노래를 좋아할까Mother, do you think they'll drop the bomb? Mother, do you think they'll like the song……

어떤 면에선 무슨 종교 의식처럼 보이기도 한다. 아니면 악마 숭배

의식 같기도 하고.

전에도 이와 비슷한 경험을 한 적이 있고,

꿈에서 이런 장면을 본 적도 있다.

그래서 어떤 일이 일어날지 잘 안다. 이런 분위기라면 손바닥 보듯 훤하다. '실존주의적'인 분위기가 마음을 무겁게 짓누른다. 저런 녀석들과 함께 있다는 것이 몹시 수치스럽다. 나초가 흥얼거리는 노랫소리가 특히나 귀에 거슬린다. 약에 취해 정신이 나간 것처럼 굴지만, 꼭 그런 건 아니다.

난 녀석을 잘 안다.

무리에 끼기 위해 일부러 저러는 것이다.

잔인한 세상이여, 이제 안녕, 난 오늘 너의 곁을 떠나려고 하네Goodbye, cruel world, I'm leaving you today……

모든 것이 예상했던 대로다. 어둠, 마리화나, 와인, 환각에 빠져 바닥에 널브러진 녀석들, 그리고 자살로 이끄는 비장하면서도 환각적인 음악.

모두들, 안녕Goodbye, all you people……

"시드 배럿이 아직 살아 있다는 말도 있어." 파탄이 쓸데없는 소리를 내뱉는다. 그것도 아주 음산한 목소리로.

"물론이지." 훌리안 롱히가 맞장구를 친다. "죽었을 리 없어. 단지 미쳤을 뿐이지. 심지어 몰래 음반을 만들었다는 이야기도 있어. 딴 사람 이름으로 말이야. 근데 그 음반을 구하는 건 거의 불가능하대."

"내가 듣기로는 오리건 주에 있는 라즈니시 공동체로 갔대." 러스티도 끼어든다. "나도 오리건 주에 살아봐서 잘 알아. 거긴 *그런* 사람들로 *우글거린다고*. 종교에 푹 빠진 사람들 말이야. 여긴 그런 데가 거의 없잖아."

"배럿이 그렇게 망가진 건 애시드* 때문이지."

"LSD 때문이야." 찰리가 말을 받는다. 스페인어가 아니라, 영어로 정확하게 발음한다. 유창한 발음 덕분에 녀석의 말이 더 권위 있어 보인다.

"그거 다 지어낸 이야기야." 그때 파펠루초가 끼어든다. "사실 배럿이 그렇게 된 건 정신분열증 때문이라고. 음악 때문에 미쳐버리고 만 거야."

"내 생각은 달라. 그가 미쳤다고 하는 것도 따지고 보면 모두 지어낸 이야기일 뿐이야. 로저 워터스가 바로 시드 배럿이라는 생각이 들어. 그러니까, 워터스가 작곡한 노래는 사실 배럿이 만든 거라고." 평소에 핑크 플로이드에 대해 별로 관심도 없던 파탄이 한마디 거들고 나선다.

나는 아주 편안하게 마비된 상태니까 I have become comfortably numb……

"탄파. 지어낸 이야기라는 건 말이야, 가령 로드 스튜어트의 위를 세척했더니 정액이 이 리터나 나왔다는 것 따위를 말하는 거야."

"러스티, 난 삼 리터라고 들었는데." 평소 숫자에는 젬병이던 레르네르도 끼어든다.

"내가 보기엔 사실 같은데."

"새빨간 거짓말이야."

---

* 원래는 산(酸)을 의미하지만, LSD를 가리키는 속어로도 쓰인다.

"수이 헤네리스의 〈바위를 할퀴어봐〉에 얽힌 소문도 그랬지." 나초가 말한다. "찰리 가르시아가 근육경화증에 걸려 고통을 받다가 결국엔 산 채로 매장된 어떤 여자아이에게 이 노래를 바쳤다는 얘기 말이야."

"그건 실화야. 어떤 잡지 인터뷰에서 찰리 가르시아가 자기 입으로 털어놓은 거라고."

"*그럴 리가.*" 나초가 유창한 영어 발음으로 대꾸한다.

"어쨌거나 희한한 일이긴 하네. 나초, 가령 널 산 채로 땅에 묻어버린다고 생각해보라고." 콕스가 말한다.

"*찰리 가르시아가 누군데?*" 여태까지 잠자코 있던 중국 녀석이 갑자기 묻는다. 아직 제정신이 돌아오지 않은 얼굴이다.

"*아르헨티나 가수라고, 인마.*" 나초가 쏘아붙이듯 말한다.

"*걔 노래는 괜찮아?*"

"*라틴아메리카 사람들은 다들 좋아하지.*" 러스티가 한마디 거든다.

나는 여전히 마리화나를 피우고 있는 레르네르에게 다가간다.

"열쇠 좀 주라. 차에 있는 레코드를 꺼내야겠어. 이제 가보려고."

"이제 막 판이 시작됐는데."

"그래도 그만 가는 게 좋겠어."

"언덕을 어떻게 내려가려고?"

"걸어가야지. 충분히 걸을 수 있어. 아무 문제 없을 테니 걱정 마."

녀석은 나에게 열쇠와 마리화나를 건넨다.

나는 한 모금 빤 뒤 최대한 조심스럽게 자리에서 일어난다.

"이봐, 롱히. 너, 며칠 전에 마이테 따먹었다는 게 사실이야?" 누군가 묻는다.

“딴 계집애들이랑 별 차이 없더라고. 경험 많은 척 굴어도 해보니까 숙맥이야.”

“걔랑 해본 사람 또 있냐?”

“나도 해봤어.” 파탄이 말한다.

녀석의 말은 사실이 아니다. 한 번 덮치려고 했던 것뿐이다. 리우에서. 하지만 난 아무 말도 하지 않았다.

“그래, 어떻디?”

“내 거시기는 참 잘 빨아주더라고. 그 방면에서는 단연 최고라고 할 수 있지.”

중국애만 빼고 모두들 배를 잡고 웃는다. 저 녀석은 무슨 말인지 알아듣지도 못하니까.

나는 문을 닫는다.

“안녕, 생일 축하해.”

“마티아스! 여긴 웬일이야?”

“응, 사실…… 이거 너 주려고 갖고 온 거야. 네가 안 가지고 있는 거면 좋겠는데.”

나는 로시타 바로스에게 레코드를 건네고는 안으로 들어간다.

은은한 파라핀 향이 코끝으로 스며든다. 칠레에서 웬만큼 잘 지은 집에 가면 흔히 맡을 수 있는 향이다.

“크리스토퍼 크로스! 와, 나 이 사람 너무 좋아하는데, 정말 고마워!”

그녀는 내 뺨에 다시 입을 맞춘다.

"엄마, 얜 마티아스 비쿠냐라고 해요."

"안녕하세요?" 나는 그녀의 엄마에게 인사를 건넨다. 그녀의 엄마는 킬트 스커트를 옷핀으로 고정해서 입었다.

"만나서 반갑구나. 이렇게 와줘서 고맙다."

"저도요."

"어서 들어가거라."

"고맙습니다."

실내장식을 보니 로시타 엄마의 스타일과 취향을 알 것 같다. 의자는 모두 파스텔 색조에 꽃무늬가 있다.

"참, 네 브라질리아는 여전히 잘 굴러가니?" 나는 마이테와 비타쿠라 쇼핑센터에서 있었던 비르히니아 인판테의 생일 파티를 떠올리며 로시타에게 묻는다.

"아, 그 차? 그건 내 게 아니라 언니 차야. 수의학을 공부하는 언니가 타고 다녀."

"난 또 네 차인 줄 알았지."

"내년에 열여덟 살이 되면 선물로 차를 사주신다고 했어."

"좋겠다."

"그렇지? 그건 그렇고 어서 들어와. 모두 와 있으니까."

하여간 로시타는 정말 매력적인 아이다. 저 아인 영원히 로사가 아니라 로시타로 남아 있을 것 같다.* 로시타는 그런 스타일의 아이다. 그

---

* 로시타는 로사의 애칭으로 좀더 귀여운 느낌을 준다.

녀가 모두 와 있다고 했지만 그녀의 말을 곧이곧대로 믿을 수가 없다.

"모두?"

물론 사람들이 어느 정도는 왔을 것이다. 그건 분명하다. 몇 명밖에 없진 않을 테니까. 안토니아는 분명 저 안에 있다. 느낌으로 알 수 있다.

그녀의 기운이 느껴진다.

나는 거실로 들어간다. 잘 아는 아이들, 혹은 생소한 몇몇 아이들의 시선이 일제히 내게로 향한다.

"안녕?" 난 약간 놀란 표정으로 인사를 건넨다. 무슨 말을 해야 할지 아무 생각도 떠오르지 않는다. 아무래도 실수한 것 같다. 안 오는 게 좋을 뻔했다. 안토니아에게 눈길을 보내보지만 아무런 반응이 없다. 애들이 시끌벅적 떠드는 가운데 라디오 소리가 다시 거실에 퍼진다. 난 이제 더이상 관심의 대상이 아니다.

안토니아는 초록색 옷을 입고 있다. 그녀의 옆에서는, 아주 딱 붙어 있는 건 아니지만, 막클루레가 머리에 헤어젤을 바르고 갈색 뿔테 안경을 벗었다 썼다 하는 녀석과 얘기를 나누고 있다.

"네가 여기 올 줄은 생각도 못했어. 사실 여긴 별로 재미있을 게 없으니까."

루이사다.

"다행이네. 아는 얼굴이라도 있으니." 내가 그녀에게 말한다.

"내가 있어서 실망했구나?"

"아냐, 그런 건 아니고……"

"……그리고 이건 다른 얘긴데…… 나도 그 얘기 들었어."

"미안한데 다들 아는 얘기야."

"그럴지도 모르지."

"또 누가 있니?"

"마티아스, 그런다고 네 삶이 송두리째 바뀌는 건 아냐."

그녀의 마지막 말이 왠지 마음에 걸린다. '그런다고 네 삶이 송두리째 바뀌는 건 아냐.' 만약 바뀐다면? 만일 내가 이름이나 나이를 바꾸면, 가령 수의학과 학생으로 둔갑한다면?

"뭐 좀 마실래?" 루이사가 내게 묻는다.

"응."

우리는 주방으로 간다. 식탁은 로시타 바로스의 엄마 스타일대로 깔끔하게 차려져 있다. 로마식 펀치와 피스코, 환타와 팝, 레몬소다, 피냐 노비스 등의 음료가 가지런히 놓여 있다. 그리고 장미꽃이 한 다발 꽂힌 꽃병과 치킨에 마요네즈를 얹은 샌드위치, 과자, 치즈, 또 오이피클과 진주 양파 피클, 아브뉘 뒤 부아 베이커리에서 샀을 법한 셀바 네그라 케이크* 등이 있다.

"피스코에 레몬소다 좀 섞어줄래?" 루이사에게 부탁한다.

식탁에 앉고 나니 거실이 다른 각도에서 보인다. 하지만 내 시선은 언제나 한결같다. 안토니아는 어떤 여자애와 얘기를 나누고 있다. 로스 안데스 학교에 다니는 애다. 그애네 집엔 자식도 많지만, 돈이 어마어마하게 많다고 들었다.

"여태 어디 있다 온 거야?" 루이사가 묻는다.

"어떤 양키 녀석 집에 있었어. 산티아고 전체를 발칵 뒤집어놓은 놈

* 크림 위에 대팻밥처럼 만든 초콜릿과 버찌를 얹은 독일식 케이크.

이지. 레르네르하고 우리 반 녀석들도 함께 있었어."

"난장판이었겠군."

"그래, 한마디로 난장판이었지 뭐."

"근데 거긴 뭐하러 간 거야?"

"몰라. 항상 그런 걸 알아야 하는 건 아니잖아."

"마티아스, 너도 이제 좀 신중하게 행동해야 하지 않겠니?"

"난 말이야, 완벽해질 자신도 없고 성숙해지는 것도 왠지 거북해."

"그럴 줄 알았어."

"이제 그만하자, 루이사. 더이상 말다툼하고 싶진 않으니까."

"누가 너랑 말다툼한다는 거지?"

"아무도."

나는 자리에서 일어나 주방을 나선다. 피스코를 들이켠 뒤—최악이다—비르히니아 인판테에게 눈인사를 건넨다. 언제나처럼 금발인 비르히니아는 플라비아 몬테소리와 진지한 대화를 나누고 있다. 나는 조용히 벽난로 옆에 앉는다. 장작에 물기가 남아 있어서 그런지 탁탁 소리가 나며 불꽃이 튄다. 내 바로 옆에서는 말끔하게 면도를 한 두 녀석이 시카고에 살았던 가톨릭 대학교 경제학 교수 얘기를 하고 있다. 그리고 반대편에서는 어마어마하게 뚱뚱한 여자아이가 자신의 미래를 위한 투자 삼아 컴퓨터를 사기로 했다고 어떤 남자애에게 떠들어댄다.

내 맞은편, 그러니까 거실 한복판에 있는 식탁 너머, 꼬리를 만지면 소리가 나는 은제 거북이 너머에 안토니아가 있다. 지금은 막클루레와 이야기를 나눈다.

눈이 마주치자 녀석이 날 보고 씩 웃는다. 반갑다는 표시인지, 아니면 비웃음을 흘린 건지 아리송해서 나는 그냥 무덤덤하게 반응한다. 막클루레는 내게 오려고 하다가 내 표정을 보고는 이내 돌아선다.

루이사는 문 뒤로 사라진다. 거실은 아이들로 꽉 차 있다. 주방도, 그 너머에 있는 서재도 마찬가지다. 그런데도 집안에 아무도 없는 것처럼 허전하다. 정말이지 나 말고는 아무도 없는 것 같다. 하지만 안토니아만큼은, 더이상 어떻게 해볼 수 없다는 걸 잘 알고는 있지만 여전히 신경이 쓰인다.

그녀를 계속 지켜보기로 한다.

엄마가 가르쳐준 대로 그녀의 눈만 뚫어져라 쳐다보는 거야.

그러나 그녀는 아무런 반응이 없다. 하지만 내가 자기를 바라보고 있다는 것만큼은 그녀도 잘 알고 있다.

하여간 안토니아의 고집은 알아줘야 한다. 그녀가 날 사랑한다고 믿거나, 그녀에게 순수한 면이 있다고 여기는 건 아니다. 자기의 삶에서 나라는 존재를, 그것도 뿌리까지 뎅강 잘라버리는 데 놀랄 뿐이다. 말한 그대로다. 난 안토니아에게 단 한순간도 중요한 존재였던 적이 없었던 것 같다. 아무리 생각해도 그렇다. 가끔 꿈속에서는 반대로 나타나기는 했지만. 이 세상 누구든 이런 특권, 즉 어떻게든 다른 이의 마음속을 비집고 들어가 자리를 잡았다고 느낄 특권이 있다. 가령 내 경우 그녀가 빵과 아보카도를 먹을 때마다 내 모습을 떠올릴 거라는 생각을 하기도 한다. 아니, 분명히 그럴 것이다. 아마 그러지 않을 수도, 그럴 수도 있다. 그녀의 속마음까지 내가 어찌 알겠는가. 그녀가 정말로 그렇다고 내게 다짐했다 한들, 꾸며낸 말일 수도 있을 테니까 말이다. 사람의 속마음은 그 누구도 확신할 수 없다. 그렇다고 굳게 믿는 경우를 제외하고는. 그래서 말인데, 안토니아가 날 못 본 척하고, 애써 무관심한 척하는 것도 따지고 보면 아직은 나라는 존재가 중요하다는 것을 드러내는 부인할 수 없는 증거라는 느낌이, 생각이, 아니 확신이 든다. 만일 그게 아니라면 지금은 날 증오하고 있어도 전에는, 지금보다 모든 게 훨씬 수월했을 때에는 나를 꽤나 소중히 여겼다는 증거라고 볼 수 있다.

과거를 숨기는 것은 현재를 숨기는 것보다 훨씬 더 어려울 것이다.

그러니 파스텔 색상이 은은한 로시타 바로스네 거실에 모인 애들은 모두 벽난로에 손을 녹이면서 속으로 이런 생각을 하고 있을지도 모르지. '그래 맞아. 저 두 사람 사이에 무슨 일이 있었던 게 분명해. 아니, 지금도 뭔가가 있을 거야.' 앞으로 이십 년 뒤 그녀가 막클루레, 아니면 그와 비슷한 녀석이랑 결혼하고, 우연한 기회에 내 행방, 나의 인생과 실패를 알게 되면 분명 그리움과 호기심, 그리고 질투심 가득한 눈으로 이렇게 말하겠지. '내가 옳았어. 갠 내가 원하던 타입이 아니야.'

더 착잡한 사실은 그녀의 생각이 옳을 거라는 점이다. 어쨌건 난 그녀가 바라는 타입이 아니다.

적어도 지금은 아니다. 과거에 그녀가 원하던 타입이었다 하더라도 이미 지난 과거의 일일 뿐이다.

하지만 그녀와 나 사이에 아무 일도 없었던 건 아니다. 정말 그랬다면 지금 상황이 이렇지 않았을 테니까.

"왜 그래? 어디 안 좋아?" 갑자기 로시타의 엄마가 내게 말한다. "뭐 좀 더 줄까?"

"괜찮습니다, 많이 먹은걸요."

"지금 타파디토스*를 만들고 있는데 아주 맛있을 거야. 다 되면 말해줄게."

"네, 그건 꼭 먹을게요."

대화를 피하기 위해 나는 살라미 카나페 한 개를 집으며 억지로 웃음을 지어 보인다.

바로 그 순간, 로시타가 단호하게 라디오를 끈다. 그러고는 내가 선물한 레코드를 턴테이블 위에 올려놓는다.

"어때?" 로시타가 안토니아에게 묻는다. "이 노래 마음에 드니?"

"너무 훌륭해. 이 노래 〈Sailing〉이 정말, 정말 좋아."

"맞아, 정말 좋은 노래야."

"저 레코드 나 좀 빌려줄래? 나도 사려고 했거든. 저것만큼은 꼭 갖고 싶었어. 근데 저 판 어디서 났니?"

"마티아스가 선물로 준 거야. 정말 따뜻한 애야, 안 그래?"

안토니아가 무표정한 얼굴로 나를 쳐다본다.

"그래." 안토니아가 말한다. "정말 그렇지. 맞아."

---

* 작은 빵 사이에 기호에 따라 치즈와 마요네즈, 올리브 등을 넣은 일종의 샌드위치.

1980년 9월 9일, 화요일

나는 아포킨도 대로의 상가 건물 엘 파로 앞에 있는 공중전화로 파스에게 전화를 걸고 있다. 오전 열시다. 보통 때 같으면 학교에 있어야 할 시간이지만 머릿속이 너무 복잡해서 수업에 들어갈 마음이 전혀 나지 않는다. 사실 수업을 들어봐야 내게 아무 소용도 없을뿐더러, 애당초 관심도 없다.

난 단지 마음이 가는 두어 사람과 대화를 나누고 싶을 뿐이다.

지금 내게 일어나고 있는 일이 과연 현실 속 일인지 알고 싶다.

외톨이도 마음이 끌리는 누군가와 이야기를 나누다보면 갑자기 삶의 활기를 얻기 마련이다.

지금 내 상황이 꼭 그렇다.

나는 홀든*에 관해 알레한드로 파스와 이야기를 나누고 싶다. 그리고 그 책을 빌려줘서 고맙다는 인사도 하고 싶다. 참 희한한 일도 다 있다. 아침부터 파스와 전보다 가까워진 것처럼 느껴지니 말이다.

나는 다시 전화를 건다.

하지만 파스는 전화를 받지 않는다. 세상사가 이렇다. 뭔가가 급히 필요할 때 찾으면 꼭 없기 마련이다.

그러니 세상에 쉬운 일이 하나도 없다고 하는 모양이다.

나는 상점가를 따라 걷다가 엘 파로 맨 아래층에 있는 아이스크림 가게 안으로 들어간다. 하지만 아무것도 사지 않는다. 그냥 한 바퀴 둘러보다가, 넥타이를 풀어 상의 주머니에 넣은 뒤 셔츠의 윗단추를 몇 개 푼다. 아무리 그래도 학생티를 벗기는 어렵다. 엘 파로의 지하 주차장은 이 시간에 쇼핑을 하거나 건너편 알막 슈퍼마켓으로 장을 보러 나온 아줌마들의 승용차와 소형 트럭으로 가득하다.

스포츠 용품점에 들어가 최근 이탈리아에서 수입한 사이클용 신발과 액세서리를 둘러본다.

바로 옆에는 주로 중국산 공예품을 취급하는 부티크가 생겼다. 요즘 산티아고 여기저기에 지점을 낸 체인점이다.

안으로 들어가자 어디선가 종소리가 나고 중국인처럼 생긴 여자애가 나와 인사를 한다. 나보다 한두 살 더 먹었을 것 같다.

"어서 오세요, 전 제시카예요, 뭘 찾으세요?"

갑자기 여자애에게 짓궂은 장난을 치거나 야한 농담을 던지고 싶었지만 불쑥 마음에도 없는 말을 꺼내고 말았다.

---

* 샐린저의 『호밀밭의 파수꾼』에 나오는 주인공 홀든 콜필드를 말한다.

"엄마에게 선물을 할까 하는데요. 워낙 중국을 좋아하셔서. 사실은 중국뿐 아니라 동양을 동경하세요. 일본만 빼고요. 전 홍콩에서 태어났어요."

"아, 그러세요?" 몸에 붙는 빨간색 기모노를 입은 제시카가 호기심에 가득찬 눈으로 말한다.

"물론 우리 엄마 아빠 칠레 사람이에요. 아빠 은행의 중요한 거래가 대부분 동양에서 이루어져 거기서 좀 살았죠."

그러자 여자아이가 중국인처럼 가는 눈을 동그랗게 뜨고 날 쳐다본다. 표정을 보니 내 말발이 어느 정도 먹힌 모양이다.

나는 그녀에게 의뭉을 떤다. "어느 나라에서 왔죠?"

"저도 칠레 사람이에요. 렌카 출신이죠. 우리 할아버지 고향은 남부지만요. 오소르노 부근이에요."

"아, 그래요? 난 또 중국인의 피가 섞인 줄 알았죠."

내 말을 듣자 그녀의 얼굴이 발그스레해진다. 갑자기 다누비오 아술 레스토랑의 중국식 새우 요리가 떠오른다.

화제를 바꾸는 게 좋겠어. 더는 중국에 대해 아는 게 없으니까.

"그건 그렇고요, 제시카, 난 엄마 선물을 살까 해서 온 거예요. 상징적인 의미도 있고 좀 비싼 걸로요. 모조품이나 칠레에서 만든 건 절대 안 돼요."

제시카는 놀란 눈으로 날 빤히 쳐다본다.

"그럼 뭐가 좋을까요? 예쁜 화병이 있는데 그건 어떨까요? 생일 선물로는 안성맞춤이에요."

"사실은 엄마가 아니라 제 생일인데요, 그래서 엄마에게 뭔가 선물

해드리고 싶어요. 생일을 맞은 자식이 어머니에게 선물을 드리는 건 동양의 오랜 전통이에요. 자기를 낳아주신 데 대한 감사의 표시인 셈이죠. 저를 이렇게 키워주신 데 대해 뭔가 뜻깊고 영원히 잊지 못할 선물을 드리고 싶어요. 그러니까 제시카, 가격이 아니라 존경하는 마음의 문제예요."

"그렇다면," 그녀가 말한다. "이 도자기들이 좋을 것 같은데요."

나는 그녀가 가리키는 도자기들을 쭉 훑어본다. 색상이나 모양새가 그야말로 조잡의 극치다. 끔찍하다.

"제시카, 좀더 고상한 건 없나요?"

"죄송합니다, 손님. 그래도 이게 여기서 제일 잘 나가는 거예요."

"실망스럽군요. 세련되고 아름다운 것과 겉만 번드르르하지 사실 쓰레기나 다름없는 걸 잘 구별해낼 줄 알았는데."

계집애를 보니 화가 난 표정이 역력하다. 그 순간 용이 어설프게 그려진 병풍 뒤에서 귀에 털이 수북한 노인네가 우리를 빤히 쳐다보고 있다는 걸 알아챈다.

"신경쓰지 말아요, 제시카. 그냥 해본 소리니까. 이번엔 그냥 롤렉스 시계로 만족해야 할 것 같네요. 만나서 반가웠어요. 그리고 9월 11일에는 잘 생각하고 투표하세요. 그럼 이만."

그러나 그녀는 아무런 반응을 보이지 않는다.

가게 문을 나서는 순간, 다시 종소리가 난다. 나는 뭘 훔친 사람처럼 뒤도 안 돌아보고 냅다 달리기 시작한다.

이젠 거짓말도 밥먹듯 하는군.

나도 모르게 웃음이 난다.

나는 제시카와 나의 유치한 행동을 생각하면서 프로비덴시아 쪽으로 걸어간다. 그래, 그게 좋을지도 몰라. 이젠 홀든이 살았던 대로, 그러니까 그의 목소리와 존재 방식을 그대로 따라할 수 있을 것 같다는 생각이 든다. 참 희한한 일도 다 있지. 여태까지 이런 적이 없었는데. 어떤 책을 읽거나 영화를 보거나 음반을 들어도, 이런 생각이 든 적은 단 한 번도 없었다.

누군가를 만났을 때도 마찬가지였다.

홀든의 삶을 따라하는 것은 그처럼 매력적이라는 생각이 든다. 그런데 제시카에게 했던 거짓말이 떠오르자 나 스스로도 놀란다. 나도 모르게 입에서 불쑥 튀어나와버렸다. 하긴 오늘 학교를 빼먹은 것도 마찬가지다. 오늘은 온종일 홀든 콜필드에게 빙의라도 된 듯한 기분이다. 마치 영화 〈엑소시스트〉에서처럼 악령에게 완전히 사로잡힌 듯하다. 지금 내게 무슨 일이 일어나고 있는 거지? 이 모든 일이 정말로 내게 일어난 걸까? 불안감이 마음을 짓누른다. 그리고 이 세상과 연을 끊어버리고 싶은 충동이 인다. 전에 루이사가 그랬지. "자극을 받으면 고무되기 마련"이라고. 어쩌면 그 말이 맞을지도 모른다. 그러나 내 경우는 좀 다르다. 홀든은 내가 따라야 할 본보기일 뿐 아니라 버팀목과도 같다. 혹은 등에서 느껴지는 토닥임이라고나 할까.

어떤 면에서는 한 잔의 술, 아니, 갈라놓은 코카인 한 줄이나 마찬가지다.

하지만 그만큼 위험도 따른다.

갑자기 두려워진다.

다른 공중전화 부스가 눈에 띈다. 파스에게 전화를 건다.

여전히 받지 않는다. 후안초 클럽은 아직 닫혀 있을 텐데.

계속 걸음을 옮긴다. 아이비가 담장을 뒤덮고 있는 저택들과 대사관, 우리집과 비슷하게 생긴 집들이 눈앞으로 지나간다. 학생이 거리를 돌아다닐 시간은 아니다. 지나가는 사람들이 자꾸 날 힐끔힐끔 쳐다본다. 나는 지나가는 군 순찰대에도 깜짝 놀란다. 하지만 곧 빨갱이들을 잡으러 돌아다니는 군바리들이 나처럼 땡땡이친 놈들한테까지 관심을 갖지는 않을 거라는 생각을 한다.

그래도 모두들 어디에 갇혀 있을 시간에 혼자 자유롭게 거리를 활보하니까 이상한 느낌을 지울 수 없다.

어쨌든 내일 학교에 가면 교장이 사유서를 내라고 닦달할 게 뻔한데 무슨 말로 둘러대야 할지 뾰족한 수가 떠오르지 않는다. 엄마나 아빠에게 사정을 해볼까? 말해봐야 씨알도 안 먹힐 테지만. 더구나 아빠한테는 절대 안 된다. 무슨 우연인지는 모르겠지만 오늘 아침 학교에 태워다주기까지 하셨는데 말이다. 아빠 차에서 내려 나는 학교 철망 쪽으로 천천히 걸어갔다. 아빠 차가 멀리 사라질 무렵, 치코 소바르소와 플라비아 몬테소리가 보였다. 하지만 로시타 바로스를 봤을 때 갑자기 현실이 아득하게만 느껴졌다. 당장 어쩔 도리가 없다는 것을, 이대로 학교에 갈 수 없다는 것을 깨달았다. 나중에 어떻게 되든지 간에 나는 무작정 걸었다. 반 블록쯤 걸어갔을 때 택시 한 대가 눈에 띄었다. 택시를 세워 라스 콘데스 대로와 접하는 타반쿠라 거리의 롤러스케이트장으로 가자고 했다.

겨울에 호수가 얼면 오리들이 어떻게 될 것 같냐고 택시 운전사에게 물어볼 뻔했다.* 하지만 지금 그런 한가로운 얘기나 하고 있을 때가 아니라는 생각이 머리를 스쳐지나갔다. 그리고 로시타 바로스의 생일 파티에서 술에 취해 우울한 기분으로 집에 도착한 뒤 괜히 『호밀밭의 파수꾼』을 읽었다는 후회도 했다. 운전사에게 말을 붙이지 않은 것은 다행이었다. 오리들이 사는 호수는—연못이라고 하는 게 낫겠다—오이긴스 공원에 있는 호수밖에 없는데다, 잘난 나초가 알려주었듯이 산티아고에서 눈은 구경조차 하기 힘들기 때문이다.

나는 계속 거리를 걷는다. 홀든이 뉴욕을 하염없이 걷듯. 아마 그가 내 의식을 조종하고 있는지도 모른다.

볼링 센터 건물 앞에 이르자 공중전화가 눈에 들어온다. 하지만 이번에도 파스는 전화를 받지 않는다.

수화기를 내려놓고 다시 걸음을 옮긴다.

발이 아프다. 많이도 걸었다.

타반쿠라 거리에서 엘 파로까지, 거기에서 여기까지 쭉 걸어왔으니.

그래도 나는 계속 걷는다.

이럴 바에는 차라리 수업에 들어가는 편이 나았을지도 모른다.

집에 돌아가지 않는 게 나을까?

차라리 교문에서 안토니아나 기다릴까?

아니면 트럭을 얻어타고 리우로 갈까?

그곳으로 추방당하는 게 더 낫지 않을까?

군사학교 앞을 지나간다. 연병장에서는 사관생도들이 열병식 연습

* 『호밀밭의 파수꾼』에서 홀든 콜필드가 뉴욕의 택시 운전사에게 한 질문이다.

을 하고 있고, 정문에서는 몇 명의 사병이 기관총을 단단히 붙잡은 채 경비를 서고 있다. 굳이 저들의 모습을 보고 싶지는 않다. 그래서 나는 베스푸시오 대로 위를 지나는 거대한 고가도로 아래로 걸어간다. 그곳은 전쟁터를 방불케 한다. 한쪽에서는 도로포장을 하느라 트럭이 오가면서 흙을 쏟아붓고, 또 전철역 공사장을 둘러싼 나무 벽은 이번 선거에서 찬성표를 던지라는 포스터로 잔뜩 뒤덮여 있다. 전철역은 아직 완공되지 않은 상태다.

어수선한 공사판 너머로 조용한 주택가가 보인다. 마당에서는 가정부로 보이는 여자들이 잔디에 물을 주고 있다. 한쪽에서 귀를 찢을 듯 날카로운 굴착기 소리가 울리고, 일정한 리듬에 따라 땅이 뒤흔들리는 것을 그녀들은 알지 못한다. 그 너머로 산티아고에서 가장 나직한 언덕인 세로 나비다드와 자그마한 광장이 보인다. 아마 세계에서 가장 특이한 광장일 것이다. 번잡한 아포킨도 대로로 이어져 있지만, 아파트 이층 높이를 넘어가지 않는 언덕이 광장을 소음으로부터 보호한다. 광장 뒤쪽은 인근 지역의 중심에 해당한다. 좁은 골목들이 모두 그곳으로 이어져 있는데다, 지금은 아동 결핵 요양원으로 사용되고 있지만, 지난 세기까지만 해도 대지주의 저택이던 건물이 여전히 위용을 뽐낸다. 이따금 해쓱한 얼굴을 한 아이들이 그 건물 창문으로 나타나, 광장에서 장난을 치며 뛰어다니거나 한때 유행하던 호핑볼을 타고 노는 건강한 아이들을 물끄러미 내려다보기도 한다. 광장에는 한창 신록이 짙어가고 있다. 야자수 몇 그루를 포함해 아름드리나무가 수백 그루나 있을 뿐 아니라, 모래언덕과 샌드트랩도 있다. 더구나 언제나 온갖 종류의 개들—세인트버나드, 아프간하운드, 알래스카허스키 등—

이 모여 있는 놀라운 곳이다. 그 개들은 사람을 보고 짖거나 성가시게 굴지 않는다.

이 시간에 광장은 텅 비어 있다. 화창한 봄 햇살이 도시 상공을 엷게 덮은 스모그와 한창 싸움을 벌이고 있다. 나는 광장 벤치에 앉는다. 옆에 책을 놓고 신발과 양말을 벗는다. 그러고는 따뜻한 모래 위를 몇 걸음 걷다가 눕는다. 발가락 사이에 모래알이 낀다. 별것도 아닌 일에 기분이 좋아지는 경우가 종종 있는데 평생 이렇게 살 수도 있을 것 같다. 시계를 본다. 열한시 반. 지금은 화학 시간이다. 하지만 난 여기, 모래 위에 있는 게 훨씬 더 좋다. 마치 해변에 와 있는 듯한 느낌이다. 더 대담하게 태양에 맞서기 위해 선글라스를 꺼내 쓴다. 전에 왔을 때도 그랬듯이 모래 구덩이 속에 드러눕는다.

전에는 나직한 언덕 위에 자리잡은 이 광장에 자주 왔다. 나초가 이 동네에 살고 있기 때문이다. 걔네 집은 여기서 한 블록 떨어진 엘 트로바도르 거리에 있다. 보통 나초네 집엔 공부한다는 명목으로 가지만, 책을 펼치면 마음은 이미 콩밭에 가 있기 마련이었다. 그러면 잽싸게 녀석이 키우는 막시밀리아노를 데리고 광장으로 나오곤 했다. 막시밀리아노는 다른 개들과 놀도록 놔두고, 우린 구석에 앉아 담배나—참, 나는 담배는 피우지 않는다—마리화나를 피우고 맥주를 마셨다. 그리고 구석에 있는 우니마르크 슈퍼에 가서 차르키나 훈제 등심, 혹은 올리브 열매를 사먹기도 했다.

막시밀리아노 덕분에 우린 그 동네에서 일하는 가정부 둘을 알게 됐다. 한 명은 엘레나이고, 다른 한 명은 바네사다. 엘레나는 뺨이 발그스레한 금발의 여자아이를 유모차에 태우고 산책중이었다. 한편 풍만한 몸매를 지닌 바네사는 체크무늬가 있는 코발트빛 에이프런 아래 아무것도 입지 않은 채 페에페라는 이름의, 정말 소시지처럼 생긴 닥스훈트를 산책시키러 나온 길이었다.

여기서 그녀들을 만난 것도 벌써 이 년 전이다. 기말고사를 보느라 정신이 없던 11월 어느 날이었다. 그날은 지독히도 더웠다. 어찌나 덥던지 우리는 웃통을 벗어던진 채 풀밭이나 모래밭에 벌렁 드러누웠다. 우리는 누운 채 그녀들을 바라보면서 시시덕거리기 시작했다. 그러고는 막시밀리아노에게 귀엽게 생긴 캐러멜색 닥스훈트를 꼬셔보라고 부추겼다. 그러자 바네사가 질겁하며 소리를 질렀다. "페에페, 그만해! 가자니까!" 그 개의 이름을 듣자마자 우린 배꼽 빠지게 웃었다. 뭐 그런 이름이 다 있을까?* 그렇게 해서 우린 친구가 되었다. 믿기는 힘들었지만 당시 엘레나와 바네사는 겨우 스물한 살, 스물두 살이었다. 비록 남의집살이를 하고 있을지언정 이목구비가 반듯해서 그들에게 말을 건다고 해도 전혀 수치스러워할 필요가 없었다. 더구나 이도 가지런했다. 그란 아베니다 대로에 널려 있는 날라리들보다 훨씬 상냥하고 재미있었다.

우리의 만남은 높이 치솟은 나무들과 커다란 바위들 사이로 일종의 요새, 혹은 탑이 수줍은 듯 모습을 숨기고 있는 언덕 바로 위의 광장에서 이루어졌다. 우리가 만난 날은 주중, 그러니까 수요일이었던 걸로 기억한다. 이 년도 넘은 일을 이처럼 훤히 기억하는 건, 그날 기온이 사상 최고를 기록했기 때문이다. 오후 네시경엔 무려 33.8도까지 올라

* 페에페(Pe-Efe)는 알파벳 PF의 스페인어 발음이다.

갔으니까 그럴 만도 하다. 사람들은 지진이 날 징조라며 수군거렸다. 그날 나초는 아빠의 바카르디 럼 한 병을 훔쳐가지고 나왔고, 내 주머니에는 마리화나가 충분했다. 밤 열한시 삼십분에 만나기로 했지만 우린 일부러 약간 늦게 나갔다. 약속 장소에 도착하니 환하게 켜진 가로등 아래 벤치에서 우리를 기다리는 두 여자의 모습이 눈에 띄었다. 그들도 겉으론 차분했지만 들뜬 기분을 숨기지는 못했다. 몸에 딱 달라붙는 청바지에 플러시 천으로 된 헐렁한 셔츠를 입고 하이힐을 신은 두 여자는 처음 만났을 때와는 전혀 딴판이었다. "꼭 쌍둥이 자매 같아요." 내가 말했다. "두 분도 마찬가진데요." 내 파트너로 점찍어놓은 바네사가 응수했다.

모든 것이 놀라웠고 마법 같고 황홀했다. 일단 럼주—빨리 취하는 데는 이만한 것이 없다—를 마신 뒤 마리화나를 나눠 피우자 쉽게 분위기가 부드러워졌다. 바로 코앞에 있는 아포킨도 대로에 차들이 쉴새 없이 지나다니고 있었지만, 그보다 몇 미터 위에 있는 언덕이 우리를 보호해주고 있었기 때문에 괜찮았다. 후덥지근한 밤공기 때문에 마치 꿈속을 헤매는 듯한 기분이었다. 결국 우리 넷은 모두 옷을 벗은 채, 요정이라도 된 듯 잔디밭 위를 뛰어다니기 시작했다. 하늘이 우리의 기분을 알아주었는지, 아니면 지진이나 보름달에 대한 두려움 때문이었는지는 몰라도 다행히 주변에는 아무도 없었다. 누가 그런 모습을 상상이나 했겠는가? 우리 넷은 끓어오르는 욕망을 억제하지 못하고 결국 탑 주변에 있는 벤치로 갔다. 나나 나초에게는 그것이 첫 경험이나 마찬가지였다. 정말 에로틱한 밤이었다. 그녀들은 창녀도 아니었고, 싫다는데 억지로 몸을 뺏은 것도 아니었다. 더구나 그녀들 중 누구도 그것을 거부하지 않았다. 거부는커녕 오히려 적극적으로 나왔다. 일을 치른 뒤, 나는 풀밭에 몸을 던지며 벌러덩 드러눕고 말았다. 풀 위로 내린 달콤한 밤이슬이 내 등을 간질였다. 그때 내 옆에 누운 바네사는 거친 숨을 몰아쉬고 있었다. 숨소리가 얼마나 크던지 마치 지구가 돌면서 내는 소리 같았다. 비몽사몽간에 나는 잎이 무성한 나무들을 멍하니 바라보았다. 이파리 사이로 반짝이는 별들이 마치 나뭇가지에 매달린 과일처럼 보였다.

그날 이후 다시는 그녀들을 만나지 못했다. 곧 기말고사 기간이었는데다 축제와 여름방학이 이어지는 통에 만나고 싶어도 그럴 여유가 없었다. 나초는 우니마르크 슈퍼에 들렀다가 우연히 바네사를 만난 적이 있다고 했다. 그런데 하필이면 엄마하고 같이 갔던 탓에 아무 얘기도 못했단다. 그렇게 어영부영 시간만 보내다 나초는 결국 발파라이소로 가게 됐다. 이런저런 일로 집에서 쫓겨나고 만 것이다. 그후로 나는 이곳에 올 일이 없었다.

지금쯤 나초가 집으로 다시 들어갔는지 난 잘 모른다.

전처럼 녀석을 자주 만나게 될지도 잘 모르겠다.

녀석을 다시 만난다면 할말은 무지 많겠지만 말이다. 하지만 만나서 전처럼 광장에 나온 가정부를 꼬실 수 있을지, 아니면 모래밭에 드러누워 계집애들에 대해, 그리고 부모님이나 옷에 대해 몇 시간이고 얘기를 나눌 수 있을지 자신이 없다. 더구나 학업능력 예비평가가 끝난 뒤 상선을 타고 파스쿠아섬과 피지, 그리고 나우루섬을 거쳐 오스트레일리아로 가는 여행을 계획할 수 있을지도 모르겠다. 나초는 마우이섬 북쪽 해안보다도 거대한 파도가 몰아쳐서 어딜 가든 서핑 시합이 벌어지는 나우루섬에 단단히 사로잡혀 있다.

갑자기 녀석에게 전화를 걸어 내가 지금 여기에 있다고, 어젯밤에 『호밀밭의 파수꾼』을 읽었는데 원한다면 빌려주겠다고 말하고 싶다.

하지만 녀석에게 그 얘기는 안 하는 게 좋을 듯싶다.

괜히 그랬다가는 녀석이 다시 그리워질지도 모르니까.

나중에 후회할 수도 있다.

플로라 몬테네그로 선생님과 약속한 것보다 이른 시간에 채식 레스토랑에 도착했다. 일단 자리에 앉아 기다리기로 했다. 하지만 곧 지루해져서 노트를 뒤적거리고 책을 꺼내 어젯밤 읽다가 밑줄을 그어놓은 부분을 다시 읽어본다. 가령 앨리의 야구 글러브에 관한 내용이라든지, "사람들이 내게 선물을 줄 때마다 왠지 쓸쓸한 기분이 들곤 한다"고 했던 대목 같은 것 말이다.

글을 읽는 동안 이 식당의 추천 메뉴인 당근오렌지주스를 마신다.

얼마 지나지 않아 플로라 선생님이 나타난다. 알록달록한 색깔의 페루산 스웨터—아마 쿠스코에 갔을 때 산 모양이다—위에 별로 어울리지도 않는 블레이저 재킷을 입고 왔다. 왠지 기분이 별로 좋아 보이지 않는다. 어딘가 불편한 기색이 역력하다. 식당 안에 들어오자마자 그녀는 사방을 둘러보지만 정작 나한텐 눈길 한 번 주지 않는다.

"미안, 마티아스. 교장한테 붙잡히는 바람에 늦었어. 어떤 애를 변호해주다가 말이야. 지난주에 프레이의 연설을 들으려고 카우폴리칸 극장에 가는 바람에 수업을 빼먹은 애가 있거든."

"그럼 선생님도 거기 가셨나요?"

"물론이지."

"아, 그러셨군요."

"근데 너 오늘 학교 안 나왔지?"

"그걸 어떻게 아셨어요?"

"아무래도 오늘 약속을 취소해야 할 것 같아서 사방으로 널 찾아다녔지. 안토니아한테도 물어봤는데 걔도 널 못 봤다는 거야. 그제야 네가 땡땡이친 걸 알게 됐어. 미리 알았더라면 돌아다닐 필요도 없었는데…… 그건 그렇고, 뭐 먹을래? 먹고 싶은 거 있으면 뭐든 말해봐. 내가 한턱낼 테니까. 자, 골라봐."

내가 플로라 선생님을 알게 된 건 작년, 그러니까 선생님이 우리 국어 수업을 맡게 되었을 때다. 그런데 오래전부터 알고 지낸 것처럼 친근하게 느껴진다. 플로라 선생님은 고학년만 담당한다. 그 덕분에 이 년째 선생님 수업을 들을 수 있게 되었다. 담당 교사라는 건 그저 말에 불과하다. 물론 연인 사이만큼은 아니지만 선생님과 나는 단순한 사제지간을 넘어 뭔가 통하는 데가 있다.

그렇지만 우리 둘 사이에 나이 차만 있는 건 아니다. 때때로 선생님은 내가 지난 십육 년 동안 경험한 것보다 더 많은 것을 하루 만에 겪을지도 모른다는 생각이 든다. 플로라 선생님은 돈 한푼 없이 전 세계를 여행했을 뿐만 아니라, 유명한 사람들, 특히 선생님이 존경해 마지않는 작가와 지식인도 많이 만났다.

"파리에 가면 팔순도 넘은 레즈비언 실존주의자들이 많이 있거든. 거기 갔을 때 그런 사람들하고 어울리기도 했단다." 언젠가 선생님이 카프리의 콘서트가 열리는 카페 울름에 나를 데려갔을 때 그런 말을 한 적이 있다. 그날 콘서트에서는 주로 킬라파윤, 인티, 로스 하이바스, 그리고 공산주의자들이 즐겨 부르는 노래를 불렀던 기억이 난다.

플로라 선생님은 보르헤스를 만난 적도 있다고 했다. 「엠마 순스」를 쓴 작가 말이다. 언젠가 선생님은 수업 시간에 이 작품을 페미니즘의 관점에서 분석해보라는 과제를 내준 적이 있다. 그때 루이사 벨라스케스가 "심리학적으로 볼 때 개연성이 거의 없는" 작품이라고 평가해서 무려 7점이나 받았던 기억이 난다. 플로라 선생님에 따르면, 보르헤스는 천재적이지만 성에 대해선 무지한 작가란다. 따라서 그가 한 말은 우리 가슴속에 제대로 와 닿지 못한 채 무의미하게 느껴질 수밖에 없다는 것이다. 그는 또한 정치에 대해서도 문외한이라고 한다. 부에노스아이레스에서 보르헤스를 만났을 때 플로라 선생님은 그의 면전에 대고 이 말을 했다고 했다. 그 자리에서 피노체트의 훈장을 받은 사실을 두고 보르헤스를 맹렬히 비난했다고도 했다. 선생님이 이런 얘기를 한 게 벌써 작년의 일이다. 선생님 말이 끝나자 교실 안은 약간 술렁거리기 시작했다. 선생님이 정치에 관련된 이야기를 공개적으로 한 것이 그때가 처음이었기 때문이다. 플로라 선생님 이전에는 그 누구도 감히 정부에 대해 반기를 들지 못했다. 모두들 눈치보기에만 급급했지 옳은 말을 하는 사람은 단 한 명도 없었다. 그때까지만 해도 나는 플로라 선생님의 말에 공감할 수가 없었다. 괜한 트집을 잡는 것 같기도 해서 영 마음에 들지 않았다. 그래서 난 선생님에게 이렇게 말했다.

"제가 볼 땐 보르헤스가 그 훈장을 받은 건 칠레에서 주었기 때문일 거예요. 사실 대통령은 우리 나라 사람들을 대표하는 상징적인 존재일 뿐이지요."

"이봐, 비쿠냐, 보르헤스의 문제는 말이야, 우선 그가 앞을 못 보는 장님이라는 거고, 또하나는 형편없는 멍청이라는 거야."

선생님의 말이 끝나기가 무섭게 교실 안은 찬물을 끼얹은 듯 조용해졌다.

나도 마찬가지였다.

수업이 끝나자, 선생님은 나와 얘기를 나누고 싶다고 했다.

그리고 나를 레푸블리카 거리에 있는 피자 가게로 데려갔다. 맛은 형편없었다. 선생님은 나를 앉혀두고 책과 지식인, 그리고 정치와 인권, 성 등에 관해 세 시간 동안이나 열변을 토했다. 그러고 나서 선생님은 피아트 600으로 나를 집까지 데려다주었다. 우리집을 보자 선생님은 놀랐는지 한동안 입을 다물지 못하다가 짤막하게 인사를 건넸다.

"잘 가요, 개츠비 군."

나는 그때 선생님의 말이 로버트 레드퍼드가 나온 영화와 관련이 있다는 사실을 알고 있었다. 나중에 루이사에게 그날 있었던 일을 말했더니, 플로라 선생님이 날 유혹하려고 한 거라면서 길길이 뛰었다. 그러면서도 루이사는 자세한 내막을 알고 싶어했다. 더구나 플로라 선생님을 알게 된 뒤부터 루이사는 갑자기 선생님에게 지나칠 정도로 관심을 보이기 시작했다. 루이사는 선생님의 고상한 품성과 어떤 일이 있어도 자신의 신념을 지키려는 태도에 깊은 감명을 받은 듯했다. 그후로 플로라 선생님은 루이사의 롤모델이 되었다. 선생님과 피자 가게에 갔던 일을 아무한테도 말하지 않기로 루이사에게 단단히 약속을 받아둔 다음, 나는 앞으로 플로라 선생님이 계속 우리를 가르칠 수 있도록 최대한 노력해보겠다는 다짐도 했다. 그리고 루이사에게 개츠비가 어떤 인물인지 물어보았다. 루이사는 그건 소설인데, 한번 구해보겠다고 했다. 약속한 대로 루이사는 곧 그 책을 갖다주었다. 그녀의 언니 책이었다.

나는 처음부터 책에 깊이 빠져들었다. 특히 행여나 꿈에 그리던 여인이 올까 하고 주인공이 틈나는 대로 파티를 여는 대목은 가히 인상적이었다. 이 책을 홀든 콜필드가 읽는다면 인상을 찌푸리겠지만, 나는 아주 재미있게 읽었다. 거기 나오는 데이지는 안토니아를 연상시켰다. 그리고 작은 만을 마주보고 늘어선 대저택들의 모습은 상상만 해도 가슴이 설렜다. 하지만 플로라 선생님이 날 개츠비라고 한 것은 아무리 생각해도 좀 부당한 것 같았다.

일주일 뒤, 나는 학교 복도에서 우연히 플로라 선생님을 만났다. 그때 난 선생님과 긴히 하고 싶은 얘기가 있으니 나중에 만날 수 있는지 물었다. 수업이 끝난 후, 나는 오렌지색 피아트 옆에서 선생님을 기다렸고 우린 하레 크리슈나 분위기가 풍기는 이 레스토랑으로 오게 되었다. 그 자리에서 나는 선생님에게 단도직입적으로 말했다. 비록 내가 열여섯 살에 불과한 어린애이고, 다른 사람들이 보기에 돈깨나 있는 집에 산다고 해도 아무 생각 없이 사는 멍청이는 아니라고 말이다. 그리고 선생님 앞에서 『위대한 개츠비』의 처음 부분을 줄줄 외었다. "언젠가 아버지가 내게 이런 말을 한 적이 있다. '누군가를 비판하고 싶을 때는 이 점을 기억해두는 게 좋을 거다. 세상의 모든 사람이 다 너처럼 유리한 입장에 서 있지는 않다는 것을.'"

내가 말을 마치자 선생님은 흡족한 미소를 지으며 나를 바라보았다.

"네 말이 옳아. 사실은 단지 네가 어떤 애인지 시험하고 싶었을 뿐이야. 네가 시험을 거뜬히 통과해서 나도 무척 기쁘단다."

벌써 이 년이나 지난 일이다. 그때 이후로 선생님과 나는 종종 학교 밖에서 만나 얘기를 나누곤 했다. 물론 선생님이 아끼는 학생들 중에는 나 말고도 늘 예리한 질문을 던지는 루이사, 그리고 플로라 선생님께 언젠가 20세기 최고의 서핑 소설을 쓰게 될 거라는 소리를 들은—물론 난 그 말을 믿진 않지만—나초도 있다. 가끔 선생님과 만나는 그 두 명을 제외하곤 내가 학교 밖에서 플로라 선생님과 자주 만난다는 사실을 아는 이는 아무도 없다. 그래서 말인데 만에 하나 레스토랑 같은 데서 둘이 맥주를 마시다가 *현장에서* 누군가의 눈에 띄기라도 하는 날에는 일이 꼬일 게 뻔하다. 그렇게 되면 아마 플로라 선생님은 우리에게 갑절로 엄하게 굴고 성적도 무지 짜게 줄 것이다.

"와인 안 마실 거니?" 선생님이 묻는다.

"전 레모네이드나 마실래요. 요즘 와인을 너무 많이 마셔서……"

"그럼 그렇게 해."

접시에는 검은 콩과 시금치 소스가 곁들여진 팬케이크, 현미밥 등등의 음식들이 가득하다.

아직도 선생님에게 내 기분을 속시원하게 표현할 방법이 없다.

"그건 그렇고," 플로라 선생님이 시계를 보면서 입을 연다. "넌 리우에 가서 사고 많이 안 쳤니? 나도 삼 년 전에 11학년들 수학여행 따라간 적이 있었단다. 정말이지 악몽 같은 순간이었어. 돈을 물쓰듯 하질 않나 디스코텍에 우르르 몰려가질 않나. 난 호텔방에 조용히 틀어박혀서 아마두의 작품을 포르투갈어로 읽었지."

"전 리우에서 정말 재미있게 지냈어요." 내가 대답한다. "정말 잊지 못할 경험이었어요."

"네가 아무리 그래도 못 믿겠는걸. 난 말이다, 그때 기억이 끔찍할 정도란다. 놀러온 사람들도 너무 많았고, 정체성이 없는 그곳 사람들도 도무지 이해할 수가 없었어. 마이애미나 다름이 없더라고. 브라질을 제대로 알고 싶다면 바이아로 가야 해. 거기 가면 브라질의 참모습을 볼 수 있으니까."

"그럴지도 모르죠, 근데 전 정말 좋았어요. 그 여행을 하면서 많은 생각을 하게 됐으니까요."

"까맣게 그을린 피부를 보니까 꼭 그런 것 같지도 않은데."

"플로라 선생님, 해변에서도 생각을 할 수 있잖아요?"

"글쎄다. 대체 무슨 생각을 했다는 거니?"

"글쎄요, 뭐…… 삶이라든지, 칠레에 관해서, 이것저것 다요."

"그럴 수도 있겠지."

오늘따라 선생님이 멀게 느껴진다. 마음에 있는 말을 하지 못한 탓이리라.

창밖을 내다보니 거리에서는 주차 요원이 동전을 세고 있다.

선생님은 계속 말을 잇는다. 이번 선거의 위법성과 앞으로 몇 년간 더 지속될 독재정권에 관해, 그리고 훌리오 코르타사르에 관한 글을 빨리 써서 스탠퍼드 대학교에 보내야 하는데 아직 미적거리고 있다는 얘기까지.

"그럼 거기 가실 생각이세요?" 딱히 궁금하지는 않았지만 분위기가 어색해서 물었다.

"너도 잘 알겠지만 난 미국을 싫어해. 정말 끔찍하게 싫단다. 사실은 얼마 전에 그들에게서 강의를 맡아달라는 부탁을 받았어. 사람들 말로는 대단하다더군. 라틴아메리카 도서관이 따로 있는데 우린 상상할 수도 없을 정도래. 교육대학교 동기 몇 명이 거기서 망명생활을 하고 있는데, 굉장히 만족하더구나. 하지만 내가 살 곳은 바로 여기야."

들리는 말에 따르면, 플로라 선생님은 국제적으로 촉망받는 학자라고 한다. 각종 연구논문을 해외에서 꾸준히 발표하고 있고, 멕시코에서 기호학적 분석에 관한 책도 냈다고 한다. 그뿐만 아니라 필명으로 시집을 내서 상까지 받았을 정도다. 물론 본인은 부인하고 있지만, 내가 볼 땐 선생님이 쓴 시가 틀림없다. 게다가 그 시집을 직접 읽어본 루이사도 그렇게 믿고 있다. 그래도 선생님은 이 땅—자신의 말에 따르면 모든 것이 죽어 있다는 이곳—에 남기를 원한다. 그리고 정치활동이 이루어지는 대학교에서 수업을 하거나 보통 학생들을 가르치기보다는 부잣집 얼간이들을 상대로 수업하기를 더 좋아한다.

"네 부모님도 이번 선거에서 찬성표를 던지시겠지?"

"그야 뻔할 뻔자죠."

"그럼 넌 어떻게 할 생각이니?"

"제가 뭘 하겠어요?"

오늘따라 선생님에게 말로 설명하기가 어려운 생각들만 줄줄이 떠오른다. 가령 내 개인적인 문제라든지 최근 겪은 어려운 일들, 그리고 수업 끝나고 여기서 만나자고 불쑥 말한 이유 등을 어떤 식으로든 설명해야 하는데 한마디도 나오지 않는다. 마치 아무런 고민거리도 없었던 것 같은 느낌이다. 하지만 그건 사실이 아니다. 누군가에게 털어놓으려던 순간에 갑자기 모든 문제가 감쪽같이 해결된 것처럼—생각해보니까 별일도 아니었거나—어안이 벙벙하다.

"선생님, 이렇게 한심하게 사는 것도 이젠 지긋지긋해요." 나는 간신히 입을 열었다.

"그럼 더 열심히 살려고 노력해야지."

"그런다고 해결될 문제가 아닌 것 같아요."

어떤 일이든 따지고 든다고 좋은 건 아닌 듯하다. 그런다고 해서 모든 일이 분명하게 해결되는 건 아니니까. 예를 들어, 왜 누군가를 좋아하는가, 왜 이런저런 것을 원하는가, 왜 플로라 몬테네그로 선생님이 친근하게 느껴지는가 등을 꼬치꼬치 캐물어봐야 명확한 해답이 나올 리 없다. 사실 나와 선생님의 경우만 해도, 그냥 알고 지내는 사이인지 아니면 속마음까지 털어놓는 사이인지는 분명하게 알 수가 없다. 지금까지 선생님을 만나면 나는 뭐든 가리지 않고 얘기했다. 다만 내 얘기만 빼고 말이다. 그건 선생님도 마찬가지다.

게다가 선생님을 볼 때마다 이상하게 마음이 끌리는 것도 거북하다. 선생님에게 마음이 있는 건 사실이다. 하지만 지금까지는 아무 일도 없었다. 그리고 평소 그런 생각은 되도록 하지 않으려고 한다. 내 마음을 솔직히 털어놓는다 한들 선생님이 관심을 보이거나 받아들일 가능성은 전혀 없을 테니까. 그렇긴 해도 우리 둘에게는 서로의 마음을 끌어당기는 묘한 흡인력이 있다. 사실 애들은 모두 플로라 선생님이 못생겼다고 생각한다. 하지만 난 절대로 그렇게 생각하지 않는다. 물론 내가 좋아하는 스타일은 아니지만 선생님은 매력적이다. 가령 선생님이 말을 할 때면, 특히 자신에 대해 말을 하기 시작하면 누구든 거기에 푹 빠져들기 마련이다. 어리석고 무의미한 일이긴 하지만 나는 곧잘 우리 학교 계집애들과 선생님을 비교하는데, 그럴 때면 가끔 반감이 생긴다. 플로라 선생님을 알게 된 이후로, 외모는 그럴듯해도 속이 빈 여자애들이 도무지 이해가 가지 않는다. 그애들은 생각도 없고 독일에서 만든 흑백영화에 큰 관심을 보이지도 않는다. 하긴 그저 밋밋하게 진행되는 그런 영화를 보고 좋아할 아이가 누가 있겠는가. 하지만 플로라 선생님은 그 영화를 보고 나서, 독일 대중의 억압된 성적 욕망을 나치즘이 어떻게 이용했는지에 대해 두 시간도 넘게 이야기했다.

사실 난 그 말에 전적으로 동의할 수는 없었지만, 선생님은 자신의 생각을 굽히지 않았다. 이럴 때 나는 괜히 기분이 씁쓸해지곤 한다. 선생님하고 있을 때면 나도 모르게 '관심을 끌려고' 하기 때문이다. 즉, 평소 관심 밖의 문제라고 해도 선생님 말이라면 관심을 보이는 척한다. 더 정확히 말하자면, 어느 정도 관심은 있긴 한데 사실 제대로 이해하고 있는 건 아니다. 하지만 선생님의 생각을 충분히 이해하는 경우도 종종 있다. 선생님이 우리 엄마가 선거에서 찬성표를 던지려고 하는 건 "남근에 대한 욕망을 여실히 보여주는 증거"라고 말했을 때처럼 말이다.

"안토니아랑 얘기해보셨어요?" 나는 설탕 대신 꿀을 탄 레모네이드를 홀짝거리면서 묻는다.

"응, 걘 나날이 부르주아화되어가는 것 같더구나. 요즘 안토니아의 모습을 보면 자신을 옭아매고 있는 생각과 삶의 틀을 과감하게 깨고 나올 수 있을지 의심스러워. 안타까운 일이야. 아직도 걔한테 관심이 있는 거니?"

보기에 따라서 굉장히 복잡한 질문이다. 플로라 선생님 말마따나,

'무의식적 실언'*을 이끌어내려는 질문일 수도 있다. 그래서 나는 대답하기 전에 잠시 생각을 정리해본다. 안토니아라는 존재가 내 삶 속에 있느냐 없느냐 하는 문제가 나를 평가하는 시험이자 잣대라는 사실만큼은 분명한 것 같다.

"마티아스." 선생님은 안토니아에 대해 다시 한번 말을 꺼냈다. "네 기준에서 봤을 때 안토니아는 참 예쁜 아이일 거야. 텔레비전 광고에 나와도 될 정도니까. 더군다나 머리가 나쁘거나 멍청한 아이도 아니고. 정말 서글픈 일이야. 넌 그애가 앞길을 잘 헤쳐나갈 수 있도록, 생각을 바꿀 수 있도록 도와줘야 해. 그러지 않으면 로맨스니 뭐니 아무런 의미도 없을뿐더러, 결국 넌 패배자의 삶을 살게 될 테니까. 아니면 자포자기 상태로 살아가든지. 물론 이건 최악의 결과겠지만 말이야. 마티아스, 무슨 일이 있어도 안토니아가 네 세계 속으로 오도록 만들어야지, 그 반대로 되면 절대 안 돼. 무슨 말인지 알겠니?"

그런데 '그 반대로'라는 말이 무슨 의미일까? 아무리 선생님이라도 나에 대해 얼마나 안다고 저런 말을 하는 걸까? 단정적으로 말하는 투가 오늘따라 몹시 귀에 거슬린다. 넌 이런 놈이니까 이렇게 생각해야 해, 하는 식이다. 어쩌면 선생님 말이 맞을지도 모른다. 사실 나와 안토니아 사이에는 닮은 점이 없다. 차라리 그게 더 속 편하다. 하지만 나는 플로라 선생님도 아니고, 좌익혁명운동 게릴라도 아니다. 지금 문제는 그런 것과는 아무 관련이 없다. 어쩌면 나는 엄마 아빠를 지독히 미워하고 있는지도 모른다. 하지만 그건 우리 집안의 일일 뿐이다.

---

* 정신분석학자 지크문트 프로이트는 무의식적 실언에서 내면의 욕망이나 심리가 드러난다고 보았다.

모르겠다. 플로라 선생님의 말이 다 옳은지도 모른다. 아무래도 선생님은 삶의 경험도 많고, 아는 것도 많으니까. 더구나 내가 아는 그 누구보다 믿을 만한 분이니까.

그런데 잘 모르겠다.

정말 더는 모르겠다.

"어젯밤엔 나보코프의 책을 읽었어. 『롤리타』 읽어봤지?"

"아뇨…… 근데 그 작품 때문에 칠레에서 난리가 났었다는 건 알고 있어요. 그후로 사춘기 여자아이들을 롤라라고 한다고 할아버지한테 들었어요."

"기회가 되면 꼭 읽어봐. 난 말이야, 거꾸로 된 망명이라는 주제가 참 마음에 들어. 공산주의가 싫어 자기 나라를 떠난 사람들이 자본주의의 품에 안기는 것 말이다. 그걸 주제로 글을 써서 세인트루이스에 있는 워싱턴 대학교에 보낼 생각이야. 거기 학장이 소설에 나오는 윤리의 붕괴에 관심이 많거든. 그 문제에 쿠바 현상을 연결시켜볼까 생각중이야. 물론 벌레보다 못한 카브레라 인판테를 빼놓을 순 없겠지. 그리고 코진스키도 함께 다루어볼 거야. 너 혹시 『챈스 가드너, 그곳에 가다』는 읽어봤니?"

"아뇨, 하지만 영화는 봤어요. 피터 셀러스가 나왔는데 굉장히 좋은 영화였어요. 사회를 마음껏 비웃고 비판하고 있잖아요. 정말 재미있었어요."

"그래? 난 별로던데."

좌우간 플로라 선생님의 비위를 맞추기란 여간 어렵지 않다. 아마도 그 때문에 선생님에게 점점 끌리는지도 모른다. 어떨 땐 선생님이 무슨 말을 하는지 도통 이해가 안 된다. 게다가 읽어보라는 책은 왜 그리도 많은지. 그 책을 다 읽으려면 평생 방에 처박혀 있어도 모자랄 것이다. 물론 선생님이 권해준 책들 중 몇 권은 읽었다. 마음에 쏙 드는 책도 있었지만, 대부분은 영 아니었다. 그래도 나는 비록 냉소적이긴 하지만 선생님이 하는 말은 무엇이든 다 받아들인다. 카프리 콘서트 때도 마찬가지였다. 사실은 별로였지만 선생님에게는 좋다고 했다. 게다가 내가 아옌데 지지자라고 했던 거나, 좌파라고 했던 것도 모두 꾸며낸 말이다. 솔직히 말해 나는 아옌데나 좌파가 무슨 뜻인지도 모른다. 선생님을 만나면 언제나 위선을 떠는 것 같아 마음이 착잡하다. 하지만 나는 플로라 선생님에게 그저 그런 아이로 치부되는 게 더 싫다. 그저 그렇다는 말은 선생님이 자주 쓰는 말이다. 선생님이 나를 '반어적인 말과 직접적인 말도 구분하지 못하는' 아이들 중 하나라고 여기는 것보다 더 끔찍한 일이 어디 있겠는가.

"얼마 전에 정말 인상 깊은 책을 읽었어요." 이번엔 내가 먼저 운을 뗀다. "선생님도 꼭 읽어보세요. 『호밀밭의 파수꾼』이란 책인데요, 전 원서로 읽었지만 스페인어 번역판도 있을 거예요. 선생님이 괜찮다면 수업 시간에 다루어보는 것도 좋을 것 같아요."

"나도 몇 년 전에 읽었단다. 스페인어판 제목은 '숨어 있는 사냥꾼'이었을 거야. 바르셀로나에서는 『호밀밭 사이의 파수꾼』으로 나왔고."

"마음에 드셨나요?"

"솔직히 말하자면 그다지 좋지는 않았어. 십대 스타일인 것 같기도 하고. 안 그래? 모든 게 너무 훤히 드러나는데다, 별다른 의미도 없는 것 같아."

"그래요?"

"어쨌든 십대 아이들의 이야기가 마음에 들면 『허클베리 핀의 모험』을 읽어보지 그러니."

"아! 그거요? 그것도 재미있기는 했어요. 근데 잘 쓴 소설인지는 몰라도 전 『호밀밭의 파수꾼』이 너무 좋았어요. 정말로요."

"다시 한번 꼼꼼히 읽어보는 게 어떻겠니? 다소 아쉬운 대목이 있는 건 사실이니까. 가령, 별로 흥미롭지도 않은 인물이 겪는 문제나 시련을 미화시킨다든지, 심지어 보편화시키려고까지 하는 것 말이다. 행실이 나쁜 유대인 소년이 잔재주를 부려 얻은 돈으로 호텔에 들어간다든지 하는 사건으로 사람들의 관심을 끌기는 어려워. 그 작품에 대해 과장스럽게 떠들어대는 유대인 비평가들은 빼고 말이다."

"플로라 선생님." 내가 말한다. "그게 유대인하고 대체 무슨 상관이 있는지 모르겠네요."

"그건 말이다, 일단 샐린저가 유대인이거든. 또 뉴욕의 문학계는 유대인에 의해 좌지우지되고 있다 해도 과언이 아니란다. 알 만한 사람은 다 아는 사실이지. 필립 로스가 유명세를 탄 것도 다 그런 이유 때문이야. 평생 『탈무드』만 우려먹는 싱어라는 자도 마찬가지고."

그사이 나는 빈 컵을 물끄러미 내려다본다. 이런 식의 대화를 계속할 필요가 있는지 모르겠다. 지금은 선생님하고 있는 게 가시방석에 앉은 것 같다.

"그렇다고 실상을 외면해서는 안 돼. 많은 유대인들이 많은 문학작품을 썼으니까. 프루스트도 마찬가지 아니니? 근데 다른 건 그렇다 치더라도 최근에 부상하는 움직임만큼은 받아들이기가 어렵구나. 미국에서 판을 치는 시오니즘 문학 말이다. 역사적으로 볼 때, 훌륭한 유대인 예술가는 자신의 태생적 조건을 과감하게 극복한 이들이었어. 아니면 좌파 유대인이거나. 이들에게는 여러 가지 요소들이 절묘하게 뒤섞여 있어서 우리가 전혀 상상하지 못했던 새로운 세계를 만들어낼 수 있는 거지."

"플로라 선생님, 혹시 유대인에게 반감이 있나요?"

"왜, 그런 것 같니? 신경이 좀 날카로워졌나봐."

그러고는 살짝 미소를 짓는다. 아주 희미하게.

"아니에요, 선생님. 그렇지 않아요." 나는 정색을 한다.

"무슨 고민이라도 있니?" 딴청을 피우는 나를 보고 선생님이 묻는다.

"아뇨, 제가 아니라 선생님이 그런 것 같은데요."

말을 멈추고 선생님을 빤히 바라보자 선생님은 거북해한다. 선생님을 만난 이래로 이런 일은 처음이다. 이에 아랑곳하지 않고 나는 선생님의 얼굴을 찬찬히 뜯어본다. 어쨌든 이제 더이상 선생님과 만날 일이 없다는 사실을 알고 있기 때문이다. 어쩌면 다른 학교로 전학을 가야 될지도 모른다. 그 외에는 달리 뾰족한 수가 없다. 선생님을 다시 만난다는 생각만 해도 두드러기가 나려고 한다. 이젠 다 지겹다. 마음속으로 밀려오는 공허감이 날 통째로 집어삼킨다.

"마티아스, 왜 그래?"

"아무것도 아니에요. 그냥 선생님을 시험해보고 있었어요."

다시 파스에게 전화를 건다. 이번이 서른여덟번째다. 후안초 클럽에서 일하는 청소부가 전화를 받는다. 하지만 그는 파스가 어디 있는지 모른다. 토로는 일을 보러 나갔다고 한다. 나중에 파스가 출근하면 나한테 연락 달라고 하고는 전화를 끊는다.

그때 카르멘이 들어온다.

"점심 먹을 거니?"

"아뇨, 벌써 먹었어요."

"그럼 미리 말 좀 해주지 그랬니. 왜 이리 할 일이 많은지. 오늘밤에 손님들이 온다는구나."

"누가 오는데요?"

"네 아버지의 삼촌 있잖아. 대사인지 뭔지 하는 분 말이다. 오늘이 그분 생일이란다. 또 손님들이 무더기로 몰려올 것 같아. 사람들이 우글거리는 게 제일 싫은데."

"엄마는요?"

"미용실 가셨다. 거기 아니면 어디 가셨겠니?"

카르멘은 말을 마치자마자 문을 닫고 나간다. 나는 자리에서 일어나 텔레비전을 켠다. 채널마다 드라마가 나온다. 그러고는 햇볕이 들어오도록 커튼을 걷는다. 여전히 교복 차림이다.

"안녕하세요? 혹시 안드레스 있나요?"

"학교에서 아직 안 왔는데. 오늘 체육 시간이 있어서 좀 늦는다고 했어. 너 마티아스지?"

"네, 맞아요, 아주머니."

"안드레스랑 같이 있는 거 아냐?"

"사실 제가 발목을 좀 삐끗해서요." 나는 거짓말로 둘러댄다. "병원에 가느라고요. 그런데요…… 오늘 체육 수업이 있는 걸 깜박했어요.

나중에 다시 전화 걸게요. 안녕히 계세요."

나는 수화기를 내려놓는다. 학교를 땡땡이친 날은 각별히 조심해야 한다. 하마터면 레르네르 엄마에게 덜미를 잡힐 뻔했다. 물론 레르네르 엄마한테 걸려봐야 별문제가 될 건 없다. 우리 엄마 아빠한테 걸린다면 다르겠지만. 하지만 일이 크게 꼬이지는 않을 것이다. 일단은 잠부터 자두는 게 좋을 것 같다. 좀 쉬고 싶다. 얼마나 걸었는지 아직도 다리가 쑤신다. 생각해보니 몇 주째 계속 잠을 못 잔 것 같다. 아마 그럴 것이다. 하지만 상관없다.

나는 집에 돌아왔다.

이제 모든 걸 원점에서 다시 시작해야 한다.

여태까지 이런 적은 단 한 번도 없었다.

더 늦기 전에 정신을 추스르고 문제를 수습해야 한다.

우선 자야 한다. 잠깐 동안만이라도 눈을 붙이자.

자고 나면 머리가 좀 맑아질 테니까.

그러나 잠이 오지 않는다. 억지로 눈을 감아보지만 정신이 더 말똥말똥해진다.

텔레비전을 켠다. 만화영화를 하는 시간이다.

코요테가 벌겋고 누런 사막에서 로드러너를 뒤쫓고 있다. 사실 코요테는 미리 함정을 만들어놓았다. 언뜻 보기엔 쭉 이어진 통로 같지만, 수천 킬로그램의 다이너마이트가 장치된 벽돌 벽이 감춰져 있을 뿐이다. 그러나 늘 그렇듯이 영악한 로드러너는 함정을 피해가고, 그를 결국 뒤따라가던 코요테 앞에서 다이너마이트가 터지고 만다. 불쌍한 자식.

"선생님, 이렇게 한심하게 사는 것도 이젠 지긋지긋해요."

"그럼 더 열심히 살려고 노력해야지."

"그런다고 해결될 문제가 아닌 것 같아요."

이젠 톰이 제리를 뒤쫓는다. 늘 저런 식이다. 물론 언제나 제리가 승리를 거둔다. 사람들은 모두 통통하고 귀여운 제리를 좋아한다.

"마음에 드셨나요?"

"솔직히 말하자면 그다지 좋지는 않았어. 십대 스타일인 것 같기도 하고."

벅스 버니가 여자로 분장하고 나온다. 잠시 후엔 고인돌 가족의 프레드 플린스톤이 미스터 슬레이트에게 대들고, 그레이트 가주가 잃어버린 낙원에 대해 얘기해주는데도 아예 무시하고 간다. 그리고 이름이 기억나지 않는 강아지가 비스킷을 먹고, 세상의 모든 사랑으로 자기 자신을 끌어안더니 황홀한 표정을 지으며 하늘로 올라간다.

"행실이 나쁜 유대인 소년이 잔재주를 부려 얻은 돈으로 호텔에 들어간다든지 하는 사건으로 사람들의 관심을 끌기는 어려워."

곧이어 화면에 워너 브러더스의 컬러 로고와 더불어 모든 만화의 주인공들이 등장하더니, 맥빠진 목소리로 노래를 부르기 시작한다. 오늘 재미난 축제도 이걸로 끝이구나. 하긴 내일 다시 볼 테니까……

텔레비전을 끈다.

리모컨을 바닥에 내동댕이친다.

"레르네르, 잘 지냈냐?"

"어, 너구나."

"그래. 별일 없었니?"

"응."

"다행이군. 혹시 학교에서 나 없는 사이에 학교에서 뭔 일 없었어? 너한테 뭐 물어보고 그러지는 않디?"

"비쿠냐, 너 계속 그러다가는 언젠가 큰코다칠 거야."

"무슨 소리야? 뭔 일 있었던 거야?"

"아니, 별일 없었어. 근데 대체 어쩌려고 그러는 거야?"

"이봐, 내가 학교 땡땡이친 게 처음도 아닌데 왜 그래?"

"그런 얘기가 아냐, 멍청아."

"그럼 뭐야?"

"그러니까 네가 왜 그러는지 모르겠어…… 어떻게 되려고 그러는지 말이야."

"어떻게 된다는 게 대체 무슨 뜻이야?"

"아무것도 아니야…… 어차피 나하고는 상관도 없는 일이니까…… 그리고 학교에서는 정말 아무 일도 없었으니까 걱정 마…… 수업도 별로 없었고. 근데 밖은 선거 때문에 난리야."

"괜히 말 돌리지 말고 솔직히 말해. 도대체 무슨 말을 하고 싶은 거야?"

"그런 거 없대도 그러네, 비쿠냐. 괜히 엉뚱한 생각 하지 마. 너 때문에 내가 밤잠도 못 자고 고민할까봐 그래? 넌 마음 내키는 대로 살면 되는 거야. 어차피 내 일도 아닌데 뭐. 이 말만큼은 꼭 해야겠어. 요즘 너 때문에 아이들이 얼마나 불편해하는지 알기나 해? 애들이 너를 마음에 안 들어한다고. 대체 왜 그러는지 모르겠지만 넌 점점 더 나쁜 길로 빠지고 있단 말이야."

"나만 그런 것도 아닌데 왜 그래?"

"루이사 말이 맞아. 요즘 너하곤 말이 안 통한대. 예전에는 밝고 활기차더니만 어쩌다 이렇게 된 거야? 하여간 넌 이래저래 문제가 많아."

"대체 루이사하고 무슨 말을 한 거야? 그 계집애는 왜 남의 일에 이래라저래라 하고 난리야. 내가 제일 싫어하는 게 남 없는 데서 저희들끼리 쑥덕거리는 거라고. 미친놈들 같으니. 그렇게 할 일이 없냐? 남의 험담이나 하고 있게? 그래, 맞아. 나에게 문제가 있는 건 사실이야. 그래서 뭐 어쨌다는 거야? 나라가 통째로 미쳐가고 있어. 빌어먹을! 이놈의 나라라면 이제 진절머리가 나."

"미쳐가고 있는 건 바로 너야."

"그래? 설령 그렇다고 해도 그건 내 문제니까 끼어들지 마."

"물론이지, 아무도 간섭하지 않을 거야. 근데 한 가지는 분명히 하고 넘어가자. 요즘 네가 하는 짓을 보면 분명 문제가 있어. 나초가 널 피하는 것도 다 이유가 있다고. 말도 없이 사라진 것만 해도 그래. 대체 그게 무슨 짓이야? 그럴 거면 왜 러스티네 집에 갔어? 우린 밤새 네 얘기만 했어. 그 중국애도 너 때문에 기분이 상했을 정도니까 말 다했지. 듣자하니까 바로스네 생일파티에서도 마찬가지였더군. 루이사가 그러는데, 널 가장 먼저 씹은 게 바로 안토니아였대."

"넌 걔 말을 그대로 믿지? 안 봐도 훤해."

"비쿠냐, 지금 그게 문제가 아니잖아. 요즘 네 모습이 하도 꼴불견이어서 하는 말이야. 폐인이 되기 전에 빨리 타락의 구렁텅이에서 벗어나야 돼."

"레르네르, 네가 뭘 안다고 나서는 거야. 너랑 상관도 없는 일에 괜히 간섭하지 말고 조용히 닥치고나 있어."

"좋아, 네 문제니까."

"바로 그거야. 내 문제니까."

누군가가 세차게 방문을 두드린다.

쉬지 않고 계속 두드려댄다.

소리가 빈 공간에 메아리가 되어 울린다.

악마가 두드리는 소리 같다. 그래도 눈을 뜨고 싶지 않다.

아니, 도저히 눈을 뜰 수 없다……

간신히 눈을 떠보지만 금세 감긴다.

마치 미끄럼틀을 타고 한없이 아래로 떨어지는 듯한 기분이다. 어떤 일이든 죽기 살기로 덤벼들면 설사 나락으로 떨어지는 한이 있더라도 후회하지는 않는 법이다. 끝까지 가보는 것 외엔 달리 방법이 없다.

"마티아스, 문 열어. 이제 일어날 시간이다."

아빠 목소리다. 끈적끈적한 잠의 장막을 갈기갈기 찢어내는 목소리. 짜증나지만 달리 방법이 없다. 잠이 싹 달아난다. 나는 눈을 뜬다. 하늘은 밝게 물들어 있다. 영화의 한 장면 같다. 이미 해가 떴다. 꽤나 오래 잤군.

"마티아스, 당장 일어나."

"잠깐만 기다리세요."

몸을 반쯤 일으켜 발륨 약병—엄마의 약상자에서 훔쳤다—을 나이트 테이블 서랍에 숨긴다. 서랍 안에는 돌처럼 굳어버린 발톱과 버스

회수권, 고무줄, 아이스크림 막대기, 그리고 『인류의 역사』의 삽화가 인쇄된 오래된 봉투가 수북이 쌓여 있다.

그러고 나서야 문을 연다.

"남들은 벌써 일어나 일하는데 넌 아직 잠이나 퍼자고 있니?"

"어제 체육 시험을 봐서 몸이 천근만근 무겁단 말이에요."

"어서 씻고 옷 갈아입어. 오늘밤 파티에 필요한 물건을 좀 사야 하는데 같이 가자꾸나."

"전 좀 쉬고 싶은데요."

"이건 명령이야."

"그럼 이십 분만 기다려요."

"십오 분."

"알았어요."

나는 욕실로 가서 샤워를 한다. 하얀 샴푸 거품이 발을 타고 하수구 속으로 사라지는 순간 나도 모르게 서러움이 복받쳐 흐느껴 울기 시작한다. 하지만 샤워기에서 흘러나오는 뜨거운 물소리가 내 울음소리를 집어삼킨다. 세차게 나오는 물줄기가 내 살갗 위로 실처럼 이어져 흘러내리다 끊어진다. 살갗에는 아무 느낌이 없는데도 한기가 느껴진다. 갑자기 쏟아지던 눈물과 흐느낌도 수도꼭지를 잠그자 완전히 멎었다.

나는 숨을 깊게 들이마신다.

그러고는 거울에 서린 김을 손으로 닦아낸다. 거울에 비친 얼굴은 벌겋게 달아올라 있다. 물에 흠뻑 젖은 몸은 핏기가 하나도 없는 게, 너무나 허약해 보인다.

내가 봐도 창피할 지경이다.

"미쳐가고 있는 건 바로 너야."

찬물을 틀자 레르네르 녀석이 던진 말이 귓전에 맴돈다. 양치질을 시작한 나는 어금니에서 피가 나자 흠칫 놀란다.

양치질을 계속하면서 생각에 잠긴다. 지나간 것은 지나간 것, 지금까지 있었던 일은 다 잊자. 지금부터, 바로 이 순간부터 이 세상에는 나 혼자뿐이다. 내가 전에 그렇게 생각하지 않았던 건 단순한, 그리고 충분히 납득할 만한 착각이었을 뿐이다.

그뿐이다.

우리는 볼보에 타고 있다. 운전은 아빠가 한다.

우리는 지금 케네디 대로를 달리고 있다.

무슨 일이 있었나보다.

아빠의 표정이 잔뜩 굳어 있다.

더구나 말도 거의 하지 않는다.

속도계를 힐끔 보니 140킬로미터다.

"아빠, 차를 좀 빨리 모는 것 같은데요."

"걱정 마. 내가 다 알아서 할 테니까."

나는 아빠를 슬쩍 본다. 아빠는 청록색 코르덴 바지에 내 남색 푸스 재킷을 걸치고 있다. 그런데 평소와는 달리 오늘은 그다지 젊어 보이지 않는다. 그저 마흔세 살의 중년 남자로 보일 뿐이다. 하지만 그건 나만의 생각일지도 모른다. 대부분의 사람들은 아빠와 날 보고 친구나 형제 정도로 여기지 부자 사이로 보는 이는 거의 없다.

"아빠, 괜찮아요?" 내가 묻는다. 아빠가 질문 공세를 퍼붓기 전에 먼저 대화의 고삐를 잡아보자는 계산에서다.

"내가 알아서 한대도." 아빠는 옷소매로 코를 닦으면서 말한다. "자식, 걱정도 팔자네. 아무 일도 아니니까 걱정일랑 붙들어 매. 적어도 우리 아드님만큼은 편안하게 모실 테니까."

아빠는 자기가 한 말이 흡족한지 미소를 지어 보인다. 그런데 나는 그런 아빠의 모습이 우스워서 견딜 수가 없다. 그냥 실없는 소리로만 들린다.

아니면 다른 뭐가 있든지.

"너도 느꼈을지 모르겠지만 도통 웃지 않는구나." 아빠가 불쑥 말을 던진다.

굳이 대답해야 할 상황은 아니었지만 나도 모르게 말이 툭 튀어나온다.

"웃을 일이 없어서겠죠."

잠시 동안 말이 없던 아빠가 마침내 입을 연다.

"음…… 내가 무슨 말을 하려고 했더라……"

"그걸 내가 어떻게 알아요."

"기억이 안 나네. 괜히 신경쓰지 마라. 별 얘기는 아닐 테니까."

아빠는 늘 저런 식이다. 가령 자기가 확실하게 모르거나 야릇한 문제, 혹은 말하기 거북한 문제가 생길 때마다 언제나 쓸데없는 말을 하며 입을 다물지 않는다.

"너한테 말하려고 했던 게…… 아, 맞다! 전투경찰대 습격 사건이었지…… 혹시 알고 있었니?"

"조금은요."

"그랬구나."

차 안에 다시 무거운 침묵이 흐른다.

"참, 너 말이다, 혹시 레냐카 아파트 열쇠 나한테 줬니?"

"어제 아침에 드렸잖아요."

"참, 그랬지. 그건 그렇고 거기서 재밌었어? 여긴 늦게 도착했지?"

"도착해서 전화드렸잖아요. 라스 레하스에서요. 기억 안 나세요?"

"참, 그렇구나. 잠시 딴생각 좀 하느라 깜박했다."

"아빠, 정말 괜찮아요?" 아빠에게 묻는다.

"괜찮다고 했잖아. 왜 자꾸 같은 걸 물어보고 그래?"

분명히 무슨 일이 있는 모양이다. 기분이 썩 좋아 보이진 않는다. 이럴 땐 잠자코 있는 게 상책이다. 지금 아빠는 얘기할 기분이 아니다. 그러니 나도 아무 말 않고 조용히 있을 수밖에 없다. 솔직히 딱히 할말도 없다. 그리고 내가 무슨 말을 한들 지금 아빠가 귀담아들을 리도 없다.

나는 라디오를 켠다. 그레이스 존스의 〈La vie en rose〉가 흘러나온다.

"그대로 놔둬." 아빠의 말투가 사뭇 명령조다. "내가 좋아하는 노래거든."

"그럴 줄 알았어요."

아빠는 아무 말도 없이 더 속도를 낸다.

그레이스 존스의 노래를 듣고 있으니 플라비아 몬테소리가 떠오른다. 벌써 한참 전의 일이다. 그녀뿐만 아니라 그 무리에 속한 아이들, 같은 수업을 듣는 아이들, 그리고 우리 학교에 있는 사람들이라면 모두, 완전히 잊고 싶다. 그들 때문에, 그들에게 매달리느라 너무 많은 시간을 허비했다.

속도계를 본다. 시속 120킬로미터다. 잠시 후, 점보 슈퍼마켓 건물이 눈에 들어온다. 노래가 끝나기도 전에 우리는 주차장에 도착한다.

"이놈의 슈퍼마켓은 언제나 만원이라니까." 아빠는 주차할 곳을 찾느라 두리번거리며 투덜댄다. "뭘 못 사서 환장한 사람들 같아. 목요일마다 무슨 행사를 한다던데, 빨리 안 가면 금세 동이 난대."

마침 연초록색 BMW 옆에 빈자리가 있다. 그 차를 보자 아빠는 금세 기가 죽는다.

"빨리 가자. 시간이 없어. 아직 제대로 차려입지도 못했는걸. 네 엄마가 특별한 손님들을 초대했거든."

우린 곧장 매장 안으로 들어간다. 그런데 아빠가 모른 체하는 바람에 결국 쇼핑 카트는 내 몫이 되고 만다.

매장은 정말 슈퍼마켓답다는 생각이 들 정도로 넓다. 이미 많은 사람들로 북적댄다. 그리고 초록색과 흰색 의상을 입은 아저씨들로 구성된 로터리클럽 밴드가 레이 코니프의 노래를 연주하고 있다. 매장에서는 〈토요일 밤의 열기〉에 나온 히트곡을 편곡한 노래가 흘러나온다. 물론 슈퍼마켓에 딱 어울리는 스타일로 말이다. 그런데 심각한 문제는, 아빠가 러스티 녀석이 봤다면 당장 죽이겠다고 달려들었을 카우보이 부츠를 신고서 밴드의 연주에 맞춰 휘파람을 불기 시작했다는 점이다. 소프트하게 편곡한 〈More than a Woman〉을 따라 휘파람을 부는 아빠의 모습이 왠지 청승맞아 보인다.

"이게 누구야? 자네 에스테반 아닌가? 이 사람, 취향 한번 독특하군."

우리는 소리가 난 곳으로 몸을 돌린다. 순간 아빠의 표정이 밤을 새워 놀다 새벽에 들어오는 사람처럼 어둡게 변한다.

"에이나르드 아냐? 자네가 여긴 웬일인가? 탈카에서 사는 걸로 알고 있었는데."

아빠는 반가운 표정을 지으며 그에게 악수를 청한다. 그런데 아빠의 표정은 시식 코너에서 해물 파스타에 라비올리와 비스킷을 건네주는 판촉 사원의 미소보다 훨씬 더 억지스럽다. 바로 저 사람이 그 유명한 에이나르드 엥헤르인 모양이다. 그다지 유명한 사람이 아닐지도 모르지만 한동안 아빠는 저 사람의 이름을 입에 달고 다녔다. 그리고 그가 기른다는 아보카도와 체리모야, 호두 등에 대해 칭찬을 늘어놓곤 했다. 한마디로 아빠는 저 사람을 절대적으로 존경하다시피 했다. 그가 내 기억 속에서 꽤나 유명한 사람으로 남아 있는 건 다 그런 이유 때문이다.

생각했던 것보다는 나이가 더 들어 보이지만 외모는 괜찮다. 짧은 백발에, 초록색 재킷을 입어서인지 등산 가려는 사람처럼 보인다.

그의 옆에는 작달막한 여자가 말없이 그냥 멍한 표정으로 서 있다. 쉰 살 정도는 된 것 같은데, 요란하게 염색을 한 탓인지 그의 손녀처럼 보인다. 동안은 아니지만, 뭔가 애 같은 구석이 있다. 뭐랄까, 성숙한 느낌이 없고 무슨 일이 생기면 무조건 남에게 기대려고 할 것 같다.

"에스테반, 얜 포치라고 하네, 내 조카딸이지."

그러자 그 여자는 주름 없는 얼굴의 반은 차지할 것 같은 커다란 초록빛 눈으로 아빠를 빤히 쳐다본다. 증오에 가까운 감정을 담은 눈빛이다.

"안녕하세요? 반갑습니다. 앤 제 아들 마티아스예요."

나는 인사의 표시로 눈썹을 실룩거리고는 한 걸음 물러서서 카트에 몸을 기댄다. 그녀도 약간 뒤로 물러선다. 우리와 함께 있는 게 상당히 거북한 표정이다. 그녀가 왜 얼굴을 구기고 있는지는 모르겠지만, 그러고 싶지 않은데 내가 왜 저 여자에게 관심을 두는지는 분명히 알고 있다.

"마티아스." 아빠가 말한다. "어서 움직이지 않고 뭐하는 거야? 우선 술부터 사야 돼. 오늘 올 사람들은 죄다 술꾼이니까 말이다. 네가 알아서 골라와. 위스키는 내가 고를 테니 넌 보드카 몇 병 가져와라. 진 한 병도. 마리아 테레사는 그것만 마시니까. 나폴레옹도 한 병 사야 할지는 잘 모르겠네. 하여간 어서 서둘러. 안주거리 될 만한 것도 좀 가져오고. 치즈하고 올리브, 뭐 그런 것 있잖니. 좀 이따 너 있는 쪽으로 갈 테니까 그리 알고 있어."

나는 방금 씻은 야채들이 불빛을 받아 플라스틱처럼 반들거리는 야채 코너에서 멀어진다. 뒤를 돌아보니 아빠는 계속 그 자리에서 에이나르드와 이야기를 나누고 있다.

반면 포치는 보기보다 덩치가 큰지 몸을 무겁게 끌며 자리를 피한다. 저 여자는 일다 에스쿠데로의 동생인 게 분명하다. 일다 에스쿠데로는 에이나르드 엥헤르의 그 유명한 조카딸이다. 관계가 그렇게 되는 거로구나. 물론 난 일다를 한 번도 만난 적이 없다. 아니, 그 집안 사람들이라면 단 한 명도 모른다. 조금 전에 만난 에이나르드와 포치, 그리고 일다의 정부인 아빠만 빼고 말이다. 난 이 사실을 아빠를 통해 알게 됐다. 대략적으로만 알고 있을 뿐 상세한 내막은 나도 모른다. 아빠는 자기가 약간 맛이 간 여자와 불륜 관계를 맺었다는 사실만 털어놓았을 뿐 다른 얘기는 하지 않았다.

"내가 그 얘기를 털어놓은 건 너도 남자이기 때문이야. 남자들은 말이다, 살다보면 언젠가 그런 일을 겪기 마련이거든." 아빠는 이 년 전에 그 사실을 털어놓았다. "별일 아니니까 지레 겁먹을 필요는 없어. 어떤 일이 있어도 네 엄마와 헤어지지는 않을 테니까. 모두 내 불찰이야. 난 어떤 대가도 치를 각오가 되어 있단다. 어떤 헛소리를 듣더라도 너무 기분 상해하거나 걱정하지 마라. 일다는 워낙 허황된 상상에 빠져 사는 여자라서 헛소문을 퍼뜨리고 다니는 걸 좋아하거든."

그녀는 정말로 헛소문을 퍼뜨리고 다녔다.

엄마와 누이들도 다 알고 있는 듯했다. 갈등의 골은 점점 깊어지고 있었다. 더구나 아빠가 바람을 피운 건 처음이 아니었기 때문에 본인이 조금만 조심했더라면 충분히 피할 수도 있는 일이었다. 아빠가 바람둥이라는 사실은 이제 웬만한 사람들은 다 알고 있다. 그런데 이번엔 사정이 좀 달랐다. 일다가 그간 아빠와 있었던 일을 죄다 까발리기 시작한 것이다. 엎친 데 덮친 격으로 그녀는 아빠를 그리워하다 병까지 나고 말았다.

또다른 문제는 일다가 보통 여자와 전혀 달랐다는 점이다. 다시 말해 그녀는 그리 만만한 여자가 아니었다. 그녀는 원래 산드로 아저씨가 운영하던 회사에서 꽤 중요한 수출 업무를 담당하던 아빠의 친구와 연관이 있었다. 그녀의 가족 중에는, 특히 친가 쪽으로 상스럽고 막돼먹은 사람들이 많았지만, 에이나르드 엥헤르만큼은 아빠와 꾸준히 연락을 한 모양이었다. 만약 혼자 사는 조카딸이 거래처 남자와 놀아났다는 걸 좀더 일찍 알았더라면, 당장 거래를 중단시키고 그놈을 요절낼 수 있었을 것이다.

이와 같은 상세한 내용은 프란시스카 누나를 통해 알게 됐다. 단지 사랑이라기보다는 여자의 자존심과 자긍심을 건 싸움이 벌어지자 프란시스카는 그 즉시 엄마를 도우러 나섰다. 엄마는 아는 사람들을 총동원한 덕분에—그 과정에서 사설탐정을 고용했을 가능성이 높다—일다에 관해서라면 모르는 게 없을 정도였다. 예를 들어, 그녀가 국립 경기장 주변에 있는 그레시아 대로변 달동네에 살고, 그 동네 건너편에 있는 어떤 제약 회사에서 일한다는 것까지 훤히 알고 있었다. 엄마에게 이러한 사실은 매우 중요했다. 그 사실을 알게 된 후로 엄마는 그녀가 일하는 회사의 약은 일절 사지 않고 대신 다른 회사의 제품을 골랐다. 이 사건에 신바람이 난 프란시스카 누나는 일다가 아빠 말처럼 멍청하지도 않고, 맛이 간 여자도 아니라고 했다. 오히려 운동과 사이클을 즐길 정도로 활달한 여자이고, 수입도 제법 짭짤한 편이라고 했다. 자기 엄마와 내 또래의 아들을 둔 미혼모 언니를 부양할 정도였으니까 말이다.

물론 프란시스카 누나가 말해주지 않았더라도 어차피 다 알게 될 사실이었다. 어느 날 밤 엄마가 고래고래 악을 쓰며 소리를 지르는 통에 잠에서 깨 사건의 전모를 알게 되었으니까.

"아니 어쩌자고 나이도 많고 보잘것도 없는 여편네하고 놀아나고 그래? 그뿐이면 말도 안 해. 입은 또 얼마나 싼지 동네방네 다 떠들고 다니잖아. 잘 들어, 에스테반. 이번 일은 절대 잊지 않을 테니까. 이제 그렇게 저질스럽고 흉측한 짓 좀 하지 말란 말이야. 정신 차려. 이 세상에 영원한 비밀은 없는 법이야. 물론 일다가 내세울 게 하나도 없는 여자인지는 모르지만, 그래도 그녀에겐 진심이란 게 있어. 솔직히 말해 볼까? 같은 여자 입장에서 나는 일다가 불쌍해. 왜 하필이면 당신 같은 작자한테 마음을 빼앗겨서 그 고생을 하느냔 말이야. 그 여잔 좀 괜찮은 사람에게 순결을 바쳐야 했어."

야밤에 일어난 이 소동은 아빠와 일다 에스쿠데로의 *불륜* 관계가 종말을 향해 치닫는 시발점이 되었다. 며칠 후 분노에 휩싸인 일다가 더 이상 참지 못하고 엄마에게 전화를 했지만 생각지도 못한 결과가 나고 말았다. 그때 엄마의 말을 들은 사람이라면 누구라도 돌아버리든지, 아니면 심각한 자기 연민에 휩싸이고 말았을 것이다. 결국 그 일은 일다가 에콰도르로 도망치듯이 떠나버림으로써 싱겁게 끝이 났다. 그녀가 자원해서 에콰도르의 키토에 있는 제약 회사로 자리를 옮긴 것이다. 어느 날 집으로 날아온 편지 덕분에 그 사실을 알았다. 남의 일이라면 자다가도 벌떡 일어나는 카르멘이 그녀에게서 온 편지를 엄마에게 줬고, 편지를 대충 훑어본 엄마는 미친듯이 웃음을 터뜨렸다.

"……요즘 들어 내가 있을 곳을 잘못 고른 게 아닌가 하는 생각이 들 때가 있답니다. 에콰도르가 생각보다 훨씬 가깝더라고요. 최대한 멀리 떠났어야 했는데. 하지만 아무리 먼 곳에 있어도 당신을 잊지는 못할 거예요. 제가 산티아고행 비행기 시간을 보려고 매일 신문을 펼친다는 걸 아시나요? 출발 시간을 수첩에 일일이 적어두죠. 그 비행기를 타는 사람들이 얼마나 부러운지 몰라요. 그들이 내 마음을 알 리는 없지만, 그들은 조금 있으면 당신이 있는 곳에 도착할 테니까요……"

그러던 와중에 에이나르드 엥헤르는 사기를 당하는 바람에 그토록 애지중지하던 아보카도며 체리모야며 호두를 모두 잃고 말았다. 신문에 실릴 정도로 큰 사건이었다. 여러 사람들이 얽히고설킨 애증 관계는 이렇게 끝이 났다. 그런데 아빠는 에이나르드와 계속 연락을 하고 있다. 하기야 자기가 저지른 잘못도 있고 하니 함부로 외면할 처지도 아닐 테지만.

"한번 마셔보세요." 피부가 눈빛에 그을린 판촉 사원이 내게 권한다.

"네, 아주 조금만 주세요. 전 마티니는 별로라서."

"이건 이탈리아산이랍니다. 직수입품이에요."

"그렇군요. 그럼 두 병 주세요."

그러자 그 여자는 만족한 듯 만면에 미소를 짓는다.

하긴 광고에도 나오듯이 웃는 데 돈 드는 건 아니니까.

나는 아빠가 얘기한 술을 사기 위해 카트를 밀고 간다.

두 명의 판촉 사원이 나를 반긴다. 한 명은 피스코 카펠을, 다른 한 명은 미트한스*의 술을 선전하고 있다. 판매대를 한번 쭉 둘러본다. 대부분이 수입품이다. 나는 조니워커 블랙라벨과 스톨리치나야, 탱커레이 세 병, 나폴레옹 한 병, 쿠앵트로, 바카르디, 하이네켄 맥주 한 박스, 마지막으로 안에 애벌레가 들어 있는 테킬라 두 병을 쉴새없이 카트 안에 집어넣는다.

그러고는 곧장 치즈와 가공식품 등을 파는 코너로 향한다. 그런데 바로 그 순간 비슬비슬 내 쪽으로 걸어오는 포치가 눈에 들어온다.

나는 카트를 세우곤 반대로 돌아서 세제와 면류를 파는 코너를 빙

---

* 피스코 카펠과 미트한스는 칠레의 유명한 양조 회사다.

둘러 다시 원래 자리로 돌아온다. 포치는 계속 앞으로 가고 있다. 이젠 내가 그녀의 등뒤에 있다. 그녀는 털이 달린 짙은 남색 외투를 입고 있다. 그사이 밴드는 군대행진곡을 연주한다.

포치는 코너를 돌아 주류 코너로 가서는 이탈리아산 마티니 판촉 사원에게 다가간다. 잠시 후, 그곳에서 뭔가 심상치 않은 낌새가 보인다. 판촉 사원과 시비가 붙은 모양이다. 포치는 가방을 움켜잡은 채 그걸 방패 삼아 판촉 사원을 한쪽으로 밀치고 있다. 그 틈을 이용해서 마티니 비앙코 한 잔을 다 마셔보려는 속셈인 듯했다. 화가 난 판촉 사원은 곧장 다른 직원들을 부른다. 세 여자는 얼굴이 붉으락푸르락해져서 동시에 포치에게 따지고 든다. 그런데 포치가 갑자기 웃음을 터뜨린다. 크게 웃어젖히는 그녀의 모습을 보자 오히려 안쓰러운 마음이 들어 고개를 들 수가 없다. 그녀는 계속 웃으면서 마티니 비앙코를 마신다.

"손님, 이러시면 안 됩니다, 제발." 피스코 카펠을 팔던 직원까지 달려와 말린다.

"베로니카, 이니게스 씨한테 연락해. 어서."

그러자 포치는 웃음을 거두고 그 여자들을 쳐다본다. 조금 전에 아빠를 볼 때와 같은 표정이다. 아무리 봐도 제정신이 아니다. 시뻘게진 얼굴에 큰 눈을 무섭게 부라린 모습은 금방이라도 덤벼들듯한 태세다.

"멍청한 것들." 포치가 그들에게 날카롭게 소리를 지른다. "네년들이 무슨 짓 하는지 내가 모를 줄 알고."

그러고는 유유히 그 자리를 뜬다. 그러면서 앞에 놓인 시음 테이블을 확 밀치는 바람에 그 위에 있던 피스코 병들이 죄다 바닥으로 떨어지고 말았다. 유리 깨지는 소리가 매장 전체에 울려퍼진다.

이 모든 일을 내 두 눈으로 직접 보고도 믿기지가 않는다. 포치는 내빼기 시작한다. 그런데 하이힐을 신은지라 뛰기가 쉽지 않은 모양이다. 가방을 질질 끄는 모습이 마치 산책 가기 싫어하는 강아지를 억지로 끌고 가는 꼴이다.

"저 여자 취했나봐요." 마티니 판촉 사원이 날 보며 말한다. "여기 따라놓은 술을 혼자서 다 마셨다니까요. 십 분 사이에 다섯 번이나 와서 말이에요."

나는 멍하니 앞을 바라본다. 하지만 포치의 모습은 보이지 않는다.

나는 있는 힘을 다해 카트를 밀고 통로로 들어간다. 그런 와중에도 밴드가 연주하는 살사와 쿰비아* 곡조가 매장 내 스피커를 통해 쉬지 않고 흘러나온다. 음악을 들으니 더 짜증이 치민다. 계산대 쪽에도 포치의 모습은 보이지 않는다.

그런데 사탕과 잼을 파는 코너에 사람들이 잔뜩 몰려 있다. 이상한 느낌이 들어 그곳을 보니 포치가 거기서 또 사고를 치고 있다.

나는 그녀와 아는 사이라는 걸 숨기려고 살금살금 무리 쪽으로 다가간다. 사람들이 웅성거리는 소리에 연주 소리가 워낙 커서 나는 할 수 없이 카트를 한쪽에 밀어놓고 사람들을 밀치며 안으로 들어가본다. 한복판에 포치가 있다. 그녀는 '즐거운 디에시오초 축제가 되기를!—점보 슈퍼마켓'이라는 글자가 적힌 초록색 단 위에 올라가 있다. 밴드가 림보 곡을 연주하자, 포치는 많은 사람들이 보는 앞에서 춤을 추기 시작한다. 리듬에 맞춰 엉덩이와 어깨를 흔들어대는데 보통 솜씨는 아닌

* 콜롬비아와 파나마의 민속춤.

듯하다. 그런데 그게 다가 아니다. 이젠 코끼리 가면을 쓴 남자와 함께 춤을 춘다. 그 남자는 당황해서 어쩔 줄 몰라하는 것 같다. 하긴 회색 고무 가면을 뒤집어써서 앞도 제대로 볼 수 없는데다, 배꼽까지 내려온 긴 코가 쉴새없이 덜렁거리니 그럴 수밖에.

한동안 놀라 입을 다물지 못하던 사람들도 이젠 손뼉을 치며 박자를 맞춰주고 포치에게 응원을 보내기 시작한다. 이에 용기를 얻었는지 포치는 외투를 벗고 가방을 구석으로 내던지더니 코끼리 남자와 야릇한 춤을 추기 시작한다. 반면 코끼리 남자는 아무리 애를 써도 리듬을 따라가지 못한다. 그러나 포치는 아랑곳하지 않고 발뒤꿈치로 바닥을 구르기도 하고 치마를 들어올려 속옷을 보여주기도 한다. 여기저기서 웃음이 터지는 가운데 그녀는 아무런 예고도 없이 코끼리 남자를 덥석 껴안는다. 그러고는 긴 고무 코를 잡아당기더니 그걸로 남자의 목을 감기 시작한다. 이제는 사람들도, 밴드도 더이상 장단을 맞추지 않는다. 두려움에 휩싸인 침묵이 밀려온다. 그 순간 판촉 사원이 지배인과 함께 나타난다. 코끼리 남자는 포치의 손아귀에서 벗어나려고 안간힘을 쓰지만, 그녀는 순순히 물러서지 않는다.

아빠가 뒤에서 나타나더니 내 어깨를 세게 움켜잡는다.

"마티아스, 어서 가자."

나는 회색 트위드 재킷을 입고 있다. 엄마의 아이디어다. 엄마가 산 옷인데 그걸 입으라고 윽박질렀다. 내 앞쪽, 그러니까 거실 맞은편에는 아빠가 있다. 이젠 마음이 좀 진정된 듯하다. 아직도 머리가 젖어 있다. 아빠도 나와 마찬가지로 트위드 재킷을 입고 있는데 커피색이다. 지금 아빠는 아포킨도 대로의 엘 보스케 주류 가게에서 산 갖가지 술병에 둘러싸인 채 바텐더 노릇을 하고 있다. 너무 황급하게 점보 슈퍼마켓을 나서는 바람에 애써 고른 물건을 그대로 놓고 나올 수밖에 없었다. 우리 둘 다 슈퍼마켓에서 목격한 그 충격적인 장면을 입에 올리지 못했다. 마치 아무 일도 일어나지 않았던 것 같다. 집에 들어오자마자 아빠는 샤워와 면도를 하고 아자로 향수를 뿌린 다음 거실로 나왔다. 완벽하다. 아빠는 탱커레이에 진저에일과 거의 투명하다시피 한 레몬 한 조각을 넣어 마리아 테레사 고모에게 주면서 장난스럽게 윙크한다.

난 여기서 뭘 하고 있는 건지 모르겠다. 조금 전 엄마가 내 방에 들어와 외출할 거냐고 물었다. 나는 잠시 생각에 잠겼다. 하지만 마땅히 갈 만한 곳이 떠오르지 않았다. 나는 집에 있을 거라고 짤막하게 대답했다.

"그럼 트위드 재킷 있잖아? 그걸 입고 있어. 입으라고 사줬는데 왜 옷장에 모셔두기만 하니?" 엄마가 말했다. "그리고 집에 있을 거면 손님들에게 인사나 제대로 해. 난 말이다, 어딜 가도 애들이 나오지도 않고 제 방구석에만 처박혀 있는 꼴은 정말 못 보겠더라. 그런 집 가정교육이 어떤지는 안 봐도 뻔해. 베아는 카밀라네 집에 가 있겠다고 했고 프란시스카는 공부하고 늦게 들어온다고 했으니까 그리 알고 있어. 너라도 집에 있겠다니 그나마 다행이구나. 손님들 오시면 인사하는 거 잊지 마라. 아까 말한 재킷으로 어서 갈아입어."

말이 파티지 가족 회의처럼 차분한 분위기였다. 어떻게 보면 단순한 식사 자리 같기도 했다. 별로 재미없어 보이는데, 그래도 사람들의 표정은 즐거워 보였다.

나한테 신경쓰는 이는 아무도 없다.

기분 같아서는 인사고 뭐고 다 때려치우고 싶지만 어쩔 수 없이 벽에 기댄 채 손님들을 물끄러미 바라보고 있다. 파티용 의상을 반듯하게 갖춰 입고 안경도 쓰지 않은 채, 베이컨으로 만 자두 요리를 손님들에게 내놓는 카르멘의 모습이 눈에 들어온다.

이만큼 했으니 이제 방으로 돌아가도 되겠지.

아까 아빠와 슈퍼마켓에 갔다 온 뒤로 나는 계속 방안에 처박혀 있었다. 엄마가 들어와서 이 재킷을 입으라고 성화를 부릴 때까지 말이다. 그게 벌써 한 시간 전의 일이다. 그때 나는 전화를 아예 내 방으로 갖고 가서—전화선은 이미 말짱했다—이 사람 저 사람에게 전화를 걸었다. 대략 이십 분 간격으로 전화를 한 것 같다. 제일 먼저 파스에게 전화했다. 샐린저의 책에 적힌 번호로 걸었지만 아무도 받지 않았다. 후안초 클럽에는 수도 없이 전화를 했지만 그때마다 계속 통화중이었다. 나는 곧장 형광색 가죽 지갑 안에 들어 있던 조그만 전화번호부를 꺼내 거기 적힌 이름을 쭉 훑어보았지만, 얘기를 나누고 싶은 사람이 없었다. 그러나 당장 너무 심심하고 외롭기도 해서 장난을 쳐보기로 했다. 그래서 뚱보 트롱코소에게 전화를 걸었는데 걔네 엄마가 전화를 받았다.

“이 빌어먹을 나치 놈들아! 너희들이 어디 사는지 알고 있으니까 조심해!”

그러고는 전화를 끊었다.

그다음으로 미리암에게 장난전화를 걸고 싶었지만, 아쉽게도 번호가 없었다. 적어둔 게 어디 갔는지 모르겠다. 그런데 내가 가장 잘 안다고 생각하던 애들의 번호가 하나도 없었다. 정말 수첩에는 안토니아와 나초, 루이사와 레르네르의 전화번호가 없었다. 콕스도 마찬가지였다. 걔네들 번호를 왜 적어놓지 않았던 걸까? 아마 외우고 있어서 따로 적어둘 필요가 없었던 것 같다. 하긴 나초네 집 전화번호는 지금도 기억하고 있다. 내친김에 나초네 집에 전화를 걸었다. 수화기에서 걔네 아버지 목소리가 흘러나왔다.

곧장 끊어버렸다.

그다음은 루이사네.

루이사가 전화를 받자 그냥 끊었다.

마찬가지로 레르네르한테도 전화를 걸었다가 금방 끊었다.

발륨 두 알을 먹었는데도 기억력은 예전 그대로였다. 심지어 우리집에 자주 놀러오던 필라르 누나의 친구도 생생히 기억났다. 그녀는 이름은 없고 전화번호만 빼곡히 적혀 있는 가죽 수첩을 들고 다녔다. "어떤 전화번호가 누구 것인지 잘 모를 때도 있어. 그건 그 사람이 내게 별로 중요하지 않다는 얘기야. 그런 사람에게는 전화를 걸 이유가 없지." 언젠가 그 누나는 우리와 차를 마시면서 이렇게 말했다. 그러자 엄마는 대뜸 그 누나더러 정신이 나간 애라고 쏘아붙였다. 그뒤로 그 누나는 우리집에 발길을 뚝 끊었다. 다시는 필라르 누나에게 전화조차 하지 않았다.

"마티아스, 거기서 뭐하니? 어서 이리 와. 인사드려야지."

엄마는 내 팔을 붙들고 거실 한복판으로 나를 끌고 간다. 환하게 켜둔 전등과 양초 때문에 거실 안은 대낮처럼 밝다.

"안녕하세요? 만나 뵙게 돼서 반갑습니다."

"안녕, 잘 지냈니?"

"어, 이 집 도련님이군. 만나서 반갑다."

"안녕?"

"만나서 반갑구나."

"이게 얼마 만이니? 잘 지냈어?"

"안녕, 반가워."

"안녕, 그동안 잘 지냈고?"

"안녕, 반갑다."

인사를 마친 후 원래 있던 곳으로 가려고 하자, 이번엔 아빠가 날 붙잡는다. 술냄새가 진동하는 걸 보면 꽤나 많이 마신 모양이다.

"마티아스, 부탁 하나만 하자. 바에 가서 손님들 술 좀 만들어줄래? 난 이분들하고 할 얘기가 있어서 말이다."

마음이 내키진 않지만 거절할 수도 없는 상황이다. 하는 수 없이, 바 뒤로 들어가서 이륙 직전에 계기판을 일일이 체크하는 조종사처럼 뭐가 있는지 꼼꼼히 살펴본다. 얇게 썰어놓은 레몬과 라임, 오렌지 등이 있다. 또 마라스키노에 담가놓은 빨간색, 초록색 체리와 파인애플 조각도 있다. 드라이 마티니에 넣을 올리브도 있고, 생수와 탄산수, 토마토주스와 타바스코 소스, 흑맥주, 코코넛크림과 토닉 워터도 있다. 완벽하다.

제일 먼저 고추만 빼고 멕시코 스타일의 블러디 메리를 만들어보기로 한다.

사람은 그리 많지 않은 편이지만, 모두들 취향이 꽤나 까다로울 것 같다.

다른 사람들은 몰라도 산드로 줄리아니 아저씨—오늘은 혼자 왔다—나 언제 봐도 어디 하나 흠잡을 데 없는 엔리케 마테 삼촌만 해도 그렇다.

오늘 처음 보는 부부가 여러 쌍 있는데, 풍기는 분위기로 봐서는 다들 돈 좀 만지는 사람들인 듯하다. 네그로 에스케라는 군인임이 분명한 짧은 머리의 남자와 얘기를 나누고 있다.

그리고 오늘 생일을 맞이한 세르히오 비쿠냐 할아버지—현재 인도네시아 대사로 있다—와 얼마 전 할아버지와 결혼한 스텔라 데 카스트로 할머니도 있다. 성형수술을 한 덕분에 할아버지보다 훨씬 더 젊어 보인다. 할아버지는 로버트 미첨을 닮은 아르만도 오르투사르에게 발리의 해변이 얼마나 아름다운지에 대해 얘기한다.

주빈석에 앉은 엄마는 로레나 이모와 벌써 진 한 병을 다 비운 마리아 테레사 에스케라, 모르긴 해도 여태 우리집에 온 손님들 중에서 가장 돈이 많은 메체 엘리스 데 오르투사르와 담소를 나누고 있다. 메체는 로버트 미첨을 닮은 남자의 부인인데 그녀가 실권을 잡고 있다는 사실을 모르는 사람은 아무도 없다. 과거에 그가 상원의원이 된 것도 따지고 보면 다 그녀가 뒤에서 힘을 써준 덕분이었다. 그녀는 무슨 봉사단체의 회장이자, 승마 챔피언이자, 칠레에서 가장 개망나니 같은 두 딸의 엄마이기도 하다.

나는 내가 만든 멕시코 스타일의 블러디 메리를 또 한 잔 마시면서 메체 엘리스 데 오르투사르가 하는 얘기를 귀담아듣는다.

"이것저것 신경써야 할 게 너무 많아요……"

"그래도 원하는 건 대부분 이루셨잖아요." 엄마가 말한다.

"그렇긴 하죠. 하지만 그 과정에서 맘고생이 적지 않았어요."

"글쎄요." 그때 로레나 이모가 끼어든다. "아이다가 칵테일 파티든 첫 공연이든 어디 한 군데라도 빠지는 것 봤나요? 그것도 모자라 웬만한 잡지에는 다 나오잖아요? 게다가 돈도 엄청나게 모으셨지요. 어디 그뿐인가요? 그 많은 사람들을 도와주기까지 하시고서. 그런 말씀을 하시니 왠지 자기 자랑처럼 들리네요. 아니 사실이 그렇죠. 부인은 평생을 그렇게 살았으니까요. 부인의 그런 나르시시즘도 언젠가는 끝이 날 테니까 두고 보세요."

"로레나, 도대체 무슨 말을 하고 싶은 거죠?" 메체가 발끈하며 나선다. "당신의 어프로치는 나한테 해당되지 않아요. 말이 너무 심하네요. 정말이지 요즘 이 나라를 보면 도덕이 바닥에 떨어졌다니까. 레진 나이트클럽 건만 해도 그렇지 않아요? 이건 무슨 열대 섬나라도 아니고. 안 그래요?"

그 말을 듣는 순간 엄마는 얼굴이 백지장처럼 변하면서 아무 말도 하지 못한다.

"그냥 재미로 그러는 거죠." 로레나 이모도 지지 않고 응수한다.

"그럴지도 모르죠. 하지만 내 생각에는요, 정말로 교양 있는 사람이라면 그런 곳에 갈 리도 없고 또 『코사스』 같은 싸구려 잡지에 나오지도 않을 거예요. 물론 내가 좀 보수적으로 보일지도 모르지만, 정말로 품위를 갖춘 여자라면 살면서 언론에 딱 세 번 나와야 된다고 생각해요. 태어날 때, 결혼할 때, 그리고 죽을 때. 그렇지 않아요?"

메체 엘리스라는 여자는 돈이 많은 것치고 그렇게 멍청하지는 않은 것 같다.

나는 그녀를 위해 멕시코 스타일의 블러디 메리를 또 한 잔 마시기로 한다. 그 순간 끔찍하게도 파타고니아에서 돌아가신 우리 할아버지의 동생 세르히오 비쿠냐 할아버지가 천천히 내 쪽으로 다가온다. 나는 잔에 따라놓은 술을 쭉 들이켠다.

"저런! 마티아스, 안 본 사이에 정말 많이 컸구나."

"네, 잡초처럼요……" 할아버지의 말에 내가 응수한다.

"허허, 다들 그렇게 말하지."

난 작은할아버지가 정말 싫다. 보기만 해도 온몸에 두드러기가 날 정도다.

할아버지의 나이가 정확히 얼마나 되는지도 모르지만 스스로 생각하는 나이의 두 배는 될 것이다. 할아버지가 펄펄 뛸 얘기지만 외모도 볼품없다. 더구나 이젠 뱃살까지 축 처진데다 얼굴엔 주름이 가득하다. 하기는 나이가 들면 누구나 늙고 추해지기 마련이니까.

"뭘 드릴까요?"

"보드카에 오렌지 좀 넣어다오."

"네, 금방 만들어드릴게요."

"아! 이건 스톨리치나야 아니니? 대단히 좋은 술이지. 러시아에 산 적이 있어서 잘 알고 있단다."

작은할아버지는 어릴 때부터 외교관이 되는 게 꿈이었단다. 그런데 엄마의 말에 따르면 머리가 따라주지 않았다고 한다. 대신에 인맥을 통해 란 항공사와 코델코, 수다메리카나 해운*에서 일자리를 얻을 수 있었다. 그 덕분에 할아버지는 대부분의 시간을 해외에서 보냈다. 그래서인지 늘 실크 셔츠에 실크 스카프를 두르고 다니거나, 하늘색 구아야베라 셔츠[**] 차림에 밀짚모자를 쓰고 다닌다.

"스텔라한테는 네 또래의 아들이 하나 있단다." 작은할아버지가 말한다. "지금은 보스턴에 살고 있어. 뉴욕 북부에 있는 아주 예쁜 도시지. 나중에는 하버드 대학교에 진학할 예정이야. 세계 최고의 대학 말이야. 마티아스, 넌 졸업하면 뭘 할 생각이냐?"

"대학에 가야죠. 좋은 대학엔 못 들어갈 것 같아요."

작은할아버지 슬하엔 자식이 단 한 명도 없었다. 첫째 부인이 어디서 들었는지 출산을 하면 몸매가 망가진다면서 절대로 아이를 낳지 않겠다고 버텼기 때문이다. 작은할아버지는 사실 그녀의 몸매에 반해 결혼했다. 그녀가 몸매 관리는 잘했는지 모르겠지만, 평소 칵테일을 너무 많이 마신 탓에 결국 뇌가 망가지고 말았다. 알코올과 뇌종양에 방탕한 생활, 몸에 밴 허영심 등이 한데 뒤섞여 문제가 된 게 아닌가 싶다. 언젠가부터 그녀는 파티에 가서 헛소리를 하기 시작했다고 한다. 그제야 주변 사람들은 사태가 심각함을 알아차렸다. 그때 그녀의 나이 마흔다섯이었다. 그런데도 마치 네 살짜리 아이처럼 철없이 굴자, 작은할아버지는 보다못해 그녀를 결국 산티아고로 보내버렸다. 가족들은 그녀를 요양원에 가둬버렸고, 그녀는 죽을 때까지 거기서 육 년을 보냈다. 작은할아버지는 새로 얻은 부인—벨기에 여자인데 스키광이었다—과 함께 그녀의 장례식에 참석했다. 하지만 그녀와의 결혼생활도 그리 오래가진 못했다. 얼마 뒤, 우리 할아버지 할머니가 돌아가시

---

* 각각 칠레의 대표적인 항공사, 구리 회사, 선박 회사다.

** 카리브해 국가나 중앙아메리카 등지에서 남성들이 즐겨 입는 시원하고 헐렁한 셔츠.

면서 유산으로 남긴 땅을 관리하러 가야 했기 때문이다. 벨기에 여자가 함께 가기를 거부하고 스위스로 떠나기로 마음을 굳히자 작은할아버지는 또다시 홀몸 신세가 되고 말았다.

"자카르타로 꼭 놀러오너라." 할아버지가 내게 말한다.

물론 거기로 놀러갈 생각은 눈곱만큼도 없다. 설령 거기에 갈 일이 생긴다고 해도, 대사관 근처엔 얼씬거리지 않을 것이다.

"너무 멀어서요." 나는 한시라도 빨리 이 갑갑한 상황에서 빠져나가고 싶은 마음뿐이다.

"전에는 그쪽을 한번 쭉 둘러보고 싶다고 하지 않았니? 배를 타고 말이다. 레냐카에서 만났을 때 그랬잖니. 너하고 같이 있던 친구, 서핑한다는 그 녀석이 내게 이것저것 물어보던 기억이 나는구나. 특히 발리하고 나우루에 대해서 많이 물어봤지. 너희 둘이 배를 타고 다니면서 보이는 섬마다 들를 거라고 했었어. 다른 데는 몰라도 뉴칼레도니아 섬은 꼭 가봐야 해. 스텔라가 정말 좋아하는 섬이지. 잘 알겠지만 수다메리카나 해운 쪽에 아는 이들이 많으니까 언제든지 연락해. 선장을 하는 친구한테 얘기해둘 테니까 말이다."

"갈지 안 갈지는 모르겠지만 하여간 고맙습니다."

"한번 도전해봐." 말을 마친 작은할아버지는 보드카 잔을 손에 든 채 원래 자리로 돌아간다.

작은할아버지는 인도네시아 대사가 되는 것이 소원이라고 입버릇처럼 말하곤 했다. 그의 운명이 바뀐 것은 군사정권이 들어서면서부터였다. 학교 동창이 외무부 장관으로 취임한 것이 결정적인 계기가 돼서, 작은할아버지는 하룻밤 사이에 꿈에 그리던 대사가 된 것이다. 할아버지가 돌아다닌 부임지는 요르단, 아이티, 케냐 등 대부분 내게 생소한 나라였다. 할아버지가 스텔라 데 카스트로를 만난 곳도 바로 케냐였다. 두 번 결혼한 경력을 가지고 있던 그녀는 나이로비에서 사파리 여행을 하던 중이었다.

다른 사람이 오기 전에 블러디 메리를 또 한 잔 만들기로 했다.

"마티아스, 술은 그만 마시고 요기가 될 만한 것 좀 먹지그래. 그러다 취하면 어쩌려고?" 카르멘이 나무라듯이 말한다.

"그거 뭐예요?" 나는 손가락으로 쟁반을 가리키며 묻는다.

"난들 어찌 알겠니? 아까 어떤 미국인 여자가 가져온 거란다. 이걸 파는 사람인가보더라."

나는 씨앗으로 뒤덮인 동그란 모양의 음식을 집어본다. 안에는 고기가 들어 있다. 그것도 생고기다. 그런데 맛은 그다지 나쁘지 않다.

"연설은 어땠어요?" 나는 카르멘에게 묻는다.

"프레이 씨는 이번 선거가 사기라고 격렬하게 비판을 하더구나. 그 바람에 지금 시내에서 아주 난리가 났단다."

아까 손님들이 들이닥치기 전에 나는 뭘 좀 마시려고 주방에 갔다.

그때 주방에선 카르멘이 샐러드를 만들면서 라디오를 듣고 있었다. 꽤나 심각한 표정이었다.

"이제 프레이 씨가 연설할 차례야." 카르멘이 말했다.

"라디오 연설이에요?"

"아니, 원래는 국영 텔레비전에서 하는 건데, 라디오 방송 코오페라티바로도 들을 수 있어."

"그 사람 연설이라면 지난주에도 하지 않았어요?"

"그건 카우폴리칸 극장에서 했었지. 이번 연설은 규모는 작아도 상징적인 의미가 크단다. 곧 노조랑 손을 잡을 거라고 하더라고. 알미란테 바로소 거리에서 말이야."

"카르멘 할머니가 보기엔 어때요? 이번 선거에서 반대파가 이길 것 같아요?"

"마티아스, 나야 보잘것없는 가정부에 불과하지만 바보 멍청이는 아니야. 선거? 당연히 지겠지. 그렇다고 잠자코 있을 수만은 없잖니?"

"그런데요, 혹시 그들이 투표 결과를 조작하지는 않을까요?"

"내 친구 이리스가 전에 이런 말을 하더구나. 나라 사정이 이토록 엉망진창인데 군바리들이 굳이 그런 무리수를 둘 필요가 있겠느냐는 거야. 아무 생각도 없는 사람들이 알아서 찬성표를 던져줄 텐데 뭐. 꼭 부자들만 그런 건 아니란다. 가령 내가 사는 라 핀타나만 하더라도 대다수가 피노키오*를 지지하니까 말 다했지. 거지 같은 집 몇 채 지어주니까 다들 넘어가버린 거지. 그 대가로 어린 꼬마 녀석들이 못된 놈들에게 엉덩이를 벌리고 있단다. 그렇게 당해놓고도 아직 정신을 못 차리니. 그런 배알도 없는 인간들은 또 당해도 싸."

나는 또다시 블러디 메리를 만든다. 어느새 테킬라도 바닥이 났다. 나는 애벌레를 바라본다.

"마티아스, 부탁인데, 진 토닉 한 잔만 줄래?"

"물론이죠. 잠깐만 기다리세요."

마리아 테레사 에스케라는 흐뭇한 표정을 지으며 나에게서 멀어져

---

* 피노체트를 경멸하던 칠레 사람들이 그에게 붙여준 별명.

스텔라가 있는 쪽으로 돌아간다. 그녀에 비하면 스텔라의 피부는 정말 까무잡잡하다. 발리, 아니면 나우루에서 태웠겠지.

나는 테킬라 병 속의 애벌레를 꺼내 씹으면서 앞을 본다. 로레나 이모에게 뭔가를 조심스럽게 말하고 있는 메체 엘리스의 모습이 보인다. 반면 로레나 이모는 메체의 몸가짐을 흉내내려고 안간힘을 쓴다. 세르히오 비쿠냐 할아버지는 네그로 에스케라, 그리고 군인과 대화를 나누고 있다. 그들이 하는 이야기가 이곳까지 그대로 들린다.

"레이그 장군이 반대표를 던지라고 호소했다더군요." 에스케라가 말한다. "그럴 수도 있다고 생각합니까?"

"제가 분명하게 말씀드릴 수 있는 건 현 정권이 공군을 완전히 장악하고 있다는 사실입니다. 그런데도 레이그 장군이 독자적으로 피노체트 장군에게 맞설 수 있다고 생각하는 건 크나큰 실수죠. 그러고도 살아 있다는 것 자체가 놀라울 따름입니다."

"들리는 말로는 그 사람 태도가 가장 강경하다고 하던데요." 세르히오 할아버지가 한마디 거든다.

거실 한구석에서는 스텔라가 여자들에게 세계 여기저기에 흩어져 살고 있는 자식들 얘기를 하고 있다. 반면 엄마는 산드로 아저씨에게 귀엣말로 무언가를 속닥거리고 있다. 아저씨는 얼굴이 벌게진 채 땀을 뻘뻘 흘린다. 그는 내가 자기를 바라보고 있다는 걸 눈치채고는 얼른 엄마의 손을 뿌리친다.

한편 거실로 돌아온 아빠는 엔리케 삼촌, 로버트 미첨과 얘기를 나누고 있다. 그 와중에도 자꾸 엄마와 산드로 아저씨가 있는 쪽을 힐끔거리며 눈치를 살핀다. 아무리 봐도 엄마와 산드로 아저씨는 약간 취한 것 같다.

"어때? 뭔 일은 없니?" 아빠가 내 쪽으로 다가오며 묻는다. 여기 있으면 엄마가 있는 구석까지 훤히 보이기 때문이다.

"지금 시내에선 경찰들이 반대파 사람들을 두들겨 패고 있대요."

"여기에 뭐 필요한 게 없는지 물어보려고 온 거야. 뭔 일은 없니?"

"보시다시피 아무 문제 없어요. 뭐 좀 드려요?"

"좋지."

나는 잔에다 얼음을 넣고 조니워커 블랙라벨을 따른다. 그러고는 아빠를 힐끗 쳐다보지만 아빠는 전혀 눈치채지 못한다.

자세히 보니 아빠의 코에 하얀 가루 같은 것이 묻어 있다.

몰래 다가가 손가락으로 가루를 닦아낸다.

그러자 흠칫 놀란 아빠는 뒤로 물러서며 내 앞을 지나는 길 잃은 개의 눈초리로 나를 쳐다본다.

하지만 잔뜩 경계하던 눈빛은 아빠의 얼굴에서 금세 사라진다.

"뭔 짓이야, 녀석아!" 아빠가 화난 목소리로 나를 밀친다.

예상했던 반응이었기 때문에 그리 놀라지는 않았다.

엄마는 그 소리를 들었으면서도 우리 쪽으로 오지 않는다. 오히려 박수를 치면서 손님들에게 큰 소리로 말한다.

"가만히 앉아 계시지만 말고 좀 드세요. 미국 스타일의 뷔페예요. 셀프서비스니까 마음껏 갖다 드세요."

그러자 카르멘은 식당 문을 열고 전등을 켠다.

테이블에는 갖가지 음식과 꽃이 가득 놓여 있다.

"언니 취했어." 로레나 이모가 엄마에게 말한다.

나는 바에서 나와 식당으로 간다.

아빠는 술잔을 꽉 움켜쥔 채 주방에 서 있다. 무슨 일이 있는지 고개를 푹 숙이고 있다. 주방으로 온 세르히오 할아버지가 테이블에 있는 고기와 하몬, 샐러드, 바닷가재, 과일, 아티초크 요리 등을 찬찬히 살펴본다.

"이래서 사람들이 칠레엔 먹을 게 없다고들 하는구나." 세르히오 할아버지가 한마디한다.

뒤따라온 손님들은 세르히오 할아버지의 기민한 유머 감각에 한바탕 웃음을 터뜨린다.

나는 잠시 생각에 잠긴다.

하지만 아무 생각도 떠오르지 않는다. 그래도 무슨 말이든 해야 할 것 같아서 불쑥 한마디 던진다.

"그런 터무니없는 말씀 하시기 전에 먼저 전국을 돌아보고 오세요."

내 말을 듣자 작은할아버지의 안색이 창백해진다. 모두 놀란 표정으로 아무 말도 하지 못한다. 나 또한 제대로 숨을 쉬기 어려울 지경이다. 하지만 나는 눈도 깜짝하지 않는다.

"작은아버님, 죄송합니다." 그 순간 엄마가 끼어든다. "글쎄 이 녀석이 취했나봐요. 안 그러고서야 감히 어떻게 그런 소리를……"

"누가 취했다고 그래요, 엄마?"

"너, 입 닥치지 못해! 안 그러면 이 자리에서 당장 혼내줄 테다."

나는 아빠를 쳐다본다. 하지만 아빠는 아무 말도 없다. 산드로 아저씨도 마찬가지다.

"당장 네 방으로 가! 꼴도 보기 싫으니까." 엄마가 소리를 지른다.

나는 얼굴을 돌린 채 주방을 지나 아빠 방으로 간다.

쾅 소리가 나게 문을 닫고는 안에서 잠가버린다.

그리고 아빠 상의를 뒤져, 한 장 남은 수표를 훔친다.

나이트 테이블에는 아빠의 지갑이 놓여 있다.

나는 지갑 안에 든 현금을 죄다 꺼내 주머니에 쑤셔넣는다. 지갑 옆에는 은박지로 된 봉투가 하나 있다. 지금 당장은 쓸모가 없겠지만 일단 주머니에 넣는다.

나는 몸을 부르르 떨면서 문을 연다. 다행히 앞에는 아무도 없다.

나는 살며시 내 방으로 가서 열쇠와 지갑, 선글라스, 그리고 『호밀밭의 파수꾼』과 발륨 약병을 챙긴다.

그러고는 대문 쪽으로 간다.

"어딜 나가려고 그래!" 엄마가 손님들 앞에서 소리를 지른다.

"상관하지 마세요."

"에스테반, 뭐라고 말 좀 해봐요. 두들겨 패든지."

"진정해, 마티아스." 아빠가 나에게 말한다. "넌 어디로도 갈 수 없어."

엄마가 내게 가까이 다가온다. 분노의 빛이 번쩍인다.

"만약 나가려거든, 다시는 돌아오지 마."

"그러죠."

"그만해, 마타아스. 정신 좀 차려라. 넌 곧 후회하게 될 거다. 난 너를 잘 알고 있으니까."

"웃기지 마세요. 엄마는 나를 몰라요. 나를 전혀 모른다고요."

여기가 어딘지 전혀 모르겠다. 한 가지 분명한 건, 우리 동네는 아니라는 점이다.

내가 여기서 뭘 하고 있는 걸까?

버스 안에는 검은색 파카를 걸친 운전기사와 나 말고는 아무도 없다. 그는 계속 코오페라티바 라디오 방송을 틀어놓고 있다. 이번 사건으로 체포된 사람들에 관한 속보가 빅토르 하라*와 실비오 로드리게스의 노래에 섞여 흘러나온다.

깨진 창문 틈으로 밖을 내다본다. 깊은 어둠에 잠긴 판잣집들, 버려진 채 흉한 몰골로 서 있는 버스, 그리고 끝없이 구불구불 이어진 흙길. 길모퉁이에는 한 무더기의 사람들이 모여 있다.

여기가 말로만 듣던 라 핀타나로구나.

하지만 확실치는 않다. 누구에게 물어볼 엄두도 나지 않는다.

여긴 산티아고의 남쪽이다. 조금 전 이 버스는 아메리코 베스푸시오 순환도로를 지나쳐 왔다. 거기서 가죽 코트를 걸친 뚱뚱한 마지막 승객이 내릴 때, 나도 따라 내리려고 했다. 하지만 그곳은 왠지 마음이 놓이지 않았다. 넓고 황량하기 이를 데 없는 베스푸시오 대로엔 노란색 불빛들만 있었다. 더구나 부근에 있는 작은 아파트 단지 벽에는 반대표를 던지라는 구호와 중앙정보국을 타도하자는 구호가 어지럽게 적혀 있었다. 그 외에는 아무것도 없었다. 자동차 한 대 지나다니지 않았다. 그래서인지 버스에서 선뜻 내리기가 망설여졌다. 그런 곳에서 혼자 돌아다니기가 겁이 났다. 계속 버스를 타고 가는 수밖에 없었다.

* 칠레 공산당 소속이었던 칠레의 민중 음악가이자 연극 무대 연출가.

하지만 그건 크나큰 실수였다. 차라리 거기서 내리는 편이 훨씬 더 나을 뻔했다. 이곳에는 가로등과 건물마저 없다. 칠흑 같은 어둠 속에 다닥다닥 붙어 있는 판잣집들과 길모퉁이에 모여든 사람들만 보인다.

"야, 인마! 이제 다 왔으니까 어서 내려."

"여기가 정거장인가요?"

"아니, 여긴 우리집이야."

"그럼 다음 버스는 언제 오죠?"

"오늘 내가 할 일은 다 끝났어. 이제 버스는 끊겼을 텐데 어쩌나. 하긴 넌 혈기가 넘칠 때니까 정거장까지 걸어가도 되겠네. 이쪽으로 쭉 가면 돼. 스무 블록 정도 될 거야."

내가 버스에서 내리자 운전기사는 라이트를 끈다. 그러자 주변이 캄캄해지면서 아무것도 보이지 않는다.

일단 지갑과 시계를 리바이스 청바지 주머니에 숨긴다.

이제는 어떻게 한다? 마음속으로 두려움이 스멀스멀 밀려들기 시작한다.

잘못하면 죽을지도 모른다.

나는 주변을 살피며 민중봉기를 호소하는 좌익혁명운동의 벽보가 더덕더덕 붙어 있는 담장과 진창 사이로 난 길을 따라 걸어간다.

사위가 쥐죽은듯 고요하다. 부스럭거리는 소리도 다 들릴 정도다. 걸음을 옮길 때마다 발소리가 사방으로 울려퍼진다. 투명한 비닐이 덮인 판잣집 창문 틈으로 텔레비전 소리가 흘러나온다. 간간이 라디오 소리도 새어나오는데, 스페인어로 된 저항 가요만 들린다. 디스코 음악 같은 것은 전혀 들리지 않는다.

이젠 끝장이군.

나를 보면 당장 죽이려고 할 거야. 고통 없이 죽을 수만 있다면 얼마나 좋을까.

조금 전 집에서의 일을 생각하면 지금도 마음이 쓰리다. 언젠가 한 번은 터질 수밖에 없는 일이었다. 엘리베이터를 타고 내려오는 동안 눈물이 왈칵 쏟아질 것만 같았다. 한꺼번에 너무나 많은 일들이 일어나는 바람에 마음을 가눌 수가 없었다. 경비원이 엘리베이터 문이 열리는 소리에 고개를 들어 나를 바라봤다. 나는 그를 향해 억지웃음을 짓고는 냅다 달리기 시작했다. 달리고, 또 달렸다. 온몸에서 땀이 비 오듯 흘러내리기 시작했다. 땀에서 테킬라 냄새가 났다. 조금 전 마셨던 테킬라가 모두 몸밖으로 빠져나오는 모양이었다. 달리면 달릴수록 해방감이 느껴졌고 몸과 마음이 한결 더 가벼워졌다.

시계를 본다. 밤 열시.

통금 시간이 가까워지고 있다.

이 동네에서 빠져나가 다시 문명 세계로 돌아가야 한다.

쓸데없이 시간을 너무 허비한 것 같다.

아까 그 버스를 타는 게 아니었는데……

하지만 그땐 뭘 해야 할지, 어디로 가야 할지 도무지 판단이 서지 않았다.

집에서 나온 뒤 마구 달리다가 마침내 프로비덴시아에 도착했다. 거기서부터 걷기 시작해서 수에시아 거리와 헤네랄 올레이 거리가 마주치는 곳에 이르렀다. 거기엔 아직 문을 연 술집들이 많았고, 사람과 차도 생각보다 많이 지나다니고 있었다. 목도 축이고 화장실도 들를 겸 일단 술집에 들어가기로 했다. 그런데 정문을 지키던, 파시스트 당원처럼 보이는 대머리 녀석이 내 앞을 막아서며 못 들어가게 했다.

"미성년자가 어딜 들어가려고."

"돈은 있으니까 걱정 말아요."

"이 녀석이, 벌써 취했구먼. 어서 꺼져."

몸에서는 땀이 비 오듯 쏟아졌다.

무시하고 들어가려고 하자, 녀석이 내 손목을 움켜잡았다.

"이 자식이 겁 없이 어딜 들어와. 죽고 싶냐?"

고릴라 같은 놈이 내 멱살을 잡고 뒤흔드는 동안, 술집 안을 살짝 보았다. 그 순간 들어가고 싶은 마음이 싹 달아나버렸다. 빈 잔들 사이에 양초가 켜진 한 테이블에 로레토 콘 아줌마가 앉아 있었기 때문이다. 헝클어진 머리에 시스루 블라우스의 단추를 반쯤 풀어헤친 아줌마는 건너편에 앉은 까무잡잡한 남자의 얼굴을 사랑스럽게 애무하고 있었다. 군인처럼 머리를 짧게 자르고, 몸집이 단단해 보이는 그 남자는 스물다섯 살도 안 돼 보였다. 정장을 말쑥하게 차려입은 남자는 슬슬 꽁무니를 빼려고 하는데, 짙게 화장을 한 로레토 아줌마는 창녀처럼 그를 유혹하는 데 혈안이 되어 있었다. 옆 테이블에 앉은 커플은 역겨운 듯이 그 장면을 지켜보고 있었다. 남자가 몸을 뒤로 빼자 아줌마는 더 가까이 다가가 키스를 퍼부으면서, 그의 흰 목덜미에 온통 벌건 루주 자국을 남겨 놓았는데, 그 모습이 가관이었다.

"좋은 말로 할 때 꺼져, 이 자식아."

"엿이나 먹어라."

나는 이 말을 내뱉고는 부리나케 달아났다. 다행히도 고릴라 같은 놈은 쫓아오지 않았다.

나는 몇 블록을 내처 달리다가 마침내 후안초 클럽에 도착했다. 당장이라도 알레한드로 파스를 만나 자초지종을 낱낱이 얘기하고 싶은 마음이었다. 그리 잘 아는 사이는 아니라 해도, 그는 속마음을 털어놓을 수 있는 사람이었다.

"파스가 경찰에 잡혀갔어. 그런데 통 연락이 안 돼." 토로가 걱정스러운 표정으로 말했다. "그 일로 오후 내내 이 사람 저 사람 만나서 얘기해봤는데 지금 당장은 아무런 방법이 없는 상황이야. 국가 전복 혐의라 도무지 손쓸 도리가 없네. 경찰이 라스타리아에 있는 파스의 아파트를 수색했는데 금서하고 불법 유인물이 무더기로 나왔다더구나. 대학 동료들과 불법 조직을 결성한 모양이야. 일단 11일 이후에야 풀려날 것 같은데……"

"그럼 파스가 테러리스트란 말씀이세요?"

"아니야, 그건 아니지만 등신 같은 놈이지. 녀석이 마쿨에 있는 담벼락에다 반대표를 호소하는 구호를 쓰고 있었는데 어떤 놈이 그걸 보고 경찰에 신고한 모양이야."

"하지만……"

"그건 법으로 금지되어 있어. 게릴라가 아니라 대학생이니까 어떻게든 참작이 되겠지만, 하여간 녀석은 당해도 싸."

그사이에 몰려든 꽤 많은 손님들이 블론디의 노래에 맞춰 신나게 몸을 흔들어댔다. 세상엔 아무 일도 없다는 듯이 말이다. 블러디 메리 한 잔을 주문하러 갔는데, 처음 보는 사람이 자리를 지키고 있었다. 금발을 단정하게 빗어 넘기고, 나비넥타이를 맨 그는 말없이 칵테일을 만들고 있었다.

"저 사람은 누구예요?"

"어쩌겠니?" 토로가 한숨을 쉬며 말했다. "사실 파스만한 놈도 없지. 이 세상 누굴 데려와도 녀석의 자리를 메울 순 없을 거야."

나는 못마땅해서 그를 노려봤지만 토로는 전혀 눈치채지 못했다.

나는 빨대 한 개를 빼들고 화장실로 갔다.

다행히 화장실 안은 비어 있었다.

곧바로 문을 잠그고는 지갑에 들어 있던 종이를 꺼냈다. 오리가미가 아니라 초콜릿을 포장하는 은박지인데, 삼사 그램 정도가 들어 있었다. 우선 손가락으로 찍어 맛을 봤다. 이번 건 맛이 얼마나 쓴지 헛구역질이 나려고 했다.

하지만 품질은 어느 것보다 좋았다. 아빠 거니까 두말할 필요도 없었다.

순간 머리가 멍해지고, 목구멍이 꽉 막힌 듯한 느낌이 들어 견딜 수가 없었다. 나는 화장실을 뛰쳐나와 나비넥타이를 멘 금발의 바텐더에게 보드카 스트레이트하고 자몽주스를 달라고 했다.

그리고 현금을 냈다.

하지만 예전의 맛을 전혀 느낄 수가 없었다. 찰로가 디제이 박스에서 틈나는 대로 틀어주던 보스턴과 예스의 음악도, 아방가르드풍의 분위기도 이젠 더이상 즐길 수가 없었다. 좋지 않은 일은 연달아 닥친다고 했던가. 얼마 지나지 않아 미리암이 후안초 클럽에 나타났다. 그런데 내가 혼자 스탠드에 앉아 있는 걸 눈치챈 것 같았다. 나는 보드카를 단번에 쭉 들이켠 다음, 도망치듯 거리로 뛰어나왔다. 택시를 잡으려고 했지만 한 대도 지나가지 않았다. 그때 버스 한 대가 다가왔다.

나는 주저하지 않고 곧바로 버스에 몸을 실었다.

버스 안에는 군데군데 자리가 비어 있었다. 창가에 자리를 잡은 뒤 멍하니 밖을 내다보았다. 아무것도 생각하고 싶지 않았다. 하지만 그럴 수 없었다. 아빠는 그 코카인을 어디서 구했을까? 아까 산드로 아저씨는 왜 엄마의 손을 꼭 쥐고 있었던 걸까?

그후로는 무슨 일이 있었는지 기억나지 않는다.

아니, 기억은 나는데 왜 그랬는지 모르겠다.

아까는 왜 그렇게 충동적으로 행동했던 걸까?

버스는 서서히 낯익은 곳을 벗어나 외딴 동네로 들어가기 시작했다. 버스가 토발라바 대로와 그랑헤 거리가 만나는 곳에 이르렀을 때, 내리려고 했지만 몸이 말을 듣지 않았다. 특히나 부근에 있던 에가냐 광장은 이 세상의 끝처럼 보였다. 에가냐 광장을 보니 근처 마누엘 플라사 실내 경기장에서 콘서트를 열던 브레인 데미지 같은 학교 록 밴드들이 떠오른다.

거기서라도 내렸어야 했는데 미적대다가 기회를 놓치고 말았다.

'이왕 멀리 왔으니 계속 가는 게 좋을 것 같아. 시내에서 내리면 되니까.' 조금 전까지만 해도 이렇게 생각했다.

그러나 시내는 나타나지 않았고 버스는 계속 달렸다.

창밖을 내다보니 버스는 시내가 아니라 남쪽으로 가고 있었다.

얼마 안 되는 승객들은 대부분 내리지 않고 그대로 있었다. 승객들이 많아졌을 때는 버스가 그레시아 로터리 부근의 낡은 건물들 앞에 이르렀을 즈음이었다. 건물 주변으로 여름 해변의 풍경처럼 감자튀김을 파는 작은 트럭들이 옹기종기 모여 있었다.

많은 사람들이 버스에 올랐다. 그중에는 겁이 나게 생긴 사람들도 있었는데 다행히 내게 관심을 두지는 않았다. 나는 엉뚱한 비행기를 타는 바람에 넋이 나간 사람처럼 멍하니 창밖만 내다보았다.

"이봐! 지금 몇시야?"

그때 누군가 나한테 고함을 질러댄다. 목소리로 봐서는 젊은 사내인 것 같다.

품속에 칼이라도 숨기고 있을 법한 사람이다. 한방에 날 죽일 수도 있겠지.

"시계 없어." 나는 최대한 차갑게 대꾸한다.

놈은 중고 가게에서 파는 미군 군복 차림에 군화까지 신고 있다. 그 발로 걷어차이면 무지 아플 게 분명하다. 그러나 누굴 죽일 것 같은 얼굴은 아니다. 주위가 너무 어두워 제대로 보이지는 않지만, 나이는 많아 봐야 내 또래인 듯하다.

"대마초 가진 게 있는데 좀 보여줄까?"

"아니, 됐어."

"아주 좋은 거라니까. 산펠리페산이야. 싸구려 대마가 아니라고."

"무슨 말인지는 알겠는데, 난 안 피워."

"엿이나 먹어 자식아."

"알았어."

다행히 놈은 군말 없이 내 앞에서 사라진다. 나는 그제야 안도의 한숨을 내쉰다. 속내를 들킬까봐 조마조마했다. 하룻밤 사이에 너무 많은 일이 일어났기 때문일까? 너무 지쳐서 걸을 힘조차 없다. 갑자기 졸음이 쏟아진다. 몸이 으슬으슬 춥고 머리도 지끈거린다. 기분이 울적한데다 마음 한구석이 불안하다. 그래도 나는 계속 걸음을 옮긴다.

저멀리서 모닥불이 보인다.

낙엽을 태우는 모양이다.

가까이 다가가보니 낙엽이 아니라 타이어를 태우고 있다. 사람들이 연기 주변에서 고함을 질러댄다.

나는 그들을 피해 대각선으로 난 좁은 골목길로 들어선다. 개 한 마리가 나를 보자 미친듯이 짖어댄다. 세상에서 가장 악랄한 살인자라도 본 것처럼. 녀석이 짖어대는 소리가 어둠의 장막을 찢고 함석지붕에 튕겨 사방으로 퍼져나간다.

벽과 창살마다 구호가 적혀 있고 벽보들이 어지럽게 붙어 있다.

도대체 무엇을 해야 할지 모르겠다.

그렇다고 다시 뛸 엄두도 나지 않는다. 어디가 북쪽인지조차 모르겠다. 근처에는 큰길도 없는 모양이다. 이젠 인적을 찾아볼 수가 없다. 자동차나 버스는 아예 보이지도 않는다. 개 짖는 소리만 들릴 뿐이다.

내 심장이 뛰는 소리도.

몇 블록 걸어가자 정말 기적 같은 일이 일어난다.

오래된 쉐보레 오팔라 택시가 내 앞에서 몇 미터 떨어진 곳에 있는 아스팔트 길을 천천히 지나가고 있다. 얼마나 느리게 가는지 마치 슬로비디오로 보는 것 같다.

소리를 질러보지만 나를 보지 못한 택시는 그냥 지나간다.

나는 작정하고 택시를 향해 달린다.

살기 위해 정신 없이 달리면서 손을 흔들어댄다.

택시가 멈출 때까지.

"휴, 택시를 만나서 다행이에요." 나는 숨을 헐떡거리며 말한다.

"이거 어쩌지. 오늘 일이 다 끝났는데."

"전 지금 시내로 가야 해요."

"안됐지만 일이 끝났대도."

"어떻게 좀 안 될까요?"

"그럼 데파르타멘탈 대로까지만 데려다주마."

"기사님." 나는 통사정을 한다. "지금 사정이 급해서 그래요. 당장 시내로 가야 한다고요. 조금 전에 사고가 있었거든요. 그렇게 큰 사고는 아니지만 당장 엄마 아빠에게 알려드려야 해요. 우리 형이 몽골 아이를 두들겨 패는 바람에 경찰에 잡혀갔어요."

"전화로 알려드리면 되잖니?"

"그러려고 했는데 전화가 잘 안 돼요. 부탁해요. 요금은 얼마든지 드릴게요, 네?"

운전사가 나를 빤히 바라본다. 물론 거짓말이지만, 그는 내가 정말 급하다고, 또 진지하게 얘기한다고 생각하는 것 같다.

"도와주세요. 이 은혜는 평생 잊지 않을게요."

턱수염을 기르고 안경을 낀 운전사는 잠시 생각에 잠긴다.

"이거 받으세요." 나는 그에게 지폐 몇 장을 내밀며 말한다.

"좋아! 타거라."

오팔라 택시는 술집과 철물점 사이로 조용히 빠져나간다. 나는 그에게 돈을 건넨다. 이 돈이면 비나에 가고도 남는다. 휘발유 값과 통행료도 포함해서 말이다. 하지만 지금 그런 것 따윈 중요하지 않다.

"어느 길로 갈까?"

"그란 아베니다로 가주세요."

라디오에서는 스페인 노래가 흘러나온다. 외로운 사람들을 위한 프로그램을 할 시간이다. 나이든 여자 진행자가 걱걱한 목소리로 청취자들이 보낸 사연을 읽는다. 이별이나 질투, 아니면 짝사랑처럼 안 들어도 뻔한 내용들이다. 운전사는 차들이 별로 없는 한적한 도로를 빠르게 질주한다. 빨간불인데도 그냥 지나간다. 하기야 내게 나쁠 건 없다. 한시라도 빨리 엔텔 타워와 산 크리스토발 언덕에 있는 성모마리아상을 보고 싶은 마음뿐이니까.

"여긴 어디쯤이죠?"

"엘 야노라는 곳이야."

창밖을 내다본다. 전에 와본 것 같기는 한데 정확히 기억나지 않는다. 그땐 차도 더 많고, 더 시끌벅적했던 것 같은데. 전에 이 부근에서 만난 계집애의 이름을 떠올려보려 하지만 도무지 생각나지 않는다. 하지만 개와 비쿠냐 막케난 광장 주변의 카이만이라는 디스코텍에 같이 갔던 건 분명히 기억난다. 다행히도 택시 기사는 아무 말 없이 운전대만 잡고 있다. 경찰에 잡혀간 형이나 몽골 아이에 대해 묻지조차 않는다. 라디오에서는 마놀로 오테로의 노래가 나온다. 누구의 노래든 상관없다. 살아 있으니까. 창문을 통해 불어오는 시원한 바람에 땀에 젖은 머리카락이 휘날린다.

택시는 카우폴리칸 극장 앞을 지나간다. 자전거 가게들의 철제 셔터는 '이번 선거에서 반대표를!' '프레이 만세!' 등의 구호로 뒤덮여 있다. 내가 베노토 자전거를 산 가게에는 '독재 타도!'라는 구호가 큼지막하게 쓰여 있다.

"빌어먹을 빨갱이 새끼들." 내내 조용하던 운전사가 내뱉듯 말한다.

"그러게요." 나는 운전사의 비위를 맞추기 위해 한마디 거든다.

이제 거의 다 왔어. 정말이야. 나는 조용히 창문을 닫는다.

마음이 겨우 진정되긴 했지만, 앞으로 뭘 할지 생각하니 막막하기만 하다. 차라리 아무 생각도 하지 않는 편이 나을 것 같다.

"자, 다 왔으니까 내려라. 여기는 다니는 차들도 많단다. 통금이 얼마 안 남았으니까 조심하고."

"감사합니다. 정말로요. 이 은혜는 잊지 않을게요."

택시 기사는 아무 대답도 하지 않고 떠난다.

알라메다 거리.

아직은 택시와 마을버스, 좌석버스가 다닌다.

빨간 조명이 켜져 있는 이층의 간이주점 인디애나폴리스에서 비지스의 〈Night Fever〉가 흘러나온다.

문명이란 게 이런 거군.

택시 한 대가 다가오더니 뚱보 운전사가 말을 건다.

"타. 싸게 해줄 테니까."

"아뇨, 됐어요."

나는 중앙분리대를 건너 파세오 아우마다 거리로 간다. 살수 청소차가 와서 인도와 벤치에 물을 뿌리며 씻어내고 있다.

상점 문은 대부분 닫혀 있다.

나는 계속 길을 걷는다.

누더기를 걸친 여자아이들이 쓰레기통을 뒤지며 장난을 치고 있다.

어떤 간이주점에서는 웨이터들이 의자를 테이블 위에 올려놓고 바닥을 쓴다.

나는 이제 곧 문을 닫으려고 하는 주점 델타에 들어간다. 영업 시간이 끝났다고 칩을 팔지 않는다. 주점 안에는 남자들만 우글거린다. 담배 냄새 때문에 숨도 쉴 수 없을 지경이다. 비싼 아디다스 운동화를 신고는 있지만 행색으로 봐서는 막일을 하는 듯한 청년이 열심히 팩맨 게임을 하고 있는 모습을 물끄러미 바라본다. 외투를 걸친 어떤 노인네가 나를 뚫어지게 쳐다보기 전까지.

나는 서둘러 문을 나선다.

그러고는 아르마스 광장 쪽으로 계속 걸어간다.

아구스티나 거리에 이르니, 한물간 창녀들이 삼삼오오 모여 잡담을 나누고 있다. 내가 그 앞으로 지나가자 희롱하듯이 말을 건넨다. "이봐, 학생. 혼자야?"

지금 저들과 시시덕거릴 상황이 아니다. 통금 시간은 다가오는데 집으로 돌아갈 수도 없고, 그렇다고 전화를 걸 데도 없다.

더구나 이 부근의 우에르파노스 거리 모퉁이에는 순찰대 군인 두 명이 지키고 서 있다. 시계를 본다. 통금 시간까지 불과 사십 분밖에 남지 않았다.

급한 마음에 나는 반대쪽 콤파니아 거리까지 뛰어간다.

택시를 잡으려고 손을 흔들고 있는데, 갑자기 어떤 건물의 벽면에 수직으로 붙어 있는 빨간 네온사인 광고판이 눈에 들어온다. 시티 호텔.

택시 한 대가 내게로 다가온다.

"죄송합니다." 기사에게 말한다. "그냥 가세요."

열 발짝 정도 걸어가자 사방이 유리로 덮인 갤러리가 나타난다. 이 갤러리를 중심으로 호텔은 두 건물로 분리되어 있다.

호텔 로비에는 아무도 없다.

안내 데스크에 있는 종을 누른다.

그러자 뚱뚱한 남자가 나타난다. 밤을 새운 듯 피곤한 기색이 얼굴에 역력하지만 인상은 좋은 편이다. 쉰 살 정도 되어 보인다.

"어서 오십시오." 날 보더니 다소 놀란 표정으로 말한다.

그런데 말이 입안에서 맴돌 뿐 선뜻 나오지 않는다.

하긴 나 같은 어린놈이 이 야심한 시각에 혼자 호텔에 와서 방을 달라고 하는 것 자체가 이상한 일이다. 나는 입을 다문 채 철제 화분들과 유행이 지난 소파들만 본다.

"안녕하세요. 무엇을 도와드릴까요?"

"네." 나는 일부러 영어 억양을 내며 말한다. "방 하나만 주세요."

"오늘밤 묵으실 건가요?"

"네. 싱글로 부탁드려요."

남자는 뭔가 미심쩍다는 듯이 나를 바라본다.

"짐은 없습니까?"

"*뭐라고 하셨죠?*"

"*가방이요. 가방은 없습니까?*"

"네. 잃어버렸어요. 분실, *무슨 뜻인지 아시죠. 공항에서요.*"

"네, 알겠습니다."

"*방 하나요.*"

남자는 숙박계를 꺼낸다.

"여권 좀 보여주시겠습니까?"

"없어요. *없어졌어요*. 도난당했다고요."

"알겠습니다. 성함은 어떻게 되시죠?"

"콜필드. 홀든 콜필드."

"어느 나라에서 오셨죠?"

"뉴욕. 맨해튼."

"실례지만, 부모님은…… 어디 계시나요?"

"부에노스아이레스요. *지금 부에노스아이레스에 계세요*."

"혹시 항공권이라도 있는지요?"

"도둑맞았어요. 브래니프 항공. 내일 *브래니프에 전화할 거예요*. 아시겠죠?"

"좀 이상하네요."

"부탁이에요." 나는 다시 스페인어로 말한다. "방 하나만 주세요. 내 이름은 콜필드예요. 전 칠레 사람이지만 이름은 정말 콜필드예요. 갈 곳이 없어서 그러는데 한 이틀 정도만 봐주세요. 돈은 얼마든지 있으니까 걱정하지 마시고요. 내일쯤이면 돈이 더 생길 거예요. 전 나쁜 짓을 한 적이 한 번도 없어요. 맹세해요. 아빠와 약간 문제가 생겨서 이러는 것뿐이에요. 엄마하고도 문제가 있고요. 부탁드려요. 한 번만 봐주세요. 원하시면 숙박료는 선불로 드릴 수도 있어요."

나는 벽에 붙어 있는 요금을 힐끗 보고, 지갑에서 돈을 꺼내 이틀치 숙박료를 낸다.

"이거 어쩌나……" 그가 난처해한다.

"한 번만 봐주세요…… 원하시면 돈은 더 드릴 수도 있어요."

"좋아요." 그러더니 그는 숙박계에 뭔가를 적어넣는다.

"감사합니다."

"여기에 서명하세요." 그가 말한다.

서명한다. 남자는 내게 열쇠를 건넨다. 506호실이다.

"방은 맞은편 건물에 있습니다. 건너가서 엘리베이터를 타면 돼요."

"고맙습니다. 정말로요."

"나한테 고마워할 건 없어요, 콜필드 씨. 편안한 밤 보내시기 바랍니다."

"네, 그래야죠."

1980년 9월 10일, 수요일

온몸이 빨갛게 물들어 있다. 네온관으로 만들어진 C자와 I자가 창문으로 분명하게 보인다. 네온관이 뿜어내는 석류색이 책상이며 침대, 침대 시트와 내 손을 비추고 있다. 거리엔 차도 다니지 않고, 빨간 불빛을 막기 위해 두꺼운 커튼까지 쳐두었는데도, 지직거리는 네온사인 소리가 적막을 뚫고 들어온다. 이제 곧 통행금지가 풀릴 것이다.

새벽 다섯시 사십오분이다.

나는 잠이 깬 상태다.

절반쯤.

모처럼 분위기를 바꾼데다 발륨을 먹은 덕분에 잠깐이나마 눈을 붙일 수 있었다.

꿈을 꾸진 않았다. 그건 분명하다.

잠을 깊게 잔 모양이다.

눈을 떴을 때 주변은 온통 붉은색 천지였다. 그제야 여기가 어딘지 알았다. 놀라지도, 그렇다고 어리둥절해하지도 않았다. 여기가 시내 한복판, 시티 호텔 506호실이란 걸 잘 알고 있었으니까. 내가 택시에서 내린 데서 그리 멀리 떨어지지도 않은 곳이다.

지금으로서는 더할 나위 없이 좋은 곳이야. 나는 낯설고 커다란 베개를 다독이며 생각한다. 이 호텔은 시간이 멈춘 듯한 느낌을 준다. 전체적으로 둥근 모양에, 가운데가 불룩 튀어나온 나무 옷장, 라디오를 겸용한 그룬디히 텔레비전, 검은색 흰색 타일 때문에 마치 체스판 같은 느낌을 주는 욕실, 조각상처럼 툭 튀어나온 아무 쓸모도 없는 비데, 그리고 대서양 횡단선의 객실에 달린 유리창처럼 둥근 거울.

일단 욕조에 뜨거운 물을 받고 들어앉아 있을 생각이다. 집에서였다면 상상도 못했을 일이다. 더구나 이런 새벽에 말이다.

침대에서 일어나 욕실로 간다. 곧바로 뜨거운 물을 튼다.

분위기를 맞출 겸 그룬디히 라디오를 틀어봤지만 FM 방송은 아직 나오지 않는다.

이리저리 채널을 돌려보던 중, 미군기지 방송에서 재즈가 흘러나온다. 창문을 열고 밖을 내다본다. 인적이 끊긴 삭막한 거리만 보인다.

다시 욕실로 돌아온다.

욕조에 가득찬 물에서 하얀 김이 모락모락 피어오른다.

불을 끈다.

욕실 창문으로 초록색 네온사인 빛이 스며든다. 욕조의 물이 금세 짙은 초록색으로 물든다. 물속에 몸을 담근다. 마치 욕조 안에 부어넣은 따뜻한 페퍼민트 술 속으로 잠기는 듯한 기분이다. 눈을 감는다. 하지만 눈을 감으나 뜨나 어두운 건 마찬가지다. 그럴 바에는 눈을 뜨는 게 더 나을 듯하다. 욕실 안에 감도는 초록빛은 이국적인 정취를 느끼게 한다. 더구나 라디오에서 흘러나오는 재즈의 선율이—델로니어스 몽크를 소개하는 디제이의 목소리가 들린다—욕실 안을 부드럽게 휘감는다.

평생 잊을 수 없는 밤이 될 거야. 네가 그토록 원하던 걸 이제야 찾았구나.

갱과 사설탐정이 나오는 영화처럼 엘리베이터에 철제문이 달려 있다.

"안녕하세요?" 손잡이가 없는 커피잔처럼 생긴 모자를 쓰고 초록색 제복을 입은 벨보이가 나를 보자 인사를 건넨다.

"안녕하세요?"

그가 문을 닫자 엘리베이터가 스르르 내려가기 시작한다.

"죄송한데요." 내가 말한다. "그런 모자는 어디서 살 수 있죠?"

"전 모르죠, 호텔에서 준 거니까요. 제복의 일부죠."

"비슷한 거라도 사려면 어딜 가야 할까요? 어디서 만드는지 혹시 모르세요?"

"전 정말 몰라요. 모자를 주문하려면 돈데 골페아 엘 모니토*로 가보는 게 좋을 거예요. 베인티우노 데 마요 거리에 있어요. 에스타도 거리와 이어져 있으니까 여기서 그리 멀지 않아요. 워낙 유명해서 모르는

* 모자 제조 및 판매 업체로 1915년에 개업해서 지금까지 이어지고 있다.

사람이 없을 겁니다. 못 찾겠거든 아무한테나 물어보세요."

"알려주셔서 감사합니다."

"천만에요."

엘리베이터에서 내린 뒤 나는 호텔 건물을 둘로 가르는 통로를 지나간다. 생각보다 날씨가 추워서 로비로 곧장 들어간다. 그러고는 데스크에 있는 남자에게 키를 건넨다. 그런데 어젯밤에 있었던 사람이 아니다.

시계는 오전 열시 반을 가리키고 있다.

지금 이 시간이면 플로라 몬테네그로 선생님이 국어 수업을 하고 있겠지.

"아침은 어디서 먹으면 되죠?" 나는 〈라 테르세라〉 신문을 뚫어지게 보고 있는 데스크 직원에게 묻는다.

"저 앞쪽입니다. 지금 계신 방이 있는 그 건물이에요."

"알겠습니다."

나는 다시 통로를 지나 마치 흑백영화에나 나올 법한 식당 안으로 들어간다. 아침을 먹으러 온 이는 몇 명 되지 않는다. 다들 신문을 읽고 있다. 흥미롭게도 각자 다른 신문을 읽고 있는데, 수첩에 뭔가를 열심히 적기도 한다. 나는 구석에 있는 둥근 테이블에 자리를 잡는다. 내 테이블은 몇 그루의 나무가 있는 안마당을 향하고 있다. 이 자리에서는 대성당 종탑도 보인다.

"어서 오십시오."

"안녕하세요? 아침식사 되죠?"

"유럽식으로 하시겠습니까? 미국식으로 하시겠습니까?"

갑자기 집에서 먹던 브런치가 생각난다.

"유럽식으로 주세요. 그런데요, 다들 왜 저렇게 신문을 열심히 읽고 있는 거죠?"

"모두 외국 특파원입니다. 기자들이죠. 저분들은 하루를 늘 저렇게 시작한답니다."

웨이터는 테이블에 나만 덩그러니 남겨둔 채 물러간다. 지루하기 짝이 없다.

할 일이 없다는 게 꼭 좋은 것만은 아니라는 생각이 든다.

그래도 모처럼 조용히 생각을 하거나 과거를 떠올릴 수 있는 여유가 생겨서 좋긴 하다.

그건 그렇고 앞으로 끼니를 때울 일이 걱정이다. 물론 차츰 익숙해지겠지만 결코 만만하지는 않은 일이다.

지갑에서 수표를 꺼낸다. 수표의 빈칸을 채워넣기로 한다. 웨이터가 은주전자와 우유, 커피, 차가 가득 담긴 쟁반을 들고 내 쪽으로 오고 있다.

"실례합니다만 연필 좀 갖다주실 수 있나요?"

"물론이죠."

웨이터는 내 커피잔에 우유를 약간 따라준다.

"신문은 어디 있죠?"

"무슨 신문을 보고 싶으세요?"

"다요. 참, 〈엘 메르쿠리오〉만 빼고요. 그걸 보면 아빠 생각이 날 것 같아서요."

"곧 갖다드리겠습니다."

연필로 수표에 내 이름을 적는다. 그리고 그 위에 금액을 넉넉하게 적어넣는다. 앞으로 돈 쓸 데가 많을지 모르니까. 하지만 의심을 받을 만큼 큰 금액은 아니다. 연습 삼아 냅킨에다 아빠의 서명을 몇 번 해본다. 아빠의 서명은 별다른 특징이 없어서 흉내내기가 쉽다. 전에도 성적표나 사유서를 제출할 때 아빠 몰래 내가 서명을 한 적이 있다. 수표에 서명을 한다. 흠잡을 데가 없다.

웨이터가 오렌지주스와 토스트, 마멀레이드, 그리고 아까 청한 신문을 들고 온다.

"오늘은 〈라 테르세라〉가 없습니다."

우선 〈라 나시온〉을 훑어본다. 그러나 몇 줄 읽기도 전에 구역질이 나서 내동댕이치고 만다. 〈라스 울티마스 노티시아스〉를 펼친다. 1면에 점보 슈퍼마켓—이곳의 케네디 대로가 아니라 스페인 빌바오에 있는 점보다—폭탄 테러 사건이 큼지막하게 실려 있다. 그러고 나서 '반대표가 많이 나오면 어떻게 될까?'라는 제하의 기사를 훑어본다. 그 아래에는 시국 사건으로 구속된 사람들의 명단이 나와 있다. 그런데 아무리 찾아봐도 파스의 이름은 보이지 않는다. 연예면으로 넘긴다. 가운데의 영화 섹션에서는 〈양철북〉과 〈올 댓 재즈〉 〈매드 맥스〉를 소개하고 있다. 그리고 올해 미스 유니버스인 숀 웨덜리에 관한 기사도 있다. 현재 카레라 호수*에 머물고 있는데, 무슨 이유에서인지 언론과의 접촉을 피하고 있다고 한다.

웨이터가 다시 온다.

---

* 헤네랄 카레라 호수. 남아메리카 남단 파타고니아에 위치해 아르헨티나에서는 부에노스아이레스 호수로 불린다.

“여기 서명해주시고요, 방 번호도 적어주세요.”

갑자기 온몸에 활기가 넘친다. 생각보다 빨리 적응할 수 있을 것 같은 느낌이 든다. 커피를 한 모금 마신다. 자유의 맛이 난다.

“커피 한 잔만 더 주세요.”

유리창에 어른거리는 내 모습 너머로 아주 단순한 구조로 되어 있는 가여워 보이는 인형이 삼 초마다 한 번씩 진열창을 두드린다.

두드린 자리에 흠이 있는 걸 보면 꽤 오랫동안 저랬던 모양이다.*

이 거리는 너무 오래돼서 그런지 분위기가 어수선하기 짝이 없다. 수많은 사람들이 몰려들면 이곳은 금세 시장통이 된다. 물건을 사라고 고래고래 소리를 질러대는 행상들과 이 부근에 있는 중앙 시장에서 산 과일과 식료품을 잔뜩 들고 지나가는 사람들로 늘 북적거린다.

거들떠보는 이도 없는데 녀석은 계속 진열창을 두드린다. 벨보이와 같은 모자를 쓰고 있는데, 색깔만 파란색이다. 상점 안에서는 밖의 일에 전혀 신경을 쓰지 않는다. 마치 박물관에 온 듯한 기분이다. 먼지가 뽀얗게 쌓여 있고, 나프탈렌과 가죽, 플러시 냄새가 풀풀 풍기는 모자 박물관 말이다. 누렇게 변한 마분지 조각에 손으로 쓴 가격표까지 너무 오래돼 보여서 놀랐다.

이참에 모자나 하나 사야겠다.

모자 살 정도의 돈은 남아 있으니까.

---

* 돈데 골페아 엘 모니토에서는 나무와 석고로 만든 인형이 호텔 벨보이 복장을 하고 나무 막대기로 상점 진열창을 두드리며 행인들의 관심을 끈다. 1992년에 설치된 이후 지금까지 유지되고 있다.

아까 아침을 먹고 호텔을 나섰을 때, 파세오 아우마다 거리에 내려앉은 짙은 안개가 콧속으로 스며들었다. 거리는 이미 많은 인파로 북적거리고 있었다. 주변에 보이는 모든 것이 나와 아무 상관도 없다는 생각에 짜릿한 희열마저 느껴졌다. 내가 학교에서 수업을 듣고 있을 시간에 사람들은 이처럼 바쁘게 살아가고 있다는 사실이 놀랍기만 했다.

구멍가게에 들러 그 부근에 칠레 은행이 어디 있는지 물어보았다. 한 블록만 가면 된다고 했다. 조금 걸어가자 은행의 장엄한 모습이 눈에 들어왔다. 은행이라기보다는 도서관 같은 분위기를 풍기는 건물이었다. 회전문을 통해 안으로 들어가자, 1980년도를 뒤로한 채 월 스트리트 붕괴를 다룬 BBC 다큐멘터리 속으로 빠져드는 느낌이었다.

여태 내가 가본 은행과는 달리 출납 창구가 구석에 처박혀 있었다. 나무로 둥글게 만들어놓은 창구는 색을 칠하지 않은 회전목마를 연상시켰다. 거대한 기둥과 유리가 궁륭으로 되어 있는 대리석 천장을 받치고 있는 모습은 은행이라기보다는 기차역 같은 느낌을 주었다. 창구에 온 사람들은 은행에 돈을 맡기는 게 아니라 표를 사는 것 같았다. 로마숫자가 적힌 커다란 시계 아래, 테두리가 금색인 창구 뒤에 여직원이 있었다. 나는 머리가 희끗희끗하고 낡았지만 화려한 정장을 입은 노신사 뒤에 섰다. 그러나 차례가 오기도 전에 나는 서 있던 줄에서 벗어나 주변을 한 바퀴 돌았다. 여자들을 절대로 믿으면 안 된다는 사실을 떠올린 것이다. 여자들은 원래 의심도 많은데다, 모성 본능 때문인지 조금이라도 수상쩍은 낌새만 있으면 금방 눈치챈다.

반면에 남자들은 설령 호감이 가지 않는 사람이라 해도 같은 남자를 만나면 동질감을 느낀다. 그래서 어린 남자 직원을 발견할 때까지 주변을 맴돌았다. 수염이 많이 나지 않아 면도하는 법도 제대로 모를 법한 남자였다.

그가 있는 창구 앞에 이미 여러 명이 차례를 기다리고 있었다.

나는 그 줄 끝에 섰다. 딱히 서두를 일도 없었다.

스물세 살이 될까 말까 한 직원은 돈깨나 있는 집에서 자란 듯했다. 그리고 일찍 결혼했을 것 같은 인상이었다. 돈을 세던 남자의 손가락에서 결혼반지가 언뜻 보였다. 그러면 그렇지. 내 예상이 딱 들어맞았다. 그런데 넥타이는 영 엉망으로 매고 있었다. 그걸 보자 왠지 마음이 편안해졌다.

"안녕하세요?" 나는 인사를 하면서 수표를 건넸다.

"신분증 좀 보여주시겠습니까?"

신분증을 보여주자 아무런 의심도 하지 않는 눈치였다. 그는 수표 뒤에 내 주민번호를 적은 뒤, 서명란에 사인을 하라고 했다. 내가 수표를 되돌려주자, 그는 거기에 스탬프를 찍은 다음 지폐를 세기 시작했다.

"꽤 큰 선물을 받았네요."

"그럼요." 내가 대답했다. "수학여행 가는 데 보태라고 아빠가 주셨어요. 달러도 더 사야 돼요."

"어딜 가죠?"

"리우에 가요."

"나도 브라질에 가봤는데."

"어떠셨어요?"

"아마 내 인생 최고의 순간이었을 거예요. 지금 생각해도 꿈만 같으니까."

"정말 좋으셨던 모양이네요."

"여기 있습니다. 여행 잘하세요. 꼭 이파네마에 가봐요. 상상할 수 있는 일은 모두 일어나는 곳이니까요."

"감사합니다. 꼭 가볼게요."

나는 그가 건네준 지폐 다발을 움켜쥐었다. 들뜬 기분에 팁이라도 줄까 하다가 주제넘은 짓 같아서 참았다. 그에게 거짓말을 늘어놓은 게 미안했다. 그 직원이 떠올린 리우의 환영이 내 마음속에 드리워지자 기분이 울적해졌다. 하지만 지금은 내 인생의 절정기다. 인생에서 가장 아름다운 청춘이다. 어디 그뿐인가. 건강하고 혈기 왕성한 나이일 뿐만 아니라 나를 지극히 아끼고 용돈까지 듬뿍 주는 돈 많은 아빠도 있다.

나는 계피맛 프레션 껌을 하나 꺼내 씹는다. 입안에서 시럽이 *찍 나온다*.

꽤나 오래된 인형은 계속 가게 진열창을 두드리고 있다.

일단 모자 가게 안으로 들어간다.

마치 손으로 그린 듯 가늘게 콧수염을 기른 주인이 침침한 불빛 속에서 불쑥 모습을 드러낸다.

"찾으시는 게 있습니까?"

"그냥 잠깐 구경 좀 하려고요."

"그럼요, 편하게 구경하세요."

가게 안은 모자를 넣어둔 종이 상자로 가득하다. 오래돼서 누레진 상자들은 마치 다른 시대에서 온 것처럼 보인다. 할머니가 마멀레이드를 담아두던 유리병처럼 말이다. 아니면 둘세 데 멤브리요*를 만드는

틀이나, 냉장고에 넣고 얼리면 금이 가는, 빨간색이나 하얀색 뚜껑이 있는 우유병이 생각난다. 일 킬로그램짜리 젤리 요구르트 용기도.

"저, 사장님." 내가 말을 건넨다. "혹시 사냥 갈 때 쓰는 모자 있어요?"

"무슨 사냥 말인가요?"

"오리 사냥 같은 거요. 귀까지 덮는 그런 모자 있잖아요. 만화에서 구피가 자주 쓰는 거요."

"뉴잉글랜드 스타일 말인가요?"

"네, 바로 그거예요."

"잠깐만요. 이 부근엔 오리가 많이 없을 텐데."

"네, 알고 있어요."

나는 가게 안을 쭉 둘러본다. 대부분이 부인용 모자다. 모자를 쓰고 포즈를 취한 여자들의 흑백사진이 군데군데 걸려 있다. 모자를 쓴 여자들은 핏기라고는 하나도 없는 창백한 얼굴에, 립스틱을 짙게 발라서 다들 할리우드 영화에 나오는 뱀파이어 같다. 사진 하단에는 당시 유명했을 법한 사진작가의 사인이 희미하게 남아 있다.

"마침 하나 있네요." 주인의 말에 고개를 돌린다. 자세히 보니 그는 사십 년대에 활개치던 마피아 두목처럼 생겼다.

모자는 내가 생각했던 거랑 비슷하다. 챙이 달려 있고, 접었다 폈다 할 수 있는 귀마개도 있다. 귀마개를 끝까지 내리면 턱 부근에서 서로 만난다. 플란넬로 만든 것인데, 스코틀랜드 담요처럼 파란색과 검은색

---

* 마르멜로 열매로 만든 딱딱한 젤리 형태의 디저트.

의 체크무늬다.

"혹시 『호밀밭의 파수꾼』 읽어보셨나요?"

"아뇨, 안 읽었어요."

"단색으로 된 건 없어요?"

"빨간색 계통은 있네요."

"빨간색이라고요!"

"네, 똑같은 모델인데 색깔만 다르죠. 빨간색과 검은색 체크무늬예요. 저희만 쓰는 원단이기도 하고요."

"좋아요. 그걸로 할게요. 빨간색으로요."

주인은 어디론가 사라진다. 그 틈을 이용해 존 벨루시가 〈애니멀 하우스의 악동들〉에서 쓰고 나왔던 검은 모자를 한번 써본다. 내친김에 선글라스도 껴본다. 완벽해.

"여기 있습니다, 손님."

주인이 정말 멋진 모자를 건네준다.

나는 선글라스와 벨루시 모자를 벗고, 주인이 가져온 사냥 모자를 아주 조심스럽게 써본다.

"어때요?" 내가 묻는다.

"아주 멋집니다. 손님한테는 검은색보다 이게 더 잘 어울리는군요. 뭐랄까…… 더 어려 보인다고나 할까요. 더 순수해 보이기도 하고요."

"그럼 이걸로 할게요."

아우마다와 우에르파노스 거리에는 여전히 순찰대가 자리를 지키고 있다. 오히려 어젯밤보다 인원이 증강된 상태다. 필요 이상으로 많은 경찰들이 집결해 있을 뿐만 아니라, 살수차까지 대기하고 있다. 주변을 둘러보던 중 외국 신문을 파는 구멍가게가 눈에 띈다. 리우에서 발행되는 〈우 글루부〉나 아르헨티나 신문들은 물론, 스페인에서 발행되는 〈엘 파이스〉도 있다. 〈엘 파이스〉 1면에는 선글라스를 낀 피노체트의 사진이 실려 있다.

갑자기 선글라스를 벗고 싶어진다.

괜히 의심을 살 필요는 없으니까.

그리고 사지 않고는 도저히 배길 수 없었던 존 벨루시의 갱스터 모자도 벗는다. 이 모자가 새로 산 이탈리아제 검은색 재킷과 잘 어울리는 건 사실이다. 갈레리아 크리욘 백화점에 있던 고급 매장 쇼윈도에서 이 재킷을 봤을 때 너무 마음에 들어 곧장 안으로 들어가서 입어봤었다. 여자 점원은 짙은 색을 입으니 아주 잘 어울린다면서 감탄을 금치 못했다. 나는 즉석에서 현금을 지불하고, 엄마가 선물로 준 트위드 재킷은 그녀에게 떠넘기고 나왔다.

나는 신문들을 쭉 훑어본다. 〈마이애미 헤럴드〉 〈디 에인절스 타임스〉 그리고 〈뉴욕 포스트〉. 정신없이 보고 있는데, 그중 유독 내 관심을 끄는 신문이 하나 있다. 파란색 활자를 쓴 타블로이드 신문인데, 표지에 내 또래의 남자애가 실려 있다. 머리를 빡빡 민데다, 로드러너가 그려진 티셔츠에 교복 넥타이를 매고 있다.

우리 학교의 것과 비슷한 끈넥타이다.

녀석은 고함을 지르고 있는데, 분노와 두려움이 교차하는 표정이다.

기사의 제목은 다음과 같다.

조시 렘슨: 혼자서 세상 밖으로 뛰쳐나가다.

사진 아래에 짧은 설명이 달려 있다. 읽어보니 전에 파스가 얘기했던 그 로커다. '홀로 있을 때 우리는 절대로 외로움을 느끼지 않는다. 사람들에게 둘러싸여 있을 때 우린 외로움을 느낀다'고 했다던 바로 그 사람 말이다.

"저 신문 주세요." 나는 주인에게 말한다.

"〈빌리지 보이스〉 말이니?"

"네."

"평소에 잘 안 들어오는 신문인데 운이 좋구나." 나는 주인에게 3달러가량의 돈을 건넨다.

그런데 신문의 가격을 보니 65센트밖에 안 된다. 억울할 건 없다. 더 비싸게 받아도 샀을 테니까. 나는 신문을 말아서 손에 든다. 다른 손에는 존 벨루시 모자와 사냥 모자를 넣어둔 쇼핑백이 들려 있다. 지금 내가 서 있는 곳은 파세오 아우마다 거리에서 가장 안전한 곳이다.

거리는 인파로 북적댄다.

산타루시아 언덕 쪽에서 정오를 알리는 대포 소리가 들린다.

나는 편안한 마음으로 숨을 들이마신다. 저 대포 소리는 테러가 일어난 게 아니라 시간을 알리는 우리 나라만의 전통이다. 하지만 사정을 알 리 없는 새들은 깜짝 놀라 푸드득 날아오르더니 도시 전체에 짙게 깔린 뿌연 스모그 속으로 금세 자취를 감춘다.

나는 버거인에 들어간다. 안에는 플라스틱 테이블이 가지런히 늘어서 있고, 미국 영화 포스터가 벽면을 장식하고 있다. 나는 로버 햄버거와 핫초코를 주문한 뒤, 일부러 창가에서 멀리 떨어진 구석에 자리를 잡는다. 창가에서 보이는 아우마다 거리는 노점상들로 카오스를 이루고 있다.

나는 로버 햄버거를 먹으면서 〈빌리지 보이스〉를 펼친다. 내 몸속 깊숙이 자극이 스며든 탓에 두 손에서 새까만 잉크가 새어나오는 듯하다.

자극을 받으면 흥분되기 마련이라고 하지만 때로는 우울해지기도 한다.

팔 페이지를 읽을 무렵 이미 내 인생의 절반가량을 날려보냈다는 생각이 들자 갑자기 기분이 울적해진다. 여기서 죽을 쑤고 사느니 차라리 먼 곳에서 새로운 삶을 시작하는 게 훨씬 더 나을 거라는 생각도 든다. 영화면을 펼친다. 한 도시에서 이 영화들을 모두 상영한다니 놀랍기만 하다. 그리고 이번주에 맨해튼에서 열리는 공연 소식을 본다. 파스가 꿈에 그리던 CBGB도 나온다.

지금 생각해보면 파스의 말이 전적으로 옳다. 그를 만나면 함께 그곳으로 가자고 해봐야겠다. 물론 감옥에서 무사히 나오기만 한다면 말이다.

"죄송한데요." 나는 옆자리에서 프렌치프라이를 먹고 있는 여자에게 말을 건다. "화장실에 다녀오려고 하는데 제 햄버거 좀 봐주시겠어요?"

화장실에 가자마자 문을 걸어 잠그고, 빨대로 코카인을 들이마신다.

"감사합니다. 정말로요."

나는 특집 기사를 찾아 빨대를 컵에 꽂고 씁쓸한 핫초코를 마시며 읽는다.

만일 홀든 콜필드가 이십 년만 늦게 태어났더라면, 최초의 유대인

로커이자 디스코를 혐오하는 포스트펑크 뮤지션인 조시 렘슨이 되었을 게 분명하다. 맨해튼의 어퍼 이스트 사이드에서 자란 조시는 수년 동안 충동적으로 이곳저곳을 유랑한 끝에 이스트 빌리지에 자리잡았고 그곳에서 영웅으로 추앙받고 있다. 스물두 살에 불과하지만 조시는 한곳에 붙어 있지 못하고 자메이카의 마리화나 밭에서 더블린의 험한 바까지 세상 이곳저곳을 전전하면서 살았다. 그는 약골이었지만 삶에 대한 긴장을 잠시도 늦추지 않았다. 중학교도 채 마치지 못한 그가 아무 거리낌 없이 도취된 듯, 조이스의 글을 넣어 야릇한 가사를 짓기도 했다. 숱한 우여곡절을 겪은 끝에 그는 이스트 빌리지에서 지친 영혼을 달랠 수 있는 보금자리를 찾게 된 것이다.

마침내.

기사를 읽은 뒤 감격에 겨워 나도 모르게 고함을 지르고 만다. 안에 있던 이들의 시선이 일제히 나에게 쏠린다. 모두들 놀랐는지 눈이 휘둥그레져 있다. 나는 선글라스와 빨간 사냥 모자를 쓰고, 〈빌리지 보이스〉를 말아 손에 쥔 채 밖으로 나간다. 마치 아무 일도 없었던 것처럼. 아니면 이제 볼장 다 봤으니까 아무 상관도 없다는 식으로.

마침내.

나는 그룬디히 흑백 텔레비전을 끈다.

시계를 본다. 오후 네시 반이다.

아까 모자 쓴 벨보이가 갖다준 캄파리 토닉이 아직 그대로 남아 있다. 원래 여행 가방을 올려놓는 접이식 테이블 위에는 팔라베아 백화점 쇼핑백 두 개가 널브러져 있다. 쇼핑백 안에는 조금 전에 산 물건, 그러니까 리바이스 청바지, 랭글러 코르덴 바지, 남방과 티셔츠, 점퍼와 노란색 부츠, 또 속옷과 양말, 노란색 잠옷 등이 가득 들어 있다. 오는 길에는 약국에 들러 오돈티네 치약과 2M 칫솔, 데오도런트, 샴푸, 아자로 향수도 샀다.

나는 창가에서 버스들이 줄지어 다니는 콤파니아 거리를 물끄러미 내려다본다. 가라테 영화를 동시상영하는 레알 영화관과 플라사 영화관 지붕이 보인다. 맞은편에 있는 회사 건물 안도 훤히 들여다보인다. 여비서가 따분한 표정을 지으며 타이프를 치고 있고, 남자 직원은 전화 통화를 하면서 코를 연신 긁어댄다.

라디오를 켜두었지만 콘시에르토 방송의 주파수가 잘 맞지 않는지 계속 지직거린다. 하는 수 없이 엘 콩키스타도르 방송으로 돌렸더니 클래식 음악이 흘러나온다.

나는 침대 위에 벌렁 누워 〈빌리지 보이스〉를 펼친다. 그러고는 조시 렘슨과의 인터뷰 기사를 다시 읽는다.

—첫번째 앨범인 '잠꾸러기야, 어서 일어나'는 순수함을 다루고 있죠. 이와 동시에 순수함을 잃어버린 모습을 노래하고 있기도 하고요. 이를 통해 어린 시절의 순수함을 지키는 것이 인류를 구원할 수 있는 유일한 방법이라는 메시지를 던지고 있습니다. 첫 앨범을 발표한 지 이 년이 흘렀네요. 어때요? 본인은 여전히 순수하다고 보십니까?

—순수해지려는 사람이 화를 내거나 분노를 느낄 수는 없죠.

—그런데 왜 화를 내는 거죠?

—그게 바로 내 문제예요.

—그 문제를 음악으로 만들 수는 없습니까?

—요즘 줄곧 배신감이 들더군요. 사람들과 나 자신에 대한 배신감, 또 부질없이 내 속내를 털어놓은 데 대한 후회 같은 것 말입니다. 그동안 난 너무 많은 걸 믿었어요. 가령 내 일이……, 그러니까 무언가를 만들어 내면…… 세상 사람들에게 도움이 될 거라고 믿었습니다. 그건 큰 착각이었어요. 물론 너무 부정적으로 생각해서는 안 되겠죠. 어떤 멍청이가 이 기사를 읽고 상심한 나머지 자살이라도 하면 어쩌겠어요? 다들 나 때문이라고 욕할 텐데…… 하지만 내 심정을 솔직하게 털어놓았을 뿐이에요. 지금 내 기분도 그렇고요. 그래도 뉴욕만큼은 믿어요. 다른 사람들은 뉴욕을 믿지 않으니까요. 별로 아는 것도 없는 내가 이런 말을 하면 우습겠지만, 모든 걸 확실하게 해야 합니다. 결정을 못 내리고 우물쭈물하는 것보다 나쁜 것은 없죠. 우유부단한 인간들, 그리고 밥먹듯이 거짓말하는 인간들을 보면 구역질이 나려고 해요. 마조히스트들이죠. 그런 인간들은 절대 아무것도 이루지 못할 거예요. 하물며 뭔가를 창조한다는 건 아예 불가능하죠. 늘 누군가에게 딱 달라붙어 있는 곰팡이 같은 인간들이에요. 내가 그루피들이나 팬들을 혐오하는 이유도 바로 그 때문입니다.

—그럼 그동안 많은 결정을 내렸다는 얘기군요. 많은 걸 창조해내기도 했고요. 그건 그렇고, 최근 발표한 음반에 대해서 어떤 생각을 하고 있는지 한번 들어보고 싶은데요.

—두번째 앨범인데, 굉장히 힘들고 두려웠어요. 지금까지 반응은 그럭저럭 괜찮지만 단점을 다 커버할 정도는 아닙니다. 난 이번 앨범이

마음에 들어요. 지금까지 작업했던 것 중에서, 그리고 앞으로 할 작업을 포함하더라도 내 삶이 가장 많이 녹아든 앨범일 거예요. 물론 예술과 삶은 별개죠. 흔히 예술가가 되는 것이 굉장히 어렵다고 해요. 맞는 말입니다. 하지만 삶보다는 쉬운 것 같아요. 이건 내 개인적인 생각일 뿐이니까 오해 없기 바랍니다. 어차피 제 발로 뛰어든 거니까 제가 헤쳐나가야죠.

—가사를 보면 구원이라는 주제가 반복해서 나타나고 있는데요……

—앨범을 자세히 들어보신 모양이군요. 일하는 자세가 진지하시네요. 아주 좋아요. 그건 그렇고 머리를 좀 길러보는 게 어때요? 록 비평가가 아니라 오페라 비평가 같아요. 어쩌면 위험할 수도 있겠지만 말이죠. 잘 생각해보세요.

—구원 문제에 대해 이야기하고 있었는데요……

—그렇죠…… 결국엔 누구나 구원받을 수 있다고 봅니다. 게다가 누구나 간절히 바라는 바이기도 하죠. 나는 행복이라든지 사랑, 명예 같은 건 바라지 않아요. 단지 구원만 원할 뿐입니다. 언젠가는 구원받을 거라고 믿어요. 진정한 믿음을 얻으려면 자신을 희생할 줄 알아야 한다는 것은 당연한 거고요. 내가 정말로 구원받게 되면 나머진 자동적으로 뒤따라올 겁니다. 그리 되면 얼마나 좋을까요.

— 어디서 구원받는다는 말씀입니까?

—그건 개인적인 문제입니다. 어디서 구원을 받아야 하는지는 본인들이 제일 잘 알고 있겠죠. 물론 모두가 다 구원받길 원하는 건 아닐 겁니다. 그리고 그건 삶의 어두운 측면이라든가 어떤 선을 넘는 일, 마약, 아니면 여타 어리석은 짓과는 아무 관련도 없습니다. 내가 로큰롤

음악을 추구하는 이유를 그 연장선상에서 생각해볼 수 있겠죠. 흔히 로큰롤 하면 마약과 섹스를 떠올리곤 하죠. 하지만 절대로 그렇지 않아요. 반대로 우리 삶에 활력과 즐거움을 주죠. 전 디스코 음악을 별로 좋아하지 않는답니다. 모든 걸 운명으로 받아들이거든요. 단 한순간도 운명과 맞서려고도, 또 벗어나려고도 하지 않아요. 디스코 음악을 하는 사람들이 할 수 있는 거라곤 정신 나간 사람처럼 춤추는 것밖에 없죠. 그래도 난 그들보다 낫다고 자부해요. 최소한 내가 할 일이 아직 남아 있다고 믿고 있으니까요.

—그럼 사랑에 대해 말해볼까요……

—먼저 말해보세요. 내가 배울 만한 점이 있는지 보게요. 난 사실 사랑에 대해선 아는 게 거의 없어요. 내가 누군지 갈수록 모르겠어요. 나 자신에 대해 더 많이 깨달을수록 다른 사람들과의 관계도 그만큼 더 깊어질 수 있는데 말입니다. 사람들이 나를 사랑하는 만큼 보답을 할 수 없다는 것이 이젠 지긋지긋해요. 꽤 유명하다는 건 내 삶에 전혀 도움이 되지 않아요. 사람들, 특히 여자들은 내가 아니라 나의 일부분만 좋아하는 게 아닌가 하는 생각이 가끔 들더라고요. 사람들이 나에 관해 이러쿵저러쿵 얘기들을 해대도 나는 뭐라고 받아칠 수가 없어요. 그래서 풀라라는 섬에서 사 개월 동안 숨어 지낸 적도 있었죠. 그 섬은 스코틀랜드 해안에서 워낙 멀리 떨어져 있어서 '세상의 끝'이라고 불리는 곳이에요. 거기서 느낀 바가 있어요. 아무것도 모르고 하는 소리인지는 모르지만 그동안 내게 주어진 역할을 해야 한다는 게, 사람들이 원하는 모습으로 살아야 된다는 게 너무 힘들었어요. 녹음이고 작곡이고 다 때려치우고 싶을 때도 있지만, 그래봐야 다른 가수들에게만

잘된 일이니까 그럴 수도 없는 일이고. 이럴 땐 나만의 규칙을 정하고 그걸 따르는 것이 유일한 방법이 아닌가 싶어요. 다시 말해서 진실을 따르는 거죠. 내가 관심을 가질 수 있고, 또 어떤 면에서든 내게 도움이 되는 진실이라면 적어도 해가 되진 않을 테니까요. 나뿐만 아니라 다른 사람들에게도 말입니다. 그렇게만 된다면 자살은 피할 수 있을 거예요.

—그러면 구원을 얻을 수 있단 말입니까?

—저도 그렇게 되길 바랍니다. 그러려면 우선 믿음을 가져야 해요. 확신과 좋은 음악도 꼭 필요하겠죠. 요즘 세상에선 기적을 바라는 거나 마찬가지겠지만요.

—방금 믿음과 확신에 대해 말씀하셨는데요, 그럼 정말로 코요테가 로드러너를 잡아먹을 수 있다는 얘깁니까? 두번째 앨범 타이틀에 나오는 것처럼 말입니다.

—아마도요. 그렇게 된다면 정말 대단할 겁니다. 내가 원하는 바이기도 하고요. 생각만 해도 피가 거꾸로 솟는 것 같아요. 이제 때가 왔어요. 안 그래요?

"혹시 조시 렘슨 음반 있나요?"

"그건 없는데요." 페리아 델 디스코 여점원이 무뚝뚝하게 대답한다. 여느 음반 가게와 마찬가지로 스페인어로 된 카세트들 맞은편에는 다 똑같아 보이는 라이선스 앨범들이 가득차 있다.

"그럼 수입 음반은 없나요?"

"여기 있는 건 모두 수입 음반이에요."

"혹시 '코요테가 로드러너를 잡아먹었다'라는 앨범 들어본 적 없으세요?"

"네." 여자가 짜증이 가득한 얼굴로 대답한다.

"'잠꾸러기야, 어서 일어나'는요?"

"미안합니다."

시르쿠스에 가면 살 수 있을지도 모른다. 하지만 거기까지 갈 생각을 하니 다리에 힘이 풀린다. 거기도 없을 가능성이 높다.

나는 가게를 나선다. 파세오 아우마다 거리는 여전히 사람들로 붐빈다.

방금 〈라 세군다〉 신문이 나왔다고 신문팔이가 고래고래 소리를 지른다. 1면에는 모스크바 라디오 사건*으로 구속된 군인들의 명단이 실려 있다.

의외로 많은 이들이 신문을 산다.

별로 할 일이 없다. 아직은 이렇게 기분 내키는 대로 사는 게 어색하다. 시간은 철철 넘치는데 뭘 해야 좋을지 모르겠다. 오락실에서 시간을 때우기는 싫다. 그렇다고 빌리지 피플이 나오는 영화 〈캔트 스탑 더 뮤직〉을 보고 싶지도 않다.

정처 없는 나그네처럼 마냥 걸을 수밖에.

시내 한복판에는 무거운 긴장감이 흐르고 있다. 거리를 메운 수많은

---

* 1980년 9월 4일 칠레 공산당 총서기 루이스 코르발란이 모스크바 라디오 방송을 통해 피노체트 군사정권을 타도하기 위한 '대중봉기 정책(PRPM)'을 발표함으로써 본격적인 투쟁을 예고했다. 본문에 언급된 내용은 군부 내에서 이와 관련된 군인들을 색출해서 구속시킨 사건을 말한다.

사람들이 지나가면서 다른 이들의 얼굴을 본다. 시선만 봐도 그 사람이 찬성표를 던질 건지, 반대표를 던질 건지 금방 알 수 있다. 경찰들이 길바닥에 쫙 깔려 있다. 그것도 모자라 경찰견들이 코를 킁킁대며 거리를 돌아다닌다. 바닥에는 행인들의 발에 밟혀 찢어진 팸플릿이 나뒹굴고 있다. '갈수록 나라 꼴이 엉망이다, 내일은 더하겠지' '프레이는 조국을 팔아먹는다' '파시즘에 반대를, 정의에 찬성을!'

포르탈 페르난데스 콘차 건물에 있는 밀가루 가게 앞에서 어떤 남자가 개정 헌법 책자를 팔고 있다. 파란색 소책자인데, 표지에는 '1980년도 헌법'이라는 제목이 달려 있다. 투표를 거쳐 정식 헌법으로 공포된다 해도 아직 마흔여덟 시간이나 남았는데 벌써 '헌법'으로 못박아놓았다. '개정안'도 아니고 말이다.

나는 다시 아우마다 거리로 돌아간다. 모여서 박수를 치고 있는 외투 입은 할머니들과 경찰들 사이를 걸어간다. 봄베로 오사 거리의 모퉁이를 돌아서는 순간, 어떤 노인네가 불쑥 나타나더니 구두를 닦겠느냐고 물어본다. 나는 내 검은색 구두를 물끄러미 내려다본다. 그동안 곳곳을 헤매고 다니느라 흙먼지로 더러워져 있다.

"네, 그러죠." 내가 말한다.

나는 두 사람은 더 앉을 수 있는 긴 의자 위로 올라선다.

"신문 좀 주실래요?"

"그럼요, 손님."

〈라 세군다〉를 펼치는데, 노인네가 내 구두에 검은색 구두약을 잔뜩 바른다. 그의 손톱과 손가락에 눈이 간다. 손톱 끝은 물론, 손 마디마디가 커피색, 빨간색, 검은색으로 물들어 있다. 그의 손은 얼굴과 전혀 다른 색이다.

'조국을 위해 기도하는 군사위원회.' 신문 기사의 제목이다. 하이메 구스만이 전한 바에 따르면, 호르헤 알레산드리가 자신의 지지자들에게 찬성표를 던질 것을 호소했다고 한다. 갑자기 구역질이 치민다. 반면 손자뻘밖에 안 되는 사람들의 구두를 닦으면서 연명하는 저 노인네의 처지가 한없이 서글퍼 보인다.

"이 정도면 됐어요." 내가 말한다.

"광을 더 내야 합니다, 손님."

"제가 좀 급해서요…… 저더러 손님이라고 하지 마세요."

나는 자리에서 일어서면서 신문을 돌려준다.

"그런데요." 노인에게 슬쩍 물어본다. "이번 투표에서 누구 편이세요?"

"물론 우리 장군님이죠."

나는 노인네에게 정해진 금액만 준다.

가던 길을 계속 가다보니 메트로 영화관 출구 앞에 있는 서점이 눈에 띈다. 무심코 안으로 들어간다.

"샐린저의 『호밀밭의 파수꾼』 있어요?"

"아뇨, 대신 『아홉 가지 이야기』는 있습니다."

"읽을 만한가요?"

"전 읽어보지 않아서 잘 모르겠는데요."

"홀든이 나오나요?"

"저야 모르죠."

"그 책 주세요."

책을 훑어보면서 반데라 거리로 나오다 하마터면 뚱뚱한 부인과 부딪칠 뻔한다. 아구스티나스 거리를 돌아 여행사 앞에 멈춰 선다. 유리창에 붙여놓은 타히티와 베네치아, 그리고 초록빛을 띤 자유의 여신상 포스터가 눈길을 사로잡는다. 그곳에서 곧바로 파세오 아우마다로 향한다. 발 디딜 틈도 없을 정도로 사람들이 북적댄다. 무슨 충격 장면이라도 찍는지, 카메라를 든 외국 특파원들이 잔뜩 몰려 있다. 바로 그때, 한 건물의 꼭대기층에서 누군가 수천 장의 유인물을 뿌리기 시작한다. 눈송이처럼 떨어지는 종이가 바닥에 떨어진다. 여기저기서 고함과 더불어 박수가 터져나온다. 반면 야유를 보내는 이들도 있다. 그리고 곧 노란색 인도 위를 뛰어오는 경찰들의 발소리가 내 귓전에 울려 퍼진다.

괜히 그 자리에 있다가 봉변을 당하기 전에 카페 아이티 안으로 뛰어들어간다. 카페 안은 찬성파 노인네들로 득실거린다. 쓸데없이 의심을 사지 않기 위해 카운터에서 크림 프라페를 주문하고 스탠드로 간다. 그곳에 앉아 있는 남자들은 한결같이 외투 차림이다. 이들은 카푸치노나 에스프레소를 마시면서 미니스커트를 입은 여점원들을 엉큼한 눈길로 훔쳐보고 있다.

"무슨 맛으로 드릴까요?"

"초콜릿으로요."

여점원은 주문을 받자마자 자리를 뜬다. 나는 그녀의 단단하고 굵은 종아리에서 시선을 떼지 못한다. 사이클 선수 다리 같군. 내 옆에는 백발이 성성한 남자가 앉아 있는데 어깨에 비듬이 허옇게 떨어져 있다. 그 남자는 돋보기 너머로 〈라 세군다〉의 깨알 같은 글씨를 읽고 있다.

나도 뭔가 해야 되겠다 싶어, 샐린저의 책을 뒤적거린다.

"여기 있습니다."

여점원이 내가 주문한 프라페를 내려놓는다. 커다란 잔에 초콜릿과 크림이 봉우리처럼 솟아 있다. 거의 내 가슴팍까지 올 정도다. 생수 한 잔과 설탕도 놓고 갔다. 숟가락으로 크림을 떠먹으려는 순간 주변 사람들의 시선이 내게 집중되는 것이 느껴졌다. 마치 생일 케이크를 앞에 둔 사람을 쳐다보듯이 말이다. 정말 불편한 상황이다. 다행히 그 순간 밖에서 시위대가 구호를 외치기 시작한다. "피노체트를 타도하자!" 그러자 노인네들의 시선이 일제히 밖으로 향한다. 나는 그 틈을 이용해 아무렇지도 않은 듯이 프라페를 살짝 떠먹는다.

"마티아스! 너구나! 맛있어?"

타타 외할아버지다.

"어, 할아버지. 깜짝 놀랐어요." 나는 눈이 휘둥그레진다.

여기서 할아버지를 만나다니 정말 놀라운 일이다. 할아버지는 지금 내가 만나고 싶은 유일한 사람이었기 때문에 더 그렇다.

"여기서 뭘 하고 있니?"

"영화 보러 왔어요." 나는 대충 둘러댄다. "수업 때문에 이 책도 사야 했고요."

"네 엄마한테 얘기 다 들었다. 너 집을 나왔다면서."

나는 얼굴에서 웃음기를 싹 거두고는 냉소적인 표정을 짓는다.

"네, 그래요. 할아버지. 그건 제 문제니까 신경쓰지 마세요."

"어젯밤엔 어디서 잤어? 다들 널 찾느라 정신이 없던데."

"그럴 리가요."

"뭐라고?"

"어젯밤엔 친구 집에 있었어요. 학교 친구는 아니지만요. 전 괜찮아요, 할아버지. 불쌍한 처지긴 하지만요."

"돈이 필요하진 않니?"

"좀 필요하죠."

"언제 집에 돌아갈 생각이냐?"

"돌아갈지는 잘 모르겠어요."

창밖을 보니 상황이 생각보다 훨씬 더 심각하게 돌아가고 있다. 경찰들이 곤봉을 휘두르며 군중을 쫓고, 경찰견들도 사납게 짖어대고 있다. 그리고 알라메다 거리에 있던 살수차가 아우마다 거리로 진입하면서 무차별적으로 물대포를 쏘기 시작한다.

"문을 닫아야겠어요." 카페 아이티라고 쓰인 재킷을 입은 남자가 소리를 지른다. "죄송하지만 여기서 나가주세요."

"이게 웬 난리냐." 타타 할아버지가 혀를 끌끌 찬다.

"빨리 나가는 게 좋겠어요. 분위기가 험악해지고 있어요."

"그럼 같이 나가자꾸나."

거울에 비친 내 모습을 찬찬히 뜯어본다. 마음에 들지 않는다. 아주 마음에 들지 않는다는 말이다. 솔직히 말해 얼굴은 아예 별로는 아니지만 뭐든 바꿔야 할 것 같다.

아니, 통째로 바꿔야 한다.

"자, 한번 보세요. 어때요, 마음에 들어요?"

나는 고개를 너무 뻣뻣하게 세우고 있어서 대답하기조차 힘들다. 거울만 뚫어지게 쳐다보고 있을 뿐이다. 그런데 거울 속에 있는 아이, 빨간 점이 박혀 있는 파란 넥타이를 맨 아이가 너무 낯설게 느껴진다.

"거울님, 제발 제 모습 좀 바꿔주세요."

좀더 마르고 수염이 없다는 점만 빼면 산타 할아버지하고 비슷하게 생긴 나이 많은 이발사는 대체 무슨 소린지 몰라서 어안이 벙벙한 눈치다.

언젠가 영화에서, 아니면 『롤링 스톤』에서 본 내용이 떠오른다. 코카인을 과다복용했을 때, 환각 효과를 없애는 가장 좋은 방법은 땀을 쏙 빼는 거라고.

혹은 머리를 자르는 거라고.

잘 기억나지는 않지만 어쩌면 조시 렘슨이 말한 것일 수도 있다.

그러나 나는 여기, 어느 건물 지하에 있는 이발소에서, 거울에 비친 내 모습을 응시하고 있을 뿐이다. 브란카토 포마드를 바른 노인네들 틈에서 삼십 년대에나 쓰던 철제 의자에 앉은 채 말이다.

아까 타타 이반과 마주치기 전까지만 해도 사실 난 마음속으로 두 가지 계획을 세워둔 상태였다. 그런데 할아버지와 만나자 돌연 마음이 변했다. 특히 할아버지가 나 혼자 나가지 못하도록 막았을 때 그랬다. 솔직히 말해 내가 할 일마저 남들이 나서서 결정한다는 것은 견딜 수 없을 만큼 싫다. 나중에 후회하고 싶지 않다면 이런저런 일을 해야 한다고 우기는 것도 마찬가지다. 하지만 말이 쉽지 할아버지의 손아귀에서 벗어나기는 불가능했다.

사정은 이랬다.

카페 아이티를 나서는 순간 최루탄이 터지는 바람에 타타 할아버지는 기침을 토해내느라 숨도 제대로 못 쉴 지경이었다. 눈물과 콧물이 범벅이 된 채 시뻘겋게 변한 할아버지의 얼굴을 보자, 자칫하면 금방이라도 돌아가실지 모른다는 두려움이 앞섰다. 다행히 그런 불상사는 일어나지 않았고 우리는 거리를 달리기 시작했다. 그 순간 아마 할아버지의 눈앞으로 헝가리가, 부다페스트의 게토가 스치고 지나갔을 것이다. 당시 나로서는 할아버지의 손을 잡고 최대한 빨리 뛰는 수밖에 없었다. 더구나 바로 몇 미터 앞에서는 경찰이 바닥에 쓰러진 채 피를 줄줄 흘리는 남자를 무차별 구타하고 있었다. 마치 내장이 다 터진 듯 끔찍한 광경이었다.

우리는 알라메다 거리를 향해 정신없이 뛰었다. 하지만 거긴 상황이 더 심각했다. 일단 약국에 숨으려고 했지만, 바로 그때 약국 주인의 아들이 뛰어나오더니 철제 셔터를 내려버렸다. 졸지에 할아버지와 나는 사이렌이 울리고 화염병과 최루탄이 날아다니는 전쟁터 한복판에 남게 되었다.

"일단 다른 곳으로 피하자. 클럽으로 가자꾸나." 땀으로 범벅이 된 데다, 최루탄 때문에 얼굴이 벌게진 할아버지가 소리쳤다.

우린 뒤도 돌아보지 않고 도망치기 시작했다. 그 순간에도 경찰은 칠레 대학교 정면에 스프레이로 반정부 구호를 쓰는 시위대를 향해 물대포를 쏘고 있었다.

"여기야, 이리로! 이리로 들어가자."

다행히 클럽이 가까운 곳에 있었기에 망정이지, 한 블록만 더 갔더라도 할아버지에게 큰 불상사가 일어났을지 모른다. 대리석 계단을 올라갔다. 기둥들과 철제 출입문이 즉시 우리를 보호해주는 것 같았다.

문은 회전식이었다.

"학생, 어딜 가려고요?"

"무슨 일이니?" 내가 수위에게 따지려는 순간, 뒤따라온 할아버지가 깜짝 놀란 표정으로 나섰다.

"맙소사, 이반 어르신 아니십니까?"

"이 사람이 못 들어가게 막았어요." 내가 말했다.

"얜 내 손자일세. 오해하지 말게나."

"이반 어르신, 죄송합니다. 마실 거라도 갖다드리겠습니다."

"우선 의자하고 물 좀 갖다주게."

거긴 그 유명한 클룹 델라 우니온이었다. 한 번도 와본 적은 없지만, 정말 격조 높은 곳이면서 동시에 지루한 곳이라는 소문을 들었다. 게다가 남자들만 들어올 수 있다고 했다.

할아버지는 수위가 갖다준 빨간색 벨벳 의자에 앉았다. 수위는 하얀색 제복을 입은 웨이터를 불렀다. 언뜻 보기에 둘은 서로 비슷한 나이인 것 같았다.

"포블레테, 여기 물수건하고 물 좀 갖다드려. 레몬도."

나는 아무데나 앉았다. 그러고는 눈물과 먼지로 범벅이 된 얼굴을 닦았다. 안은 믿을 수 없을 만큼 조용했다. 거북할 정도였다. 가까운 벽에 걸려 있는 오래되어 빛이 바랜 고블랭 태피스트리 아래에서 꼬부랑 노인네들이 조용히 차를 마시고 있었다. 조용하다못해 지루한 분위기였다. 밖은 생난리인데 아무것도 모르는 눈치였다.

"괜찮니?"

"네. 할아버지는요?"

"나도 괜찮아. 고맙다. 이제 좀 살 것 같구나."

"여긴 〈80일간의 세계일주〉에 나오는 클럽 같아요. 할아버지, 혹시 기억나세요? 할아버지가 우리에게 그 영화 보여주셨잖아요."

"맞아, 그랬었지."

그때 웨이터가 은쟁반을 들고 나타났다. 타타 할아버지는 소리를 내며 물을 조금 마신 뒤 레몬 조각을 씹어먹었다.

"고맙네, 포블레테. 앤 내 손자 마티아스일세."

"반가워요."

"여기 왔으니 부탁 하나 해야지. 얘한테 어울리는 넥타이 좀 갖다주게나. 차도 부탁해. 내가 평소에 먹던 걸로 말이야. 그리고 산 기예르모* 도 한 조각씩 가져오고. 마티아스, 또 뭐 먹고 싶은 거 있니?"

"전 커피만 있으면 돼요." 나는 대답했다. 할아버지가 순순히 날 놓아주지 않을 것 같은 느낌이 들었다.

포블레테라는 웨이터가 물러가자 기운을 차린 할아버지가 말을 계속했다.

"이 클럽이 내 목숨을 살려준 게 이번이 처음은 아니란다." 할아버지가 말했다. "아옌데 대통령 시절에도 이런 일이 여러 번 있었지. 물론 그땐 내가 지금보다 훨씬 젊었지만 말이다. 아마 네 아빠도 이런 일을 여러 번 겪었을 거야."

돌아가신 친할아버지와 마찬가지로 아빠도 클룹 델라 우니온의 회원이다. 대사로 있는 작은할아버지도 여기 회원인 것 같다.

---

* 빵 위에 노란 시럽을 얹고, 호두와 설탕에 절인 과일 등을 뿌린 케이크로 클룹 델라 우니온이 자랑하는 음식이다.

금세 포블레테가 다시 나타나더니 내게 빨간 점이 박힌 파란색 지방시 넥타이를 건네주면서 말했다.

"화장실은 저 안쪽에 있습니다."

"어서 매거라." 할아버지가 말했다. "여기선 누구나 넥타이를 매야 하니까 말이다. 그게 이곳의 규정이지. 깔밋잖은 모습으로는 절대로 못 들어오게 되어 있거든."

말해놓고 자기도 우스운지 할아버지는 웃음을 터뜨렸다. 이제는 깔밋잖다는 말을 쓰는 사람이 아무도 없다고 얘기할 뻔했지만 괜히 시간 낭비라는 생각이 들어 입을 다물었다.

화장실은 완벽했다. 사방이 대리석이었고, 세면대와 변기는 각각 독립된 공간에 있었다. 나는 점퍼를 벗고 셔츠 깃을 올린 뒤 넥타이를 맸다. 점퍼 대신에 새로 산 재킷을 입기로 했다. 그런데 오래된 패널로 만든 화장실에 들어가 문을 잠그자 코카인을 마시고픈 충동을 떨칠 수가 없었다. 이 나라의 운명을 결정했던 인물들이 언젠가 들락거렸을 법한 역사적 장소에서 말이다. 마치 아무 허락도 받지 않고 라 모네다궁에 들어온 듯한 느낌이었다. 나는 윤이 나는 하얀 변기 뚜껑 위에 가루를 떨어뜨렸다. 일 그램 정도 되는 듯했다. 하얀 가루를 보자 미칠 것만 같았다. 단 일 초도 견딜 수가 없었다. 빨대가 없었기 때문에 지갑에서 빳빳한 지폐를 꺼내 동그랗게 말았다. 그러고는 곧바로 그걸 코끝—그리고 혀와 잇몸—에 갖다댔다.

잠시 후 다시 중앙홀로 돌아왔다. 할아버지는 노란 시럽을 묻힌 질 좋은 견과류를 뿌린 케이크를 먹으면서 포블레테와 계속 얘기를 나누고 있었다.

“이것 좀 먹어보거라. 아무데서나 맛볼 수 있는 게 아니야.”

조금 먹어보았지만 별다른 맛을 느낄 수가 없었다. 혀가 완전히 마비된 탓이었다. 기껏해야 케이크와 설탕에 절인 과일의 단맛이 혀에 남아 있던 쓴맛을 조금 없애주었을 뿐이다. 그리고 몹시 갈증이 났다.

“포블레테 할아버지.” 나는 웨이터를 불렀다. “코카콜라 갖다주시겠어요?”

할아버지의 얼굴에 흐뭇한 미소가 피어올랐다. ‘역시 내 손자라니까’ 하는 표정이었다. 아니면 좀 바보스러운 표정이든지.

“그건 그렇고, 마티아스.” 할아버지가 다시 입을 열었다. “우리 얘기 좀 해보자꾸나.”

“전 딱히 할말이 없는데요. 케이크는 잘 먹었어요.”

“집에 전화라도 하지 그러니.”

“왜요?”

“잘 있으니까 걱정하지 말라는 얘기는 할 수 있잖아.”

“그런 거라면 할아버지가 대신 전해주세요. 만약 제 상태가 안 좋으면, 그러니까 몸이 아프거나 죽으면 금세 알게 될 텐데요. 원래 그런 일은 소문이 금방 퍼지잖아요.”

“그리고 너 수업도 빼먹는다면서. 그게 사실이니?”

“내일은 공휴일이잖아요. 월요일까진 쭉 수업이 없어요.”

그 순간 포블레테가 코카콜라를 가지고 왔다.

“할아버지, 그 얘기는 더 안 하는 게 좋을 것 같아요. 더 말해봐야 서로 기분만 상할 테니까요. 전 그저 시간이 필요할 뿐이에요. 그게 다예요. 마음대로 칠레를 떠날 수도 없는걸요. 돈이 많은 것도 아니고요.

시간이 필요할 뿐이에요. 그뿐이에요. 오늘만 해도 시내를 얼마나 돌아다녔는지 몰라요. 아무 생각도 할 수 없었지만요. 조만간 어떻게든 결정을 내려야겠죠. 아니면 이런 생활에 하루빨리 익숙해지든가. 뭐, 잘 모르겠어요."

"네 엄마 생각도 해야 되지 않겠니?"

"제가 제일 하기 싫은 게 바로 그런 거예요."

"그런 말 하면 못쓴다."

"그럼 더이상 물어보지 마세요. 더 얘기했다가는 제 본심이 나올 것 같단 말이에요. 서로 기분만 상할 거고요."

"마티아스, 널 도통 이해할 수가 없구나."

"전 그렇게 복잡한 애가 아니에요. 정말로요."

할아버지와 나 사이에 무거운 침묵이 흘렀다.

그사이 난 산 기예르모를 다 먹은 다음, 코카콜라를 반쯤 마셨다. 할아버지가 자리에서 일어나면서 내게 말했다.

"너만 괜찮다면 집에 데려다주마. 너희 집에 들르면 되니까."

"말씀은 고맙지만 전 안 갈 거예요."

"돈 필요하니?"

"조금요."

"자, 받아라. 혹시 돈이 궁해지면 언제든지 연락하고."

"그럴게요."

"오늘밤엔 어디서 묵을지 내게 말해주지 않으련?"

"죄송해요. 엄마 아빠한테 전 잘 있으니까 걱정하지 말라고 전해주세요. 적어도 제 앞가림은 할 줄 안다고 말이에요. 전 절대로 후회하지 않아요."

우린 포블레테와 작별 인사를 나눈 뒤 알라메다 거리로 나왔다. 버스들이 시커먼 매연을 내뿜으며 달리고 있었다. 마치 아무 일도 없었다는 듯이 거리는 완전히 평온을 되찾았다.

나는 산프란시스코 성당의 시계를 쳐다보았다. 저녁 여섯시 십분.

해가 서산으로 뉘엿뉘엿 떨어지고 있었다.

할아버지가 택시를 잡았다.

"정말 안 갈래?"

"네."

"지금 보니까 넌 비쿠냐 가문 핏줄이 분명하구나."

택시가 시야에서 사라지자 일단 클럽으로 돌아가서 포블레테에게 부탁해보기로 했다.

"여기 조금만 더 있어도 될까요?"

"물론이죠."

나는 스탠드로 향했다. 그곳은 회사 중역으로 보이는 젊은 남자들로 이미 꽉 차 있었다. 그들은 남자들이 잘 마시지 않는 바이나*를 홀짝거리고 있었다. 증권거래소가 내다보이는 큰 유리창 너머로 물에 흠뻑 젖은 채 경찰에게 줄줄이 끌려가는 사람들의 모습이 보였다. 나는 조시 렘슨이 가장 좋아한다는 캄파리 토닉을 한 잔 주문했다. 그런데 사람들이 날 쳐다보는데다, 두세 시간 지나면 어쩔 수 없이 여길 떠나, 다시 정글과도 같은 저 도시로 돌아가, 할아버지한테 말한 것처럼 결

---

* 코냑과 와인, 계란 노른자 등을 섞어 만든 칠레의 전통적인 칵테일.

단을 내려야 한다는 생각이 들자 기분이 우울해졌다. 선택할 수 있는 것은 많지만 딱히 마음에 드는 게 없다는 게 문제였다.

최악의 상황이란 바로 이런 경우를 두고 하는 말일 것이다.

모든 항공권을 손에 들었지만 어떤 비행기를 탈지 모르는 것과 마찬가지다. 더 끔찍한 경우로, 공항에 대기중인 어떤 비행기도 이륙하지 않을 거라는 사실을 알게 됐을 때와 다를 바가 없다.

그도 아니면 어디로 갈지 정하긴 했지만 여권을 집에 놓고 온 걸 알았을 때나 진배없다.

하여간 그런 심정이다.

시간이 흐를수록 점점 더 곤혹스럽고 불안해진다. 온 세상이 벗어날 수 없는 존재의 악순환으로 빠져든다. 우리가 얼마나 심각한 문제에 빠져 있는지를 알려면, 모든 것을 자세히 뜯어보는 것, 즉 미래가 우리에게 주는 모든 기회와 가능성—뻔하고 시시한 것뿐만 아니라, 가장 흥미롭고도 멋진 것까지—을 생각해보는 것만으로도 충분하다.

마티아스, 너 예전에는 안 그랬잖아.

지금 우리의 처지를 굳이 말로 표현하자면 이렇다. 화려하게 빛나는 미래가 존재하지도 않는 현재와 섞일 때, 그리고 이것이 아무리 오래 지난 일이라고 해도 대놓고 무시할 수는 없는 과거와 대비될 때 우린 머리를 짧게 잘라버리는 식의 낡은 방법에 의존할 수밖에 없다. 그래서 나도 모르는 사이에 클럽의 지하로 내려가고 말았다. 그리고 당구대에서 빨간 공을 맞히려고 이리 재고 저리 재는 노인네들을 멍하니 바라본다. 바로 그 순간 저쪽 이발소에서 몇몇 사람들이 드나드는 모습이 눈에 띄었다.

"안녕하세요, 손님, 어떻게 해드릴까요?"

"아주 짧게 해주세요. 군인처럼요. 한 달 전에 정신병원에서 나온 사람처럼 보이게요. 다 잘라주세요. 그렇다고 빡빡 밀지는 마시고 조금만 남겨두시면 돼요."

"기계를 써야겠는데요."

"그렇게 해주세요."

이발사는 우선 머리카락에 가볍게 물을 뿌리고 나서, 인정사정없이 밀기 시작한다.

나는 놀란 표정으로 거울에 비친 내 모습을 바라본다. 그러나 한편으로는 몹시 신이 나기도 한다.

내 두상이 차츰 윤곽을 드러낸다.

바로 그 순간 아빠가 들어온다. 거울 끝부분에 살짝 나타났던 아빠가 이내 모습을 감춘다. 내게 다가오고 있다는 얘기다.

나는 눈을 감고 새로운 헤어스타일이 어떨지 기다려보기로 한다. 조용히.

그리고 최대한 은밀하게.

"어이, 까까머리. 제법 근사한데."

"과장하지 좀 말아요. 까까머리라고 부르지도 마세요. 또 욘석아라는 말도 쓰지 마시고요."

"그럼 그러지 뭐, 빡빡머리."

"이제 그만 좀 하세요."

기분이 묘하다. 웬일인지 기분이 썩 나쁘진 않다. 오히려 기분이 좋기까지 하다. 아빠 곁에 있으니까 마음이 편안해진다.

"야, 고슴도치, 이제 네 차례야."

"고슴도치라뇨. 그리고 돼지처럼 굴지 말아요. 세 줄이나 마셨잖아요. 한 명당 두 줄만 마시기로 해놓고선."

"더 있으니까 걱정 마. 오늘밤 내내 즐기고 남을 정도니까. 쓸데없는 소리 작작하고 어서 마시기나 해. 이번 거 아주 죽이는데. 참, 계집애들이 올 때가 됐는데, 안 그래?"

아빠와 나는 커다란 침대 위에 누워 있다. 당구대보다 훨씬 더 크고, 폭도 넓다. 창문으로 보이는 이탈리아 광장에는 수많은 네온사인들이 밝게 켜져 있다.

지금 우린 토레스 데 타하마르 건물의 어딘가에 있다. 확실치는 않지만, 야밀 이용원 위인 것 같다.

다른 건 몰라도 여기가 십일층인 건 분명하다.

"십일층. 9월 11일하고 같은 숫자지." 이 건물에 들어와서 엘리베이터를 탔을 때 아빠가 그렇게 말했다.

"휴! 자, 네 차례다. 어서 마셔."

나는 가루를 마신다. 다른 사람들이 이 말을 했다면 전혀 이상하지 않았을 것이다. 하지만 날 낳고 길러준 아빠가 이런 말을 하니 기분이 묘하다.

"부모로서 나는 낙제야." 아빠의 표정이 순간 어둡게 변한다.

"맞아요." 내가 대꾸한다. "부모로선 당연히 낙제점이죠. 하지만 아빠보다 더 엉망인 사람도 많이 봤어요. 금방 돌아올게요."

타월을 찾아보지만 어디에도 없다. 하는 수 없이 담요를 걷어 허리춤에 말고는 문을 연다.

"어딜 가?"

"마실 것 좀 사려고요. 나가는 김에 여자들이 언제 오는지도 알아볼게요."

나는 검은색 벽지를 발라놓은 복도를 따라 로비로 간다. 로비 한가운데에는 소형 분수대가 있고, 벽에는 벽면을 가득 채울 정도로 커다란 맨해튼의 야경 사진이 걸려 있다. 그리고 뱃살은 없는데 머리가 거의 센 삼십대 정도의 남자가 팬티만 달랑 입은 채 의자에 앉아 노래를 부르고 있다. 그가 신고 있는 구두와 양말을 보면 은행원인 것 같다. 아니면 회사 중역일지도 모른다. 하여간 캣 스티븐스의 노래를 부르는데, 그런대로 들어줄 만하다. 자기 나이에 걸맞은 노래다.

"안녕하세요?" 나는 데스크에서 신용카드 전표를 확인하고 있던 지배인에게 인사를 건넨다. "보드카 한 병하고 얼음 잔 몇 개 주세요."

"보드카는 다 떨어졌는데요."

"그럼 조니워커 블랙라벨로 주세요."

"알겠습니다."

"그리고 사우나를 해야 하니까 아가씨들한테 이십 분 후에 오라고 전해주세요."

내가 있는 이곳은 에스코르트 빕스다. 그런데 사람들은 건물 이름을 따라 그냥 토레스 데 타하마르나 1104라고 부른다. 여긴 워낙 은밀한 곳이라 따로 상호가 필요 없다. 굳이 말하자면 부자 동네에 있는 파드리노의 지점 정도라고 할 수 있다. 더 쉽게 말하자면 후안초 클럽의 사촌 정도라고나 할까. 하여간 이렇게 저렇게 서로 연결되어 있다. 이곳은 텔레비전에 나올 법한 멋진 아가씨들과 술, 객실을 비롯한 각종 부대시설이 갖춰진 최고급 유흥업소다. 물론 원하면 마약도 얼마든지 즐길 수 있다. 지금 내 앞에 있는 자가 아빠에게 마약을 대주는 일종의 공급책이다. 아빠의 말에 따르면 저 사람은 볼리비아 생산지와 직거래를 한다고 한다.

지금 내가 이런 곳에 있다는 게 신기하다. 그것도 통금 시간에 말이다. 회색 담요를 허리춤에 감고 마약장수에게 태연하게 술을 달라고 하고 있으니, 나 자신도 믿기지 않는다. 더군다나 지금은 선거 때문에 비상경계 태세가 발령된 상태다.

하지만 나는 이미 결정을 내렸다.

그런 것 같다.

모든 일이 예상외로 빠르게 이루어졌다.

전혀 생각지 못한 일이어서 의문을 품을 새도 없었다. 그냥 받아들였을 뿐이다.

어쩌면 나중에 땅을 치고 후회하게 될지도 모른다. 에라 모르겠다.

일을 이렇게 만든 장본인은 분명 포블레테였다. 배신자. 하지만 그는 자기가 해야 할 일을 했을 뿐이다. 내가 클럽으로 돌아오자 그는 즉시 할아버지에게 전화해서 그 사실을 알렸고, 또 할아버지는 곧바로 아빠에게 전화했을 것이다. 아빠는 한동안 망설이다 택시를 잡아타고 클럽으로 달려왔을 게 분명하다.

애당초 나로선 벗어날 길이 없었던 셈이다.

그런 점에선 아빠도 마찬가지였다.

내가 여기까지 오게 된 것도, 아빠가 나와 함께 있게 된 것도 다 그런 이유 때문이다.

누군가가, 아빠와 함께 있어줄 누군가가 필요하다.

이발소에서 아빠의 모습을 본 순간부터 직감적으로 그런 생각이 들었다.

아빠는 처음부터 내게 숙이고 들어왔다. 날 앉혀놓고 끈질기게 설득하거나 애원하지도 않았다. 이발소에 들어오자마자 자리에 앉아 나이 많은 이발사가 내 머리를 빡빡 깎는 모습을 아무 말 없이 지켜보기만 했다. 이발사의 가위와 기계가 내 머리 위를 바쁘게 오가는 동안 내 머릿속도 그만큼 바쁘게 움직였다. 당장 여기서 달아나야 하는데 어떻게 하지, 아빠한테 또 무슨 변명을 늘어놓아야 할까, 무슨 말을 해야 하지, 그리고 무슨 말을 피해야 할까, 어떻게든 아빠를 피하고 싶은데 어쩐다, 아빠가 말을 걸지 못하게 하려면 어떻게 해야 할까, 등등.

그때 난 거울에 비친 내 모습을 보았다. 전보다 다섯 살은 더 어려 보였다. 마치 신병처럼 파릇파릇해 보였다.

"아주 잘 깎았어요, 파친토 씨." 아빠가 이발사에게 돈을 건네며 말했다.

아빠는 빡빡 깎은 내 머리를 쓰다듬었다.

"따가워." 아빠가 말했다.

무슨 말을 해야 할지 아무 생각도 떠오르지 않았다.

나는 잠시 머뭇거리다 말했다.

"머리를 덮고 있던 걸 없애니까 한결 가벼워진 느낌이에요."

"욘석아, 널 보니까 부러워 죽겠어."

아빠는 내 등을 손바닥으로 철썩 때렸다. 너무 세지도 약하지도 않게. 그러고는 이렇게 말했다.

"일단 여길 나가자. 어딜 봐도 늙은이들뿐이야. 우린 아직 젊잖니, 안 그래?"

우린 클럽을 나와 택시를 잡아탔다. 택시는 밤중에 구호를 외치는 시위대를 피해 좁은 골목길로 이리저리 달린 끝에 포레스탈 공원에 도착했다. 건너편으로 국립 미술관이 보였다.

"여기서 세워주세요. 좀 걷고 싶어서요."

택시에서 내린 우린 커다란 버즘나무 아래로 걸어갔다. 나무들은 어둠이 짙게 내려앉은 잔디밭에서, 덤불들과 축축한 팸플릿들 사이에서 뒤엉킨 채 뜨거운 키스를 나누고 있는 청춘 남녀들을 가려주고 있었다.

"아빠." 나는 입을 열었다. "전 이만 갈게요. 할 일이 있어서요."

"서두르지 마. 우선 바깥 공기나 좀 쐬자."

"아빠, 농담 아니에요. 전 이만 가볼게요."

"마티아스, 잠시라도 같이 있자꾸나. 널 혼내거나 기분을 상하게 하는 일은 없을 테니까 걱정 말고. 이미 일은 벌어졌어. 무슨 말인지 알겠니? 더이상 그 일에 매달리고 싶지는 않구나. 난 단지 네가 보고 싶었을 뿐이야. 네가 그리웠어. 네가 어딜 돌아다니는지 정말 걱정했단다."

나는 곁눈질로 아빠를 살폈다. 하지만 너무 어두워서 아빠의 표정이 어떤지 알 수 없었다. 하지만 아빠가 하는 말로 봐서는 어떤 표정이 스쳐지나갔을 것 같았다.

"마티아스, 넌 날 믿지 않지. 그렇지 않니? 내가 네 생각을 얼마나 많이 하는데. 넌 그걸 몰라."

"어젯밤 일은 제 불찰이에요."

"아냐, 그건 네 잘못이 아냐. 너도 알겠지만 말이다. 이제 와서 누구의 잘잘못을 따지자는 게 아냐. 어제 그 일이 있고 나서 참 많은 생각을 했어. 그러니까 내가 하고 싶은 말은…… 내 생각은 말이다…… 마티아스, 말할 땐 날 똑바로 보거라. 속마음을 털어놓는 게 이렇게 힘들 줄 몰랐어. 나를 더 힘들게 하지 않았으면 좋겠구나……"

나는 아빠를 바라봤다. 그러나 금세 시선을 돌리고 말았다.

그리고 몸을 잔뜩 움츠렸다.

갑자기 몸이 떨리기 시작했다.

"네, 알겠어요."

"너무 자책하진 마라. 물론 내가 좋은 아빠가 아니라는 건 잘 알고 있어…… 아마 난 네게 아무런 의미도 없는 존재일 거야…… 네가 날 경멸한다는 것도, 나를 못 견뎌한다는 것도 알고 있어. 근데 그런 문제라면 충분히 해결될 수 있을 거라고 봐. 내가 견디기 어려운 것은, 그러니까 참기 어려운 건 말이다, 내 역할까지 네가 도맡아 하려고 한다는 거야. 그 점이 힘들구나. 자존심도 상하고 말이다. 무슨 뜻인지 알겠니? 너랑 모든 걸 솔직하게 털어놓고 얘기해보고 싶었단다……"

나는 무슨 말을 해야 할지 몰랐다. 아무 생각도 들지 않았다. 당장이라도 자리를 뜨고 싶은 마음뿐이었다. 말하는 내내 울먹거리느라 끊어지던 아빠의 목소리도, 눈물이 흥건히 고인 아빠의 눈도 더이상 견딜 수가 없었기 때문이다.

아빠가 돌연 어린아이로 변한 것 같았다.

그래서 난 아빠를 꼭 껴안았다.

어떠한 죄책감이나 두려움도 없이, 좋은 마음으로 껴안았다.

"별일도 아닌 것 가지고 괜히……"

"글쎄요." 나는 눈물을 닦고 마음을 추스르며 말했다. "아빠도 잘 알겠지만, 난 이런 분위기를 좋아하지 않아요."

"알고말고. 그건 나도 마찬가지야, 녀석아."

아빠와 나는 아무 말 없이 서너 블록을 걸었다. 너무도 자연스러운 침묵이었다. 억지로 할말을 참거나, 뭔가를 숨기고 덮고 삼키려는 어수선한 침묵은 결코 아니었다. 아빠가 다시 말문을 열었을 때, 아빠는 조금 전과는 전혀 다른 사람이었다. 뭐랄까, 평소의 아빠 모습 그대로였다. 아니, 예전과 가장 가까운 모습이라고 하는 게 옳겠다. 누구든 완전히 똑같이 돌아갈 수는 없는 법이니까. 그건 나도 마찬가지다.

"이제 우울한 얘기는 그만하자꾸나." 이탈리아 광장에 다다랐을 무렵 아빠가 말했다. "나도 오늘밤엔 집에 안 들어가도 돼. 네 엄마가 나더러 나가 있어달라고 하더구나. 일종의 합의를 본 셈이지. 좋은 호텔 있으면 거기서 즐겁게 보내자."

"왜요? 무슨 일 있었어요?"

"문제가 좀 있어, 걱정하지 마라. 어떤 문제든 출구가 있기 마련이니까."

"어제 일 때문에 그런 거예요?"

"응, 그렇지 뭐. 너하곤 아무 상관도 없으니까 걱정하지 마. 사실 어제 소리지르고 난리가 났었단다. 네 엄마는 무지 예민해져 있었지. 내가 잠시 딴 곳에 가 있는 것 외엔 달리 뾰족한 방법이 없더구나. 바로 그때 할아버지한테 전화가 온 거야. 레냐카에나 갈까 하는 생각도 했었는데, 투표 때문에 그럴 수도 없고. 어쨌든 투표는 여기서 해야 하니까."

"전 시티 호텔에 묵고 있어요." 내가 말했다.

"거긴 바가 있지. 참 오래된 곳이야. 분위기가 고풍스럽지."

"참, 나올 때 아빠 수표책을 들고 왔어요. 그걸로 현금도 바꿨고요."

"괜찮아. 나라도 그렇게 했을 테니까. 지금부터는 내가 돈을 낼게. 아직도 마음의 빚이 있으니까 말이야. 자, 가자."

아빠는 또 택시를 잡았다. 우리는 그 택시를 타고 토레스 데 타하마르로 왔다. 도착하자마자 카바레 1100에 들어갔다. 그렇게 해서 우린 본격적으로 술을 마시기 시작했다. 또 토플리스 차림으로 춤을 추던 아가씨들, 아빠와 나를 형제로 착각한 스튜어디스 차림의 여자들과 떠들썩하게 웃고 놀았다.

"너 한 줄 줄까?"

"무슨 말이에요?"

"가루 마시고 싶냐 이거야." 아빠가 큰 소리로 말했다.

나는 정색을 하고 아빠를 쳐다보았다. 농담인지 아닌지 분간을 할 수 없었기 때문이다.

"자식이 내숭 떨기는. 사실 내 수표책이 없어진 건 여태 모르고 있었지만 네가 가루를 들고 간 건 금방 눈치챘지. 자, 마티아스. 오늘 이걸 다 끝장내자. 물론 아빠로서 네가 이런 짓을 하는 걸 용납해서는 안 되겠지. 하지만 우린 한꺼번에 너무 많은 일을 겪었으니 이번만큼은 이해해줄 수 있어. 오늘밤은 함께 즐기자꾸나. 내일은 모든 게 새로워질 테니까. 내일부터 우린 다시 정상적으로 사는 거야. 좀 도덕적으로 말이다. 오늘밤은 예외야. 오늘밤만큼은 그러고 싶지 않구나."

우리는 일단 사우나를 하고, 들락거리는 사람들이 다 보는 앞에서 느긋하게 코카인을 마셨다.

"난 이게 참 좋아요." 내가 말했다.

"가루 마시는 것 말이냐?"

"아뇨, 아빠하고 함께 있는 거요. 아빠를 잃어버린다는 건 정말 두려운 일이에요."

건물의 문이 잠겼다. 자정이 가까워오고 있었고 곧 비상경계 태세가 발령되려는 찰나였다.

"올라가자."

"어디로요?"

"1104로 가면 돼. 산티아고 최고의 마사지 숍이지."

"최고의 윤락업소이기도 하죠."

"이러니 내가 너를 무시할 수 있겠어."

"그만 좀 해요."

우리만 그곳으로 올라가는 것은 아니었다. 업소를 지키고 있던 남자는 우리가 가까이 다가가자 아빠를 알아보고는 귀빈 대우를 해주었다. 우린 복도를 따라 남자가 안내해준 룸으로 들어갔다. 커다란 침대와 큰 창이 있고, 벽에 모래언덕에 나체로 드러누운 여자의 흑백사진이 걸려 있는 룸이었다.

"사우나는 아무때나 가셔도 됩니다."

"오늘 레베카 나왔나?"

"물론입죠."

"그럼 레베카하고 다른 아가씨 하나만 더 들여보내."

이런 데는 처음이라 좀 낯설긴 했지만, 코카인과 보드카도 있고, 또 든든한 공범자가 있어서 별걱정은 없었다. 남자가 문을 닫고 나가자, 아빠는 벽에 붙어 있던 거울을 떼어내 침대 위에 올려놓았다. 이어 넥타이를 풀고 양복을 벗어던지고는 하얀 가루를 거울 위에 흩뿌리기 시작했다. 그러고는 가루를 몇 줄로 나눈 뒤, 범죄자 같은 모습으로 그것을 들이마시기 시작했다.

"자, 이제 네 차례야."

아빠는 내게 금속으로 된 작은 빨대를 건네주었다. 아빠가 옷을 벗는 동안 나는 몇 줄을 들이마셨다. 또다시 내 차례가 왔다. 어떻게 하는 게 좋을지 판단이 서지 않았다. 일단 아빠에게 말을 걸어 관심을 딴 데로 돌리는 게 좋을 것 같았다. 나는 무작정 시내를 헤매던 일부터 빨간색 사냥 모자를 산 일, 조시 렘슨의 삶과 양말을 신고 있지 않다는 얘기까지 시시콜콜 늘어놓았다. 솔직히 더이상 숨길 게 없다는 생각이어서 뭘 얘기하든 전혀 거리낄 것이 없었다.

"헛소리 그만하고 가자."

우리는 다른 방으로 들어갔다. 나무 벽으로 둘러싸인 방에는 창문이 없었다. 건조한 열기가 매우 뜨거웠다. 안에는 대여섯 명의 남자가 이미 자리를 차지하고 있었다. 사십대로 보이는 그들은 돈깨나 있는 사람들 같았다. 얼마 안 있어 땀이 나기 시작했다. 곧 온몸에 땀이 비 오듯 흘렀다. 술을 퍼마시고 코카인까지 들이마신 게 티가 났다. 잠시 후 투명한 목욕 가운을 걸친 여자가 안으로 들어왔다. 무엇보다 그녀의 헤어스타일이 아주 독특했다. 천장에 닿을 정도로 높이 올린 머리는 육십 년대에나 유행하던 스타일인데.

"레베카, 기다리고 있었어."

그녀는 우리에게 목욕 가운을 하나씩 나눠주었다. 그러고는 조금 전 옷을 벗어놓은 방으로 우리를 안내했다. 방에서는 또다른 여자가 침대에서 코카인을 마시고 있었다. 레베카보다 더 어렸지만 터프하면서도 느긋해 보이는 여자였다. 그녀는 실오라기 하나 걸치지 않고 있었지만 마치 옷을 다 입은 것처럼 느껴졌다. 그건 중요한 문제가 아니었지만.

"안녕? 전 솔랑헤라고 해요." 그녀가 내게 말했다.

레베카는 전등을 끈 뒤 커피빛이 흘러나오는 다른 전등을 켰다. 그러자 어두컴컴해진 방안에 은은한 빛이 퍼지기 시작했다. 그녀는 곧바로 가운을 벗고는 아빠의 가운을 벗겼다. 그리고 검은색 타월로 아빠의 땀을 닦아준 다음, 아빠의 젖꼭지를 핥기 시작했다.

"마티아스, 너무 긴장하지 마. 이럴 때 어떻게 하는 건지 잘 알면서 왜 그래?"

그때 솔랑헤가 천천히 다가와서 침대 끄트머리에 앉았다. 그러고는 내 가운을 조심스럽게 벗겼다. 타월로 내 몸을 닦기 전에, 그녀는 피부에 송골송골 맺힌 땀방울을 가지고 손가락으로 뭔가를 그리기 시작했다. 그녀는 다리를 벌리더니만 내 몸을 위쪽으로 쭉 밀어올렸다. 조금 전에 아빠와 코카인을 마시던 그 자리로 말이다. 나는 내 바로 옆에 누워 있던 아빠를 힐끗 쳐다봤다. 레베카는 아빠의 몸 위에 올라탄 채 목을 마사지하고 있었다.

"아빠, 아무래도 우린 제정신이 아닌가봐요." 나는 아빠에게 말을 건넸다.

"몸이 뜨겁게 달아올랐을 뿐이야."

나는 손으로 유리창에 서린 김을 닦아낸다.

사우나에서 나오는 건조한 열기가 방안을 가득 메우고 있다.

아빠는 침대에 누운 채 토끼잠을 잔다.

나는 아빠 잔에 조니워커 블랙라벨을 따라 나이트 테이블 위에 올려놓는다.

침대 위에 있던 거울은 다시 원래 있던 곳에 걸어놓는다.

방안에는 여전히 커피빛 전등이 켜져 있다.

새벽 다섯시가 조금 넘은 시간이다.

오늘밤에 일어난 일을 도저히 믿을 수가 없다.

너무 흥분한 나머지 여자들을 바꾸기도 했고, 심지어 우리 둘이서 솔랑헤와 그 짓을 하기도 했다. 그사이 레베카는 혼자 코카인을 들이마시면서 안달난 눈빛으로 솔랑헤를 바라보고 있었다.

"계속 이럴 수 있을지 모르겠어요." 나는 아빠에게 말한다. "통행금지가 끝나면 전 당장 나가려고요. 괜찮죠? 이런 짓은 더 하고 싶지 않아."

"지칠 정도로 해놓고선. 마티아스, 가까이 와봐"

아빠에게로 간다.

"이러는 게 정말 잘못된 거 같니? 내가 나이들어 여자나 밝히는 놈으로 보이니?"

"아뇨, 그렇진 않아요."

"거짓말하지 말고 솔직하게 말해봐. 네가 정말 어떻게 생각하는지 말이다."

"좀 이상하긴 해도 재미있었어요. 이런 일이 매일 있는 건 아니잖아요? 좋았어요. 마음도 편했고요. 잘 생각한 것 같아요."

"그런데 엄마가 헤어지자고 할 것 같구나." 아빠가 갑자기 충격적인 사실을 털어놓는다.

"정말이에요?"

"거의 확실해."

"이런 문제 때문이라면," 내가 말한다. "사실 엄마 생각이 그렇게 틀린 건 아니죠……"

"그건 아니야. 네 엄마는 내가 이러고 다니는 걸 전혀 몰라. 설령 다 안다 해도 마찬가지야. 바로 이게 문제야, 제기랄. 예나 지금이나 네 엄마한테 나는 있으나마나 한 존재였어."

"글쎄요, 제가 감히 끼어들 문제는 아니지만 아빠의 행동에도 문제가 있어요…… 사실 일다 에스쿠데로하고 있었던 일만 해도 그래요. 누구라도 그런 문제를 달갑게 여길 사람은 없잖아요……"

"이봐, 마티아스. 구차하게 변명하고 싶지는 않지만 내가 이 모양 이 꼴이 된 것도 따지고 보면……"

"따지고 보면 엄마하고 뭔가 안 맞아서겠죠……"

"그런데 말이다, 이런 젠장…… 어쩔 수 없었어…… 이런 내 모습도 사실 위선적으로 보일 거야. 이런 데나 전전한다는 건 특히나. 그래도 난 네 엄마를 사랑해, 사랑한다고."

"엄마한테 직접 말하세요."

"어제 말했지. 그리고 오늘도."

"그런데요?"

"지금 네 엄만 산드로에게 푹 빠져 있단다. 얼마 되진 않았어. 그래서 산드로는 로레토 곁을 떠난 거고. 난 정말이지 까맣게 몰랐단다. 어젯밤에야 모든 걸 알게 됐지. 사실 네 엄마하고는 전부터 계속 안 좋긴 했는데, 얼마 전부터 좀 이상한 점이, 의심스럽기까지 한 점들이 하나 둘 눈에 띄기 시작하더구나. 아무리 그래도 설마 그런 일이 일어나리라곤 상상도 못했지. 더군다나 산드로는 조금도 의심하지 않았거든. 내 친구이자 동업자였으니까."

"그게 정말이에요?" 난 아빠의 말을 도저히 믿을 수가 없었다.

"그래, 이런 망할 놈의 세상. 가슴이 찢어지는 것 같구나."

아빠는 소리 죽여 흐느끼기 시작한다. 그러고는 어린아이처럼 내 옆에 달라붙어 몸을 웅크린다. 나는 아빠의 손을 꼭 쥔다. 그리고 다른 손으로 아빠의 머리칼을 부드럽게 쓰다듬는다. 조금 전까지 짙은 어둠이 깔려 있던 창문으로 빛이 스며들기 시작한다. 아빠가 흐느끼는 소리가 적막을 깨뜨릴 뿐 주위는 고요하다.

"아빠, 어서 집으로 가요." 나는 아빠에게 말한다. "집에 가고 싶어요."

1980년 9월 14일, 일요일

어젯밤에 한차례 또 비가 왔지만 나는 놀라지 않았다. 사실 그리 놀랄 일도 아니다. 정말 신기한 건, 비가 왔는데도 땅에 물이 고이지 않았다는 사실이다.

햇살은 환하고 따뜻했다. 저멀리 눈 덮인 산맥이 우뚝 솟아 있다. 그 어느 때보다 멋지다.

길이 여전히 젖어 있어서 올라가기가 훨씬 더 편하다. 그래서 계속 올라가기로 한다. 페달을 힘껏 밟으며 최대한 높이 올라간다. 저 끝까지 가기 위해서. 그러나 어떤 길이든 끝이 있기 마련이고, 아무도 계속 올라가기만 할 수는 없다.

어쨌든 꽤 높은 곳까지 올라온 셈이다.

이제 충분하다.

지금 꼭대기에는 아무도 없다. 나뿐이다. 나는 평평한 곳에서 자전거를 타고 주변을 계속 돈다. 동그랗게 8자를 그리며 돌기도 한다. 하지만 닳아버린 판판한 돌바닥에 길게 드리워진 성모마리아상의 그림자는 피해 간다. 그거야 그리 어려운 일이 아니다. 베노토 자전거를 다루는 것은 쉬우니까. 그동안 충분히 연습을 해두었다.

일주일 전, 그러니까 지난 일요일에 조카 펠리페의 영세식이 있었다. 그날도 오늘처럼 비가 왔다 날이 개었다 오락가락했다. 그런 걸 보면 일요일은 다 똑같다. 사실은 그렇지 않겠지만. 불과 한 주 사이에 너무 많은 시간이 흘러가버린 듯하다.

너무 오래전 일인 것만 같다. 모든 것이 요원하고 아득하게만 느껴진다.

되돌릴 수 없는 시간. 마치 아무 일도 없었던 것 같다.

따지고 보면 시간만큼 묘한 것도 없다. 시험을 치르는 것처럼 스스로를 컨트롤하며 일정하게 움직이니까 말이다. 하지만 살다보면 누구나 한 번은 함정에 빠지게 된다. 뒤를 돌아보거나 저 아래에 펼쳐진 도시를 내려다보면, 혹은 지난 일요일이나 그 이전, 가령 리우의 해변에 누워 있을 때나 아니면 그 훨씬 전, 그러니까 아직 여행을 떠나기도 전에 일어난 일부터 곰곰이 되씹어보면 모든 일이 이미 엉클어져 있었다는 사실을 금방 알 수 있다.

어젯밤 내내 비가 내렸지만 충분하지는 않았다.

어젯밤에 비가 왔지만 나는 놀라지 않았다. 전혀 놀라지 않았다.

정말 신기한 것은, 비가 왔는데도 땅에 물이 고이지 않았다는 사실이다.

내가 놀란 건 바로 그 점이다.

어서 적응해야 한다.

물론 나는 집으로 돌아왔다. 그것이야말로 내가 당연히 해야 할 일이었고, 원하던 바였으니까. 그렇다고 모든 게 다 확실하게 해결된 건 아니고 앞으로도 문제가 생길 것이다. 그러나 집에 들어온 게 잘한 일이라는 점을 떠나, 경제적 법적인 요소를 떠나, 그리고 왠지 남의 일 같고 쓸데없어 보여도 실제로는 나와 깊은 관련이 있는 모든 문제를 떠나, 모두에게 내가 필요했다는 생각이 들었다—아빠는 나를 필요로 한다—누군가가 나를 필요로 한다는 것은 언제나 기분좋은 일이다. 그것만으로도 뭐든 잊히고, 심지어 용서되기 시작한다. 아빠뿐만 아니라 나 자신도 용서하게 된다.

그럼 지금 내게 남은 건 뭘까?

아마 가장 기본적인 것, 뼈대와 틀, 그리고 브레이크일 것이다.

반면에 변한 것, 다시 말해 그사이 없어진 건 톱니바퀴와 사슬, 그리고 방향 장치일 것이다. 나는 그것들을 새로운 부품들로 교체했다. 훨씬 더 튼튼하고 더 믿을 만하지만, 예전과 같지는 않다.

난 더이상 예전의 마티아스가 아니다.

누구든 전보다 더 강해지면, 사람들이 가기 꺼려하는 험한 길로 뛰어들기 마련이다. 어려움이나 충격을 겪지 않고는 벗어날 수 없는 길이다. 물론 지지대는 남아 있다. 하지만 부속품은 모두 바뀌기 때문에 전과 같지는 않다. 결과적으로 사람들은 늘 세부적인 것에 주목한다.

사람들의 입방아에 오르내리는 것은 세부적인 것들이다.

원래는 아빠와 함께 택시를 타고 집으로 오던 길에 506호실에 잠깐 들르려고 했다. 하지만 무슨 이유 때문인지 나는 아빠를 따라 곧장 집으로 왔다. 예상대로 엄마는 집에 없었다. 그리고 로레토 아줌마가 돌아가셨다는 충격적인 소식이 우리를 기다리고 있었다. 수면제와 진정제를 과다복용한 것이 원인이었다. 더군다나 아줌마는 죽기 전 가스난로의 밸브까지 열었다. 다행히 켜두지는 않았지만.

얼마 전부터 엄마와 산드로 아저씨에 대한 소문이 삽시간에 퍼져나갔다. 곧 그 소문은 로레토 아주머니의 귀에까지 들어갔다. 이미 심각한 우울증에 시달리고 있던 로레토 아줌마는 그 충격을 이겨낼 여력이 없었다. 아줌마는 산드로 아저씨에게 전화를 걸었지만 아저씨는 사실을 확인시켜주었을 뿐이었다. 아줌마는 곧바로 엄마에게 전화했고, 엄마는 평소처럼 전화를 끊어버렸다. 몇 시간 후, 아줌마의 소식을 듣자 엄마는 부에노스아이레스로 달아나버렸다. 이제 와서 따져봐야 무슨 소용이 있으랴. 장례식에 참석한 아빠는 산드로 아저씨에게 단 한마디도 하지 않았다. 두 사람은 서로에게 눈길도 주지 않았다. 짧은 장례식은 쓸쓸하게 끝이 났다.

장례식이 열린 목요일 초저녁 무렵, 투표 결과가 나왔다.

예상했던 대로 67.6퍼센트의 득표율을 기록한 찬성측이 승리를 거두었다. 우리집 식구들은 투표를 할 의욕도, 힘도 없었다. 투표 결과가 발표된 직후, 승리를 축하하기 위해 알라메다 거리에 있는 디에고 포르탈 건물 앞으로 수많은 사람들이 모여들었다. 그 바람에 우린 장례식장에 가는 데 애를 먹었다. 아이들과 노인들까지 포함한 인파는 승리를 축하하기 위해, 그리고 저들이 약속한 안정되고 행복한 미래를 기원하며 축배를 들기 위해 모여들었다.

정말 그들의 말처럼 되기를 빈다. 진심으로 하는 말이다.

상황이 진정 국면으로 접어든 이상, 이제 우리 나라도 평온을 되찾았으면 좋겠다. 칠레의 위대하신 알레한드로 파스는 다행히도 얼마 전에 석방되었다. 잡혀가서 몇 대 두들겨 맞기는 했지만 고문을 당하지는 않았다고 했다. 그는 최악의 상황이 우리를 기다리고 있다고 말한다. 그 최악의 상황은 평온함이다. 우리가 현체제에 길들여지는 것이다. 나는 그의 말이 맞을 수도 있을 거라고 했다. 그러나 찬성표를 던진 사람들, 그러니까 현상 유지를 원하는 사람들의 마음을 이제 이해할 수도 있을 것 같다고도 말했다. 그들이 정말 두려워하는 건 바로 변화, 즉 모든 것이 한꺼번에 무너지고 가라앉고 뒤집어지는 것, 그래서 마침내 세상이 바뀌는 것일 테니까.

칠레의 유명한 알레한드로 파스는 결국 떠난다. 수감 생활은 그에게 꽤나 긍정적으로 작용했던 것 같다. 그에게는 이미 미국 비자가 있었다. 앞으로 그가 몹시 그리울 것이다. 어차피 떠날 사람이라면 하루라도 빨리 가는 게 상책이다. 내가 모든 것을, 그의 빈자리가 공허한 내 마음에 달라붙는 것을 알아차릴 수 없도록. 나는 죽지도, 약해지지도 않았다.

파스는 떠나기 전에 모아놓았던 한 꾸러미의 잡지와 구속되기 전에 가까스로 구한 조시 렘슨의 '코요테가 로드러너를 잡아먹었다'도 내게 주었다.

아직까지 그 음반은 한 번도 듣지 않았다.

사실 적당한 기회가 없었다. 하지만 꺼내 들어볼 생각이다.

그가 그리울 때.

그러나 앞으로도 몇 가지는 계속 그리울 것이다. 어떤 일이 있어도 그것들을 잊고 싶지는 않다. 우선 나초를 잊고 싶지 않다. 설령 내가 잊으려 한다고 해도 그럴 수 없으리라는 것을 깨달았다. 안토니아도 마찬가지다. 사실 얼마 전에 자전거를 타고 언덕을 올라간 적이 있다. 일요일 아침에는 늘 그렇듯 한적한 거리를 달리며 페달을 힘껏 밟았다. 그런데 내가 도착한 곳은 뜻밖에도 안토니아의 집이었다. 무언가가 나를 그 앞에서 멈추게 했지만 끝내 초인종을 누르지는 못했다.

"넌 세상을 너무 비관적으로 보는 것 같아." 언젠가 그녀가 내게 했던 말이 떠오른다. 그녀의 말에 나는 그렇다고, 사실이지만 그게 좋을 수도 있다고 대답했다.

"왜 그렇게 생각하는 거지?" 그녀가 물었다.

"난 언제나 최악의 상황을 예상하거든. 내 예측이 빗나가면 조금 놀라지. 하지만 좋아. 반대로 모든 게 내가 예상한 대로 이루어지는 경우라도 실망하거나 움츠러들진 않아. 이미 어느 정도 마음의 준비가 되어 있어서 당연하게 받아들일 수 있으니까. 원래 그런 것처럼 말이야. 세상일이 늘 순리대로 이루어지지는 않아."

"그럼 날 만나면 놀랍니?"

"매번 그래."

솔직히 말하면 더이상 놀라울 것도 없었다. 지금도 그녀가 그리울 때면, 언젠가 다시 만날 수 있을 거라는 생각이 든다. 하여간 앞으로도 계속 그녀를 지켜볼 생각이다. 그사이 안토니아도 많이 변했다.

사람들은 모두 변하는 법이니까.

신기한 건, 언제나 우리를 놀라게 하는 것이 있다는 점이다. 우선 아빠 얘기부터 해보자. 아빠도 물론 많이 변했는데, 굳이 말하자면 예전에 비해 훨씬 더 좋아졌다. 우리집도 예전과는 다르다. 프란시스카 누나와 여동생은 잠시 동안 필라르 누나의 신세를 지기로 했다. 그래서 지금 집엔 아빠와 나 단둘만 살지만 질겁할 일은 아니다. 오히려 그와 정반대다. 앞으로 우리에게 또 어떤 일이 닥칠지 알 수는 없지만 잘 헤쳐나가리라 믿는다. 우리의 앞날을 지켜볼 것이다. 아빠는 나더러 공립학교로 전학하는 게 어떻겠냐고 물었다. 그러나 나는 적어도 올해만큼은 그러지 않는 게 좋겠다고 생각했다. 일단 학기가 시작되었으니까 어떻게든 끝을 보고 싶어서다. 어떤 일이든 어중간하게 하는 것은 끝마치지 못하는 거나 다름없다. 어쨌든 간에 외톨이가 되기는 싫다. 주변 사람들로부터 벗어나고 싶은 마음이 들면, 그때 가서 그렇게 하면 될 일이다. 도망가는 것은 버티는 것보다 훨씬 더 어려운 일이다. 그리고 아직 도망갈 준비도 되어 있지 않다. 그럴 만한 힘도 없다. 계속 이 자리에서 버티고 싶다.

그사이 해가 많이 기울었는지 성모마리아상의 그림자가 내 위로 길게 드리워진다.

이젠 떠나야 할 시간이다.

나는 산을 내려가기 시작한다. 경사가 심해서 페달을 밟을 때마다 속도가 붙는다. 살을 에는 듯한 맑은 바람이 지나간다. 하지만 나는 계속 내려간다. 기분이 좋다. 내려갈수록, 집에 가까이 갈수록 절로 힘이 솟는다. 차가운 바람 덕분에 답답하던 가슴이 후련하게 뚫리는 것 같다. 아무래도 나는 한시라도 빨리 집에 가고 싶어하는 것 같다. 답답한 심정이나 의심은 모두 떨쳐버리고, 저 아래서 나를 기다리고 있는 세상에 뛰어들고 싶다.

무사히, 잘 견뎌냈어. 내 힘으로 이겨낸 거야.

적어도 지금까지는.

죽어 있는 자들의 도시,
혹은 1980년 9월 일주일간의 기록

알베르토 푸겟: '마콘도'를 넘어 '맥콘도'로

칠레 출신의 작가 알베르토 푸겟의 문학 세계는 여러모로 흥미로운 점이 많다. 우선 '붐소설' 혹은 '마술적 사실주의'라고 불리는 기존의 라틴아메리카 문학과 전혀 다른 차원에서 전개된다는 점이 가장 눈에 띈다. 가브리엘 가르시아 마르케스나 후안 룰포, 호세 도노소, 알레호 카르펜티에르의 작품처럼 마술적인 것과 일상적인 것, 상상과 현실이 혼재하는 가상적인 공간의 '경이로운 현실' 대신, 푸겟은 일상적인 경험을 미세하게 들여다봄으로써 오늘날 우리—라틴아메리카뿐만 아니라 세계의 모든 사람들—의 삶을 규정하는 보이지 않는 힘의 실체를 드러내려고 한다. 다시 말해 푸겟은 가상의 세계를 모색하는 것이 아니라, '지금 이곳의 삶'에 문학적 뿌리를 내리고자 한다. 왜 우리의 삶은 점점 더 절망과 타락의 늪으로 빠져드는가? 수많은 사람들에게 둘러싸여 있는데 왜 우린 늘 외롭고 공허한 것일까? 우리의 열정은 왜 언제나 무기력과 좌절로 변질되고 마는 것일까? "삼류 영화보다 못한" 현실 속에서 우리가 기댈 곳은 정녕 없는 것일까? 세상은 눈코 뜰 새 없이 바쁘게 돌아가는데 왜 우린 늘 권태롭고 불안한 걸까?…… 작품이 전개되는 동안 푸겟은 독자들에게 쉴새없이 이러한 질문을 던진다.

이처럼 푸겟은 기존의 패러다임을 과감하게 청산하고, 새로운 문학적 지반을 형성한 작가들 중 하나다. 칠레 문단만 하더라도, 1990년대에 들어서면서 호세 도노소, 호르헤 에즈워드, 안토니오 스카르메타 등 기존의 유명 작가들과는 전혀 다른 문학적 감수성을 지닌 문인들이 속속 등장하면서 '새로운 칠레 소설'의 지평을 열기 시작했다. 푸겟을 위시해서 세르히오 고메스, 카롤리나 리바스, 안드레아 마투라나, 아르투로 폰타이네 등이 이 경향을 대표하는 작가로 간주된다. 이들은 '마콘도(Macondo)'*로 상징되는 붐세대의 문학 세계가 삶의 구체성을 잃어버린 채, 하나의 문학적 캐논으로 화석화되어가는 현실을 직접 눈으로 확인한 셈이다. 이는 한때 라틴아메리카 문학을 이끌던 생산적 힘이 오히려 발전을 저해하는 굴레로 변질되었음을 의미한다. 이와 더불어 1980년대부터 라틴아메리카에 불어닥치기 시작한 신자유주의의 흐름도 젊은 작가들이 새로운 문학 세계를 형성하게 된 주요한 계기가 되었다. 거대 자본의 '자유로운' 침투로 인해 사회에 잔존하던 공동체적 질서가 완전히 붕괴됨과 동시에, 사회가 도시화되면서 강제적으로 통합되고 소비문화, 대중문화가 급속히 확산되었다. 이에 따라 허구와

* '마콘도'는 가브리엘 가르시아 마르케스의 『백년 동안의 고독』에 나오는 가상의 세계로 '붐세대' 문학뿐만 아니라, 라틴아메리카를 상징하는 전형적인 공간이 되었다.

현실의 착종, 그리고 차이의 배제로 인해 경험이 동질화되는 한편, 공동체와는 단절된 채 개인적 세계에만 몰입하는 '사적 인간'이 양산되었다. 이처럼 질적으로 변화된 세계를 경험하면서 자란 세대들에게 "붐세대의 언어와 마콘도로 대표되는 공간, 그리고 마술적 사실주의는 그들이 극복해야 할 낡은 문학적 유물이었던 셈"*이다. 결국 젊은 작가들이 "대중문화, 도시 공간과 도시 일상문화의 적극적인 수용 등을 통한 새로운 감수성을 지닌 젊은 등장인물들의 사적 세계에 많은 관심"**을 기울이게 된 것은 필연적인 결과였다.

'마콘도'를 넘어 새로운 것, 새로운 문학, 문학을 바라보는 새로운 시각을 추구하는 '맥콘도(McOndo)' 그룹이 형성된 것도 바로 이 지점이다. 1996년 알베르토 푸겟과 세르히오 고메스는 스페인어권 젊은 작가들의 단편을 모은 『맥콘도』를 출간한다. 새로운 감수성과 새로운 문학의 도래를 알리는 선언문인 이 단편집의 서문 '맥콘도 선언'에서 두 작가는 자신들의 문제의식을 명확히 밝힌다.

> 라틴아메리카 정체성(우리는 누구인가?)이라는 거창한 주제는 '개인적인 정체성'(나는 누구인가?)이라는 주제에 길을 비켜준 것 같았다. 이 책 『맥콘도』에 실린 단편은 개인적이고 '사적인 현실'을 다루고 있다. 이는 세계적인 민영화 열풍이 남긴 유산이다. 과감하게 말해서, 바로 이 점이 젊은 이스파노아메리카 작가들의 표지이

* 이성훈, 「맥콘도 세대의 새로운 문학적 감수성—알베르토 푸겟의 『맥콘도』와 『말라 온다』를 중심으로」, 라틴아메리카 문학 21, http://www.latin21.com 참조.

** 이성훈, 같은 글.

자, 이 선집의 입구다. 이 책에 실린 작품을 다시 읽어보면 작가는 공적인 문제에는 그다지 관심이 없으며, 오래전에 '사적인 영역'으로 물러난 것처럼 보인다. 사회적인 프레스코화도 아니며, 집단적인 서사시도 아니다. 예전 라틴아메리카의 젊은 작가들은 붓을 들 것인가 아니면 카빈총을 들 것인가로 고민했으나 오늘날 젊은 작가들은 집필을 할 때 윈도95를 사용할 것인가 아니면 매킨토시를 사용할 것인가로 고민한다.*

두 작가는 실제로 상당히 도시화가 진척되었음에도 불구하고 라틴아메리카를 여전히 농촌이 지배하는 공간으로 묘사하는 마술적 사실주의가 "비정상적이고, 안일하고, 비도덕적"일 뿐만 아니라, 궁극적으로는 "환원론적인 본질주의"에 빠져 있다고 비판한다. 그렇다고 그들이 과거의 문학적 성취를 모두 부정하는 것은 아니다. 대신 새로운 관점과 기법을 통해 우리의 삶에 보다 근접한 문학 공간, 즉 "대기는 오염되고 고속도로, 지하철, 케이블TV 망이 깔려 있으며 도시화된 곳"일 뿐만 아니라, "맥도날드도 있고, 매킨토시도 있고, 콘도도" 있는 거대한 맥콘도라는 나라를 창조하려는 것이다.

따라서 독자적인 나라이자 허구의 공간인 맥콘도에서는 "마콘도와 마찬가지로 모든 일이 다 일어난다". 사람이—물론 비행기나 마약에 의해—날아다니거나, 인간이 승천하고 미래를 예언하며 영생하기도 한다. 그리고 이곳의 독재자는 사람을 죽이고, 실종자는 다시 돌아오

---

* 『맥콘도*Mcondo*』, 알베르토 푸겟, 세르히오 고메스, 박병규 옮김, 라틴아메리카 문학21, http://www.latin21.com 참조.

지 않는다. 기후가 변하고, 강물이 넘치고, 갑자기 땅이 흔들리기도 한다. 학자도 있고 떠돌이 인텔리겐치아도 있다. 이들은 전 세계에 낙원과 같은 환경—산티아고의 스모그—뿐만 아니라 평화의 땅을 외국에 팔고 싶어한다. 한마디로 맥콘도는 상상할 수 있는 모든 일이 다 일어나는 마술적 현실이다.

사실 맥콘도는 마콘도보다 못할 게 전혀 없다. 물론 교조주의자들은 라틴아메리카적인 것이란 원주민적인 것, 민속적인 것, 좌익적인 것이라고 말할 것이다. 하지만 현실은 변했다. 그들이 진리라고 믿는 마콘도는 "서구와 차별되는 타자의 공간으로 각인되었고, 이성중심적 세계관의 신비주의적 피신처이거나 혹은 소비적 기호품으로 전락"*하고 말았다. 젊은 작가들에게는 구태의연하고 화석화된 상상을 벗어나 새로운 관점과 감수성을 담아낼 새로운 문학이 필요했다. 그들에게 마콘도가 라틴아메리카의 역사와 삶이 '응집'된 공간, 즉 '알렙'**이라는 닫힌 공간이라면, 맥콘도는 현대의 모든 욕망과 의식이 거대한 '흐름'을 이루는 열린 공간이다. 마콘도가 현실이 있는 곳에 또다른 세계, 가상의 세계를 세워나갔다면, 맥콘도는 우리의 삶 깊숙한 곳으로 파고들어 보이지 않는 세계, 잃어버린 세계를 찾아내고자 한다. 알베르토 푸겟과 같은 젊은 작가들이 궁극적으로 바라는 세계는 '맥콘도 선언'에 드러나는 바와 같이 맥콘도로 상징되는 '연대'와 '소통'의 장이다.

---

* 이성훈, 같은 글.

** '알렙(Aleph)'은 보르헤스의 「알렙」에 나오는 작은 투명 구체로, 우주 전체가 서로 겹치거나 투명해져버리는 법 없이 동시적으로 공존하는 무한한 세계다.

맥콘도의 진정한 열망은 '의사소통망의 형성'이었다. 상대방의 접속 여부를 살펴보고, 접속자가 우리들만은 아니라는 사실을 확인하는 것이었다. 또하나는 '잃어버린 목소리를 발굴'하여 널리 알리는 것이었다. 이런 목소리가 잊힌 이유는 오래된 목소리이거나 유행이 지난 목소리이기 때문이 아니라 정통으로 확립된 규범을 따르지 않았기 때문이다.*

『말라 온다』: '욕망'과 '경험'의 소설

스페인어 '말라 온다Mala onda'는 불만스럽거나 불쾌감이 들 때 쓰는 구어적 표현이다. 이 소설 본문에서도 다양한 상황에서 '답답하다' '마음에 안 든다' '기분 나쁘다' '시시하다' 등의 의미로 쓰이고 있다. 한 소년이 억압적인 사회와 소통이 단절된 인간관계에서 느끼는 감정과도 연결된다. 군사독재가 남긴 음산한 그림자, 위선과 허무가 판치는 분위기에 질식할 듯한 절망감, 하지만 이에 굴하지 않고 세상의 거센 파도를 가로질러가려는 갈등과 몸부림의 궤적, 그것이 바로 제목 '말라 온다'에 함축된 뜻이기도 하다.

내용을 살펴보면 『말라 온다』는 전형적인 성장소설, 혹은 교양소설의 범주에 속하는 작품이다. 이 작품이 라틴아메리카뿐만 아니라 세계적인 주목을 받은 이유도 전통적인 장르에 기초해 있다는 사실과 무관

---

* 알베르토 푸겟, 세르히오 고메스, 앞의 글(강조는 인용자).

치 않다. 그러나 좀더 자세히 들여다보면, 기존의 성장소설과는 여러 면에서 다르다는 것을 알 수 있다. 물론 마티아스 비쿠냐라는 어린 주인공이 방황과 혼란을 겪으면서 정신적, 도덕적으로 성장해나가는 측면에 초점을 맞추고 있다는 점은 성장소설의 주된 특징이라 하겠다. 더구나 집을 뛰쳐나온 마티아스가 아버지의 입장을 이해하고 집으로 돌아가기로 결심하는 장면, 그리고 자전거를 타고 언덕에 올라 세상을 내려다보면서 "답답한 심정이나 의심은 모두 떨쳐버리고, 저 아래서 나를 기다리고 있는 세상에 뛰어들고 싶다"는 마지막 장면은 전형적인 성장소설임을 가늠케 해준다. 하지만 마티아스에게는 기존의 성장소설에서 보이는 것처럼 궁극적으로 따르고 받아들여야 할 시민사회나 국가의 이념, 혹은 도덕적 이상이 없다. 오히려 마티아스에게 칠레는 거지같은 나라일 뿐이다. 질식할 것처럼 답답한 나라에서 사느니, 차라리 "나라가 없었으면" 하고 바랄 정도다. 학교라고 사정이 다르지는 않다. 그가 다니는 학교는 일방적인 복종만 강요할 뿐, 거기서 벗어나면 정신병자로 만들어버리기 일쑤다. 이처럼 "적들이 사방에 깔려" 있는 세상에서 무엇을 받아들이고, 배울 수 있을까? 기존의 성장소설에 등장하는 주인공과 달리 마티아스는 혼자 힘으로 세상에 맞서서 올바른 가치와 삶의 윤리를 실현하고자 한다.

> 도망가는 것은 버티는 것보다 훨씬 더 어려운 일이다. 그리고 아직 도망갈 준비도 되어 있지 않다. 그럴 만한 힘도 없다. 계속 이 자리에서 버티고 싶다. (…) 무사히, 잘 견뎌냈어. 내 힘으로 이겨낸 거야. 적어도 지금까지는.*

『말라 온다』가 기존 성장소설의 범주를 벗어나는 또다른 이유는 이 작품이 개인과 시민사회의 변증법적 논리에 기초하고 있지 않다는 점이다. 이와는 반대로 마약, 알코올, 섹스, 록 같은 반사회적이면서도 파괴적인 욕망이 무수히 많은—그리고 미세한—'흐름'으로 증식해나가면서, 사회를 구조화하고 있는 견고한 규범과 질서를 가로지름과 동시에 그것들을 해체시키고 있다. 마티아스가 친구들에게 혐오스러운 존재로 낙인찍히면서도 여전히 사회의 가치관으로부터 거리를 둔 채 자기 세계를 고집스럽게 지켜내려고 하는 것도 그 연장선상에서 볼 수 있다. 다른 사람들이 보기에는 절망과 타락의 늪에서 허우적거리는 것 같지만 마티아스는 세상이라는 적에 맞서 싸울 든든한 벽, 즉 자기 세계를 쌓아올리는 셈이다. 따라서 마약과 섹스, 요란한 록 사운드로 넘쳐나는 마티아스의 자기 세계는—미래와 타인을 배척하는 퇴폐적인 공간처럼 보이지만—실제로 우리 삶을 치밀하게 지배하는 권력의 그물망을 해체하려는 욕망과 열정의 흐름이라 할 수 있다. 작품에서 마티아스를 늘 따라다니는 고립감과 외로움은 역설적으로 그러한 욕망과 열정을 현상하는 방식이자, 이 세계와 '나'를 연결해주는 보이지 않는 끈으로 작용한다. '나는 혼자다. 고로 나는 존재한다.' 『말라 온다』를 이끄는 것은 이러한 역설의 힘이다.

그녀가 무슨 말을 한다 해도 나는 전혀 거리낄 것이 없었다. 내가

* 이하 본문의 발췌에서는 행갈이를 무시했음을 밝힌다.

정말로 자기중심적이라면 그것이야말로 내겐 영광이다. 자기중심적이고 독선적으로 모든 사람과 일정한 거리를 두고 살고 싶다. 아무렴. 그래도 괜찮을 것이다. 어쨌든 간에 내가 안토니아처럼 될 리는 없을 테니까. 결론적으로 나를 이해해주는 사람은 이 세상에 아무도 없다.

죽어 있는 자들의 도시: 삶의 지도 그리기

결국 『말라 온다』는 전통적인 성장소설보다는 오히려 개인적, 사회적 '욕망'에 관한 소설이자 '경험'에 관한 소설에 가깝다. 그런데 여기서 '경험'이란 무엇을 의미하는 것일까? 넓은 의미로 볼 때, 경험은 주체가 대상과 현실을 인식하는 방법이다. 따라서 경험에 관해 글을 쓴다는 것은 주어진 현실을 그대로 받아들이는 대신, 눈에 보이는 모든 것에 회의를 가질 뿐만 아니라, 삶을 구성하는 다양한 요인과 상태를 세밀하면서도 집요할 정도로 충실하게 이해하는 것을 말한다. 작가는 투명해질 때까지 렌즈를 가는 사람처럼 과거 경험의 극히 미세한 부분을 새로운 시선으로 바라보고 이를 다양하게 해석함으로써 사건을 새롭게 배치하고 구성할 수 있게 된다. 경험에 관한 소설은 이처럼 다양한 해석에 대해 열려 있기 때문에, '미래'—도래할 것—와 '잠재적인 것'—외적 조건이 갖춰지면 언제든지 현실로 드러날 수 있는 요소들—에 접근, 접속하려는 경향이 있다. 작가는 삶의 복잡한 흐름을 고정시키고, 분명하지 않은 삶의 움직임을 명료하게 포착함으로써 세계의 진실—즉, 도래할 것에 대한 전망과 열정—을 언어에 전달한다. 『말라 온다』가 장편소설임에도 일주일이라는 비교적 짧은 시간에 초점을 맞춘 것도 이와 무관치 않을 것이다.

마티아스 비쿠냐가 '문제아'로 낙인찍힌 주된 이유는 주변의 친구들과 가족들의 위선적인 삶과 소통방식에 절망했기 때문이다. 그의 눈에 칠레 사람들은 누구든 가릴 것 없이 죄다 타락의 구렁텅이 속으로 빠져들고 있을 뿐이다. 그가 이처럼 칠레의 현실에 대해 부정적인 관점을 갖게 된 결정적인 계기는 바로 브라질의 리우로 떠난 '수학여행'이었다. 이 여행은 '낯설게 하기의 효과'와 등치된다. 피노체트 군사정권하에서 신음하는 칠레와 비교할 때, 마티아스에게 브라질은 신천지나 다름없었다. 리우의 뜨거운 태양만큼이나 넘치는 자유와 열정, 그리고 "상상할 수 있는 일은 모두 일어나는 곳". 그가 리우에서 "칠레에 대해서, 그리고 내 삶에 대해서" 심각하게 고민하게 된 것도, 새로운 세계를 꿈꾸게 된 것도 바로 이 두 가지, 즉 자유와 열정 때문이다. 특히 카시아와의 만남은 마티아스의 마음속에 막연하게 자리잡고 있던 자유로운 삶에 대한 열정에 불을 붙이는 결정적인 계기가 되었다. 마티아스와 카시아는 리우의 이파네마에서 쾌락을 즐기며 행복한 시간을 보낸다. "햇볕에 그을린 건강한 피부, 반바지나 아슬아슬한 비키니에 구멍이 송송 난 낡은 티셔츠, 그리고 바다가 내려다보이는 작은 방에 나뒹구는 고급 라디오와 레게 음악이 나오는 카세트, 돈, 또 우리의 땀냄새를 물씬 풍기는 침대 시트" 등등. 그러나 마티아스는 끝내 그녀를 다시 만나지 못한 채 칠레로 돌아가야 한다. 마치 지옥에 가는 듯한 심정으로.

그녀를 만나야 한다. 이제 시간이 얼마 남지 않았다. 그동안 소중하게 간직해온 기대와 희망도 눈앞에서 물거품처럼 사라져가고 있다. 이제 내가 할 일은 비행기를 타고 칠레로 돌아가는 것밖에 없다. 아무래도 그녀는 오지 않을 것 같다. (…) 만약에 그녀가 오지 않으면, 그건 기온이나 습도 때문이 아니라 아무도 모를뿐더러 관심조차 없는 나라에서 온 불쌍한 관광객, 그러니까 멍청한 나 때문일 것이다. 내가 이곳을 좋아하는 것과 마찬가지로 사람들이 가장 살기 좋다고 믿는 나라. 그리고 내 딴에는 훤히 꿰고 있다고 믿지만, 따지고 보면 아는 게 거의 없거나 아예 없는 나라, 칠레. 그런데 한 가지 분명한 점은, 칠레의 안개 속으로 다시 돌아간다는 생각만 해도 온몸에 소름이 돋는다는 것, 그리고 앞으로 영원히 리우와 카시아를 잊지 못하리라는 것이다.

수학여행을 통해 유년 세계와 영원한 작별을 고한 마티아스의 눈에는 세상의 모든 것이 뒤틀려 보인다. 한때 따뜻하던 마티아스의 삶 속으로 권태와 외로움이 먹구름처럼 꾸역꾸역 몰려든다. 이제 더이상 기댈 곳이 없어진 그는 거친 세상을 거슬러올라가기 시작한다. 마음속 깊이 연모하던 안토니아도, 단짝이던 나초도, 레르네르나 파탄, 막클루레나 파펠루초도 더이상 그의 삶을 이해하지 못한 채 점점 소원해진다. 특히 "자신을 옭아매고 있는 생각과 삶의 틀"에서 벗어나지 못한 채 부르주아화되어가는 안토니아는 마티아스에게 혐오감을 느끼기까지 한다. 남자아이들도 미국 출신인 러스티가 등장하면서 갑자기 마티아스에게 등을 돌리기 시작한다. 대신 이들은 영어를 모국어로 쓰고 서핑과 음악을 즐기고 부모의 엄청난 재산을 등에 업은 러스티, 즉 '양키 파워'에 자발적으로 복종한다. 안토니아나 루이사뿐만 아니라, 남자 아이들에게서도 환멸을 느낀 마티아스는 모든 사람들과 일정한 거리를 두고, 그만을 위해 살고자 한다. 어차피 그의 삶을 이해해주는 사람은 아무도 없을 테니까 말이다. 이처럼 "세상에 홀로 남겨진 듯한 기분"에 휩싸인 마티아스는 오히려 사람들에게 둘러싸여 있을 때 더 깊은 외로움을 느낀다. 소설 중간중간에 작가가 '2인칭 화자'를 등장시켜 마티아스로 하여금 자신의 삶을 되돌아보게 하는 것도 바로 이러한 상황을 부각시키기 위한 서사적 장치다.

> 이런 느낌이 어떤 건지 넌 잘 알고 있어. 지난 세월 동안 그림자처럼 널 따라다녔으니까, 안 그래? 늘 너와 함께 있었지. 잠시 사라졌다가도 때가 되면 어김없이 나타나선 네가 딴 애들과는 전혀 다르다는 걸 깨닫게 해주었지. 넌 남들보다 형편없는 인간이야. (…) 분명 넌 남들보다 못한데 아무도 그 사실을 몰라. 그건 너만의 비밀이기도 해. 한쪽으로 치우치는 경향이 있는데다, 현실에 제대로 적응도 못하고, 너무 튄다는 거지. 하긴 모르지. 하지만 어찌됐든 마찬가지야. 네가 괴로워하고, 불안해하고 다른 사람들이 점점 너한테서 멀어지고 너도 그들과 자꾸 거리를 두게 되는 것은 마찬가지일 테니까.

가족이라고 사정은 다르지 않다. 고등학교 때 퇴학당한 후로, 일찍이 생활 전선에 뛰어들어 성공했지만 오로지 섹스만 밝히는 아버지(에스테반)와 남편의 친구이자 자기 친구의 남편인 산드로와 눈이 맞아

끝내 가정을 내팽개치고 아르헨티나로 도망가는 엄마(로사리오)는 물론이고, 혼전 임신을 하는 바람에 서둘러 결혼해야 했던 필라르 누나, 그리고 가식 덩어리들이 다니는 사립대학에 들어간 뒤로 헛바람만 든 프란시스카 누나, 또 마티아스를 은근히 무시하는 열네 살짜리 동생 베아도 허위의식의 껍데기 속에서 살아가는 군상이다. 한 지붕 아래 사는 식구라 할지라도 자기 삶을 내버린 이들과 진정한 소통과 교감을 이루기는 애당초 불가능하다. 사람들을 지배계급의 이데올로기에 복종하는 '국민'으로 만들어내기 위해 온갖 불법적이고도 비도덕적인 행동을 일삼는 학교도 불모의 공간이긴 마찬가지다. 오히려 사방에 깔린 적들이 눈을 부라리며 감시하는 폭력과 공포의 공간일 뿐이다. 이제 소외된 마티아스가 기댈 곳은 플로라 몬테네그로 선생과 후안초 클럽의 알레한드로 파스, 그리고 임신으로 학교에서 쫓겨난 히메나 산탄데르 같은 주변부 인물밖에 없다. 하지만 이들도 마티아스의 기대를 충족시키지 못하기는 매한가지다.

우선 플로라 선생은 학생들에게 많은 사랑을 받지는 못해도 소신이 분명한 지식인이다. 마티아스는 루이사 벨라스케스와 함께 학교 밖에서 플로라 선생을 만나면서 삶에 대한 열정을 키워나간다. 그러나 좌파 지식인을 자처하는 플로라 선생의 단정적인 말투와 경직된 사고는 피노체트 독재정권만큼이나 자유에 대한 질곡으로 느껴질 뿐이다. 알레한드로 파스는 마티아스와 가장 마음이 잘 통하지만, "미국에 대한 그의 집착은 거의 병적인 수준"이다. 후안초 클럽에서 바텐더로 일하면서 번 돈은 모두 미국 음반과 영어 원서, 그리고 각종 잡지와 마약을 사는 데 탕진해버릴 정도로 미국을 숭배한다. 그러다보니 그가 다니던 대학에서는 제국주의 사상에 물든 기회주의자이자 양키 추종자로 완전히 낙인찍혀 있다. 반면 후안초 클럽에 있을 때는 "부르주아 지배계급의 자식들을 취하게 만드는 체제에 의해 착취당하는 프롤레타리아"의 역할을 훌륭하게 해내는 자기모순적인 인간이다. 하지만 마티아스와 파스는 세상에 뿌리내리지 못한 채 또다른 세계를 꿈꾼다는 점에서 비슷하다. 그리고 마티아스가 자신의 스승으로 여기기까지 했던 정말 완벽한 여자 히메나 산탄데르. 자유로운 삶을 추구하던 그녀는 연이어 정학을 받은 후, 결국 산업박람회에서 만난 독일 남자의 아이를 갖게 되는 바람에 학업을 포기해야 할 위기에 처한다. "그녀의 부모뿐 아니라 학교와 망할 교장, 그리고 교육부와 파렴치한 몇몇 의사들이 합심해서 공동전선을 펴"면서 아이를 유산시키려고 하자, 히메나는 격렬하게 저항하다 결국엔 강제로 정신병원에 끌려가고 만다.

학교는 그녀를 창녀 취급한 걸로도 모자라 아예 정신병자로 만들어버렸다. 내 생각에 그녀는 성녀, 아니 순교자다. 하지만 학교에서 그녀에 관한 이야기를 꺼내는 건 금기다. 연말에 한 번씩 나오는 교지에도 히메나에 관한 이야기는 전혀 실리지 않는다. 모두들 그녀가 우리 학교의 수치라고 입을 모은다. 그녀가 이 학교에 다녔다는 사실조차 애써 잊으려고 하는 분위기다. 우리를 노리는 적들이 사방에 깔려 있어. 그녀가 내게 자주 하던 말이다. 물론 나는 그녀의 말을 곧이곧대로 믿지 않았다.

히메나의 말처럼, 세상은 그들을 노리는 적들이 지배하고 있다. 따라서 시국사건으로 구속됐다가 풀려난 뒤 미국으로 떠난 칠레의 위대하신 알레한드로 파스와 정신병원에 갇힌 히메나 산탄데르의 경우처럼 비극적 운명이 그들을 따라다닌다. 이제 마티아스처럼 자유로운 영혼과 삶을 갈구하는 사람이 갈 곳은 그 어디에도 없다. 그런데 이처럼 젊은이들이 자유를 박탈당한 채 출구 없는 방에 갇혀버린 이유가 무엇일까? 그건 바로 정치적인 억압, 다시 말해서 자유로운 대중들의 연합체이자 새로운 정치적인 '실험'이었던 아옌데-인민연합을 폭력으로 무너뜨린 피노체트 군사독재 정권의 등장이었다. 더 정확히 말하자면, 대중의 자유를 무너뜨린 폭력적인 군사정권이 남긴 상흔이다. 당대의 작품들과는 달리 『말라 온다』는 이 사건을 직접으로 다루는 대신, 그것이 남긴 어두운 그림자, 즉 영향을 면밀하게 추적한다. 바로 그 점이 이 작품이 지닌 진정한 가치다. 중무장한 채 시내 곳곳을 지키는 군인과 경찰, 통행금지, 그리고 그들 뒤를 배회하는 어둠의 세력…… 이제 이들은 총칼을 휘두르는 대신, 사람들의 마음속에 보이지 않는 두려움과 공포를 심는다. "산티아고에 비가 내린다."* 산티아고 상공을 뒤덮고 있는 스모그처럼 거리로 공포가 퍼져나간다. 작품 속에 자주 등장하는 스모그는 공포와 보이지 않는 억압의 알레고리로 작용한다. 사람들은 두려움에 입을 닫고, 타인과의 관계를 단절한 채 살아간다. 이 세상은 절대로 바뀌지 않을 것이라는 체념과 함께.

뭔가가 잘못 돌아가고 있었다. (…) 여기선 더이상 못 버틸 것 같

* 피노체트가 아옌데 정부를 무너뜨리기 위해 획책한 쿠데타의 작전 개시 명령을 의미하던 암호.

았다. 무거운 정적에 휩싸인 이 세상이 두렵기만 했다. 마치 저 군인들 중 하나가 소리가 나지 않는 총으로 나를 쏘는 듯한 느낌이랄까. 나를 가만히 내버려두지 않고 괴롭히던 역겨움, 피로, 그리고 불신. 세상뿐만이 아니다. 가족도 마찬가지다. 만나는 친구들이 몇 명 있긴 하지만 내 곁엔 여자애는 없다. 마음이 맞는 이들이 있는 반면 그렇지 않은 이들도 있다. 질식할 듯 답답한 분위기가 눈에 띄지 않게 이 세상을 지배하고 있다. 그런데 그 방식이 어찌나 교묘한지 이 세상은 절대로 바뀌지 않을 거라는 확신을 갖게 만든다. 자신도, 그리고 우리도 모르는 사이에.

모든 이들이 자유를 향한 욕망을 포기한 채, 꼭두각시처럼 권력의 요구에 맞춰 살아가는 이곳은—플로라 몬테네그로가 말했듯이—모든 것이 죽어 있는 땅이다. 마티아스의 가족이나 친구들도, 학교 선생이나 주변의 어른들도 자기 세계를 지키기는커녕 사회와 권력이 요구하는 삶의 형식과 틀을 따르는 데 급급하다. 심지어 "손자뻘밖에 안 되는 사람들의 구두를 닦으면서 연명하는" 가엾은 노인마저도 투표에서 '우리 장군님' 편에 서겠다고 거침없이 공언할 정도다. 꿈과 희망이라는 단어는 현실에 더이상 존재하지 않는—혹은 사라져버린—'그 무엇'을 가리키려고 안간힘을 쓰면서 가늘게 떨고 있을 뿐이다. 이제 산티아고는 '죽어 있는 자들의 도시', 밤만 되면 사람들이 좀비처럼 번들거리는 눈으로 유흥가와 유곽을 어슬렁거리는 '유령의 도시'가 되고 만 것이다. 마티아스가 리우에서 돌아오기 싫어했던 것도, 답답할 때마다 리우로 달아나기를 꿈꾸는 것도 다 그 때문이다. 마티아스는 진퇴

양난의 지경에 이르고 말았다. 이럴 수도 저럴 수도 없는 최악의 순간이 점점 다가오고 있다.

> 시간이 흐를수록 점점 더 곤혹스럽고 불안해진다. 온 세상이 벗어날 수 없는 존재의 악순환으로 빠져든다. 우리가 얼마나 심각한 문제에 빠져 있는지를 알려면, 모든 것을 자세히 뜯어보는 것, 즉 미래가 우리에게 주는 모든 기회와 가능성—뻔하고 시시한 것뿐만 아니라, 가장 흥미롭고도 멋진 것까지—을 생각해보는 것만으로도 충분하다.

그러나 마티아스는 삶을 구성하는 모든 요소를 자세히 뜯어보고 미래가 주는 모든 가능성과 잠재성을 모색하고자 마음먹는다. 앞서 말했던 것처럼, 경험의 극히 미세한 부분을 새로운 시선으로 바라보고 이를 다양하게 해석함으로써 사건을 새롭게 배치하고 구성할 수 있으리라는 희망을 품은 것이다. 『말라 온다』가 질식할 듯이 무거운 분위기에서 벗어나 또다른 세계로 틈입하는 것도 바로 이 지점이다.

마티아스에게 삶의 궤적을 변화시킨 힘은 외적인 것이 아니라, 놀랍게도 알레한드로 파스에게 받은 『호밀밭의 파수꾼』이다. 마티아스는 그 소설의 주인공인 홀든 콜필드에게서 간절히 바라던 세계를 발견한다(『호밀밭의 파수꾼』은 『말라 온다』의 모티프이자 잠재적 텍스트로 기능한다). 플로라 몬테네그로 선생에게서도, 안토니아나 나초에게서도 찾지 못한 꿈을 허구의 작품 속에서 만나게 된 셈이다. 경험을 다양하게 해석함으로써 삶에 잠재하고 있는 가능성을 모색하고자 하는 마티아스의 노력은 결국 소설(혹은 소설 읽기/쓰기)의 세계와 하나가 된다. 소설/허구와 삶/현실의 흐름은 동일한 면에서 서로 뒤섞이면서 새로운 지평과 전망을 열어간다.

> 이젠 홀든이 살았던 대로, 그러니까 그의 목소리와 존재 방식을 그대로 따라할 수 있을 것 같다는 생각이 든다. 참 희한한 일도 다 있지. 여태까지 이런 적이 없었는데. 어떤 책을 읽거나 영화를 보거나 음반을 들어도, 이런 생각이 든 적은 단 한 번도 없었다. 누군가를 만났을 때도 마찬가지였다. 홀든의 삶을 따라한다는 것은 그처럼 매력적이라는 생각이 든다. (…) 오늘은 온종일 홀든 콜필드에게 빙의라도 된 듯한 기분이다. 마치 영화 〈엑소시스트〉에서처럼 악령에게 완전히 사로잡힌 듯하다.

따라서 작품 전체에 걸쳐 나오는 마약과 섹스, 그리고 록 음악은 퇴폐적 의식의 상징이라기보다는, 자유를 향한 욕망과 소망이 담긴 허구—즉 잠재적인 것—가 절대로 바뀌지 않을 것 같은 견고한 현실에 균열을 일으키고, 그 틈으로 침투하는 과정의 메타포로 이해하는 것이 적절할 듯하다. 더구나 마약과 섹스, 록이 내포하는 '중독'—책 읽기도 여기에 포함된다—은 눈에 보이는 것만을 현실로 인정하는 태도에서 벗어나 또다른 세계에 대한 꿈과 열망을 다시 살아나게 만드는 힘이 된다. 패배주의적인 디스코 음악과는 달리, 운명에 굴복하지 않고 세상을 향해 당당하게 외치는 록 음악은 '중독'의 생산적 힘을 두드러지게 보여준다.

숨막힐 듯한 분위기를 벗어나기 위해 집을 뛰쳐나간 마티아스는 아버지와 허심탄회한 이야기를 나눈 뒤—엄마는 산드로 아저씨와 바람이 났고, 그 충격으로 로레토 아줌마가 스스로 목숨을 끊었다는 사실을 알게 된 후—집으로 돌아가기로 결심한다. 마티아스에게 지난 일주일의 시간은 전과 전혀 다른 세계를, 새로운 삶을 열어준 소중한 경험이었다. 그는 더이상 예전의 마티아스가 아니다. 사람들이 가기 꺼려하는 험한 길로 당장이라도 뛰어들 수 있을 만큼 강해졌다.

> 일주일 전, 그러니까 지난 일요일에 조카 펠리페의 영세식이 있었다. 그날도 오늘처럼 비가 왔다 날이 개었다 오락가락했다. (…) 불과 한 주 사이에 너무 많은 시간이 흘러가버린 듯하다. 너무 오래전 일인 것만 같다. 모든 것이 요원하고 아득하게만 느껴진다. 되돌릴 수 없는 시간. 마치 아무 일도 없었던 것 같다. 따지고 보면 시간만큼 묘한 것도 없다. (…) 하지만 살다보면 누구나 한 번은 함정에 빠지게 된다. 뒤를 돌아보거나 저 아래에 펼쳐진 도시를 내려다보면, 혹은 지난 일요일이나 그 이전, 가령 리우의 해변에 누워 있을 때나 아니면 그 훨씬 전, 그러니까 아직 여행을 떠나기도 전에 일어난 일부터 곰곰이 되씹어보면 모든 일이 이미 엉클어져 있었다는 사실을 금방 알 수 있다.

고뇌와 방황을 통해 실존적인 변화를 경험한 일주일의 시간은 마티아스 개인의 차원을 넘어 개정 헌법 찬반 투표와 나라의 미래를 놓고 심각한 갈등을 겪은 칠레 전체의 상황과 겹쳐짐으로써, 소설은 한층 더 깊은 의미를 띠게 된다. 다시 말해서, 허구와 삶뿐만 아니라, 개인과 사회마저도 하나의 흐름 속에 섞여들어가면서 새로운 전망, 즉 모든 것은 한순간도 고여 있지 않고 끊임없이 흘러가며 변화한다는 인식을 드러내준다.

> 어젯밤 내내 비가 내렸지만 충분하지는 않았다. 어젯밤에 비가 왔지만 나는 놀라지 않았다. 전혀 놀라지 않았다. 정말 신기한 건, 비가 왔는데도 땅에 물이 고이지 않았다는 사실이다. 내가 놀란 건 바로 그 점이다.

한층 더 성숙해진 마티아스는 투표에서 승리한 것을 축하하기 위해 광장에 모여든 군중, 즉 피노체트 지지자들을 지켜보면서, 단순히 증오나 분노를 표출하는 대신 우리 삶의 보다 근본적인 문제를 제기한다. 알레한드로 파스와 마찬가지로, 마티아스도 선거의 승패를 가르는 권력정치의 논리보다는 근본적인 삶의 정치, 즉 놀라우리만큼 자연스럽게 권력에 길들여진 우리 자신의 모습, 불의와 폭력이 판치는 현실 속에서도 이상하리만큼 평온한 우리의 모습을 바꾸어야 한다는 깨달음에 이른다. 사람들이 변화, 그러니까 기존의 질서가 한꺼번에 무너지고 뒤집어지는 것을 두려워하는 한, 세상은 결코 바뀌지 않는다. 따라서 우리를 바꾸기 위해서, 그리고 좀더 나은 세상을 만들어가기 위해서는 어떤 어려움도 피하지 않고, 꿋꿋이 버티면서 견뎌내는 수밖에 없으리라. 자, 이제 우리도 무엇인가를 향해 "떠나야 할 시간이다."

엄지영

알베르토 푸겟 연보

1964년 3월 7일 칠레 산티아고에서 출생. 그러나 곧 가족이 로스앤젤레스로 이주.

1975년 군사 쿠데타로 피노체트가 권력을 잡은 뒤, 영구 귀국. 이때 처음으로 스페인어를 배움. 그가 처음 읽은 스페인어 책은 마르셀라 파스의 『파펠루초*Papelucho*』로, 이후 작품 활동에 커다란 영향을 미침.

1982년 칠레 대학교에 입학해 언론학을 공부함. 졸업 후 처음에는 사회부 기자로 일했으나 곧 여러 매체, 잡지 『파울라*paula*』와 『문도 다이너스*Mundo Diners*』, 일간지 〈엘 메르쿠리오 *El Mercurio*〉의 청소년 문화 섹션인 '접속 지대Zona de contacto', 라디오 프로그램 〈록 앤 팝Rock & Pop〉 등에서 영화와 음악 비평가, 록 칼럼니스트로 활동. 그후 칠레의 대표적인 작가인 호세 도노소와 안토니오 스카메르타의 문하에서 본격적으로 창작에 몰두.

1990년 세기말 칠레 청소년들의 갈등과 방황을 다룬 단편집 『과다복용*Sobredosis*』을 출간해서 호평을 받음. 〈엘 메르쿠리오〉의 고정 칼럼인 '수도에 사는 사람들Capitalinos'에 쓴 글을 모아 『엔리케 알레칸의 파란만장하고도 지나치게 드러난 삶*La azarosa y sobreexpuesta vida de Enrique Alekán*』으로 출간.

1991년 1980년 개정 헌법 찬반 투표를 둘러싼 사회적 갈등을 배경으로 칠레 청소년들이 경험한 정체성 혼란과 절망을 새로운 기법으로 다룬 첫 장편소설 『말라 온다*Mala onda*』 출간. 이 작품을 통해 세계적인 작가로 부상.

1992년 『말라 온다』와 『과다 복용』의 성공에 힘입어 1995년까지 〈엘 메르쿠리오〉의 '접속 지대'에 글을 연재함.

1993년 동료 작가 세르히오 고메스와 함께 스페인어권 작가들의 단편을 묶어 『워크맨 이야기*Cuentos con Walkman*』 출간. 칠레 국립극단에서 『말라 온다』를 연극 무대에 올림.

1994년 미국 아이오와 대학교에서 열린 세계작가회의에 참가. 당시 미국에 불던 라틴아메리카 열풍을 타 미국 문단의 지대한 관심을 받음.

1995년 미국 배우이자 극작가 에릭 보고시언의 『교외*SubUrbia*』를 번역 및 각색함.

1996년 세르히오 고메스와 함께 스페인어권의 단편소설을 모은 『맥콘도*McOndo*』 출간. 이로써 이전의 '마술적 사실주의'와 결별함과 동시에 소설의 새로운 패러다임, 즉 '새로운 칠레 소설'의 장을 엶. 이 무렵 문학적 후견인이나 마찬가지였던 호세 도노소와 안토니오 스카르메타와 결별.

1997년 단편영화 〈10.7〉에 시나리오작가 겸 조감독으로 참여.

1998년 '접속 지대'에 실린 르포 기사와 이야기를 묶어 『테이프를 다시 감아주세요*Por favor, rebobinar*』 출간. 사회부 기자로 일할 때 경험한 일을 토대로 쓴 두번째 장편소설 『붉은 잉크*Tinta roja*』 출간.

1999년 타임과 CNN에 의해 '새 천년 라틴아메리카를 움직일 50명의 인물'에 선정됨.

2000년 볼리비아 작가 에드문도 파스 솔단과 함께 편집한 단편집 『여기선 스페인어를 써요*Se habla español*』 출간. 〈엘 메르쿠리오〉에 썼던 글을 묶어 『1부*Primera parte*』 출간. 『붉은 잉크』가 페루 감독 프란시스코 롬바르디에 의해 영화화됨(같은 해 스페인 산 세바스티안 영화제에서 상영). 마르틴 로드리게스가 감독한 영화 〈두 형제Dos hermanos〉에 시나리오작가이자 공동 제작자로 참여.

2002년 미국의 시사주간지 〈뉴스위크〉의 표지에 실림.

2003년 반자전적 소설 『내 생애의 영화*Las películas de mi vida*』 출간.

2004년 단편집 『짧은 이야기*Cortos*』 출간. 단편 흑백영화 〈살인 개미Las hormigas asesinas〉에 시나리오작가이자 제작자로 참여.

2005년 〈살인 개미〉 감독. 프란시스코 오르테가와 공동으로 〈세놓습니다Se arrienda〉의 시나리오 집필. 이 영화로 장편영화 감독으로 데뷔.

2007년 『짧은 이야기』에 실린 단편을 토대로 그림 소설 『로드 스토리*Road story*』(곤살로 마르티네스 삽화) 출간. 작품집 『자폐증 환자의 기록*Apuntes autistas*』 출간. 영화 〈계란 섞은 흑맥주Malta con huevo〉 제작에 참여.

2008년 레네 마르틴과 공동으로 〈실종Perdido〉 시나리오 집필. 단편영화 〈2시간2Horas〉 감독.

2009년 장편소설 『실종: 추적의 기록*Missing: Una investigación*』 출간.

2010년 장편소설 『공항*Aeropuertos*』 출간. 영화 〈자전거 경기장Velódromo〉에 시나리오작가(레네 마르틴과 공동 집필) 이자 감독으로 참여. 알베르토 우르타도 대학교 언론학부에서 주는 인터뷰 부문 최우수 언론상 수상.

2011년 『말라 온다』 개정판 출간. 영화 〈시골 음악Música campesina〉에 시나리오작가이자 감독으로 참여. 칠레 발디비아 국제영화제에서 〈시골 음악〉으로 최우수 국내 장편영화상 수상.

2012년 영화에 관한 글을 모은 『시네파타*Cinépata*』 출간.

2013년 에세이, 평론, 르포 등을 모아 엮은 『통로: 문학 지도제작법 *Tránsitos: Una cartografía literaria*』 출간.

2014년 오 년 동안의 공백을 가진 끝에 단편집 『함께 그리고 혼자 *Juntos y solos*』 출간. 짧은 글을 모은 『그것으로 충분한 건 아니다: 구스타보 에스칸라르의 짧고 강렬하지만, 너무도 많이 드러난 삶*Todo no es suficiente: La corta, intensa y sobreexpuesta vida de Gustavo Escanlar*』 출간.

2015년 동성애자들의 세계를 다룬 장편소설 『노 픽시온*No ficción*』 출간. 영화 〈겨울Invierno〉에 시나리오작가 겸 감독으로 참여.

2016년 장편소설 『땀*Sudor*』 출간.

문학동네 세계문학전집 발간에 부쳐

세계문학은 국민문학 혹은 지역문학을 떠나 존재하는 문학이 아니지만 그것들의 총합도 아니다. 세계문학이라는 용어에는 그 나름의 언어와 전통을 갖고 있는 국민문학이나 지역문학의 존재를 인정하면서 그것을 넘어서는 문학의 보편적 질서에 대한 관념이 새겨져 있다. 그 용어를 처음 고안한 19세기 유럽인들은 유럽문학을 중심으로 그 질서를 구축했지만 풍부한 국민문학의 전통을 가지고 있는 현대의 문학 강국들은 나름의 방식으로 세계문학을 이해하면서 정전(正典)의 목록을 작성하고 또 수정한다.

한국에서도 세계문학 관념은 우리 사회와 문화의 변화 속에서 거듭 수정돼왔다. 어느 시기에는 제국 일본의 교양주의를 반영한 세계문학 관념이, 어느 시기에는 제3세계 민족주의에 동조한 세계문학 관념이 출현했고, 그러한 관념을 실천한 전집물이 출판됐다. 21세기 한국에 새로운 세계문학전집이 필요하다는 것은 명백하다. 우리의 지성과 감성의 기준에 부합하는 세계문학을 다시 구상할 때가 되었다.

문학동네 세계문학전집은 범세계적으로 통용되는 고전에 대한 상식을 존중하면서도 지난 반세기 동안 해외 주요 언어권에서 창작과 연구의 진전에 따라 일어난 정전의 변동을 고려하여 편성되었다. 그래서 불멸의 명작은 물론 동시대 세계의 중요한 정치·문화적 실천에 영감을 준 새로운 작품들을 두루 포함시켰다.

창립 이후 지금까지 한국문학 및 번역문학 출판에서 가장 전문적이고 생산적인 그룹을 대표해온 문학동네가 그간 축적한 문학 출판 경험을 바탕으로 새로운 세계문학전집을 펴낸다. 인류가 무지와 몽매의 어둠 속을 방황하면서도 끝내 길을 잃지 않은 것은 세계문학사의 하늘에 떠 있는 빛나는 별들이 길잡이가 되어주었기 때문이다. 우리가 자부심과 사명감 속에서 그리게 될 이 새로운 별자리가 독자들의 관심과 애정에 힘입어 우리 모두의 뿌듯한 자산이 되기를 소망한다.

문학동네 세계문학전집 편집위원

민은경, 박유하, 변현태, 송병선, 이재룡, 홍길표, 남진우, 황종연

지은이 **알베르토 푸겟**
1964년 칠레 산티아고에서 태어났다. 신문기자, 영화 및 음악 비평가, 록 칼럼니스트 등으로 활동하다 창작에 몰두한다. 첫 단편집『과다 복용』과 대표작으로 꼽히는『말라 온다』등 기존의 패러다임을 과감히 청산하고 새로운 문학적 지반을 형성했다는 평을 받는 여러 권의 단편집과 장편소설을 출간했다. 현재 시나리오작가, 영화감독으로 범위를 넓혀가며 활발히 활동하고 있다.

옮긴이 **엄지영**
한국외국어대학교 스페인어과를 졸업하고, 동 대학원과 스페인 콤플루텐세 대학교에서 라틴아메리카 소설을 전공했다. 옮긴 책으로 리카르도 피글리아의『인공호흡』, 루이스 세풀베다의『자신의 이름을 지킨 개 이야기』『느림의 중요성을 깨달은 달팽이』, 로베르토 아를트의『7인의 미치광이』, 페데리코 가르시아 로르카의『인상과 풍경』, 마세도니오 페르난데스의『계속되는 무』등이 있다.

세계문학전집 152
말라 온다

초판 인쇄 2017년 5월 19일
초판 발행 2017년 5월 26일

지은이 알베르토 푸겟 | 옮긴이 엄지영 | 펴낸이 염현숙

책임편집 문서연 | 편집 안강휘 김경은 오동규 | 독자모니터 장선아
디자인 신선아 이주영 | 저작권 한문숙 김지영
마케팅 우영희 강하린 | 홍보 김희숙 김상만 이천희
제작 강신은 김동욱 임현식 | 제작처 영신사

펴낸곳 (주)문학동네
출판등록 1993년 10월 22일 제406-2003-000045호
주소 10881 경기도 파주시 회동길 210
전자우편 editor@munhak.com | 대표전화 031) 955-8888 | 팩스 031) 955-8855
문의전화 031) 955-1930(마케팅), 031) 955-2677(편집)
문학동네카페 http://cafe.naver.com/mhdn
문학동네트위터 http://twitter.com/munhakdongne

ISBN 978-89-546-4547-8 04870
978-89-546-0901-2 (세트)

www.munhak.com

1, 2, 3 안나 카레니나 레프 톨스토이 | 박형규 옮김

4 판탈레온과 특별봉사대 마리오 바르가스 요사 | 송병선 옮김

5 황금 물고기 르 클레지오 | 최수철 옮김

6 템페스트 윌리엄 셰익스피어 | 이경식 옮김

7 위대한 개츠비 F. 스콧 피츠제럴드 | 김영하 옮김

8 아름다운 애너벨 리 싸늘하게 죽다 오에 겐자부로 | 박유하 옮김

9, 10 파우스트 요한 볼프강 폰 괴테 | 이인웅 옮김

11 가면의 고백 미시마 유키오 | 양윤옥 옮김

12 킴 러디어드 키플링 | 하창수 옮김

13 나귀 가죽 오노레 드 발자크 | 이철의 옮김

14 피아노 치는 여자 엘프리데 옐리네크 | 이병애 옮김

15 1984 조지 오웰 | 김기혁 옮김

16 벤야멘타 하인학교 – 야콥 폰 군텐 이야기 로베르트 발저 | 홍길표 옮김

17, 18 적과 흑 스탕달 | 이규식 옮김

19, 20 휴먼 스테인 필립 로스 | 박범수 옮김

21 체스 이야기·낯선 여인의 편지 슈테판 츠바이크 | 김연수 옮김

22 왼손잡이 니콜라이 레스코프 | 이상훈 옮김

23 소송 프란츠 카프카 | 권혁준 옮김

24 마크롤 가비에로의 모험 알바로 무티스 | 송병선 옮김

25 파계 시마자키 도손 | 노영희 옮김

26 내 생명 앗아가주오 앙헬레스 마스트레타 | 강성식 옮김

27 여명 시도니가브리엘 콜레트 | 송기정 옮김

28 한때 흑인이었던 남자의 자서전 제임스 웰든 존슨 | 천승걸 옮김

29 슬픈 짐승 모니카 마론 | 김미선 옮김

30 피로 물든 방 앤절라 카터 | 이귀우 옮김

31 숨그네 헤르타 뮐러 | 박경희 옮김

32 우리 시대의 영웅 미하일 레르몬토프 | 김연경 옮김

33, 34 실낙원 존 밀턴 | 조신권 옮김

35 복낙원 존 밀턴 | 조신권 옮김

36 포로기 오오카 쇼헤이 | 허호 옮김

37 동물농장·파리와 런던의 따라지 인생 조지 오웰 | 김기혁 옮김

38 루이 랑베르 오노레 드 발자크 | 송기정 옮김

39 코틀로반 안드레이 플라토노프 | 김철균 옮김

40 어두운 상점들의 거리 파트릭 모디아노 | 김화영 옮김

41 순교자 김은국 | 도정일 옮김

42 젊은 베르테르의 슬픔 요한 볼프강 폰 괴테 | 안장혁 옮김

43 더블린 사람들 제임스 조이스 | 진선주 옮김

44 설득 제인 오스틴 | 원영선, 전신화 옮김

45 인공호흡 리카르도 피글리아 | 엄지영 옮김

46 정글북 러디어드 키플링 | 손향숙 옮김

47 외로운 남자 외젠 이오네스코 | 이재룡 옮김

48 에피 브리스트 테오도어 폰타네 | 한미희 옮김

49 둔황 이노우에 야스시 | 임용택 옮김

50 미크로메가스·캉디드 혹은 낙관주의 볼테르 | 이병애 옮김

51, 52 염소의 축제 마리오 바르가스 요사 | 송병선 옮김

53 고야산 스님·초롱불 노래 이즈미 교카 | 임태균 옮김

54 다니엘서 E. L. 닥터로 | 정상준 옮김

55 이날을 위한 우산 빌헬름 게나치노 | 박교진 옮김

56 톰 소여의 모험 마크 트웨인 | 강미경 옮김

57 카사노바의 귀향·꿈의 노벨레 아르투어 슈니츨러 | 모명숙 옮김

58 바보들을 위한 학교 사샤 소콜로프 | 권정임 옮김

59 어느 어릿광대의 견해 하인리히 뵐 | 신동도 옮김

60 웃는 늑대 쓰시마 유코 | 김훈아 옮김

61 팔코너 존 치버 | 박영원 옮김

62 한눈팔기 나쓰메 소세키 | 조영석 옮김

63, 64 톰 아저씨의 오두막 해리엇 비처 스토 | 이종인 옮김

65 아버지와 아들 이반 투르게네프 | 이항재 옮김

66 베니스의 상인 윌리엄 셰익스피어 | 이경식 옮김

67 해부학자 페데리코 안다아시 | 조구호 옮김

68 긴 이별을 위한 짧은 편지 페터 한트케 | 안장혁 옮김

69 호텔 뒤락 애니타 브루크너 | 김정 옮김

70 잔해 쥘리앵 그린 | 김종우 옮김

71 절망 블라디미르 나보코프 | 최종술 옮김

72 더버빌가의 테스 토머스 하디 | 유명숙 옮김

73 감상소설 미하일 조셴코 | 백용식 옮김

74 빙하와 어둠의 공포 크리스토프 란스마이어 | 진일상 옮김

75 쓰가루·석별·옛날이야기 다자이 오사무 | 서재곤 옮김

76 이인 알베르 카뮈 | 이기언 옮김

77 달려라, 토끼 존 업다이크 | 정영목 옮김
78 몰락하는 자 토마스 베른하르트 | 박인원 옮김
79, 80 한밤의 아이들 살만 루슈디 | 김진준 옮김
81 죽은 군대의 장군 이스마일 카다레 | 이창실 옮김
82 페레이라가 주장하다 안토니오 타부키 | 이승수 옮김
83, 84 목로주점 에밀 졸라 | 박명숙 옮김
85 아베 일족 모리 오가이 | 권태민 옮김
86 폭풍의 언덕 에밀리 브론테 | 김정아 옮김
87, 88 늦여름 아달베르트 슈티프터 | 박종대 옮김
89 클레브 공작부인 라파예트 부인 | 류재화 옮김
90 P세대 빅토르 펠레빈 | 박혜경 옮김
91 노인과 바다 어니스트 헤밍웨이 | 이인규 옮김
92 물방울 메도루마 슌 | 유은경 옮김
93 도깨비불 피에르 드리외라로셸 | 이재룡 옮김
94 프랑켄슈타인 메리 셸리 | 김선형 옮김
95 래그타임 E. L. 닥터로 | 최용준 옮김
96 캔터빌의 유령 오스카 와일드 | 김미나 옮김
97 만(卍)·시게모토 소장의 어머니 다니자키 준이치로 | 김춘미, 이호철 옮김
98 맨해튼 트랜스퍼 존 더스패서스 | 박경희 옮김
99 단순한 열정 아니 에르노 | 최정수 옮김
100 열세 걸음 모옌 | 임홍빈 옮김
101 데미안 헤르만 헤세 | 안인희 옮김
102 수레바퀴 아래서 헤르만 헤세 | 한미희 옮김
103 소리와 분노 윌리엄 포크너 | 공진호 옮김
104 곰 윌리엄 포크너 | 민은영 옮김
105 롤리타 블라디미르 나보코프 | 김진준 옮김
106, 107 부활 레프 톨스토이 | 백승무 옮김
108, 109 모래그릇 마쓰모토 세이초 | 이병진 옮김
110 은둔자 막심 고리키 | 이강은 옮김
111 불타버린 지도 아베 고보 | 이영미 옮김
112 말라볼리아가의 사람들 조반니 베르가 | 김운찬 옮김
113 디어 라이프 앨리스 먼로 | 정연희 옮김
114 돈 카를로스 프리드리히 실러 | 안인희 옮김
115 인간 짐승 에밀 졸라 | 이철의 옮김

116 빌러비드 토니 모리슨 | 최인자 옮김

117, 118 미국의 목가 필립 로스 | 정영목 옮김

119 대성당 레이먼드 카버 | 김연수 옮김

120 나나 에밀 졸라 | 김치수 옮김

121, 122 제르미날 에밀 졸라 | 박명숙 옮김

123 현기증. 감정들 W. G. 제발트 | 배수아 옮김

124 강 동쪽의 기담 나가이 가후 | 정병호 옮김

125 붉은 밤의 도시들 윌리엄 버로스 | 박인찬 옮김

126 수고양이 무어의 인생관 E. T. A. 호프만 | 박은경 옮김

127 맘브루 R. H. 모레노 두란 | 송병선 옮김

128 익사 오에 겐자부로 | 박유하 옮김

129 땅의 혜택 크누트 함순 | 안미란 옮김

130 불안의 책 페르난두 페소아 | 오진영 옮김

131, 132 사랑과 어둠의 이야기 아모스 오즈 | 최창모 옮김

133 페스트 알베르 카뮈 | 유호식 옮김

134 다마세누 몬테이루의 잃어버린 머리 안토니오 타부키 | 이현경 옮김

135 작은 것들의 신 아룬다티 로이 | 박찬원 옮김

136 시스터 캐리 시어도어 드라이저 | 송은주 옮김

137 고독한 산책자의 몽상 장자크 루소 | 문경자 옮김

138 용의자의 야간열차 다와다 요코 | 이영미 옮김

139 세기아의 고백 알프레드 드 뮈세 | 김미성 옮김

140 햄릿 윌리엄 셰익스피어 | 이경식 옮김

141 카산드라 크리스타 볼프 | 한미희 옮김

142 이 글을 읽는 사람에게 영원한 저주를 마누엘 푸익 | 송병선 옮김

143 마음 나쓰메 소세키 | 유은경 옮김

144 바다 존 밴빌 | 정영목 옮김

145, 146 전쟁과 평화 1, 2 레프 톨스토이 | 박형규 옮김

147, 148 전쟁과 평화 3, 4 레프 톨스토이 | 박형규 옮김 (근간)

149 세 가지 이야기 귀스타브 플로베르 | 고봉만 옮김

150 제5도살장 커트 보니것 | 정영목 옮김

151 알렉시·은총의 일격 마르그리트 유르스나르 | 윤진 옮김

152 말라 온다 알베르토 푸겟 | 엄지영 옮김

● 문학동네 세계문학전집은 계속 출간됩니다